प्रतिरोध

मूल्य : एक सौ पचहत्तर रुपये (175.00)

संस्करण : 1998
ISBN : 81-7028-264-0
PRATIRODH (Novel)
Dr. Visvambharnath Upadyay

राजपाल एण्ड सन्ज़, कश्मीरी गेट, दिल्ली

मुद्रक : तरुण प्रिंटर्स, शाहदरा, दिल्ली-110032

प्रतिरोध

डॉ० विश्वम्भरनाथ उपाध्याय

राजपाल

विक्षुब्ध व्यक्ति और कवि कृतिकार
गोपाल कृष्ण कौल को

प्रतिरोध से पहले

'प्रतिरोध' (Resistance) शीर्षक का यह उपन्यास, 'मेरे पक्षधर' और 'दूसरा भूतनाथ' की अगली कड़ी है। यों तो 'रीछ', 'विश्वबाहु परशुराम', आधुनिक सिंहासन बत्तीसी, (कठपुतली एक से आठ तक) में भी एक प्रकार का 'प्रतिरोध' है किंतु सीधे सामाजिक चेतना के आधार पर वर्तमान स्थितियों से भिडंत 'मेरे पक्षधर', 'दूसरा भूतनाथ' और 'प्रतिरोध' में ही है। क्योंकि यह संघर्ष, व्यक्ति के माध्यम से हुआ है, अतएव त्रासदी अवश्यंभावी थी किंतु जो हो रहा है, वह उतना अवांछनीय है कि उसके विरुद्ध टकराहट स्वयं अपने में मानव गरिमा की कसौटी बन गई है क्योंकि जो गलत, गलीज और ग्लानिकारी है, उसे सहते रहना, उसे तरह दे जाना, उसका विरोध न करना मनुष्य को प्रवृत्ति–प्रवाह में पतित कर देता है। प्रवृत्ति में तो मात्र पशु जीता है।

बीसवीं सदी का अंत सर्वव्यापक संकट या सक्रांति (क्रायसिस) में हो रहा है। इस संकटानुभूति को 'प्रतिरोध' में एक प्रबुद्ध व्यक्ति की समस्त तीक्ष्णता के साथ यहां दिखाया गया है और यह भी कि यदि विकल्प ढूंढ़ने पर भी न मिल रहा हो तो 'प्रतिरोध' ही एक ऐसा उपाय बनता है जिससे संघर्ष के नए विकल्प खुलते हैं.....सर्वत्र एक दिग्भ्रम, एक दिशाहारापन बढ़ता जा रहा है, इस दशा में जो मात्र 'विखंडन' का मार्ग सुझा रहे हैं, वे यह भूलते हैं कि विखंडन तभी कारगर होता है जब यह स्पष्ट हो कि जो अयुक्त है, उसे विखंडित कर किस प्रारूप (माडल) को स्थापित किया जाएगा अतएव कोरा विखंडन या विसंरचना (डीकंस्ट्रक्शन) अभीष्ट–संरचना के अभाव में अराजकता की सृष्टि करेगा, यह हमारा मत है। प्रतिरोध में, इसीलिए भविष्य का रचाव वर्तमान व्यवस्थाओं की अयुक्तता और उसके विरुद्ध 'प्रतिरोध' की प्रक्रिया का नैरंतर्य है। 'प्रतिरोध', इस प्रकार यह सोचने को विवश कर सकता है कि सार्वत्रिक संकट के समय हम क्या करें?

'प्रतिरोध' उपन्यास के क्षेत्र में एक नया प्रयोग है। यहां एक सचेत, जागरूक, संकल्पबद्ध व्यक्ति का हस्तक्षेप है और इस हस्तक्षेप में बाहरी घटनाओं के ताने–बाने के साथ प्रतिरोधी व्यक्तित्व का आंतरिक द्वंद्व और दाह भी है, घटना और मनोघटना का पूरा मानचित्र तथा दृश्यबंध। क्योंकि 'प्रतिरोध' में एक जुझारू व्यक्ति का जीवनवृत्त नहीं, उपन्यास है। अतः उसमें कल्पना के प्रयोग से एक ऐसा चित्र रचा गया है जो मूल 'कृष्णगोपाल' नाम के व्यक्ति से भिन्न और विशिष्ट हो गया है और यह उपन्यास के लिए जरूरी था वर्ना 'प्रतिरोध' उपन्यास–नायक कृष्णगोपाल का जीवनवृत्त बन जाता जो अभिप्रेत नहीं था। अभिप्रेत यह था कि नायक, 'प्रतिरोध' का नमूना

या प्रतिनिधि बन जाए। वह विशिष्ट होने पर भी सामान्य प्रतिरोध का प्रातिनिधिक चरित्र भी हो जाए--अतएव कृष्णगोपाल, उर्मिला, उद्धव, इला आदि के मूल प्रारूप (प्रोटोटाइप) को खोजने की जरूरत नहीं, वे जैसे उपन्यास में चित्रित हुए हैं, उन्हें उसी रूप में देखने की आवश्यकता है। मैंने उपन्यासलेखन के अनुभव में यह देखा है कि किसी वास्तविक पात्र को लेकर जब रचना शुरू होती है तो रचना की गत्यात्मकता में मूल पात्र प्रायः एक हद तक स्वतंत्र हो जाते हैं, वे अमूर्तता से जब मूर्तता ग्रहण करते हैं तो वे लेखक को स्वयं यह बताने लगते हैं कि उनका क्या किया जाए....यह लेखन की द्वंद्वात्मकता है, जादू और जद्दोजहद कि पात्र जीवंत होकर अपनी सूरत और सीरत स्वयं निर्धारित करने लगते हैं परंतु अंततः लेखक को ही यह तय करना पड़ता है कि वह पात्रों द्वारा उछाले गए प्रकारों और संभावनाओं में वह किसे चुने और उन्हें अंतिम स्वरूप क्या दे। सृष्टि का रहस्य यह है कि वह संपूर्णतः पूर्वनिर्धारित नहीं होती अन्यथा वह यांत्रिक हो जाती है। किसी रचना के वृत्तांत और पात्र वैसे ही प्रयोगशील होते हैं जैसे वास्तविक प्राणी होते हैं, उनमें एक अप्रत्याशित तत्व रहता है।

'प्रतिरोध' का नायक एक विशिष्ट व्यक्ति है, कवि, संघर्षधर्मा व्यक्तित्व, अतएव इस उपन्यास में उसकी तथा उसके साथियों की रचनाओं के उद्धरण भी दिए गए हैं जो उनकी शख़्सियत की ख़ासियत को उभारते हैं और उन्हें गहराई देते हैं। इनके सिवा इस उपन्यास में अनेक वास्तविक व्यक्ति भी हैं जिनके विषय में मूल्यांकनों द्वारा मनुष्यता की उनकी भूमिकाओं की भव्यता या अभव्यता की झांकी दी गई है। यहां उन्हें लांछित या प्रशंसित करने का इरादा नहीं था, प्रयोजन यह था कि क्या होना चाहिए था और लोग क्या कर रहे हैं।

'प्रतिरोध' उपन्यास जहां अपने सामयिक कथ्य के आकर्षक और आधारभूत अक्षांशों और देशांतरों की ओर ध्यान आकर्षित करता है, वहीं वह मूलभूत मानव–अस्तित्व और उसकी सार्थकता का अन्वेषण, मनन अैर मूल्य–गवेषणा भी करता है। उसमें प्राणवंत प्रसंगों के प्रत्याशित–अप्रत्याशित मोड़ और मूर्च्छनाएं, मोह और मतताएं हैं, वहीं परिवर्तन की जानलेवा कशमकशें भी हैं, स्थिति, गति और नियति के आवर्त और वात्याचक्र भी हैं। 'प्रतिरोध' की सजधज, भाषिक बुनावट और बनावट (टैक्स्चर) प्रचलित से भिन्न और निराली है जो 'पक्षधर' और 'दूसरा भूतनाथ' का अग्रगामी विकास है, ऐसा मुझे लगता है।

'प्रतिरोध' का संदेश यह है कि जब विकल्प स्पष्ट न हों, लगे कि सभी दिग्भ्रमित हैं, तब प्रतिरोध ही एकमात्र लक्ष्य रह जाता है और उसी की प्रक्रिया से नए विकल्प उदित हो सकते हैं। यथास्थिति को स्वीकार कर आत्मनिर्वासन में जीने लगना या सहन करना, मानव–गौरव के विरुद्ध एक षड्यंत्र या चातुर्य–सा प्रतीत होने लगता है। इस अर्थ में 'प्रतिरोध' एक करणीय कार्यक्रम भी बन जाता है, 'क्या किया जाए?' इस प्रश्न का उत्तर 'प्रतिरोध' है।

मानवता की दृष्टि से पतनशील या ह्रासोन्मुख–स्थितियों में अधिकतर उपन्यासों के नायक और पात्र पतनशील (डिकेडेंट) ही दिखाए जाते हैं किंतु इस 'प्रतिरोध' में नायक और पात्र प्रतिरोधशील प्रतिबद्ध और संकल्पशील हैं यही इस उपन्यास 'प्रतिरोध' को दूसरों से पृथक करता है–विकास, प्रगति, अभ्युदय, बाहरी समृद्धि और चकाचौंध के भीतर मानवीयता का ह्रास जो कैंसर की तरह बढ़ रहा है, वह नयी शताब्दी में

रुके, निरुद्ध हो, निर्गत और नष्ट हो तथा मानव मूल्यों तथा मानवीयताओं को पुनः बढ़त मिले, यही इस उपन्यास का उद्देश्य है।

यह रचना स्वर्गीय श्री गोपालकृष्ण कौल को समर्पित है, जिनमें मुझे प्रतिरोध का एक आभास मिला था, एक निरंतर, असंतोष, वितृष्णा, विक्षोभ और मानव स्थिति और उसकी निष्क्रिय नियति के प्रति प्रगूढ़ वेदना, तीक्ष्णता और ताप श्री गोपालकृष्ण कौल में था जो उन्हें आत्महनन की ओर ले जाता था और अंत में वह उसी ओर ले गया। किंतु यहां इस उपन्यास में उनका हूबहूपन खोजना उसी तरह अयुक्त होगा जैसे किसी रचना में तथ्य या वास्तविकता का यथावत् अन्वेषण करना।

किसी सशक्त दृष्टि संपन्न व्यक्ति के औपान्यासिक रूपांतरण में जिस यातना, व्यथा और विकलता का अनुभव करना पड़ता है, उसमें से गुजरते हुए मैंने यह उपन्यास लिखा है, जैसे यह सब नायक कृष्णगोपाल और उद्धव पर नहीं, मुझ पर गुजरा है अतएव यह मात्र कल्पना का करतब नहीं है, यह अनुभूत सत्य है। यहां विचार, अनुभूति में और अनुभूति, विचार में बदलती हुई एक ऐसे सृजन का उपकरण बनी है जिससे मैं स्वयं विस्मित हूं।

विश्वम्भरनाथ उपाध्याय

गया प्रयाग
सात–3 पच्चीस
जवाहरनगर, जयपुर–302004
(राज.)

1

वह व्यक्ति था क्या? व्यक्ति होता तो वह सदा धधकता क्यों रहता? बड़े–बड़े भट्टे कभी शांत और ठंडे होते हैं या किए जाते हैं वर्ना वे छार–छार हो जाते. ...शांत तो वह भी होता है पर हमेशा व्यंग्य या विडंबना में, जिसे वह हास्य कहा करता था, हंसी, पर उसमें काट रहा करती थी जैसे वह बरसों के घनीभूत आक्रोश, क्रोध और वैर के भाव से प्रतिकूल व्यक्तियों को मन ही मन कत्ल करते–करते इतना सहज हो गया हो, गोया वह पेशेवर फांसी लगानेवाला हो जो बिना किसी क्षोभ के अपराधियों को जेल में फांसी लगाने के लिए सरकार द्वारा नियुक्त किया जाता है।

पर पेशेवर जल्लाद और उसमें अंतर यह था कि वह खराब या उसकी दृष्टि में खराब लोगों के विडंबन में मजा लेता था और शत्रु के व्यक्तित्ववध में अद्‌भुत कुशलता दिखाया करता था...वह किसी विशेषज्ञ के आत्मविश्वास और प्रवीणता के साथ, आत्मसजग हुए बिना, प्रतिद्वंद्वी को वार्तालाप में ऐसे कतरता था गोया वह अपने सरौता से सुपारी कतर रहा हो....और उन क्षणों में उसके मुख पर जो मुस्कराहट आकर जम जाती थी, उसके भीतर लगता था कि कोई बड़ा और व्यापक विचार विराजा हुआ है जो विशिष्ट होने पर भी सामान्यीकृत है, ऐसा जिसे कहावत के रूप में कहा जा सके....उसे ऐसा अनुभव होता होगा कि वह परोपकार की पराकाष्ठा में पहुंचा हुआ है. ...किसी विकृति के वाहक व्यक्ति का मनोरंजक विखंडन परोपकार ही है, ऐसा वह मानता था। कहता था कि जो दुष्ट है, उसे यह बोध कराना कि वह बुरा है, यह सबसे बड़ा सत्कार्य है, वह भी इस तरह कि सुनने वाले हंसें और वह भी पर भीतर ही भीतर जो अपनी धुनाई पर भन्नाए पर सहने को विवश है।

जो बुरा है, वह अपनी बुराई सुनने पर या तो सहता है या भयंकर हो जाता है, धृष्ट पर उससे वह श्रोताओं; दर्शकों की नजरों में और अधिक गिर जाता है। इस स्थिति में गजब यह था कि वह प्रायः शांत रहता और दुष्ट की धृष्टता को उसकी वीरता बताकर वह इस तरह बखानता कि वह मतिभ्रम में पड़ जाता कि उसकी प्रशंसा हो रही है या निंदा....वह इतनी गंभीरता से उसकी बदतमीजी को बहादुरी में बदलता कि वह अपनी अशिष्टता पर फूलने लगता....तभी सामूहिक अट्टहास होने पर वह खिसिया जाता और सचमुच क्रोध में आ जाता। तब वह पुनः उसकी प्रशंसा करता.....यह बुरों का विखंडन, एक कला की तरह वह अपने में विकसित कर चुका था और समझता था कि यह कला अतिमानवीय है, करणीय क्योंकि व्यंग्य, व्यंग्यकर्त्ता को विधाता बना देता है, न्यायाधीश दंडाधिकारी भी और स्वादिष्ट तथ्य

यह है कि–उस दंडनायक व्यंग्यकारी से बचना भी असंभव था क्योंकि वह मैत्री और ममता को, अवांछनीयों के वध के लिए आवश्यक समझता था क्योंकि जो शत्रु है, वह मरने के लिए व्यंग्यकारी के पास क्यों आएगा....इस कारण भद्र समाज में वह स्वयं नियुक्त न्यायकर्त्ता दंडाधीश तत्वज्ञानी कलाकार साहित्यकर्त्ता और परोपकारी, सब एक साथ था, वह सचमुच अपने शिकारों का काम कराया करता, उनकी संस्तुतियां करता, खिलाता–पिलाता मगर वह काटकता में कोई कमी नहीं लाता बल्कि महीन से महीन होता हुआ शत्रु को रगड़ता चला जाता और ऐसी मार मारता जैसे उसे कोल्हू में गन्ने की तरह इस तरह पेर रहा हो कि गन्ना समझे कि उसका सत् निकाला नहीं जा रहा, उसे रस पिलाया जा रहा है....

वह बतकही तक सीमित नहीं रहता था, चक्कर भी चलाता था....पर मजाल है कि कोई पता लगा ले कि यह उसका ही खेल था और पता लगा भी ले तो वह उस शिकार को किसी अन्य लाइन पर डाल देता था ताकि वह उलझकर रह जाए और संदेह की हालत में आ जाने पर वह उसके संदेह बढ़ाता रहता....तथापि यदि आखेटित व्यक्ति ताव में आ ही जाता तो उसके समर्थक जो सर्वदा उसे घेरे रहते थे, उस आपे से बाहर जाने वाले को उसकी जगह दिखा देते....तब वह व्यक्ति विवश होकर धमकियां देता हुआ चला जाता किंतु उसकी चुनौती की परवाह न कर वह एक ठहाके को उसके पीछे रामबाण की तरह लगा देता और वह सव्यंग्य वाक्य उसका पीछा न छोड़ता।

उसका नाम तो कुछ और था, जिसे वह छिपाता रहता किंतु उसको बातचीत और व्यवहार में चक्कर चलाने वाला जान कर लोग, खासकर उसकी सर्किल के लोग और साथी कृष्णगोपाल कहा करते थे और इस नाम का रहस्य एक मित्र ने यह बताया था :

"यह जो आसपास है, वह कंस का नगर है....जिसे देखो, वह कंस का मुखबिर, उसका चाकर, उसके द्वारा नियुक्त वधिक....नगरों के नाम, भिन्न–भिन्न हैं पर नामों से क्या होता है, अपना कृष्ण सच कहता है कि यह मान लें कि सर्वत्र कंस का राज है तो जीवन का लक्ष्य निश्चित हो जाता है। वह लक्ष्य है, प्रतिरोध....सर्वत्र, प्रतिरोध, सार्वभौमिक प्रतिरोध....वही अपने हाथ में है, क्या पता कृष्णावतार कब होगा. ...भविष्य पुराण कहता है कि कलियुग में कृष्ण पुनर्जीवित होगा, द्वितीय कृष्णावतार, परंतु अभी तक तो हुआ नहीं। लोगों को विश्वास है कि श्वेत घोड़े पर आरूढ़ भुवनमोहन, कन्हैयाजी, कल्कि का अवतरण होगा....वह जनता–जनार्दन, कब तक आर्त्त पुकार की उपेक्षा करेगा? वह तो नंगे पैर दौड़कर दुःखी प्राणियों का उद्धार करता है....लेकिन समूह तो मिथक में, मिथ्या स्वप्नों में, पुराण कथा में जीता है....कंस के राक्षस प्रबल हैं, अनंत हैं, कैसा आतंक है, उनका और कृष्ण नहीं आ रहा है, वह तो कुंजों में राधा के पैर पलोट रहा होगा, वह गोपीवल्लभ....ह..ह..ह..ह....क्या गल्प रची है, पुराणों ने, कवियों ने !"

"यह सबका 'कृष्ण' है, कृष्णगोपाल तो उसी से पूछें....उसे सुनना तो एक अनुभव होता है। उससे पूछा गया :

"आप कृष्णगोपालजी क्यों कहलाने लगे?"

वह हंसा, फिर रहस्यमय स्वर में बोला–"आप किसी से कहें नहीं, ये जो आत्मशिल्पी है, इनमें जो जनपक्ष के हैं, ऐसे बुद्धिजीवी, पत्रकार, कार्यकर्ता, नेता,

कवि, लेखक, वकील....जो अच्छे हैं, उन्हें कन्हैयाजी ने मथुराओं में नियुक्त कर दिया है, कंस–व्यवस्था के प्रतिरोध के लिए, हां, यह सच है !"

आंखें बड़ी–बड़ी कर रहस्य का आनंद लेते हुए कृष्णगोपाल ने मित्र के कान में कहा–"प्रतिरोध ! रजिस्टेंस....यही जीवन की पहचान और मर्म है....यह है तो वह वसुदेव–देवकी–नन्द–यशोदा–वासुदेव–बलराम का पक्षधर माना जाएगा, जिसमें बुराई, बुरे लोगों और विकृत व्यवस्था के विरुद्ध प्रतिरोध का भाव नहीं है, वह मानव नहीं कंस का दानव है....यह सत्य है....जो चाहे आजमा ले।"

मित्र ने आपत्ति की–"लेकिन कृष्णजी, इस तरह पौराणिकों की तरह लोगों को देवता और राक्षस में, राम और रावण में, कृष्ण और कंस में विभाजित करना मनोविज्ञान की दृष्टि से असंगत है....श्वेत–श्याम के ध्रुव मनुष्यों में नहीं हैं, वहां तो रोचक धूप–छांह होती है....बुरे से बुरे में भी भलाई रहती है....आप लोगों के साथ अन्याय कर रहे हैं, नहीं?"

"आपका मनोविज्ञान व्यक्तिगत दृष्टि से ठीक है, अस्तित्वतः प्रत्येक व्यक्ति की संरचना मिली–जुली है, धूप–छांह ही है किंतु जनसामान्य की दृष्टि से जो कुल मिलाकर, आततायी है, भ्रष्ट है, दुष्ट और परजीवी है, पैरासाइट.....वह राक्षस ही कहलाएगा। यों तो उसमें भी बदलने की संभावना रहने से, ब्रह्मवादी कहेंगे कि उसमें ब्रह्म है, कीट–पतंगों में भी, क्रूर वन–पशुओं में भी क्योंकि वे भी प्रकृति का प्रयोजन पूरा कर रहे हैं, परंतु भेड़िए को भेड़िया ही कहा जाएगा, वृकासुर, पाखंडी को बकासुर....नाम किसी प्रधान प्रवृत्ति, मुख्य लक्षण के वाचक होते हैं, वे अपने में सत्य नहीं किंतु वे किसी जनरल टेंडेंसी के संकेतक होने से सही या गलत होते हैं।"

मित्र कृष्णगोपाल की गहराई और ज्ञान से प्रभावित हुआ–"अरे, यह तो सचमुच पहुंचा हुआ निकला, यह कहीं सचमुच द्वापर के ब्रजाधीश द्वारा कलियुग में भेजा हुआ कोई कृष्णसखा तो नहीं है....?" मित्र ने जब दृष्टि गड़ाकर उसे देखा तो उसके चेहरे में से कई चेहरों की झाईं पड़ी जैसे उससे द्वापर के कृष्ण के साथी, श्रीदामा, भाई बलराम, सुदामा, उद्धव आदि के चेहरे निकल रहे हों, मित्र विस्मित हुआ, वह समझ गया, हंसा–"आप स्वयं जनपक्ष के हैं सो आप मुझमें अब श्रीकृष्ण की लीला देख रहे होंगे, लीलाधर के साथी, पर यह फंतासी है....किंतु बंधुवर, मुझे आप उद्धव से लग रहे हैं....मैं आपको उद्धव कहूं तो?"

"जब लीला होनी ही है तो जो चाहें नाम रखिए....मिथक या पुराणकथा, ऊपर से मिथ्या है, गल्प, फंतासी पर उसे खोलो तो उसमें सत्य रहता है और जनमानस में पुराण; मिथक भरा हुआ है सो मिथकीय नाम रखने से वह कथ्य को तुरंत समझ लेती है, वह जनता.....अब आप किस चिंता में हैं?"

कृष्णगोपाल ने कहा–"मुझे लग रहा है कि कोई दानवीय खाद्यपदार्थ आ रहा है हमारी ओर....भूख भी लग आई है, शाम हो रही है.....कोई दानव आ जाए तो किसी रेस्त्रां में चलें?"

उद्धव और कृष्णगोपाल टहल रहे थे। साथ में कृष्णगोपाल के परिचित पंकजजी भी थे। उसे कृष्ण ने सूंघा और व्यंग्य रचा :

"यह पंकज है, इनसे आज मानुस–गंध आ रही है।"

उद्धव के उत्सुक होने पर वह कृष्ण बोला–"जी हां, इस पंकज में गंध बदलती

रहती है। कल, इन्होंने कोई कंसीय कृत्य किया होगा, सो इनसे कीचड़ की गंध आ रही थी।"

ठहाके के तूफान में पंकज, गिरते–गिरते बचा पर वह कृष्णगोपाल का अभ्यस्त था, चोट चाट गया। वह कहने लगा–"मैंने कल कौन–सा कंसकृत्य किया था, आपको किसने कहा?"

"कल आपने मेरे विरुद्ध गुट की गुप्त मीटिंग में हिस्सा लिया और यह वादा किया कि आप मेरे खिलाफ कार्यवाही करेंगे।"

"ऐसा कुछ नहीं था, लेकिन आपके उच्चाटक अंदाज और उखाड़ू उवाचों से आहत कई लोग आपको रगड़ने की जुगाड़ में रहते हैं।"

"और आप उसका स्वाद ले रहे हैं, धन्य हैं आप....खैर, आप मुझे सहते हैं, हम भी सहेंगे....उद्धवजी, आप भी क्या सहेंगे इन्हें....नहीं सहें तो हम पृथक हो जाएं....वह मेरा आखेट आ रहा है....वह देखो !"

पंकज और उद्धव हैरत से उस दिशा में हेरने लगे, जिस तरफ कृष्णगोपाल तक रहे थे....स्कूटर पर बैठा वह व्यक्ति पास आया और उतरकर नाटकीय मुद्रा में नमस्कार करने लगा। कृष्ण ने व्यंग्य मुस्कान में मिलाकर प्रहार किया–"आप प्रसन्न हैं, कोई हरकत कामयाब हुई होगी, नहीं?"

हमारी हंसी के मध्य वह कृष्ण का आखेट बोला–"भाई साहब, वह....वो....वो ही आपका विरोधी कह रहा था कि.....कि....मुझे बड़ा बुरा लगा।"

कृष्णगोपाल बोले–"तब आपने क्या कहा, प्रश्न उसकी विरोधी कार्यवाही का नहीं, आपके समर्थन का है, आपने हमारे समर्थन. में क्या कहा?"

"भाई साहब....हम जरा उसके अंतर्मन को जानना चाहते थे....सो, हमने आपकी कुछ निंदा की, ऐसी जिससे आपके व्यक्तित्व की कोई हानि न हो रही हो और उसका निंदा का टपारा खुल जाए....तब वह खुला और बहुत कुछ बोल गया....भाई साहब, आपके सम्मुख लोग आपकी प्रशंसा करते हैं, पीठ पीछे काटते हैं....आप इसका उल्टा करते हैं....आप अपनी रीति–नीति बदलिए....मुंह पर प्रशंसा, पीछे निंदा, यह सुरक्षित मार्ग है।"

"यही परंपरा है !" पंकज उस नवागत से कुछ चिढ़ता था। वह भी पंकज से खुन्नस खाता था। उसने मुंह बिदोरा जैसे एक अज्ञानी व्यक्ति को 'परंपरा' जैसे गंभीर शब्द कहने का अधिकार न हो–"मिस्टर पंकज....अब आप आगे 'आधुनिकता' शब्द का प्रयोग करेंगे। नहीं?"

पंकज भी कई घाटों का पानी पी चुका था। वह इस नवागत के मिथ्या अहंकारी ढब को नीचा दिखाने के लिए बमका–"आधुनिकता जैसा जटिल प्रत्यय, स्थूलमति के मारे हुओं के सामने क्यों रखा जाए....मैंने परंपरा शब्द का प्रयोग, 'रूढ़ि' के अर्थ में किया था। आपको तो परंपरा और रूढ़ि का अंतर मालूम ही है।"

नवागत उखड़ गया–"मुझे आपसे शब्दार्थ सीखने की जरूरत नहीं....मैं तो कृष्ण भाई साहब को संबोधित था....आपसे नहीं।"

"यहां मित्र लोग हैं, आप शायद मित्र–व्यवहार नहीं जानते....मित्रों में कोई अनुमति लेकर नहीं बोलता और आपको तो बोलना आता ही नहीं, आए और निंदा का प्रसंग सुनाने लगे....।"

"मैं आपसे बात नहीं करना चाहता !"

"अच्छा तो ले !"

यह कहकर पंकज उस नवागत पर झपटा। घबराकर उद्धव ने पंकज को पकड़ लिया।

"अरे पंकजजी, यह आप क्या कर रहे हैं?"

"छोड़िए, यह धूर्त्त और धृष्ट है। साला, अपने को समझता क्या है?"

रोकते–रोकते भी पंकज का एक झापड़ पड़ ही गया। नवागत भी हुंकारा और प्रतिप्रहार के लिए झपटा किंतु उद्धव दोनों के मध्य में आ गया। कृष्णगोपाल ने बात बिगड़ती देख परिचित कहकहा उछाला–"बंधुओ ! मेरी राय है कि आप दोनों भूल कर रहे हैं....पहले कुछ खाया–पिया जाए....पंकजजी, कल चाय पिला चुके हैं, सुरेशजी, आप नवागत हैं.....चलिए, आप हमें चाय पिलाइए और आप नहीं मानें तो मैं पिलाता हूं....चलिए, आइए पंकजजी....उद्धवजी, चाय के बाद वहां एकांत में, पार्क में उधर, पंकज और सुरेशजी में द्वंद्वयुद्ध होगा....आप पंकज के और मैं सुरेशजी का जोड़ीदार बनूंगा....गनों की जगह द्वंद्वयुद्ध, गालियों का होगा....हो जाए यार, बहुत दिनों से बड़ी बोरडम रही है, ह, ह, ह, ह।"

रेस्त्रां में पंकजजी मेरे पास और सुरेशजी कृष्णगोपाल के पास बैठे। प्रतिद्वंद्वी माहौल को बदलने के लिए उद्धव ने गोपालजी से पूछा–"आप इधर क्या लिख रहे हैं?"

"क्या लिखना है? लिखने से क्या होता है, कुछ ख्याति मिल जाती है, पुरस्कारदाता अनुकूल हो गए तो इनाम–इकराम की लाटरी खुल जाती है....कार्यक्रमों में गए, बोले तो किसी मूर्ख पत्रकार द्वारा आपके विचार उलटे–सीधे छप जाते हैं....बस। समाज इतना सड़ चुका है कि इस पर किसी रचना या विचार का असर नहीं होता....लिखना तो एक्शन की किसी चुटीली कार्यवाही का स्थगन है....लेखन एक प्रकार का करतब है या अरण्यरोदन....हां, मनोरंजन हो सकता है पर जब दूरदर्शन से इंद्रियरंजन हो रहा है तो साहित्य कौन पढ़े और जो पढ़ता भी है, वह रसास्वादन के लिए पढ़ता है.. ..मैं रसानुभूति के लिए नहीं, विषानुभूति के लिए जब–तब लिखता हूं....और विषानुभव के जहर को मन में घोलते रहने से स्वास्थ्य खराब होता है....मैं इस आत्महत्या के विरुद्ध हूं।"

एक ठहाके से वक्तव्य को पूर्णविराम देकर वह चुप रह गया गोया वह किसी गहरी पीड़ा के कढ़ाव में उबल रहा हो.....सब स्तब्ध थे।

मौन होकर वे खाते–पीते रहे....सांझ रात्रि में बदल रही थी। सुरेश ने लेखन–सृजन के पक्ष में पुस्तकीय तर्क दिए, कहा कि 1789 की फ्रांसीसी क्रांति की पृष्ठभूमि विक्टर ह्यूगो, रूसो और वाल्तेयर ने बनाई थी। साहित्य से चेतना तो बनती है, संवेदना भी; पर देर लगती है।

सुरेश के तर्क में जाने हुए की पुनरावृत्ति थी। कृष्णगोपाल की त्यौरी चढ़ी पर वह अपने को कसने में भी निपुण था, दमित आक्रोश को चबाता हुआ बोला–"अब आप कहेंगे कि राष्ट्रकवि मैथिलीशरण गुप्त ने राष्ट्रीय आंदोलन करा दिया। जब कि मैथिलीशरण, राष्ट्रीय आंदोलन के परिणाम थे और वैसे ही अन्य कवि....मिस्टर सुरेश, आंदोलन के केंद्र में विचार होता है, सामाजिक–राजनैतिक विचारप्रवाह, तज्जन्य मूल्य, आदर्श, लक्ष्य और आंदोलनात्मक कार्यवाही से जनचित्त बदलता है....कविता या साहित्य

उसे ताव देता है पर तनाव तो आंदोलन ही रचता है....आप अपनी तरक्की में लगे हैं, पंकजजी भी....अन्य सब भी....तो आंदोलन/संगठन का काम कौन करे....प्रतिरोध कौन करे? हम अपनी प्रतिभा दिखाने और प्रसिद्धि के लिए आपस में लड़ रहे हैं....हमारी समस्या रोजी–रोटी नहीं, वह हमारे पास है, हम आत्मस्थापना के हेतु टकरा रहे हैं, तिकड़में कर रहे हैं, अखबारों और अन्य संचार माध्यमों का इस्तेमाल कर रहे हैं....अब चलें?"

"कहां चलें? कोई जाने योग्य जगह ही नहीं रही। है क्या?" पंकज उदास हो गया था। कृष्णगोपाल का शब्द–प्रति–शब्द उसे चुभ रहा था। वह ऊब गया और उसने विषय को घुमाया, जैसे कुछ याद आया हो, वह बोला–"बड़े भाई, याद आया, एक जगह है।"

"जगह है क्या? इस शहर में भी कोई चुम्बकीय व्यक्ति है....तो वहीं चला जाए, क्यों सुरेशजी?"

"बंधुवर मुझे आज्ञा दें।"

"लेकिन अभी तो पंकज के साथ द्वंद्वयुद्ध होना है....लगता है, आप पीछे हट रहे हैं, नहीं?"

सुरेश बोला–"आइ एम सॉरी, भाई साहब....आप आपसी झगड़े की कीमत आंक चुके हैं, मुझे खेद है कि मैं उत्तेजित हो गया।"

"पंकजजी, आप भी क्षमा मांग लीजिए, ताकि यह सत्य सिद्ध हो जाए कि भद्रलोक कभी लड़ता नहीं, झगड़ कर वह माफी मांग लेता है....विग्रह तो आम आदमी करता है खास लोग कभी विग्रह में अपनी समय की पूंजी नष्ट नहीं करते, वे तो शक्ति का प्रयोग अपनी उन्नति, विकास और आत्मोन्नयन के लिए करते हैं और हम भद्र लोग हैं, नहीं?"

"अभी आप आपसी टंटे को बुरा कह रहे थे, अब उसी का समर्थन कर रहे हैं?" सुरेशजी हकलाते हुए बाअदब बोले।

कृष्णगोपाल ने व्यंग्य किया–थोड़ा विग्रह, थोड़ा स्वाभिमान, थोड़ा रमण, थोड़ा भ्रमण, थोड़ा रोष, थोड़ा संतोष, थोड़ा संबंध निर्वाह, थोड़ा अहंकार, थोड़ा अभिनिवेश, थोड़ी पूंजी, थोड़ी ग्लानि, थोड़ी सामाजिक चेतना, थोड़ा परोपकार, थोड़ा कर्त्तव्य....सब थोड़ा–थोड़ा, यह अल्प पूंजीवाले मध्यवर्गीय व्यक्तित्व का लक्षण है... .सब थोड़ा–थोड़ा। पैटीबूर्ज्वा व्यक्ति कभी एक ध्रुव से दूसरे ध्रुव पर नहीं जाता। वह मूलतः वणिक होता है जो लाभ–हानि तौलता है....और हानि–लाभ का हिसाब बराबर करता रहता है। एक पलड़ा झुका तो तराजू का दूसरा पलड़ा बराबर कर लिया, यही न?"

सुरेश तमका–"मैं ऐसा नहीं हूं भाई साहब....किंतु आज एक आवश्यक कार्य है. ...प्रतिद्वंद्विता किसी दिन होगी जरूर पर आज नहीं।"

"क्यों पंकजजी?"

"आप मजाक की आयोजना खूब करते हैं....लेकिन आपके ख्यालात ऊंचे हैं, इसलिए हमें लड़ाकर आप अपनी बोरडम दूर करना चाहते हैं, क्यों सुरेशजी?"

"आप ठीक कहते हैं....हम....हम रचनाकार हैं, हम क्यों लड़ें? लड़ने का कोई बड़ा लक्ष्य चाहिए।"

कृष्णगोपाल ने पूछा–"अच्छा? बड़ा लक्ष्य, वह क्या होता है?"

"जैसे....जैसे....जो लोगों के साथ अन्याय और धोखा हो रहा है, उसका प्रतिकार करना, प्रतिरोध ही हमारा लक्ष्य हो, यह आपका ही संदेश है, प्रतिरोध, रेजिस्टेंस। आपसी नहीं, वर्गीय यही न?"

कृष्णगोपाल ने कहकहा लगाया तो रेस्त्रां के लोग चौंककर देखने लगे। पर कृष्णगोपाल अप्रभावित रहे....वह हंसते ही रहे....पुनः अचानक उठकर खड़े हो गए और उनके साथ पंकज और सुरेश भी उठ गए....सब बाहर आ गए।

कृष्णगोपाल ने शरारतन, पंकज और सुरेश को देखा और जब उन्होंने सिर झुका लिए तो वह ठठाकर हंसा–"आप दोनों ने एक–दूसरे से क्षमा मांग ली। अब यह विदाई बेला है। आप व्यथित होंगे सो आप भरतमिलाप तो कर लें ताकि फिर कभी विग्रह न हो।" और फिर वे दोनों यंत्रवत गले मिले और रोने–बिलखने का नाटक भी किया। देखनेवाले मुस्कराने लगे। गोपाल ने चुटकी ली।

"अब बंद करो भाई वर्ना मैं भी रोने लगूंगा।"

सब हंसे और एम॰ आई॰ रोड पर पान की दुकान की ओर बढ़े। गोपाल ने प्रस्ताव किया कि गालियों का द्वंद्वयुद्ध फिर कभी सही पर उसका सगुन तो कर देना चाहिए....ऐसे शुभकार्य में विलंब होने से अंतरिक्ष के वे नक्षत्र नाराज हो जाते हैं जिन्हें ज्योतिषी नहीं जानते....इन अज्ञात सितारों में जो इस समय गुफ्तगू हो रही है, उसे मैं आपको सुना सकता हूं बशर्ते मेरे पान में चूना कम, कत्था ज्यादा लगवा दें आप लोग।"

"हां, वे नक्षत्र क्या बोल रहे हैं? उनके नाम भी तो होंगे।"

"चूंकि वे नक्षत्र मुझे अभी सूझे हैं और आज आप दोनों में ऐतिहासिक युद्ध और संधि हुई है अतएव मैं उनके नाम आप दोनों के नाम पर रखे देता हूं.... वे सुरेश और पंकज नाम के चंद्रमा हैं, जिन्हें गैलेलियो नाम का गगनयान खोज रहा है....वहां जीवन के लक्षण मिले हैं। वहां जाने पर ऐसा लगता है जैसे वे आपस में बोल रहे हों।"

"वाह ! तो वे क्या कह रहे हैं?"

"लगता है उनमें प्रतिद्वंद्विता हो रही है,....अरे, वे तो एक–दूसरे को गरिया रहे हैं, सुनिए। उनका समकालीन संघर्षशील संवाद सुनिए।

सुरेश–"आप आधुनिकतम वैज्ञानिक युग में स्वर्गीय गैलेलियो की तरह पिछड़े हुए हैं।"

पंकज–"और आप इस आकाशरूपी पेड़ की जिस डाल पर बैठे हैं, उसे काट रहे हैं और दूसरों के रटे–रटाए उद्धरण सुनाकर अंतरिक्षवासियों के कानों में कैंसरकारी उपमान भर रहे हैं।"

उद्धव, सुरेश और पंकज ठहाके लगाने लगे, अन्य श्रोता भी मजा लेने लगे। ऐसी अद्भुत गालियां तो दुर्लभ थीं। कृष्णगोपाल अपनी धुन में थे, बोलते गए।

सुरेश–"आप एक ऐसे पलंग हैं, जिसका एक पैर टूटा हुआ है....आप चने के दरख्त पर अलसी के फूल की तरह बेतुके हैं।"

पंकज–"और आप? आप तो टाप गियर में चल रहे हैं यों आपके ब्रेक कसे हुए हैं, बस भरभरा रहे हैं।"

सुरेश–"आप ब्रह्मांड के परे जो शून्य है, उसमें बिछे बाजरे के जो दाने हैं, उन्हें आप चुग रहे हैं।"

पंकज–"लेकिन आप तो तारों को कम्पट समझकर खा–चबा रहे हैं। और चंद्रमा को बर्फी की तरह देखकर लार टपका रहे हैं।"

सुरेश–"आप घटोत्कच की राज्यसभा के रत्न हैं और अंधकार में ऐश्वर्याराय के नयन से चमचमा रहे हैं।"

पंकज–"आप गणित में कल्पित किए गए जीरो हैं और हर एक अंक के पीछे लगकर व्यर्थ संख्या बढ़ा रहे हैं।"

सुरेश–"आप संज्ञा नहीं, विशेषण नहीं, मात्र कारक हैं, अव्यय हैं, आप !"

पंकज–"आप किसी डॉक्टर के जल्दी में लिखे नुस्खे हैं, जिसे न पढ़ पाकर मेडीकल स्टोर वाला खीझ में उसे फाड़कर फेंक रहा है और आप सड़क पर उड़ते हुए टहल रहे हैं।"

सुरेश–"आप तितली के पुल्लिंग तितले हैं और फूल में बलात् प्रविष्ट हैं....सारे वृक्ष तूफान में गिर गए पर आप झूमते पुष्प का पराग लिपिस्टिक समझकर अपनी सूंड़ों में मल रहे हैं।"

पंकज–"आप चुनाव में पड़े हुए वोट हैं, मतदान के पूर्व अंगुली में लगी स्याही के दाग हैं आप और आप निर्वाचन में विजयी नेता के जुलूस में बजने वाले तूर्यनाद हैं, आप झोंके हैं, डफ हैं, आप तबले हैं, आप ऐसे छल्ले हैं, जिसमें रखे आम आपने स्वयं खा लिए हैं और जो बकले आपने फेंके हैं, वे ही आपके लिखे हुए पन्ने हैं।"

सुरेश–"आप गुलबकावली के ताजुल्मलूक हैं।"

पंकज–"आप अशरफुल्मखलूक हैं।"

सुरेश–"आप सिंधु घाटी सभ्यता के वे अवशेष हैं जिन पर अज्ञात लिपि में लिखा है कि आप तिरन्दमिर्वितानकरन्नुमकुर्दूलम् दलूमर्हुसैन हैं।"

पंकज–"आप राजदूतों के कूटनैतिक कोढ़ हैं जिन्हें मैं ही डीकोड करूंगा।"

सुरेश–"आप महादेव की बरात के भूल–भटके गण हैं और इस एम॰ आई॰ रोड पर अब तक इसलिए सुरक्षित हैं क्योंकि मैंने पुलिस को खबर नहीं की है. ...अब करूंगा।"

पंकज–"आप चंद्रास्वामी के पक्ष में दी गई झूठी गवाही हैं और मैं जज के सही फैसले की तरह आपके पीछे पड़ा हुआ हूं।"

सुरेश–"आप सृष्टि यज्ञ में अशुद्ध उच्चरित मंत्र की तरह हैं, स्वाह के आगे 'इदं न मम' न लगकर आप 'इदम् मम', 'इदम् मम' की रट हैं आप....।"

पंकज–"आप अपराधियों के सिंडिकेट के वरिष्ठ वकील हैं।"

सुरेश–"आप जनता की बड़ी नस में लगे इंजेक्शन की सुई हैं, रक्त खींच रहे हैं और बड़ों–बड़ों को पिला रहे हैं।"

पंकज–"आप राजा नहुष हैं, ऋषियों के श्राप से धरती पर अजगर बनकर गिरे हुए हैं, जो सामने पड़ता है, उसे निगल रहे हैं।"

सुरेश–"आप गायत्री छंद में दोहे, कवित्त और सवैये की तरह बलात् घुसे हुए हैं।"

पंकज–"आप इंद्रसभा से वृहस्पति द्वारा अस्वीकृत वह प्रार्थनापत्र हैं, जिन्हें सुरेश की स्वीकृति के लिए भेजा गया था।"

सुरेश–"आप हैं, नहीं हैं।"

पंकज—"आप कुछ नहीं हैं तथापि आप कह रहे हैं कि आप हैं।"

सुरेश—"आप डाकखाने में रखे हुए लेई के डिब्बे से धरे हैं।"

पंकज—"आप रात्रि के केशों को संवारने के लिए काल के कंघे हैं।"

सुरेश—"आप कनक वृंदावन के काकातुआ हैं।"

पंकज—"आप अणुविस्फोट में काम आने वाले चुम्बक के छल्ले हैं।"

सुरेश—"आप जयचन्द के राजद्वार की निम्नतम सीढ़ी पर चिपके काठ के पृथ्वीराज हैं।"

पंकज—"आप मसालों में हींग, जीरे, हल्दी और लहसुन हैं, आप इलायची और पिपरमेंट हैं, गुलकंद हैं आप।"

सुरेश—"आप गलत घोषणा हैं, रद्द किए हुए नोटिस हैं, आप धिक्कृत रजिस्ट्रार और प्रतिष्ठित फिसड्डी हैं। आप खेजेड़े हैं।"

पंकज—"आप चुप रहिए।"

सुरेश—"यू शट अप।"

पंकज—"आप राजस्थान में चौमूं, उत्तर प्रदेश में भोगांव और पंजाब के शिकारपुर हैं।"

सुरेश—"और आप धातुओं में प्लास्टिक, दालों में मूंग और सब्जियों में कड़वे बैंगन हैं, आप कद्दू हैं, आलू हैं, रतालू हैं, आप आक हैं, मदार हैं, खुजली पैदा करने वाली घास हैं आप।"

पंकज—"आप बूचड़खाने के दरवाजे के बाहर लगी घंटी हैं।"

सुरेश—"आप चले हुए कारतूसों के झोले हैं।"

पंकज—"आप निरक्षर नंदी गण हैं।"

सुरेश—"आप मनुष्यों में मामाजी (चंद्रास्वामी वाले) हैं।"

पंकज—"आप डंकल के प्रस्ताव हैं।"

सुरेश—"आप तालिबान के हुक्मनामा हैं।"

पंकज—"आप सियाचिन ग्लेशियर हैं।"

सुरेश—"आप बहुराष्ट्रीय निगम हैं।"

पंकज—"आप.... ।"

सुरेश—"आप।"

हंसते–हंसते लोगों का बुरा हाल था। लोग कृष्णगोपाल से हाथ जोड़कर कह रहे थे कि अब बंद करें अन्यथा किसी के फेफड़े हास्य से फट जाएंगे। तब कृष्णगोपाल चुप हो गए। सुरेश और पंकज पेट पकड़े हुए सड़क पर गिर गए थे, उन्हें लोग उठाकर खड़ा कर रहे थे।

तभी एक मारुति वैन आई। रुकी और उसमें से एक व्यक्ति निकला। उसने गोपालजी की ओर हाथ ऊंचा किया और अपना सिर भीतर कर लिया। कृष्णगोपाल का ध्यान बंट गया।

पंकज और सुरेश लगभग एक साथ बोले—"भाया, आप आज के द्वंद्वयुद्ध में अद्वितीय रहे, बधाई, इक्कीसवीं शताब्दी में गालियों का नया रूप क्या हो, यह आपने बता दिया....सचमुच, आप अनूठे हैं।"

कृष्णगोपाल मुस्कराते हुए मारुति वैन की ओर बढ़े, हाथ जोड़े, बोले—"तो उद्धवजी, पंकजजी, सुरेशजी, अब तो आप भविष्य में नहीं उलझेंगे?"

"कभी नहीं और उलझे तो अगली बार हम स्वयं नई गालियों का आविष्कार करेंगे।"

"आप ऐसा कीजिए, नए ढंग की सौ–सौ गालियां लिख लाइए और फिर किसी दिन यहां गाली–संग्राम का प्रदर्शन हो और तब जो जीते, वह हम सबको डिनर दे।"

"बेहतर है, यह चैलेंज हम स्वीकार कर लेते हैं। अच्छा नमस्कार।"

"नमस्कार, कहा–सुना माफ कीजिएगा।"

और वह मारुति वैन कृष्णगोपाल को लेकर चली गई।

कृष्णगोपाल ने बगल में बैठे व्यक्ति से पूछा–"सब ठीक है?"

"नहीं, ठीक नहीं है, इसीलिए आपको इतनी रात गए तकलीफ दी गई है।"

"कोई बात नहीं, सब ठीक हो जाएगा। कोई दुर्घटना तो नहीं हुई?"

"नहीं, कोई और बात हुई है।"

"ठीक है, सम्हाल के चलिए।"

कृष्णगोपाल ने महसूसा कि इतने मनोरंजन से जो स्फूर्ति आ गई थी, वह उड़ गई और वही चिंता की परिचित पकड़ पुनः अस्तित्व को रेतने लगी। उसने सोचा, चिंता ही स्थायी भाव है, शेष तो अतिथि की तरह आते हैं, और चले जाते हैं मगर चिंता स्वप्न में भी साथ नहीं छोड़ती, वह स्वप्नों में चिंता से मुक्ति के विकल्पों में अंतर्मन को भटकाती रहती है। कृष्णगोपाल ने एक गहरी श्वास छोड़ी....मानव जीवन में या तो मलंग होकर जिओ या मलूकदास की मनोवृत्ति .अपना लो....किंतु उससे काम चलता नहीं है। सावधान होकर जीना हो तो अहर्निश चिंता दीमक की तरह अंतस्सत्ता को चुगती है....कोई पलायन, कोई रंजन, कोई विलास, कोई नशा, उन्माद, मस्ती, इस चिंता का उपचार नहीं है....फकीर को भी फिक्र होती है.....कृष्णगोपाल ने पुनः पूछा–"कोई बड़ी चिंता की बात है क्या?"

"चिंता तो चिंता होती है, बड़ी छोटी क्या और आप जब हैं तो वह अब आपको ही होगी....हमारी चिंता तो आपको पाकर दूर हो गई....अब आप चिंता करें।"

कृष्णगोपाल ने देखा, घंटा बजाते हुए एक अग्निशमनक गाड़ी जा रही थी। वह सिहर उठे।

2

'प्रतिरोध–मंडल', गैरपंजीकृत एक युवा संगठन था। उसमें अधिकतर विश्वविद्यालय तथा महाविद्यालयों के छात्र–छात्राएं थीं। उसके महिला–मंडल में लेखिका–प्रतिष्ठान की सदस्याएं और अन्य महिलाएं सक्रिय थीं। किसी सामाजिक विषय पर जनतांत्रिक प्रतिरोध होता था। कई वकील भी मदद करते थे। एक 'प्रतिरोध' नाम का पाक्षिक पत्र भी निकलता था, जिसके सर्वेसर्वा, स्वतंत्रता–आंदोलन के सेनानी जगदीशनारायण 'देशभक्त'जी थे। वह वृद्ध किंतु कर्मठ थे, वह सम्पन्न भी थे। उनका पुश्तैनी बड़ा–सा मकान, ट्रांसपोर्ट नगर में दिल्ली जाने वाली रोड के सामने था। जो काफी लम्बा–चौड़ा

था। यों जर्जरता शुरू हो गई थी, तथापि पुराने युग की छतें, दीवालें, मजबूत थीं और तीस–चालीस फुट की ऊंचाई पर छतें पाटीं गई थीं अतएव गर्मी कम लगती थीं।

'देशभक्त भवन' में मुख्यद्वार मजबूत और ऊंचा था। फाटक लगे हुए थे जो प्रायः बंद रहते। एक खिड़की से लोग आते–जाते थे। भारी वाहन, कार आदि आने पर फाटक खोल दिए जाते थे। दस–पंद्रह फुट ऊंची चारदीवारी वाला लंबा प्रांगण था, जिसमें घास लगी हुई थी पर वह व्यवस्थित लॉन नहीं था तथापि बच्चों के खेलने, बैठने और सभास्थल के लिए कामचलाऊ स्थान तो था ही। पुनः भवन था जिसमें अनेक नए–पुराने कमरे थे, पुराना फर्नीचर था। डबल बैड की जगह तख्त पड़े हुए थे पर कुछ कमरों में जुड़े हुए बाथरूम अवश्य थे। बीच में एक बड़ा हॉल था। जिसके चारों ओर कक्ष बने हुए थे। हॉल के सामने और कमरों के सामने चारों ओर पुराने ढंग के चौड़े बरामदे थे।

देशभक्तजी प्रजामंडल, राजस्थान के पुराने कार्यकर्ता थे अतएव उनका परिचय बड़े–बड़े नेताओं से था। वह विशुद्ध गांधीवाद के शुभ्र ध्वंसावशेष थे, सामाजिक कार्यों में वह दत्तचित्त रहते और वह सत्कार्यों, आयोजनों, प्रदर्शनों, पाक्षिकपत्र प्रकाशनों तथा अन्य अच्छे कार्यों के लिए पैसे जुटा दिया करते थे। कृष्णगोपाल उनके विश्वसनीय कार्यकर्ता थे और वह वहीं रहते थे पर मनमौजी थे, जब ऊब जाते थे तो लुप्त हो जाते थे। वह सफल आयोजक थे, कई समितियों के सदस्य थे और प्रतिरोध के आयोजनों में उन्हीं का मस्तिष्क चलता था। देशभक्तजी के मकान में लंगर चलता था। अतः भोजन की कोई चिंता नहीं थी। वहां प्राकृतिक चिकित्सालय भी था और देशभक्तजी आयुर्वेद में भी निपुण थे। धनी–मानी सज्जन आते, देशभक्तजी से परामर्श करते, अनेक सेठ–साहूकार तो सिफारिश के लिए आते थे और दान दे जाते....देशभक्त भवन एक आदर्श सेवा संस्थान–आश्रम बन गया था। पाक्षिक 'प्रतिरोध' के संपादन और प्रकाशन का कार्य कृष्णगोपाल के जिम्मे था। 'प्रतिरोध' में कृष्णजी कविताएं, कहानियां और लेख छापते थे। देशभक्त के प्रभाव से 'प्रतिरोध' को विज्ञापन खूब मिलते और उसके ग्राहक भी थे। कृष्णगोपाल 'प्रतिरोध' में तेजस्वी सामग्री देते थे....वह स्वयं कंटीली–चुटीली शैली में सामाजिक, सांस्कृतिक और साहित्यिक विषयों पर लिखते और लिखवाते थे और आयोजनों में वह संयोजक और संचालक रहा करते थे....एक प्रकार से कृष्णगोपाल, देशभक्तजी के उत्तराधिकारी से बन गए थे पर उनकी विचारधारा गरम थी। उनकी सत्यनिष्ठा बौद्धिकता और संबंध निर्वाह की शक्ति के कारण देशभक्त उन्हें अनुजवत् मानते थे और उन्हें अपने मन की करने देते थे।

जोरावरसिंह गेट के बाहर की श्रमिकों की बस्ती में गांवों से लगातार आ रहे और कच्ची बस्ती बनाकर रहनेवाले ग्रामीणों की संख्या काफी बढ़ गई थी। जवाहरनगर की कच्ची बस्ती भी पहाड़ियों पर फैलती जा रही थी। कच्ची बस्ती वालों ने झोंपड़ियां डाल ली थीं, कुछ कच्चे–अधपक्के छोटे–छोटे घर भी बन गए थे। मर्द लोग तो मजदूरी के लिए चले जाते। कोई दिहाड़ी पर काम करते। काम की कोई कमी नहीं थी....जयपुर शहर वर्धमान था। लगातार नए मकान बन रहे थे। विकास का अर्थ है, धनाढ्यों और मध्यवर्ग के साहबों, बाबुओं; बड़ी सर्विस वालों के निवास बन रहे थे। राजस्थान आवासन मंडल हजारों मकान बना–बनाकर बेच रहा था और दूसरी

ओर श्रमिकों, कारीगरों की कच्ची बस्तियां बनती जा रही थीं जो प्रत्येक चुनाव के समय पानी–बिजली सड़कों की सुविधाएं प्राप्त कर ही लेती थीं....एक कशमकश थी पर जीवन हर हालत में निर्वाह का रास्ता खोज लेता है और चूंकि प्रत्येक नर–नारी वोट होता है जनतंत्र में। अतः राजनैतिक दल, स्वैच्छिक संगठन, जनवादी संघ, सुधारक संस्थान, कच्ची बस्ती वालों की सहायता के लिए आगे आ जाते। उनके राशन कार्ड बनवाते, उन्हें रुग्ण होने पर अस्पतालों में भरती करवाते, उन्हें बड़े लोगों की मार से बचाते।

जोरावरसिंह गेट वाली कच्ची बस्ती के एक घर में गांव से आकर एक मनियां का परिवार रहता था। मनियां मजदूरी करता। उसके चार बच्चे थे। बड़ी लड़की मां के साथ एक बड़े घर में टहल के लिए जाती थी। उसका नाम रामदेई था। राम ने उसे स्वास्थ्य और रूप भी दिया था पर दरिद्रता भी खूब दी थी। मजदूरी कभी मिलती, कभी नहीं भी मिलती। तब मनियां किराए पर रिक्शा लेकर चलाता। उसका स्वभाव सच्चा और अच्छा था। रिक्शा मालिक ने कुछ एक बड़े घरों के बच्चों को स्कूल पहुंचाने और वापस ले आने का काम दिलवा दिया था। इसमें मेहनत कम करनी पड़ती और आय भी हो जाती थी। धनी घरों के बच्चे ममतावश उसका नाश्ता–पानी भी करा देते। उनके माता–पिता भी। जब स्कूल बंद रहते तो वह स्वतंत्र रूप से रिक्शा चलाता था। तो भी चार–चार बच्चों और गांव से अक्सर आए रिश्तेदारों तथा कर्जदारी के कारण मनीराम उर्फ मनियां सदा परेशान रहता था और मंहगाई सुरसा की तरह बढ़ रही थी। रोटी, प्याज और चटनी से काम चलता था। मनियां की पत्नी ने दो–तीन बकरियां पाल ली थीं जिन्हें बच्चे चरा लाते थे। रामदेई इस सदा अभावग्रस्त जीवन से ऊबती और दुःखी थी।

रामदेई जिस घर में काम करती थी, उसमें रंगीन टेलीविजन था। उस घर का एक नवयुवक बाजरे की बाल़ सी बढ़ती रामदेई के अनार से खिलते यौवन पर आशिक हो गया। वह विश्वविद्यालय का छात्र था, पढ़ता, व्यायाम करता, खेलों में भाग लेता और रामदेई को पटाने के उपाय सोचता। रामदेई अपनी मां से चिपकी रहती, न हंसती, न मुस्कराती, यंत्रवत् काम करती, झाड़–पौंछ का कार्य और वह भी इतना बड़ा मकान, थक जाती। तब वह दूरदर्शन देखने लगती। मां चिल्लाती, बिगड़ती पर रामदेई मुस्कराकर रह जाती। मां की फटकार पर नवयुवक मोहन ठाकुर बुढ़िया को डांटता कि वह रामदेई को दूरदर्शन क्यों नहीं देखने देती। रविवार को जब रामायण, महाभारत, श्रीकृष्ण जैसा कोई धार्मिक कार्यक्रम आता तो रामदेई की मां को भी वह मोहन ठाकुर बुला लाता। घरवाले भी एतराज न करते और मां–बेटी दोनों मिलकर कार्यक्रम देखतीं।

नक्षत्र दूरदर्शन के नंगनाच वाले कार्यक्रम रामदेई को बहुत भाते। एक अजीब उत्तेजना उसके शरीर में भर जाती और वह ध्यान से माधुरी दीक्षित जैसी अभिनेत्रियों की एकांत में नकल करती और हंसती....उसका मन करता कि उसके साथ भी कोई उसका चाहने वाला होता....उसका ध्यान मोहन ठाकुर की ओर जाता....कैसा मुग्ध भाव से वह उसे घूरता है। हाय ! एक दिन घर में एकांत था, मां दूसरे कमरे में काम कर रही थी। बर्तनों का ढेर था। मां उनकी सफाई में उलझी थी। रामदेई दूरदर्शन देख रही थी। मोहन ठाकुर को अवसर मिल गया। उसने

सौ रुपये का एक नोट रामदेई को दिखाया, बोला–"रामदेई, ले ले, मैं तुझे पसंद करता हूं, तेरे खर्चे चलते रहेंगे, ले ले। हर बार सौ रुपये। बस, तू मान जा और मुझे जब तब खुश कर दिया कर....मैं तुझे चाहता हूं।"

रामदेई घबरा गई। उसने रुपये नहीं लिए। वह भागी और मां के पास जाकर वह काम में हाथ बंटाने लगी।

मां को शक हो गया, उसने पूछा–"क्या हो गया, तू तो पिक्चर देख रही थी?"

"कुछ नहीं, मां उस पर एक डरावना सीन आ गया था....वे भूत–परेतों को दिखा रहे थे। एक भूत परगट हुआ....वह मेरी ओर मुंह फाड़कर बढ़ा तो मैं डर गई, भाग आई।"

"तू झूठ बोलती है....तेरे लच्छन अच्छे नहीं हैं....तू सपने देख रही है....अरे ये नंगे नाच और गीत अच्छे–अच्छों को बिगाड़ देते हैं....तुझे मेरी सौंगध, सच बता, किसी ने तुझसे कुछ कहा है?"

"नहीं, तू पागल है। भला मुझसे कौन क्या कहेगा। मैं उसका मुंह नहीं नोंच लूंगी।"

"अच्छा–अच्छा, काम निबटवा, और घर चल....मालिक–मालकिन आ रहे होंगे. ...मोहन ठाकुर कहां हैं?"

"मैं क्या जानूं....अपने कमरे में होंगे।"

"हूं....ठीक है, चल जल्दी कर।"

मां बेटी में मौन छा गया। वे देर तक बर्तन धोती रहीं। फिर कार्य निबटाकर वे एक साथ घर चलने को हुईं। मोहन ठाकुर सजे–बजे सामने आए। बोले–"माई, मैं पढ़ने जा रहा हूं, बता देना और इतनी मेहनत मत किया कर। माई सरकार कच्ची बस्ती वालों के लिए बहुत कुछ करना चाहती है। वह पढ़ाई–लिखाई के सिवा, स्त्रियों को सिलाई–बुनाई–खिलौने बनाने, रंगाई, छपाई जैसे कार्य सिखाने के केंद्र खोल रही है। तेरा घर किधर है। मैं देख लूं। एक प्रशिक्षण केंद्र तेरे घर के आसपास खुलवा दूंगा। जहां रामदेई भी और उसकी सयानी बहिनें, साथिनें और अन्य महिलाएं काम सीख सकती हैं। वजीफा भी मिलता है और स्त्रियां जो चीजें बनाती हैं, उसे सरकार खरीद लेती है, इस हाथ काम, उस हाथ दाम। बोल करेगी, करने देगी?"

"ठाकुर, यह तो चोखी खबर है....वहां कोई खतरा तो नहीं है?"

"अरी, वहां सरकार का रोबदाब है, तू डरती क्यों है? अपना पता तो बता तू।"

माई ने डरते–डरते घर का पता बताया। रामदेई ने अबकी बार प्रशंसा के भाव से मोहन ठाकुर को देखा और वह मुस्कराई पर कुछ कहा नहीं। मोहन समझा कि नमी आ गई, पानी ठहर गया। वह प्रसन्न होकर मोटरसाइकिल पर यूनीवर्सिटी चला गया।

शाम को मोहन ठाकुर ने मोटरसाइकिल कुछ दूरी पर छोड़कर रामदेई के घर की राह ली। कच्ची दीवालों पर एक झोंपड़ी थी, जिसके एक भाग में एक टूटे तख्त पर सामान था, नीचे खाने–पीने के बर्तन, और दूसरे भाग में जमीन पर पुराने–धुराने कपड़े पडे थे।

घर के बाहर एक पीपल का पेड़ था। उसके नीचे एक चारपाई पड़ी थी। भीतर बैठने के लिए जमीन पर बिछी चटाई थी, सो माई ने ठाकुर को बाहर चारपाई पर बिठाया। वह गद्गद थी, परेशान भी कि ठाकुर को पानी पिलाने के लिए भी उसके घर बर्तन नहीं थे। मोहन ने एक फार्म निकाला, कहा कि इस फार्म पर वह हस्ताक्षर करा ले; मनियां के और अन्य पड़ोसियों के....कोई जल्दी नहीं है पर दस्तखत जरूरी हैं, तभी यहां प्रशिक्षण केंद्र खुलेगा।"

माई ने कागज ले लिया। ठाकुर के हाथ जोड़े। उसके चेहरे पर विश्वास और अविश्वास की धूप–छांह थी पर मोहन जानता था कि किसी के पढ़ाने पर उसे यकीन करना ही पड़ेगा। माई के पीछे सहमी–सी रामदेई खड़ी थी। उसकी भयग्रस्त दृष्टि जब ठाकुर की नजर से टकराई तो उसे लगा कि धरती घूम रही है। ठाकुर एक आसक्त दृष्टि डालकर बाअदब चला गया।

रामदेई पड़ोस के एक पढ़े–लिखे व्यक्ति को बुला लाई। उसने वह कागज देखा। उसने बताया कि समाज कल्याण विभाग, ऐसे प्रशिक्षण केंद्र खोलता तो है, जहां साक्षरता, शिल्प सब सिखाया जाता है, स्त्रियों को और कुछ छात्रवृत्ति भी मिलती है पर यह कहां खुलेगा। यहां तो जगह है नहीं।

"मोहन ठाकुर कह रहे थे। इसी पड़ोस में ईसुरी दरोगा की बगल में डूंगरी पर स्कूल बनेगा, वहीं सब होगा।"

"हां, वहां तो जगह है। एक पूरी पहाड़ी ही खाली पड़ी है, ऊंची, चौड़ी वहां स्कूल चल सकता है।"

बात आई–गई हो गई। मोहन ठाकुर ने दौड़–भाग की। जगह का निरीक्षण कराया और वहां एक–डेढ़ माह में स्कूल भवन बनने लगा। पड़ोसियों को आश्चर्य हुआ। देखते–देखते वहां प्रौढ़ शिक्षा का काम चलने लगा। स्कूल में बिजली लग गई। बड़े–बूढ़े, बूढ़ियां, अधेड़, किशोरियां अपढ़ किशोर आने लगे। वहां रामदेई भी पढ़ने लगी, शिल्प सीखने लगी। छः माह में प्रत्येक घर वाली को सीने की मशीनें मिल गईं।

इस बीच रामदेई मोहन ठाकुर से काफी हिल गई थी। वह बोलती, हंसती और कभी विनोद भी करती थी। मोहन ठाकुर वहां सप्ताह में दो–तीन दिन पढ़ाने आते थे। उसने रामदेई को कक्षा का मानीटर बना दिया था। इससे उसे रामदेई से बातचीत करने का अवसर मिल जाता था। वह पढ़ाते समय भी, नजर इधर–उधर से लाकर रामदेई के उभरते यौवन पर केंद्रित कर लिया करता। रामदेई तुरत अपनी ओढ़नी से अपने को छुपा लेती पर ठाकुर की प्यासी दृष्टि पर मुस्करा देती थी।

....वह शरद ऋतु की रात थी। मोहन ठाकुर ने जी लगाकर पढ़ाया। अक्षर ज्ञान के बाद वह देश और राजनीति की बातें करने लगा। फिर रात बढ़ते देख लोग और लुगाइयां चले गए। रामदेई को छुट्टी के बाद सामान समेटना पड़ता था सो वह रुक गई थी। एकांत होते देख मोहन ठाकुर ने उसे पास बुलाया और कहा कि वह अभी घर न जाए, एक जरूरी बात करनी है। रामदेई मुस्कराई पर कुछ कहा नहीं। वह सतर्क हो गई थी, तथापि मोहन ठाकुर आसक्ति की चरम स्थिति में पहुंच चुका था....उसने काफी इंतजार किया था, उपकार भी....आज अंधेरी रात थी, दीपावली का कृष्णपक्ष था और स्कूल में संयोगवश कोई नहीं था....कोई अचानक आ गया तो? मोहन भय से थरथराया...फिर सोचा, यह रामदेई कोई सती–सावित्री

तो है नहीं....इन लोगों में यह सब चलता है और यह अब मुस्कराती है, इसका मतलब है कि यह समझती है। अचानक ठाकुर ने रामदेई को बुलाया और सौ का नोट निकालकर कहा कि वह रख ले।

''ले, अब तो मान जा, बहुत समय से सता रही है, मानती ही नहीं है, ले ले अब।''

''ठाकुर, गरीब की भी इज्जत होती है और आप तो हमारे गुरुजी हैं। मैं ऐसी–वैसी नहीं हूं....आप ये रुपये और किसी को दें....मैं जाती हूं, मां आती होंगी।''

ठाकुर ने उसे पकड़ लिया और कहा–''देख, मान जा, मैं आज तुझे छोडूंगा नहीं, तो, दो सौ रुपये ले ले....तुझे जीवनभर रुपये देता चलूंगा।, मान जा....यहां कौन आएगा अब....आएगा तो तब किवाड़ खोलकर चली जाना....मैं बाथरूम में चला जाऊंगा....अब जल्दी कर, कोई बहाना बना देना कि तू यहां सामान समेट रही थी, आ जा अब।''

''नहीं, आप यह रुपये अपनी बहिन को देना....मैं जाती हूं।''

मोहन झपटा। उसने रामदेई को दबोच लिया और उसे साथ लिए हुए किवाड़ बंद कर स्विच ऑफ कर दिया। रामदेई चिल्लाने को हुई पर ठाकुर ने उसके मुंह पर हाथ रख दिया। उसने उसे काट खाया। तब ठाकुर ने उसके मुंह पर हाथ मारा और रामदेई को उठाकर पटक दिया और वह ठाकुर मुंह काला करने लगा। रामदेई ने बहुत हाथ–पैर मारे किंतु मोहन ठाकुर बहुत मजबूत पट्ठा था। अंततः वह शिथिल हो गई, रोने लगी, रोती रही। बाहर डूंगरी पर दरख्त के ऊपर घुग्घू बोला। नीचे खोह में पानी था। वहां शायद किसी सांप ने किसी मेढ़की को निग़ला था। वह बुरी तरह चीख रही थी और इधर रामदेई सिसक रही थी। ठाकुर का मुंह नोंच रही थी, गरिया रही थी पर लाचार थी।

आखिरकार, मोहन ठाकुर उठा। वस्त्र सम्हाले और किवाड़ खोलने झपटा। उसने दो सौ रुपये के नोट रामदेई के ब्लाउज में डाल दिए और चला गया। रामदेई वहीं पड़ी रही। वह बदनामी के डर से चिल्लाई नहीं। जो होना था, हो चुका था। अब डंका पीटने से क्या फायदा, उसने यह सोचा। पुनः मोटरसाइकिल के स्टार्ट होने की आवाज आई और वह फटफटिया चली गई। तब रामदेई उठी। रक्तरंजित पेटीकोट उतारकर उसे गुड़मुड़ी कर हाथ में ले लिया। धोती संभाल कर पहन ली और सिसकते–रोते रामदेई किवाड़ लगाकर डूंगरी से नीचे उतरने लगी।

घर के पास आते ही उसे उसकी मां मिली। वह बिगड़ उठी–''आज इतनी देर से क्यों आई? वहां तू क्या कर रही थी। मोहन ठाकुर अभी मोटरसाइकिल से गया है, वह तेरे साथ स्कूल में होगा, बता नहीं तो तेरा सर फोड़ती हूं, बता हरामजादी बता।''

मां ने एक पत्थर उठाया और उसे तानकर मारने को हुई। रामदेई चिल्लाई। भीतर से मनीराम निकला। उसने पूछा–''क्या बात है, तू क्यों फैल रही है? रामदेई तू घर जा।''

रामदेई घर में घुस गई। मां जहां खड़ी थी, वहीं बैठ गई और उस पत्थर को अपने सिर पर मारने लगी। मनियां ने बड़ी मुश्किल से वह पत्थर छुड़ाया और वह पड़ोस के लोग न आ जाएं, इस डर से उसे भीतर खींच ले गया।

पर रामदेई की मां डकार कर रोने लगी। मनियां बिगड़ा।

"क्या हो गया, आसमान गिर गया क्या, बताती क्यों नहीं....क्यों मोहल्ले वालों के सामने तमाशा दिखा रही है?"

मां आपा खो चुकी थी, जैसे वह भूतावेश में आ गई थी। उठी और रामदेई के बाल पकड़कर ले आई।

"लो, अब पूछो इससे कि यह स्कूल में क्या करा के आई है....कलमुही, मैं तुझे मार डालूंगी।"

मां रामदेई को मारने लगी। किसी तरह मनियां ने उसे छुड़ाया और कहा—"तू क्यों तमाशा खड़ा कर रही है....धीरे से बोल....रामदेई, किवाड़ लगा दे।'

रामदेई उठी और उसने किवाड़ उड़का दिए, सांकल लगा दी। तब मनियां बाहर से निश्चिंत होकर बोला—"देख, भागवान यह इज्जत का सवाल है। चुप रह जा।"

रामदेई की मां के मौन धारण करने पर मनियां ने रामदेई को पास बुलाकर प्रेम से कहा—"तू सच बता रामदेई, तुझे हमारी सौंगध, बाबा रामदेव की, क्या घटा है तेरे साथ?"

रामदेई सिसकने लगी, बार—बार शपथें दिलाने पर रामदेई ने बाप को सब बता दिया। और कहा कि उसका कोई दोष नहीं है। मोहन ठाकुर ने जबरदस्ती की है उसके साथ। वह शोर मचाती तो और भी बड़ा कांड हो जाता, इस मारे वह चुप रही....अब जो करना हो, किया जाए....मैं थाने में भी चल सकती हूं और चुप भी रह सकती हूं....आप कहें तो मैं गांव चली जाऊं....पड़ोस को पता चल गया तो बड़ा भारी हंगामा हो जाएगा।"

मनियां सोचता रहा। अचानक उसे देशभक्तजी की याद आई। वह तुरंत उठा और बोला—"रामदेई की मां, शांत रहना, रामदेई को कुछ न कहना....अपनी जांघ उघाड़ने से अपनी ही बदनामी होगी....मैं देसभगतजी के घर जा रहा हूं....वह जो कहेंगे, वही करना चाहिए। वह गरीबों का बाप है।"

रामदेई ने सौ रुपये का एक नोट पिता को दिया। उसने ले लिया, खरचा—पानी भी तो चाहिए। रामदेई ने स्पष्टीकरण दिया—"बापू, खरचा—पानी के लिए यह रख ले, मेरे पास पड़ा था।"

मनियां बाहर आया और किवाड़ बंद करवा दिए। उसने देखा कि पड़ोस के लोग आसपास छुपकर सुन रहे थे। कैसी उत्सुकता थी लोगों में....बेचारे और क्या करें....यह लोगों का मनोरंजन है, दूरदर्शन तो था नहीं जो उससे चिपक जाएं. ....दूसरों के यहां क्या हो रहा है, यही सबसे मजेदार फिलम होता है। मनियां ने क्रोध से कहा—"यहां क्या कर रहे हो, क्या यहां तमासा हो रहा है? चलो, अपने—अपने घर चलो।"

मनियां देशभक्त के यहां जब पहुंचा तो रात के दस बज रहे थे। कृष्णगोपाल और देशभक्त में कोई वार्तालाप हो रहा था। वे दोनों भोजन कर सोने की तैयारी में थे। मनियां ने देशभक्तजी की चरणवंदना की और सिर का फटा साफा उतारकर आंखों से लगाया और रोने लगा। बहुत दिलासा देने पर मनियां ने सारा हाल रोते—कलपते बता दिया। दोनों सन्न रह गए। देशभक्त ने कृष्णगोपाल की ओर देखा। गोपालजी में प्रतिरोध का पवित्र भाव उफनने लगा।

"प्रतिरोध होना चाहिए दादा ! वह मोहन ठाकुर अपने को समझता क्या है? चुप रहने से बलात्कार बढ़ेंगे। उसे ऐसा दंड मिलना चाहिए कि बलात्कारी कुकर्म से बाज आएं।"

"लेकिन भाई कृष्णगोपालजी, यह एक अविवाहित लड़की की प्रतिष्ठा का प्रश्न है। उसका विवाह होना है, बदनामी हो गई तो विवाह कैसे होगा? और थाने में रपट लिखाई तो समझ लो कि पुलिस स्वयं बलात्कारी होती है....लड़की रामदेई बालिग है, मायना लड़की नहीं है, सोच लो...मनीराम, यह तो बताओ कि क्या लड़की बदला लेना चाहती है या सह जाएगी जो उसके साथ हुआ है?"

"महाराज गरीब की लड़की की क्या इज्जत, जो चाहे उसके साथ करो, वह चुप रहेगी और इसी कारन, छोटे लोगों की औरतें फिर यह सब करने लगती हैं....पापी पेट सब कराता है....अब मोहन ठाकुर का घर भी छूट जाएगा, हम भूखे मरेंगे। हे भगवान इधर गिरें तो कुंआ, उधर गिरें तो खाई.....आप जो कहें, हम वही करेंगे मालिक....हमें तो पेट की पड़ी है।"

कृष्णगोपाल गरजे—"मनीरामजी, जिल्लत तो होगी, बदनामी भी। मगर बड़े लोगों को, बदमाशों को पाठ पढ़ाने का यह बढ़िया अवसर है.....दादा, आपका संरक्षण इसे मिलेगा तो न पुलिस अत्याचार करेगी, न अन्य कोई, न्याय होगा और फिर यह सवाल व्यक्तिगत नहीं रहा अब, यह तो समाज का सवाल बन गया है, नारी की गरिमा का प्रश्न....नहीं?"

"सो तो है, पर कृष्णजी, आप इस समाज को जानते नहीं....'भारतीय संस्कृति' के अभिमानी कुछ भी कहें, इसमें छिपा यथार्थ यह है कि छोटे लोगों की न कोई अस्मिता है न प्रतिष्ठा....रामदेई जैसी युवतियां स्वयं चाहती हैं कि धनी घर का कोई युवक फंस जाए तो ऊपरी आमदनी होने लगे, अच्छे कपड़े मिलें, शृंगार का सामान, मिठाई, सिनेमा, अलंकार और इन लोगों के यहां ससुराल वाले भी जानते हैं सो सवाल नहीं पूछते, विवाह के बाद भी बड़े लोगों के यहां इनकी औरतें, रिश्ते बनाकर अपने घर की आर्थिक हालत बेहतर बनाती रहती हैं। इसलिए थाना–अदालत जाने से, आंदोलन का मुद्दा बनाने से बेहतर है कि ऐसा कुछ किया जाए कि अपराधी को दंड भी मिल जाए और लड़की बदनामी से बच जाए, क्यों मनीराम?"

"मालिक, हम तो मालिकों की लाढ़ी के ऊंट हैं....हम कर ही क्या सकते हैं? और फिर हमारे और बच्चे भी तो हैं, मुकदमेबाजी कौन करेगा, काहे से होगा यह सब?'....मालिक, हमारी अकल तो काम नहीं करती, आप ही सोचें....हम तो गुलाम हैं, गरीब हैं, बस सेवा कर सकते हैं.....वह भी अब यह सब उजागर हो ज़ाने से नहीं मिलेगी....हमारी औरतों, लड़कियों को अब कौन घर में घुसने देगा?"

कृष्णगोपाल बेचारगी से उपजे क्षोभ से अपने जबड़े चला रहा था। प्रतिरोध कोई सीधी लकीर नहीं है, उसमें कितने पेंच हैं, कितनी समस्याएं। वह अपनी चेतना की चिंगारियों से जलने लगा था। वह दांती पीस रहा था। वह नीच, मोहन ठाकुर मजा ले रहा होगा, मन ही मन अकड़ रहा होगा कि उसने अपना पुरुषत्व साबित कर दिया। वह कल दोस्तों में डींग हांकेगा और रुपयों से रामदेई का मुंह बंद कर अय्याशी को नैरंतर्य देगा....वह सेठों का क्रांत कवि......कहता है कि कविता तो विशिष्ट व्यक्ति का वैशिष्टय है....और वह सत्य और तथ्य का भेद करते समय, वर्ग की ओर ताकता भी नहीं, यदि उसकी बहिन के साथ ऐसा होता तो उसे ज्ञान

हो जाता कि वर्ग समाज ही सत्य है....समाज तो सम्पन्नों का होता है, गरीबों का, शोषितों का समाज नहीं, सिर्फ रेवड़ होता है, भेड़ों–बकरियों का झुंड, उसके साथ समृद्ध अभिजन कुछ भी करें, सब चलता है।

कृष्णगोपाल गुस्से से नाग की तरह फुस्कार रहा था, अपने को डस रहा था, ओंठ कतर रहा था और हाथ पर हाथ मार रहा था। वह बिफर कर बोला–"दादा, ऐसा उपाय क्या हो सकता है, कि सांप भी मर जाए और लाठी भी न टूटे?"

"तुम कृष्ण हो, गोपाल, तुम दीन जन की दुर्गति नहीं देख सकते....उपाय यह है कि अपने किसी क्रांतिकारी पहलवान को, शूरवीर मल्ल को पकड़ो....वह सजा देगा जालिम को और आप देखेंगे कि पूरा नगर ही नहीं, पूरा देश सबक सीखेगा. ...तुम स्वयं कहते हो कि एक क्रांतिकारी एक्शन, लाखों प्रचारों से अधिक पावरफुल होता है, नहीं?"

कृष्णगोपाल खुश हो गया जैसे तुषारग्रस्त लता को धूप मिल गई हो। हर्ष से उन्मत्त होकर बोला–"मैं समझ गया किंतु दादा, आपके गांधीवाद का क्या होगा?"

"कहां रहने दिया गया गांधीवाद को? शांति से प्रतिरोध करने के लिए बहुत बड़ा चित्त चाहिए। मैं एक वृत्तांत सुनाता हूं। एक जैन योगी था। वह निर्विकार रहकर कार्य करने का पक्षपाती था। जो करो, कर्तव्य तय कर लो पहले....यदि वह करणीय है तो प्रतिशोध की भावना बिना लाए करो वर्ना वह कृत्य पाप होगा....गांधीजी ने यही सिखाया था। वह जो जैन योगी था, वह ऐसा ही सर्वोच्च चेतना का अभ्यासी था। उसके गुरु को एक दुष्ट ने मार डाला। जैन योगी ने विचार किया। उसने यह सोचा कि गुरुवधिक तो हन्यमान है, उसका वध होना चाहिए। वह एक दिन हत्यारे को पा गया। उसे पटककर उसकी छाती पर चढ़ बैठा परंतु जब वह उसे मारने लगा तो पाया कि उसमें प्रतिशोध का भाव जग गया है। बस, वह उसे न मार कर खड़ा हो गया। हत्यारे ने पूछा कि अब वह उसे क्यों नहीं मार रहा है तो वह योगी बोला–'मैं तुम्हें दंड अवश्य दूंगा। तुमने हत्या की है, वह भी मेरे गुरु की....तुम्हें जीने का कोई अधिकार नहीं किंतु मैं यह तभी करूंगा जब मुझमें प्रतिशोध का भाव न जगे। जाओ, तब तक तुम अवध्य हो।' तो कृष्णजी, यह है भारतीय योग, यह है संस्कृति।"

"किंतु दादा, बिना उत्तेजना के युद्ध या हत्या कैसे हो सकती है?"

"कृष्ण वासुदेव ने यही तो निष्काम कर्म का उपदेश दिया था। यही तो गीता है जो सर्वोच्च जीवनदर्शन है। महात्मा, महान आत्मा का आदर्श यही है....तुम कैसे कृष्णगोपाल हो जो तैश में आ जाते हो....इस तैश और तनाव के कारण ही तुम्हारे पेट में अल्सर पनप गया है....निर्विकार होकर वध्य का वध करो या समुचित दंड दो।"

"वध के सिवा अन्य दंड क्या हो सकता है?"

"बलात्कारी ने जिस इंद्रिय से कुकृत्य किया है, वह इंद्रिय उसके पास रहेगी तो वह पुनः यही करेगा। प्रश्न यह है कि वह रहे उसके पास या उसे इंद्रिय से वंचित कर दिया जाए ताकि वह आजीवन पश्चाताप कर सके....पश्चाताप का अवसर पापी को न देना, उसके प्रति अन्याय होगा न?"

और दादा देशभक्त हहराकर हंसे। कृष्णगोपाल भी हंसने लगा। वह अपने सामने किसी को भी मान्यता नहीं देता था किंतु आज उसे ज्ञात हुआ कि क्रांतिकारी वह

नहीं होता जो वन्यपशुवत् संहार करता है। क्रांतिकारी वह होता है जो सर्वप्रथम अपने राग–द्वेष की हत्या करता है अन्यथा मनुष्यता का स्तर कैसे रक्षित होगा?

कृष्णगोपाल सोचने लगा, बोला–''दादा, यह तो आपने मुझे गड़बड़ा दिया, तभी कृष्ण ने गीता में कहा है कि, कठिन–कार्य कर्तव्य का निर्धारण है....किं कर्त्तुम् अकर्त्तुम् च कवयः अपि अय मोहितः–कर्त्तव्य क्या है, अकर्त्तव्य क्या है, मनीषी कवि और विद्वान् भी यह निर्धारण नहीं कर पाते....आपने कर्त्तव्य निर्धारित कर दिया, दादा, आप धन्य हैं।''

''कृष्ण, और सुनो....तुमने पूछा कि उत्तेजना, या पापी के कुकर्म के स्मरण से उत्पन्न क्रोध के बिना युद्ध कैसे हो सकता है? इसका उत्तर यह है कि कर्त्तव्यनिर्धारण के लिए निर्विकार मेधा चाहिए। पुनः युद्ध के लिए जो आवेश, क्रोध, वैर उपजता है, वह तो युद्ध की प्रक्रिया मात्र है। युद्ध होगा तो शत्रु के दावघात का बोध होना ही चाहिए, छल–बल का ज्ञान, शस्त्र की निपुणता और प्रहार बल आदि, पांडवों ने युद्ध में हिंसा की किंतु युद्ध करणीय है या नहीं, यह निर्णय स्वयं कृष्ण ने लिया था, अन्य कोई ले ही नहीं सकता था। वह अर्जुन तो विषादग्रस्त हो गया था। अतः कृष्ण ने निर्णय लिया और आज यह निर्णय तुम्हें लेना है कि क्या किया जाए, कैसे लिया जाए, यह तो बाद की बात है।''

और दादा ठहाका मारकर हंसे। कृष्णगोपाल नतशिर हो गया, बोला–''निर्णय तो आपने ही कर दिया। तो मनीरामजी, तुम अब जाओ....किंतु दादा, इसकी जीविका का क्या होगा?''

''मनीराम, तुम्हारा रिक्शा तुम्हें कल मिल जाएगा, हम नया खरीद देंगे। तुम आश्रम का काम करो, जब काम न हो तो स्वतंत्र कमाई करना और तुम अब सपरिवार यहीं आ जाओ। इस भवन के बाहर जो क्वार्टर बने हुए हैं, उनमें एक में रहो। तुम्हारी पत्नी, रामदेई और तुम्हारा सयाना बच्चा आश्रम में सेवा करें और छोटे बच्चे पढ़ें तथा बकरियां चराएं....तुम्हारा अब जोरावरसिंह गेट की बस्ती में रहना खतरनाक है। अब जाओ और इस कांड को भूल जाओ। कोई कहीं इसकी चर्चा न करे और यह भी तो है कि कौन जानता है कि क्या घटा है। सिर्फ रामदेई और वह ठाकुर जानता है। दोनों नहीं कहेंगे और कहें तो कहते रहें, तुम स्वयं चुप रहना और तुम्हारी पत्नी, रामदेई को भी रोक देना....शेष क्या करना है, हम तय करेंगे।''

''मालिक, हम तो कुछ भी नहीं समझे कि तय क्या हुआ है। हम मूरख गीता का गियान क्या जानें....अच्छा महाराज, अब मैं चलूं....आपको नाहक परेसान किया, छिमा करें घणी छिमा।''

मनीराम ने दादा को प्रणाम किया, और कृष्णगोपाल को वह बड़ी भोर सपरिवार आने का वचन देकर चला गया। दादा ने उसे पचास रुपये बलात् दिए ताकि वह मोटररिक्शा या ठेला किराए पर कर ले और सामान ढो लाए।

कृष्णगोपाल प्रतिरोध का निर्णय हो जाने के बाद, वह कैसे किया जाए, इस विषय पर तेजी से सोचने लगा। उसने पूछा–''दादा, मोहन ठाकुर को इंद्रियातीत करने में यदि विलम्ब हुआ, तो किया–कराया सब व्यर्थ हो जाएगा। नहीं?''

''कौन कहता है कि विलम्ब किया जाए....तुम्हारा वह क्रांतिकारी मल्लश्रेष्ठ और उसके एक–दो साथी यहीं होंगे। मैं तो शयन करूंगा, तुम देख लो, मामूली काम

है....कल सुबह तक करा डालो इसे ताकि समाचार कल न छप सके तो परसों अवश्य छप जाए....तभी नाटकीय प्रभाव पड़ेगा और प्रतिरोध का अंक भी जल्दी निकल जाए, तब है। वहां मौके पर, एक पर्चा भी छोड़ना है। वह आप अभी तैयार कर लें, किसी अन्य से लाल स्याही से लिखवा दें, उसकी प्रति गुप्त रहे, समझ गए न?"

"समझ गया दादा....अब आप सो जाइए, मैं जाता हूं।"

"जय कृष्ण !"

दादा विहंसे और चले गए। कृष्णगोपाल अपनी खटपट में लगे।

कृष्णगोपाल का मल्ल, भरतपुर का गिरिधर पहलवान था जिसकी एक डेरी चलती थी। उसके माता-पिता, भाई, बहिनें, मिलकर जयपुर के बाहर भैंसे पालते थे और दूध बेचते थे। वहां नाना प्रकार के लोग आते-जाते और ठहरते थे। गिरिधर मल्ल विद्या में निपुण था और जाति से जाट था। साहसिक कार्य उसका व्यसन था, बशर्ते कि वह धरम का काम हो। वह भोला-भाला, मस्त युवक था। वह दादा देशभक्त का भक्त था। डेरी के लिए दादा ने न केवल स्थान दिलवाया था बल्कि भैंसों के लिए बैंक से ऋण आदि का भी प्रबंध कराया था।

गिरिधर चौधरी को बुलाकर जब कृष्णजी ने सारा हाल रखा तो वह हर्ष में उन्मत्त हो गया....बहुत समय बाद उसे साहस दिखाने का अवसर मिला था और वह भी ऐसा जिसे वह पुण्यकार्य कह सकता था। कृष्णगोपाल ने इस कृत्य के परिणाम बताए कि मोहन ठाकुर, जयपुर के प्रतिष्ठित और प्रभावशाली परिवार का युवक है। वह तगड़ा भी है, कम से कम चार-पांच आदमी उसे विवश करने के लिए चाहिएं। एक तेज हथियार चाहिए जो चूके नहीं। उसके बाद पुलिस पीछे पड़ेगी। पुलिस के हाथ लम्बे होते हैं। सी॰ आई॰ डी॰ यह पता लगा ही लेगी कि मोहन ठाकुर जोरावर सिंह गेट की कच्ची बस्ती में रात को साक्षरता स्कूल में पढ़ाने गया था, यह भी कि वहां उस समय कौन था। जाहिर है कि मोहन ठाकुर रामदेई का नाम बता देगा। तब रामदेई को पकड़ा जाएगा। तब उसका पूरा परिवार गिरफ्तार किया जाएगा और वह परिवार रात बीतते ही यहां देशभक्त भवन में आ जाएगा। देशभक्तजी उसे गिरफ्तार होने से बचा नहीं सकते। वह देशभक्त को और मुझे गिरफ्तार कर सकते हैं। तुम्हारा नाम भी खुल सकता है। तब तुम्हें भी अरेस्ट किया जाएगा....गिरिधर पहलवान तुम यह सब सोच लो और मेरी राय है कि यह कार्य आज न कर कल या परसों करो या कराओ ....और अभी किसी को भेजकर मनियां को कहलवा दो कि वह अभी वहीं रहे, बाद में उसे सपरिवार बुला लिया जाएगा तथा उसको कहना कि वह रामदेई को एकाध दिन बाद गांव भेज दे, बल्कि हो सके तो उसके परिवार को भी गांव जाने की कह आओ, मैं डरता नहीं, देशभक्तजी निडर हैं, समाज का काम है, परोपकार में जेल भी जाना पड़े तो जाएंगे, पर तुम्हारी बरबादी हम नहीं चाहते। सोचो कि क्या करना चाहिए।"

गिरिधर, कृष्णगोपाल की शंकाएं सुन कर इतना हंसा कि पेट पकड़कर बैठ गया।

कृष्णगोपाल उसके ठहाकों से, सन्न रह गए।

3

दीपावली के कृष्णपक्ष की वह नवमी की काली रात्रि थी। चार पारछाइयां मोहन ठाकुर के घर के सामने की एक सड़क पर यों चल रही थीं जैसे वे मटरगश्ती के लिए निकलीं हैं। सड़क पर तो प्रकाश था पर वे पास की गली में घुस कर अदृश्य हो गईं थीं। पांचवां एक व्यक्ति मोहन ठाकुर के मकान को निगाह में भरे पार्श्व में था। वह बार–बार घड़ी देख रहा था। आध घंटे के बाद मोहन ठाकुर लगभग आठ बजे घर से बाहर आया और गैरेज में मोटरसाइकिल को स्टार्ट करने लगा। पर वह बार–बार किक मारने पर भी स्टार्ट न हुई। तब वह उसे वहीं छोड़ खीझा हुआ–सा बाहर सड़क पर आया और जिधर रिक्शेवाले थे, उधर को चलने लगा। तभी गली में छिपीं चार परछाइयां सहज भाव से मोहन ठाकुर की ओर बढ़ीं। पांचवां व्यक्ति, उनके पहले ही मोहन के पास लपक कर पहुंच गया और मोहन ठाकुर को उसने संकेत किया। मोहन को वह अजनबी लगा। वह अजनबी मैले–कुचैले सादा वस्त्रों में था। पास आने पर अजनबी ने मोहन से फुसफुसा कर कहा–"मोहन साहब, आपको रामदेई ने अभी बुलाया है। वह जलमहल के पास वाली सड़क पर खड़ी है।"

"अच्छा, आप कौन हैं?"

"मैं उसका पड़ोसी प्यारेलाल हूं, गैरिज में काम करता हूं।"

"तो चलो, जलमहल वाली रोड पास ही है।"

"यही अच्छा रहेगा, मोटर रिक्शा या सादा रिक्शा करना ठीक नहीं और मेरा साथ जाना भी ठीक नहीं, आप अकेले ही पधारो....वह जलमहलवाली सड़क पर सामने ही है। मैं चलता हूं।"

मोहन ठाकुर उधर लपका। छायाएं उसके पीछे, आदरास्पद दूरी बनाए रखकर चल पड़ीं एक–एक कर....वह प्यारेलाल भी पीछे से दूरी बनाए रखकर उधर ही टहलने की मुद्रा में चलने लगा।

मोहन ठाकुर जलमहलवाली रोड पर आया और इधर–उधर ताकने लगा। जलमहल रोड, आमेर की ओर जाती है और रात में सुनसान रहती है। कोई जीप, कोई कार अवश्य गुजरती है पर वह सन्नाटे को बढ़ाती ही है....कभी कोई आमेर से लौटता हुआ व्यक्ति शहर की ओर जाता है पर प्रायः उस रोड पर सुनसानपन रहता है जो आमेर की ओर चलने पर बढ़ता जाता है। यह रोड जलाशय के चारों ओर बनी हुई है और विशाल तालाब के मध्य पुराना राजमहल है जो बिजली की रोशनी से जगमगाते बहुखंडी जलयान–सा लगता है। एक डरावनी सुंदरता निर्गत करता हुआ जलमहल रामदेई के प्रति कामांध मोहन ठाकुर को ललचाने लगा कि काश, रामदेई को लेकर वह जलमहल में रह पाता....पर वह कहीं दिखाई नहीं पड़ रही। वह भी तो मेरी तलाश में होगी....अंधेरा है पर वह पहचानती है। वह मोटरसाइकिल एकदम ठीक थी, अचानक कैसे खराब हो गई....अब उसे किधर तलाशूं? शहर की ओर से ही वह आई होगी और शहर से बहुत दूर वह क्यों जाएगी? वह यकीनन शहर की ओर ही होगी।

मोहन ठाकुर तेजी से शहर की ओर चलने लगा। तब तक वे एक–एक कर परछाइयां भी झपटतीं हुई आ लगीं और वह तथाकथित प्यारेलाल भी और फिर पास आने पर वे चारों बाघ की तरह मोहन ठाकुर पर पिल पड़े। पहले उसे पकड़कर

उसके मुख को बांधा, दोनों भुजाओं को पीछे पीठ पर कर, हाथ बांध दिए और सबसे तगड़े पट्ठे ने कंधे पर मोहन को लाद लिया और आमेर की ओर दौड़ शुरू हो गई। उन्होंने मोहन ठाकुर के ऊपर एक कम्बल डाल दिया था, ताकि यह लगे कि किसी बीमार को ले जाया जा रहा है। उसके आसपास प्यारेलाल सहित चार आदमी चलने लगे। एक सरसराती कार सड़क से गुजरी पर कार वालों को निरीक्षण नहीं करना था, जल्दी घर पहुंचना था, वह चली गई और संयोगवश देर तक एकांत रहा....वे फिर पांचों छायाएं झाड़ियों और वृक्षों का एक समूह पाकर उधर ही चलीं गईं और वहां मोहन ठाकुर को उतारा गया। वहां बड़े इत्मीनान से मोहन के पैर भी बांध दिए गए और चाकू से उसकी पतलून के आगे का हिस्सा चीर दिया गया। चाकू की चमक न दीखे, इसका ख्याल रखा गया और तब मोहन ठाकुर की जननेन्द्रिय निकाल कर एक खच्च की हल्की आवाज के साथ काट कर उसे पृथक कर दिया गया। मोहन ठाकुर पीड़ा से दुहरा हो गया। मुख बंद था अतः एक चीख तक नहीं निकली और मोहन ठाकुर को बधिया कर दिया गया। पहले से ही साथ लाए कपड़ों को बहते खून पर डालकर, पानी में हाथ धोकर और एक लाल स्याही से लिखा इश्तहार ठाकुर की बुश्शर्ट में दबा कर वे परछाइयां खिसकने लगीं। वे शहर की ओर न जाकर आमेर की तरफ ही गईं। प्यारेलाल ने चलते–चलते मोहन ठाकुर को जूते की ठोकर लगाई थी और कहा था, "ले तू खस्सी हो गया साले....तू समझता था कि मोटा मिनख, छोटे लोगों के साथ कुछ भी कर सकता है, अब जिनगीभर के लिए भुगत।"

सड़क पर चलना खतरनाक समझकर वे परछाइयां सड़क के किनारे की पहाड़ियों पर चढ़कर ऊंचाइयों और गहराइयों में गायब हो गईं।

दूसरे दिन किसी को मोहन ठाकुर अचेत, रक्त में लथपथ आमेर रोड पर जलमहल सरोवर के किनारे, झाड़ियों–वृक्षों के झुंड में मिले। उन्हें पुलिस ने संभाल लिया पर उसके साथ जो पत्र मिला था, वह सारे कांड को रहस्यमय बना रहा था।

"मोहन ठाकुर, इस सुअर ने एक कन्या का शीलहनन किया है। इसका दंड तो इसका वध था किंतु इसको पश्चाताप का मौका देने के लिए इसको केवल बधिया कर दिया गया है ताकि यह नराधम किसी अन्य नारी का अपमान न कर सके। हर एक बलात्कारी को यही दंड दिया जाएगा–जनबलाध्यक्ष"

डाक्टरों ने रात–दिन एक कर मोहन ठाकुर को बचा लिया पर रक्त अधिक बह जाने के कारण वह एक माह के बाद ही बयान देने योग्य हुआ। बयान में उसने कुछ भी कहने से इन्कार कर दिया। बाद में बहुत समझाने पर उसने इतना ही कहा कि उसने कुछ किया ही नहीं है। यह सब खानदानी शत्रुओं ने भाड़े के अपराधियों द्वारा कराया है।

पुलिस चक्कर में पड़ गई। उधर दैनिक पत्रों, साप्ताहिकों और पाक्षिक पत्र–पत्रिकाओं में नमक–मिर्च लगा–लगाकर खूब इस घटना का प्रचार किया गया। नारीमुक्ति चेतना के समर्थक संगठनों, मंचों और संस्थानों ने उस अज्ञात 'जनबलाध्यक्ष' की प्रशंसा की और मोहन ठाकुर को सही सजा मिली है, यह लिखा। 'प्रतिरोध' ने नारी–उत्पीड़न की समस्या का पूरा विशेषांक ही निकाल दिया। कृष्णगोपाल ने नारी–नर की स्थिति का अनेक कोणों से विवेचन कराया। पंकज और सुरेश आदि

की रचनाएं छापीं और देशभक्त आश्रम में इस विषय पर गोष्ठी का आयोजन किया गया।

शहर ही नहीं, देशभर के कामांध नरपिशाचों में भय की लहर फैल गई किंतु यह 'जनबलाध्यक्ष' क्या बला है, इस पर जिज्ञासा इतनी बढ़ी कि इस शब्द की अजीबो–गरीब व्याख्याएं होने लगीं।

अब तक पुलिस अन्वेषण अन्यत्र चलने और मोहन ठाकुर द्वारा रामदेई का नाम न लेने के कारण, मनियां का परिवार देशभक्त आश्रम में आकर बस गया था और रामदेई दबी–सहमी आश्रम का कार्य अपनी मां के साथ करने लगी थी। मनियां को नया रिक्शा मिल गया था। मनियां का लड़का धनियां यानी धनीराम, रामदेई से दो वर्ष ही छोटा था। वह आश्रम में ही कार्य करता....उसे सब मालूम हो गया था सो वह रामदेई पर निगाह रखता और देशभक्तजी की मन लगाकर सेवा करता।

कृष्णगोपाल को सारा घटनाक्रम विस्मित कर रहा था। वह एक दिन शहर के बाहर गिरिधर की डेरी पर गया। वहां गिरिधर चौधरी मिल गया। कृष्ण ने पूछा कि वह आश्रम क्यों नहीं आया तो उसने बताया कि जो सही था, वही किया गया है।

वह कृष्णजी को दूध पिलाकर एकांत में ले गया। तब बोला–"आप तो बहुत डर रहे थे। आपने देखा कि यह कितना मामूली काम था....अब तो प्रसन्न हैं?"

"पर चौधरी, हमें बताने में हर्ज न हो तो घटित विवरण बताओ, मैं उत्सुकता में मरा जा रहा हूं।"

"काहे की उत्सुकता....अज्ञात घटना घटाने वाले आए.....मौके को देखा–भाला, लक्ष्य को पहचाना और पिल पड़े, बस....वह निरमा का विज्ञापन आता है न, देखा, उठाया और हो गया।"

गिरिधर हंसा। कृष्णजी ने देखा वह कैसी बेपरवाह हंसी हंसता है। यह अधिक सोचता नहीं, घटना को पकड़ में लाता है और कर गुजरता है....यदि भय न हो, हाथ सधा हुआ और चित्त स्थिर हो तो एक टहनी के काटने और एक आदमी की गरदन काटने में अंतर ही क्या है?....भय तो एक मनःस्थिति मात्र है....यह ब्रजवासी गिरिधर भय के पर्वत को उंगली पर धरे हुए है। वाह गिरिधर वाह!

कृष्ण ने कहा–"गिरिधर, वे अज्ञात लोग कहां के थे? तुम्हें कैसे मिले? क्या तुम मोहन ठाकुर के खस्सीकरण में साथ नहीं गए थे?"

"आपका भय और चिंता देखकर हमने सोचा कि बाहर के लोग ही ठीक रहेंगे।"

"कितना रुपया लिया उन्होंने?"

"ससुरे, मनों दूध पी गए हमारा....वे पेशेवर हैं, आते–जाते रहते हैं। एक जरा–सा काम कर दिया तो क्या वे रुपये लेंगे? हां, खर्चपात के लिए कुछ दे दिला दिया था हमने।"

"तुमने जो दिया है, वह हमसे ले लेना।"

"च्यों भला, बाबा देशभक्त हमारे बाप जी हैं, सब उन्हीं का तो है। जब कोई चक्कर पड़ेगा, तब लेंगे ही....और आप तो कृष्णजी हैं, देशभक्तजी नन्द बाबा और हम आपके गोप–ग्वाले, लीला हो रही है पूरी, हम्बै !"

....वैचारिक गुत्थियां सुलझाते हुए कृष्णगोपाल, गिरिधर से बिदा ले देशभक्त आश्रम आए और 'प्रतिरोध' के कार्यालय में बैठ गए। तभी रामदेई किसी काम से उधर आई। उसने कृष्णजी को प्रणाम किया तो उन्होंने उसे पास बुलाया। उस कक्ष में कोई नहीं था। देशभक्तजी बाहर गए हुए थे। रामदेई का भाई धनियां अत्यंत व्यस्त था, उसकी मां किचन में काम कर रही थी। कार्यकर्ता इधर–उधर आ–जा रहे थे। कृष्णजी ने सामने की बेंच पर रामदेई को बैठने को कहा। वह धरती पर ही बैठ गई। पर कृष्ण ने कहा–"रामदेई, यहां छोटा–बड़ा कोई नहीं, सब बराबर हैं....तुम बेंच पर बैठो और मन का हीन भाव निकाल दो, तुम्हारी कोई गलती नहीं। फिर भी तुम यह बताओ कि यदि वह मोहन ठाकुर ढंग से पेश आता तो.....तो क्या तुम उसे स्वीकार कर लेतीं?....बुरा न मानना.....तुम अपने घर में हो। मैं तुम्हारा मन जानना चाहता हूं, बस।"

रामदेई के नेत्र छलके। उसने धोती के अंचल से आंसू पोंछे। कृष्णजी के दिलासा देने पर वह संभल कर बोली–"मन का क्या है मालिक, वह तो किसी के बस में नहीं, लेकिन वह मन देने से ही अपना बनता है....वे ठाकुर लोग हैं, वे मांगते नहीं, छीनते हैं। हम छोटे लोग जरूर हैं, पर हमारी भी इज्जत है पर साब, उसके साथ बुरा हुआ।"

"अच्छा? उसने जो किया, उसकी सजा तो उसकी हत्या होती किंतु उसकी जान बख्श दी गई ताकि वह पश्चाताप कर सके।"

"फिर भी साब, यह सजा ! बेचारा....यह किसने किया साब?"

"पता नहीं.....लेकिन तुम मोहन ठाकुर को बेचारा क़ह रही हो....तुम्हें उस पर दया आ रही है?"

"हाथ–पैर टूट जाते, तब तक तो ठीक था पर साब उसे तो पशु की तरह. ...यह तो जानवरों के साथ किया जाता है।"

"इसका मतलब यह है कि तुम्हारे मन में उसके प्रति रीझ थी, थी न?"

"साब, वह मुझे चाहता था, उसकी भूल यह थी कि उसने मुझ पर हमला कर दिया....वह इतना पागल हो गया था मुझ पर....अरे राम–राम....वह बुरा नहीं था साब. ....किसी को चाहना क्या बुरा होता है साब?"

"चाह तो स्वाभाविक है लेकिन यदि कोई किसी के प्रति आकर्षित है तो क्या वह बलात्कार करेगा?"

"यही भूल थी, उसी की सजा मिली पर यह सजा?"

"यानी, तुम भी चाहती थीं उसे, नहीं?"

"साब, मैं कह नहीं सकती, मैं क्या चाहती थी पर वह मुझे चाहता था. ...महीनों उसने दौड़–भाग की....स्कूल खुलवाया, वजीफा दिलबाया....वह रुपये–पैसे भी किसी न किसी बहाने घरवालों कों, मेरी बहिनों को देता रहता था.....मैं तो चुप रह गई थी। पर मां ने सब बिगाड़ दिया....वह चुप रह जाती....तो किसी को क्या पता चलता?"

"तब तो वह मोहन ठाकुर फिर वही हरकत करता, तब तुम कब तक चुप रहतीं? या तुम सब होने देतीं?"

"पता नहीं साब, पर मेरे कारण कोई जानवर की तरह ऐसा हो जाए....यह तो बहुत बुरा हुआ....यह तो बहुत बुरा हुआ साब....अब न उसका विवाह होगा, न

बच्चे होंगे....बेकार हो गया उसका जीना....और मुझे ही सोचता–कोसता हुआ मरेगा, राम–राम !"

"और रामदेई, उसने पुलिस के सामने तुम्हारा नाम भी नहीं लिया। वह नाम बता देता तो तुम्हारा घर–परिवार जेल में होता, नहीं?"

"इस बात के कारन ही मेरा मन बुरा कहता रहता है....उसने बुरा किया पर उसने मुझे, हमें बचा लिया....मैं कितनी अभागिन हूं।"

"यह जो समाज है, यह पुरुषों का समाज है। इसमें औरत होना ही दुर्भाग्य है....यह जो दंड दिया गया है, वह इसीलिए कि पुरुष लोगों को चेतावनी मिल जाए कि नारी के साथ ऐसी हरकत बर्दाश्त के बाहर है....हां, तुम्हारी इच्छा होती, नर–नारी दोनों चाहें तो किसी दूसरे को क्या आपत्ति हो सकती है.....तब भी यह सोचना चाहिए था कि इस प्रकार के संबंध से तुम्हारा भविष्य नष्ट हो जाएगा। तुम्हें ऐसा नहीं लगता क्या?"

"साब, यह सब एक पागलपन में होता है....अब मैं समझ गई हूं, पागलपन के बिना ऐसा नहीं हो सकता लेकिन पागलों का इलाज होता है, उनका अंग–भंग नहीं किया जाता....और साब, चाहे जो सजा दी जाए, यह पागलपन दूर हो नहीं सकता।"

कृष्णगोपाल विस्मय से जड़ हो गया। वह रामदेई, एक हादसे से, इतनी समझदार हो गई। यह जानती नहीं कि यह मानव के विषय में एक सिद्धांत बखान गई है कि मनुष्य किसी भी अपराध में दंडनीय नहीं है, उसका तो उपचार होना चाहिए और यह कि ये दंडविधान मनुष्य को पाप या वर्जित कृत्य से रोक नहीं सकते क्योंकि मनुष्य जो अकरणीय करता है, वह एक प्रकार के आवेश में, गश में, उन्माद में करता है और आवेश तो प्राकृतिक हैं, वह दंडनीय नहीं हो सकता, हां, आविष्ट व्यक्ति का उपचार होना चाहिए....कठोर दंड कुकृत्य को रोक नहीं सकता।

कृष्णगोपाल बोला–"अरी, वाह रामदेई, तुम तो बहुत बड़ी बात कह गईं.... तुम्हें यह तर्क किसने सिखाया?"

"किसी ने नहीं, इस घटना के बाद मेरे हीवड़े की खुल गईं साब....मैं तब से अब तक रात–रात भर रोती और सोचती रही हूं....मुझे लगा कि मेरे कारन जो हुआ, उसमें मेरा दोस अधिक है।"

"सो कैसे?"

"मोहन ठाकुर मुझ पर मर–मिटा था। उसने ऐसा कहा भी था। रुपये देने चाहे, मैं उसे छुपा गई। यदि मैं तभी मां से कह देती तो यह सब न होता पर मुझे जरूर अच्छा लगा होगा तब कि, मैं रूपबती हूं, इतने बड़े घर का, इतना बड़ा आदमी मुझ पर मरता है....औरत की यही कमजोरी है साब, वह सराहना चाहती है, और फिर मैं स्वयं पागल हो गई थी उस पर....उसने इतना हमारे लिए किया... मैं उससे हंसने मुस्काने भी लगी थी। साहब, मर्दों को पागल, औरतें ही बनाती हैं ...मैं उसे बढ़ावा देती रही, मुझे यह भा रहा था कि वह मुझ पर जान छिड़क रहा है.....मैं अपना हाव–भाव कड़ा रखती तो यह सब क्यों होता....साब, मैं अपने को माफ नहीं कर पाती.....मुझे अब लग रहा है कि मैं ही अधिक दोखी हूं और इसलिए मुझे भी विवाह करने का अधिकार नहीं है।"

कृष्णगोपाल चकित था। उसने कहा–"क्यों भला? तुम्हें अधिकार क्यों नहीं

है....ठीक है, तुमने उसके प्रस्ताव का विरोध नहीं किया, तुम हंस–मुस्करा कर उसे बढ़ावा भी देती रहीं पर यह स्वाभाविक था, तुम जान–बूझ कर ऐसा नहीं कर रही थीं.....किशोर अवस्था में नारी चाहती है कि उससे सब सम्मोहित हो जाएं....उससे उसका रूप–यौवन का गर्व संतुष्ट होता है पर यह उससे प्रकृति कराती है, वह सचेत होकर यह नहीं करती, इसलिए जिम्मेदारी तो मोहन ठाकुर की थी....वह उम्र में बड़ा था, पढ़ा–लिखा था और तुम सब तरह से हीन दशा में थीं....नहीं तुम्हारा दोख नहीं. ....तुम यह सब मत सोचो और उसके साथ सहानुभूति भी मत रखो....दंड जरूरी है। दंड का भय न हो तो लोग सब एक–दूसरे को नष्ट कर दें....नहीं, तुम वचन दो कि तुम यह सब जो अपने विरुद्ध सोच रही हो, उसे करोगी नहीं।"

"नहीं साब, मैं अब विवाह करने का अधिकार खो बैठी हूं, अपनी नादानी के कारण....मैं पढ़ूंगी, सेवा करूंगी, बहिनों का पालन–पोषण करूंगी, माता–पिता की देख–भाल करूंगी पर मैं विवाह नहीं करूंगी।"

"पर बाबा देशभक्त, इससे सहमत न होंगे....वह इसे तुम्हारी मूर्खता ही समझेंगे और तुमने नहीं माना तो नाराज हो जाएंगे....तब क्या होगा?"

"मुझे अब यह सब नहीं सूझता, मैं अपने से हार गई हूं....बाबा निकाल देंगे तो घर की नौकरानी को बड़े घरों की क्या कमी? यहां न सही तो और कहीं सही और हर एक घर में मोहन ठाकुर नहीं रहते हैं....नहीं, आप बाबा को नाराज न होने दें, और वह फिर भी न मानें तो मैं चली जाऊंगी।"

"तुम पढ़ रही हो, शिल्प सीख रही हो, कपड़े की सिलाई सीख ली है, पर अभी वह शिक्षा पूरी करनी है। शिक्षा पूरी हो जाए तो तुम तब सिलाई की दुकान खोल लेना। दादा मदद करेंगे, फिर जो मन में आए, करना.....हम तुम्हारे हितैषी हैं, नहीं?"

"आप दोनों हमारे बाप जी हैं, पर मैं तय कर चुकी हूं....आप बाबा से बातें कर लें।"

और वह रामदेई, संकल्प के तेज से दिपदिपाती हुई चली गई....उसके साथ ऐसा घट गया था कि वह पहले वाली बुद्धू रामदेई नहीं रह गई थी। संभव है, वह अविवाहित रहकर मोहन ठाकुर पर यह प्रभाव डालना चाहती हो कि वह एक बार उसके प्रति आकर्षित हुई थी और बलात्कार ही सही, वह उसकी पत्नी बन ही गई थी, भले ही हीनवर्ग की होने के कारण उसका ठाकुर से विवाह असंभव था। अब जब मोहन अपने पागलपन का वह भयंकर दंड भोग रहा था तो वह भी अविवाहित रहकर यह साबित करेगी कि वह स्वेच्छा से, भोग से अपने को वंचित कर सकती है। इससे मोहन को कितना संतोष मिलेगा।

कृष्ण ने पूछा–"लेकिन यदि मोहन ठाकुर यह सब जानकारी मिलने पर कहे कि तू विवाह कर, सुखी रह, तभी उसे संतोख होगा, तो तब क्या करोगी?"

"तब भी, मैं उसकी बात नहीं मानूंगी, तभी तो उसको लगेगा कि नारी गरीब की बेटी, निम्न जाति की बेटी, बड़े लोगों से त्याग में, दुःख सहने में ऊंची उठ सकती है....मेरा वश चले तो मैं पहाड़ की चोटी से कूद पडूं पर अब मेरा जीवित रहना मोहन के लिए जरूरी हो गया है....वह मेरे सहारे अपना अधूरा जीवन काट देगा और मैं उसके सहारे....मैं स्त्री हूं, कोई जानवर नहीं....मैं....मैं यही करूंगी।"

कृष्णगोपाल मतिभ्रम में पड़ गये थे। अनजाने ही रामदेई ने धर्मसंकट खड़ा कर दिया था। उनकी विचार–व्यवस्था अस्त–व्यस्त हो गई थी। उन्होंने देशभक्त दादा से विमर्श करना तय किया। वही गांठें सुलझाते हैं, वह सब देख चुके, भोग चुके हैं....सर्वोच्च शिखर पर पहुंचकर ही, व्यापक परिप्रेक्ष्य में जिंदगी को देखा जा सकता है। वह तो अभी मध्य रास्ते में है। अचानक उनका ध्यान गिरिधर की ओर गया। क्या वह गिरिधर, मोहन ठाकुर का स्थानापन्न बन सकता है? पर वह मनियां तो दरोगा जाति का है और वह गिरिधर चौधरी है....नहीं, बात बनेगी नहीं.....ओह, यह जाति–पांति....कृष्णगोपाल गुस्से में दांत भींचने लगा। भारत में यह जातिवाद अजीब रोग है, नहीं गिरिधर मान भी जाए पर उसकी जमात नहीं मानेगी और मान लो कि माता–पिता आदि भी मान जाएं तो गिरिधर के मन में यह आएगा कि उसकी रामदेई ही बलात्कारित स्त्री है.....विचित्र चक्कर है....अभी तो सब कुछ गड्मगड्ड हो रहा है, शायद समय ही कोई मार्ग निकालेगा।

कृष्णगोपाल मानवनियति की भूल–भुलैयों में भटक रहे थे और जीवन की, नाटकीयता और उसमें अचानक आए मोड़ों तथा मूर्च्छनाओं पर, उसकी अलापों और तानों पर विस्मित थे....जीवन रेखा नहीं, वृत्त है, वृत्तों में वृत्त, एक–दूसरे को काटते हुए और उसका केंद्र गायब है.....यह तो पूरा श्रीयंत्र है, उलझा हुआ गणित, कुछ सीधा और सरल नहीं है।

कृष्णगोपाल कुछ खा–पीकर अपनी उलझन से परेशान होकर बाहर निकलने को हुए, तभी उर्मिला का फोन आया। उर्मिला सुंदरी थी और कृष्णगोपाल के असाधारण व्यक्तित्व के प्रति आकर्षित थी। उसको कृष्णजी ने एक वाणिज्य संस्थान में सर्विस दिलवाई थी और उसकी एक बहिन के कैरियर में भी मदद की थी, अतः वह कृतज्ञ भी थी किंतु वह नारी मुक्ति चेतना के क्षेत्र में सक्रिय थी और अपने को मुक्त तथा प्रबुद्ध नारी के रूप में विकसित कर रही थी, समता के प्रति सदा सतर्क....पुरुष श्रेष्ठता का विरोध करने वाली....हर बात में नारी की गरिमा और महिमा की स्थापक–वह उर्मिला, सचेत होकर व्यक्तित्व का निर्माण करते–करते एक ऐसा वैशिष्टय प्राप्त कर चुकी थी कि उसके सामने सामान्य नारियां निरीह मादाएं सी लगती थीं। कृष्णगोपाल क्रमशः उर्मिला के गुरुत्वाकर्षण में बंधते चले गए थे।

"हैलो, कृष्णजी हैं?"

"मैं बोल रहा हूं, उर्मिलाजी?"

"जी हां, पहचान गए?"

"पहचाना तो नहीं क्योंकि हम जब तक पहचानते हैं, आपकी छवि, बदल जाती है।"

"तो क्या मैं बिहारी की नायिका हूं जिसका चित्र बनाने वाले चित्रकार क्षण–क्षण बदलती छवि से चकित होकर चित्र नहीं बना पाते....?"

कृष्णजी ने कहा–"कितना उम्दा लिखा है, बिहारी अकेले इस एक दोहे से महाकवि सिद्ध हो सकते हैं, 'लिखनि बैठि जाकी....छबी गहि गहि गरब गरूर, भए न केते जगत के चतुर चितेरे कूर।' "

"कृष्णजी, क्या इरादे हैं, बड़ी तारीफ कर रहे हैं?"

"इरादे तो अच्छे हैं पर आपको वे बुरे लग सकते हैं, और आपके इस भारतीय समाज को।"

"भारतीय मत कहिए, मानवीय कहिए।"

"कैसे कहें उर्मिलाजी? अब तो व्यक्ति या तो हिन्दू है या ईसाई या मुसलमान या बौद्ध, मनुष्य तो है ही नहीं....आप कहां से बोल रही हैं?"

"कहां से बोलें?"

"आप ही बताइए, आपको कहां से बोलना चाहिए? मैं बताऊंगा तो आप कहेंगी कि पुरुष सर्वत्र प्रभुत्व स्थापित करते हैं।"

"इस समय तो दो बजे हैं....यहां तक आते–आते आपको तीन बज जाएंगे, इसलिए आप ऐसा करिए कि 'स्वप्न' सिनेमा के गेट पर मिलिए। वहां पर एक फिल्म लगी है जो मैं आपको दिखाना चाहती हूं।"

"आपके साथ कौन है?"

"क्यों क्या आप समूह में मेरे साथ पिक्चर देखना चाहेंगे?"

"नहीं, यों ही पूछा।"

"क्यों पूछा, आपका साहस कैसे हुआ?"

"सॉरी, मैंने सहज रूप से यह सोचा कि आपका भाई या बहिन भी उस पिक्चर को देखना चाहते होंगे।"

"जी नहीं, मैं किसी की अभिभाविका नहीं हूं, वे जब जाना चाहेंगे, जाएंगे। मैं स्वयं यह पिक्चर अकेले ही देखना चाहती थी पर सोचा कि आपको कृतज्ञ किए हुए मुद्दत हो गई है, नहीं?"

"सो तो है....तो मैं आपसे कृतज्ञ होने आ रहा हूं।"

"गुड ब्याय, यह आपकी सेहत के लिए अच्छा रहेगा....वर्ना आप ऊहापोह में विक्षिप्त हो जाएंगे।"

"उर्मिलाजी, हम तो ऑलरेडी, विक्षिप्त हो गए हैं।"

"अच्छा? तो जल्दी कीजिए।"

"आता हूं।"

कृष्णगोपाल ने मोटर–रिक्शा किया और 'स्वप्न' पिक्चर भवन के गेट पर उतरे। उर्मिला, सजी–बजी वहीं खड़ी थी। वह कौतुक में पास आई, नमस्कार किया और कृष्णजी को साथ लेकर कॉफी की दुकान पर गई।

"आप कॉफी पी लीजिए, वर्ना आप हॉल में, वहां ठुनकेंगे।"

कृष्णगोपाल ठठाकर हंसे–"कन्हैया जी ठुनकते थे, दधि, दूध, मक्खन के लिए .....आप में सब एक साथ है तो मन तो हो रहा है ठुनकने के लिए।"

"यू मीन कि मैं कोई दूधिया की दुकान हूं, किसी हलवाई की?"

"आप तो स्वयं सर्वधारिणी हैं, सर्वधात्री, महाकवि देव ने लिखा है, सुनेंगी?"

"भला अपनी प्रशंसा क्यों नहीं सुनूंगी और वह भी इतने महान कवि से, क्या लिख गए हैं देवजी?"

कृष्णजी बोले–

"माखन सो मन, दूध सो जोबन,
है दधि तैं अधिकै उर ईठी

जा छवि आगे छपाकर छाछ
समेत सुधा, वसुधा सब सीठी
नैननि नेह चुए कवि देव,
बुझावत बैन बियोग अंगीठी
ऐसी रसीली अहीरी अहे
सो क्यों न लगे मनमोहनै मीठी?"

उर्मिला मुग्ध हो गई। वह लज्जा से लाल हो उठी। दृष्टि झुक गई। निहाल हो गई, पुनः नजर उठाकर कृष्णजी को देखा और पुनः हंसकर बोली—"महाकवि देव ने सचमुच स्वादिष्ट रचना की है किंतु मुझमें इतना रूप कहां है, आप मुझे बना रहे हैं, कृष्ण है न?"

"मेरी आंखों से अपने को देखिए, आप तो वस्तुतः अवर्णनीय हैं।"

"यह अवर्णनीय क्या होता है?"

"उर्मिलाजी, इसे जयशंकर प्रसाद कह गए हैं, 'तुम कनक किरण के अंतराल में लुक–छिप कर चलते हो क्यों?' "

"वाह ! और क्या कहा है !"

"उज्ज्वल वरदान चेतना का, सौंदर्य जिसे सब कहते हैं,
जिसमें अनंत अभिलाखा के सपने सब जगते रहते हैं।"

"अहा, कितना सही कहा गया है....अब चलें, समय हो गया।"

"चलिए।"

दोनों बॉक्स श्रेणी में जाकर बैठ गए। पिक्चर में विज्ञापन शुरू हुए, आगे की फिल्मों के दृश्य आए। उर्मिला कुछ क्षण देखती रही। पुनः उसने कृष्णजी के हाथ पर हाथ रखा, कहा—"एक बार देव का सवैया पुनः सुनाइए, धीमे स्वरों में।"

कृष्ण ने सुनाया। उर्मिला सम्मोहित हो गई। उसने कृष्णगोपाल की ओर प्रभावित मुद्रा में देखा और कहा—"यू आर ए ग्रेट लायर, तुम बहुत....बहुत झूठे हो कृष्ण !"

दोनों हंसने लगे। पुनः बात बदलकर उर्मिला ने पिक्चर का वृत्तांत समझाया, विषय यह था कि दो हठीले युवक, युवती थे जिन्होंने ब्रह्मचारी रहने का व्रत किया था। अनेक रोचक और रोमांटिक परिस्थितियों में दोनों अपने को कसे रहे किंतु अंत में उनके आग्रह गल गए और एक दूसरे के हो गए। पिक्चर बढ़िया थे। उर्मिला और कृष्ण उसमें खो गए। उत्तेजक दृश्य आने पर वे दोनों व्याकुल होकर एक–दूसरे को देखते किंतु हठीले ब्रह्मचारियों की तरह वे अपने को कस लेते और विवश होकर पुनः दृश्यों में लीन हो जाते किंतु जब नायक और नायिका, पिक्चर में एक हुए तो दोनों किसी आंतरिक हिल्लोल में बहने लगे।

फिर आसपास के दर्शकों के भय से पृथक होकर बैठ गए तथापि उर्मिला ने कृष्ण के कंधे पर सिर रख लिया।

फिल्म की समाप्ति के बाद दोनों जैसे स्वप्न से जगे। उर्मिला ने अपने केशों पर हाथ फेरा, उन्हें संवारा और वस्त्रादि दुरुस्त कर वह उठ खड़ी हुई। कृष्णगोपाल ठुनकने लगे। तब उर्मिला ने विंहस कर कहा—"अब पधारिए, खेल खत्म हो गया।

अब ठुनकिए मत, अब सिधारिए।"

"सिधारना तो देहांत के लिए कहा जाता है, पधारना कहना चाहिए था न?"

"यह मन नहीं कर रहा क्या कि इस स्थिति में हम सचमुच सिधार जाते.... अब फिर उसी नीरस संसार का सामना करना होगा, फिर वही दिनचर्या और नौकरी, घर की टहल....आप मेरे घर चलिए न।"

"नहीं, आज नहीं....चलें, बाहर कॉफी पिएं, तब बताऊंगा।"

उर्मिला में उत्सुकता जगी, उसने सोचा, यह व्यक्ति सचमुच विचित्र है जो ऐसा मधुर निमंत्रण ठुकरा रहा है....कुछ घटित हुआ होगा।

वे दोनों सिनेमा के सामने चौड़ा रास्ता के चौराहे पर एक रेस्त्रां में कॉफी पीने बैठे। शाम हो रही थी और छविगृह में जो उमस थी, वह अब दूर हो गई थी। दोनों चुपचाप कॉफी पीते रहे। तब कृष्णगोपाल ने उर्मिला को सम्मोहित होकर पुनः देखा और कहा–"उर्मिलाजी, एक ऐसी घटना घटी है कि सोचता हूं कि उसे सुनाकर आपका मूड खराब करूं या नहीं करूं?"

"आपको अपनी स्वचेतना, सैल्फ कांशसनेस प्रिय है, सदा सतर्कता, उस ब्रह्मचारी की तरह....ऐसा चित्र देखकर भी आप मेरे प्रति अपने को ढोलक की तरह कसे रहे. ...मुझे आप पर गर्व तो हो रहा है कि आप नारी को सचमुच मित्र मानते हैं। आप विश्वसनीय हैं किंतु आप अपने ऊहापोह को स्थगित नहीं कर सकते थे क्या?"

"समता का अर्थ है कि मित्र का स्वाभिमान सुरक्षित रहे....दरअसल, महाकवि देव के कृष्ण की तरह मैं आपके सौंदर्य का सम्मान करना चाहता था। आप जानती ही हैं कृष्ण वासुदेव नारी के प्रति भीतर से तटस्थ थे तभी वह योगिराज कहलाते हैं, और योगी ही नारी सौंदर्य की रक्षा कर सकता है, रसकेलि एक साधना है, उर्मिलाजी उसकी तृष्णा बनी रहे वरना आपको खेद होता और मुझ पर जो आपका भरोसा है, वह नष्ट हो जाता।"

"आप गलत व्याख्या कर रहे हैं हे कृष्ण, श्रीकृष्ण तो रसकेलि में निमग्न होते थे पर कहीं निस्संग बने रहते थे....पद्मपत्रमिवाम्भसः जल में कमल के पत्ते के समान....सजग रहते–रहते आप एक आदर्श के निर्वाह की प्रक्रिया में रूक्ष हो गए हैं और रूक्षता व्यक्तित्व को एक विकलांगता देती है....आप कृष्ण नहीं, उद्धव हो गए हैं।"

"मैं आपको अपने उद्धव से मिलाऊंगा, पर जो घटा है, उसे आप पहले सुन लें, तब आप मुझे विकलांग नहीं कहेंगी।"

और तब कृष्णगोपाल ने रामदेई का पूरा प्रकरण सुना दिया, यह भी कि उसने विवाह न करने की ठान ली है। फिर कहा, "आप भी विवाह नहीं करना चाहतीं, मित्रता चाहती हैं किंतु दोनों अवस्थाएं कितनी भिन्न हैं।"

उर्मिला सन्न रह गई। उसे काटो तो खून नहीं। वे उसी ऊहापोह में वहां से निकले और पैदल चलते हुए रामबाग में एक एकांतस्थल पर जा बैठे। सामने प्रिंस अलबर्ट संग्रहालय था जिसकी अनूठी बिल्डिंग सूर्यास्त के समय स्वर्णिम किरणों में नहा उठी थीं, दमक रही थीं।

उर्मिला ने कृष्ण को उस राजभवन–सा ऊंचा और भव्य पाया....यह व्यक्ति ऊंचा उठ सकता है, एकदम विश्वसनीय है, यह इस शहर में मेरी एकमात्र उपलब्धि है ...रामदेई का दुःख, धर्मसंकट यही झेल रहा है....यह पुरुषों में एक अपवाद है तथापि

उर्मिला को एक नया तर्क सूझ गया।

"गोपालजी आप अक़ारण रामदेई के विवाह न करने के निर्णय से इतने परेशान हैं। रामदेई तो वही सामंती संस्कार से ग्रस्त औरत है जो त्याग के प्रदर्शन द्वारा पुरुष को अपना भक्त बनाती है। वह वस्तुतः पुरुष के प्रभुत्व को मानती है, नहीं?"

"संभव है, आपकी बात सही हो पर यह उस रामदेई के व्यक्तित्व की, संस्कार कह लीजिए उसे, ऊंचाई तो है ही....निश्चय ही जब वह मोहन ठाकुर सुनेगा कि रामदेई विवाह नहीं कर रही है और प्रायश्चित कर रही है तो उसका मन कितना सम्मोहित हो जाएगा, कितनी प्रतिष्ठा का भाव रामदेई के लिए उसमें जगेगा?"

"किंतु इससे तो उस बलात्कारी का अहंकार ही संतुष्ट होगा....रामदेई क्यों उसके लिए अपना जीवन अपूर्ण रखे?"

"यही तो मैं कहता हूं पर आदर्श में किसी ऊंचाई में एक मनोवैज्ञानिक आकर्षण होता है जो उसे पाशविक प्रवृत्ति से ऊंचा उठाता है, अन्यथा ऐसा क्यों होता? आदर्श, व्यक्ति में एक आत्माभिमान पनपाता है कि वह औरों से श्रेष्ठ है, वह पशु नहीं, मनुष्य है....मनुष्यता एक प्रकार का उन्नयन ही तो है, आत्मनियंत्रण, दूसरे की परवाह करना, यह कि अन्य व्यक्ति उसे उन्नत समझें....पशु–पक्षी यह नहीं करते। वे जोड़े बनाते हैं, एक मरा तो दूसरे के साथ युगल बन गया....वे क्षणभर के लिए उदास होते हैं बस और पुनः प्रकृति उन्हें अन्य के साथ रहने को प्रेरित कर देती है....मनुष्य उस प्रकृति की प्रेरणा से ऊपर उठ सकता है, इसी कारण वह जीवों में श्रेष्ठ कहलाता है.....जिसमें यह शक्ति नहीं, वह पशु ही है।"

"आप अपने इस मूल्यवाद में अनुभव को महत्व नहीं दे रहे हैं। अनुभव की अद्वितीयता में यह आपकी व्याख्या बाधक है....मैं आपके साथ अनुभव के माधुर्य के लिए आई थी। आपने एक वृतांत सुनाकर मेरी शाम खराब कर दी....आप तो अभ्यस्त हैं....आपके लिए अनुभव का सत्यानाश करना मानवता है। मैं क्या रोज–रोज आपके साथ मनोरंजन कर सकती हूं....कितने दिनों के बाद मैं आई थी कि मैं अपने अस्तित्व का रंजन करूं पर आप तो रसानुभूति के अयोग्य हैं, प्रत्येक रस में विष घोल देते हैं....मैं पूछती हूं कि इस विराट, कोटि–कोटि लोगों के इस भभ्भड़ में मुझे एक शाम, एक रात भी, अपने मनोनुकूल बिताने की सुविधा नहीं मिलनी चाहिए?... मैं तो उस रामदेई का कुछ नहीं बिगाड़ रही बल्कि मिलने पर मैं उसे समझाऊंगी भी कि अन्याय अपने प्रति भी अकरणीय है, वह अपने को किसी संस्कार के कारण सता रही है और आप उसके प्रति संवेदना के कारण मुझे मेरे प्राप्त अनुभव से वंचित कर रहे हैं।"

कृष्ण भौंचक रह गए। उर्मिला के तर्क में बल था। वह अजीब खींचतान में बह गए। उर्मिला की स्थिति को सही समझकर कृष्ण ने प्रस्ताव किया–"ठीक है, मैं आपके साथ चलता हूं....मैं कविता सुनाऊंगा और आपका मूड ठीक कर घर वापस आ जाऊंगा।"

"जी नहीं, मैं घरवालों की अस्वीकृति भरी नजरों का सामना करूं और आप के हृदय में यह प्रकरण और इससे उपजा असमंजस आपको तटस्थता देता रहे, यह मैं सह नहीं सकती....मैं आपको पसंद करती हूं, आपके इस काजीपन को नहीं कि जनाब, आप सारे शहर के अंदेशे से आक्रांत हैं....मैं मुक्त मानव को मित्र बना सकती हूं, किसी ऐसे व्यक्ति को नहीं, जो किसी न किसी बहाने, अपने को सूली पर लटकाए

रहे....आप मनुष्य नहीं, सूली पर चढ़े ईसा मसीह हैं, मिस्टर पैगम्बर, मैं मसीहाई से चिढ़ती हूं, मैं जाती हूं, गुड बाय।''

और वह उर्मिला, अमर्ष में उफनती चली गई। रोष से उसका मुख और अधिक मनोहर हो गया था। कृष्णगोपाल देखता रह गया। वह एक उच्छ्वास छोड़कर उस तेजस्वी नारी–व्यक्तित्व के पीछे हारे जुआरी–सा चल पड़ा।

4

भारतीय साम्यवादी दल–सी॰ पी॰ आई॰ के एक सचिव, पार्टी के बुद्धिवादी आए थे। शहर के अनेक बौद्धिक, दल के सदस्य, कार्यकर्ता और पदाधिकारी एकत्र थे। राजकीय होस्टल के हॉल में बैठक थी। बाहर देशभक्तों के बलिदान की याद में ज्योतिस्तम्भ निस्पृह खड़ा हुआ था गोया आकाश में अपना ऊंचा शीश हूल रहा था। संध्या के समय सामने की मुख्य सड़क पर ट्रैफिक का प्रवाह जारी था। ट्रैफिक पुलिस का सिपाही कत्थक नृत्य.सा कर रहा था। जब कोई गाड़ी अनुशासन तोड़ती तो हाथ के संकेत से रोकता, न मानता तो वह चिल्लाता और चालान की धमकी देता था। उद्धव को आश्चर्य हो रहा था कि कोई शायद ही ट्रैफिक के सिपाही की यातना और थकाऊ कार्य के विषय में सोचता हो। उसका मन किया कि वह जाए और उसको कहे कि तुम थक गए होगे, मैं यह ड्यूटी दूंगा, तुम तब तक बीड़ी मिलका कर कुछ सुट्टे मार लो, लेकिन वह आकाश में सिर मारते उस कीर्ति–स्तम्भ को प्रणाम कर गवर्नमेण्ट होस्टल के सभाभवन में चला गया।

वहां सभा जमी हुई थी। पार्टी का स्थानीय एक सचिव, पार्टी की कारगुजारियों का विवरण पढ़ रहा था। उद्धव, कृष्णगोपाल को लखकर, उसी के पास जा बैठा। वह प्रसन्न हुआ, फुसफुसाया–''अकेले कैसे? दानवगण नहीं मिले?''

''मिले....विश्वविद्यालय में दानव तो कम हैं पर विद्याधर बहुत हैं, मैं उन्हीं में रहता हूं....उन्हें पार्टी से चिढ़ हैं क्योंकि उनको कैरियर की चिंता है....यह कम्युनिस्ट पार्टी तो क्रांतिकारी रही है....फिर यहां जो बैठे हैं, उनमें दानवों की कमी नहीं है, अभी सिद्ध हो जाएगा। विद्याधर, भूत–प्रेतों से ऊपर और देवताओं से नीचे की श्रेणी के होते हैं।''

''आप सही कहते हैं, जानते हैं कि आज का प्रस्ताव क्या है?''

''क्या है?''

''प्रस्ताव यह है कि एक ठाकुर की पड़ती जमीन पर किसान–मजदूर कब्जा करेंगे।''

''कृष्णजी, यह तो अच्छा प्रस्ताव है, नहीं?''

''यार, एक मरे हुए ठाकुर की ऊसर जमीन पर अधिकार करना, यह क्या बात हुई? किसी तगड़े सामंत से टकराते तो पता चलता....यह फ्राड है, दिखाऊ इंकलाबी नाटक।''

स्थानीय सचिव ने केंद्र से आए सचिव की प्रशंसा झाड़ी और फिर वह बुद्धिवादी सचिव खड़े हुए...

कृष्णगोपाल ने कहा–''उद्धवजी, हम लघुशंका कर लें, फिर अवसर न मिलेगा।

यह कामरेड एक सवा घंटा बोलेगा....यह मुख्य विषय पर बाद में आएगा। यह द्वंद्वात्मक भौतिकवाद से शुरू होकर ऐतिहासिक भौतिकवाद से गुजरता हुआ ब्रह्माण्ड–व्यापी समस्याओं का दीदार कराता हुआ, विश्व पूंजीवाद के षड्यंत्र समझाता हुआ, भूमण्डलीय परिक्रमा करता हुआ, तब राजस्थान की ओर मुड़ेगा और अंत में कल के कार्यक्रम में चलने की अपील करता हुआ इस मामूली कार्य को तेलंगाना–क्रांति से जोड़कर चुप होगा, नारा भी लगवा सकता है।"

विहंसते हुए दोनों लघुशंका के बाद आराम से लौटे। कामरेड शुरू हो गया था। उसने प्रथम विश्वबोध–व्लर्डव्यू प्रदान किया कि आदर्शवादियों का दृष्टिकोण असंगत है। जगत् के पीछे कोई चिन्मय सत्ता नहीं है, विश्व और ब्रह्माण्ड भौतिक हैं और सृष्टि का विकास मैटर के भीतर स्थित परमाणुओं से हुआ है। जो थीसिस, एंटीथीसिस या प्रतिद्वंद्वी कणों तथा प्रवाहों के रूप में गतिशील रहते हैं; उनकी संगति ही पदार्थ है और यह विकास जारी है। इसी विकास को समाज के विकास में समझा जा सकता है। जिस तरह प्रकृति में परस्पर विरोधी अणु हैं, उसी तरह समाज में वर्ग हैं जो सामाजिक विकास के दौरान विकसित होते हैं, हुए हैं और इन वर्गों में जो पीड़ित, शोषित वर्ग हैं, किसान–मजदूर हैं, निम्नवर्गीय लोग हैं, छोटी नौकरी वाले, छोटे दुकानदार यानी पैटीबूर्ज्वा वर्ग है, मध्यवर्ग के भी लोग इन्हीं में हैं....ये उच्च वर्गों के आहार हैं....शासक और शोषक वर्ग, इनका रक्तपान कर रहे हैं, करते आए हैं....विश्व की, देश की भूमि पर, पूंजी पर सबका अधिकार होना चाहिए पर हमें उसे प्राप्त करना है। शासक श्रेणियों ने, पूंजीपतियों ने क्रमशः भूमि और कारखानों पर कब्जा कर रखा है और वे भूमिहीन लोगों तथा मज़दूरों को सोख रहे हैं। सेवक वर्ग जी–तोड़ श्रम करता है, भूखा रहता है। उनको न रोटी है, न मकान, न शिक्षा है, न औषधि है, कुछ नहीं है....शोषितों को एक होना है और बलात् उत्पादन के साधनों पर अधिकार करना है.... ।"

'इंकलाब?"

"जिंदाबाद।"

कामरेड फिर बोलने लगा। अब कृष्णगोपाल में प्रतिरोध घनीभूत होने लगा। वह बोरडम से पहले तो उदास हुआ, फिर सिर पकड़कर बैठ गया। पुनः जब कामरेड ऐतिहासिक आयाम में पधार गया और दासप्रथा से पूंजीवाद तक का महावृतांत बखानने लगा तो उससे रहा नहीं गया। उसने हाथ उठाया और कहा–"कामरेड, क्षमा करें, आप कार्यक्रम बताइए वर्ना इतिहास चर्चा सुनते–सुनते यदि श्रोतागण सिधार गए तो कल क्रांति कैसे होगी?"

एक जोरदार अट्टहास हुआ। वक्ता कामरेड खिसिया गया। पार्टी–क्षेत्र में तो सचिव का वाक्य श्रद्धा से सुना जाता है, किसकी मजाल जो बीच में रोक–टोक करे पर कृष्णगोपाल वामोन्मुख बुद्धिवादी, सम्पादक, लेखक और कवि रूप में पार्टी के सहयात्री, फैलोट्रैवलर थे, सो वह वक्ता सचिव हस्तक्षेप झेल गया, किंतु यह प्रमुख कामरेड के लिए असंभव था कि वह अपना व्याख्यान संक्षिप्त कर दे सो वह यह वादा करके भी कि वह मुख्य मुद्दे पर आ रहा है, पुनः तारीख के लंबे सिलसिले में तशरीफ ले गया और जब कृष्णगोपाल जैसे बहुत से साथी कार्लमार्क्स–एंजिल्स और लेनिन के पुण्य स्मरण के बल पर उसके भीषण भाषण को बर्दाश्त कर रहे थे और पुनः हस्तक्षेप करना नहीं चाहते थे। तब वह कामरेड

सामंतवाद की संरचना समझाने लगा। क्या किया जा सकता था? कृष्णगोपाल फुसफुसाया—''उद्धवजी, ये कामरेड लोग, सामान्य ज्ञान खो चुके हैं और हमारे समय का शोषण कर रहे हैं, बिला बात....तब इसे हम नियति मान कर सहें या खिसक लें यहां से.....कार्यक्रम में तो हमें जाना ही है तब क्या जरूरी है कि यह जो ज्ञान के ओलों की वर्षा हो रही है, इसी में हम आहत होते रहें, चलें?''

''हरगिज नहीं, साथी बिगड़ेंगे....आप अपने बिगड़ैल चित्ततुरंग की लगामें कसिए और रकाब में पैर डाल कर फ्रीज हो जाइए। तब यह आप सह सकेंगे।''

''यानी, हम शहीद होने के लिए अपने को दबोचे रहें?''

''बिल्कुल।''

''लेकिन शिष्टाचार का यहां शोषण हो रहा है। हमारी शिराएं, कोशिकाएं, धमनियां फट गईं, हमारे चक्र पिघल गए, तालू चटक गए, ऊतक गल गए तो क्या होगा?''

उद्धव हंसा—''कुछ नहीं होगा, भारतीयों ने कितना सहा है....हमने ऋषियों के वक्तव्यों को सहा, मुनियों के वचनों को, आरण्यकों—बौद्धों—जैनियों के प्रवचनों को, वेदांतियों को बर्दाश्त कर लिया। भक्तों, योगियों, संतों को तो ये कामरेड उनके सामने क्या हैं। सहने की शक्ति की हमारी परंपरा है। हम सहेंगे और क्रांति करेंगे।''

दोनों मुंह पर रूमाल दबाकर हंसते रहे पर वह कामरेड अभी तक दसवीं शताब्दी तक आ पाया था। उद्धव ने धीरे—से कहा—''बंधुवर, अभी तो यह पूर्व—मध्यकाल का ही मंथन कर रहा है, हमारे समय तक आते—आते यह अभी एक और घण्टा चबा जाएगा। आप तब तक किसी प्रिय जन का स्मरण कीजिए क्योंकि आप ईश्वर को मानते नहीं, वर्ना मैं हरिस्मरण की सलाह देता।''

दोनों पुनः हंसे। तब स्थानीय पार्टी का सचिव, उन दोनों के पास आया और एक पर्ची पकड़ा गया जिसमें लिखा था कि कामरेड कृष्णगोपाल को भी भाषण देना है, वह तैयार रहें।

अब हंसी पर काबू रखना असंभव था सो वे एक—एक कर सभाभवन से निकल गए और दूर बाथरूम की तरफ जाकर खुलकर हहराने लगे। तब वहां एक कामरेड आया और हाथ जोड़ने लगा कि वे गंभीर अवसर को हंसी में न बहाएं....पार्टी के जिम्मेदार लोग चिंतित हैं, एक्शन होने जा रहा है.....आप लोगों को चलना ही है। तब कृष्णगोपाल बोला—''हम चलेंगे यार, कब नहीं साथ दिया हमने? हम ठाकुर की गोली खाकर मरने को प्रस्तुत हैं किंतु यह भयंकर भाषण, नहीं सह पा रहे हैं। कामरेड, हम इसे नहीं सह सकते....तुम वक्ता को कहो कि कार्यक्रम पेश करे....यह सब हम जानते हैं.....हम जा रहे हैं, कार्यक्रम में जाना ही है।''

वह कार्यकर्ता हाथ जोड़कर उन दोनों को वापस लाया। तब तक वह वक्ता आधुनिक काल में प्रवेश कर चुका था और भारत में पूंजीवाद का उदय बता रहा था। आधे घंटे बाद वह समकालीन वैश्विक पूंजीवाद तक खींच ले आया और इजारेदार पूंजीवाद का विवरण देकर भूमंडलीकरण की ओर बढ़ने लगा।

अंततः वह कार्यक्रम पर आया। उसने बताया कि कल 10 बजे हम अमुक ठाकुर ने जो किसानों की जमीन पर अधिकार कर लिया है, वहां चलेंगे और उस भूमि पर अधिकार करेंगे। यह भी कह दिया कि पार्टी ने सरकार को विधिवत् सूचित कर दिया है अतएव पुलिस साथ चलेगी। इसलिए सामंती तत्व कोई हिंसा नहीं कर सकेंगे।''

तब कृष्णगोपाल से कुछ कहने को कहा गया। वह बोला–"यह तो तमाशा है, सुरक्षित प्रतिरोध करना है, हम शौक से करेंगे लेकिन आपको मालूम है कि मिर्जापुर में हजारों बीघों के एक कांग्रेसी नेता के फार्म पर क्रांतिकारी साम्यवादी पार्टी के नेतृत्व में कब्जा किया गया है और वह जमीन छोटे किसानों तथा मजदूरों में वितरित करवा दी गई है....अजमेर रोड पर दूर–दूर तक शासक दल के बड़े नेताओं ने विशाल फार्म बना लिए हैं, उन पर कब्जा क्यों नहीं किया जाता? हम वास्तविक एक्शन क्यों नहीं करते....प्रतीकात्मक एक्शन से जनता में हमारा उपहास ही होगा।"

अब वह केंद्रीय पार्टी से आया सचिव बिगड़ उठा।

"आप क्या मिलीटेंट हैं?"

"बिल्कुल हैं और यहां की पार्टी के नवयुवक कार्यकर्ता भी यही चाहते हैं, आप पूछ लीजिए न?"

"लेकिन यह दुस्साहसवाद है, सी॰ पी॰ आई॰ की नीति जनतांत्रिक है अब ...अभी वह स्थिति नहीं आई है....हम तेलंगाना की क्रांति से सबक ले चुके हैं।"

"तो प्रदर्शन कर सकते हैं। प्रदर्शन तो जनतांत्रिक है न पर असलियत यह है कि आप शासक दल द्वारा अपहृत भूमि पर जनता का अधिकार हो, यह नहीं चाहते....आप समर्पणवादी नीति अपनाकर, मात्र विचारधारात्मक तकरीरें करते रहना चाहते हैं और जो काम पार्टी को करना चाहिए, वह काम राजस्थान के भील कर रहे हैं.....गांवों में, गिरिजनों में अकाल के कारण भुखमरी फैली हुई है। आपको ज्ञात ही है कि भीलों ने बाजार लूटे हैं। पार्टी ने उन्हें नेतृत्व क्यों नहीं दिया....? यह अजीब बात है कि जो संभव है, उसे भी नहीं किया जाता। कम से कम आजादी के बाद शासक दल के नेताओं ने जो लूट की है, क्या उसके विरुद्ध प्रदर्शन भी संभव नहीं है? जाहिर है कि संभव है और उससे जनमत कम्युनिस्ट पार्टी की ओर झुकेगा पर आप यह भी नहीं करना चाहते। पार्टी का प्रभाव कम हुआ है क्योंकि जनता जानती है कि जनतंत्र के नाम पर आप सरकार के सहयोगी बन गए हैं और सोवियत रूस की यात्राओं तथा सरकारी सुविधाओं के आदी हो गए हैं....दुस्साहस न हो, यह ठीक है पर साहस तो हो, जनतांत्रिक विधि से जनमत तो बदलिए वर्ना बदलाव कभी नहीं होगा। बदलाव के लिए प्रचंड प्रतिरोध होना चाहिए।"

सभा में शोर मच गया। नौजवान काडर जोश में खड़ा हो गया।

केंद्रीय सचिव चकरा गया। तब वह सोच–समझ कर बोला।

"यह नीतिविषयक निर्णय का मुद्दा है। हम इस पर विचार करेंगे किंतु कल का कार्यक्रम पूरा हो, तत्पश्चात् ऐसे निर्णय लिए जा सकते हैं।"

"यह तो ठीक ही है।"

सर्वसहमति बन गई। 'इंकलाब जिंदाबाद' के साथ सचिव का भाषण समाप्त हुआ। फिर कल के कार्यक्रम का विवरण बताया जाने लगा। अंत में चाय–पानी शुरू हुआ। चाय पीते समय केंद्रीय सचिव के साथ वार्ता में कृष्णगोपाल के साहस की दाद दी गई और यह वादा किया गया कि पार्टी निर्णय लेगी। सचिव ने कृष्णजी को कहा–"कामरेड ! यह पार्टी, सुधारवादी नहीं, इंकलाबी है परंतु अतिसाहस हम पहले कर चुके हैं, उसके परिणाम आप जानते हैं अतएव अब पार्टी ने विधिवत जनतांत्रिक संघर्ष की कार्यनीति अपनाई है, लेकिन आपकी यह बात सही है कि

हमें समर्पणवाद नहीं अपनाना चाहिए। हमें अहिंसक विधि से आक्रामक कार्यनीति अपनानी है। कामरेड कृष्णगोपाल, हम आपके वक्तव्य के महत्व को समझते हैं और करणीय किया जाएगा। आप विचलित न हों और यह देखें कि जनता और कार्यकर्ता दोनों में पार्टी के प्रति यह आस्था बनी रहे कि यह पार्टी जनहित में सब कुछ करेगी।"

"कामरेड सैक्रेटरी, "

"जिंदाबाद !"

कृष्णगोपाल और उद्धव अंततः सबकी प्रशंसा बटोरकर चले गए।

"उद्धवजी, आप तो स्कूटर से आए होंगे, और अब विद्याधर कैम्पस में जाएंगे या हमारे साथ चलेंगे?"

"हम स्वयं विद्याधर हैं, उन्हीं में रहना है, यह पार्टी का संग–साथ हमें मंहगा पड़ा है। आपको शायद मालूम नहीं, हम सी॰ पी॰ आई॰ के सदस्य रह चुके हैं और हम यहां आने के पूर्व जब सरकारी नौकरी में थे तो तब वहां मेरे पीछे खुफिया पुलिस लगी रहती थी और हर तीसरे महीने रपट सरकार को भेजती थी कि यह व्यक्ति यानी मैं अमुक नाम से पार्टी का मेम्बर रह चुका हूं। परिणाम यह हुआ कि वहां हम कभी मुस्तकिल–कनफर्म नहीं हो सके पर हम पब्लिक सर्विस आयोग से चुने हुए थे, इसलिए नौकरी से निकाले नहीं जा सकते थे....जब यहां विद्याधर आलय यानी विश्वविद्यालय में आए तब पुलिस से पीछा छूटा लेकिन अभी भी जब लघुपत्रिका 'वयम्' निकाली गई तो गुप्तचर पुलिस ने पूछताछ भी की।"

"अरे ! आपने बहुत कष्ट सहे, नौकरी चली जाती तो?"

"तो क्या, गांव से आए थे, वहीं लौट जाते या नगर में फ्रीलांसिंग करते ...पुनः पार्टी के कार्ड का नवीनीकरण करा लेते।"

"आपको कुछ समय बचना चाहिए, वर्ना दानवगण आपको बढ़ने नहीं देंगे।"

उद्धव बोले–"उसकी चिंता नहीं, सवाल यह भी है कि ज्ञान के क्षेत्र में भी तो बुनियादी सैद्धांतिक चिंतन करना है....वहां तो पूंजीवादी देशों के बूर्ज्वा विचारकों का व्यक्तिवाद और प्रत्ययवाद या आयडियलिज्म चल रहा है....सिद्धांत के सिद्धांत से ज्ञान को ज्ञान से ही काटा जा सकता है, प्रचार से नहीं और ज्ञान के लिए अहर्निश अध्ययन–मनन–लेखन चाहिए....मैं परंपरा का मार्क्सवादी दृष्टि से विश्लेषण कर रहा हूं।"

"यह तो बड़ा काम है, आप अवश्य कीजिए। पार्टी कार्य उतना ही करिए यानी प्रगतिशील लेखक संघ आदि का, जितने से ज्ञान के कार्य में बांधा अधिक न पड़े।"

दोनों एक भोज्यशाला में गए। वहां दो थालियां मंगाईं पर वार्तालाप जारी रहा।

"आप वह विद्याधर योनि के विषय में बता रहे थे।"

उद्धव बोला–"हमारी मिथक परंपरा, पुराण परंपरा बहुत समृद्ध है....उसमें जो वर्णन हैं, उनमें मिथ्या तत्व हैं पर मानवीय स्थितियों का संकेत करने वाली अनेक कहानियां, वृत्त और आख्यान हैं, चरित्र हैं....अब देखिए न....प्राचीनों ने अनुभव से यह जान लिया था कि जो विद्वान होते हैं, पंडित, अधीत नए से नया ज्ञान खोजकर पढ़ने

वाले, वे आदर्श मनुष्य हों, यह जरूरी नहीं है। उनमें भी वही मानवीय दुर्बलताएं हैं बल्कि उनमें दो प्रवृत्तियां प्रबल होती हैं, ईर्ष्या या अहंकार और महत्व की आकांक्षा ....संस्कृत में भी पंडितों की ईर्ष्या विख्यात है, वे किसी की बौद्धिक श्रेष्ठता स्वीकार नहीं कर सकते और उनमें किसी की बढ़त देखकर बहुत डाह होता है और वे प्रायः ऊपरी शिष्टाचार में, परिष्कृत व्यवहार में वह अंतर्दाह छिपाए रहते हैं....पुराणकार यह तथ्य जानते थे अतः उन्होंने जहां देवताओं और ईश्वर की कल्पना की वहीं उन्होंने भूत–प्रेत–पिशाचादि की, कष्टदाता, अकारण दुःखदायी योनियों की कल्पना के साथ ऐसे विद्याधरों की भी कल्पना की कि वे भूत–प्रेतादिवत् निम्न स्तरीय परदुःखप्रेमी या सैडिस्ट तो नहीं होते, वे बहुज्ञ होते हैं, ज्ञानी किंतु वे प्रतियोगी—कम्पटीशन करने वाले होते हैं, और ज्ञान की स्पर्धा में वे अपने प्रतियोगियों के प्रति या जो उन्हें मान्यता न दे या कम दे, उनके प्रति वे निम्न स्तर पर उतर कर भी प्रहार या प्रपंच रचते हैं, आपके विरुद्ध शिष्यों को भड़का दें, पर्चे निकलवा दें, निंदा करें, प्रतिशोधी कारगुजारियां करा दें....गरज कि यह जो विद्याधर वर्ग है, वह इच्छाओं में लघुपूंजीवादी होता है और पाखंडी तथा प्रपंची होता है, ऊपर से वृहस्पति, भीतर से ब्रह्मराक्षस.... मैं उन्हीं के मध्य रहने के लिए अभिशप्त हूं।"

"वंडरफुल, क्या बढ़िया विखंडन है....मैंने सोच–समझ कर आपका नाम उद्धव रखा था लेकिन गुरुगरिमा अधिक मत लादिए, उससे व्यक्तित्व गर्दभीय हो जाता है। ज्ञान को लादे हुए गधा अपने दिखाऊ गांभीर्य में सबको बोर करता हुआ मनहूस ...नहीं?"

"यह सच है पर मुझे तो साहित्य सृजन का भी चस्का लगा हुआ है, शुरू से ही, पर साहित्य में सभी बिम्बवादी हैं यानी जो बिम्ब आपका एक बार बन गया तो फिर आप चाहें कि अब और कोई इमेज बन जाए तो साहित्यकार नहीं मानते। मसलन वे उद्धव से ज्ञान तो सुनेंगे पर कविता नहीं क्योंकि वे समझते हैं कि कविता लिखना ज्ञानी का काम नहीं, इसी तरह आप रचनात्मक काम उन सबको करने दें और आप उनको, उन सबकी साधारण रचनाओं को असाधारण सिद्ध करते चलें....और यदि आप एक हद तक जज की तरह निस्संग फैसले देने लगें तो आपकी खैर नहीं....यह भयंकर स्थिति है, है न?"

"पर यह तो चुनौती है। स्वपक्षपाती, आत्मविज्ञापक, आत्ममुग्ध टाइप के लेखकों को उनकी सही जगह दिखाने से ही यह स्थिति बदलेगी अतः आप लोकप्रियता की चिंता न कर सत्यप्रियता के मोर्चे पर डटे रहिए।"

उद्धव ने कहा—"मैं तो यही करता आ रहा हूं और मैं अपने चेतनाप्रवाह को, अपनी तर्कबुद्धि को, अपने रीजन और रैशनेलिटी को ही महत्व देता हूं। मैं आत्मस्थापना या आत्मप्रसिद्धि के लिए प्रपंच कर ही नहीं सकता। इससे स्थापना में विलंब तो होता ही है पर हमारी भाषा, साहित्य में तटस्थ विचारशीलों की भी विद्यमानता है यों उनमें प्रगतिशील अधिक हैं, विचारशील कम हैं।"

कृष्णगोपाल ने एक प्रशंसक अट्टहास उपजाया और वह इतना प्रभावित हो गया कि उसने उद्धव से एक कविता सुनाने का आग्रह किया। उद्धव जब–तब गोष्ठियों में कविता सुना देता था, कवि सम्मेलनों में वह नहीं जाता था क्योंकि वहां प्रस्तुत कविता का चालूपन और पिष्टपेषण उसमें वमनेच्छा जगा देता था। उसने डायरी निकाली और एक रचना पढ़ी।

'आत्म-निर्वासन'

क्षरण और क्षय इतना हो चुका है
कि अब उसे देखकर श्लाघा की जगह टिप्पणी उठती है
तब उसके नखशिख सादृश्यों की गवेषणा के लिए उकसाते थे
अब एक अजीब खुन्नस खाता है मन
अचानक मारवाड़ सा सूख जाता है अंतःकरण
वह मेरे अवचेतन में विपरीत आंकड़े एकत्र कर
शत्रुसाक्षी सा खड़ा है, उद्धत तथा
तथ्यहस्त
उसका तीखा आत्मविश्वास
हिंस्रता से उपजा है
और वह फिराक में है
कि कब वह मेरी शवयात्रा में मुझे
कंधा दे सके
मैं बिफरे बाघ के आगे अजा सा स्तब्ध हूं
भक्षित होने से, प्रहार की प्रक्रिया में विलंब
अधिक विडंबक होता है
मैं मरता, क्या न करता के जैविक न्याय से
निर्णायकों की ओर देखता हूं
जिनके आगे, पीछे पार्श्वों में
निशाना लिए गनधारी सन्नद्ध हैं
और खचाखच भरे न्यायालय में
सभी निर्दोष निशाने पर हैं, जज भी
निर्णय सुनाया जाता है कि मैं
गुनहगार हूं
क्योंकि मैंने अपनी सफाई और बड़ाई में कुछ नहीं कहा
और यह कि मैंने अपने चैतन्य और उपचेतन को
पारदर्शी क्यों बनाया?
और यह कि तथ्यों की तोड़ मरोड़ के वक्त
मैं तथागत क्यों रहा?
और फिर वादी के पास गवाही ही नहीं,
पिस्तौल भी है
जज हस्ताक्षर करते समय कांप रहा है
और जनसमूह ठिठका हुआ ठप्प है
मैं एक अकस्मात् कहकहे से आतंक को
कचर रहा हूं कचहरी में
प्रसंग के पिशाचपन के बावजूद !!"

कविता सुनकर वह कृष्णगोपाल अपने अंतर्मन के इमामबाड़े में खो गया, ऐसा लगा। वह स्तब्ध था, सोचता रहा, फिर कोई शब्द न मिलने पर वह यों घूरता रहा गोया वह स्वयं उस आतंककारी अदालत में खड़ा हो। पुनः वह उठ बैठा और

संकेत पर सड़क पर आया। तभी उसे एक छोटी सी मिष्ठान्न की दुकान दिख गई। वह वहां पहुंचा। पहले उसने मिठाई का नमूना लिया, चखा, उसकी निंदा की। दुकानदार सीधा–सादा, नम्र और साधारण था। वह मुस्कराता रहा। शायद पहले भी कृष्णजी उसकी दुकान पर आ चुके होंगे। पुनः कृष्ण ने मिठाई खरीदी और खाने–खिलाने लगे। उद्धव जानता था कि कविता ने उसका कम्प्यूटर चला दिया है और वह मारू मर्मवाक्य की टटोल में लगा हुआ है। मिठाई खा–खिलाकर उसने पैसे दिए और कुछ मिठाई बंधवाकर उद्धव को दी और कहा–"यह आपकी कविता का प्रसाद....आप देख रहे हैं कि इस दुकान का नाम क्या है?"

उद्धव ने देखा कि उस दुकान के ऊपर लिखा है, 'अंट शंट हलवाई'। कृष्णगोपाल अब तक सहज हो गया था। विनोदी हो बोला–"आपकी रचना में अंट–शंटता है कुछ–कुछ पर वह एकदम अन्यों से विलक्षण है। यह विशुद्ध उद्धवता से लिखी जा सकी है, स्थिति का इतना गहरा, आतंककारी अहसास किसी बड़े बोध और गूढ़ यातना की दीर्घ अनुभूति से पनपा है, आप चालू, सतही और दृष्टिहीन कविताओं के इस युग में स्वीकृति और पहचान या प्रसिद्धि की परवाह न कर लिखते जाइए और संग्रह छपाइए।"

उद्धव को लगा कि वह गिरिसागरमाथा–एवरेस्ट पर पहुंच गया है और आकाश में कविता की रस्सी फेंक कर उस पर चढ़ता जा रहा है। ऐसे कठिन व्यक्ति से ऐसी प्रशंसा....। उद्धव को वह कल्पना में उड़ता पाकर प्रमुदित हुआ। बोला कि आपको पान खिलाकर आज विदा करूंगा। मैं सचमुच प्रसन्न हुआ हूं। उसने पुनः कहा–"उद्धवजी, आप प्रायः मेरे व्यंग्यों के विषय में कहते हैं कि व्यंग्य और कविता में अंतर होता है। कविता में व्यंग्य आ ही जाता है, तो भी आप दोनों में अंतर करते हैं और पोप जैसे कवि का उदाहरण देते हैं कि उसे व्यंग्यकार तो माना गया, बड़ा कवि नहीं....अब मेरी समझ में आया कि आप ऐसा क्यों कहते हैं....कविता में गझिन अनुभूति होनी चाहिए जैसे आपकी कविता में, जो आज की दशा है, उसकी आतंकित अनुभूति है, इसलिए आपकी यह कविता है, मैं व्यंग्य लिखता हूं कविता के नाम से, यही न?"

"इतना स्थूल भेद संभव नहीं है पर कहीं भेद है अवश्य....मैं आपकी ऐसी रचना सुनना चाहता हूं जिसमें आप सकारात्मक हों, पॉजीटिव, तब मैं आगे कुछ कह सकता हूं।"

"लेकिन उसके लिए मुझे किसी सकारात्मक अनुभव में आलोचनात्मक वेधन को भूलकर डूबना पड़ेगा।"

"तो जाइए न, निमग्न हो जाइए वर्ना आपकी विषानुभूति आपको जला डालेगी. ...नीलकंठ महादेव की पुराण कथा का रहस्य यह है कि वह अपने जहर को भुलाने के लिए भंग पीते हैं और पार्वती के साथ लास्य करते हैं और ऊपर से गंगा उनके माथे को अवशीतित करती है तथा अनेक भुजंग उन्हें अपने स्पर्श से ठंडक देते हैं। आप जानते ही हैं कि सर्प का स्पर्श सर्वाधिक शीतल होता है अतएव लास्य के बिना आपकी तीक्ष्णताएं आपको भस्म कर देंगी। कबीर में भी विषानुभूति थी, वह भी आपकी तरह मानव जीवन की विसंगतियां देख–देखकर रोता था, दग्ध रहता था पर वह सर्वातीत सत्ता को मानता था और उसके साथ तादात्म्य कर उसके रहस्यवादी रस में अपना जागतिक ज्वर और जहर से मुक्त हो जाता था....आप भी

कहीं लौ लगा लीजिए और उस क्षण अपनी काटकता, या निषेध को भूल जाया कीजिए।"

दोनों ने ठहाका लगाया और अपने-अपने गंतव्य को चले गए।

कृष्णगोपाल देशभक्त आश्रम पहुंचा। उसने प्रतिरोध-कार्यालय कक्ष में जाकर लिपिक साथी से पूछा कि कोई सूचना, कोई फोन? लिपिक ने बताया कि पंकजजी का फोन आया था और किन्हीं उर्मिला देवी का। कृष्ण सोचता रहा। पहले उसने पंकज को फोन किया।

"हैलो, पंकजजी हैं क्या?"

"मैं बोल रहा हूं बड़े भाई, आप कहां थे?"

"कमाल है, आज की सी॰ पी॰ आई॰ की बैठक का समाचार नहीं मिला था क्या?"

"मिला था पर मैं सरकारी नौकर हूं और आप लोग हमें प्रगतिशील पूरी तरह मानते भी नहीं, मैं क्या करता वहां। मैं इंकलाब करूं या नौकरी?"

"दोनों एक साथ करो, यार, अब यह सी॰ पी॰ आई॰ जनतांत्रिक हो गई है। अब क्या डर है और आप देख ही रहे हैं कि प्रगतिशील लेखक संघ के मंत्री, सचिव, संचालक, सब सरकारी नौकर हैं। अब तो सी॰ पी॰ आई॰ वाले शासक दल के मित्र, दार्शनिक और पथबंधु हो गए हैं, इसलिए आप कल के प्रदर्शन में भाग लीजिए। हमसे आपकी प्रलेस-सर्किल में स्वीकृति बढ़ेगी।"

"आप आदेश दें तो मैं आ सकता हूं, लेकिन....मैं.....मैं तय नहीं कर पाता।"

"मेरा यह आदेश है और यह आपके हित में है....आप बकरी की तरह मिमियाइए मत, अकड़कर साथ दीजिए।"

"जो हुक्म, कहां आऊं?"

"वही गवर्नमेंट होस्टल से सब साथ चलेंगे, ठीक दस बजे, वहीं भेंट होगी। ओ॰ के॰?"

"ओ॰ के॰, "

"वह सुरेश आ सकता है क्या?"

"वह तो सच्चिदानन्द हीरानन्द वात्स्यायन की नकल करता है हर बात में ...प्रेमचन्द का अवमूल्यन करता है। वह तो पाठ्यक्रम पुस्तक-व्यवसायी है बंधुवर। हां, उसे टटोलना चाहें तो फोन कर लीजिए....वह आपको खुश रखना चाहता है क्योंकि आप अखबारों में उसकी रचना छपा सकते हैं, आकाशवाणी की परामर्श समिति में आपकी चलती है और गोष्ठियों में आप जमाते-उखाड़ते हैं। इसलिए वह आ भी सकता है।"

कृष्णगोपाल ने सुरेश को फोन नहीं किया किंतु अन्य कई लेखकों, पत्रकारों, कार्यकर्ताओं को पटाया। कुछ तैयार भी हो गए। अंत में उसने उर्मिला का फोन नंबर मिलाया।

उसके मन में उस दिन स्वप्न सिनेमा में फिल्म देखने के समय उसकी तटस्थता से उर्मिला को बुरा लगा था। वह एक विलक्षण व्यक्तित्व है और उसके मन के अनुसार उसने करणीय नहीं किया। मैं रामदेई की त्रासदी में निमग्न था। उससे ऊपर नहीं उठ सका। वह आघात ही ऐसा था पर उर्मिला का दोष क्या था? वह तो रामदेई की त्रासदी के लिए उत्तरदायी नहीं थी। वह उसकी मदद

भी कर सकती थी पर जो घटा, उसमें वह उर्मिला क्या करती? उसे खेद था कि वह चाहकर भी अपनी मनोदशा का आखेट हो जाता है, जबकि उसमें यह शक्ति होनी चाहिए कि वह मनोतीत हो सके और मित्र के मनोनुकूल अपने संवेदन के गियर बदल ले। उसने एक अनुरागी महिला मित्र का मनोराग भंग किया था। वह पछता रहा था। उसने एक बार फोन के नम्बर मिलाए और फिर फोन रख दिया। साहस नहीं हो रहा था तथापि उसने पुनः यह निश्चय किया कि वह अब हर हालत में अपने मूड को लहरदार बनाएगा, पुनः फोन मिलाया।

"हैलो, उर्मिलाजी हैं? मैं कृष्णगोपाल बोल रहा हूं, उर्मिलाजी को फोन पर बुलाइए।"

जिसने फोन उठाया था, वह उर्मिला की वही बहिन थी, जिसकी कृष्णजी ने मदद की थी। वह उर्मिला से भी अधिक कृष्ण को मानती थी पर उसके भाव में अंतर था। उसमें, उस इला में आदर, संभ्रम और ममत्व–अपनत्व तो था पर उर्मिला जैसा मैत्रीभाव नहीं था यों वह भी तरूणी थी। पर उसके मन में यथार्थतः क्या था, यह जानने का कृष्ण ने प्रयत्न नहीं किया था। वह वत्सल भाव से उससे बातचीत में खेलता रहता था और यह रूख उर्मिला समझती थी।

इला ने इठला कर कृष्ण से फोन पर कहा–"आप उर्मिला दीदी को फोन करते हैं, मुझसे बात नहीं करते....उर्मिला को मैं क्यों बुलाऊं....मैं उनसे कहे देती हूं कि किसी और ने फोन किया है और वह सिर्फ मुझसे वार्ता करना चाहता है।"

"इला, ऐसा गजब मत करना, वह मुझसे बहुत कुपित हो गई है....उसका नाम उर्मिला है, वह लहरों में बहती है....जो उसकी लहर में बहता नहीं, उसे वह झटक देती है....प्लीज उसे बुलाइए.....मैं आऊंगा ही, तब तुमसे ढेर सारी गप्प लगाऊंगा ...तुम्हारे लिए एक किताब भी लाऊंगा।"

"अच्छा, और क्या लाएंगे मेरे लिए....मुझे पार्कर पेन देने का आपने वादा किया था।"

"उसे भी लाऊंगा?"

"मेरी कसम खाइए....।"

"तुम मेरे लिए अमूल्य हो इला, तुम्हारी शपथ और एक पेन के लिए? नहीं मैं पेन लाऊंगा....अब फोन उर्मिला को दे दीजिए।"

"आप मुझे बच्ची समझते हैं, नादान, नटखट बेबी, यही न?"

"नहीं इला, तुम बेबी नहीं, तुम तो लिली के फूल की तरह खिली हुई हो ...मुझे यहां तक तुम्हारी सुगंध आ रही है। तुम बहुत स्वीट हो इला, माय स्वीटी प्लीज गिव द फोन टू उर्मिला नाट....।"

"ओ॰ के॰ आप मेरी चीजें कब ला रहे हैं?"

"जब उर्मिलाजी मुझे आने दें....वह मुझे बुलाएं, ऐसी वकालत तुम करो तो तुम्हें मिठाई भी खिलाऊंगा।"

'अच्छा?"

"हां, इला !"

"और मुझे पिक्चर नहीं दिखाएंगे?"

"क्यों नहीं, आप उर्मिलाजी के साथ चाहें जब चलना !"

"क्यों, मैं क्या नन्हीं–मुन्नी हूं जो किसी के अंचल को पकड़कर जाऊं, आप मुझे इस योग्य नहीं मानते क्या, जैसे उर्मिला दीदी को मानते हैं।"

"हां, हां, तुम्हें ले चलेंगे। हां–हां, तुम अकेली ही चलना, क्या हर्ज है?"

"तो आपको हर्ज का भय है, नहीं?"

"अरे बाबा, मुझे काहे का भय, मुझे तो यह खयाल है कि उर्मिला तुम्हें अकेली नहीं जाने देगी।"

"तो इसका मतलब है कि उन्हें आप पर विश्वास नहीं है, क्यों? सच बताना वर्ना कौआ काटेगा, हां।"

कृष्णजी हंसने लगे। बोले–"मैं उर्मिला का मित्र हूं न और तुम उसकी छोटी सिस्टर हो....हो सकता है, उसे मुझ पर विश्वास न हो। यह स्वाभाविक भी है....तुम इतनी मनोहर हो कि उर्मिला को भय लगना नैचुरल है। आप उर्मिला को फोन दो तो इस विषय में भी उससे बात करूंगा, प्रामिस।"

"बात जरूर करना वर्ना मैं इला हूं, याद रखना।"

"अच्छा, अच्छा, फोन तो दो उर्मिला को।"

अंततः उर्मिला फोन पर आई।

"हैलो, उर्मिलाजी, मैं कृष्णगोपाल बोल रहा हूं।"

"बोलिए।"

"अरे, इतना गुस्सा, मैं खेद प्रकट कर चुका था, आय अगेन अपोलौजाइज.. माफ कर सकती हैं क्या?"

"कभी नहीं, जो व्यक्ति रंग को भंग करे, वह मनुष्य नहीं ब्रूट है और पुरुषों को पुरुष न कहकर परुष ही कहना चाहिए।"

"यही सही, पर मेरी क्षमा–याचना का क्या हुआ?"

"वह तो मिलने से रही....मैं कितनी डिस्टर्ब–क्षुब्ध हो रही हूं, यह आप क्या जानें? आपमें एक और रोग है, आप अन्य तथाकथित प्रबुद्ध पुरुषों की तरह हर स्थिति को बुद्धिसंगत बनाने, रेशनलाइज करने का प्रयत्न करते हैं.....आप फिर वही करेंगे।"

"क्यो करेंगे.....मैं दूसरे दिन टेढ़े हनुमान के मंदिर गया था और वहां जाकर हमने घणी खम्मा कही थी।"

अबकी बार उर्मिला हंस पड़ी–"कमाल है, गए भी तो किस देवता के मंदिर ...नाक रगड़ना था तो राधा–माधव के मंदिर जाते।"

कृष्ण बोले–"राधा वहां रोक लेती तो? राधा ने तो वल्लभाचार्य, निम्बार्क, हरिदास, रसखान, देव, बिहारी सभी को वश में कर लिया था। मैं इसी डर से नहीं गया, सोचा अपना बजरंगबली अच्छा है, वह विघ्नों पर गदा चला देगा।"

उर्मिला हंसी–"आप रहे वही....अरे, वह तो ब्रह्मचारी हैं और आप उनसे प्रेम में सफलता के लिए प्रार्थना करने गए थे, वाह री आपकी अक्ल, बुद्धू ही रहे आप।"

कृष्ण हंसे–"लेकिन वह हनुमानजी तो अंत में रोमांटिक हो ही गए थे, उनका पुत्र मकरंद प्रसिद्ध है।"

उर्मिला बोली–"यह कथा किसी ने क्षेपक के रूप में जोड़ी है। हनुमानजी के व्यक्तित्व के बिल्कुल विपरीत....खैर, फिर हनुमान की आभा बोली या नहीं?"

"बोली कि मैं उर्मिला के क्रोध और प्रतिकूलताओं को गदा प्रहार कर भगा दूंगा, तुम फोन करो सो आपको फोन कर रहा हूं, साहस उन्होंने बंधाया, जय बजरंगी।"

उर्मिला ठठाकर विहंसी, फिर तुनक गई।

"आप लोगों के साथ इस तरह खेल नहीं सकते, जब जो चाहा, किया और जब दूसरे ने चाहा तो गैरों की त्रासदी जड़ दी।"

"उर्मिला जी, आपका मन कोमल है, आप यहां आकर उस रामदेई से कब मिलेंगी?"

"जब कहें, आज ही सही !"

"नहीं, कल सी॰ पी॰ आई॰ की तरफ से एक प्रदर्शन है....एक ठाकुर ने किसानों की भूमि दबा ली है, इस कारण पार्टी कल प्रदर्शन करेगी।"

"यह तो खतरनाक है, मैं आपको वहां नहीं जाने दूंगी, समझे?"

कृष्ण हंसने लगा, बोला—"वहां कोई भय नहीं। वहां तो सरकारी पुलिस साथ जा रही है। मात्र प्रदर्शन होगा और खेल खत्म।"

"तो मुझे फोन क्यों किया था?"

"इसलिए कि आपकी स्वरध्वनि सुनूं और यह पूंछूं कि क्या मैं परसों या नरसों आ सकता हूं और वहीं रुकूंगा भी, अनुमति है?"

"बिल्कुल नहीं, इला सब समझती है। उसने बड़े–बूढ़ों से कह दिया तो?"

"तो....तो आप यहां आ जाइए। उस रामदेई से भी बतिया लें।"

"पर, वहां तो बाबा देशभक्त हैं, उन्हें देखकर मुझे ऐसा लगता है कि मैं महात्मा गांधी द्वारा परित्यक्त कस्तूरबा हूं, न बाबा, वहां श्रद्धा, सारा .मूड चौपट कर देगी।"

"तो....तो....तो और स्थान हैं?"

"अब छोड़िए, आप यहीं पधारें और इला तो स्वयं आपके साथ अकेले सिनेमा देखने की जिद कर रही है।"

"वह बेबी है अभी, उसे लेकर भी चलेंगे। वह इन्नोसेंट, भोली–भाली प्यारी बिटिया है।"

उर्मिला ने कहा—"स्वयं आप बहुत भोले हैं, आप कुछ नहीं समझते, आप आएंगे। आपको नारी मन के रहस्य बताऊंगी।"

"अच्छा?"

"हां, नारी और उसमें भी किशोरी मन को आप नहीं जानते। खैर छोड़िए तो आप परसों तशरीफ ला रहे हैं....कहो फिर वचन भंग मत करना।"

"नहीं, फिर भी फोन करूंगा क्योंकि मेरा जीवन अपना नहीं है, सदा घिरा रहता हूं।"

"तो किसका है आपका अस्तित्व?"

"आपका, बशर्ते बीच में कोई संकट न खड़ा हो जाए, उस दशा में आप कोप न करना, ठीक है?"

"ठीक ही है, आने का वचन और फिर भी किंतु परंतु....आप आइए, मैं अबकी बार आपका व्याकरण ठीक कर दूंगी।"

और यह कहकर उर्मिला खिलखिलाई और फोन काट दिया।

5

उद्धव ने कौतुक के साथ परंतु ध्यान से पार्टी के प्रदर्शन को देखा था। उसने ठाकुर के कुछ सशस्त्र आदमियों को जब पार्टी के लोगों की ओर आते देखा तो तब वह कृष्णगोपाल ही आगे बढ़ा था। उस दिन उद्धव ने ध्यान से उसकी दीप्त छवि को गंठियाया था....कृष्णगोपाल का प्रलंब शरीर था, सिर भारी और काया ऐसी गोया कृष्ण ने कभी मल्लविद्या सीखी थी और अखाड़े में कुश्ती लड़ी थी। उसके पहलवानों—जैसे पैर मुड़े हुए थे भीतर की ओर, सीना अब कसा हुआ नहीं था पर थुलथुल भी नहीं था, आकर्षण का विषय उसका चेहरा था, ह्यग्रीव सा खिंचा हुआ चेहरा, जबड़े लम्बे, मुख चिरा हुआ, आंखें अच्छी—खासी, उनमें एक चुनौती—सी रहती थी, एक तेज—तर्रार भंगिमा....वह लंबा हाड़ाहब्शी कुर्ता और पाजामा पहनता, कुर्ते पर कभी, जवाहर जैकिट जमाता, कभी सफारी सूट में रहता....उस दिन कृष्ण नेताजी जैसे कुर्ते—पाजामे में ही था।

जब ठाकुर और उसके लठैत पास आए तो कृष्णगोपाल ने उसे ललकारा।

"ठाकुर साहब, कम्युनिस्ट पार्टी आपके विरुद्ध केवल प्रदर्शन करने आई है, बलात् भूमि छीनने नहीं आई....आप वार्ता कीजिए और इन भूखों को दूर भेज दीजिए. ...यह राजनैतिक कार्यवाही है और हमारे इरादे अच्छे हैं।"

ठाकुर ने लठैतों को दूर भेज दिया। अब उसके परिजन ही उसके साथ थे। कृष्णगोपाल ने तब केंद्र से आए पार्टी सेक्रेटरी, से कहा कि वह स्वयं ठाकुर साहब से संवाद करें। कामरेड ने पूछा—"ठाकुरजी, आप वे कागज दिखाएं कि यह भूमि आपकी है।"

"हम ठाकुर हैं, हम जब कह रहे हैं कि यह भूमि हमारी है तो हमारी ही हुई, हम झूठ नहीं बोलते....जिन किसानों की यह भूमि बताई जाती है, उन्हें यह जमीन हमने ही दी थी, शिकमी किसान हैं ये जो बटाई पर खेती करते थे और हमारे कर्जदार थे....ये रहे कागज आप देख लें, बाकायदा लिखा—पढ़ी की गई है. ...अब ये रुपये और ब्याज देते नहीं हैं और हमारी भूमि को भी नहीं छोड़ते। तब लाचारी में हमें कब्जा करना पड़ा। आखिर हमें भी तो जीना है, भूमि ही हमारी जीविका है। आप हमारा रिन दिला दीजिए और भूमि तो अब तभी मिलेगी जब ये उसको खरीद लें, बट्टे में कम्युनिस्टों के बल पर सम्पत्ति कैसे मिल सकती है? हम ठाकुर हैं, किसी की धौंस नहीं सह सकते....यहां खून बहेगा, यह आप समझ लीजिए।"

ठाकुर के कागज पक्के थे पर ऋण से अधिक ब्याज था और खेतों पर किसानों का कब्जा कई वर्ष रह चुका था। कृष्णगोपाल केस समझ गया।

"ठाकुर साहब, आपने जो ऋण दिया, उससे चौगुना तो ब्याज हो गया है, जाहिर है कि ये किसान गरीब हैं, आप अपना ऋण ले लीजिए और ब्याज छोड़ दीजिए. ...आप नाहक बरसों अदालत भागेंगे, खर्चपात होगा और जो अब कानून हैं, वे केस को उलझाए रखेंगे....इससे तो यह बेहतर है कि आप मूल धन ले लें इनसे और ब्याज माफ कर दें, आप ठाकुर हैं, बड़े हैं, आपका गौरव रहेगा, जय—जयकार होगी यदि आप ब्याज छोड़ देंगे।"

ठाकुर सोचने लगा। उसने मूंछों पर ताव दिया और बोला—"ये हमारे खेत

पर दावा न करें तो हम सोच सकते हैं।"

"वह विषय अलग है कुंअरजी....आप पहले यह ऋणधन का विषय तय करें।"

"आप अजीब बातें कर रहे हैं नेताजी....दोनों मामले एक हैं....हम ब्याज छोड़ दें, मूल ले लें और ये मेरी भूमि पर दावा ठोंकते रहें....हमें अदालत तो दौड़ना ही पड़ेगा तो ब्याज क्यों न वसूल करें हम? और ब्याजमाफी और भूमि के चक्कर तब हल होते हैं जब आपस में समझदारी होती है...ये तो पार्टी और पुलिस लेकर आए हैं भूमि पर कब्जा करने....आपके साथ ऐसा हो तो कैसा लगेगा आपको....? आपने ठाकुरों के ठिकाने छीन लिए पर यह तो खुद-काश्त है, हम इस भूमि को खुद जोतते-बोते हैं....इसे कोई कानून इन्हें वापस नहीं दिला सकता।"

कृष्णगोपाल हंसा-"ठाकुर साहब, आपने नया टेनेंसी एक्ट नहीं पढ़ा है....हमारे साथ वकील भी हैं, एडवोकेट पारसशरणजी, आप समझाइए।"

वकील ने बताया कि नया कानून यह है कि जिस जमीन पर यदि हरिजन काबिज रहे हैं, और तय लगान भूमि के मालिक को देते रहे हैं, उस शिकमी जमीन को किसानों से खाली नहीं कराया जा सकता और ठाकुर ने जो शिकमी जमीन बटाईदारों, शेयर क्रापर्स से बलपूर्वक हथिया ली है, वह कानून के खिलाफ काम किया है।"

ठाकुर बोला-"लेकिन हमारा वकील कहता है कि हमारी जमीन अब हमारे कब्जे में है, अब हमसे कौन हमारी भूमि ले सकता है....आप पुलिस और पार्टी के बल पर आज कब्जा दिला भी दें पर रोज तो पार्टी और पुलिस यहां आएगी नहीं, तब हम इन्हें देख लेंगे....भले ही ये फसल उगा लें पर काटेंगे हमीं...ये किसान, सरकश हो गए हैं....ये पुराने गरीब और दबैल किसान नहीं रहे, लेकिन ये यह नहीं जानते कि इस मुल्क में अभी सम्पत्ति का अधिकार सभी को मिला हुआ है। जब कम्युनिस्ट सरकार बनेगी तब वह सम्पत्ति का अधिकार छीन ले पर अभी तो जो सरकार है, उसने तो सम्पत्ति का अधिकार सबको दिया है....और इस सम्पत्ति पर हमारा कब्जा है....ये अब शेयर क्रापर्स किसान नहीं हैं....कानून जो करेगा, हमें मान्य होगा पर इस तरह हम कब्जा नहीं करने देंगे और हम क्षत्रिय हैं, मरने-मारने से हम डरते नहीं हैं।"

बात उलझ गई थी। सब चुप थे। पुलिस इंस्पेक्टर बोला-"आपके पास लाइसेंसी बंदूकें हैं, उन्हें तो आप थाने में जमा करा दीजिए और आप नहीं मानें तो बंदूक भी जाएगी, जान भी....ठाकुर साहब अब ठकुराई नहीं चलेगी....आप यह मामला पंचों को सौंप दें और जो वे कहें, मान लें। इसमें सभी की भलाई है ...यह राजतंत्र नहीं, जनतंत्र है....कानून आपके विरुद्ध है ठाकुर....ये किसान शिड्यूल्डकास्ट के हैं, ये बरसों इस जमीन पर खेती करते रहे हैं। पटवारी की खतौनी में ये शिकमी किसान दर्ज हैं, खाते में आपका नाम लिखा है तो लिखा रहे....अदालत किसानों के पक्ष में जाएगी यह आप भी जानते हैं....फौजदारी हुई तो जेल होगी, दुश्मनी बढ़ेगी, आप सोच लीजिए।"

ठाकुर तड़पा-"पंच परमेसुर पहले होते थे, अब तो घुसरपंच हैं। हमें न हमारा रिन मिलेगा, न खेत, इसलिए हम केस लड़ेंगे और यदि पुलिस ने गोली चलाई तो हम मरना पसंद करेंगे पर जीविका नहीं छोड़ेंगे।"

"तो ठीक है, आप केस लड़िए। लेकिन पहले अपने इन सब तिलंगों सहित

थाने में पधारो....शान्ति भंग की आशंका में हम आपको पाबंद करेंगे और इन किसानो को भी....और नेतागण, अब आप अपने-अपने घर पधार जाएं वर्ना यहां फौजदारी होगी और उसकी आशंका में हम कामरेडों को भी पाबंद करेंगे....हम दफा 107 में आप सबको बंद भी कर सकते हैं।"

पार्टी के कार्यकर्ता नारे लगाने लगे-"सामंतवाद मुर्दाबाद !, किसान-मजदूर जिंदाबाद।"

पुलिस का इंस्पेक्टर बिगड़ उठा-"आप आखिर आ गए असलियत पर। चलिए, हम आपको गिरफ्तार करते हैं।"

"तो साब, हमें नारे तो लगा लेने दो।"

और कम्युनिस्ट पार्टी के कार्यकर्ता तथा नेतागण ने ठाकुर की लू-लू बोल दी। फिर ठाकुर के आदमी भी नारे लगाने लगे। फलतः तनाव बढ़ने लगा। पुलिस ने कामरेडों को पुलिस लारी में भरना शुरू कर दिया। कृष्णगोपाल, उद्धव, पंकज सहित सभी कामरेडों को पुलिस पकड़ ले गई। किसानों और ठाकुर दल के लोगों को पुलिस पार्टी ने पैदल ही थाने तक दौड़ाया। प्रदर्शन समाप्त हो गया।

पुलिस ने कामरेडों और उनके नेताओं को कुछ लिखत-पढ़त के बाद छोड़ दिया। सब थक गए थे, इसलिए वे अपने घर गए। कृष्ण भी अपने आश्रम में लौट आया। उसने चैन की सांस ली। एक व्यर्थ के टंटे से बच गए यों पार्टी को अच्छा प्रचार मिला। कुछ फोटो भी खिंच गए थे। वे किसानों के केस में काम आएंगे। यह तय था कि पारसशरण एडवोकेट किसानों के केस में जिता देंगे और पार्टी उन्हें कब्जा भी दिला देगी। किसानों को पार्टी का कार्यकर्ता बना लिया जाएगा और गांव-गांव किसान सभा की इकाइयां भी बन जाएंगी। ठाकुर जब लट्ठ चलाएंगे तो उन्हें किसानों की मार खानी पड़ेगी। किसान समझ जाएंगे कि पार्टी उनके लिए लड़ेगी।

कृष्णगोपाल 'प्रतिरोध' के कार्यालय में बिछे दीवान पर लेट गए। वह सोचते रहे कि आजादी के बाद भी अभी कितना कार्य शेष है, पग-पग पर ग्रामों, कस्बों और शहरों में नाना प्रकार के अत्याचार हो रहे हैं। जनचित्त बहुत पिछड़ा हुआ है, कलही है। बेईमानी भी कम नहीं है। विकास हो रहा है, हुआ भी है पर वह चितकबरा है। चालाक लोग लाभ उठा रहे हैं, जनसाधारण तो भूखी गाय की तरह रंभा रहा है। अरबों रुपया लग रहा है पर ऊंट के मुंह में जीरे की तरह जा रहा है। स्वदेशी और स्वावलम्बन नष्ट हो गया है, उपभोक्तावाद बाढ़ पर है....सर्वत्र मिलावट है, शुद्ध वस्तुएं दुर्लभ हैं....कृषि, शिल्प सबका व्यवसायीकरण हो रहा है।

....बाहर आहट हुई। कृष्णगोपाल उठ बैठा, देखा, दादा आ रहे हैं। उन्हें सादर बिठाकर कृष्णजी ने हालचाल पूछे। दादा मौन रहे। वह कुछ चिंतित से भी लगे। चिंता झटककर दादा देशभक्त ने कृष्णजी से प्रदर्शन के विषय में पूछा। कृष्ण ने सब बताया। दादा गंभीर हो गए। कृष्ण समझ गए, कोई चक्कर है। पूछने पर दादा बोले-"आप आश्रम पर नजर नहीं रखते....यहां अपराधियों का आना-जाना हो रहा है।"

"अच्छा?....क्या हुआ?"

"एक शख्स आया था। वह ब्लैकमेल करना चाहता है। कहता है कि उसे रुपये दिलवाएं जाएं वर्ना वह मोहन ठाकुर के साथ जो घटा है, उसका रहस्य

उस पर खोल देगा। यदि ऐसा हो गया तो हम सब फंसेंगे।''

"वह आदमी कहां हैं?"

"शाम हो रही है। वह आता ही होगा। आप उससे बात कर लें। नहीं माने तो फिलहाल उसे कुछ दे दिला कर टाला जाए, फिर कुछ करना पड़ेगा।''

"लेकिन उसका आप तक आने का साहस कैसे हुआ?"

"साहस ही उनका व्यवसाय है। वे पेशेवर अपराधी हैं और कुछ भी कर सकते हैं। वे पहले गिरिधर चौधरी से रुपये मांगने गए थे। उसने असमर्थता प्रकट की। उस पर भैंसे खरीदने का ऋण है, सभी उतार रहा है, कहां से रुपये लाए ....उसके भी खर्चे हैं। वह मांग रहा है–पचास हजार।''

"पचास हजार !"

"जी हां....वे कई हैं। गिरिधर ने उन्हीं से वह काम कराया था। वे पहले से भी गिरिधर के यहां आते–जाते थे, उसका खाते–पीते रहे। जब गिरिधर ने उन्हें यह मोहन ठाकुर को दंड देने का काम बताया तो खर्चा–पानी लेकर वह काम, गिरिधर पर अहसान करने के लिए कर दिया....अब उनकी नीयत बदल गई है, आखिर वे अपराधी हैं, कातिल हैं, चोर–डकैत हैं....वे खतरनाक हैं। गिरिधर भी डरा हुआ है, मैं उन्हें गिरफ्तार करा सकता हूं पर वे भेद खोल देंगे। यह चक्कर है–एक अपराध करने से फिर आदमी फंसता ही चला जाता है। अब अगर उन पर यहां के लोगों से हमला कराएं तो भी वे रहस्य उगल देंगे और न कराएं, उन्हें पुलिस से कहकर अरेस्ट करा दें, तो भी भेद खुल जाएगा कि उन्होंने जो किया है, उसके प्रेरक गिरिधर हैं और गिरिधर के प्रेरक हम आप हैं।''

कृष्णगोपाल सहम गया। वह मौन हो गया। सोचता रहा। पुनः कहा–"दादा ! अब तो इसका सामना करना ही पड़ेगा, अन्यथा वे आजीवन लाखों रुपये वसूलते चलेंगे। वे जान गए होंगे कि आप अतिप्रभावशाली नेताओं के भी नेता हैं, आप रुपयों का प्रबंध कराते रहेंगे। यह असह्य है....उन पंचधूतों को पुलिस किसी डकैती–वकैती में फंसा सकती है पर यह भय तो है ही कि वे सब बता देंगे।''

दादा बोले–"वे हमारा आपका बिगाड़ नहीं सकते किंतु मार पड़ने पर गिरिधर उगल देगा, यह निश्चित है। हमने उसे कुछ लिखकर तो दिया नहीं है, अदालत में हम और आप निर्दोष सिद्ध होंगे लेकिन परिस्थितिगत साक्ष्य हमारे विपरीत जाएंगे। मसलन, रामदेई और उसका परिवार यहीं रहता है....अब उसे हटाएं तो भी वह उसे गांव से पकड़ लाएंगे....इसी को कहते हैं कि हवन करोगे तो हाथ तो जलेंगे। मुझे लगता है कि आप उससे वार्ता कर राशि जितनी कम हो सके, कम करा लो, गिरिधर के यहां चले जाओ, यहां यह सब न हो तो अच्छा है। फिर समय मिल जाएगा, फिर कोई उपाय किया जाएगा।''

कृष्णगोपाल की थकावट छूमंतर हो गई। दादा उठ गए। कृष्ण ने स्नान कर वस्त्र बदले। वह सफारी सूट में, मोटररिक्शा कर गिरिधर के यहां गए। वहां वे पांचों गिरिधर के साथ डटे हुए थे।

कृष्णजी को सादर बिठाया गया। फिर वे पांचों अवधूत चले गए। गिरिधर रह गया।

"गिरिधर, यह सब क्या हो रहा है?"

ये नीच निकले, धोखाधड़ी इनका धंधा है। साले, हजारो का हमारा खा–पी

गए। पहले शूरवीरता दिखाई, अब ब्लैकमेलिंग पर उतर आए। गुस्सा तो आता है कि इन्हें मारकर गाढ़ दें पर पांच कत्ल करने होंगे वर्ना ये चुप न होंगे। इन्हें अभी कुछ दे-दिलाकर बिदा करें, फिर सालों को हम देख लेंगे।"

"फिर क्या करोगे?"

"जो जैसा है, वैसा ही उसके साथ किया जाता है। हम भरतपुर के हैं। धौलपुर के बीहड़ों में रमचन्ना जाट का गिरोह है। हम उसको कहेंगे, वो इन्हें फंसा देगा। गिरोह, पुलिस से, भीतर से संपर्क बनाए रहते हैं। किसी डकैती में ये धर लिए जाएंगे।"

"लेकिन गिरिधर, ये भेद तो तब भी खोल देंगे न?"

"कैसे? हम इन्हें काम दिलवाएंगे, रामचरन, दह रमचन्ना डकैत इन्हें काम दिला देगा, राहजनी या डकैती में या किसी के कत्ल में ये फंस जाएंगे। तब यह भेद क्यों खोलेंगे....उस रमचन्ना जाट का आतंक है....वह इन्हें मार नहीं डालेगा?"

"मान लो, इन्होंने रामचरन को भेद बता दिया तो वह स्वयं हमें ब्लैकमेल कर सकता है, नहीं?"

"नहीं, क्योंकि वह हमारा संबंधी है, फिर वह चौधरी है, वह गंदे काम नहीं करता। लेकिन इसके लिए हमें उस रामचरन को साधने के लिए बीहड़ों में भटकना पड़ेगा। समय चाहिए, इस कारन अभी इन्हें किसी तरह टाला जाए, अन्य कोई कारगर उपाय नहीं है, हम्बै।"

"इनमें जो मुनियर, मुखिया हो, उसे मेरे पास बुलाओ।"

"यह ठीक नहीं है। अभी तक आपके विषय में कुछ जानते नहीं हैं, वर्ना ये शातिर बदमाश हैं, ये कुछ भी कर सकते हैं।"

"तुम मेरी चिंता मत करो, बुलाओ।"

वही प्यारेलाल, छद्म नाम वाला आदमी आया। वह देखने में बुरा नहीं था। उसने सस्ते कपड़े की पतलून और बुश्शर्ट पहन रखी थी। शरीर मंजा हुआ, इस्पाती था, न लंबा, न ठिगना, आंखें चंचल, चालाक। वह प्यारेलाल, प्रणाम कर धरती पर ही बैठ गया।

"प्यारेलाल, नाम इतना प्यारा है, प्यारेलाल, वाह....किंतु हम यह क्या सुन रहे हैं?"

"साब, इधर खुश्की चल रही है, महीनों से कोई ऐसा काम नहीं बन रहा है। अब आप ही बताइए कि जिनका कारज हमने जान हथेली पर रख कर किया है तो वे ही तो हमें पालेंगे....और हम कहां जाएं....आप हमें गिरिधर की तरह समझें, वह इस समय कर्ज चुका रहा है भैंसों का, वर्ना हम आप और बाबा तक गुहार करने क्यों जाते?"

"कम से कम, कितने में आप लोग काम चला लेंगे और फिर हमारी गरदन न दबाएंगे?"

"पचास हजार से ही काम चलेगा और हम कोई धोखाधड़ी करने वाले नहीं हैं....हम फिर कभी नहीं मांगेगे....हम क्या ब्लैकमेलर हैं? नहीं-नहीं, हमें हमारा मेहनताना मिल जाए, फिर हम कभी नहीं आएंगे....हम गंगाजली उठाने को तैयार हैं....आप विश्वास करें....हम इतने रुपयों से कोई छोटा-मोटा धंधा शुरू करना चाहते हैं, कोई दुकान खोल लेंगे।"

कृष्णगोपाल बोले–"हम कोई सेठ–साहूकार नहीं हैं प्यारेलाल, तुम लोग बहादुर लोग हो....एक गांधीजी जैसे देशभक्त को सताना तुम्हारा परलोक बिगाड़ देगा....तुम्हारे भी बाल–बच्चे होंगे।"

"वे तो हैं, उन्हीं का ख्याल कर आप हमारी मदद कर दें, हम कमाकर चुका देंगे। आप चाहें तो लिखा–पढ़ी करा लें। हम पक्के कागज पर लिखने को तैयार हैं।"

"पर, पचास हजार एक साथ तो असम्भव है। हम तुम्हें बीस हजार दिलवा देंगे। फिर अगले साल, इन्हीं दिनों बीस हजार फिर ले जाना....हमें भी किसी से ऋण लेना पड़ेगा। हम आश्रम चलाते हैं, व्यवसाय नहीं करते, हमारे पास रुपये कहां हैं ....धनी–मानी सज्जन दान दे जाते हैं, थोड़ा–बहुत। उसके बल पर हम चिकित्सालय चलाते हैं, पाठशाला और समाजसेवा के अनेक कार्य। भंडारा खुला रहता है....आप अभी बीस हजार लेकर जाइए, फिर बाद में देखा जाएगा....और आप भविष्य में इतने लोग एक साथ न आएं, इधर आएं ही नहीं, क्योंकि उस मोहन ठाकुर के केस की जांच–पड़ताल सी॰ बी॰ आई॰ को सौंप दी गई है। हां, यह सच है और सी॰ बी॰ आई॰ केंद्रीय सरकार की खुफिया पुलिस है, वह तुम्हें गिरफ्तार कर, एनकाउण्टर में मार डालेगी, तुमने सुना होगा, बड़े–बड़े नेताओं–चन्द्रास्वामी वगैरह को सी॰ बी॰ आई॰ ने जेल तक पहुंचा दिया है। तुम वह भेद उगल दोगे तो तुम्हें ठिकाने लगाने में पुलिस को सुविधा हो जाएगी। गिरिधर क्यों कबूलेगा कि उसने तुम्हें भेजा था? क्या सबूत है तुम्हारे पास और गिरिधर हमें फंसा भी दे तो साक्षी के अभाव में हमारा क्या बिगड़ेगा? तुम यह जानो कि राजस्थान सरकार के मुख्यमंत्री बाबा देशभक्त के चेले हैं। पुलिस उन पर हाथ नहीं डाल सकती है। सोच लो, आसमान पर थूकने से अपना ही शरीर गंदा होता है। तुम शूरवीर हो, गंदा काम क्यों करना चाहते हो....तुम्हें काम न मिल रहा हो तो हम तुम्हें काम दिला देंगे।"

"कहां काम मिलेगा मालिक और कब?"

"तुम चिंता मत करो। गिरिधर तुम्हें बता देगा। वहां रुपया ही रुपया है और तुम्हें वीरता प्रदर्शन का अवसर भी मिलेगा और कोई चक्कर पड़ा तो हम संरक्षण के लिए हैं ही पर हमें तो सुरक्षित रखो, हमारे साथ ही तुमने छल किया तो कौन तुम्हें बचाएगा?"

"मालिक, हम तो भागे फिर रहे हैं, बिहार की पुलिस हमारे पीछे पड़ी है, उत्तर प्रदेश की भी....तभी तो हम भागकर यहां आए हैं और लाचारी में अपना मेहनताना मांग रहे हैं।"

"तब तो तुम्हें भय ही भय है। गिरिधर तुम्हें पुलिस से सुरक्षा दिला देगा लेकिन तुम अभी यहां मत आना, ठीक है?"

प्यारेलाल का सिर झुक गया। वह सोचता रहा। पानी थम गया। कृष्णजी उत्साहित होकर बोले–"देखो प्यारेलाल, हम तुम्हारे संकट दूर करने वाले हैं। हम तो चाहते हैं कि तुम अब यह अपराध–कर्म छोड़ दो, तुमने काफी बहादुरी दिखा ली. ...तुम शांति और चैन से सपरिवार पेट पालना चाहो तो हम तुम्हें नौकरी दिला सकते हैं....तुम छिपे फिर रहे हो, कब तक छिपोगे?"

"सरकार, हमें कोई छोटी–मोटी नौकरी मिल जाए और तनख्वाह मिलने तक का खर्चा तो हम रकम लेकर क्या करेंगे? रुपया आया और गया और दूकान,

व्यवसाय पुलिस करने नहीं देगी। यहां आपका संरक्षण मिलेगा सो आप हमारी नौकरी लगवा दें !"

"लेकिन उसके लिए तुम्हें अपराध से हमेशा के लिए बचना होगा। तुम्हें गैरकानूनी कार्यों में जो उत्तेजना का सुख मिलता है, वह शांत जीवन में मिलेगा नहीं। जब उसकी तलब लगेगी तब तुम चोरी-राहजनी शुरू कर दोगे। नौकरी में तो हजार-डेढ़ हजार से ज्यादा मिल नहीं सकता।"

"हमें पैर टिकने की जगह मिल जाए तो हम उसी में गुजारा कर लेंगे, हम पछियाए जाते जानवरों की तरह थक गए हैं, परेशान हैं।"

"तो बीस हजार और नौकरी का वचन, इस पर राजी हो न? चार-चार हजार रुपये मिलेंगे, पांचों को....फिर वेतन मिलने लगेगा।"

"साब, आप अभी यहीं रुकें। हम सलाह कर अभी बता जाएंगे।"

"ठीक है !"

गिरिधर वापस आ गया। प्यारेलाल चला गया। गिरिधर को कृष्णजी ने हाल सुनाया। वह उछल पड़ा-"गुरुजी, ये साले कई केसों में फरार हैं। नौकरी से ये सुरक्षित रहेंगे। ये पते झूठे लिखाएंगे पर उससे क्या फर्क पड़ेगा? इन्हें कहीं चौकीदारी या गार्ड का ही काम मिल सकता है। उसके लिए यह ठीक हैं। गड़बड़ करेंगे तो पकड़े जाएंगे पर आप दोनों इनकी जिम्मेदारी न लें। उसमें खतरा है।"

"पर कोई इनका अभिभावक न बनेगा तो इन्हें रखेगा कौन?"

"आप मेरा नाम, पता दे दें, काफी है। मैं सब भुगत लूंगा, पर आप इनके गार्जियन न बनें। ठीक है?"

"देखेंगे, फिलहाल तो यही ठीक लग रहा है। हमारे दबाव में रहेंगे तो ये भेद न खोलेंगे क्योंकि तब इन्हें कौन संरक्षण देगा?"

"बात बनती नजर आ रही है, बन जाए, तब है।"

थोड़ी देर बाद वे पांचों आए। प्रणाम किया और तब प्यारेलाल बोला-

"ठीक है साब। हमें मंजूर है। हम अब चैन से, शेष जिंदगी बिताना चाहते हैं....हममें से दो साथी घातक रोग के शिकार भी हो गए हैं सो उनका इलाज भी कराना है। ऐसे में हम अपराध के काबिल भी नहीं हैं। उनकी दवा हो जाए तो बड़ी कृपा होगी।"

"तुम्हारा उपचार तो मुफ्त में आश्रम ही कर देगा। तुम ठीक हो जाओगे, चिंता मत करो।"

"साब, हम आपके अहसान को भूलेंगे नहीं। कभी हमारी जरूरत पड़े तो हम आपके लिए कुछ भी कर सकेंगे।"

"अच्छा है। अब आप विगत जीवन से तौबा कर लो। नौकरी जब स्थिर हो जाए तब परिवार भी ले आना और अब तुम सब अपने नाम और सही पता हमें लिखा दो ताकि जो नौकरी दे, उसके पास तुम्हारा रिकार्ड रहे।"

"मालिक, हम सही नाम और पता कैसे बता सकते हैं?"

"तो नौकरी कैसे मिल सकती है?"

गिरिधर ने हस्तक्षेप किया-"मुझे तो सब मालूम है और हमीं को तुम्हारी गारंटी देनी होगी। तुम ऐसा करो कि नाम तो बदल लो पता भी अपने गांव का

मत लिखाओ, पर दूर–दराज के किसी परिचित या संबंधी का पता लिखा दो। ठीक है?''

प्यारेलाल बोला–''यह ठीक रहेगा....गिरिधर तू पूर्वजन्म में जरूर अपराधी रहा होगा, क्या रास्ता निकाला है?''

एक लम्बे तनाव के बाद सब हंसे। वातावरण सहज हो गया। गिरिधर ने कहा–''देखो प्यारेलाल, तुम्हें मन भार कर अब हरिभजन करना होगा। वाल्मीकि का नाम सुना है। वह डकैत थे। ऐसे बदले कि रामायण रच डाली और महाराज राम के पुत्रों के गुरु बने, सीता माता के संरक्षक....अब तुम्हें भी ऐसा बन जाना चाहिए।''

''ऐसा ही होगा....साब, हम अपनी ओर से पूरी कोसिस करेंगे पर फिर भी कोई छोटी–मोटी भूल हो जाए तो आप हमें स्वयं दंड दें या प्रायच्छित तय कर दें पर आप कभी हमें पुलिस को न सौंपें।''

''तुम पढ़–लिख सकते हो। फिर रामचरितमानस पढ़ना और अपना जन्म सफल करना या अध्यात्म में, हरिभजन में मन न लगे तो लोकसेवा करना।''

''अब तो, हम आपके अधीन हैं, साब, आप जो कहेंगे, करेंगे।''

''तो गिरिधर, तुम मुझे मोटर साइकिल से आश्रम छोड़ आओ। आप लोग यहीं रहें, खाएं–पिएं। तुम्हें रुपये गिरिधर लाकर दे देगा, ठीक है?''

''बहुत किरपा है, आप जुग–जुग जिएं....आपने तो हमारा चोला ही बदल दिया, धन्न भाग हमारे।''

कृष्णजी को गिरिधर आश्रम ले आया। वहां देशभक्तजी उत्सुकता से प्रतीक्षा कर रहे थे। सब सुनकर बोले–''ऐसे लोगों को अपने बीच रखना अच्छा नहीं....अपराध एक व्यसन बन जाता है, पता नहीं वे क्या करें....लेकिन ठीक है, फिलहाल आफत टल गई। गिरिधर तुम उन्हें पांच हमार रुपये देना, पुनः शेष का प्रबंध कर दिया जाएगा। अभी तो उन्हें नौकरी का इंतजार करना है।''

''यह अच्छा है, एकदम बीस हजार पाकर पता नहीं वे बदमाश क्या करें? ठीक है....और आप अधिक माथापच्ची न करें। यदि इन सालों ने कोई हरकत की तो मैं सालों की खाल उधेड़ दूंगा पर वे फिलहाल कुछ नहीं करेंगे, डरे हुए हैं....उन्हें आप महादेव के गणों की तरह मानिए।''

रुपये लेकर गिरिधर हंसता हुआ चला गया। देशभक्तजी ने कारखानेदारों को फोन किए। उन्होंने कहा कि वह उन्हें भेज दें। उन्हें रख लिया जाएगा पर उनके नाम और पते साथ भेजिएगा ताकि वे बदमाशी करें तो उनका इलाज कराया जा सके।

कुछ निश्चिंतता आई। दादा ने कृष्णगोपाल के प्रति प्रशंसक दृष्टि से देखा, कहा–''आप दिनभर झमेलों में उलझे रहे, अब आप विश्राम कीजिए या कहीं घूम–फिर आइए....एक फोन भी आया था, यह नंबर है। उसने अपना नाम तो बताया नहीं, कहा कि वह 'नन्दनवन' से बोल रहे हैं।''

कृष्णजी समझ गए। उन्होंने फोन नंबर ले लिया और दूरभाष की ओर चले। दादा के उठ जाने पर उन्होंने फोन किया। उर्मिला की चहकती हुई आवाज आई–''हलो, आज या कल? मैं बोरडम से बेहाल हूं, सच !''

''झंझट ऐसे हैं कि क्या कहूं....आपने कीट्स की 'लेमियां' कविता पढ़ी है?''

''वह जिसमें लेमियां या कविता की नायिका, अपने पर आसक्त एक प्रेमी

के ध्यान को अपने तक सीमित रखने के लिए विचित्र उपाय करती है....अंत में उसका ध्यान बदलता है तो उसको मारने के लिए वह पिशाचनी बनकर पीछे, दौड़ती है... .मैं वही चुड़ैल हूं, आपने उस रचना का स्मरण खूब कराया....आप आ रहे हैं, या मैं आ जाऊं?"

"नहीं, आप यहां फिर कभी आना....मैं सोचता हूं, हम कहीं अन्यत्र चलें....मैं कार या टैक्सी का प्रबंध कर लूंगा। अब, यह बताइए कि इला को भी साथ ले चलें या आप अकेली चलेंगी?"

"मैं आपकी नस–नस से परिचित हूं, इला चली तो आपको उससे बतियाने में ज्यादा मजा आता है। जी नहीं, मैं आपका ध्यान अन्यत्र नहीं बंटने दूंगी।"

"ओ॰ के॰, आप ऐसा करें, आप पांच बत्ती के चौराहे पर आ लगें, वहां जो राजमंदिर सिनेमा है, उसके सामने, सड़क पर खड़ी मिलें, सामान साथ लाएं, हम सरिस्का चलेंगे, वहां हम आपको पाण्डुपोल के पास जो एक कौरव का भूत रहता है, उसे सौंप देंगे।"

"उइई, मर गए....सच, मुझे तो डर लग रहा है....आप पुरुष हैं, कुछ भी कर सकते हैं।"

"डरें मत....तो हम ठीक–ठीक छः बजे पहुंच रहे हैं, ठीक है?"

"यदि आप न आए, क्या पता आपको झमेले ढूंढ़ते रहते हैं....तो आश्रम पर ही छापा मारेंगे हम....सच, आपने मुझे बहुत सताया है।"

"नहीं, हम आ रहे हैं, प्रामिस !"

एक टैक्सी लेकर जरूरी सामान और कविता की डायरी लेकर कृष्णगोपाल सब तरफ से ध्यान बलात् हटाकर ठीक समय पर पहुंच गए। वहां उर्मिला बैग लिए खड़ी मिल गई। दोनों पीछे की सीट पर जम गए और टैक्सी दौड़ने लगी।

शीतकाल में कुछ अंधेरा सा हो गया था। यह संयोग ही था कि कोई परिचित नहीं मिला था। कृष्णजी कार को एम॰ आई॰ रोड़ पर न ले जाकर उसे वह किंग–स्टैच्यू सर्किल की ओर ले गए और वहां से पुलिस स्मारक के पास से गुजरते हुए कार बर्फखाने के चौराहे से होती हुई दिल्ली रोड की तरफ बढ़ गई और बाईपास से आमेर छोड़ती हुई कार दिल्ली रोड पर दौड़ने लगी। कृष्णजी ने ड्राइवर से पूछा–"ड्राइवर, कितने बजे हम सरिस्का अभ्यारण्य पहुंच जाएंगे?"

"नौ बजे, अभी साढ़े छः बजा है।"

"किसी अन्य साथी को ले लेते, रात हो जाएगी, क्यों?"

"नहीं साब, आप बेफिकर रहें, इधर कोई डर नहीं, रात–दिन गाड़ियां चलती हैं।"

"तब ठीक है।"

हलकी सर्दी थी। कृष्णजी ने कंटीली हवा से बचने के लिए खिड़कियां बंद कर लीं और सब तरफ से ध्यान हटाकर उर्मिला की ओर ताका। वह कृष्ण के कंधे पर सिर रखकर चैन से बैठ गई थी और चिरकाल की तपन के बाद अंततः वह इस अनुभव का रस चातकी की तरह पी रही थी। उसने कृष्णजी का हाथ अपने हाथ में ले लिया और उससे खेलने लगी। कृष्ण दिनभर के अप्रत्याशित घटनाक्रम से थक गया था। उसने पैर मोड़े, उर्मिला को परे खिसकाया और उसकी गोद

में सिर रखकर आंखें बंद कर लीं। उर्मिला उसके श्वेत–श्याम केशों में अंगुलियां चलाने लगी, थपकी देने लगी, उसने लोरी शुरू की–

"सो जा जसुदा के लाल दुलारे सो जा...."

कृष्ण यह नहीं जानता था कि उर्मिला ने गायन भी सीखा था। उसके स्वर में शास्त्रीय राग का पुट था, आरोह–अवरोह इतना सधा हुआ कि कृष्ण चकित था। तब उर्मिला ने अलाप भरी, स्वर को कम्पन दिया, और देर तक श्वास साधकर वह टीप भरती रही। पुनः अवरोहण कर वह सम पर आई। अचानक उसका कंठ कम्पित हुआ। दीर्घ अंतराल के बाद मिलन से उर्मिला में अतिहर्ष के कारण रुदन जागा और दो बूंद अश्रु गिरे। माथे पर आंसू की बूंदें गिरने से कृष्णगोपाल की मंद होती चेतना जाग्रत हो गई और उन्होंने बांहें फैला कर उर्मिला को आलिंगनबद्ध कर लिया। उर्मिला आनंद में सिसक उठी। देर तक बरजने पर भी वह सिसकती रही। अवरूद्ध अश्रु निकलते रहे। तब कृष्णजी ने उठकर उर्मिला के अश्रु पोंछे, थपकी दी, कहा–"उर्मिला, चित्त स्थिर करो, प्रत्येक क्षण अनूठा हो, अविस्मरणीय, जी को हलका करो, देखो, दृश्य हमें देख रहे हैं और कह रहे हैं कि हम उनकी उपेक्षा कर रहे हैं, देखो, उन्हें।"

कृष्णजी ने खिड़की खोल दी। उर्मिला को एक दुशाले में ढंक दिया। उर्मिला ने देखा कि वृक्ष और छोटे पहाड़ गुजर रहे हैं, खेत, हरे–भरे, बीच–बीच में रूखड़ पेड़–पौधे और हवा वनस्पति को बाजे सा बजा रही है....प्रकृति में एक संगीत चलता रहता है, पर हम उसे त्वरा में नहीं सुनते--हमें अपने से ही अवकाश नहीं मिलता। यदि इन वनस्पतियों का तरू, लता, तृण, बिरछ का वश चलता तो ये कहते कि हमें भी भ्रमण के लिए साथ ले चलो उर्मिलाजी, हम एक ही जगह, ठंडे–ठंडे ठिठुर रहे हैं। हवा हमें कभी झंकृत करती है, कभी तमचियाती है, कभी उखाड़ती है और कभी हमसे संवाद करती है, संदेश देती है। यह कहां–कहां की खबरें लाती है, यह हवा पर हमें तो इसकी समगति चाहिए, यह समीरण शीतल और मंद बहे पर यह आपकी तरह है उर्मिले, आपकी तरह, लहरों में बहने वाली, यह बहुत मूडी है, यह वायु....यह भी क्या करे....लगातार दौड़ती रहती है, फिक्करे सियार सी यह रातभर रोती है, हुआ–हुआ करती हुई। अब तुम्हीं बताओ सखि, हम तो अपनी जड़ों से बंधे हुए हैं, हम इसका साथ कैसे दें? तब यह हमारे पत्ते बीन ले जाती है और उन्हें उड़ाती हुई उनके साथ खेलती है, और फिर चिढ़कर उन्हें कही भी छोड़कर तेजी में आगे बढ़ जाती है। बहिन उर्मिला तुम सौभाग्यशालिनी हो, अपने वांछित साथी के साथ वन–विहार को जा रही हो, जाओ! अपने पथबंधु प्रिय को सताना मत, रिझाना, रूठना पर मान जाना। यह जो तुम्हारा अनुरागी कृष्ण है, इस पर बहुतों का भार है। यह औरों जैसा नहीं....यह उपकारी, सर्वनिष्ठ व्यक्ति है, सारे संसार का दुःख–दर्द उठाने वाला, तभी इसमें तीखी धार है। यह अपनी ही छुरी से अपने को छीलता रहता है। इसके व्रणों पर मरहम लगाओ लाड़ली, इसने अपने को जला–जला कर दूसरों को रोशनी दी है और यह किसी कल्पित भविष्य के लिए अपने वर्तमान को बिगाड़ता रहा है। बदले में वह वर्तमान इसे मारता है। तब इसका हृदय आर्त्तनाद करता है। लाली, तुम इसको इसकी उधेड़बुन से मुक्त कर दो, अल्पकाल के लिए ही सही....इसकी मार खाई नसें आहत नागिनों की तरह अपने को ही डंसती रहती हैं, उन्हें राहत दो बहिना! यह एक असामान्य व्यक्तित्व है, रेयर बींइग, रेयर....तुम

इसको इसकी असंभव तड़पों से बचाओ, इसके तनतने से, तनावों से आजाद कर, इसका काया–कल्प करो....तुम इस मरूस्थल में भटके हुए चिरतृषित, बालू और धूप के प्रहारों से प्रताड़ित पुरुष के सामने....मरू–उद्यान सी लहराओ, सरसो सरोवरों की तरह।"

....उर्मिला को अचरज हुआ कि यह उसे क्या हो रहा है? क्या आत्मस्थ होते ही जो प्रकृति सामान्यतः बाहर और अन्य लगती है, जड़ और तटस्थ, वह क्या बहनापा जोड़ लेती है? क्या प्रेम दो व्यक्तियों का मिलन–घुलन नहीं, अपितु सारे विश्व के साथ जुड़ने का नैसर्गिक आयोजन है? उर्मिला को लगा विश्व का नया उन्मीलन हो रहा है। सब खुल और खिल गया है....मेरा अस्तित्व जो अभी तक सीमित, परिवृद्ध और आवृत्त था, अल्प और साधारण, वह विस्फारित होता हुआ सर्व को अपने में समेट रहा है....मुझे लगता है कि प्रिय जन के साथ निकटतम परिचय होते ही सृष्टि मात्र प्रेमी के भीतर लीला करने लगती है। क्या यही रहस्य कृष्ण ने वृन्दावन में अनावृत किया था? क्या यही उसकी लीला में प्रवेश है? उर्मिला को लगा कि ये पहाड़, वे क्षितिज, आकाश, वायु, ये खेत, ये विटप, यह सब प्रसार और उसका वैविध्य उसके हृदय में समा गया है। उसके भीतर ही यह सब हो रहा है....यही यशोदा ने श्रीकृष्ण के मुख में देखा होगा, ब्रह्माण्ड का अपने में संलयन....तो प्रेम और रोमांस मात्र एक मादा और मर्द का पशुवत् परिरम्भण नहीं है, यह तो आत्मविस्तार है, समूचे का सीमित में प्रवेश और सीमित का फैलाव....उर्मिला इस विश्वदर्शन से समुद्रों सी ऊंची उठी, उसमें लहरों की कल्लोल लहरी, उसमें बादलों की घुमड़ शुरू हो गई, जिसमें कूरका कड़कने लगी, धारासार वर्षा होने लगी, पपीहे बोलने लगे, कोयलें कूकीं और दूर कहीं किसी दुःखी, विरही किसान ने बिरहा गाया, 'सारंगा तेरे कारन रैन भई बेचैन' उर्मिला का शरीर थरथराया और उसने अनजाने ही कृष्णजी के वक्ष में अपने को टेक लिया। कृष्ण थपकी देने लगा। वह जानता था कि उर्मिला में प्रेमानुभूति विशद हो रही है, उसके किनारे टूट रहे हैं और उसकी गंगाओं में बाढ़ आ गई है।

पुनः उर्मिला ने देखा कि वह अपने कृष्ण के साथ सृष्टि के परे किसी अनचीन्हे लोक में विचरण कर रही है जहां प्रतिसृष्टि है। वहां सारे पदार्थ और प्राणी सुनहले और रजतीले हैं। वहां नदियों में पीयूष बह रहा है, उछल रहा है। वहां रत्नों के भवन हैं, हीरकों के फर्श हैं, बिल्लौर के प्याले और अन्य पात्र हैं, जिनमें नीलम, पन्ना, पुखराज, विद्रुम जड़े हुए हैं। वहां मोर मुकुट बांधे पीताम्बर धारे श्रीकृष्ण बांसुरी बजा रहे हैं जिन्हें सारे प्राणी सुन रहे हैं और सानंद नृत्य कर रहे हैं।

....उर्मिला ने उस विचित्र लोक में श्रीकृष्ण को अचानक उस नृत्य में स्वयं कूदकर शामिल होते हुए देखा। उर्मिला भी घुंघरू बांधकर उस महाघूर्णन में सम्मिलित हो गई। श्रीकृष्ण सबको छोड़कर उर्मिला के पास आए और उसे आलिंगन में लेकर लहाछेह नृत्य करने लगे। उर्मिला कृष्ण के वक्ष के साथ चिपक कर अचेत होने लगी। श्रीकृष्ण ने उसे उठाकर हृदय से लगाया और राधा से कहा–"राधा यह बेचारी कल्पना करते–करते यहां आ गई पर इसके बिना इसका कृष्णगोपाल वियुक्त हो जाएगा। तुम इसको भूलोक पहुंचा दो, अभी।" उर्मिला अर्धचेतना में चिल्लाई, "नहीं, मैं नहीं जाऊंगी। मुझे वक्षस्थ रहने दो, मैंने प्रदीर्घ कष्ट और प्रतीक्षा सहकर यह क्षण पाया है। वृषभानुजा, राधारानी, मुझे

अपने गोलोक से बाहर मत फेंको।'' और उर्मिला ने कृष्ण के वक्ष को जकड़ लिया। राधा, विशाखा, चन्द्रावली आदि सखियां उसे खींच कर पृथक कर रही थीं, पर वह सफल नहीं हो पा रही थीं।

''मुझे निकाल कर बाहर मत करो बहिनो। मैंने बड़ी कठिनाई से अपना कृष्ण पाया है।''

कार में कृष्णगोपाल ने देखा कि उर्मिला उसे जकड़े हुए है और चिल्ला रही है। कृष्णगोपाल हंसे। वह समझ गए कि उर्मिला फंतासी में रमण कर रही है। उसने उर्मिला को कुलकुला कर जगाया। तब वह चौंककर जगी। पाया कि वह कृष्णजी को कसकर जकड़े हुए है और रो–चिल्ला रही है।

''होश में आओ, उर्मिला, होश में आओ....वह ड्राइवर सुन रहा है, प्लीज उर्मिला, अवेक, जगो प्रिय !''

उर्मिला सावधान हुई। उठकर उसने अपने को संभाला। वस्त्र ठीक कर उसने अपने को कृष्ण से पृथक किया। खिड़की जरा–सी खोलकर हवा पी।

''कृष्ण, मुझे क्या हो गया था?''

''तुम कोई सपना देख रही थीं, शायद तुम गोलोक में थीं, नहीं?''

''तुम्हें पता कैसे चला? वहां तो तुम भी थे। महारास में सबके साथ नृत्य कर रहे थे तुम, फिर राधा। चंद्रावली को छोड़कर मेरे साथ संश्लिष्ट हो गए थे....वे सखियां मुझे खींच कर भूलोक में फेंक रही थीं, मैं चीख कर मना कर रही थी।''

''उर्मिला, आपने अभी तक अपने को सहज जीवन से वंचित रखा है, वह बदल तो रहा है। वंचित वासनाएं, अवरूद्ध इच्छाएं, वर्जित लालसाएं, इतनी प्रबल फेटेंसी रचती हैं....जैसे आदर्श के लिए हमारा मन रामराज्य, राम और त्रेता में जाता है, उसी तरह हमारा अभुक्त मन, श्रीकृष्ण, राधा और गोपियों के महाविहार की कल्पना करता है....भारतीयों ने ये दो महान कल्पनाएं दी हैं, मर्यादा के लिए रामकथा और मन की स्वच्छन्दता, प्रेम और रोमांस के लिए कृष्णकथा और फिर उनका दार्शनिकीकरण भी कर दिया है, भागवत में....लौकिक प्रेम, अलौकिक के साथ एकाकार होने से दिव्य हो गया है, यह अद्‌भुत है उर्मिला, यह मनोसृष्टि ....आज तुम्हें नर–नारी के प्राकृत आकर्षण का रहस्य मिल गया है, बधाई....अब लीलालोक से बाहर आओ और अब लौकिक अनुभव पाओ, फिर जब चाहो तब उसका अलौकिक साक्षात्कार करती रहना।''

''एनफ, एनफ युअर ब्लडी इंटरप्रटेशन्स –आपकी व्याख्याओं की धिक्कृत कोशिशें लानत हैं....सब गुड़–गोबर कर दिया....मैं जहां थी, वहीं जाऊंगी।''

और उर्मिला पुनः कृष्णजी के हृदय से अपनी कनपटी लगाकर उसकी धड़कन सुनने लगी। उसमें अब कौतुक और क्रीडा जग गई थी। वह कृष्ण की धड़कनों को डांटने लगी।

''ए हीवड़े, यू शटअप ! क्या धड़धड़ कर रहा है। चुप रह, वर्ना तुझे दबाकर पिचका दूंगी, हां !''

कृष्ण हहराकर हंसने लगा। ''अब आप अपने सहज मूड में आ गईं, यही आपका सबसे मनोहर रूप है, इसी तरंग में रहिए....अब गंतव्य पास ही है। वन शुरू हो गया और यह सरिस्का का जंगल है....सावधान, खिड़कियां बंद कर लो, यहां बाघ

हैं....वे तुम्हारी सुगंध पा गए तो तुम्हारा डिनर खा जाएंगे।''

उर्मिला ने उस वन के मध्य दौड़ती कार को निहारा। वह भय की सिहरन में एक बार कांपी और कृष्ण से चिपट गई।

''वह बाघ आ रहा है, बचाओ !''

6

सरिस्का वन के मध्य में शानदार सरकारी होटल है। वहां कृष्णगोपाल का एक परिचित अधिकारी दक्षिणभारत का नटराजन मद्रासी था। उसे फोन कर दिया गया था। नटराजन ने कृष्णजी का स्वागत किया। वह कृष्णगोपाल से उपकृत था। उसे गोपालजी का प्रति–उपकार करने का अवसर मिला था अतएव उसने एक बढ़िया कमरा आरक्षित रखा था। गोपालजी ने टैक्सीवाले को विदा किया। वह अलवर चला गया पर प्रस्ताव किया कि साहब यदि चाहें तो वह कल सुबह आकर भ्रमण करा सकता है किंतु कृष्णजी ने मना कर दिया। नटराजन उन्हें कमरे में ले गया और पूछा–''नौ बज गया। सर्दी पड़ रही है, आप डिनर कहां लेंगे? अपने कमरे में या बाहर बरामदे में? और कॉफी भेजूं और विहस्की कौन–सी भेजूं? बहिनजी के लिए शीरीं, पोर्ट या बियर?''

कृष्ण ने उर्मिला से पूछा। वह अब विनोद में थी, कह दिया कि जो साहब चाहें, वह किया जाए।

कॉफी पीकर दोनों तरोताजा हुए। नित्यकार्य के बाद नटराजन पुनः आया और उसने भोजन और नमकीन चीजों के साथ पेय पदार्थ लगवा दिए। कृष्ण ने कमरा बंद कर लिया और उर्मिला से कुछ पीने के लिए कहा।

उर्मिला बोली–''मैं सिर्फ बियर ले सकती हूं पर इसकी आदत न पड़ जाए, इसलिए डरती हूं।''

''भय और संकोच आज अप्रासंगिक शब्द हैं।''

''ओ॰ के॰ मैं बियर लूंगी....आपके पेट में अल्सर है, आप जो चाहें लें पर इतना नहीं कि इस मूड का सर्वनाश हो जाए और आपके इलाज में मुझे नर्स बनना पड़े।''

''उर्मिला, जब तक आप साथ हैं, तब तक उदर के रस गैस या तेजाब नहीं बनेंगे।''

''अच्छा? तो शुरू हो जाइए।''

नशा गुलाबी हुआ तो कृष्ण ने कविता की डायरी निकाली, कहा–''मैं अपनी रचना तो कल सुनाऊंगा, वह अभी लिखी जानी है। किंतु मेरे पास, मेरे उद्धव की एक रचना है, आप सुनना चाहेंगी क्या?''

''आपके उद्धव, वह जो विश्वविद्यालय में है? अवश्य सुनाइए....आप सबकी खिंचाई, और धुनाई करते हैं पर उद्धव को कभी अपने व्यंग्यों का विषय नहीं बनाते....अवश्य उनमें आपने अपना जोड़ीदार पाया है, सुनाइए !''

''इसकी भूमिका यह है कि यह जो हमारे बाहर है, वह जब तक है, कष्ट है, सुनिए :

अंततः अपरिचय समाप्त हुआ
आओ, अब हम पुनः–पुनः खोजें
कि हम क्या ढूंढ़ रहे थे, एक–दूसरे में
वह अवश्य कहीं हमीं में है।
संभव है, परस्पर उत्खनन से
पूर्णतः थक जाने और स्थगित हो जाने पर
वह रेंग कर हमारे पास आ जाए
अक्सर निढाल हो जाने पर
अचेतन में एक चील बोलती है
और कोई नया समीकरण सूझ जाता है
फिर उस सूत्र को हम 'डी कोड' करें
दरअसल, दिनचर्या के अंतहीन ब्यौरों,
जरूरतों के तकुओं से छेदक तकाजों में
यों तो व्यर्थ बेधकता होती है
किंतु सहज जीवन का व्याकरण
किसी गैर पकड़ाऊ सत्य का संकेत बन जाता है
हम उसे आदतों के अंधेरे में
मारक मर्यादाओं के भंवरों मे घूर नहीं पाते
आओ, अब मनचाही चेष्टाओं में
चैतन्य की टार्चें चमकाएं
और अपने समुद्रों के तल में उतरकर देखें
कि वहां की अचंचल सतह पर
कौन सी निधियां पड़ीं हैं निरपेक्ष
वे अनूठे रत्न वहां न होते
तो हमारे आलोड़नों और ज्वारों से उल्लसित
हमारे जलों में ये बुलबुले क्यों उठते?
अलभ्य बोध कभी धरातल पर नहीं मिलते
चलो, एक बार फिर हम अपनी गहनताओं में
उतर जाएं
अपने अस्तित्वों को मथते हुए
डूबते हुए अतल के अवलोकन के लिए।''

उर्मिला उछल पड़ी–''अद्‌भुत है ! इसमें स्थूल का आंतरिकीकरण है और यह है कि जो हो रहा है यहां, उसके गूढ़ फायदे हैं, नहीं?''

कृष्णगोपाल ने अट्टहास किया–''यह हमारा उद्धव है, शरारती भी है और वह अवसरोचित प्रेरणा देता है और उसका औचित्य सिद्ध करता है....वह व्यक्ति को आवश्यकताओं के संसार से स्वतंत्रता के संसार में ठेलता है, उसे वांछनीय बताता हुआ। वह प्राकृतिक को पावन बनाता है, करणीय भी....सत्य के रत्न प्रवृत्तियों में, पेशेन्स की गोताखोरी से मिलते हैं, अमूर्त विचारों के सूखे अम्बार में नहीं।''

उर्मिला विहंसी–''सूक्ष्मदर्शी शैतान है, वह !''

''एक्जैक्टली, वह ऐसा ही है और उसका डिक्शन कितना विलक्षण है!''

उर्मिला बोली–"कुछ अंट–शंटपन भी है....मुझे लगता है आपके व्यक्तित्व में अंटशंटता है और उसकी कविता में।"

"वाह, क्या बात है, कमाल है।" और तब कृष्ण ने अंटशंट हलवाई की कथा सुनाई।

उर्मिला खूब हंसी।

"मान गए....अब आप इस मूड को प्रदीप्त करने के लिए विहस्की का आधा पैग ले लें।"

"फिर?"

"फिर....फिर उस क्षण की छमक, छुनछुन जो कहे, वह करें।"

"यही सही ।"

दोनों ने जाम उठाए, टकराए और पी गए।

उर्मिला ने विहस्की का तीखापन महसूस किया और वह सह गई।

उर्मिला, मधुमती भूमिका में पहुंचने को हुई। उसने आसक्त मुद्रा में कृष्ण को देखा। वह स्वयं फना की हालत में पहुंच रहा था। दोनों ने पुनः एक–दूसरे को हेरा और फिर लगा कि कोई लहर उन्हें लेकर समुद्र में डूब–डूब करा रही है। वे अचानक मौन रह गए थे और किसी किनारे की तरह, नशे के तरंगाघातों में भीग रहे थे। उनकी कठिनताएं कट रही थीं और स्वचेतनाएं गल रही थीं। उदरों में खाद्यपदार्थ जाते ही वे पुनः सचेत होने लगे थे जैसे उल्कापातों से उनके अस्तित्व पुनः आत्मसजगता प्राप्त कर रहे हों। भोजन पूरा होते ही वे अलसाए किंतु उर्मिला आनंद का कोई अवसर नहीं खोना चाहती थी, बोली–"अब कुछ समय बाहर चलें, महसूसें कि इस दशा में दृश्य हमें कौन से सत्य सौंपते हैं, आप अपने में लुप्त होने की जुगाड़ में हैं, चलिए उठिए।"

उर्मिला कृष्ण को खींचने लगी। तभी एक गहन आलिंगन हुआ, दोनों कुछ क्षण संश्लिष्ट रहे पुनः उर्मिला ने बलात् अपने को पृथक किया और वह कृष्ण को खींच कर बाहर ले चली। दोनों बाहर आए। अधिकतर लोग सो गए थे। कुछ बाहर आग ताप रहे थे। वे दोनों सबसे निरपेक्ष लगभग झूमते हुए होटल की सीढ़ियों से उतरे, एक–दूसरे को साधे हुए और बाहर गेट तक जो वृक्षावली थी, पथ के आसपास, उस पर चलने लगे। फिर वे पार्श्व में मुड़ गए। एक सुंदर पतले छोटे वृक्ष को उर्मिला ने छुआ, कहा–"मित्र, कैसे हो? मस्त रहो, खूब बढ़ो, हवा में गाओ, झूमो और खुश रहो।"

शीत वायु के झोंकों से उनका मद उतरने लगा। तब उर्मिला अचानक खिलखिला उठी। वह बस हंसे जा रही थी। उसने एक अन्य पौधे की निचली डाल का सहारा लिया और पुनः हंसी के फूल बरसाने लगी। कृष्ण, उर्मिला के हर्ष को प्रश्न से दागना नहीं चाहता था। वह मुस्कराता रहा। अंततः उर्मिला ने कृष्ण के कंधे का सहारा पकड़ा और उसकी पीठ पर एक महकता हुआ धौल जमाया।

"कृष्ण, आप जानते हैं, आप क्या कर रहे हैं?"

"क्या कर रहा हूं मैं?"

"आप मुझे बहका रहे हैं....मैं अब कहीं की नहीं रही, ...अब मेरा क्या होगा कृष्ण?"

"वही जो हो रहा है, होता रहेगा अभी उन्मुक्त जीवन सामने है और हम इस

अनुभव को सघन करते चलेंगे....उर्मिला, यह अविस्मरणीय है, है न? आओ, हम इस वातावरण को एक प्यार प्रदान करें, यह भी क्या याद करेगा कि एक ऐसा युगल भी है इस भयंकर दुनिया में....हम प्रेम का एक प्रतिमान रच रहे हैं, एक नया प्रतिरूप, नहीं?''

''अब लौट चलें, शीत बढ़ रहा है आधी रात हो रही है और सुना है कि रात में बाघ–बघेरे–तेंदुए यहां इस होटल तक आ जाते हैं। वे जानते हैं कि इस वक्त सैलानी, आपे में नहीं होंगे।''

उर्मिला ने डरकर, आस–पास देखा। दूर कहीं वनराज की दहाड़ सुनाई पड़ी। और सामने एक झाड़ी के पीछे हरकत हुई। उर्मिला भयभीत होकर कृष्णगोपाल से लिपट गई। वह हंसता हुआ उसे लौटा ले चला। उर्मिला का हृदय डर से धक–धक हो रहा था और उसका नशा हिरन हो गया था।

दोनों वापस कक्ष में आए। उर्मिला का दिल अभी तक धड़क रहा था। उसने कृष्ण का हाथ अपने हृदय पर रखा, कहा–''देखो, कैसा फड़क रहा है। मरा, वह बाघ कहीं सचमुच उस झाड़ी के पीछे ही तो नहीं था? मैंने उसकी गुर्राहट भी सुनी थी।''

कृष्ण हंसकर रह गया। वह जानता था कि वहां कुछ भी नहीं था।

''मेरे भय ने मुझे तो होश में ला दिया, आप भी मस्ती खो बैठे....आप चाहें तो और एकाध जाम ले लें वर्ना मुझे कोसेंगे।''

''आप भी लें तो ले सकता हूं।''

''आधा, बस।''

दोनों पीते रहे, पुनः सोने के उपक्रम में लग गए।

....उर्मिला को लगा था कि वह किसी छोटी नाव में किसी बाढ़वाली नदी में तैर रही है। वह वीचियों की उठान और गिरन में झूला–सा झूल रही थी....दूर कोई चिड़िया गा रही थी और रजत घंटियां एक लय में बज रही थीं। कहीं किसी मंदिर में संगीत चल रहा था। कीर्तन में बच्चे का स्वर सबसे ऊपर उठता था, मंजीरों और तबले की ध्वनियों के परदे चीरता हुआ। उत्तेजना की स्थिति में वजूद जैसे विक्षिप्त हुआ जा रहा था और पीड़ा का माधुर्य किसी झरने में बदल रहा था। उर्मिला को लगा कि वह किसी झूले की लंबी पेंगें ले रही है और ऊर्जा के इस खेल में अपनी पूरी शक्ति से वह अधर में लहरा रही है। तब उसके मन में आया कि कितना अच्छा होता यदि इसी दशा में मृत्यु हो जाती किंतु उस स्वर्गिक क्षण में मृत्यु की चाह ही बेतुकी थी।

उर्मिला ने अनुभव किया कि अब तक वह कपास की दबी–दबाई गोंठ थी जो कठोर हो जाती है। आज उसे खोला गया है और उसकी रुई की फुइयां उड़ रही हैं। उसके कोमल, धवल रेशों से सारा कक्ष भर गया है....एक 'लय' है जैसे 'तुक्क तुक्क ताएं' का अनवरत नाद हो रहा है। वह तन्मय थी। सारा वातावरण स्तब्ध था, न दिक् था, न काल, एक लगातार भूकम्प था जो उन्हें पल–पल घरघराहटें दे रहा था। भूडोल के झटके पहले धीरे–धीरे शुरू होते हैं, पुनः वे एक चरम बिंदु की ओर बढ़ते हैं....वेग में उनके उद्वेग विलुप्त हो चुके थे और वे एक प्रलय में संलयित थे....झंझावात में, सन्निपात में वे शून्य की ओर धावमान थे पर कोई कूल–किनारा नहीं मिल रहा था। उर्मिला धरित्री की तरह हिल–डुल

रही थी और दर्द में सानंद कराह रही थी। अकस्मात् भूकम्पन रुक गया जैसे आकाश फट रहा हो और परमाणुओं की गति अचानक शिथिल हो गई हो। ठंडी हवा के झौंके किवाड़ों पर दाद दे रहे थे और दूर कोई मयूरी कुहकी थी, अरण्य में कोई हरिण भागा था, बोलता हुआ और एक मस्त दहाड़ ने दिग्दिगन्त को कंपा दिया था। प्रकृति जैसे उत्सव मना रही हो, जैसे वह आवेश के अवरोहण पर जलसाघर बन गई हो। पशु–पक्षी, एक–दूसरे को साधुवाद दे रहे हों, और प्रसन्न होकर अपनी–अपनी बोलियों का प्रदर्शन कर रहे हों।

अंतिम क्षण में शून्य का अनुभव होता है, उसमें चैतन्य उसी तरह चिलकता है जैसे राख को कुरेदने से अग्नि का अंगार चमकता है। फिर कुछ नहीं रहता। चीजों के अहसास एक–दूसरे से घट जाते हैं गोया अंक में से अंक घट जाने पर शून्य बच जाता है जो अस्तित्व को गतिहीन कर देता है। अनुभव यदि तीव्र हो, मनोवांछित तो वह अनुचिंतन को समाप्त कर देता है। उर्मिला शून्यता की स्थिति में निद्रा के ताने–बाने में तंद्रालस होती चली गई और फिर सब अनुपस्थित हो गया। रूह अपने में रल गई और उर्मिला नींद में निमज्जित हो गई।

प्रातःकाल देर तक वे सोते रहे, अंततः नींद अपना सम्मोहन जाल समेटने लगी और उनके नेत्र पुष्प के पटलों से खुल गए। दोनों ने एक–दूसरे को देखा, उर्मिला लजा गई, उसने मुंह ढंक लिया। पुनः उसने तकिया खींच कर मारा, कृष्ण हाथ से बचाने लगा। तब उर्मिला ने कृष्ण का तकिया खींचा और उस पर प्रहार करती रही, हंसती रही।

"यू डैविल एण्ड यू आर लाफिंग लाइक हायना....तुम शैतान हो और लकड़बग्घे की तरह हंस रहे हो, अब मैं तुम्हें देखती हूं–नाउ आइ विल सी यू !"

कृष्ण उठकर भागा और बाथरूम में घुस गया। उर्मिला उसे मीठी–सीठी नमकीन गालियां देती रही।

वे नहा–धोकर वस्त्र बदलकर, सुबह नौ बजे होटल के ड्राइंगरूम में आए। नटराजन ने 'गुड मार्निंग' कहा और नाश्ते के लिए उन्हें ले गया। वहां नटराजन ने पूछा–"सर, क्या प्रोग्राम है? आज तो रुकना है न? गुड तो सर, हम आपके वन–विहार का प्रबंध कर देते हैं। एक–डेढ़ बजे दोपहर का भोजन होगा, शाम को पुनः भ्रमण, ओ॰ के॰।"

"थैक्यूं, धन्यवाद।"

दोनों एक गाड़ी में चले। साथ एक रक्षक भी था।

हिरणों के झुण्ड के झुण्ड....वे हिले हुए थे, निडर पर निकट नहीं आते थे और जंगली सूअर, घुर–घुर करते दौड़ते। उन्हें भी कोई भय नहीं था, ऐसा लगा और पक्षियों का तो वह नन्दनवन था। सघन बड़े–बड़े वृक्षों पर विहगों की अंताक्षरी–सी हो रही थी....चिड़ियों के कलरव व्यक्ति को एक मखमली मनोदशा में पहुंचा देते हैं। जिसमें जान पड़ता है जैसे जलतरंग बज रहा हो। उस वाद्यसंगीत में प्रत्येक खग–ध्वनि भिन्न होती है, और उसमें लगातारपन होता है। पक्षी भी निर्द्वंद्व थे, वे उड़ रहे थे, बोल रहे थे, फड़फड़ा रहे थे। बाहर से चुगा लाकर घौंसलों से निकले खगशावकों को चुगा रहे थे। बच्चों की आतुरता, उनकी खुली चोंचें, आपस में होड़....अद्भुत पारिवारिक दृश्य था। कृष्ण ने उस दृश्य का प्रभाव देखने के लिए उर्मिला को ताका....उसके चेहरे पर विचित्र ममता का भाव था, वह द्रवित

थी। कृष्ण को अपनी ओर देखता पाकर वह गहन आत्मीयता से हंसी, गद्गद होकर बोली–"मैं चुगा ले आई हूं, इसे इस पेड़ के नीचे डलवा दीजिए, जब पक्षी चुगेंगे, तब फोटो खीचूंगी।"

यही किया गया। अतिसंतुष्ट होकर उर्मिला कार में लौटी। कृष्ण ने सोचा, बला टल गई। उसे डर था कि कहीं उर्मिला सबके सामने मार–पीट न करने लगे। वह मुस्कराया और उसने उर्मिला का ध्यान बंटाने के लिए कहा–"वो देखो, बारहसिंघा, किस अकड़ के साथ हरणियों के साथ खड़ा है....कोई सम्राट देखे तो शरमा जाए, वाह – क्या शान है और उर्मिला, यह विकट लड़ाका होता है, इसके सींग तो देखो, यह आदमी का पेट चीर देता है, मजाल है जो कोई उसके परिवार की ओर कुदृष्टि डाले।"

उर्मिला ने देखा, हरणियों के बच्चे चुहल कर रहे हैं, दौड़ रहे हैं। आगे बढ़ने पर ड्राइवर उत्सुकता से बोला–"साब, वह अजगर, कितना लंबा और मोटा, डाली में लिपटा हुआ....वह रहा !"

अजगर किसी घात में था। लम्बी जीभ निकालता हुआ वह मोटी शाखा पर आगे को बढ़ रहा था। उर्मिला डरी। तब कृष्ण ने मजाक किया।

"उर्मिलाजी, आपको यह पा जाए तो इसके मजे हो जाएं....समूचा निगल सकता है आपको....नारी का शरीर कोमल होता है, हड्डियां मुलायम....यह बदन को लपेटकर अस्थियां तोड़ता है और फिर निगल जाता है पट्ठा....उर्मिलाजी, अजगर पर अहसान करना हो तो उधर पधार जाइए।"

उर्मिला हंस पड़ी जैसे चांदनी नाम का पौधा झरा हो। उसने कहा–"नर लोग, यहां भी नारी की ही बलि देने की सलाह दे रहे हैं, क्यों?"

"मैं तो जोक कर रहा था....अरे, वह देखो, वह अजगर तो गिर रहा है....वह गिरा, गिर पड़ा।"

सचमुच शाखा के अंत तक पहुंच कर वह अजगर संतुलन न संभाल सका और भारावनत डाल छुक गई। अजगर धम्म से धरती पर गिर गया। एक–दो क्षण पड़ा रहा, फिर सरकने लगा, सरकता चला गया।

उर्मिला ने पूछा–"बाघ देखने को नहीं मिल सकता क्या?"

रक्षक बोला–"मिल सकता है पर यह चांस की बात है। वह पानी पीने जगह–जगह बने जलकुंडों पर आता है....दोपहर तक शायद कहीं दीख जाय, वैसे वे शरमीले होते हैं, प्रायः नहीं मिलते....कल रात तो एक बाघ होटल तक आ गया था, घूमघाम कर चला गया।"

"क्या? क्या कहा?"

रक्षक ने हामी भरी।

"मैडम, कल लगभग आधी रात को बाघ होटल के पास घूम रहा था, मैंने खुद देखा था, फिर वह खिसक गया था।"

अब उर्मिला की दशा देखने लायक थी। कृष्ण ने ठहाका लगाया। उर्मिला डर गई, "गार्ड, तुम गप्प तो नहीं मार रहे।"

"नहीं, मैडम, मैं सच कह रहा हूं।"

कृष्णगोपाल हो–हो कर हंसता जा रहा था, उर्मिला क्या कहती, कैसे कहती? वह भी मंद–मंद मुस्कराने लगी। गार्ड ने बताया कि एक रात तो एक लेडी सैलानी को बाघ होटल के पास से उठाकर ले गया था।

"अच्छा?" उर्मिला ने भय और विस्मय से पूछा।

"मैडम, हमने रोक रखा है कि कोई रात गए होटल से दूर न जाए लेकिन वह मैडम एडवेंचर के मूड में होंगी। आगे बढ़ गईं। सौ गज गई होंगी कि झाड़ियों में छिपे बाघ ने झपट्टा मारा और उसको वन में घसीट ले गया....कल भी बाघ, झाड़ी के पीछे छिपा रहा था।"

उर्मिला की हालत देखते ही बन रही थी। कृष्णजी हंसे जा रहे थे। उर्मिला खीझ गई।

"मेरा दम निकल रहा है और आपको मौज सूझ रही है....तो गार्ड, वह झाड़ी किस तरफ है?"

"होटल के बायीं ओर, यही कोई पच्चीस–तीस गज पर होगी।"

उर्मिला अचानक बोली–"वही थी झाड़ी, गजब हो गया....मैंने बाघ की गुर्राहट सुनी थी।"

शायद कृष्ण के संकेत पर गार्ड बात बदल गया। "मैं तो यों ही गप्प मार रहा था, आपके डर को देखने के लिए। होटल की तरफ बाघ नहीं आते....वे आदमी से डरते हैं, आप आराम से घूमिए–फिरिए।"

वे घूमते रहे और फिर वे पाण्डुपोल गए। वहां एक बड़ा झरना बह रहा था, जैसे जंगल ने मुंह फाड़ दिया हो अपना और उससे निर्झर निकल पड़ा हो, भयंकर स्थान था। ऊपर की ओर झरने का एक सिरा खुला हुआ था यानी ऊपर सड़क से भी झरने में उतरा जा सकता था यों यह कठिन था, खतरनाक भी। गार्ड ने बताया कि यहां भीमसेन ने गदा प्रहार कर यह द्वार बनाया था। इसी द्वार से पांडुपुत्र झरने के ऊपर चढ़कर अलवर या विराटनगर चले जाते थे और फिर आकर यहां छिप जाते थे। यहां पानी की सुविधा है न और कैसा चारों ओर सघन वन है। तभी यह पांडुपोल कहलाती है, यह जगह।

"लेकिन द्रौपदी इतने ऊंचे पर चढ़कर पत्थरों भाटों को पारकर ऊपर की सेंध से कैसे निकलती होगी?" उर्मिला हैरान थी।

"मैडम, वह भीम उन्हें लाद ले जाता होगा, वह खुद तो इस भयंकर चढ़ाई पर चढ़ नहीं सकती होगी।"

सब हंसने लगे। भीम के सिर को पकड़े कंधों पर बैठी द्रौपदी का बिम्ब उर्मिला को रोचक लगा। वह मुस्कराती रही।

पुनः वे भर्तृहरि की समाधि पर पहुंचे। वहां उर्मिला से कहा गया–"यदि वह चाहें तो छोटे से मंदिर में पूजा कर ले। उर्मिला ने मना कर दिया। तब पुजारी ने कहा कि भरथरी बाबा चमत्कारी थे। उनकी यहीं समाधि है, उनके भांजे की भी। वे वर्ष में एक बार पधारते भी हैं यहां। पूजा करेंगी तो आपका सुहाग अचल हो जाएगा। उनका तो बिगड़ गया था। उन्होंने तो संन्यास ले लिया था, उनकी रानी पिंगला ने उन्हें धोखा दिया था। इससे वह वैरागी हो गए थे। जीवन भर जोग साधते रहे। अंत में यहीं आकर समाधि ले ली। यह जाग्रत तीर्थ है। देवी, आप पूजा अवश्य करें। आपके साहब चिरंजीवी होंगे।"

उर्मिला असमंजस में आ गई। उसे यह सब पसंद नहीं था। धर्म ने किस तरह लोगों को बांध रखा है। पुजारी उत्साहित हुआ, बोला–"मैडम, भरथरी बाबा की भभूत लिए बिना जाना अपशकुन होगा आपके साहब के लिए।"

"ऐसा?"

"हां।"

अब विवशता थी।

उर्मिला ने सिर पर साड़ी खींचकर कृष्णगोपाल के साथ विधिवत पूजा की। दक्षिणा दी और अपने 'साहब' के लिए दीर्घजीवन मांगा। दक्षिणा अच्छी–खासी मिल जाने से पुजारी वरद् मुद्रा में आ गया।

"बहिनजी, आपके विक्रमादित्य-सा पुत्र होगा। उसके मुंडन के लिए यहां आना और उसका नाम भी विक्रम रखना।"

अब कृष्णगोपाल अपना अट्टहास नहीं रोक सका। वह जी खोलकर हंसता रहा। पुजारी विस्मित था। उसकी समझ से यह परे था कि ऐसे बढ़िया वरदान पर पति इस तरह हंसे, वरदान का परिहास करे। किंतु न उर्मिला भेद खोल सकती थी, न कृष्णगोपाल। अंततः वे पुजारीजी को धन्यवाद कहकर वापस हुए।

साढ़े बारह बजे गए थे। कार सबसे बड़े जलकुंड की ओर बढ़ी। शायद कोई बाघ जल पीने आ जाए तो यात्रा सफल हो जाए। कृष्णगोपाल ने दिल्लगी में कहा–"उर्मिलाजी, भरथरी बाबा का स्मरण कीजिए, बाघ के दर्शन होंगे। वह तो बाघ की सवारी करते थे और वन–विहार से जी बहलाते थे।"

"क्यों गार्ड, यह सच है क्या?"

"मैडम वह तो पहुंचे हुए जोगी थे और उनके गुरु गोरखनाथ तो साक्षात शिव के अवतार थे....बाघ तो भरथरी के वाहन हैं मैडम....आप उनका नाम जपिए, बाघ मिलेगा।"

और संयोग यह कि जब वे विशाल जलकुंड तक पहुंचे तो देखा कि एक लम्बा–चौड़ा व्याघ्र जल पीने के लिए वन से निकला। कार बंद कर दी गई। बाघ ने उसे देख लिया पर कार दूर थी और वन में शिकार वर्जित था। बाघ ठिठका। फिर शांति देखकर वह धीरे–धीरे जलकुंड की ओर बढ़ा। वह पुनः रुका पर सन्नाटा पाकर वह पुनः जलाशय की ओर खिसकता गया। क्या शानदार दृश्य था। वह नीले नभ के [illegible] बल औ[illegible] पराक्रम का जीवंत रूप व्याघ्र, किसी 'फील्ड मार्शल' सा अकड़ा हुआ डटा हुआ था जैसे वह अन्य प्राणियों को तृणवत देख रहा हो! फिर वह सर्वत्र सुरक्षा का माहौल पाकर धीरे–धीरे जलकुंड के पास गया और लप–लप पानी पीने लगा। कोई धोखा न जो जाए, इसलिए बाघ रुककर पुनः जायजा लेता रहा। सब ठीक समझ कर फिर जल पिया। इसी तरह तीन–चार बार में जब वह तृप्त हो गया तो उसी अद्वितीय भंगिमा और मंद गति से झाड़ियों की ओट हो गया।

"साब, बाघ बहुत चालाक होता है। गाड़ी को बैक कर चक्कर काट कर होटल पहुंचना ठीक रहेगा। क्या पता वह बाघ झाड़ियों में छुपा रहे? उसने कार को देख लिया है। रोड जलकुंड के पास होकर गई है। उसने कार पास आती देखकर हमला कर दिया तो?"

"बाबा भरथरी का ध्यान कीजिए तो वह कुछ नहीं करेगा?" कृष्णजी यह कहकर हहराए पर गार्ड अपने निर्णय पर अटल था। कार को बैक किया गया और कोई हलचल न पाकर कार तेजी से दौड़ पड़ी। उर्मिला का भय देखने योग्य था। सब उसका आनंद ले रहे थे। गार्ड मसखरा था। बोला–"मैडम, यह जो बाघ होता है,

यह बहुत ताकतवर जानवर होता है। एक झापड़ से कार के शीशे खत्म ....यह कार को उलट भी सकता है....बिफर जाए तो चकनाचूर कर डाले गाड़ी को और बंदूक को देखकर यह बौखला जाता है। इससे बचने का उपाय यही है कि भाग चला जाए....वाह रे भरथरी बाबा, नाम लिया और बाघ मिल गया पर मैडम यह बाबा का वाहन है, बड़ा शुभ होता है इसका दर्शन....आपको निश्चय ही इसका फल मिलेगा, बाबा और बाघ, दो–दो का पुण्यदर्शन....मैडम, आपका निश्चय ही कल्याण होगा।"

"आप तो पुजारीजी बन गए।"

सब हंसते–बतियाते सकुशल होटल लौट आए।

भोजन कर उर्मिला तो आराम के लिए, शयन के लिए गई पर कृष्णगोपाल, मिस्टर नटराजन से गप्पें मारने लगे। कृष्णजी ने उसको कहा–"मिस्टर नटराजन, यह होटल देसी–विदेशी साहबों–सेठों का अड्डा है। कुछ ऐसा बताइए जो जाना न गया हो....सुना है कि तस्करी का भी यह केंद्र है?"

"आप मेरा नाम नहीं लेंगे, यह मैं जानता हूं, इसलिए मैं आपको दिलचस्प रहस्य बता दूंगा। आइए किसी कमरे में बैठते हैं, कॉफी पिएंगे।"

वे दूसरे कमरे में पहुंचे।

नटराजन बोला–"सर, यह राज की बात है, आप किसी से कहिएगा नहीं, कम से कम मेरा नाम न लें, नहीं तो वे मुझे मारकर मेरी लाश जंगली जानवरों के लिए फेंक देंगे....तस्करी तो करोड़ों की होती है श्रीमन् और उसमें बड़े–बड़े नेता, अधिकारी, सेठ–साहूकार और जैंटिलमैन लोग शामिल हैं, जयपुर के भी, जोधपुर, जैसलमेर के भी.... ।"

"यह होता कैसे है? इसकी मोड्स आपरेंडी प्रक्रिया क्या है?"

"देखिए, पाकिस्तान को अनेक चीजें चाहिएं और उसे नौरोटिक्स, अफीम और उससे बनी चीजें, सोना वगैरह पार करना है....सीमा पर चौकसी के बावजूद माल पार होता रहता है। अपना बार्डर भी अजीब है, कहीं–कहीं तो एक गांव का आधा हिस्सा तो इंडिया में है और आधा पाकिस्तान में....कच्छ का रन तो विकट है....कहां तक पहरा दिया जाए? पुनः दोनों देशों के सरकारी नौकर, सिपाही–सैनिक भी कभी–कभी मिले रहते हैं। रुपया सभी को चाहिए और तस्करी में तो सौ गुनी कमाई है।"

"मिस्टर नटराजन, कुछ खास लोगों के नाम बताइए, रहस्य सुरक्षित रहेगा।"

नटराजन ने कुछ नेताओं, अधिकारियों और कुछ भद्र व्यक्तियों के नाम बताए। कृष्णगोपाल उनके नाम सुनकर विस्मित हुए।

"अचरज है, यह शासक वर्ग, सेठिया समूह और तथाकथित भद्रवर्ग तो सड़ चुका है। मिस्टर नटराजन, क्या होगा इस देश का?"

"जो सर्वत्र हो रहा है....हर कंट्री में बड़ा लोग बेईमान है। इसका इलाज सत्यनिष्ठ नागरिक और न्यायाधीश कर सके हैं, आप अभियान शुरू कराइए और आप स्वयं पैसा बनाना चाहें तो रुपया तस्करी में लगाइए।"

नटराजन हंसा और चला गया। कृष्णगोपाल वहीं बैठा सोचता रहा। पुनः उसमें कविता का एक रूपक कौंधा। उसने चेतना का गियर बदला और तस्करी का मुद्दा स्थगित कर रचना में जुट गया। शाम हो आई। उर्मिला, सोकर और वस्त्रादि बदल

कर सजी–बजी, चुपचाप आई। कृष्णजी कविता को साफ–साफ लिख रहे थे। उर्मिला ने चुपचाप आकर उसकी आंखें बंद कर लीं। वह पहचान ली गई तो उसने उपालम्भ दिया।

"आप आए नहीं, मैं प्रतीक्षा करती रही।"

"आपको आज रचना सुनानी थी न, और नटराजन से आवश्यक वार्ता करनी थी, सोचा, आप विश्राम कर लें अन्यथा आप तकियों की मार देंगी।"

दोनों विहंसे और शाम के भ्रमण के लिए चले। अब की बार कृष्णगोपाल अनुचिंतन के मूड में थे। उर्मिला ने जान लिया कि इनका संगणक भ्रमण से नए तथ्य पाकर सक्रिय हो गया है। अब वह विहार को विचार में बदलेगा। अतएव उर्मिला ने कृष्णजी को रोका।

"याद रहे, मैं लैमियां हूं, मन से मनन की ओर आप चले तो मैं चुड़ैल बनकर आपका शिकार करूंगी।"

"अच्छा ठीक है लेकिन यदि विचार आपके मन का सहायक हो तो?"

"तो भी आप चिंतन को स्थगित रखिए। कल सुबह चलना ही है, तब फिर चिंतन के सिवा और क्या करना है....किंतु आज कृपया आप मुझे बोर न करें, ओ॰ के॰ !"

"ओ॰ के॰, पर विनोद तो कर सकते हैं या आपके हिटलरी आदेश से सहमे–सहमे रहें?"

"सहमे रहिए, मुझे प्रिय लगता है, कोई तो हो जो मेरा इतना ख्याल रखे, मुझसे आतंकित हो !"

"जो हुकुम राणीजी, बड़ो हुकुम !"

"यू आर अ गुड ब्वाय....आप अच्छे लड़के हैं।"

हंसते–खिलखिलाते हुए वे गार्ड के साथ वन में घूमते रहे और दृश्यों की पुनरावृत्ति से वे अनमने हो गए। तभी एक तेंदुआ एक वृक्ष की नीचे झुकी डाल से कूदा और मार की रेंज में आ गया। गार्ड ने निशाना लिया पर वह डरा नहीं, कार की ओर लपका। अब वास्तविक भय सामने था। ड्राइवर यदि कार को धीमा कर देता तो तेंदुआ झपटकर प्रहार कर सकता था किंतु ड्राइवर के सामने रोज ब रोज ऐसे अवसर आते थे। उसने कार को भगाया। अब तेंदुआ और कार में होड़ लग गई। उस वन्यपशु तेंदुए की तेजी देखकर गार्ड ने उसे डराने के लिए फायर कर दिया। तेंदुआ भयभीत हो गया और एक तरफ भागने लगा। गार्ड ने एक और हवाई फायर किया तब वह जानवर भागा और अदृश्य हो गया। उर्मिला आतंकित हो गई। कहीं वह तेंदुआ बदला न ले, यह तो मुसीबत हो गई....चीते और तेंदुए बहुत चालाक होते हैं। प्रतिशोध की तय कर लें तो अपने लक्ष्य के पीछे पड़ जाते हैं। उसने सूंघ लिया होगा और हवा भी उधर को ही बह रही थी। वह निश्चय ही बदला लेगा। उर्मिला का तन थरथराया। कृष्णगोपाल और गार्ड उसके भय पर हंसने लगे।

"मैडम निडर रहिए। यह यहां अक्सर होता है। हम इन्हे मारते नहीं हैं जब तक वे हमला न कर दें....मैं मार सकता था, निशाने पर था पर हमने हवाई फायर किए इसलिए वह कुछ करेगा नहीं।"

"किंतु मैंने सुना है कि ये बदला लेते हैं....एक फिल्म में मैंने देखा था कि एक

तेंदुआ पीछे पड़ गया था एक शिकारी के....बड़ी मुश्किल हो गई थी, जहां वह शिकारी जाए, वहीं वह जानवर आ जाए, अंत में मुकाबला हो ही गया और शिकारी ने उसे मार डाला, तब पीछा छूटा।''

''मैडम, यह अभयारण्य में नहीं होता, यहां शिकार वर्जित है, इस कारण ये जीव जानते हैं और आदमी पर हमला नहीं करते।''

दो घंटे घूमकर, दृश्यों और ध्वनियों को चेतना में भरकर वे वापस लौट आए। उस तेंदुए का आक्रामक रूख अभी भी उर्मिला को डरा रहा था।

अपने कक्ष में आकर उर्मिला के भय को देखकर कृष्णगोपाल अट्टहास करता रहा। उर्मिला होटल में आकर भी उस तेंदुए के आभासों में खोई हुई थी। साक्षात काल को इतने समीप पाकर वह अभी भी सिहर उठती थी। वह आश्वस्त थी कि उस तेंदुए ने उनकी गंध ले ली होगी और वह अवश्य चोट करेगा। भय भगाने के लिए कृष्णगोपाल ने पेय पदार्थ मंगवाए और पान शुरू हो गया। एक दौर में ही उर्मिला के भय-आभास विलुप्त हो गए और वह अपने मिथ्या भ्रम पर हंसने लगी। उसके मन में क्या–क्या आया, उसने विस्तार से बताया, यह भी कि अब तक वह जिसे देखती थी, वह उसे तेंदुआ-सा लगता था, यहां तक कि कृष्णजी के चेहरे में भी उसे जानवर का आभास हुआ और यह कहकर उर्मिला खूब खिलखिलाई।

कृष्ण बोले–''उर्मिलाजी, वह तेंदुआ नहीं था, वह मादा तेंदुआ थी!''

''क्या कहा?''

''वह मादा थी और मादा को नर की सुगंध याद रहती है।''

''आप बहला रहे हैं, वह नर था।''

''आपको कैसे पता?''

''मैं जानती हूं मर्द को, मादा ही पहिचानती है...अच्छा छोड़िए, अब आप वह कविता सुनाइए....मजा गया। यह भी खूब रही। प्रातः बाघ से बचे, अब तेंदुए से....।''

कृष्णजी ने कविता का विषय समझाया, कहा कि वह इसे गलत न समझे। यह आपबीती है, अपनी स्थिति का रूपक अतः यह व्यंग्य नहीं, कविता है। और इसका शीर्षक है, **'नदी और समुद्र'**। सुनें :

'नदियों ने समुद्र से कहा
    हमने तुमको कितना मीठा पानी पिलाया
    लेकिन तुम खारे ही रहे, हमने क्या पाया?
हमने तुम्हारी प्यास बुझाई
    लेकिन तुम्हारी तिक्ता कम न हो पायी
    तुम्हें समर्पण करते हम ऊब गए हैं
    तुम्हारी कड़वाहट में हम भी डूब गए हैं
    इसलिए हमारा मीठा पानी वापस करो
समुद्र ने गरजते हुए कहा, वह जमाना गया
    अब कहां तुम्हारा मीठा जल है
    अब तो प्रदूषण से भरा गंगाजल है
यह तो मैं हूं जो अपने हृदय की आग और आंसुओं को

आकाश तक उड़ाता हूं।
उन्हें बादल बनाता हूं
वह तो मैं हूं जो बिजली के पंखों पर
मेघ बनकर उड़ता है
मेरा हाहाकार ही मेरा गर्जन है
ये मेघ मेरे दूत हैं
अब ये कालिदास के डाकिये नहीं बनते
हवाएं ऐसी चलने लगी हैं
कि मेरी पानी की पतंगों की डोर भी
मेरे हाथ में नहीं रहती
वे इधर–उधर हो जाते हैं
जहां प्यास है, वहां नहीं बरसते
जहां बरसते हैं,
उन बस्तियों की छतों में छेद होते हैं,
तन चिकने हैं, बूंद नहीं ठहरती
मन भीगने के लिए तरसते हैं
किंतु हे मधुर जलवाहिनी चंचलाओ, सुनो !
मैं हर पावस में तुम्हारा मीठा जल
तुम्हें वापस जरूर कर देता हूं
ताकि तुम अपना मधुर रस
मेरे हृदय में उड़ेलती रहो
शायद मैं भी कभी मीठा हो जाऊं।"

उर्मिला प्रभावित हो गई। वह सम्मुख बैठे व्यक्ति की पीड़ा, खारेपन और चीत्कारी चेतना का इतना गहरा अनुभव पाकर स्तब्ध रह गई किंतु उसमें एक नदी का जिक्र नहीं, कई नदियों की चर्चा थी, बोली–"एक नदी नहीं, कई–कई नदियां गिरी हैं आपमें और वे प्रदूषित जल वाली हैं सभी या कोई नदी ऐसी भी है जो प्रदूषित है सच कहना, वर्ना....।"

"यह तो रूपक है लेकिन कई नदियां अप्रदूषित हैं, अधिकतर प्रदूषित हैं, आप अदूषितों में हैं।"

"लेकिन वे कितनी हैं, कहां हैं?"

कृष्णगोपाल विहंसा, कहां–"वे समुद्र के प्रसंग में हैं, अनेक हैं, मेरे प्रसंग में तो आप ही हैं।"

"झूठ, मुझे सच बताओ, वर्ना मैं जयपुर जाती हूं।"

"कोई हो तो बताऊं, नहीं हैं और आपको कैसे विश्वास होगा, लगेगा कि मैं पात्रों को गढ़ रहा हूं। आप नाराज होंगी।"

"आपको क्या मतलब कि मुझ पर क्या प्रतिक्रिया होगी....मैं मुक्तमहिला हूं, मुझे आपसे मैत्री रखनी है, औरों से मुझे क्या लेना–देना है?"

"आप मुक्तनारी हैं तो मेरे रिश्तों के विषय में उत्सुकता क्यों? मैंने तो कभी आपसे आपके संबंधों के विषय में नहीं पूछा।"

"क्योंकि आप जानते हैं कि मैं आपके सिवा किसी के प्रति आकर्षित नहीं हुई,

कभी नहीं। आसक्ति व्यक्तित्व के प्रति होती है, मात्र नर से नहीं। मैं आपकी मित्र हूं, हूं न....तो फिर मुझसे आपका छिपाव–दुराव अमानवीय है, है न?"

"सो तो है और नहीं भी है।"

"नहीं क्यों?"

"क्योंकि उर्मिला मैं आपका मन मलिन नहीं करना चाहता....आप कुछ भी कहें, मैं जानता हूं कि मेरा जीवनवृत्त सुनकर आप मुग्ध नहीं, दग्ध हो जाएंगी और मुझे केवल बर्दाश्त करती रहेंगी....आपका राग बिगड़ जाएगा, यह तय है।"

"आप नारी को गलत समझते हैं, मैं सचमुच लिबरेटिड–मुक्त मानस हूं....मैं यौनशुद्धि के सामंती आदर्श को नहीं मानती और आपका जैसा व्यक्तित्व है, उससे कोई अन्य नारी आकर्षित न हुई हो, यह असंभव है।"

"लेकिन.... !"

"लेकिन क्या या तो आप बताइए वर्ना मैं चलती हूं, आप चाहें तो आप भी प्रस्थान कीजिए....मैं आपको आश्रम में छोड़ दूंगी, बाहर टैक्सियां खड़ी हैं, चलिए उठिए।"

कृष्णजी परेशान हो गए, "अच्छा तो एक बात मेरी मान जाइए....आप यह तो मानती हैं कि यह आयोजन कितनी अड़चनों में हुआ है....इसे नष्ट करना अमानवीय है, अमैत्रीपूर्ण भी, मैं इसे अविस्मरणीय बनाना चाहता हूं....आप यह मान लें कि आज कुछ न पूछें, मैं आपको धीरे–धीरे सब बताता चलूंगा। आज की रात संभव है कि अंतिम रात हो, इस जीवन की....उर्मिला, मैं भंवर में हूं, मेरा कुछ ठीक नहीं, कभी भी डूब सकता हूं, इस कारण आप आज की रात्रि को, अपराध स्वीकृति या कन्फैशन की रात्रि न बनाएं। नारी–हठ नहीं गया और आप कहतीं हैं कि आप मुक्तमहिला हैं।"

"जब मेरा आप पर सर्वाधिकार है तो हठ किससे करूं, हठ करने से ही नर के लगाव और लाड़ का बोध होता है....हठ नारी का विशेषाधिकार है और उसे मैंने अर्जित किया है, आप भी हठ कीजिए, मैं पूरा करूंगी।"

"मेरा हठ यह है कि आप आज जिज्ञासा स्थगित कर दें।"

"किंतु हठ तो वही है जो किसी दशा में भी विसर्जित न हो और हठ पहले मैंने किया है, निकष पर तो आप हैं....मैं तो आपके निकष पर खरी उतरी हूं....किसी की परवाह न कर आपके साथ आई हूं और यदि मैं आपके विक्रम की मां....ओह मैं यह क्या कह रही हूं....आप चलिए यहां से, मैं पागल हो रही हूं।"

"आप यदि मेरे बच्चे की मां बन गईं तो क्या करेंगी?"

"उसे पालूंगी और घोषणा कर दूंगी कि मैं अविवाहित मां हूं।"

उर्मिला के तेज, साहस, समर्पण और सच्चाई से कृष्णगोपाल दंग रह गए। कोई विकल्प ही नहीं था। ऐसे मित्र को क्षुब्ध करना आत्महनन था। उसने हारकर सिर झुका दिया लेकिन अचानक एक बचाव का उपाय सूझ गया।

"ठीक है उर्मिला, मैं तुम्हें प्रातः साफ बता दूंगा, अब खुश हो जाओ.... मुझे तो तुम्हारे बिना अब जीना ही नहीं है, तुम मात्र मित्र नहीं, मेरे अस्तित्व का लंगर हो प्रिय!"

कृष्ण के नेत्रों में अश्रु छलके। लोहे के पर्वत को पिघलते देख और अपने प्रति कृष्ण की संलग्नता का अहसास कर उर्मिला उठी और उसके हृदयस्थ होकर गर्व, आनंद और अपनत्व की अनंतता से विह्वल होकर रोने लगी।

7

सरिस्का से लौटने पर कृष्णगोपाल ने उर्मिला को उसके 'नंदनवन' नामक घर में छोड़ा और वह आश्रम पहुंचे। देशभक्तजी बाहर ही मिल गए । उनमें अंतर्दृष्टि थी, बोले–"स्वागत है, भ्रमण भव्य रहा न?"

"अति भव्य, धन्यवाद।"

"तो अब सुख के बाद दुःख का प्रसंग सुनिए....आपकी नियति ही यह है कि आपको कसौटी पर घिसा जाता रहे..... जो खरे स्वर्ण होते हैं, ईश्वर उसको निकष पर रगड़ते रहते हैं....आप तो मानते नहीं पर मैं मानता हूं कि यह चक्कर चलानेवाला कोई है अवश्य। खैर, उसकी मर्जी....हम सब तो निमित्त मात्र हैं.... पर मनुष्य थकता तो है ही....कभी–कभी मेरी आत्मा कहती है कि मैं यह सब दायित्व आपको सौंप कर गंगा के तट पर या हिमालय चला जाऊं.... कब तक इन मूढ़–मायावी, राग–द्वेष के कीचड़ में फंसे प्राणियों के अनंत पारावार में खारा जल पीता रहूं ....थोड़ा–सा जीवन शेष है और अवकाश का अधिकार मुझको भी मिलना चाहिए, नहीं?"

कृष्णगोपाल हिल गया....कोई भारी आघात लगा है दादा को वर्ना इस निष्काम–कर्मयोगी को संन्यास की क्यों सूझती, पूछा–"ऐसा क्या हो गया दादा.... मैं तो आपके स्नेह में बंधा आपका शुक हूं....नहीं, मैं आपके बिना यह दायित्व नहीं ले सकता.... किंतु आप अचानक अपने वैराग्य का कारण तो बताइए।"

"कल रामदेई ने आत्महत्या का प्रयत्न किया। मनियां संयोगवश घर पर था, उसे बचा लिया गया, पर उसने रो–रोकर आसमान सिर पर उठा रखा है....अब आप ही उसे जाकर समझाएं, कारण पूछने पर वह कुछ बताती ही नहीं है।"

"अरे, आप चिंता न करें, मैं संभाल लूंगा पर दादा, यह जो रामदेई है, इसमें कुछ ऐसा है जो विचित्र है, वह कह रही थी कि वह अब विवाह नहीं करेगी क्योंकि मोहन ठाकुर उसके कारण अपने पुरुषत्व से वंचित हो गया। वह कह रही थी कि जो लोग अपराध करते हैं, वे उन्माद में करते हैं, इसलिए अपराधी का उपचार होना चाहिए, उन्हें दंड नहीं दिया जाना चाहिए और वह भी ऐसा दंड जिसमें पुरुष को किम्पुरुष बना दिया जाए।"

"वह कहती तो ठीक ही है..... गांधीजी भी यही मानते थे। जेलों को सुधारगृह में बदला जाना चाहिए। मनुष्य में ईश्वर रहता है, मनुष्य से श्रेष्ठ कोई नहीं, उसे दंडित करना, उसे भय से वश में रखना मानवीय गरिमा के विरुद्ध है.... नहीं?"

"सो तो है पर ईश्वर यदि है तो उसने मनुष्य को यह सामान्य ज्ञान तो दिया है कि वह मनुष्य सारे सुधारों को असफल कर देता है.... सारी विचारधाराओं को वह नाकामयाब कर चुका है.... वह तमस से प्रकाश की ओर चल सकता है पर नहीं चलता, उसे धूप–छांह पसंद है। वह मिला–जुला मिश्रित जीव है.... दादा, मुझे तो लगता है कि मनुष्य का जो दैवीकरण किया गया है, आदर्शीकरण, वह गलत है.... मनुष्य वस्तुतः अन्य प्राणियों की तरह की एक जैविक सत्ता है, बायलॉजीकल बींइग.... वह अपनी जैव–प्रवृत्तियां नहीं छोड़ सकता, न भय छोड़ सकता है, न वासना, न लोभ, न अहंकार, हां कुछ अपवाद अवश्य होते हैं जैसे आप महात्मा गांधी भी ऐसे थे, अन्य अनेक अपवाद हुए हैं, हैं तथापि बच्चों की तरह सामान्य मनुष्य को

भय और दंड से ही अनुशासन में रखा जा सकता है.... मनुष्य देवता हो जाए तो पुलिस, सेना, प्रशासन और धर्म के इतने विकट जंजाल की क्या आवश्यकता है? मनुष्य का जो मूल प्राकृतिक स्वरूप है, उसने सभी विचारधाराओं को अंगूठा दिखा दिया। वेदांत–भक्ति–योग–गांधीवाद और अब साम्यवाद सब फेल कर दिए गए अतः मन और मूल्यों में संतुलन स्थापित ही किया जा सकता है, न तो सुधारा जा सकता है, न बिना मूल्यों के मनुष्य समाज चल सकता है, इस कारण दंड, भय का उपयोग चलता रहेगा। हां, आदर्श समाज के लिए कारागारों को सुधारगृह जरूर बनाया जाना चाहिए।''

दादा सोचने लगे। पुनः बोले–''लगता है कि रामदेई को कौमार्य भंग करने वाले उस मोहन ठाकुर के प्रति प्रच्छन्न मोह है, यह विचित्र बात है।''

कृष्णजी ने कहा–''बलात्कार सामाजिक दृष्टि से नारी का स्वाभिमान भंग करता है किंतु कहीं उसकी जैविक इच्छा तो संतुष्ट होती ही है। और फिर इन दलित लोगों का उच्च वर्गों ने शताब्दियों से मानभंग किया है। विवशता में वे उसके अभ्यस्त हो गए, फिर मान–अपमान भूलकर वे उसका इस्तेमाल करने लगे क्योंकि जिजीविषा बुनियादी भावना है, जीने के लिए शोषित, पीड़ित व्यक्ति सब करता है.... रामदेई में इतना स्वाभिमान नहीं रहा होगा कि वह उसमें इतनी ग्लानि जगा दे कि वह मोहन ठाकुर को मिले दंड को सही मान ले.... वीर नारियों ने तो बलात्कारियों को स्वयं सहारा है या आत्महत्या कर ली है, नारियों ने जौहर किए हैं और रानियों–राजकुमारियों के साथ दासियां भी भस्म हुई हैं क्योंकि वे भी आक्रांताओं की हवस का शिकार नहीं होना चाहती थीं.... इतिहास गवाह है।''.

दादा हंसने लगे पर उस हंसी में मनुष्यों के प्रति करुणा और वेदना का भी स्पर्श था, बोले–''आपका आशय यह है कि आदर्श और मूल्यों के लिए अधिकाधिक प्रयत्न किए जाएं किंतु यह सामान्य ज्ञान बना रहे कि मनुष्य मूलतः पशु है या बकौल अरस्तू के कि वह सामाजिक पशु है, यही न?''

''एक्जैक्टली, यही वास्तविकता है।''

''तो आप फिर रामदेई को जाकर देखें, कि उसमें राम का देवत्व जग गया है या वह पशुभाव में है–तुलसीदास ने कितना सही लिखा है कि सृष्टि विचित्र है और उसे देखते ही बनता है और मन में इस वैचित्र्य को समझे रहना ही एकमात्र उपाय है, केशव कहि न जाए का कहिए, देखति तव रचना विचित्र अति समुझि मनहिं मन रहिए ! तो आप सृष्टि वैचित्र्य का अनुभव कीजिए.... रामदेई, वर्गतः साधारण है पर मनुष्य है सो उसमें भी विचित्रता है, वाह रे भगवान, तेरी लीला का क्या कहना, क्या अद्भुत खेल रचा है तूने।''

दादा हंसते हुए चले गए। कृष्णगोपाल रामदेई के क्वार्टर में गए। दोपहर हो गई थी। मनियां नहीं था। उसकी मां और अन्य बच्चे आश्रम में या अन्यत्र व्यस्त थे। रामदेई अकेली थी। वह तख्त पर कपड़ों में लिपटी छत को ताक रही थी। कृष्णजी की पुकार सुनकर वह झपटकर उठी, वस्त्र संभाले और उसने आकर प्रणाम किया। क्वार्टर के बाहर धूप थी। वहां दो मोढ़े पड़े थे। कृष्णगोपाल वहीं बैठ गए और आग्रह किया कि रामदेई मोढ़े पर बैठे पर वह क्वार्टर से एक बोरा उठा लाई और एक ऊनी चद्दरा ओढ़ कर बैठ गई।

''रामदेई, तुमने आत्महत्या की कोशिश क्यों की?''

काफी देर वह मौन रही। फिर वह बार–बार कहने पर बोली–"मेरे मन में अपने लिए घिन उठती है। मेरा जीना अकारथ हो गया है और मेरा मन मुझे तब भी छलता है।"

"रामदेई, मुझे लगता है कि कल या परसों, मेरे जाने के बाद कुछ घटा अवश्य है, उससे तुम्हारे मन में ग्लानि जगी होगी, तभी तुमने कपड़ों में आग लगाकर मरना चाहा। वह जो घटा है, उसे बताओ.... मुझसे संकोच मत करो, समझो कि अपने आपसे ही कह रही हो पर सच बोलो।"

"मालिक !"

"देखो, अब तुम मुझे मालिक मत कहा करो, दादा कहो, चाचा कहो, भाई–जो चाहे बोलो पर मालिक नहीं कहना।"

"ठीक है साब....।"

"ये भी नहीं।"

"परसों आप शाम को बाहर गए थे। मैं कल दोपहर को गांव के एक यहीं रहनेवाले आदमी के घर रामगंज में गई थी। मैं जब रामगंज चौराहे को पार कर रही थी, तब वहां वह प्यारेलाल मिल गया। गिरिधर ने उसे एक बार मुझसे मिलवाया था और यह कहा था कि वह हमारा हितैषी है और उसी गिरिधर के यहां रहता है। इस कारण उसके रोकने पर मैं रुक गई। फिर वह मुझे पास की एक दुकान में चाय पिलाने ले गया। वहां और आसपास तमाम लोग थे। मैं उसके पास बैठ गई। चाय पी और कुछ खाया भी। फिर वह प्यारेलाल कहने लगा कि वह भी मेरी तरह गरीब आदमी है और उसको चौकीदार की नौकरी मिल गई है और वह अकेला है। उसका विवाह नहीं हुआ है अभी तक। मैं मान जाऊं तो वह मुझसे विवाह कर सकता है। मैंने मना कर दिया कि मैं विवाह कभी नहीं करूंगी। उसके कारण पूछने पर मैंने बताया कि बस ऐसे ही तय कर लिया है। मेरा मन ही ऐसा है और यह कि मुझे अपना परिवार पालना है। मैं कपड़ों की सिलाई का काम सीख रही हूं, कुछ सीख भी गई हूं सो मैं मशीन पर लोगों के कपड़े सीती हूं और पढ़ाई भी कर रही हूं.... मुझे विवाह से घिन आती है। मेरे भाई है, एक बहिन है, पिता–माता हैं। वे सब पेट पालते हैं पर मैं चाहती हूं कि मेरे भाई–बहिन पढ़े–लिखें और मेरी मां और पिता सुख से जीवन बिताएं। उन्होंने हमारे लिए जीवनभर मेहनत की है। अगर मैं शादी कर लेती हूं तो वे भूखों मरेंगे, मेरा भाई नादान है और नाकारा है और यह कि मुझे सादी–ब्याह में कोई रुचि नहीं है। तब वह प्यारेलाल मुझे मीठी–मीठी बातों से बहलाता रहा, कहता रहा कि वह सारी जिम्मेदारी उठा लेगा, कि वह मेरे पूरे घर के लोगों की देखभाल करेगा। मुझे वह रानी बनाकर रखेगा। तब मुझे संदेह हुआ, पूछा कि वह मामूली नौकरी में है, इतना रुपया कहां से लाएगा? तब उसने मुझे सैकड़ों रुपयों के नोट दिखाए और एक हजार रुपये देने लगा। मैंने उसको बताया कि मैं वह रुपये नहीं लूंगी और न विवाह करूंगी। फिर वह रोने–सिसकने लगा। कहने लगा कि उसने जब पहली बार उसे देखा था, तभी से वह मन मुझे दे बैठा है और उसे रात में नींद नहीं आती है कि वह पागल हो गया है। मुझे लगा कि अब फिर पागल से काम पड़ गया। एक पागल ने मेरे साथ कुकरम किया। बाबा देसभगत ने हमें बचा लिया और आपने सरन दी

और अब यह दूसरा पागल मिल गया। ये पागल मुझे जीने नहीं देंगे।''

''फिर?''

''फिर वह कसमें खाने लगा। कहा कि पास ही उसका एक रिश्तेदार रहता है। वहां उसका पूरा घर–बार है। मुझ पर भी पागलपन सवार हो गया और मैं उसके साथ चली गई। वहां सचमुच एक परिवार था, अच्छा–खासा। उसने बाहर के कमरे में मुझे बिठाया और बाहर जाकर मिठाई ले आया। घरवाले मिठाई खा–खिलाकर किसी काम के बहाने इधर–उधर हो गए। बड़े बाहर चले गए, औरतें भीतर जाकर व्यस्त हो गईं। बच्चे सायद स्कूल गए होंगे। सन्नाटा होते ही वह प्यारेलाल फिर विवाह की जिद करने लगा। मैंने पूछा कि उसकी इस ऊपरी आमदनी का रहस्य क्या है, तो उसने बताया कि वह लोगों के काम कर दिया करता है। लड़ाई–झगड़े का काम हो या कोई खतरे का काम हो, वह कर देता है और जान की परवा नहीं करता। इसलिए लोग उसे उसका मेहनताना देते रहते हैं। वह मजबूत है, तगड़ा है, सो लड़ाई–भिड़ाई के लिए वे बड़े लोग, मोटे मानुस, मेरी सेवा लेते हैं। यही ऊपरी आमदनी का जरिया है। फिर जब मैंने चलना चाहा तो वह उठा और कमरे की सांकल चढ़ा दी, मैंने उसे धमकी दी कि अगर उसने सांकल तुरंत नहीं खोली तो मैं चिल्लाऊंगी। तब तुम्हारी क्या हालत होगी। वह मरा मेरे पैर छूने लगा और लिपट गया। मैंने उसे धक्का दिया और सांकल खोलने लगी पर वह मुझसे गुंथ गया, चिरौरी करता रहा पर मैं सांकल खोलकर भाग आई।

''मुझे अपने से नफरत हो गई है साब ! मैं घर आकर नहाई। उस गंदे आदमी ने मुझे छुआ था। फिर मैंने मिट्टी का तेल कपड़ों पर डाला और आग लगाने को हुई पर मेरा दुरभाग कि उसी समय बापू आ गया और वह चिल्लाया, मेरे हाथ से माचिस छीन ली और मुझे मारा–पीटा। पूछता रहा पर मैंने उसे बताया नहीं। बताती तो वह क्या समझता। वह गाय–सा सीधा है मेरा बापू, वह कसम खिलाकर चला गया पर बाबा से कह आया।''

कृष्णगोपाल स्तब्ध था। वह देर तक सोचता रहा। कहा–''रामदेई ! अब वह प्यारेलाल, कभी ऐसी हरकत नहीं करेगा। गिरिधर उसे देख लेगा। लेकिन तुम्हारा मन हो तो किसी और से तुम विवाह कर लेना.... अकेली, जवान स्त्री, इस मर्दों के समाज में सुरक्षित नहीं है.... तुमने जो विवाह न करने का व्रत लिया है, वह तुम्हारी मूर्खता है। तुम हमारी बात मान जाओ, जिद मत करो.... मैं पहले भी कह चुका हूं, तुम जब तक अकेली रहोगी, यही होगा। सिलाई के काम में तुम्हें लोगों के पास जाना ही होगा और लोग बुरे हैं, इस कारण तुम हमारी सलाह मान जाओ .... तुम्हें पता नहीं, तुम्हारे इस हठ से बाबा, इस आश्रम को छोड़कर संन्यास ले रहे हैं?''

''क्या?''

''ऐसा ही है। यदि तुम अभी चलकर उनसे क्षमा नहीं मांगोगी और विवाह का वचन नहीं दोगी तो यह आश्रम उजड़ जाएगा। तुम नहीं जानतीं कि तुमने आत्महत्या का प्रयत्न करके बाबा को कितना दुख पहुंचाया है।''

रामदेई को जैसे सांप सूंघ गया। वह रोने–सिसकने लगी, बोली–''मैं कितनी अभागिन हूं, मर भी नहीं सकती, जी भी नहीं सकती। जो हो लेकिन बाबा को

मैं परमेसुर मानती हूं, ठीक है साब, मेरी तकदीर में जो लिखा है, होगा। पर बाबा मेरे कारन आसरम से चले जाएं, यह नहीं होगा। चलिए मैं बाबा के पास चलती हूं।"

दोनों देशभक्तजी के पास आए। वह तख्त पर लेटे आराम कर रहे थे। रामदेई उनके पैर छूकर धरती पर बैठ गई। दादा के चेहरे पर विषाद भरी मुस्कान उभरी, बोली–"रामदेई, तुमने यह क्या कर डाला, यह भी नहीं सोचा कि हम सब पर क्या बीतेगी..... तुम्हें मालूम ही है कि अभी उस केस की इंक्वायरी हो रही है और इसी बीच तुम्हारा ऐसा व्यवहार, हे ईश्वर !"

रामदेई रोने लगी। कृष्णजी ने बाबा को सारा किस्सा सुनाया। प्यारेलाल का नाम आते ही वह बिगड़ उठे।

"उसकी यह धृष्टता। इसका मतलब है कि वे धूर्त हैं, उनमें मनुष्यता मर चुकी है और उनमें यह प्यारेलाल छंटा बदमाश है। उसे गिरफ्तार करवा दूं क्या?"

"नहीं दादा, अभी नहीं। उसे गिरिधर मार–पीट कर ठीक कर देगा। फिर भी न माना तो देखा जाएगा.... वस्तुतः उसकी हालत भी मोहन ठाकुर जैसी हो गई है और जो भूत उस पर सवार हुआ है, उसे गिरिधर उतारेगा। मार से भूत भी भाग जाता है, और अब यह रामदेई पछता रही है, अब यह वही करेगी जो आपकी मरजी होगी, यह अब विवाह के लिए तैयार है क्योंकि यह अब असुरक्षा से आहत है। यह साहस न दिखाती तो वह प्यारेलाल भी बलात्कार करता और तब उसको ठिकाने लगाना पड़ता।"

रामदेई ने बाबा के पैर पकड़ लिए, बोली–"मुझे साब ने बताया कि आप मेरे कारन संन्यास ले रहे हैं.... हम तो मूरख हैं बापजी पर आप यह क्या सोच रहे हैं.... नहीं–नहीं, आप आसरम पर से अपनी छाया मत हटाएं.... मैं आपके अधीन हूं, आप जो कहेंगे, करूंगी.... मर्द लोग औरत को जीने भी नहीं देते, मरने भी नहीं देते तो ब्याह कर हर छन मरना क्या बुरा है.... मैं चाहती थी कि मेरे कारन मोहन का जीना अकारथ हो गया तो मैं उसका प्रायच्छित करूं या वह भी मरद लोग नहीं करने देंगे, ठीक है साब, मैं सादी कर लूंगी पर उस नीच प्यारेलाल से नहीं।"

"चलो, सद्‌बुद्धि आ गई। अब रामदेई तुम जाओ, माफ कर दिया तुम्हें पर फिर ऐसा कभी मत करना। ईश्वर ने यह जीवन दिया है, जूझो–लड़ो, मरो, सुख–दुख झेलो पर जीवन को नष्ट करना ईश्वर के प्रति अपराध है। उस पर परमात्मा का हक है। मनुष्य का नहीं, मैं खुश हूं कि तुमने हमारी बात मान ली, जाओ, तुम्हारा कल्याण हो।"

दूसरे दिन कृष्णगोपाल 'किताबघर' गए। वह साम्यवादियों की दुकान थी और वहां सोवियत रूस और चीन आदि कम्युनिस्ट देशों से छपकर आई पुस्तकें सस्ते दामों पर बिकती थीं। वहां का कर्ताधर्ता दामोदरसिंह था। वह विकट मुंहफट और कारोबारी आदमी था। वह कम्युनिस्ट पार्टी का समर्पित कार्यकर्ता था लेकिन वह अत्यधिक व्यावहारिक था और उसने 'किताबघर' को मात्र पार्टी का किताबघर न बनाकर उसे प्राइवेट लिमिटेड कंपनी बना डाला था। वह साम्यवादी साहित्य की जगह अन्य पुस्तकों का भी रोजगार करता था, जिसके लिए उसने एक सम्पन्न व्यक्ति से धन का विनियोग कराया था। दुकान धड़ल्ले से चलती थी और शहर के वामोन्मुख बुद्धिजीवी किताबें

खरीदने आते थे। वह दामोदरसिंह, पुस्तक प्रदर्शनी भी लगाता था और किताबों के चक्कर में सोवियत रूस की यात्राएं किया करता था। सोवियत रूस से पार्टी और वहां के प्रगतिशील प्रकाशन के अधिकारी आते थे जिन्हें दामोदर प्रायः अपने तक सीमित रखता या अपने निजी मित्रों या पार्टी–अधिकारियों को शामिल कर लेता था। कभी कोई कार्यक्रम करवाता तो वहां भी वह अपनी दादागिरी दिखाता और विचारधारात्मक बहस में खुलापन न लाने देता। उसकी दादागिरी पार्टी के आंदोलनात्मक कार्यों से जुड़ी रहती थी, इसलिए उसे सहना पड़ता था पर समझदार और विचारधारक लोगों को उसका व्यवहार अखरता था जिसे उस दामोदर का मुंहफटपन असह्य बना देता था।

कृष्णगोपाल ने उद्धव को फोन कर उसे बुलवा लिया था, पंकज और एक दो अन्य साहित्यकारों को। वे सब टहलते और मुक्त वार्ता करते हुए किताबघर पहुंचे। दामोदरसिंह ने हंस कर उनका स्वागत किया। दामोदर देखते ही उद्धव के पीछे पड़ गया, बोला–"कामरेड उद्धव, आप विचारधारा खूब बूंकते हैं, पर पार्टी के मेम्बर क्यों नहीं बनते? कृष्णगोपालजी इन्हें समझाइए आप। बुद्धिजीवी, असली संघर्ष से बचते हैं, कैरियर भी चमके, समाज में–क्रांतिकारी छवि भी बनी रहे ....इन बुद्धिजीवियों के विषय में लेनिन ने कहा था कि ये बिल्ली के गू होते हैं, केवल दुर्गन्ध फैलाते हैं और किसी काम के नहीं।"

दामोदरसिंह ने आत्मीय अट्टहास में अपनी चोट को मुलायम और सुखदायक बनाया और यह भी साबित करना चाहा कि वह सिद्धांत की बात कह रहा है ....लेनिन का उद्धरण जैसे वेदवाक्य हो। कृष्णगोपाल में प्रतिरोध प्रज्ज्वलित हुआ।

'कामरेड दामोदर, आप लेनिन का मत बिना समझे–बूझे जड़ रहे हैं। लेनिन ने प्रगतिशील, मानववादी और साम्यवादी बुद्धिजीवियों के विषय में यह नहीं कहा था। उन्होंने सिर्फ कैरियर की चिंता करने वाले अवसरवादी बुद्धिजीवियों के विषय में कहा था क्योंकि लेनिन स्वयं एक बुद्धिजीवी ही तो थे और उनके साथी। इसलिए आपने गलत उद्धरण देकर बिल्ली की विष्टा जैसी दुर्गन्ध फैलाई है और जहां तक उद्धव का सवाल है, वह पार्टी के सदस्य रह चुके हैं और उसके कारण यातना भुगत चुके हैं, सरकारी नौकरी से निकाले गए.... अब आप क्या चाहते हैं, उनका कैरियर बिला बात नष्ट हो जाए.... आप उनके परिवार का पालन–पोषण करेंगे?"

एक जोरदार ठहाका लगा। दामोदर खिसिया गया। उसने कृष्णजी पर सीधी चोट की–"आप उद्धवजी को बचा रहे हैं... हम आपको भी जानते हैं....आप हमारे सहयात्री–फैलो ट्रैवलर बनते हैं पर आपने उस दिन हमारे केंद्रीय सचिव का अपमान किया था और पार्टी के कार्यक्रम को ठाकुर की भूमि पर अधिकार करने के एजीटेशन को तमाशा बताया था। आप दुस्साहसवादी हैं। नक्सलियों का समर्थन करते हैं आप.... ।"

"रहने दीजिए दामोदरजी, आपने मेरे तर्क को समझा नहीं.... आप लोगों ने तो ऐसी स्थिति पैदा कर दी है कि पार्टी की इंकलाबी छवि नष्ट हो गई है ... आप मुझे बताइए कि एक भी एक्शन, आंदोलन ऐसा हुआ है, जो इस बूर्ज्वा सरकार के विरुद्ध हुआ हो.... आप सरकार से आशनाई करते हैं और किताबों का व्यवसाय कर रहे हैं, धन–लाभ करते हैं.... आप एक ऐसे प्रैशर ग्रुप रह गए हैं

जिसके पास जनमुक्तिकारिणी विचारधारा है। उस विचारधारा के प्रति कांग्रेसियों में कई नेताओं में आकर्षण है और सोवियत रूस के प्रति, नेहरू जवाहरलाल जैसे अनेक हैं और उन्हीं की सरकार है। राजस्थान में भी ऐसे समाजवादी नेता हैं ....एक तो मुख्यमंत्री ही हैं.... इससे आपका काम बन गया, किताबों की सरकारी खरीद में किताबें सप्लाई कीजिए और मजे कीजिए लेकिन आप विद्वानों, सिद्धांतवादियों और कम्युनिज्म के जिज्ञासुओं को बिल्ली का गू मत कहिए...., कुछ तहजीब भी सीखिए।''

दोबारा ठहाके से दामोदरसिंह हतप्रभ हो गया। रक्षात्मक रवैया अपनाने पर वह मजबूर हो गया था। उसे भय था कि कृष्णगोपाल उसकी बेहूदगी की शिकायत पार्टी के सचिव आदि से कर देंगे सो वह एक चालाक कामरेड की तरह दूसरे ध्रुव पर पहुंच गया।

''लो कामरेड कृष्णगोपालजी तो नाराज हो गए। मैं तो आप लोगों को और अधिक कार्य करने के लिए उकसा रहा था, मजा ले रहा था.... कृष्णजी, आपकी तरह मैं कोई बुद्धिजीवी तो नहीं हूं पर आप लोग पार्टी के सदस्य क्यों नहीं बनते?''

''जहां आप जैसे दुकानदार कामरेडों की दादागिरी चलती हो, वहां कौन स्वाभिमानी ज्ञानी–विज्ञानी व्यक्ति अपनी ऐसी की तैसी कराए। हम लोग आपके बावजूद जो पार्टी सर्किल में, प्रोग्रामों में भाग लेते हैं, वह गुरु वशिष्ठ और पार्टी सचिव गुप्ताजी की वजह से। फिर ट्रेड यूनियन मूवमेंट और संगठन के सचिव कामरेड कार्तिकेय स्वामीनाथन हैं, केंद्रीय कमेटी के सदस्य व्यासजी हैं.... वे बुद्धिजीवियों का आदर करते हैं, प्रेरित करते हैं, अपनाते हैं और आप अपने गंवईं गांव के गंवारपन से उन्हें विकर्षित करते हैं, आप माफी मांगिए वर्ना हम आपके दुर्व्यवहार की शिकायत करेंगे.... आप अपने को समझते क्या हैं.... कमाल है, एक किताबों का व्यवसायी, कम्युनिस्ट पार्टी को प्रदूषित कर रहा है।''

कृष्णगोपाल सूरज सा धधक रहा था। उसमें लपटें उठ रही थीं। वह दामोदरसिंह दांव बदल गया, उसने तुरंत अपनी टैक्टिक्स में परिवर्तन किया और अपने एक कार्यकर्ता पर बरस पड़ा।

''क्या खड़ा–खड़ा आंखों को बटनों की तरह चमका रहा है। जब कोई बुद्धिजीवी साथी बिगड़ उठे तो चाय–कॉफी पिलानी चाहिए न, जा, जल्दी जा।''

दामोदर के रूख में यह पलट देख कर सब हंसने लगे। तनाव कम हो गया। दामोदर उत्साहित हुआ, बोला–''किशनजी, हम तो गंवार ठहरे, हम तो मथुरा के हैं, हम तो सीधा बोलते हैं, हमारी बोली ही ऐसी है.... आप हमारे बड़े भाई है, आप तो सचमुच बिगड़ गए.... आप चाय पीजिए और गुस्सा थूक दीजिए, आज आपका मूड ठीक नहीं है, वर्ना आप तो इस तरह कभी नाराज नहीं होते थे।''

कृष्ण बोले–''कामरेड दामोदर, आपसे कौन नाराज हो सकता है? लेकिन आप अपने पक्षधरों को भड़काकर भगाया मत करें, उन्हें अपनाएं.... लोग आपको इसलिए सह रहे हैं क्योंकि आप एक समर्पित लीडर हैं पर इसका यह अर्थ नहीं कि आप हमदर्दों को रगड़ें, उनका मान–मर्दन करें.... खैर, आप चाय पिला रहे हैं, टैक्टिस बदल रहे हैं, इसलिए मैं आपको तरह देता हूं पर आप उद्धवजी के विषय में बहुत जुल्म कर रहे हैं।''

फिर कृष्ण ने उद्धव के विषय में बताया कि वह किस तरह सी॰ पी॰ आई॰

के सदस्य बने थे। किस तरह उन्हें गजेटिड पोस्ट पर इसलिए कन्फर्म नहीं किया क्योंकि वह कम्युनिस्ट पार्टी के मेंबर बन गए थे.... फिर वर्षों तक अस्थायित्व में लटके रहकर और नौकरी जाने के अंदेशे से आशंकित रहकर उनकी नियुक्ति उनके ज्ञान और रिसर्च के चमत्कार से यहां विश्वविद्यालय में हो गई और वे प्रलेस में नेतृत्व दे रहे हैं तथापि आप उन्हें पुनः पार्टी की सदस्यता के लिए कौंच रहे हैं। वह सदस्य बिना बने दस व्यक्तियों का अकेले काम कर रहे हैं। सिद्धांत की बात जहां आती है, आपके पास वही एक इंटेलेक्चुअल है।"

"सॉरी, मैं यह जानता नहीं था। किसी ने बताया तो था कि उद्धवजी सदस्य रह चुके हैं तो मैंने सोचा कि वह ओल्ड गार्ड हैं, उनके आ जाने से पार्टी का प्रभामंडल बढ़ेगा, सॉरी !"

उद्धव ने कहा–"कोई बात नहीं दामोदरजी, आपका व्यक्तित्व मुझे तो रंगदार लगता है, दिलचस्प, आप कृष्णभाई के कहने पर कभी मत बदलिए, ऐसे ही रहिए वर्ना यहां आने और पार्टी का कार्य करने का मजा ही मिट्टी में मिल जाएगा।"

अबकी बार छतफोड़ अतिहास हुआ, साथियों के पेट में बल पड़ गए। दामोदर भी हंसने लगा। सारा तनतना खत्म हो गया। कॉफी आ गई, लोग पीने लगे। दामोदर अचानक बोला–"उद्धवजी, आप विभाग में प्रभावशाली हैं, कुछ किताबें आप छांट लीजिए, कुछ धंधा कराइए।"

अब कृष्णगोपाल भी हहराकर हंसने लगे। यह दामोदर भी खूब है। यह हर हालत में अपना काम बनाता है। कृष्णजी ने मजाक किया–"दामोदरजी, आप कुछ कमीशन मिलवाइए तो धंधा हो।"

"किशनजी, आपको डिनर देंगे और उद्धवजी को, आप सभी को।"

"पर उद्धवजी तो प्रकाशकों से रिश्वत नहीं लेते, कुछ और सोचिए।"

"इसमें सोचना क्या है, उद्धव जी तो हमारे ओल्ड गार्ड हैं, उन्हें हम पटा लेंगे।"

किताबें देखकर, कुछ खरीद कर सब लोग वापस हुए और फिर कॉफी हाउस में आकर जम गए। पंकज बोला–"यह खूब रही, आज इस दामोदर का तो हुलिया दुरुस्त हो गया। यह हर एक को अपनी अभद्रता से नीचा दिखाता था, वाह, भाई कृष्णगोपालजी, आपने यहां भी जमकर प्रतिरोध किया.... आप व्यक्ति नहीं, रिन्दे हैं, रैंद–रैंद कर लोगों की नौंकें निकालते हैं.... कोई ऐसा है जो कृष्णजी की नौंकें निकालकर इन्हें हमवार कर दे, चिकना?"

सब विहंसे। उद्धव ने कहा–"इस धरती पर नर तो कोई ऐसा शायद ही मिले पर कोई नारी यह कर सकती है, कोई नारी हो, है क्या कोई?"

अट्टहासों के बीच कृष्ण के चेहरे पर चिकनापन आया जैसे भट्टी से तप्त अयस्क को निकालकर उसे जल में डाल दिया गया हो और ठंडाने पर वह छूने में कोमल हो गया हो। कृष्ण के साथ के एक साथी मधुरजी ने कहा–"यह तो इतने चिकनाय गए हैं कि इनके मुख पर बर्फीपन सा आ गया है, अब इसे चाटे कौन?"

इतनी हंसी हुई कि कॉफी हाउस का मद्रासी मैनेजर आया और उसने हाथ जोड़े–"प्लीट नॉट सो लाउडली, एक्सक्यूज मी, धीरे से श्रीमन् इतने जोर से मत बोलिए।"

तभी चतुरानन नामक लेखक–पत्रकार आया। उसने कृष्णगोपाल के कान में मुंह लगाया। कृष्णगोपाल उठे, एकांत में गए। तब चतुरानन ने उन्हें समाचार दिया। वह गंभीर हो गए। दोनों अपने टेबल पर आए। फिर वह नहीं बोले अतः कॉफी पीकर साथी खिसकने लगे। उद्धव रह गए, पंकज चला गया। तब कृष्णजी उठे और उद्धव के घर गए। चतुरानन माफी मांग कर अपने समाचारपत्र के कार्यालय चला गया। उद्धव के ड्राइंग रूम में नया सोफा आया था, जो बैड कम सोफा था। उद्धव ने उसे बैड बनाया और एक तकिया लगा दिया। कृष्णगोपाल ने सोफे की आलोचना की–"उद्धवजी, इतना मंहगा सोफा खरीदने की क्या जरूरत थी? यह बूर्ज्वा उपभोक्तावाद है। एक ओर आप क्रांति के सपने बुनते हैं, दूसरी ओर कंज्यूमर–उपभोक्ता मानसिकता नहीं छोड़ पाते।"

उद्धव मुस्कराया। उसने कहा–"कृष्णजी, यह तो मेहमानों के लिए है, हम तो तख्त पर बदन तोड़ते रहते हैं.... यहां भद्र जन आते हैं तो उन्हें कहां बिठाएं?"

"जैटिलमैनों को रफ–रूखड़ जीवन का मजा चखाना चाहिए न, ताकि वे यह समझें कि आम आदमी कैसे रहता है, आपके यहां मोढ़े हैं, उन पर बिठाया कीजिए।"

पुनः कृष्णगोपाल सोफे को दुश्मन की तरह घूरते रहे। फिर उस पर लेट गए। उन्होंने करवटें बदलीं, फिर चित लेट गए और उन्होंने नारा लगाया–"हाय नारी !"

अब उद्धव के खिलखिलाने की बारी थी। वह हंसते–हंसते तख्त पर गिर गया। फिर कहा–"तो आपको सुखद लगा न यह सोफा.... आप यहीं आ जाया कीजिए और इसी पर सोया कीजिए, वादा कीजिए !"

"अरे भाई, हमें फुरसत कहां है.... तथापि कभी–कभी इसका आनंद लेंगे ही ....अब देखिए न, चतुरानन एक आफत लगा गया न, अच्छा यह बताइए कि वह जो झंकार है, बिरदीमल 'झंकार'.... वह आपके यहां अक्सर आता था, ऐसा सुना है, वह जो कविता में भाषा का तिलिस्म रचता है और यथार्थ के नाम पर प्रकृतवादी रचनाएं करता है, वह 'झंकार' सुना है, उसने आपके विभाग की एक सुंदर लड़की मृणालिनी को फंसा लिया है और अपनी पत्नी और पुत्र को दुत्कार दिया है। यह भी सुना गया है कि वह मृणालिनी के माध्यम से अन्य लड़कियों को बुलाता है ....यार, यह साहित्यिकों के लिए कलंक की बात है, और आप उसे सह रहे हैं, सराह रहे हैं?"

"वह 'झंकार' आधुनिकता को स्वेच्छाचार समझता है। वर्जना विरोध के नाम पर वह मनमानी कर रहा है... यहां तक तो गनीमत थी..... लड़कियां अब पुराने अंकुश नहीं मान रही.... विवाह के पूर्व यौन–अनुभव का फैशन चल पड़ा है लेकिन ये जो झंकार है, उसने अपनी पत्नी के साथ बहुत बुरा किया है, ऐसा सुना है .....कृष्णजी संयोगवश वह अपने जेठ के साथ यानी 'झंकार' के सगे बड़े भाई के साथ, अपने बच्चे को लेकर यहां आई हुई है.... वह 'झंकार' उस अपनी पत्नी को अपना नहीं रहा है। भाई परेशान है। 'झंकार' कविता लिख लेता है, उसमें आक्रोश है पर उसका क्रोध अराजक है। वह भाषा की भांज कर लेता है, उस विलक्षणता के कारण वह प्रभावित कर ले जाता है... युवतियां उस पर दीवानी हैं। वह वर्जना विरोध के नाम पर वाजिदअली शाह बना हुआ है।"

"आपका मानवतावाद और साम्यवाद इसे किस तरह सह रहा है?" कृष्णजी सोफे पर बैठ गए और उनमें प्रतिरोध का प्रवाह पुनः शुरू हो गया। उद्धव ने देखा कि तनाव आते ही कृष्णजी का जबड़ा कस जाता है और उनका हनु (ठोढ़ी) कुछ बढ़त को प्राप्त हो जाता है। उनके स्वर में व्यंग्य की धार थी। उद्धव सिटपिटाया।

"ऐसा है कि मैं किसी कैरेक्टर को उपन्यास के पात्र की तरह बहुत ढील देता हूं.... आपकी तरह व्यंग्य नहीं करता, उस पात्र को विकसित होने देता हूं ....विकास स्वतंत्रता से होता है और विकृति भी स्वच्छंदता से ही आती है.... यदि कोई पात्र विकृति में निम्न बिंदु पर पहुंच जाता है तो मैं तब नहीं सहता। मैंने उसको चेतावनी तो दे दी है, शायद वह मान भी जाए.... वह मुझे मानता तो है ही, उसका बड़ा भाई जब जयपुर आया तो किसी ने उसे मेरा नाम सुझाया, ऐसी मुझे सूचना मिली थी.... संभव है, वह यहीं आ जाए 'झंकार' की वधू के लेकर ....तब यदि वह नहीं माना तो मैं उसे बर्दाश्त नहीं करूंगा, उससे संबंध तोड़ लूंगा।"

"गुड, यह अच्छा है। इसका मतलब है कि आप आधुनिकता को मूल्यहीन नहीं मानते।"

"आधुनिकता मूल्यहीन, ममताहीन कैसे हो सकती है? प्राचीनता हो या समकालीनता, मानवता से परे जाने से तो वह ग्रहणीय ही नहीं रह सकती.... आधुनिकता में स्वच्छंदता वहीं तक जायज है, जहां तक उसमें मनुष्यता बनी रहे.... ठीक है, वर्जनाएं टूटें। संबंधों में वरण या चयन की आजादी मिले किंतु वाजिदअली शाहपन तो सामंतवाद ही कहलाएगा। यह 'झंकार' यथार्थ के चित्रण में भी प्रकृतवादी हो जाता है। नंगा, क्रूर और भद्दा, यह समर्थनीय नहीं है।"

"वैरी गुड, यही उद्धव के सिद्धांत के अनुकूल है.... यह सब आपने उसे बताया नहीं?"

"बताया है पर वह विचारशून्य व्यक्ति है, वह एक गश में, एक आवेश में, सर्वसंहारी संवेदन में लिखता है—उसमें सब कुछ को रद्द करने का रूख है जो मान्य नहीं हो सकता.... वह दुर्गतिशील है, दुःशील भी है पर उसमें शब्द का तिलिस्म रचने की प्रतिभा है और उसकी रचनाओं की अंतर्वस्तु दुर्बल है.... आप देख रहे हैं कि इस युग में, बूर्ज्वा आधुनिकता के प्रचार से कृतियों में अंतर्वस्तु.... कांटेंट पर कोई ध्यान नहीं दे रहा है.... कथ्य पर नहीं, कला पर जोर है.... चित्रकला में भी यही प्रवृत्ति है, कविता में भी.... यह अच्छा नहीं है।"

"एक्सीलेंट, यह उत्कृष्ट विचार है। परिपक्वता है आपकी अवधारणा में, यही होना चाहिए। हमें कथ्य और कला दोनों के तनाव और द्वंद्व की संगति खोजनी है, नहीं?"

"बिल्कुल, यही करना है। जब मैं यह कहता हूं तो रचनाकार चिढ़ जाते हैं, वैर बांध लेते हैं पर मैं परवाह नहीं करता.... हमें हर हाल में यह भूमिका पूरी करनी है.... आपसे समर्थन और सराहना मिलती है तो मनोबल दृढ़ होता है।"

कृष्णजी बोले—" 'झंकार' की हरकतों के विरुद्ध साहित्यिक क्षेत्र में बहुत असंतोष है। मुझसे वह मिला था पर मैं उसके टाइप को प्रथम भेंट में ही समझ गया था। सो, उसने मेरे विरुद्ध एक दैनिक पत्र में लिखा कि यह कृष्णगोपाल सबको उखाड़ता रहता है और भी न जाने क्या-क्या लिखा था। उसी पत्र में चतुराानन काम करता है। उसने संपादक को रोका था पर वह नहीं माना क्योंकि उस संपादक

की भी मैंने एक बार कसकर धुनाई कर दी थी। वह बनियां, लुटिया डोर बांधकर जयपुर आया था, गीत–वीत लिखता था, कवि–सम्मेलनों में हूट हो गया, पर उसमें मारवाड़ी मति थी। पेपर निकाला, करोड़पति है अब। अब वह वेदज्ञ बन गया, वेद की वैज्ञानिक व्याख्या कर रहा है। वह अब 'विदेशों' में बुलाया जाता है। वह प्रतिक्रियावादी हिन्दू फंडामेंटलिज्म का प्रवक्ता और पक्षधर बन गया है। मेरे विरुद्ध प्रचार का कोई अवसर हाथ से नहीं जाने देता पर मैं उसकी परवाह नहीं करता....वह चतुराननन अपना चेला है।''

उद्धव हंसा और कृष्ण की वीरता पर मुग्ध हो गया।

कृष्णजी और उद्धव भोजन कर सो गए। शाम को वह चाय पी रहे थे कि संयोगवश 'झंकार' का बड़ा भाई और 'झंकार' की पत्नी आई। उसकी गोद में बच्चा भी था। उन्हें सादर सोफे पर बैठाया गया। कृष्णजी एक मोढ़े पर जा बैठे, उद्धव भी। उन्हें जलपान कराया गया। तब वह 'झंकार' का भाई बोला। उसने 'झंकार' के विषय में बताया कि वह बचपन से ही शरारती था और बदफेलियां किया करता था पर पढ़ने में तेज था, व्यवहार में खराब। फिर वह जयपुर आकर बिगड़ गया। वह झूठा है। अपनी बड़ाई खुद करता है और ऐसी गप्प मारता है कि उसने यह किया, वह किया। उसका विवाह हो गया। यह उसकी बहू है। उसने एक पुत्र भी पैदा कर दिया। फिर यहां आने पर उसने एक लड़की को फंसा लिया। अब कहता है कि वह इस अपनी पत्नी को नहीं अपनाएगा। साब, हम भले लोग हैं, अब आप ही बताइए, हम क्या करें.... हम भारत–पाकिस्तान की सीमा की तरफ के रहने वाले हैं.... हमें ऐसे आदमी को मार डालने में कितनी देर लगती है पर यह बहू विधवा हो जाएगी, हम धरमसंकट में हैं, वह बिरदीमल आपके प्रभाव में है। आप उसे समझा सकते हैं, वह यदि नहीं मानता तो उसकी पोल तो खुलना चाहिए, उसे कुछ दंड तो मिले, उसका मुंह तो काला हो–बहू का क्या होगा साब? बिना बाप के बच्चे का क्या होगा?''

और वह अचानक उठा और उसने पगड़ी उतारकर उद्धव के पैरों पर रख दी, रोने लगा।

''साब हमारी पगड़ी की रक्षा करें।''

इस नाटकीयता से सन्नाटा छा गया। कृष्ण भी मौन रह गया। उद्धव ने उस भाई को खड़े होकर संभाला। उसकी पगड़ी उसके सिर पर रखी और कहा–''आप चिंता मत कीजिए, मैं उसे अभी बुलवाता हूं, जो हमारे वश में है, करेंगे। इतना क्रूर कार्य यदि उसने किया तो वह जयपुर में तो नहीं रह सकेगा। उस मृणालिनी का पिता भी गुस्से में बौराया घूम रहा है।''

उद्धव ने किसी को भेजकर बिरदीमल 'झंकार' को बुलवाया। उसे उसके भाई और पत्नी के यहां होने की खबर नहीं दी गई थी।

'झंकार' बैठक कक्ष में आया। उसकी पत्नी उठकर खड़ी हो गई। उसने बच्चे को इशारा किया, वह सहमा हुआ था। तब तक 'झंकार' एक मोढ़े पर जम गया था। वह बालक डरा–डरा सा खड़ा था। फिर वह धीरे–धीरे 'झंकार' की ओर बढ़ा किंतु 'झंकार' ने उसे डांट दिया। वह मार खाई नजर से लौट आया और मां की गोद में मुख छिपाकर रोने लगा। वह दृश्य हृदयद्रावक था। झंकार को छोड़कर सबके नेत्रों में अश्रु छलक उठे पर 'झंकार', अरुचि और अस्वीकृति की मुद्रा में

बैठा रहा। तब कृष्णजी ने उद्धव की ओर देखा कि वह कुछ कहे।

उद्धव ने कहा–" 'झंकार' जी, यह आपकी पत्नी है, यह पुत्र है जिसका मुख आपके मुख की प्रतिच्छवि है.... आप साहित्य रचते हैं, और यह शिशु भी आपकी ही सृष्टि है। आप इन्हें क्यों नहीं अपनाते? क्या आपमें इन्हें देखकर करुणा भी नहीं जगती?"

"यह मेरी पत्नी जरूर थी पर यह मेरा पुत्र नहीं है, यह इनका है जो अपने को मेरा बड़ा भाई कहते हैं.... मैंने दूसरा विवाह कर लिया है, जो आधुनिक है ....मैं इस गंवार और गंदी औरत को अपनी पत्नी नहीं मानता और पुत्र तो मेरा है ही नहीं।"

वह बहू झार–झार आंसू बहाने लगी, बच्चा जोर–जोर से रोने लगा। बड़ा भाई भी पगड़ी की छोर से अश्रु पोंछने लगा। फिर वह भाई संभल कर बोला–"मैं गंगाजली उठाने को तैयार हूं....जो मैंने कभी इस बहू को बुरी नजर से देखा हो ....ये बिरदिया, तू चाहे कलंकित करता है, अरे राम–राम !"

कृष्ण के मुख से स्वतः निकल गया–"गरि न जीभ, मुख परेउ न कीरा।"

किंतु 'झंकार' इस धिक्कार पर भी कुछ न बोला। उसने अपने को पत्थर बना लिया था।

कृष्णजी तमके–" 'झंकार', अब यह बहू और बच्चा कहां जाएं? इन्हें कौन पालेगा? पति के बिना पत्नी कैसे रहेगी? फिर यह बिना पढी–लिखी है, इसका गुजारा कैसे होगा.... चाहे जो सत्य या तथ्य हो किंतु झंकार, तुम्हारा दायित्व यह है कि तुम इनको अपने पास रखो, भले ही दूसरी स्त्री तुम्हारे साथ रहे।"

"मैं आधुनिक कवि और लेखक़ हूं, मैं इस औरत के साथ नहीं रह सकता।"

अब कृष्णगोपाल के भड़कने के लिए काफी मसाला मिल गया था। वह भभका–" 'झंकार', तुमने कालिदास का 'शकुंतला' नाटक पढ़ा है? उसमें जो दुष्यंत ने शकुंतला की हालत की थी, वही तुम इस बहू के साथ कर रहे हो और वह भी आधुनिक़ता के नाम पर। दुष्यंत ने फिर भी शकुंतला के चरित्र पर आरोप नहीं लगाया था। तुम अपनी ही पत्नी के चरित्र को कलंकित कर रहे हो और जिम्मेदारी से बचने के लिए अपने ही पुत्र को नाजायज बता रहे हो.... यह पुत्र तुम्हारा है, हमशक्ल हो तुम दोनों.... तुम यदि इसी कारण अपनी पत्नी को छोड़ रहे हो तो मेडिकली जांच करवा कर यह देखा जा सकता है कि यह पुत्र तुम्हारा है या किसी और का, बोलो तैयार हो?"

"मुझे जांच नहीं करवानी, मैं जानता हूं कि यह औरत हरजाई है।"

"और तुम क्या कर रहे हो?"

"मैं किसी का अपहरण नहीं कर रहा, न बलात्कार। मैं स्वैच्छिक स्वतंत्र संबंधों को आधुनिक मानता हूं।"

"यह अधिकार तुमको है, इस नारी को नहीं?"

'झंकार' कन्फ्यूज्ड हो गया।

उसके पास, तर्क नहीं था, सिर्फ जिद थी, मनमानी थी। कृष्ण हत्थे से उखड़ गए।

"तुम समझते हो, आधुनिकता क्या है? जो आधुनिक लेखक हुए हैं, उनमें किसी लेखक के ऐसे क्रूर कृत्य को अपने पक्ष में प्रस्तुत कर सकते हो?"

'झंकार' निरुत्तर हो गया। कृष्णजी कहते गए।

" 'झंकार', मान लो, तुम्हारा संदेह सच्चा है और तुम्हारा साथ न मिलने से यह वहां गांव में भटक भी गई हो तो तुम उसे अपनाकर सर्वदा के लिए सही लाइन पर ला सकते हो.... एक जीवन, बल्कि दो जीवनों को बरबाद करने का तुम्हें क्या अधिकार है? यह आधुनिक कृत्य नहीं, यह सामंतवादी व्यवहार है, शुद्ध स्वेच्छाचार.... 'झंकार', हम आप सबके हित में कह रहे हैं कि तुम हमारे कहने से ही इस बहू और बेटे को अपना लो, इन्हें दर–दर भटकने और अपमानित जीवन बिताने को मजबूर मत करो।"

'झंकार' ने अपना जड़ और जिद्दी भाव नहीं छोड़ा। तब बड़े भाई ने उठकर अनुज बिरदीमल 'झंकार' के पैरों पर अपनी पगड़ी रख दी और सिसक कर कहने लगा।

"बिरदिया, मैंने तुझे पाला है, तू कुछ तो दया कर.... तूने तो मेरा मुंह ही काला कर दिया, भाया, तेरे हीवड़े में कोई माया–ममता नहीं रही? क्या पढ़–लिख कर डिगरियां लेकर कविता–सायरी रचकर आदमी राच्छस हो जाता है?"

और वह 'झंकार' का भाई फूट–फूट कर रोता रहा। बचपन की बातें बताता रहा कि किस तरह उसने इस बिरदी को खिलाया–पिलाया, किस तरह उसे पिता का प्यार दिया मगर विधाता ही रूठ गया। मेरा अच्छा–खासा भाई, इस जैपुर की चमक–दमक में पागल हो गया। गांव की जैपुर नगर क्या कदर करेगा? अरे राम–राम, हे बाबा रामदेव, जाहरपीर गुग्गा गुरु.... तुम सब गवाह हो कि यह मेरा भाई मेरे साथ क्या कर रहा है.... मैं तो लाचार हूं पर बिरदिया, तुझे भगवान समझेगा ....तू सुखी रह भाया, फूले–फले पर एक कोने में यह पड़ी रहे तो हानि क्या है ....आखिर तू इसे विवाह कर घर लाया था और तू जानता है कि यह तेरा बच्चा है....पर तू माने या न माने पर ईश्वर सत्य और धर्म का रखवाला है....वही न्याय करेगा, बिरदीमल तू अब भी सोच ले....यह रूप, यह जवानी, यह अकड़–फड़क नश्वर है....सब जीव, काल के कड़ाह में पक रहे हैं, तू कभी अवश्य पछताएगा लेकिन तब पछताने से क्या होना है....इस बहू का, इस बच्चे का जीवन तो बर्बाद हो जाएगा, सोच ले भाई, अब भी सोच ले....।"

बिरदीमल 'झंकार' अविचलित रहा। वह यदि पसीज जाता तो उसकी रंगरेलियां बंद हो जातीं, उसकी प्रेमिका उसे छोड़ जाती। 'वह मृणालिनी, इस बहू के साथ कैसे रह सकती थी? अजीब परिस्थिति बन गई थी। कृष्णगोपाल खौल रहा था। उसकी भृकुटि चढ़ गई थी। वह पसीने से लथपथ था और कुछ न कर पाने के कारण व्याकुल था।

....फिर वे तीनों प्रणाम कर चलने लगे थे। बच्चे ने जिस दृष्टि से हम सबको देखा था, उससे तो पत्थर भी द्रवित हो जाता, हीरा भी टुकड़े–टुकड़े हो जाता, पर 'झंकार' अप्रभावित रहा.... वे विवशता भरी रुदनशील हसरत भरी नजर डालते हुए चले गए.... और तिरस्कृत शकुंतला की तरह वह बहू सिसकती–रोती बार–बार मुड़कर इस आशा से हेरती कि शायद उसका पति उसे अंततः बुला ले, निराश होकर प्रस्थान कर गई.... शायद 'झंकार' के रुके रहने से उन्हें अभी भी यह आशा लगी हो कि 'झंकार' को समझाया जा सकेगा, शायद....अंत में उसे समझ आ जाएगी।

तब कृष्ण और उद्धव, दोनों ने तनाव, क्रोध के बावजूद असीम सहनशक्ति धारण कर 'झंकार' को देखा। उद्धव ने कहा–" 'झंकार', अभी भी कुछ बिगड़ा

नहीं है। तुममें प्रतिभा है परन्तु मनुष्यताविहीन जीनियस भी शोभता नहीं है....क्यों निरीहों का श्राप ले रहे हो बंधु....सारा समाज तुम्हारे व्यवहार को जान जाएगा। कुछ भी छिपता नहीं है.... तुम जो कर रहे हो, वह यौवन का पथ–विचलन मात्र है जो क्षणिक है, तुम यह कर सकते हो कि एक छोटा घर लेकर इन्हें वहां रख दो ....और तुम मृणालिनी के साथ–साथ रहो। तुम तो मृणालिनी के पिता के मकान में रहते हो। ऐसा मैंने सुना है तो जाहिर है कि वह मकान तुम्हारे श्वसुर का है जो तुम्हारा ही है। तुम लिख–पढ़ कर काफी कमा लेते हो...तुम कहीं काम करना चाहो तो हम कोशिश कर सकते हैं। तुम्हें किसी भी पत्र–पत्रिका में काम दिलाया जा सकता है, मृणालिनी चाहे तो वह एम॰ ए॰ है, उसे भी सर्विस मिल सकती है। हम स्वयं यथाशक्ति लगातार मदद करते रहेंगे.... हमारे पास साधन अधिक होते तो हम तुम्हारी बहू और बेटे को अपने घर रख लेते.....।''

कृष्णगोपाल बोले–'' 'झंकार' चाहें तो मैं बहू और बेटे को देशभक्तजी के आश्रम में रखवा सकता हूं, पर शर्त यह है कि यह उसे अपना लें। वहां उसके पास भी रहें जब तब ताकि उसकी सामाजिक प्रतिष्ठा बनी रहे। वह बहू वहां पढ़–लिख सकती है, बच्चा पढ़ेगा ही। वहां पाठशाला भी है। उसके खाने–पीने की चिंता नहीं है, वहां भंडारा चलता है। इस तरह इस गंभीर समस्या का समाधान संभव है, क्यों 'झंकार'?''

''आपको उसे रखना है तो रखिए....लेकिन मेरा उससे कोई लेना–देना नहीं है. ...मैं जो जीवन छोड़ चुका, उसके चक्कर में नहीं फंस सकता....मेरे सामने अपना जीवन है जिसमें पिछला जीवन बाधक है....आप मुझे झंझटों में फंसा रहे हैं और आप मेरे भविष्य में बाधा डाल रहे हैं....झटके से तोड़े बिना मैं फिर उस कीचड़ में गिर जाऊंगा। वह दलदल है। मैं जोर लगाकर उससे निकला हूं, आप मुझे माफ करें उद्धवजी, मैं अब चलता हूं।''

कृष्ण अब आपे से बाहर हो गया। वह समझ गया कि यह मनुष्यता के परे पहुंच गया है और भय ही इसे रास्ते पर ला सकता है। वह तड़का।

'' 'झंकार', तुम्हें किसी की परवाह नहीं है लेकिन इसका नतीजा तुम्हें भुगतना पड़ेगा। यह जो तुमने किया है, यह सब जानेंगे, तब तुम्हारा यहां निर्वाह असंभव हो जाएगा। हठ बड़े–बड़ों का विनाशक सिद्ध हुआ है.... तुम समझते हो कि इस नगर में मनुष्य नहीं रहते, सब तुम जैसे नादिरशाह रहते हैं? याद रखो, तुम्हारी जिद तुम्हें ले डूबेगी। तुम इस निष्ठुर कर्म की सजा पाओगे और हम साहित्य के नाते के कारण कुछ न भी करें, तुम्हारा मामला मानकर चुप रह जाएं पर तुम अब एक धिक्कृत व्यक्ति हो और साहित्य के क्षेत्र में अभी मानवता शेष है बल्कि यह कहा जाए कि साहित्य में ही वह बची हुई है.... जो सुनेगा, वह तुम्हारा नुकसान चाहे न करे पर वह कट जाएगा और तुम सहानुभूतिहीन, समर्थनविहीन होकर प्रेतवत् विचरण करोगे.... तुममें सोई हुई इंसानियत का तसव्वुर जरूर जगेगा तब उस आत्मा की कचोट और कुरेदन से तुम्हारी नींद हराम हो जाएगी....हम तुम्हारे साहित्यिक पथबंधु हैं। उद्धवजी ने तुम्हारी सहायता की है। तुम्हारी पत्रिका में लिखा है, तुम्हें बड़ों से मिलवाया है, तुम्हें प्रसिद्धि और महत्व दिलवाया है.....तुम....उद्धवजी की बात भी नहीं मानते, फिर किसकी मानोगे?''

'झंकार' बोला, ''मैं उद्धवजी का आदर करता हूं, उनके सहयोग और पथ–प्रदर्शन

के लिए आभारी हूं, रहूंगा किंतु मैं अपने निजी जीवन का निर्णय खुद करूंगा। उसमें आप लोग अपने दृष्टिकोण और मूल्यों का आरोपण न करें.... मैं अपने विषय में निर्णय कर सकता हूं, आप व्यर्थ मेरे लिए परेशान न हों और मैं अपने विरोधियों से निबट लूंगा।"

" 'झंकार', तुम उत्तेजित हो, संभव है तुम सोच–समझ कर हमसे सहमत हो जाओ....निर्णय में अनिर्णय छुपा रहता है....अस्तित्ववादियों ने यह दिखाया है, यह तुम पढ़ चुके हो....अपने निर्णय पर पुनः सोचो, इसमें हर्ज ही क्या है? यह तुम कैसे कह सकते हो कि तुमने अंतिम निर्णय कर लिया है और कर भी लिया है तो हमारे कहने से सही एक बार पुनः सोचो, विचारो....यह कोई निजी प्रसंग नहीं रहा अब....यह छुपा रहता तो व्यक्तिगत विषय बना रहता। अब यह सार्वजनिक हो गया है अतएव यह व्यक्ति की निरंकुशता और सामाजिकता का द्वंद्व बन गया है ....कोई नागरिक, जिसमें सेंस है, इस कृत्य का समर्थन नहीं कर सकता, हां व्यक्तिकेंद्रित व्यक्ति इसका समर्थन कर सकते हैं, ऐसे लोग भी होंगे ही, वे आपकी मदद भी कर सकते हैं, पर ऐसे व्यक्ति बहुत कम होंगे, इसलिए तुम सोचो 'झंकार' और फिर भी यदि यही निर्णय रहे तो फिर उसका परिणाम भुगतना.... हम तुम्हारे इस क्रूर निर्णय के घोर विरोधी हैं और हम कुछ कर तो नहीं सकते किंतु यदि तुम नहीं मानें, तो हम सब तुमसे संबंध तोड़ लेंगे।"

"तो ठीक है उद्धवजी ! मेरा निर्णय अंतिम है और आपका निर्णय भी अंतिम है। हम दो ध्रुवों पर पहुंच चुके हैं, मिलनबिंदु मिट गए हैं और कोई हममें सामान्य सूत्र नहीं रह गया है।"

यह सुनते ही उद्धव क्रोध से कांपने लगा। वह चिल्लाकर बोला।

"दैन गेट आउट एंड नैवर कम टू माई हाउस–निकल जाओ यहां से और कभी मेरी देहरी पर मत आना। यू हैव लास्ट युअर सोल, यू आर ए ब्रूट एंड क्रूअल परसन–तुम क्रूर और पशु हो, निकल जाओ।"

तब 'झंकार' चला गया।

8

बिरदीमल 'झंकार' की अपनी पत्नी और पुत्र के प्रति कृतघ्नता और घिनौने आचरण से कृष्णगोपाल को गहरा आघात लगा। यदि वह उस पर बौखलाता, भीतर की भभक निकाल पाता, गरजता–बरसता तो शायद उसके तलछट साफ हो जाते और पेट में तेजाब न बनता पर उसे उद्धव के नियंत्रित व्यवहार के प्रति आदर प्रकट करना था, उसे यह भी देखना था कि उद्धव क्रोध में किस प्रकार अपने को व्यक्त करता है, इस कारण 'झंकार' पर शारीरिक आक्रमण करने की या बलबलाने की उत्कट इच्छा जाग्रत होने पर भी उसे शांत रहना पड़ा। इससे उसके उदर का फोड़ा, बढ़ते तेजाबी रसों से बिगड़ गया और दर्द होने लगा। वह किसी बहाने उद्धव के यहां से दूसरे दिन आश्रम आ गया और वहां से उसने चतुरानन को फोन किया। चतुरानन आनंद में उछल पड़ा। गोया उसका अनुमान सही निकला हो। उसने कहा–"गुरु, आप एक इंटरव्यू, साक्षात्कार दे दें तो मजा आ जाए।"

कृष्णगोपाल डरता नहीं था पर उसकी धुनाई से ध्वस्त अनेक लोग उससे वैरभाव मानते थे। उसने और अधिक अ–लगाव न बढ़ाने की नीयत से चतुरानन को कहा–"चतुरानन ! तुम 'विश्वस्त सूत्र से ज्ञात हुआ है।' यह वाक्य पहले जड़ कर फिर 'झंकार' का पूरा कांड लिखकर छाप दो। वह 'झंकार' तुम्हारे संपादक के भी विरुद्ध लिख चुका है, इसलिए वह आपत्ति न करेगा और मेरा इंटरव्यू लोगे तो वह नहीं छापेगा.... तुम यह कर सकते हो?"

"कर तो सकता हूं गुरु पर उसने यदि पूछा कि 'विश्वस्त सूत्र' कौन है, तो?"

"तो....तो तुम 'झंकार' के किसी दोस्त का नाम बता देना या चाहो तो तुम 'झंकार' के भाई से मिल लो। वह अभी जयपुर में ही है, उसका पता नोट कर लो।"

"नहीं, मैं 'विश्वस्त सूत्र' के ब्रह्मवाक्य का ही प्रयोग करूंगा, जब संपादक पूछेगा, तब किसी का नाम बता दूंगा, आपका नाम नहीं।"

कृष्ण बोले–"चतुरानन, उस बदमाश भौंरे ने, मानवता के विरुद्ध अपराध किया है, उसको 'एक्सपोज' करना स्वधर्म है।"

"ठीक है गुरु, कल का पेपर पढ़ना, अच्छा?"

"गुड, वैरी गुड, तुम्हारी जय हो।"

कृष्णगोपाल का यह प्रतिरोध सफल होगा, यह देखकर उसके तेजाब कुछ कम हुए पर उदरशूल उसमें ऐंठनें पैदा कर रहा था। वह पीड़ा से छटपटाने लगा। थोड़ी देर अपने कक्ष में तख्त पर करवटें बदलता रहा। दीवालें, छतें देखता रहा। देखा, कि एक छिपकली योगमुद्रा में शांत गति से एक कीड़े की ओर बढ़ रही है। पुनः पास जाकर वह स्थिर रही और फिर अचानक उस कीट को निगल लिया। वाह, क्या दांव मारा है। उसने छिपकली के चातुर्य को सराहा। पुनः उदर में दर्द की लहर उठी। उसने घंटी बजाई, रामदेई का भाई धनियां, धनीराम आया।

कृष्णजी ने एक कागज पर दवा का नाम लिखा और उसे पैसे दिए। वह दवा लेने चला गया। कृष्ण ने दवा के लिए दूध मंगाया। उसे ठंडाया और पी गया। धनियां समझ गया कि साहब को कष्ट है। उसने कृष्ण जी के पैर पकड़ लिए और दबाने लगा। दवा का प्रभाव हुआ, कृष्णजी को कुछ आराम मिला। तब मन बहलाने के लिए उसने धनियां से पूछा–"धनीराम, तुम यहां खुश हो?"

"हां साब, यहां मैं पढ़ रहा हूं, कारीगरी भी सीख रहा हूं.... मैंने कपड़ों पर ठप्पे लगाना समझ लिया है...., साब मैं सांगानेर भी गया था। वहां रंगाई भी सीखी है। रामदेई और मेरी छोटी बहिन श्यामदेई भी सीख रही हैं.... साब, आप बाबा से कहकर एक दुकान दिलवा दें, तो उसमें रामदेई सिलाई की मशीन चलाएगी और हम रंगाई और ठप्पे लगाकर सरियों को सजाएंगे.... आपका बोझ भी हल्का होगा....साब, बाबा से कहने की हमारी हिम्मत नहीं होती..... साब....।"

"हम कह देंगे.... दुकान के लिए पगड़ी देनी होगी....तू एक क्वार्टर और ले ले और उसी में काम कर।"

"सरकार, यह जगह शहर से दूर पड़ती है। यहां कौन आता है? साब, जनीमानस का काम है यह सो जरा शहर के भीतर कोई ठिकाना मिल जाए तो धंधा चलेगा।"

"अच्छा, ठीक है। तू यह बता कि रामदेई का विवाह कब करेगा?"

"वह तो सादी करती ही नहीं, कहती है कि वह हमारी देखभाल करेगी, स्यामदेई की और मेरे छोटे भाई, गनियां की, माता–पिता की।"

"यह गनियां क्या होता है?"

"उसका नाम गनेस है, हम प्यार में गनियां कहते हैं।"

"बढ़िया तो रामदेई विवाह नहीं करती?"

"जी साब, उस पर तो करनी माता का भाव आता है, साब।"

"अरे? यह कब से?"

"बस अभी सुरू हुआ है, कल वह सिर हिला–हिलाकर झूम रही थी। फिर उसने, उस करनी माई ने कहा कि रामदेई को उसके मंदिर के दरसन कराओ। जब मेरे बाप ने हामी भरी तो देवी का भूत उतर गया। मालिक, कुछ रुपये मिल जाएं तो हम सब करनी माता के दरसन के लिए देशनोक हो आएं। क्या पता, देवी खुस हो जाए तो बहिन के लिए कोई जीजा मिल जाए.... उसका बहुत सच्चा दरबार है साब।"

"अच्छा, उधर तुम्हारी जाति–जमात के लोग है क्या?"

"हैं साब पर उनकी हालत अच्छी नहीं है।"

"तू रामदेई के लिए दूल्हा ढूंढ़ ले और यदि रामदेई मान जाए तो उसे यहीं ले आना। उसकी हालत हम सुधार देंगे.... उसे भी काम सिखा लेना, दूकान पर वह भी काम करेगा।"

"हां साब, तब तो लड़का मिल सकता है। उधर हमारी रिस्तेदारी में एक लड़का है, वह थोड़ा पढ़ा–लिखा भी है और देखने–भालने में भी अच्छा है ....साब, वह पेंट पहनता है और घड़ी बांधता है।"

कृष्णगोपाल को हंसी आई--"तू तो बड़ा गुणी है धनियां, पर उसे घड़ी कहां से मिल गई?"

"किसी दूसरे की होगी, उसका ब्याह हो जाएगा तो वह लौटा देगा।"

"अच्छा, यों है तो तू वादा कर कि रामदेई जब देशनोक जाए तो तू उस जवान को मंदिर ले आएगा और उसे मिला देगा, वचन दे।"

"मैं करूंगा मालिक, बापू भी यह करेगा।"

"लेकिन रामदेई तो तुझे नकारा कहती है कि तू काम से जी चुराता है, निकम्मा है।"

"साब, वह मुझे चाहती है, मुझसे बड़ी है न सो वह मुझे डांटती रहती है। वह तो मां की तरह मुझे दो बरस का बच्चा समझती है.... वह बहुत अच्छी है साब, उसके लायक लड़के हमारी जाति में हैं ही नहीं....यहां तो बहुत से घेरते हैं पर रामदेई बहिन, उन्हें कीड़ा–मकोड़ा समझती है, भगा देती है।"

कृष्णजी ने सौ रुपये का एक नोट धनियां को दिया और कहा–"ले, इतने से काम चला, शेष बाबा से दिला देंगे। रेल से देशनोक चला जा, सभी को ले जा। वह करनी माता चमत्कार करती है.... वह तेरी बहिन पर आती है, इसलिए कि वह उसका विवाह कराना चाहती है, वर्ना वह उसके सिर क्यों आती?"

"हां साब, यह हो सकता है। भला देवी के लिए क्या मुस्किल है..... वह तो सभी को चूहा समझती है सो वह एक चूहा रामदेई के लिए भी ढूंढ़ देगी।"

कृष्ण विहंसा। कहा–"तू यह ठीक कहता है, वहां करणी मां के मंदिर में

चूहे ही चूहे हैं और वहां कभी भी बीमारी, प्लेग वगैरह नहीं फैलती.... वह जरूर किसी चूहे को चुन चुकी होगी रामदेई के लिए, तू कब जाएगा वहां?"

"जल्दी जाना है, बापू तय करेगा, मां.... अब मैं जाकर रुपये दे आऊं, कहूंगा कि करणी माता ने रुपये दिलवाए हैं।"

"हां, यही कहना और यह मत बताना कि मैंने दिए हैं। मैं तुझे सौ रुपये बाबा से अभी दिलाऊंगा। आराम से यात्रा कर और देवी के मूषकों को दाणा डालना।"

"खूब खिलाएंगे चूहों को।"

धनियां चला गया। कृष्ण उसके भोलेपन पर सोचने लगा, कितना निष्पाप है पर फिर यह भी प्यारेलाल न बन जाए। अचानक कृष्ण को गिरिधर का स्मरण हो आया। उसके पास जाना है और उस प्यारेलाल की मरम्मत करानी है....पर ....यह सोचते हुए वह सो गया। स्वप्न में उसने देखा कि इला और उद्धव, 'नंदनवन' में वार्ता कर रहे हैं और इला उसे बना रही है, रिझा रही है। वह इला भी तो उर्मिला की तरह नारी की आजादी में विश्वास रखती है वर्ना वह अभी तक शादी कर लेती। वह कृष्णजी से फ्लर्ट करती रही है, उसे पटाती रही है पर जब कृष्ण ने उसको साफ कह दिया कि वह तो उर्मिला के सिवा अन्य किसी के विषय में सोच भी नहीं सकता तो उसने अपना भाव बदल लिया। अब वह कृष्ण से जीजा-साली का नाता जोड़कर खेलती रहती है पर उसे अब पटाती नहीं, खेलती है.... वह इला, उर्मिला से भी अधिक मनोरम है, लेकिन उर्मिला में अनुभूति की गंभीरता अधिक है। उसमें विचारशीलता भी ज्यादा है, इला तो खिलंदड़ी है पर वह भी पुरुष का प्यार पाने के लिए लालायित है.... परंतु वह उद्धव 'नंदनवन' कैसे पहुंच गया? क्या उसकी कविता, सरिस्का में सुनकर उर्मिला ने तो नहीं बुलवा लिया? संभव है, उसने सोचा हो कि उस इला के लिए भी एक पुरुष मित्र चाहिए। बड़ी बहिन को तो एक पथबंधु मिल गया, अब छोटी बहिन का भी अकेलापन दूर होना चाहिए.... मैंने सोचा तो था कि उद्धव को किसी बहाने वहां ले चलूं, पर उद्धव से यह भी तो भय है कि वह दोनों को आकर्षित कर ले और....और मेरा पत्ता साफ हो जाए। यह असंभव नहीं है। उद्धव बौद्धिक व्यक्ति है, उसमें गहनता भी है....वह भीतर उतरता चला जाता है और विचारों में अंतरिक्ष लांघ जाता है .....भय तो है पर मैं एकाधिकार क्यों चाहता हूं....क्या नारी को यह अधिकार नहीं कि उसके एक से अधिक मित्र हों....वह कुछ समय पूर्व अमेरिकन युवती आई थी, कह रही थी कि मैं रोज एक ही चेहरे को बर्दाश्त नहीं कर सकती....मैं दंग रह गया था....मैंने पूछा था कि उस दिन के लिए उसने साथी चुन लिया क्या, तो बोली, आपने प्रस्ताव नहीं किया....आप प्रस्ताव तो कीजिए, फिर मैं सोचूंगी कि आज आपके साथ रहूं या किसी और को तलाशूं. ...आपमें एक ही कमी है कि आप सोचते बहुत हैं.....मुझे उलझे हुए लोग पसंद नहीं। मुझे जीवनप्रेमी, रोमानी, मस्त, स्वस्थ और कभी बोर न करने वाले पैशनेर-वासना में उतावले मित्र चाहिएं। और वह कितनी मस्त हंसी से पारिजात सी लहरा कर हास के फूल बरसा गई थी.... अभी भी वह जयपुर में ही होगी....अपवादों को छोड़कर, पूर्वी देशों की लड़कियों में अभी तक स्वतंत्रता नहीं आई है....मैंने उर्मिला को छोड़कर अन्य किसी में स्वयं रोमासं शुरू करने का साहस नहीं देखा....वे प्रतीक्षा करती रहती हैं कि कोई उन्हें धीरे-धीरे, तहजीबो-तमुद्दन से वशीभूत करे....वे अधिक समय लेती हैं और इस सभ्यता में सब है, समय नहीं है....पुनः स्वप्न का दृश्य बदला और उद्धव को, इला

को तन्मय होकर हेरते पाया..... अरे, यह उद्धव भी गया काम से। इसका तत्वज्ञा चला गया? जो ज्ञान के कोश से प्रतीत होते हैं, वे भी किसी सुंदरी के कंदु जाते हैं....यह नारी कितनी शक्तिसम्पन्न होती है और प्रेरक प्रकृति कितनी प्रबल, कठपुतली–सा नचा रही है....वाह, क्या खेल है....ह, ह, ह।

कृष्णगोपाल की नींद खुल गई। उसने अपने को हंसते पाया था, में इला और उद्धव का बिंब अभी भी शून्य में नाच रहा था। कृष्णजी मुस सोचा—उस इला को फोन कर उसको यहीं बुला लें क्या? उद्धव को भी निमंत्रित कर दोनों का साक्षात्कार हो जाए, फिर जो खेल शुरू हो, उसे जाए। उर्मिला को भी यह रुचेगा, सोचेगी वह कि मैं विलासी नहीं, प्रेमी मित्र हूं, स्थायी हूं, संबंध निर्वाहक हूं.... उर्मिला को बुलाना ठीक नहीं और वह मेरी आत्मस्वीकृति से कहीं जली–भुनी न बैठी हो.... कहीं उसने अपनी तबियत तो खराब नहीं कर ली.... मैं भी कैसा भुलक्कड़ हूं, उसे फोन तक नहीं किया। वह मेरे अन्य नारी मित्रों के वृत्तांत सुनकर अवश्य अपने से लड़ रही होगी, हो सकता है, प्रवंचित अनुभव कर रही हो। वह मुक्तमानस बनती है पर बनने और होने में तो अंतर होता है।

सर्दी की दोपहर थी और उर्मिला तथा इला दोनों अपने कार्यालयों में थीं। कृष्ण ने वहीं फोन किया। उर्मिला फोन पाकर खुश हुई पर उपालंभ में बिफरने लगी—"आपने हिम्मत कैसे की फोन करने की? आप तो सामंती सभ्यता के अवशिष्ट हैं, नवाबी जमाने के मलबे.... दूसरा जुमला आपको अधिक सटीक लगा होगा, नहीं?"

"प्रकृत आधार पर सिर्फ नर और नारी का अस्तित्व होता है, दासप्रथा, सामंतवाद, पूंजीवाद तो बाद की बातें हैं। मात्र संबोधन, आप यदि आधुनिका हैं, सचमुच मुक्त महिला हैं, तो आप साथी की मुक्तता को क्यों बुरा मानती हैं? आपने फोन नहीं किया, स्पष्ट है कि आपकी एकाग्रता में दरार आई है, नहीं?"

"जनाब, आप छोड़िए कयासों को, मैं आपकी क्या परवाह करती हूं, आप किसी के भी रहे हों, मुझे तो आज से मतलब है?"

"यह क्या सच है या आप बोल्ड, वीर बन रही हैं?"

"मैं बोल्ड हूं, थी, रहूंगी.... हां !"

"ऐसा, तो सचमुच आप आजादख्याल हैं, बधाई....मैं तो चिंतित था।"

"चिंता में पेट का अल्सर तो नहीं कर लिया?"

"कर लिया पर उसका कारण आपकी चिंता उतनी नहीं थी, जितने अन्य कारण?"

"ज्यादा गड़बड़ है क्या?"

"बहुत ज्यादा तो नहीं पर कष्ट तो है ही तो भी चिंता न करें, दवा ली है और अभी सपने में आपको देखा, इला को भी।"

"गुड, और किसी को?"

"फिलहाल, आपका बिंब किसी अन्य को ध्यान में आने में नहीं दे रहा.... अन्य बिंब चलती रील पर नहीं हैं। सारी रीलों में सिर्फ आप हैं।"

"झूठे !"

"कसम से, यही सच है।"

"तो, कब मिल रहे हैं?"

"अभी नहीं स्वस्थ होना है। आपकी अनुपस्थिति में आपका बिंब लंगर की तरह हमारी नैया को डूबने नहीं देता।"

"पर आप हिल–डुल तो रहे होंगे या लहरें उतार पर हैं?"

"चंद्रमा सामने न हो तो समंदर में ज्वार नहीं, भाटा रहता है।"

"ऐसा? तो ?"

"आप कहें तो इला को फोन कर लूं....यहां उद्धवजी पधार गए हैं और कविता की डायरी लाए हैं वह।"

"तो आप उन्हें 'नंदनवन' बुला लें, या भेज दें....शाम को हम भी सुन लेंगे उन्हें, क्यों?"

"वह मेरी और आपकी उपस्थिति में खुलेगा नहीं....वह जानता है?"

"आपने बता दिया उसे?"

"बताया तो नहीं है पर वह अनुमान में प्रवीण है और अनुमान न भी किया हो, इला भी तो संकोच में पड़ेगी।"

"हां, सो तो है, तो आप उसे वहीं बुला लें और आप यहां आ जाएं।"

"नहीं, मैं तो अस्वस्थ हूं और उन दोनों के कविता के सत्र में मैं नहीं रह पाऊंगा, मुझे सामाजिक कार्य से जाना है।"

"ऐसा तो आप कब आएंगे?"

"मैं फोन करूंगा।"

"अच्छा, मैं प्रतीक्षा करूंगी, टिल दैन, टा–टा !"

"टा–टा।"

तब कृष्णगोपाल ने उद्धव को फोन किया पर वह उपलब्ध नहीं हुआ। फिर इला को फोन करना व्यर्थ था तथापि उससे चुहुल करने की इच्छा ने जोर मारा। सोचा, इला का मन तो लिया जाए कि वह उद्धव से मिलना चाहेगी या नहीं। इला के नंबर मिलाए, वह फोन पर बुला दी गई।

"हैलो, मैं कृष्णगोपाल, इलाजी हैं?"

"मैं बोल रही हूं...., अहा, आप कृष्णजी, कैसे याद किया....हम तो हर जगह दूसरे नंबर पर हैं, उर्मिला से वार्ता हो गई क्या?"

"हो गई, उनसे पूछकर ही आपको फोन कर रहा हूं।"

"हां, क्यों नहीं, उनसे बिना पूछे, आपका साहस कैसे होता मुझसे बात करने का....सच, आप उर्मिला से इतना डरते हैं, काश, कोई ऐसा मेरा मित्र भी होता, जो मुझसे सहमा हुआ रहता।"

'सहमना तो साथी के प्रति आदर प्रकट करना है, मैं तो आपसे भी डरता हूं।"

"क्यों नहीं, क्यों नहीं....मैं आपकी कौन हूं जो आप मेरे प्रति संभ्रम व्यक्त करेंगे।"

"आप उर्मिलाजी की प्रिय बहिन हैं।"

"यानी शर्त यह है कि मैं उनकी प्रिय बनी रहूं, कभी 'ग्रो' नहीं करूं, बढ़ूं नहीं....जनाब, मैं स्वतंत्र व्यक्ति हूं, यह तथ्य आप कब मानेंगे?"

"आज, आप आज शाम को यहां आ सकती हैं तो सिद्ध हो जाएगा कि आप स्वतंत्र हैं।"

"उस गांधी आश्रम में?"

"जी हां, यहीं।"

"न बाबा, सिसौदिया रानी के बाग में रखिए या किंग्सस्टैच्यू सर्किल पर।"

"ठीक है, सिसौदिया रानी का गार्डन बेहतर रहेगा, नहीं?"

"यह तो आप जानें पर वहां रानी का शानदार बिंब पृष्ठभूमि में रहेगा। मुझे वह अति प्रिय है। वहां ओस और शीत से बचने के लिए भवन भी है, जिसके बरामदे में बैठा जा सकता है, कितने बजे आना है?"

"यही कोई पांच बजे, छुट्टी होते ही सीधे आप पहुंच जाएं, कोई मोटररिक्शा पहुंचा देगा। मेरे आश्रम के पास ही है। मैं पौने पांच बजे पहुंच जाऊंगा, ठीक है?"

"ओ॰ के॰।"

कृष्णगोपाल खा–पीकर आराम करते रहे। अपराह्न उन्होंने उद्धव को पुनः फोन किया। वह घर लौट आया था। विश्वविद्यालय से सीधा घर वापस आकर वह किसी लेख लिखने की मनोदशा बना रहा था कि फोन आ गया। कृष्णगोपाल ने उसे तुरंत चल देने को कहा कि वह स्कूटर पर आश्रम आ जाए, फिर एक जगह चलना है और वह कविता की डायरी साथ लाए, यह विशेष रूप से कहा। गरम पानी से शाम को पुनः स्नान कर कृष्णगोपाल ने वस्त्र पहने और उद्धव की प्रतीक्षा करने लगा। उसके आ जाने पर वे दोनों स्कूटर से सिसौदिया गार्डन पहुंच गए।

वहां संयोगवश राजस्थान गुप्तचर पुलिस शाखा के डी॰ आई॰ जी॰ शेखावत मिल गए। वे परिवार सहित घूमने के लिए आए थे। कृष्णगोपाल ईमानदार अधिकारियों का आदर करता था और शेखावत तेज–तर्रार अधिकारी था, रिश्वत न लेने वाला। वह घर से सम्पन्न था। वह मान के लिए मरता था, नजायज रुपये को मिट्टी समझता था। कृष्णजी ने व्यंग्य किया।

"शेखावतजी, आपको तो वी॰ आई॰ पी॰, विशिष्ट व्यक्तियों की सुरक्षा से ही अवकाश न मिलता होगा.... लगता है, आज कोई वी॰ आई॰ पी॰ नगर में नहीं आया?"

शेखावत हंसा–"यह आप सही कहते हैं, इन ब्लडी अतिविशिष्ट व्यक्तियों के कारण कोई काम नहीं हो पाता।"

"तभी तो राजस्थान में तस्करों की मौज हो रही है...आपको पता है कि वी॰ आई॰ पी॰ लोग भी तस्करी में रुपये लगा रहे हैं?"

"अच्छा? आप नाम बता सकते हैं?"

"अवश्य, क्यों नहीं? मैं तो आपकी खोज में था, सौभाग्यवश, यहां भेंट हो गई ....मैं आपके साथ चल सकता हूं या आप सपरिवार देशभक्त–आश्रम पधारें, कॉफी पी कर पधार जाएं।"

"इस बहाने देशभक्तजी के भी दर्शन कर लेंगे। यही ठीक रहेगा.... इन बच्चों को जरा गार्डन दिखा दें, फिर चलते हैं।"

वे बाग में एक तरफ चले गए। तब तक वहां चहकती हुई इला आ गई किंतु उद्धव को साथ देखकर सहम गई। कृष्णगोपाल हंसा–"यह डाक्टर उद्धव, विश्वविद्यालय में हैं। कवि, लेखक, आलोचक और आप इलाजी, उर्मिलाजी की बहिन, सर्विस करती हैं।"

डा॰ उद्धव ने नमस्कार किया। दोनों एक दूसरे को देखते रहे। कृष्णजी ने परिहास किया–"इलाजी, यहां मिस्टर शेखावत मिल गए हैं। उनसे एक आवश्यक

कार्य है। आप दोनों का परिचय हो गया। शेष पूरा कीजिए और प्रो॰ उद्धव, इलाजी बोर न हों, आप इन्हें कविताएं सुनाएं और खुश करें.... मैं आ सका तो बाद में आ जाऊंगा। न आ सकूं तो इलाजी को सकुशल घर पहुंचाने का दायित्व आपका है। आपके पास स्कूटर है ही, क्यों इलाजी?"

"जब आप हमें छोड़कर जा ही रहे हैं तो आप पधारिए.... मैं मोटररिक्शे से चली जाऊंगी।"

उद्धव ने कहा—"क्यों, मुझ पर विश्वास नहीं है?"

"विश्वास तो है पर मैं स्कूटर पर बैठूं और आप दुर्घटना कर बैठे तो?"

"क्यों, आपके कारण तो दुर्घटना टलेगी, होगी नहीं।"

"ऐसा, मैं समझती थी कि आप होश खो बैठेंगे....ठीक है, आप संयम न खोएंगे; यह तो अच्छा ही है।"

"निश्चय ही, आपको देखकर कोई भी होश खो सकता है....पर, मैं तो बेहोशी में स्कूटर अच्छा चलाता हूं इसलिए आप निश्चिंत रहें?"

सबने अट्टहास किया। कृष्ण, शेखावत की ओर बढ़ गया और इला और उद्धव बाग में पड़ी एक बेंच पर जम गए। वहां कोई भी नहीं था।

अब एकांत था। जैसे प्रथम बार उद्धव ने इला को देखा हो। वह उद्धव की दृष्टि की एकाग्रता से नतशिर हो गई। बोली—"आप रचना सुनाइए डाक्टर साहब !"

"मुझे आप डा॰ साहब क्यों कहती हैं, मेरा नाम उद्धव है।"

"आपका नाम तो ऐसा है कि आपकी गुरु ज्ञान–गंभीरता देखकर आपको गोपियों की तरह खिजाने का मन करता है।"

उद्धव मुस्कराया—"नाम से क्या पर यह तो सच है कि कृष्णजी का सखा, उद्धव तो हूं ही पर मैं उनके द्वारा प्रेषित नहीं हूं कि आपको ज्ञान सिखाऊं और उनके प्रति जो आपके मन में अनुरक्ति है, उससे आपको विरत करूं?"

"मेरे मन में कृष्णजी के प्रति अनुरक्ति नहीं है, मात्र एक चुहुल भरे आदर का भाव है क्योंकि कृष्णजी की अनुरक्ति मेरे प्रति नहीं किसी अन्य के प्रति है।"

"अच्छा? तब तो संभावनाएं हैं?"

"किस बात की?"

उद्धव बोला—"स्वतंत्र रूप से अनुसंधान की।"

"किस बात के अनुसंधान की?"

"देखिए, असली खोज तो इस बात की होती है कि हम खोज क्या रहे हैं?"

इला चहकी—"यह भाषा तो तत्वज्ञान की है। और आप उद्धव हैं ही।"

उद्धव बोला—"आपको ऐसा नहीं लगता कि जो मिलता है, उसके प्रति एक जांच का, एक जिज्ञासा का, एक खोज का भाव होता है?"

इला ने उत्तर दिया—"आपको प्रत्याशा शब्द का प्रयोग करना चाहिए था। आप तो एकेडैमिक—सारस्वत भाषा बोल रहे हैं।"

उद्धव चकित हुआ। सोचा, यह इला तो कामायनी की इला जैसी सुंदरी और ज्ञानवती है, बोला—"मैं अभी आपसे अचानक भेंट के कारण संभ्रम में था।"

इला बोली—"नहीं, वस्तुतः आप यह कल्पना नहीं कर सकते कि कोई नारी सहज

होकर, एक मित्र की तरह किसी पुरुष से मिल सकती है। यदि मेरी जगह कोई पुरुष होता तो आपकी अनुसंधान वृत्ति नहीं जगती।"

इला हंसी, उद्धव उजब–सा ताकता रह गया। फिर वह प्रशंसक दृष्टि डालकर बोला–"यह तो आपने सही कहा, किंतु आप यह तो जानती ही होंगी कि गुरुत्वाकर्षण दो भिन्न लिंगी व्यक्तियों में अधिक होता है।"

"ऐसा क्यों होता है?"

"नेचर–कुदरत यही चाहती है कि वे मिलें, एक हो जाएं....सामाजिकता रोकती है, वरना मुक्त यौन संबंध चल पड़ें जैसे वे आदिम अवस्था में थे।"

"तो जो मुक्तता चाहते हैं, वे क्या आदिम दशा में जाना चाहते हैं।"

"सामाजिकता उन्हें ऐसा नहीं करने देगी क्योंकि मनमानी पूरी तरह चल नहीं सकती, पुनः बच्चे, बूढ़े हैं, पूरा सांस्कृतिक परिवेश है।"

"तो फिर दूसरों का ख्याल करते–करते हम अपनों को वंचित किए रहें?"

"नहीं व्यक्ति को एक हद तक मनोनुकूल अनुभव करने का अधिकार है।"

"किस हद तक?"–और वह इला, इठलाकर विहंसी।

उद्धव बोला–"किसी भी हद तक, यदि मन वैसा चाहता हो, मन सामाजिकता से भी एक हद तक बनता है अतः वह स्वेच्छाचारी नहीं होना चाहता, पर पूरी तरह अंकुशों और निषेधों को वह तोड़ता भी है, आप देख रही हैं कि मर्यादाओं के नाम पर जो सामंत–काल के नियम और निषेध थे, वे टूट रहे हैं...। आज का प्रबुद्ध व्यक्ति स्वास्थ्य की रक्षा करते हुए यौन–स्वातंत्र्य का समर्थक है, यौन या सैक्स के साथ जो पवित्रता या धर्म का जो भाव था, वह अब मात्र नागरिकता या सामाजिकता का बोध रह गया है यानी किसी के साथ अत्याचार, नागरिकता के विरुद्ध माना जाता है, मानवता के विरुद्ध भी किंतु यदि वास्तविक, तीव्र आकर्षण हो, दोनों के मन मिल जाएं तो उनके मध्य अन्य किसी तथाकथित मर्यादा या रोक–टोक को आधुनिक सभ्यता नहीं मानती।"

इला ने कहा–"किंतु मन का क्या ठीक, इस स्वातंत्र्य से कभी मनुष्य, स्वभावतः वर्जित रक्त–संबंधों के भी विरुद्ध जा सकता है, नहीं?"

उद्धव ने समझाया–"जा सकता है पर प्रायः मन स्वतः उधर जाता नहीं है और जहां ऐसे आकर्षण में प्रबलता होती है, वहां ऐसे संबंध हो भी जाते हैं पर वे स्वास्थ्य के आधार पर अवांछनीय माने जाते रहेंगे क्योंकि रक्त–संबंधों का ख्याल न रखने से बीमारियां पनपती हैं, यह वैज्ञानिक तथ्य है। तभी रक्त–संबंधों से बाहर विवाह करने का विधान है किंतु इस विषय में भी बहुत वैविध्य है। मुसलमानों में सहोदर भाई या बहिन के साथ विवाह नहीं होते पर चचाजाद भाई या बहिन के साथ संबंध हो जाते हैं। दक्षिण में हिन्दुओं में भी, मामा–फूफा जैसे संबंधों के मध्य विवाह हो जाते हैं, यह यौन विषय अब धार्मिक न रहकर समाजशास्त्रीय बन गया है और मेडीकल भी.... स्वास्थ्य, संबंधों का आधार है, उसके विरुद्ध कुछ भी संभव नहीं।"

इला ने बिराया–"आप उद्धव की तरह बोल रहे हैं और वह सामने उस वृक्ष पर जो पक्षी कलरव कर रहे हैं, उस युगल को देखिए, क्या स्वच्छंद खेल हो रहा है, जोड़ा कितना प्रसन्न है, फुदक रहा है, गा रहा है और प्रेम कर रहा है, किसी की लज्जा नहीं, संकोच नहीं और अब ये नीड़ बनाएंगे, दोनों और....।"

इला लजा गई और वह नतशिर खिलखिलाने लगी। उस हाव–भाव पर उद्धव मुग्ध हो गया। उसने इला से कहा–"देखिए, इस मनोदशा में यह आकाश, यह अवशीतित करती हवा, यह भवन, रानी सिसौदिया की कथा, यह बारहदरी, यह राजपूती शिल्प, ये कंगूरे, ये छतरियां, यह घास, पक्षियों के शब्द.... ये सब योगदान कर रहे हैं और कह रहे हैं कि हम भी बोलें पर क्या बोलें?"

"यह कि ऐसे प्रसंग की कल्पना करके आपने जो कविता लिखी हो, उसे पढ़ें.... फिर धुंधलका हो गया तो आप मुझे पढ़ने लगेंगे।"

और इला विनोद में उद्धव को बनाती हुई खिल गई। उद्धव ने महसूसा कि उसकी रूक्षताएं झड़ गई हैं, स्वचेतना कहीं अन्यत्र सरक गई है और वह रूपांतरित हो रहा है, किसी ऐसे व्यक्ति में जो भूतपूर्व से भिन्न है.... उसने कविता की डायरी निकाली और पढ़ा–

"मैं वहीं हूं, वहीं
अपनी मौज में हूं
तुम तो अन्यत्र हो, रहो
मैं वहीं प्रतीक्षारत मिलूंगा, तुम्हारे यहां
अदृष्ट अपलक नयन सा
कभी तुम्हारे क्षितिज में
मैं बादल सा बुनूंगा अपने को
तब मेरी घटाओं की घुमड़ देखना
यदि खर–पवन में मैं बिखर भी जाऊं
या, उड़ना ही पड़े मुझे
तो चलते–चलते मैं अपनी मंद्र–मंद्र गरज छोड़ जाऊंगा
और, अपनी बिजली की कौंध
वह जब जुगनूं सी कभी चमके
या, सूखे में भी कोई बूंद गिरे
तो, उसे टांकना अपने वियुक्त अस्तित्व में
फिलहाल, मैं पत्र–सा चल रहा हूं
भवदीय पते की ओर
मैं हवा का एक झोंका, फूलों की सुगंध गंठियाए
बढ़ रहा हूं उसे प्रसाद–सा बांटता हुआ
तथापि एक अजीब उमस सी अनुभूत होती है कभी
या एक अपरिचित उत्कंठा
कभी हृत्पृष्ठ पर कोई अज्ञात लिपि उभरती है कीलाक्षरों में
कभी ऐसा लगेगा जैसे जो आसपास है,
वह संबोधित है आपसे
पर जब वह एकटक होते हुए बोलना चाहता है
तब हकलाने लगता है
तुम उस कूट–संदेश के लोकार्पण के लिए
किसी चंद्रमा से सलाह क्यों नहीं लेते?
जो लता, तुम्हारी बगिया में,

खिड़कियों तक उमंग कर
तुम्हारे शीशे साफ कर रही है,
उससे गुफ्तगू करो
या, अधर में ताको तल्लीन होकर
प्रायः, आकाश अपनी स्लेट पर मर्म वाक्य लिखा करता है
और, अंधकार के साए ठगों की तरह
तुम्हारी अंगुलियां छू दबाकर
रहस्य बता जाते हैं

दिन में धूप की किरनें,
बेआवाज तुम्हारी त्वचा पर
कोई संकेत टंकित करती हैं
और तुम्हारे तन्तु–स्नायु और ऊतक
सनसनाते हैं बेतार के खम्भों से
वह सन–सन बहुत बणी–ठणी और बावदूक होती है
पैर रखने के पूर्व मार्ग से पूछ तो लिया करो
प्रिय, हर एक पदार्थ डाकिया है, तारवाला
मैं दरअसल, तुम्हारे चराचर में विचुम्बित हो रहा हूं
आकर्षण तो अनवरत है सर्वत्र
किंतु तुम कर्तव्यों और दिनचर्याओं के आरे पर
काशी–करबत कब तक करोगे और क्यों?
यह भी दायित्व है कि तुम अश्रव्य बजते हुए
वातावरण को सुनो
गुनो जो घट की गहन गुफा में गूंज रहा है
मैं सत्य हूं बिल्कुल सच्चा और सही हूं
मैं वहीं, मैं वहीं हूं।"

इला कविता सुनकर किसी अनाम लोक में पहुंच गई जहां संपूर्ण परिवेश उससे बतियाने लगा, जैसे प्रत्येक दृश्य और द्रव्य उसे एक ही संदेश दे रहा हो, उसे प्रस्फुटित कर रहा हो, किसी वनस्थली में ठेल रहा हो, जहां किस्म–किस्म के अनंत पुष्प खिले हों और भौंरे गूंज रहे हों, जैसे हवा उसे अंकस्थ कर दुलरा रही हो और विहगवृंदों का वाद्य बज रहा हो....जैसे उसके अंतःकरण में खद्योत चमक रहे हों और उसके हाथों के कपोत उड़ रहे हों, जैसे पदार्थ अपने नए नेत्र से उसे निहार रहे हों और कौतुहल से पूछ रहे हों कि वह स्थगित क्यों हैं... नदी कल्लोल करती एक सनक में सन्ना रही है, बुलबुले उठ रहे हैं और बताशों से फूट रहे हैं.... एक नाव उसके किनारे से लग जाती है और कहती है कि वह इसमें बैठ जाए और लहरों के साथ उड़े जैसे देवदूत आए हों, सिर पर चमकीले सुनहरे किरीट बांधे हुए, चीनांशुक पहने हुए और उन्होंने उसे सादर नौका में पधरा दिया हो और उसने अचानक देखा हो कि कर्णधार उद्धव है जो मनोयोग से नैया खे रहा है और जलों से जैसे उछलते हुए रत्नों की वर्षा कर रहा हो जैसे हंसों के युगल उसकी नौका के आस–पास तैर रहे हों और उनकी अलौकिक ध्वनि इला को सपनीला बना रही हो जैसे किनारे के ऊंचे पहाड़

रंग बदल रहे हों और इला की उपस्थिति से अभिभूत, झुककर अभिवादन कर रहे हों जैसे समूची सृष्टि विकीर्ण हो रही हो, रेशे रंग पृथक हो रहे हों और पुनः जुड़ रहे हों जैसे आसमान तथा किनारे के वृक्ष प्रतिबिंबित होकर उसके साथ चलते हुए हुलस रहे हों जैसे नैया के चारों ओर से पानी की उछालें उसे मोतियों का हार पहना रही हों और गौरइयां उसके कंधे पर बैठ कर गा रहीं हों जैसे जलचर कच्छप, मकर, मत्स्य शत्रुताएं भूलकर बरातियों की तरह सहगमन कर रहे हों और गजलक्ष्मी के गज सूंडों से उस पर कमल के पुष्पों से मिला हुआ जल वर्षा रहे हों जैसे वह नदी में नहीं, अधर में किसी गगनयान में उड़ रही हो और यान सुंदरियां घोषणा कर रही हों कि उसकी यात्रा शुभ हो....इला को लगा कि उसके व्यक्तित्व का अस्तर या प्रतिअस्तित्व खुल गया है और क्षितिज पर इंद्रधनुष उदित हो गया है जो कुछ गुनगुना रहा है जैसे किनारों पर अन्य किसी लोक के दिव्य व्यक्ति खड़े हुए उसे 'साधु--साधु' कह रहे हैं और फूलों की वर्षा कर रहे हैं, तूर्य बजा रहे हैं और अप्सराएं अंतरिक्ष से उतर–उतर कर नृत्य में निरत हैं। उनकी अलापों–मूर्च्छनाओं–गमक और छूम–छना, न–न से उसके शरीर में उत्तुंग तरंगें उठ रही हैं जो एक लय में किनारों से टकराती हैं और पुनः उसमें समा जाती हैं जैसे पृथिवी कांपने लगी हो.... सारे नक्षत्रों ने अपने स्थान छोड़ दिए हों और वे इला के आस–पास दर्शकों की तरह आ लगे हों जैसे....।''

इला अचेत–सी, निकटस्थ उद्धव पर झुक गई। एक प्रगाढ़ आलिंगन हुआ और अधर–अधरों से मिल गए। सूर्य जैसे लजाकर अस्त होने लगा और वायु ठिठक गई। चिड़ियों के झुंड जैसे इस युगल की अद्भुत कथा कहते, चहकते अपने नीड़ों को जा रहे थे। अचानक उद्धव को स्थितिबोध हुआ और उसने अश्लिष्ट होकर कल्पनालोक में विलुप्त इला को जगाया।

''इला, इला जागो दिन थक कर गया और रात्रि अंधेरे का ताना–बाना फैलाने लगी, जागो प्रिय !''

इला जाग्रत हुई। उसने देखा, उद्धव उसे संभाले हुए सावधान कर रहा है। वह चौंक कर सचेत हुई। पुनः लज्जा से लाल हुई और विस्मयविमूढ़ पूछने लगी, ''मुझे क्या हुआ था, मैं कहां हूं और आप कौन हैं?''

तब उद्धव हंसा। उसने कहा–''प्रस्थान बेला आ गई.... आप अब चलें, आप स्वर्ग से धरती पर लौटें, चलना है।''

''कहां, अब कहां चलें?''

''नंदनवन, अपने घर?''

''नहीं, मैं अब वहां जाकर क्या करूंगी? कहीं कोई और जगह नहीं है?''

''कृष्णगोपालजी का आश्रम है, वहां चलेंगी?''

''नहीं, वहां नहीं कहीं और?''

''तो आज नहीं, कभी फिर चलेंगे।''

''फिर कभी नहीं आएगा, यह क्षण।''

''क्यों नहीं आएगा? अवश्य आएगा, जो एक बार आता है तो पुनः आएगा, आता रहेगा। अब चलें?''

इला के मुख पर जो विवशता उभरी, वह अवर्णनीय थी। उसके नेत्रों में अश्रु

छलके और वह खड़ी होकर इस तरह उस उपवन को देखने लगी जैसे वह कोई और बाग हो। उसने अकस्मात् देखा कि रानी सिसौदिया सजी–बजी बाग के राजसी भवन के जीने से छम–छम करती उतर रही है, चढ़ रही है और बाहर आकर इला को बुला रही है। इला ने उद्धव से अलग होकर जैसे किसी सन्न में कहा–"आप जाइए, मुझे रानी बुला रही है। वह अपने लोक में है। मैं भी वहीं जाती हूं।"

"अरे, वह तो प्रेतलोक में है।"

"वह लोक आपके इस भवसागर से मनोरम है.... यहां तो बंधन है, पूरा कारागार है यह....मुझे आप उससे छुटकारा नहीं दिला सकते?"

"नहीं, यह संभव नहीं, कारागार में रहते हुए ही उससे जब–तब मुक्ति संभव है।"

"आ गए न अपनी वास्तविकता पर, आप जाइए.... मैंने असंभव का अनुभव किया है, जो संभव को असंभव न बना सके, उससे मुझे क्या मतलब?"

"मैं वचन देता हूं कि ऐसा ही होगा पर आप कुछ समय तो दीजिए।"

"वह अंतराल कैसे बीतेगा, उद्धव तुम नहीं बदले, मैं बदल गई हूं....तुम एक कामकाजी व्यक्ति हो, जाओ, अपना कार्य देखो....मैं अब लौट नहीं सकती। मैं समझती थी कि प्रेम और रोमांस व्यक्तिगत अनुभव है जो सबको होता है किंतु यह तो व्यक्ति के माध्यम से समष्टि का अपने आयतन में अनुभव है–समूची सृष्टि का सत्संग....अहा, उद्धव पुरुष मात्र उस परिप्रेक्ष्य और उस अनुभव तक पहुंचने का साधन है। तुम एक सीढ़ी हो, बस, मैं बहुत दूर तक पहुंच गई हूं, जहां तुम हो अवश्य पर मेरे साथ तो समूचा ब्रह्मांड है अब–इस जरा–सी पृथिवी में यह शक्ति नहीं कि मुझे अपने तक सीमित कर दे....मैं विराट हो गई हूं, उद्धव !"

"हो गईं न? यही इस मिलन की सार्थकता है, आपको जीने का मर्म मिल गया, पर यह तो शुभारंभ मात्र है, अभी तो कण–कण में अनेक ब्रह्मांड मिलेंगे, हां, इला।"

"अच्छा? मैं तो समझी थी कि, सब पा लिया, देख लिया।"

"नहीं, इला, यह तो आंतरिक तिलिस्म का एक छोर था.... प्रेम एक विचित्रलोक से अनंत तिलिस्मों के द्वार खोलता है और यह जलवा, यह जादू कभी टूटता नहीं ....यह सच है, इला। यह तो कल्पनातीत है। अभी कल्पना का भी अतिक्रमण होगा, तब देखिएगा.... तब लगेगा कि यह कास्मास फैलता है, जैसे ज्यामिति के वृत्त फैलते हैं और उसमें नए आकार बनते हैं, आप पधारें, यहां काल है, दिक है.... आप जहां थीं, वहां न समय था, न स्थान पर यहां ये ही हैं इनसे फिलहाल बचाव नहीं है। आओ, चलते हैं।"

एक करुण निश्वास छोड़कर इला, उद्धव का अनुगमन करने लगी। वह लाचार कठपुतली–सी खिंची हुई चल रही थी।

स्कूटर स्टार्ट हुआ और इला बार–बार कहने पर पीछे बैठ गई। उसने पीछे से उद्धव को यों जकड़ा गोया वह निकलकर भागने की जुगत में हो।

"उद्धव ! अभी तो शाम हुई है। हम कहीं किसी रेस्त्रां में बैठें, कॉफी पिएं ....ओह, खूब याद आया। किंग्स–स्टैच्यू–राजा सवाई जयसिंह सर्किल के आसपास बैठने की जगहें हैं, एकांत भी है वहां।"

"गुड, क्या सुझाव है। रानी ने तो तुम्हें पागल बना दिया था। अब राजा की बारी है। याद रहे, राजा लोग विलासी थे। वह सवाई जयसिंह कहीं मुझसे मेरी इला को न छीन लें?"

इला पागलों जैसी हंसी हंसी। उद्धव घबराया। उसने सोचा कि इसके मतिचक्र, गियर बदल गए हैं, वर्षों से यह अपने को वंचित किए हुए थी। अब यह आज रोमांटिक आयाम में पहुंची है, कहीं उन्माद में न आ जाए। उद्धव ने राजा के बुत के सामने एक बेंच के पास स्कूटर रोका और वे एक पत्थर की बेंच पर जम गए। उसके ऊपर घने वृक्षों की छाया थी। राजा की प्रस्तरप्रतिमा के आसपास भी सड़क पर रोशनी के वृत्त बनाते हुए कारें, स्कूटर और मोटरसाइकिलें गुजर रही थीं। इला ने ताली बजाई– "उद्धव, तुम विश्वास नहीं करोगे, मैंने ऐसा सर्किल स्वप्न में देखा था अंतर यह था कि ये गाड़ियां वहां तरह–तरह की रंगीन रोशनी फेंक रही थीं और वहां राजा की प्रस्तरप्रतिमा बोल रही थी जैसे राजा दरबार में हो और सामने कंचनी का नृत्य हो रहा हो।"

"अच्छा?"

"हां, उद्धव.... तुम तो वही हो, वास्तविकता से बंधे हुए.... किंतु तुमने मुझे कहीं का नहीं रखा.... अब मेरा क्या होगा? तुम बहुत बुरे हो उद्धव, तुमने मुझे क्या का, क्या बना दिया।"

"इला, मैं तुम्हारा मूड खराब नहीं करना चाहता लेकिन तुम होश में हो न अब?"

"वह प्रेम ही क्या जो होश में आ जाए–मैं अब सामान्य ज्ञान की हिसाब–किताबी दुनिया को छोड़ चुकी हूं उद्धव.... अब यह तुम पर है कि मुझे तुम वहां से वापस लाते रहो वर्ना मैं वहीं रह जाऊंगी, वादा करो।"

"मैं वादा करता हूं, किंतु एक वचन तुम भी मुझे दो।"

"वह क्या?"

"कि तुम सनक में मेरी अवज्ञा नहीं करोगी और मैं जो कहूं, करोगी?"

"जो हुकुम, आ गए न पुरुषपन पर, आह, ये पुरुष।"

"इला, मैं कोई सामान्य ज्ञान की बात कहूं?"

"प्लीज नो, मैं जानती हूं, तुम कहोगे कि तुम्हारे ऊपर बहुत कार्यभार है कि तुम एक गृहस्थ व्यक्ति हो, कि तुम्हारी पत्नी रूढ़िवादी महिला हैं कि तुम्हारे बच्चों का पालन तुम्हें करना है कि तुम अधिक व्यय नहीं कर सकते कि तुम्हें अपने नीड़ का निर्माण करना है, बैंक–बैलेंस बढ़ाना है, उसके लिए तुम्हें लिखना है, कार्यक्रम कराने हैं कि तुम्हें कृष्णजी के साथ सामाजिक क्रांति करनी है कि तुम्हें प्रतिभा की स्पर्धा में सर्वोच्चता हासिल करनी है कि तुम्हें महान बनना है, मूर्धन्य, मनीषी, प्रतिष्ठा और पहचान लगातार बढ़ानी है, प्रकाशन कराने हैं, इनाम–इकराम लेने हैं कि.... तुम भी उद्धव एक साधारण व्यक्ति की तरह महत्वाकांक्षा और संग्रहशीलता के शिकार हो। तुम्हारे लिए रोमांस एक मनोरंजन है....कार्य से ऊबे, थक गए तो मुझ जैसी किसी रमणी के साथ लहरें लीं, उसे पागल बनाया और पुनः कोल्हू के बैल की तरह अपनी दिनचर्या में घूमने लगे। तुम तेली नहीं, उसके बैल हो उद्धव और तिलों से तेल निकाल रहे हो और खली भूसे में मिलाकर खा रहे हो....नारी, ऐसों के लिए एक विचलन मात्र है जैसे प्रेम उसका सर्वस्व

न हो, मात्र एक खुजली हो....नहीं, मेरे लिए यह दाद खाज नहीं, मैं किसी के तनाव या उत्तेजना के विरेचन की पात्र हूं....तुम हंसने–खेलने–रमने के लिए मेरा इस्तेमाल नहीं कर सकते, समझे?"

उद्धव ने अट्टहास किया, कहा–"यह तुम ज्यादती कर रही हो। दायित्वों से मुक्ति संभव नहीं, तुम्हारे लिए भी नहीं.... हम तुम, मध्यकाल के कोई सामंत नहीं, न सेठ जो औरों की कमाई पर रंगरेलियां करते रहें.... हमें तो अपने कुएं खोदने हैं और तब पानी पीना है... श्रम ही हमारी जीविका है.... अच्छा, बताओ, तुम कार्यालय में श्रम न करो तो निर्वाह कैसे होगा? इला, हम सिसीफस हैं जिसे चट्टानें शिखर तक पहुंचानी हैं लगातार और फिर वहां से चट्टान को स्वतः लुढ़कने के लिए छोड़कर पहाड़ी से नीचे उतरना है... यह तो अवकाश मिलता है थोड़ा, यही हमारा प्राप्य है या जीवन का वरदान। इसके लिए हम जीवन के प्रति कृतज्ञ हों वर्ना वह यह अवकाश, यह अंतराल भी न देता तो हम क्या कर लेते....बस, दूर से एक दूसरे को देख–रेख कर आहें भरते....जीवन रोमांस नहीं, युद्ध है इला और हम–तुम युद्ध के मध्य आए अंतराल में ही मिल सकते हैं और यह संग्राम समाप्त नहीं हो सकता, जब तब स्थगित हो सकता है.... तुम इसमें हिसाब–किताब कहां पाती हो? यह गणित नहीं, यह तो गवेषणा है, कठोर कर्म है, सतत सांसत है अतएव इला, अंतहीन रोमांस मात्र कल्पना है, यथार्थ यह है कि हम मनुष्य होने की चुनौती स्वीकार करें और उसे गलत न समझ कर उसी के मध्य अपनी निजताओं के निर्वाण का उपाय खोजें।"

"आप शायद सही कहते हैं पर उद्धव मैं इस यथार्थबोध से घृणा करती हूं। सच, यह कितना आत्महत्यारा है, यह दायित्वमय जीवन....क्या यह अभिशप्त दशा नहीं है कि हम मात्र साधनों के लिए जीवन की सारी शक्ति अर्थार्जन और यशार्जन में नष्ट कर दें और अपने लिए सिर्फ छुट्टियों का इंतजार करते जी होम दें... तुम तत्वज्ञानी हो उद्धव, सोचो, ढूंढ़ो कोई विकल्प.... वह गौतम बुद्ध था, उसने संन्यास का मार्ग सुझाया और वह वासुदेव कृष्ण जो निष्काम कर्मयोग सिखा गया। उनसे कोई पूछता कि कामना के बिना काम या कर्तव्य की बात करना परस्पर विरोधी कथन है। असामान्य व्यक्ति बनाकर, निसर्ग का अतिक्रमण करना। जो प्रकृत मन है, उसे रगड़कर, उसके अंशमात्र को संतुष्ट करते हुए तृष्णातीत, कामनातीत होकर जीना, यह जीवनदर्शन नहीं, जीवनातीत दर्शन है....लेकिन, तुम उद्धव हो, तुम सोचो....मेरा वश चले तो मैं....तो मैं तुम्हें और अपने को किसी अन्य प्राकृतिक प्राणी की योनि में ले चलूं और इस मनुष्य की अंतर्विरोधी दुनिया को छोड़ दूं पर तुम्हीं शायद सही हो। मगर तुम असहज हो और मैं सहज, स्वाभाविक।"

और इला उन्मादी हंसी बिखेरने लगी और फिर उदास होकर सिसकने लगी।

मानव–जीवन के लिए इला एक पहेली की तरह प्रस्तुत थी और उद्धव उसे देख–सुनकर माथा टटोल रहा था और इस प्रहेलिका की गूढ़ता पर विस्मित था।

वे परस्पर प्रश्नचिह्न से अपने–अपने निवास को चले गए।

9

तस्करी और अन्य आपराधिक कर्मों में जिन्होंने धन लगा रखा था, उन लोगों की सूची गृहसचिव ने मुख्यमंत्री के सामने रखी। वह पुराना कांग्रेसी घाघ था, मुस्कराया गोया यह कोई बाल–क्रीड़ा हो रही हो। गृहसचिव से पूछा–"यह सूची शेखावत ने बनाई होगी?"

"यस सर, उसी ने.... और उस जैसे और भी आनेस्ट–ईमानदार अफसर हैं।"

"क्यों नहीं, क्यों नहीं?"

"गृहमंत्री को फोन करवाइए, तब तक बाहर बैठिए और शेखावत को यहां भेज दीजिए।"

"जो हुक्म।"

शेखावत सामने आया। सैल्यूट किया और मुख्यमंत्री के संकेत पर कुर्सी पर बैठ गया। मुख्यमंत्री ने पूछा–"इस रहस्य के, जो तुम्हें मिला, स्रोत बता सकते हो?"

"यह तो पुलिस ने अपने सोर्स से जुटाए हैं....पुलिस के अपने रिसोर्स परसन्स या मुखबिर होते हैं जो हमेशा सक्रिय रहते हैं.... उनकी सूंघ का ही यह परिणाम है।"

"तो तुम देशभक्त के आश्रम में क्या करने गए थे?"

"मैं श्रद्धावश चला गया था। वह राजस्थान के गांधी हैं।"

"पर वह प्रशासन में हस्तक्षेप करते हैं, राजनीति में भी.... वे नैतिक शक्ति के प्रतीक हैं पर नैतिकता और सियासत, दो पृथक आयाम हैं, वे टकरा सकते हैं, कभी मिल भी सकते हैं। शेखावत, तुम्हें यह सूची वहीं से मिली होगी या इसके अधिकतर नाम! तुम कृष्णगोपाल के साथ थे, उसी ने यह सूची तुम्हें दी होगी ....तुम जानते हो न कि वह वामोन्मुख, लैफ्टिस्ट लेखक और प्रगतिशील प्रचारक है यानी भीतर से सरकार विरोधी कम्युनिस्टों का फेलोट्रैवलर....इस सूची पर हम गृहमंत्री से बात करेंगे। इसका एक राजनैतिक पक्ष है न, फिर हम इसे कार्यपरिषद में रखेंगे परंतु किनके विरुद्ध जांच की जाए या छापा मार जाए....यह बहुत संवेदनशील विषय है।"

शेखावत ने कहा–"जी हुक्म, लेकिन गुप्तचर पुलिस का यह भी कर्तव्य है कि वह प्रशासन को यह भी बताए कि जनता में, आमोखास में, राज्य सरकार की नैतिक सत्ता कायम रहे....श्रीमन् कांग्रेस की मॉरल–अँथारिटी कमजोर हो चुकी है और लोगों को नेताओं में विश्वास नहीं रहा है कि वे भ्रष्टाचार के विरुद्ध दंडात्मक कार्यवाही करेंगे। राज्य की नैतिक सत्ता की बहाली के लिए यह जरूरी है कि तस्करी, कत्ल, मादक पदार्थों की बिक्री आदि के अपराधों में लिप्त लोगों के विरुद्ध सख्त कार्यवाही की जाए....इससे राज्य की नैतिक शक्ति दृढ़ होगी और जनता के मन में आपकी सरकार की मूल गांधीवादी सत्यनिष्ठा और नैतिक निष्ठा सम्पुष्ट होने लगेगी।"

"तुम्हें ये तर्क भी देशभक्तजी से मिले होंगे....वह तो यही सब बोलते रहते हैं....और उनका चेला वामपंथी कृष्णगोपाल तो उनसे भी ज्यादा कड़वा बोलता है ....सरकार की साख को ध्वस्त करने का यह षड्यंत्र अधिक खतरनाक है, इसे भी रोका

जाना चाहिए, नहीं?"

शेखावत चकराया। यह बूढ़ा बकध्यानी राजा है, मुख्यमंत्री है अतः इससे मतभेद दिखाना हानिकर है पर समर्थन तो नैतिक पतन होगा। उसने राजपूती परंपरा अपनाई।

"सर, सामूहिक मनोविज्ञान की दृष्टि से देशभक्त और कृष्णगोपाल जैसों की हमें जरूरत है क्योंकि जनमानस में ढेर हो रहे आक्रोश को निर्गत करने के ये माध्यम हैं। ये जरूरी है श्रीमन् कि लोग देशभक्तजी को गांधी की तरह, भीतर से देशभक्तजी, जनताजर्नादन का विश्वास सरकार पर जमाए रहेंगे क्योंकि जन जानता है कि देशभक्त जब–जब समस्या को नैतिक बनाकर पेश करते हैं तो सरकार उसे मान लेती है। इससे जनता को यह संदेश जाता है कि राज्यसत्ता मूलतः नैतिक और सत्यनिष्ठ है और वह बड़े–बड़ों को भी, उनके अनैतिक कार्यों की उपेक्षा नहीं करेगी।"

वह वृद्ध मुख्यमंत्री घाघपन भूल गया। राज्यसत्ता का आधार छल–बल नहीं, नैतिक तत्व है जो मूल में है, यह सत्य वह बकध्यानी मुख्यमंत्री जानता था.... कमजकम, ऊपर से यह अवश्य लगना चाहिए कि राज्यसत्ता की बुनियाद सत्य और नैतिकता पर आधारित है.... उसने शेखावत को घूरकर देखा।

"शेखावत, तुम ठीक कहते हो लेकिन इन नैतिक उपदेशकों से भी सावधान रहना चाहिए, ये दुष्प्रचार से सरकार की जड़ें काट डालते हैं और शासन को नंगा कर जनता में सनक फैलाते हैं कि शासन भ्रष्ट है, नेता भ्रष्ट, नौकरशाही भ्रष्ट.... यदि सभी भ्रष्ट हैं तो यह राज्य चल क्यों रहा है?"

"सर, एक्सक्यूजी मी, यह चल नहीं रहा है, चलता–सा प्रतीत हो रहा है ....भद्रवर्ग, उसमें भी सत्ताधीश, बड़े नौकरशाह, ठेकेदार आदि अनैतिक हैं, आय के ज्ञात स्रोतों से अधिक धन संग्रहीत करनेवालों को जब–तक अनावृत नहीं किया जाता, तब तक शासन निर्दोष नहीं माना जा सकता.... तथापि गृहमंत्रीजी आ रहे हैं, आप निर्णय कर लीजिए।"

शेखावत बाहर जा बैठा। गृहसचिव के साथ गृहमंत्री पधार गए।

गृहमंत्री, बकध्यानी मुख्यमंत्री से भी अधिक पाखंडी था। उसे परस्पर विरोधी शक्तियों और व्यक्तियों के टकराने की हालात में प्रशासन चलाना था, बोला—"श्रीमन्, सारा बवाल, देशभक्त के आश्रम से उठा है....मैं जानता हूं कि शेखावत, को सूची उस कम्युनिस्ट कृष्णगोपाल ने दी है जो क्रांतिकारी बनता है....वह देशभक्त को मूर्ख बना रहा है और उसे ब्लैकमेल करवा रहा है.... वहां पता नहीं, क्या–क्या हुआ है, होता है। बेहतर है, देशभक्त के आश्रम के विरुद्ध जांच आयोग बिठा दिया जाए। इस देशभक्त की नैतिक–सत्ता नष्ट हो जाएगी।"

"नहीं, बढ़ जाएगी.... दमन से नहीं, कूटनीति से काम लीजिए वर्ना वह बिगड़ उठा, वह देशभक्त तो चाहे–अनचाहे, राजस्थान को तेलंगाना बनवा देगा....वह देशभक्त अकेले दम पर आश्रम को नक्सली बनने से रोके हुए है वर्ना वह कृष्णगोपाल अब तक कोई 'एक्शनर' करा देता।"

मुख्यमंत्री के स्पष्ट और बलाघातित कथन से पुलिस के, गृहमंत्री के कस–बल ढीले हो गए।

वह गृहमंत्री बोला—"यदि यह सूची मंत्रिमंडल में गई तो वह जगजाहिर हो जाएगी।

इसमें राज्य के राजधानी के बड़े–बड़े दिग्गज लोग हैं, सेठ–साहूकार, उद्योगपति, नेता, नौकरशाह तथा अन्य भद्र लोग.... और यदि इन्हें दुश्मन बनाया गया तो सम्पूर्ण भद्रवर्ग विरोधी हो जाएगा और आरोप लगेगा कि मुख्यमंत्री कम्युनिस्ट हो गया है ....गांधीवादी तरीका यह है कि बुरे से नहीं, बुराई से घृणा करो यानी तस्करादि को मारो नहीं, उनका हृदयपरिवर्तन करो, समझाओ–बुझाओ.... बस।''

मुख्यमंत्री हंसने लगा।

तब गृहमंत्री बोला–''मुख्यमंत्रीजी, क्या संपूर्णतः पतन हो चुका है जो आप पाखंड अपनाकर यथास्थिति बनाए रखना चाहते हैं....आपने लक्ष्य किया होगा कि ये जो धर्म के नाम पर संगठन उभरे हैं, जैसे मुस्लिम लीग, जमात उल इस्लामी, शिवसेना और भाजपा, ये जितने ही दृष्टि में संकीर्ण होते हैं, अनुदार, कट्टर संप्रदायवादी, क्रूर उतने ही ये शास्त्रीय अनुशासन और नैतिक सत्ता के उग्र समर्थक होते हैं, अतएव आप ऐसा करें कि दोनों ध्रुवों –दक्षिणपंथी धर्मोन्मादियों और सबरंगों के वामपंथियों को तथा भद्रवर्ग के ईमानदार वर्गों को संतुष्ट करने के लिए कुछ नाम चुन लें और उन पर एक्शन शुरू कर दिया जाए। इससे लगेगा कि सरकार भ्रष्टाचार विरोधी है और उसकी गांधी–पृष्ठभूमि पुख्ता है। हम लोग मध्यमार्गी हैं सो इससे अपनी परंपरा की रक्षा भी होगी।''

गृहमंत्री की अपनी राजनीति थी। वह नक्कू नहीं बनना चाहता था। उसने मुख्यमंत्री के पास सूची छोड़ दी, कहा कि वह निशान लगा दें। उनके विरुद्ध कार्यवाही कर दी जाएगी। इस अवसर पर मुख्यमंत्री यह भी घोषणा कर दें कि सूची लम्बी है सो अभी थोड़े आरोपित लोगों की जांच की जाएगी। बाद में क्रमशः सभी पर एक्शन लिया जाएगा।

यही किया गया। राज्य में हल्ला मच गया। बड़े भ्रष्टों पर छापे पड़ने लगे, उनकी सम्पत्ति के विवरण तैयार किये जाने लगे। आयकर विभाग तथा विदेशी हेरा–फेरी रोकने वाले अधिकारी सक्रिय हो गए। जिन्हें अपेक्षाकृत सत्यनिष्ठ माना जाता था, उन्हें छापामारी के लिए भेजा गया, बेईमान अफसरों को इस काम में लगाया गया कि वे यह देखें कि जिनके विरुद्ध एक्शन लिया गया है, उनमें जो अपने आदमी हैं, उन्हें कैसे बचाया जाएगा या यह कि उनका कम से कम नुक़सान हो।

पुलिस ने गृहमंत्री के संकेत पर यह रहस्य अखबारवालों को बता दिया कि यह सब जो हो रहा है, इसकी खबर कृष्णगोपाल ने गुप्तचर पुलिस अधिकारी को दी थी। अखबारवालों में छुटभइए तो कृष्णगोपाल का समर्थन करते थे पर मालिक अधिकतर विरुद्ध थे क्योंकि भद्रलोक के हृदय में कृष्णगोपाल व्यंग्यबाण की तरह बिंधा हुआ था। कृष्णगोपाल को आग लगाने वाला, भेदखोलू, पुलिस का मुखबिर, भद्रजन विरोधी, कम्युनिस्ट, धनी–मानी लोगों का शत्रु, क्रांतिकारी कम्युनिस्ट, इंकलाबी नक्सलपंथी और गांधीवाद, धर्म और ईश्वर का ध्वंसकर्ता, विदेशी सत्ता का एजेंट, विधि–व्यवस्था का विरोधी, अराजक आदि विशेषणों से दागा गया। मजा यह कि प्रगतिशीलों और जनवादियों ने भी कृष्णगोपाल को आलोचना का लक्ष्य बनाया क्योंकि कृष्णजी कम्युनिस्ट और उनके साथियों की सरकारपरस्ती, सुविधाभोग आदि विचलनों पर व्यंग्य बरसाते थे और वक्तव्य भी देते थे, लिखते–लिखाते भी थे। इसलिए जनपक्षधरों में भी जो कृष्णगोपाल से खुन्नस खाए हुए थे, उन्होंने

कृष्णगोपाल को नष्ट करने का मौका हाथ में तो ले लिया और नाना प्रकार का दुष्प्रचार कृष्णगोपाल के विरुद्ध होने लगा.... भद्रलोक के जो लोग पकड़े गए थे, उनके गुंडे कृष्णजी को घेरने लगे। पूरा शहर कृष्णगोपाल के लिए असुरक्षित होने लगा।

देशभक्तजी को, उनके विश्वसनीय स्रोतों से सारे समाचार मिल गए। उन्होंने कृष्णगोपाल को बुलाया और संकेत दिया कि उनका आश्रम सरकार के संदेह के घेरे में आ गया है, इस कारण वह सावधान रहें और कोई उत्तेजक या व्यंग्यवेधक वक्तव्य न दें– "अब यहां गुप्तचर तरह–तरह के रूप भर कर आएंगे। संभव है कि मोहन ठाकुर के केस की गवेषणा शुरू हो जाए। वह रामदेई कहां है?"

"वह तो सपरिवार करणी माता के दर्शन को गई हुई है।"

"ठीक है, वह वापस हो जाए तो मुझसे मिलवाना और आप दिल्ली चले जाएं, कुछ समय के लिए तो अच्छा रहेगा।"

"आप मेरी चिंता न करें, मैं जेल जाने से नहीं डरता।"

"आप सरकारी तंत्र की क्रूरता को नहीं जानते.... आप शासन के लिए खतरा बन गए हैं.... वे जेल न भी भेजें पर जिन बड़े लोगों के विरुद्ध कार्यवाही हो रही है, वे किसी अपराधी से आपकी हत्या करा सकते हैं।"

"जिस आदमी में जरा भी गैरत होगी, वह इस दशा में जीवित क्यों रहना चाहेगा?"

"शहीद होने का कोई कारण नहीं, आपने एक चेतना पैदा की है, वह बुझ जाएगी.... मरने से तो मारना अधिक जनहित में है और मारने के लिए यह जरूरी है कि यह जो भद्रवर्ग के विरुद्ध एक्शन हो रहा है, वह पूरा हो और जो शेष हैं, उनके खिलाफ भी जांच शुरू हो। इसलिए आपका अस्तित्व आवश्यक है.... न हो तो आप दिल्ली चले जाइए, वहां आपका घर है ही।"

कृष्णगोपाल सोचने लगे– "ठीक है दादा, मैं चला जाऊंगा, लेकिन अपने विरुद्ध विषवमन करने वालों का मुंहतोड़ जवाब देने के बाद।"

"नहीं, आप समझ नहीं रहे हैं, यह जरासंध का आक्रमण है, कृष्णजी ऐसी ही दशा में 'रणछोड़' बने थे, आप भी पलायन कर जाइए। मामला ठंडा होने पर देखा जाएगा।"

"ठीक है, एक–दो दिन में चला जाऊंगा। अपने पक्ष के स्रोतों को सक्रिय करना है।"

"अच्छा, ऐसा ही करें पर सूर्यास्त के पहले ही घर आ जाएं।"

"ठीक है।"

कृष्णगोपाल 'प्रतिरोध' के कार्यालय में गए। वहां उसने चतुरानन को फोन किया। वह बोला— "गुरुवर आप चिंता न करें, शहर के कई पत्रकार, बुद्धिजीवी, लेखक आज शाम सभा कर रहे हैं जिसमें सरकार की पोल खोली जाएगी और आपके विरुद्ध जो हो रहा है, उसकी भर्त्सना की जाएगी।"

"मैं सभा में शामिल होना चाहता हूं।"

"नहीं, हम आपका काम डा॰ उद्धव से लेंगे।"

"तब वह उद्धव भी फंस जाएगा। नहीं, मैं स्वयं इस सारे कांड पर बोलना चाहता हूं।"

"नहीं, आप अपने लिए तो जीवित हैं नहीं, आपका समर्थन, नागरिक करें तब है।"

"जो पर्चा तैयार किया गया है, वह मुझे देखने को मिल जाता तो मैं उसमें घटा–बढ़ा सकता था।"

"वह सब हो जाएगा, आप तो विभिन्न समाचार–एजेंसियों में जो आपके हितैषी हैं, उन्हें फोन कर दें, बस.... हम इस भ्रष्ट सरकार के दमनचक्र को नंगा कर देंगे, आप तो बस देखते जाइए।"

"देशभक्तजी कहते हैं कि मैं रणछोड़ बनकर दिल्ली चला जाऊं या कहीं अन्यत्र छुप जाऊं?"

"आप यहीं रहिए ताकि आपसे सलाह–मशवरा हो सके पर सावधान रहिएगा। आपके शब्दों में नगर के पकड़े गए भद्रजन अभद्रता पर उतर सकते हैं और सरकार चाहती है कि ऐसा ही हो।"

"ऐसा? चतुरानन, तुम अकेले क्या–क्या करोगे.... छोड़ो, मेरा क्या है, मुझे यह संतोष तो है ही कि कुछ कर सका।"

"गुरु, आपने बर्र के छत्ते में जब हाथ डाल ही दिया है तो अब तमाशा देख लीजिए कि कौन क्या है और थोड़ा दंश भी झेलिए।"

"ठीक है तो सभा समाप्त होने पर तुम समाचार तो दोगे न?"

"फुरसत मिलने पर, तब तक कविता लिखिए या.... या, मौज कीजिए.... सुना है, युद्धकाल में रोमांस का स्वाद बहुत तीव्र हो जाता है, गहरा।"

और हंसते हुए चतुरानन ने फोन बंद कर दिया।

कृष्णगोपाल नहा–धोकर, खा–पीकर दोपहर को विश्राम करने लगा पर दिमाग में घटना किर्–किर् कर रही थी। नींद नहीं आ रही थी और भविष्य में क्या–क्या हो सकता है, इसके चित्र–चेतना में चल रहे थे। उसकी आत्मा तो संतुष्ट थी पर मन में भय की लहरें उठ रही थीं। नींद न आने पर वह उठा और एक मोटररिक्शा कर गिरिधर के यहां पहुंचा। वहां संयोगवश वह प्यारेलाल भी मिल गया। कृष्णगोपाल की भृकुटि तन गई।

"क्यों प्यारेलाल, तुमने रामदेई के साथ बड़ा घिनौना बर्ताव किया, क्यों?"

"मालिक, मेरा दिमाग खराब हो गया था साब.... वह रामदेई है ही ऐसी ....सोचा कि उस पर बलात्कार तो हो ही चुका है, शायद वह मुझे मंजूर कर ले पर वह तो सीता--सावित्तरी निकली और इस कुकरम की सजा मुझे यह मिली कि मुझे इस गिरिधर ने बहुत मारा है। मुझे रामदेई को बहिन कहकर उसके पैर पकड़ने पड़े और उसने मेरे हाथ में राखी बांध दी साब.... मैं अब उसका राखीबंध भाई बन गया हूं।"

"तुम्हारा क्या ठीक है कि तुम इस पावन रिश्ते को निभाओगे? तुमने बाबा देशभक्त की आन नहीं मानी जिन्होंने तुम्हें जीविका दी, तुम्हारी रक्षा की, धिक्कार है?"

"साब, मैं बहुत सरमिंदा हूं, आप बाबा से माफी दिलवा देना मालिक, वर्ना मैं यमदूतों को मुंह कैसे दिखाऊंगा।"

और प्यारेलाल ने कृष्णजी के पैर पकड़ लिए। कृष्णजी द्रवित हो गए।

"अच्छा, अब भविष्य में ऐसा मत करना और अब रामदेई का विवाह होने जा रहा है।"

"क्या? उसको वर मिल गया क्या?"

"करणी माता की पूजा के लिए वह गई है, विवाह हो ही जाएगा।"

"चलो, झंझट कटा। यह बढ़िया समाचार है मालिक कि मेरी मुंहबोली बहिन का ब्याह होने जा रहा है।"

फिर वह प्यारेलाल, गिरिधर को वार्ता का अवसर देने के लिए बाहर चला गया।

कृष्णगोपाल गिरिधर से देर तक बतियाता रहा। गिरिधर सुनता रहा। पुनः बोला—"गुरु, अब आप पर खतरा है। यह अच्छा है। अब हम काम छोड़कर आपके साथ रहेंगे। आज तो आपको खीर खिलाने का मन हो रहा है.... आप बैठिए, मैं अभी आया।"

गिरिधर रोकने पर भी नहीं माना। उसने अपने घर गाढ़ी खीर बनाने को कहा और प्यारेलाल को मेवा खरीदने के लिए बाजार भेज दिया। कृष्णगोपाल गिरिधर के तख्त पर लेट गए और आश्चर्य यह कि उनकी आंख लग गई। वह शाम तक सोते रहे। गिरिधर ने उन्हें जगाया नहीं। गिरिधर तब तक भंग घोंटता रहा और जब संध्याकाल, कृष्णगोपाल जगे तो गिरिधर गाढ़ी छनी विजयाभवानी का लोटा और गिलास ले आया। कृष्णगोपाल ने मना किया। किंतु आज गिरिधर ने आग्रह कर, अपनी शपथ दिलाकर उन्हें भंग पिलाई और फिर पात्र लेकर वह घर चला गया।

कृष्णगोपाल ने नित्यकर्म किया और चिंतित होकर गिरिधर को बुलाकर कहा—"मुझे जाना चाहिए, दादा बिगड़ेंगे। उन्होंने मुझे सावधान रहने को कहा है कि बाहर रात में लौटना खतरनाक है।"

गिरिधर लापरवाही से हंसा। "गुरु जब तक मैं हूं किसी साले की हिम्मत नहीं कि आपका कोई बाल बांका कर सके....अब आप जम कर खीर खाइए, हम आपको छोड़ आएंगे।"

खाते-पीते सूर्यास्त हो गया। धुंधलका छा जाने पर कृष्णगोपाल उठा और चलने लगा। गिरिधर ने मोटरसाइकिल निकाली। कृष्णगोपाल को पीछे बिठाया और प्यारेलाल से कहा कि वह स्कूटर से पीछे चले। गिरिधर के स्कूटर को स्टार्ट कर प्यारेलाल उनके पीछे लग गया। भीड़-भभ्भड़ में गति धीमी थी। आश्रम अभी दूर था।

शीत हवा का झोंका लगते ही भंग ने रंग दिखाना शुरू कर दिया.... झोंक में कृष्णगोपाल की बोधवृत्ति के गियर बदलने लगे.... उन्हें प्रतीत हुआ कि मथुरा पर जरासंध के आक्रमण के जवाब में कृष्ण अपने लौहरथ पर सवार हैं और सारथी रथ हांक रहा है। वह कृष्ण सुदर्शन चक्र अनामिका उंगली में डाले घुमा रहे हैं जबकि वह केवल अनामिका से हवा में आकार बना रहे थे। तरंग में सुदर्शन चक्र फेंकने के क्षण में कृष्णगोपाल ने पूरा दांया हाथ घुमाया और हुम की ध्वनि की। गिरिधर मोटरसाइकिल का संतुलन खोने लगा। बच गया, बोला--"गुरु, आप कहां हैं?"

"वह ब्लडी जरासंध मथुरा पर चढ़ आया है सो उस पर सुदर्शन चक्र चला रहे थे हम, तुम्हारा लौहरथ डगमगा गया क्या?"

"गुरु, एक्सीडेंट होते-होते बचा....यह मोटरसाइकिल है, आपके द्वापर का रथ

नहीं और जरासंध का आक्रमण हुआ नहीं है, पर हो सकता है?''

गिरिधर खिलखिला रहा था पर कृष्णगोपाल बढ़ते अंधकार की आहटें सुन रहा था और उसके स्पर्शों से सिहरनें ले रहा था। कृष्ण ने नजर अधर में उठाई, उन्होंने पाया कि तारामंडल नहीं, उनकी चमकदार सेना का प्रत्यूह है....पुनः वह चलती हुई मोटर साइकिल उन्हें गरुड़ सी जान पड़ी। वह गिरिधर को गरुड़ समझकर रहस्यमय स्वर में बोले–''गरुड़जी, आप इतनी तीव्रता न दिखाएं, दैत्यगण हमें घेरे हुए हैं और हम अकेले हैं, पक्षीश्रेष्ठ, आप सावधान रहें।''

गिरिधर मुस्कराया। वह समझ गया कि गुरु कृष्ण इस समय कलियुग में नहीं द्वापर में हैं और उसे गरुड़ समझ रहे हैं। उसने भी दिल्लगी में कहा–''हे गरुड़गामी विष्णो ! हम सावधान हैं और आपका प्यारेलाल नाम का सेवक असुर भी सावधान है।''

''प्यारेलाल? यह कोई छद्म नाम सा लगता है, यह द्वापर है, 'प्रियलाल' तो हो सकता है, गरुड़, तुम अपभ्रंश बोल रहे हो।''

गिरिधर ने एक कहकहा लगाया और कहा–''हे जनता जर्नादन, दीनबंधु कृष्णजी, यह आपका प्रह्लाद है, यह दैत्य प्यारेलाल, आपका भक्त यों यह किसी हिरनाकुस (हिरण्यकशिपु) का पुत्र है, यह प्रह्लाद दानव !''

अट्टहास के वेग में गिरिधर ने मोटरसाइकिल धीमी की पर कृष्णगोपाल तरंग में बार–बार परिप्रेक्ष्य बदलकर दृश्य देख रहे थे। उन्हें लगा कि अंधेरे के सर्पपुत्र उनके शरीर से लिपट रहे हैं और उन्हें काट रहे हैं। उन्होंने एक हाथ से उन्हें हटाया। पुनः कृष्ण ने आकाश के नक्षत्रों को उत्सुक पाकर बड़बड़ाहट की–''कमाल है, ये सितारे हमारे संवेदन के खजाने खोद रहे हैं अपनी चमकदार छुरियों से पर गिरिधर, इन नक्षत्रों को पता नहीं कि उन्होंने खुदाई के लिए गलत जगह चुनी है....मैं ऐसा ध्वंसाविशिष्ट हूं, जिसमें कोई निधि नहीं है। मात्र कीड़े–मकोड़े–बर्र, ततैये–बिच्छू और सर्प छिपे हुए हैं, पर ये चमकीले आंखों वाले तारे, उत्सुक बच्चों की तरह समझते हैं कि मेरे भीतर पुरातात्विक चमत्कार छिपा है सो वे अपनी रोशनी के नेजों से मुझे बेध रहे हैं.... कृष्ण ने अनुभव किया कि बढ़ते शीत में वायु के झोंकों की मार से उन पर प्रहार करवाया जा रहा है। उन्होंने हवा को हड़काया–''हनुमान, पवनपुत्र, तुम इन अपने पाशों को समेटो.... पवनपाश में हमें बांधा जा रहा है और बढ़ती ठंड में मैं तुम्हारी चाबुककशी से क्लांत हूं.... तुम तो विष्णुभक्त हो महावीर, हवा की रस्सियों को समेट लो, वे मुझे मार रही हैं, ये हवा की रस्सियां, बजरंगबली, तुम कहां हो?''

कृष्णगोपाल ने देखा कि रात्रि की काली साड़ी पर ताराओं के प्रकाश की श्वेत सुइयां चल रही हैं और बेलबूटे बन रहे हैं। उन्होंने उन बेलबूटे काढ़नेवाली को टटोलना चाहा पर वहां कोई नहीं था, ढूंढ़ता हाथ गिरिधर के कंधे से टकराया। कंधा मजबूत था। कृष्ण को लगा कि यह उनके सहोदर बलराम का वृषभस्कन्ध है। उन्होंने उसे थपथपाया और कहा–''दाऊ बलराम ! सावधान, आपको बल का अहंकार है भाई पर सौ के आगे शक्ति क्या कर सकती है? जरासंध की असंख्य सेना के सम्मुख कृष्ण–बलराम भी कुछ न कर सके और मथुरा से भाग छूटे, रणछोड़ कहलाए....अतएव, हे शेषनाग के अवतार बलराम, आप सुनें, आगे भय है .....जरासंध ससैन्य आ रहा है, सावधान।''

....और तभी, कृष्णगोपाल पर आक्रमण हुआ। वे कई थे और उन्होंने मार्ग अवरुद्ध कर रखा था। गिरिधर को कृष्ण ने कहा, "सावधान, जरासंध सामने है....दायीं ओर सड़क के नीचे उतरो, दौड़ो और चक्कर काटकर अवरोध को पार कर जाओ ....वे कई हैं, बलराम, दायीं ओर....।"

अचानक गिरिधर ने कृष्ण की सूझबूझ की मन ही मन सराहना करते हुए सड़क के दायीं ओर मोटररसाइकिल तेजी से उतारी और यही उस प्यारेलाल ने किया। फिर आगे बायीं ओर मुड़कर वे पुनः सड़क पर आ गए और दौड़ शुरू हो गई। वे पीछे थे, एक जीप थी, मोटर साइकिल भी.... दौड़ में गिरिधर और प्यारेलाल दूर तक अग्रगामी रहे पर जीप जीप थी.... अंततः वे फायर की रेंज में आ ही गए। जीप से गोली निकली पर निशाना चूक गया और तब गिरिधर बोला।

"गुरु मुझे जकड़ो, सड़क पर अब बच नहीं सकते.... दायीं ओर कुछ दूर पर ईंटों का भट्टा है जहां अपने परिचित लोग हैं....वे ही प्राण बचा सकते हैं।"

कृष्णगोपाल ने गिरिधर को पीछे से कसकर पकड़ा। गिरिधर ने अचानक दायीं तरफ मोड़ ली और एक जंप के साथ मोटरसाइकिल नीचे मैदान में दौड़ने लगी, प्यारेलाल ने भी यही किया। इस बीच एक दो फायर हुए पर संयोगवश कुछ नहीं हुआ। इस अकस्मात् मोड़ से वे ठिठके, एक बोला—"गिरिधर, ईंट के भट्टे के पास जा रहा है, वहां उसके परिचित हैं, वह आज तो हाथ से निकल गया फिर देखेंगे।"

"बचाओ, डाकू–चोर बदमाशों से हमें बचाओ, आओ, मैं गिरिधर चौधरी.... आओ आ जाओ बाश्शाहो।"

ईंट के भट्टे वालों ने सुना तो वे जो हाथ में मिला, उसे लेकर भागे। तब तक गिरिधर वहां पहुंच गया। गाड़ी खड़ी कर कृष्णगोपाल को वहीं रुकने की विनती कर गिरिधर और प्यारेलाल तुरंत अंधकार में पैदल उन आखेटकों की ओर दौड़े ....बदमाशों की जीप और मोटरसाइकिल, जिधर से आई थीं, उधर मुड़ने लगीं, तब गिरिधर ने ललकारा—"अब बराबरी है, मां के जाए हो तो आ जाओ, सालो, छिपकर वार करते हो....तुम अपराधी हो बदमाशो, दम हो तो आओ....।"

गालियां बकते, चुनौती देते, गिरिधर, प्यारेलाल और उनके परिचित लोग झपटते गए किंतु अपराधी भट्टे वालों की भीड़ देखकर भाग लिए। भट्टेवालों ने पूछा कि ये आक्रामक कौन थे, गिरिधर ने बताया कि हमारे गुरु कृष्णगोपालजी ने मोटे लोगों के नाम पुलिस को दे दिए हैं, तस्करों के नाम.... सो, वे हमारे गुरु कृष्णजी को खलास करना चाहते हैं.... आज तो कन्हैयाजी ने ही बचाया, वे निशाने चूक गए, वर्ना हम इस समय तक बैकुंठ में हरिलीला में शामिल हो गए होते?"

सब हंसे। तब तक गिरिधर ने देखा कि वह प्यारेलाल नहीं दीख रहा है। क्या वह पकड़ा गया? कहीं वह अति साहस में उस गिरोह के पीछे तो नहीं चला गया? स्कूटर खोजा गया पर वह वहां नहीं था। अब उस प्यारेलाल की चिंता ने नयी सनसनी पैदा कर दी। वह क्या इतना मूर्ख था कि एक स्कूटर से जीप और मोटर साइकिल का पीछा करने चला गया? निश्चय ही वह कृष्णगोपाल को अपनी कारगुजारी दिखाने गया है, उसकी नजर में ऊपर उठने, यह दिखाने कि वह

नराधम न्हीं है, उसमें भी मनुष्यता और साहस है....। अब प्रश्न यह था कि उसका पीछा किया जाए या प्रतीक्षा की जाए? पीछा करना भयंकर था, भट्टे वालों पर लाइसेंसी हथियार थे, दोनों ओर से गोली चलती, यह तय था। तब कृष्णगोपाल ने राय दी कि वे विधिविरोधी काम न करें, दो तगड़े जवान पुलिस–थाना जाएं, मैं साथ जाता हूं....पुलिस उन भागते बदमाशों को पकड़ सकती है और आप लोग यहीं प्रतीक्षा करें क्योंकि बदमाशों की मदद के लिए उनके साथी आ सकते हैं, रात का मामला है. ... चलो गिरिधर थाने चलें।

दो मोटरसाइकिलें चलीं और आध घंटे में वे पुलिस स्टेशन पहुंच गए। वहां कृष्णगोपाल ने अपना परिचय दिया। थानेदार उन्हें जानता था। लिखित रिपोर्ट पाकर सहायक पुलिस इंस्पेक्टर के नेतृत्व में एक जीप तथा मोटरसाइकिलों पर पुलिस दस्ता सक्रिय हुआ और एक बार पुनः दौड़ शुरू हुई।

....वह प्यारेलाल, अपना स्कूटर दाबे हुए हवा की गति से उन जीप और मोटर साइकिल वालों के पीछे लग गया, संकल्पबद्ध और निडर....उसे अपनी साख की चिंता थी, प्राणों की नहीं....वे दौड़ते रहे और वह प्यारेलाल, कुछ दूरी बनाए पीछे लगा रहा। पुनः वे एक–दो मोड़ काटते हुए एक विशाल बंगले की ओर मुड़ गए। जिसके फाटक खुले हुए थे पर वे जब भीतर चले गए तो फाटक बंद हो गए थे।

प्यारेलाल जानता था कि उसको वहां न पाकर वे भट्टवाले, गिरिधर के साथ बदमाशों का पीछा करेंगे या पुलिस को खबर करेंगे इसलिए वह अपराधियों के निवास का पता पाकर पीछे लौटा और जहां से मोड़ों के बाद वह सूनी सड़क शुरू होती थी, उस पर कुछ दूर चलकर खड़ा हो गया और एक ओर करके स्कूटर बंद कर दिया।

प्यारेलाल का अनुमान सही निकला। पौन–एक घंटे बाद, पुलिस का दस्ता धड़धड़ाता हुआ आया। प्यारेलाल, बीच सड़क पर आया और उसने रुकने का संकेत किया। पुलिस पार्टी की जीप रुक गई, मोटरसाइकिलें भी।

"मैं प्यारेलाल, कृष्णगोपालजी का चेला और गिरिधर चौधरी का साथी....मैंने बदमाशों के ठिकाने का पता लगा लिया, मुझ पर यकीन किया जाए।"

सब–इंस्पेक्टर जीप से उतरा। उसने जल्दी–जल्दी प्यारेलाल का बयान नोट किया, उसका पता लिखा और उसे कहा--"तुम पुलिस की निगाह में हो प्यारे, तुम भी छंटे बदमाश जान पड़ते हो लेकिन इस वक्त तुम पुलिस की मदद कर रहे हो, अगर तुम्हारी वजह से पुलिस अपराधियों तक पहुंच गई तो हम तुम्हारी मदद करेंगे।"

प्यारेलाल ने सलाम किया, और बोला–"आप जल्दी करें साब, मेरे पीछे–पीछे बिना शोर किए आएं।"

प्यारेलाल ने वह बंगला दिखा दिया। पुलिस वाले दरवाजे पर चढ़ गए और उसका ताला उड़ा दिया। उन्हें परिसर में एक जीप और मोटरसाइकिल मिल गई। तब पुलिस ने मेनगेट की घंटी बजाई। कोई उत्तर नहीं मिला। तब साहसी पुलिस अधिकारी ने वायरलैस से उच्च अधिकारियों से संपर्क किया। उधर से जवाब आया कि घेरा डाले रहो, और कोई बाहर निकले तो गिरफ्तार करो, न माने तो उसे घायल करने के लिए फायर करो। तब तक हम पहुंचते हैं।

जब तक बड़ा पुलिस दस्ता वहां नहीं आया, वह बंगला घिरा रहा। कोई व्यक्ति बाहर नहीं आया। कुछ देर बाद लगभग आधी रात तक पुलिस हैड क्वार्टर से बड़ा पुलिस दल आ गया और उसने घर–घेर कर आदेश दिया कि जो इस बंगले में हो वह समर्पण कर दे वर्ना हमला होगा।"

कोई नहीं निकला, तब मुख्य गेट को तोड़ने और छतों पर चढ़ने के प्रयास हुए और पुलिस गनें ताने हुए उस बंगले के वृक्षों में भटकती रही। वहां एक चिड़िया भी नहीं थी? यह आश्चर्य का विषय था। गुप्तचर शाखा के जानकार ने कहा–"सर, स्पष्ट है कि इस बंगले से किसी जगह को सुरंग बनाई गई है और उसी से मकान–मालिक तथा बदमाश लुप्त हो गए हैं, वह गुप्त मार्ग इसी बंगले में होगा, खोजा जाए.... और वह भी जल्दी।"

अंततः वह गुप्त मार्ग मिल गया। तेज टार्चों के साथ कुछ चुने हुए सिपाही और एक अधिकारी सुरंग में उतर गए...यह खतरनाक था क्योंकि अपराधी सुरंग में फंसे हुओं को उड़ा सकते थे और यही हुआ भी। सुरंग के अंत में जब वह पुलिस पार्टी बाहर निकलने को हुई, तब अपराधियों ने हथगोले फेंके और वे पुलिसवाले वहीं ढेर हो गए।

सन्नाटा बढ़ता देखकर पुलिस वाले परेशान हुए पर वे कुछ नहीं कर सकते थे। निदान, यह तय हुआ कि आसपास के बंगलों की जांच की जाए क्योंकि सुरंग आसपास ही गई होगी सो पुलिस वाले बंगलों की पड़ताल में लगे।

रात असमंजस, तनाव, उत्सुकता में बीती। उधर से भट्टेवाले, गिरिधर और कृष्णगोपाल प्रातःकाल तक वहीं पूछताछ कर आ गए। वहां प्यारेलाल ने सारा हाल बताया। गिरिधर ने उसकी पीठ ठोंकी और कृष्णगोपाल ने शाबाशी दी।

पुनः जो होता गया, उसे कृष्णगोपाल ने दुःस्वप्न के रूप में देखा जैसे वह सब नेपथ्य में कहीं दूर घट रहा हो। सुबह होते ही वहां वह बंगला पुलिस छावनी बन गया था। बदमाशों के पीछे सुरंग में फंसी पुलिस पार्टी की कुछ लाशें और कुछ बेहोश, अंग–भंग सिपाही मिले, सहायक दरोगा बच तो गया था पर वह विकलांग हो चुका था। घायलों को अस्पताल और मुर्दों को शवगृह में भिजवाया गया।

अब स्थिति गंभीर हो गई थी और पुलिस बदले के गश में, गुस्से से होंठ चबा रही थी पर अपराधी पकड़े नहीं जा सके थे।

चतुरानन और अन्य पत्रकार आन जुटे थे। कृष्णगोपाल से मिलकर चतुरानन किलक उठा।

"गुरु दी फतेह ! अब आपका कोई कुछ बिगाड़ नहीं सकता और अब सत्ता–सेठ–तस्कर और उनके गिरोह एक्सपोज हो जाएंगे, बोलो कृष्णगोपाल की जय !"

चतुरानन ने पुनः पूछा–"चोट तो नहीं लगी गुरुवर !"

"बच गए, धन्यवाद पर कुछ भी हो सकता था, गिरिधर और प्यारेलाल की तारीफ होनी चाहिए।"

"जरूर होगी।"

पुलिस कार्यवाही चलती रही। अपराधी नहीं पकड़े जा सके किंतु सुरंग का अंतिम सिरा मिल गया था। वह एक मकान में था। उस मकान के लोगों से पूछताछ हुई। संदेह बढ़ा, इस कारण उन्हें पकड़ लिया गया। एक पुलिस पार्टी वहां छोड़कर सबको कोतवाली लाया गया और पूछताछ शुरू हो गई। कृष्णगोपाल,

गिरिधर और प्यारेलाल के बयान रिकार्ड करने के बाद उन्हें छोड़ दिया गया। देशभक्तजी भी तब तक आ गए थे। वे अपनी जिम्मेदारी पर तीनों को छुड़ा लाए। प्यारेलाल मौज में था। उसकी तारीफों के पुल बांधे गए। एक डी॰आई॰जी॰ ने प्यारेलाल से पूछा कि उसने ऐसा साहस किसके बल पर किया तो प्यारेलाल हंसने लगा।

"सर, गिरिधर ने मुझे कल भंग पिला दी थी। उसकी तरंग में वे अपराधी मुझे आदमी नहीं, तिनके से लगे सो मैं उनके पीछे लग गया। श्रीमान्, तारीफ तो विजयाभवानी की होनी चाहिए, उसी ने हमें निशाने से बचाया, उसी ने हमें साहस दिया, जय भंग बूटी, गोली चली पर जान छूटी।"

सब विहंसे। पुलिस अफसर कुछ सोचकर बोला—"प्यारे, तू कहां काम करता है?"

"सर, मैं एक कारखाने में चौकीदार हूं।"

"ठीक है, पुलिस का काम करेगा?"

"क्यों नहीं साब,....वहां कारखाने में तो मैं बोर हो रहा हूं सरकार, मुझे क्या करना होगा पुलिस में?"

"बता देंगे, कुछ समय बाद आना, काम मिलेगा, पता दे दे और जा आराम कर पर भंग मत पीना।"

सब प्रसन्न मन आश्रम वापस आ गए।

यह तय था कि अखबारों में रपट छपेगी और तब तस्करी कराने वालों पर शामत आ जाएगी। पुलिस के शहीद सिपाहियों और अधिकारी का बदला लिया जाएगा और अब कृष्णगोपाल पर जानलेवा हमला करना कठिन होगा।

दूसरे दिन अखबारों में विशद रपटें छपीं। शहर में सन्नाटा छा गया। यहां—वहां सर्वत्र चर्चाएं शुरू हो गईं। चतुरानन द्वारा आयोजित सभा का विवरण भी छप गया था। सरकार की दुरभिसंधि, मुख्यमंत्री, गृहमंत्री की पोल खोली गई, शेखावत की प्रशंसा की गई। कृष्णगोपाल के पक्ष में वातावरण बनने लगा। कई पार्टियों के प्रतिनिधियों ने कृष्णगोपाल को फोन किए किंतु उसने कहा कि मुख्य चुनौती तो भ्रष्ट भ्रदजनों की है जो तस्करी करवा रहे हैं और देश के भेद पाकिस्तान को दे रहे हैं अतएव उनके विरुद्ध यह जो कार्यवाही शुरू हुई है, उसे उसके तार्किक परिणाम तक पहुंचाया जाए।

उर्मिला और इला के भी चिंता भरे फोन आए। उन्हें कुशलता का समाचार दिया गया। डा॰ उद्धव आश्रम पहुंच ही गया था। उसको इला का फोन दिया गया। इला ने पूछा—"यह आपके कृष्णजी तो भयंकर निकले, बवाल खड़ा कर दिया, गजब हो गया, अब क्या होगा?"

"देखती जाइए लेकिन चिंता मत कीजिए....हमारा कृष्ण निराला है, वह चक्र चलाता है, कहो कैसी रही?"

"मुझे तो डर लग रहा है, कहीं आप भी इस झमेले में न उलझ जाएं।"

"उलझ तो गए ही हैं, पर आपकी छवि हमें मार्ग सुझाएगी, बल देगी और हम इस संघर्ष में विजयी होंगे।"

"लेकिन आप कब मिलेंगे?"

"अभी नहीं, बाद में।"

"नहीं, उर्मिला और मैं आश्रम आ रहे हैं। उर्मिला, कृष्ण को देखना चाहती है, मैं आपको.... आप वहीं रहना, हम चल रहे हैं।"

उद्धव ने कृष्ण से पूछा। उसने कहा—"उन्हें आने दीजिए। रोकने पर भी वे मानेंगी नहीं।"

वे आईं, वे उर्मिला और इला। दोनों के मुख पर सुखद आश्चर्य और भय का भाव था। उर्मिला और इला ने कृष्णजी को प्रणाम किया। उन्होंने कहा, "सौभाग्यवती भव, " खूब हंसी हुई। उद्धव ने चाय–कॉफी मंगाई। दोपहर के भोजन के लिए कहा और वार्ता का आनंद लेने लगा पर उर्मिला चिंतित थी—"कृष्णजी, सच कहिएगा ....इस सारे घटना–क्रम में मेरा स्मरण आया था या नहीं?"

"स्मरण? आपके बिंब ने ही तो मुझे गोली से बचाया। वे निशाना चूक गए क्योंकि आप मेरे भीतर थीं और आपने उस आती हुई गोली को ठेलकर लक्ष्यभ्रष्ट कर दिया वरना यहां आज शवयात्रा की तैयारी हो रही होती।"

उर्मिला की आंखों में अश्रु उमड़े, रुदन को रोकने के लिए उसने अधर काटे और दूसरे ही क्षण वह आंसुओं में हंसने लगी। वह दृश्य अद्‌भुत था। कृष्णगोपाल निहाल हो गया, उद्धव और इला विस्मित। कृष्णगोपाल ने बात संभाली।

"उर्मिलाजी, मुझे घटना की रात में यह लगा था कि आप हवा के रूप में हमारे साथ चल रही थीं, नक्षत्रों के रूप में देख रही थीं, सच !"

"अच्छा, आप बढ़िया गप्पी हैं, भला, मेरी याद आती तो आप अकेले क्यों निकले, मुझे बुला सकते थे, मेरे पास विदेशी रिवाल्वर है, लाइसेंस का। मैं उन अपराधियों को उड़ा देती, हां।"

"क्यों नहीं, क्यों नहीं लेकिन आप तो मेरे जहाज की लंगर हैं, आपको कुछ हो जाता तो?"

"और आपको कुछ हो जाता तो?"

कृष्णजी मुस्कराए—"उर्मिलाजी, जीवन तो मात्र एक दीपक है जो वात्याचक्र में जल रहा है। आप उस दिए को दोनों हाथों से ओट दे रही हैं और अंचल में छिपाए हुए हैं, वर्ना यह बुझ जाता....पर यह कब तक जलता रहेगा, इसका क्या ठीक है....इसलिए जब तक यह है, तब तक इसके होने का उत्सव मनाया जाता रहे।"

उद्धव बोला—"तो कविता हो जाए। कविता ही चेतना का सबसे बड़ा जलसा है, उसी में हमारी आत्माएं दीप्त होती हैं, वर्ना तो चारों ओर अंधेरा ही है और तमचर हैं....सुनिए—

"आखिर, आप चाहते क्या हैं?
कि सब ठीक हो जाए?
जब आप चाहें आकाश पर
बादलों की रजाइयां 'भरी' आमें' लगें
या वे मतवाले हाथियों की तरह
अपने महावतों को मारकर
निकल पड़ें, मारामारी के लिए?
....या कि जब अभिलाषा हो
बिज़ली की लताओं की बंदनवार

बांधकर एक राजप्रासाद बन जाए अंतरिक्ष में
और हम नक्षत्रों से जगमग
सूर्य और चन्द्रमा के सह–आलोक में
रत्नादि से अलंकृत पिशवाज़ धारण कर
इंद्रधनुष कंधे पर सजाकर
प्रविष्ट हो जाएं सम्राट से
ताली बजाते ही महफिल सज जाए
देवी–देवताओं की
नाचें रम्भा, उर्वशी और मेनका
और चंदबरदाई हमारा रासो पढ़ें
क्या एक क्षण के लिए यह सृष्टि और स्रष्टा
अपने निश्चित ढांचे को ढील नहीं दे सकते?
मसलन मेरी इच्छा होगी कि मेरे सामने
भविष्य का इतिहास कैलेण्डर की तरह खुलता चला जाए
और मैं अनुकूल घटनाओं के नुस्खे तैयार कर
बंटवा सकूं समाज में
सारा झंझट भावी के अज्ञान के कारण है
यह जो वर्तमान बिफरे हुए सिंह सा
झपट पड़ता है हम पर
नर्रा रहा है अहर्निश नागरिकों पर अदृष्ट
सो, भविष्य के अपरिचय की वजह से
आप चाहते हैं, हर एक की भृगुसंहिता सामने हो
तो....तो सब सुधर जाएंगे,
कार्य के परिणाम सामने हों
तो अकरणीय क्यों होगा?
राजनीतिज्ञ, तस्कर, अधिकारी, माफिया, नमकहराम
चोर–चकार–जेबकट–लूमड़
लवार–लम्पट और दमघोटक
ये सब पुण्यशील हो जाएंगे
प्रगतिशील, शिष्ट और विशिष्ठ
परंतु मित्र, आप यह क्यों नहीं सोचते
कि यदि सतयुग आ गया
तो दिलचस्पियों का देहावसान तय है
फिर सनसनी कैसे आएगी समाचारों में
सब ठीक हो जाने पर तो लोग जंम्हाइयां लेते–लेते
अपने जबड़े तोड़ लेंगे
ऊब में वे आत्महत्या भी कर सकते हैं
सब अच्छा और इच्छानुकूल हो जाए
तो मनुष्य करेगा क्या?
मनोरंजन तो घात–प्रतिघात से ही संभव है

दल–बदल और घोटालों से
नटखटपन के बिना नौटंकी कैसे होगी
वह राजनीति क्या, जिसमें होड़, हाय,
अहा और आह न हो ?
छोटे, भूखे, मरे–टूटे जनगण न हों
तो अभिजन अकड़ेंगे किसके सामने?
विशिष्टों के वैशिष्ट्य की शान के लिए
आम–आदमी के ठट्ठ जरूरी हैं
वर्ना वे भकुवा बनकर भौंचक मुद्रा में
अपने भव्य धणी–धोरियों को देखेंगे कैसे?
यह जनहित में है कि जन को जलवागर जाजुल्यमान
जिन्न लगे रहें
पिशाच पीते रहें रक्त भौंदू भीड़ों का
ताकि खून की गरमाहट में
वे भेड़ियों–तेंदुओं–स्यार
सिंदूरों से टूट पड़ें इन सरसब्ज
चिकने–चुपड़े चोखेलालों पर
नहीं, यथास्थिति में ही रोचकता संभव है
आप चाहते क्या हैं भगवन्
कि हिंस्रता, आतंक और शूकरीयता समाप्त हो जाए?
वर्तमान में जो बौखल विशृंखलता का वैभव है
अराजकता का लावण्य
बेईमानी की ईमानदार अनुभूति
उसका क्या होगा?
रूद्रदेव, आप रोमांचक के विरुद्ध षड्यंत्र कर रहे हैं
पंक, पाप, प्रपंच और पुलिस
वांछनीय है रंजन के लिए
जनता जड़ है, प्रभु का प्रसाद
उसे पीस कर पी जाइए
और पतित पावन मुद्रा में जनप्रतिनिधि बनकर
अपने कटिप्रदेशों को संसद, सचिवालय और
मन्त्रिमंडलों में कुर्सी पर धारे हुए
वारे के न्यारे कीजिए
यह जनगण तो ज्यौनार है,
जी भर कर जीमिए
रहे सहे को चाट जाइए,
आखिर आप इसके सिवा चाहते क्या हैं
और क्यों चाहते हैं?"

डा॰ उद्धव की रचना सुनकर सबके छक्के छूट गए। उर्मिला ने प्रसन्न होकर कृष्णगोपाल की ओर देखा और ताली बजाई।

"लीजिए, डा॰ उद्धव ने आपकी लड़ाई की पोल खोल दी.... कितना सच है कि यहां सब ऐसा ही रहेगा....आप कल्पना कर रहे हैं और जान की बाजी लगा रहे हैं.... कृष्णजी, यह संसार वृंदावन नहीं, घोर जनारण्य है.... आप वन्य पशुओं को नाहक नसीहतें दे रहे हैं, उद्धवजी, क्या मौके की बात कही है आपने, वाह ! कृष्णजी, है कोई जवाब आपके पास?"

"यह उद्धव की रचना है, इसकी व्यंजना पर गौर कीजिए....वह यह है कि भले ही बुनियादी बदलाव न हो पर हमें प्रतिरोध करते चलना चाहिए क्योंकि प्रतिरोध न होने पर तो जो कुछ अच्छा हो रहा है, वह भी न होगा और निराशा का अंधकार सबको निगल लेगा....महात्मा गांधी यदि यह सोचते कि कुछ नहीं हो सकता तो देश आजाद कैसे होता? उन्होंने जन को जगाया....अब हमारी बारी है और यह याद रखिए कि यह जड़ जन जब जगेगा तो जनशत्रुओं का खात्मा हो जाएगा....हम तो सिर्फ इस व्यवस्था को झटके ही दे पा रहे हैं पर इन्हीं आघातों से यह सोता हुआ समुद्र ज्वार में आ जाएगा और उर्मिला और इला के चन्द्रमाओं को देखकर यह मानवसागर जब पागल होकर उमड़ेगा तो प्रलय हो जाएगी।"

उर्मिला बोली—"उद्धवजी, अपने कृष्णजी तो उपचारहीन आशावादी हैं, बेचारे !"

सब विहंसे पर इला ऊब के कारण बुरा मुंह बनाए सबको बिरा रही थी। वह उद्धव पर बिगड़ उठी।

"उद्धव जी, आप बिल्कुल बुद्धू हैं, क्या विषय ले बैठे, अरे हमारे हीरो लड़ाई में जीतकर आए हैं, कोई उनकी शान में कसीदा पढ़ते, कोई गजल पेश करते, आप रहे उद्धव ही, गोपियों के सामने ज्ञान के पत्थर मार रहे हैं, मेरा तो सिर दुःख गया....मैं जाती हूं, इस ऊबशाला से।"

और वह इला रूठकर चल पड़ी। तब उद्धव ने उसे पुचकारा और गजल के शेर पेश करने के लिए कृष्णजी की ओर देखा। कृष्णजी ने बाकायदा इला को फरशी सलाम किया। सब विहंसे, तब कृष्णजी ने शेर अर्ज किया—

'कुछ तो ऐसा है, कहा जाए !
उनके बिन आह, रहा जाए नहीं !
जब वो हंसते हैं, धूप खिल जाती
और सूरज से चला जाए नहीं।
छेड़ जारी है, गुलो—बुलबुल में
हम अकेले हैं, सहा जाए नहीं।
उनकी रौ देख, रूक गया पानी
हाय, अब उससे बहा जाए नहीं
इक केवल खुश है, बुलाता गोया
इतना कोमल है, गहा जाए नहीं !
जी लिए, अब ढहो, कहे दुनिया
जब तलक वो है, ढहा जाएं नहीं !

गजल का मादक असर होना ही था। इला ने तालियां बजाईं और सबने 'वाह—वाह' कहा। उर्मिला भी प्रसन्न थी पर उसने ज़िद की कि ग़ज़ल का आख़िरी शेर हटा दिया जाए, भला, ऐसी ख़ुशबूदार छेड़छाड़ में 'ढहने' की बात बेतुकी नहीं है क्या? सबने माना और कृष्णजी ने उस शेर को हटा दिया। अब मूड रंगीन हो गया था।

सबने भोजन किया। तभी रामदेई, अपने पति के साथ आ गई और सबको प्रणाम किया। कृष्णजी के पूछने पर रामदेई भी पारिजात–सी खिल गई, कहा–"साब, यह करणी माता का चूहा।"

सबके आनंद में इस सुखद समाचार से हर्ष द्विगुणित हो गया। कृष्णजी ने करणी माता का चमत्कार सुनाया। उर्मिला अचानक बोली–"करणी माता, यदि मेरे और इला के चूहों को विपत्तियों के पिंजड़े से आजाद करा दे तो मैं सबके साथ उसकी पूजा करूंगी।"

उन सबकी आंखों में अश्रु उमड़े और हंसी के फव्वारे चले।

10

मृत्यु का भय समूचे वजूद को कम्पित कर देता है। कृष्णगोपाल की अचानक नींद टूट गई थी और उन्होंने अनुभव किया कि उन्हें अपराधियों की गोली लग गई है और वह गिरिधर की गाड़ी से गिर पड़े हैं। उन्हें लगा कि उस रात, उसी समय सड़क के किनारे के एक वृक्ष से एक दुष्ट प्रेत उड़ा था। वह भूत आकर उनके कंठ से लग गया था और उनका रक्त पीने लगा था। वह छटपटा रहे थे, एड़ियां रगड़ रहे थे, चिल्ला रहे थे किंतु वह प्रेत कृष्णजी को नहीं छोड़ रहा था....तभी उन्होंने कल्पना में देखा कि वहां एक व्यक्ति प्रकट हुआ जो नीले घोड़े पर सवार था। पांचों हथियार बांधे हुए था। उसके दांयें हाथ में लंबा भाला था। उसकी कमर में तलवार बंधी हुई थी और छप्पन छुरियां भी। उसके बाएं हाथ से उस प्रबल अश्व की लगाम पकड़े हुए था। उसकी बड़ी–बड़ी मूंछें बिच्छू की तरह तनी हुई थीं। उसके नेत्र असाधारण रूप से विशाल थे जिनमें लाल डोरे पड़े हुए थे। उसकी भुकृटियां कमान–सी चढ़ी हुईं थीं। वह व्यक्ति दर्प और वीर भाव का साक्षात् अवतार सा जान पड़ता था। उसने अपनी विकराल दायीं भुजा उठाई, भाला सीधा किया और पूरी शक्ति से उसे कृष्णजी के कंठ से लगे प्रेत पर मारा। वह भूत वहीं ढेर हो गया और नाक से आवाज निकालता हुआ, में–में करने लगा, रोने–गिड़गिड़ाने लगा। पुनः वह प्रेत उठा और उस अश्वारोही व्यक्ति के पैरों पड़ गया। उस शूरवीर ने दोबारा भाला उठाया तो वह प्रेत बिलबिलाने लगा और प्राणों की भीख मांगने लगा। तब उस नीले घोड़े के सवार ने हंसकर भाले को नीचा कर लिया और बोला–"तू कौन है रे?"

"ठाकुर मैं भूत....मेरा धोखे से कत्ल हुआ था सो मैं भूत हो गया। अब मैं बदला ले रहा हूं, खम्मा घणी....भूल हो गई। यह आदमी यदि आपका भक्त है तो उसका रक्त अब कभी नहीं पिऊंगा, माफ कीजिएगा।"

कृष्ण स्वप्न देख रहे थे। सपने में ही उन्होंने जब अपने रक्षक को देखा तो जिज्ञासावश उन्होंने पूछा–"देव ! आप न आ जाते तो यह पिशाच मुझे चूस लेता। आपने मेरे प्राण बचाए, आप कौन हैं देवता?"

"मैं जहरजोधा, गोगा/गुग्गा पीर का नाम सुना है?"

"हां–हां, उन्हें कौन नहीं जानता? तो आप ही गोगा चौहान हैं?"

"वही हूं....अब निर्भय हो जाओ, तुम कृष्णगोपाल हो, अब मैं स्वयं तुम्हारी रक्षा करूंगा.... तुम जो अत्याचारियों के विरुद्ध युद्ध कर रहे हो, वह बंद मत करना, वे

तस्कर–नेता–भ्रष्ट अधिकारी, सेठ और नए सामंत–नवधनाढ्य–ये सब जीवित प्रेत हैं और इन भूतों से मैं निरीह प्राणियों को बचाता हूं, मैं गोगा चौहान, जाहरपीर, जाहरजोधा, गुग्गा गुरु.... मां भैरवी, डरना मत, तुम तो कृष्ण हो....देखो, मैं फिलहाल तुममें ही रहूंगा।"

और कृष्णगोपाल को लगा कि वह उसमें प्रविष्ट कर गए। एक सुगंधित हवा का झोंका आया और वह उसके रूप में गोगाजी कृष्ण के भीतर पधार गए। कृष्ण का भय दूर हो गया जैसे कुछ न हुआ हो और उनमें शक्ति का अभूतपूर्व संचरण हुआ। उस आवेश में, उस शक्तिपात से उनकी आंखें खुल गईं। कृष्ण ने देखा। उन्होंने उस दिन उद्धव को अपने पास ही रोक लिया था। वह उद्धव पास ही उसी कक्ष में सोया हुआ था। वह कृष्ण की स्वप्न में आर्त्तपुकार से जग गया था पर चुप्पी साध गया था कि देखें अंततः क्या होता है। कृष्णजी को जाग्रत पाकर डा॰ उद्धव उठ बैठा, पूछा–"क्या हुआ? आप सपने में छटपटा रहे थे, 'बचाओ, बचाओ' चिल्ला रहे थे, स्वप्न में क्या देखा था?"

"उद्धव ! मैंने देखा कि मैं गिरिधर की मोटरसाइकिल पर, गोली खाकर गिर गया था, और एक प्रेत या पिशाच आकर मेरा रक्त पीने लगा था। तभी एक नीले घोड़े पर सवार उदित हुआ और उसने उस दुष्ट प्रेत पर भाला चलाया। तब वह प्रेत उस अश्वारोही क्षत्रिय के पैरों पड़ा और क्षमा मांगने लगा। तब मैंने उस अपने त्राता का परिचय पूछा। तब उसने बताया कि वह गोगा चौहान है जो भूतों का नायक है। फिर वह मुझे सदा रक्षा का आश्वासन देकर मुझमें समा गया। अब मैं शक्ति की तरंगों का ऐसा अनुभव कर रहा हूं जैसे मेरे भीतर ऊर्जा का पहाड़ फट पड़ा हो, यह विचित्र है न?"

"नहीं, इसमें कुछ भी विचित्र नहीं है, वह गोगा चौहान मैं था।"

"क्या, क्या कहा? वह गुग्गा पीर नहीं था, वह आप थे?"

"जी हां, वह मैं था।"

उस हालत में भी कृष्णगोपाल हहराकर हंस पड़े पर उद्धव गंभीर था। उद्धव ने बिजली का खटका दबाया। कक्ष आलोकित हो गया। कृष्ण हंसे जा रहा था। उद्धव बोला–"आपकी तरह मैं भी मनुष्येतर योनियां नहीं मानता, ईश्वर तथा देवी–देवताओं को नहीं मानता, किंतु यह तो बुद्धि–व्यवसाय है और बुद्धि की सीमा है। यह जो बिजली का प्रकाश है, यह बुद्धि की तरह है। अब देखिए, न भूत है, न प्रेत, न गोगा चौहान, कोई कहीं नहीं है अब। इस बिजली को बंद कर दें तो पुनः प्रेत प्रकट हो सकते हैं और गोगा पीर भी.... हमारा अवचेतन, चेतन आयाम से सहस्र गुना अधिक विस्तृत, गहन और वैचित्र्य से भरा हुआ है। इस अवचेतन में हमारी जाति के संपूर्ण भय, आशा, विश्वास ओतप्रोत हैं। मैं आपको एक वाकया सुनाता हूं, आप सुन रहे हैं न?"

"ध्यान से, आप सुनाइए।"

"तो सुनिए.... मैं बहुत अभागा हूं, मेरे भाई सयाने हो–होकर मर गए थे। मेरे बाद एक बहिन बच गई थी, बस। उसके पहले वर्षों तक जो मेरे भाई जन्मे, सब मर गए। मेरे पिता, माता अंधविश्वासी थे। गांव का मामला था, वहां दवादारू का अभाव था। जाहिर है, मेरे निरक्षर पिता यह समझे कि किसी भूत–बाधा के कारण ही संतान जीवित नहीं रहती। तब वह भूत भगाने वाले ओझाओं के चक्कर में पड़े।

मेरे पिता के बड़े भाई, मेरे ताऊजी पढ़े–लिखे थे पर वह भी संस्कारी थे। तब सभी भूत–प्रेतों को मानते थे। तब जो बाबा, साधु–संन्यासी मेरे घर आकर ठहरते थे, वे भी इस विश्वास को पुष्ट करते थे। मेरे वंश के, संबंधी लोग, सभी मानते थे कि भूत–बाधा अवश्य है। वहां तब भूतों के नायक जाहरजोधा की पूजा होती थी। जिला, इटावा, तहसील विधूना में एक स्थान है रघुनाथपुर, वहां जाहरजोधा का मंदिर है। विश्वास यह है कि ये जो भूत–प्रेत हैं, इनके भक्त छोटी जाति के लोग होते हैं यानी विश्वासों के संसार में भी वर्ण–व्यवस्था मानी जाती है। सवर्ण जातियां राम, कृष्ण, ब्रह्म, शक्ति, सूर्य, गणेश, महादेव, ब्रह्मा, विष्णु आदि की उपासना करती हैं पर असवर्ण जातियां भूत–प्रेतों को मानती हैं और उनसे प्राणियों की रक्षा करने वाले प्रेतपतियों की पूजा भी ये ही जातियां करती हैं। सब्जी उगानेवालों को काछी जाति का माना जाता है सो रघुनाथपुर के जाहरजोधा के पुजारी काछी जाति के लोग ही हैं।"

उद्धव कहता गया–"रघुनाथपुर के जाहरजोधा के भक्त गांव–गांव में हैं। मेरे जन्म के पूर्व ताऊजी, मेरे पिता को काछियों के एक गांव में ले गए थे। वहां पूजा–अर्चना कराई गई थी। मेरे पिता महाजनी भी करते थे। उनकी आर्थिक स्थिति कुछ अच्छी थी। उन्होंने काछी भगत को अच्छा चढ़ावा चढ़ाया। बाद में जब कई बार उसे चढ़ावा मिला तो उसने एक बार जाहरजोधा के आवेश में झूमते हुए कहा कि महाराज, अब आप निश्चिंत हो जाओ। जाहरजोधा आपके भतीजे के रूप में स्वयं अवतार लेंगे।

"ताऊजी को विश्वास हो गया क्योंकि वह काछी भगत सच्चा आदमी था और वह माना जाता था, सयाना था, भला और भोला, उस पर प्रायः जाहरजोधा आया करते थे और वह आवेश में खोए हुए पशुओं का पता बताता, चोरी गई चीजें कहां हैं, यह बतला देता, भविष्यवाणियां करता और आशीषें देता। वह शुद्ध पूजा स्वीकार करता था यानी वह मदिरा, मांस से दूर करता था। उसके सदाचरण से गांववाले उसे पहुंचा हुआ मानते थे। जाहरजोधा का वह प्रिय माध्यम था। उसके द्वारा जाहरजोधा प्रजा की विपदाएं दूर करते, ॠतुओं का क्रम ठीक रखते, बीमारियों से पशुओं और कृषकों की रक्षा करते और यहां तक कि झगड़ों में पंचायतें भी करते थे। जाहरजोधा, जनता के जीवन के अंग बन चुके थे। वे प्रतिवर्ष, राजस्थान की गोगामेढ़ी के लक्खी मेले में जाते थे और जीवन का नया विश्वास लेकर लौटते थे। जाहरजोधा, उनके संचालक, संरक्षक और आदर्शनिर्धारक भूतपति देव थे और हैं, अभी भी हैं यों अब नई शिक्षा के प्रभाव से वह बात नहीं रही।"

उद्धव कहता गया–"तो हुआ, यह कि जब मेरे जन्म का समय आया तो मेरी मां प्रसव पीड़ा से बिलबिलाने लगीं। गांव की दाइयां ही तब प्रसव कराती थीं। मां छटपटा रही थीं, चीख रही थीं और उधर ताऊजी को सपने मे जाहरजोधा दर्शन दे रहे थे। वह नीले घोड़े पर पांचों हथियार बांधे प्रकट हुए थे और उन्होंने ताऊजी को कहा था कि तुम्हारे भाई के बच्चों को कुछ दुष्ट भूत नष्ट कर देते हैं, कहां तक रोज उनके पीछे भागूं, अतएव मैंने तय किया है कि मैं स्वयं तुम्हारे भतीजे के रूप में अवतार लूंगा.... तुम्हारा भतीजा दीर्घजीवी तो होगा ही, चमत्कारी भी होगा। वह तुम्हारे वंश को अक्षय यश देगा, बड़प्पन। वह विद्वान, वक्ता और ग्रंथकार

होगा, तुम निर्भय हो जाओ और जननी को यह शुभ समाचार दो कि म आ रहा हूं।

"ताऊजी ने मेरी माता को यह स्वप्न सुनाया और कहा कि अब पीड़ा कम होती जाएगी। अब डर काहे का, स्वयं जाहरजोधा, तुम्हारी कोख से प्रकट होंगे। और आश्चर्य यह कि माता की पीड़ा कम हो गई। वह दस संतानों को जन्म दे चुकी थीं, कमजोर थीं। सब घबराए हुए थे कि पता नहीं, क्या होगा? परन्तु जाहरजोधा के वचन से मेरी मां बच गईं और मेरा सकुशल जनम हो गया। इसलिए मैंने कहा कि आपने स्वप्न में जिन्हें देखा, जिन्होंने आपके भूत भगाए, वह मैं ही था।"

अब जो अट्टहास हुआ तो दूसरे कक्ष में सोए हुए दादा देशभक्तजी भी जग गए। वह उठकर वहीं आ गए। उन्हें भी यह कथा सुनाई गई। दादा गंभीर हो गए, पूछा–"उद्धवजी, क्या आपके संघर्ष–काल में कभी जाहरजोधा ने दर्शन दिए, कोई उनका आभास आया? कभी वह संकटकाल में प्रकट हुए?"

"दादा ! मैं कल्पनाप्रधान जीव हूं, मेरे चैतन्य में लगातार रूप बनते–बिगड़ते रहते हैं, उन्हें आभास ही कहा जा सकता है किंतु यह अवश्य है कि मैं अनेक संकटों से बचता रहा हूं....आप जानते ही हैं कि गोगा गुरु सर्पों के भी देवता हैं। सर्पदंश की दशा में गोगाजी का स्मरण, ध्यान, पूजा और कीर्तन दंशित व्यक्ति को निर्जीव कर देता है। मुझे लगता है कि यह परामानसिक पैरासाइक्लोजीकल मामला है जो बुद्धि से परे है....गीता में श्रीकृष्ण कहते हैं, जो बुद्धि के परे हैं, वही सत्य है....बुद्धेः परतः तु सः। इसलिए इस अलौकिक सत्य को बुद्धि से नहीं, परिणाम से जाना जा सकता है....यथा, अग्नि दहन करती है, दाह अग्नि का परिणाम है अतः अग्नि को मानना पड़ेगा। इसी तरह हमारी जो जागरूक बुद्धि है, उसकी पहुंच से परे जो अवचेतन का रहस्यमय लोक है, उसकी खोज अभी तक नहीं हुई है। संभव है कि वह सब, विश्वासी के विशिष्ट मनोविज्ञान का ही परिणाम हो किंतु यह भी तो संभव है कि मनुष्येतर योनियां हों प्रतिकूल–अनुकूल शक्तियां हों, अदृष्ट यही तो है....वह दीखता नहीं पर वह संयोगों को अनुकूल करता है.... आपके अवचेतन में भय भरा था, उसको दूर करने के लिए जाहरजोधा प्रकट हो गए या यों कहें कि आपके प्रति तादात्म्य के कारण जो मैं था, वही आपमें समा गया। मैं आपके साथ हृदयसंवाद की दशा में सदा रहता हूं....और मैं जाहरजोधा ही हूं....इस कारण जब मैंने देखा कि आपको डर घेरे हुए हैं तो मैं नीले घोड़े वाले जाहरजोधा के रूप में अवतरित हो गया, अदृष्ट दृष्ट हो गया और आप पर शक्तिपात हुआ....यह शक्ति की तरंग जाहरजोधा के अवतरण का परिणाम है और परिणाम से परिणामी का अनुमान करना तर्कातीत नहीं है....। जो अतर्क्य लगता है, वह अपने परिणाम या प्रभाव से अनुमान का विषय बनता है, विश्वास का....यदि आगे आपके साथ चमत्कार घटते हैं तो आप बुद्धि को झिड़ककर सचमुच जाहरजोधा में विश्वास करने लगेंगे ....मैं बुद्धि से तो नहीं पर संस्कार या विश्वास से मानता हूं कि बहुत कुछ ऐसा है जो तर्क और बुद्धि से परे है पर वह है। शंकराचार्य कहते हैं, 'तर्कप्रतिष्ठानाति–तर्क की प्रतिष्ठा नहीं है, अनुभव की प्रतिष्ठा है। नागार्जुन ने तर्क की पोल खोल दी थी, मध्यमा–कारिका में 'शून्यसप्तति' में और उसने घोषित किया था कि अंत में शून्य है यानी सत्य अवर्णनीय है।"

उद्धव हंसते–हंसते पगला–सा गया। कृष्णजी पर जाहरजोधा का प्रभाव था,

वह इस तरह उद्धव को हेरने लगे गोया वह सचमुच जाहरजोधा हो। दादा और कृष्ण, दोनों ने दृष्टि विनिमय किया और दोनों उद्धव के अट्टहासों में योग देने लगे। कृष्णजी संभले। उनमें बुद्धि की काटकता वापस आई, बोले—"डा॰ उद्धव, तब तुम्हारे मार्क्सवाद का, द्वंद्वात्मक भौतिकवाद का क्या होगा? तुम सभाओं में, शास्त्रार्थ में, लेखन में जितने स्पष्ट, सुलझे हुए बुद्धिवादी लगते हो, व्यक्तिशः उलझे हुए, रहस्यमय और तर्कातीत प्रतीत होते हो...आपने तो मुझे भी संशय में डाल दिया।"

उद्धव बोला—"बुद्धि का अर्थ है, विज्ञान और विज्ञान में, सर्वाधिक एक्जैक्ट या यथातथ्यपरक विज्ञान है भौतिकी और भौतिक विज्ञान में अणुओं की जो नई खोज हुई है, उसमें मैटर या पदार्थ इतना सूक्ष्म हो गया है कि उसका अनुमान करना पड़ता है। जब बुद्बुद् कक्ष या बबल चैम्बर में अतिशय तापक्रम बढ़ाकर अणुओं पर ताप की बौछार की जाती है तो कुछ परमाणु चिह्न छोड़कर गायब हो जाते हैं, उन अदृष्ट अणुओं का, चिह्नों से अनुमान करना पड़ता है। चिह्न या रेखाएं, उनके परिणाम हैं, वे प्रत्यक्ष हो जाते हैं पर वे सूक्ष्म अणु अदृष्ट रहते हैं। अतः वे अनुमेय होते हैं और अणु, परमाणु कण और प्रवाह में परस्पर बदल जाते हैं, कण प्रवाह में, प्रवाह कणों में। अब आप ही बताइए कि यह जो परमाणु है वह कितना सूक्ष्म है, उपनिषद् में कहा है अणोरणीयान् महतो महीयान्—वह पदार्थ लघु से लघु है, विराट से विराट सूक्ष्मता के कारण अवर्णनीय होने से इसे कोई शक्ति या शिव या ब्रह्म या परमात्मा कहे तो वह कह सकता है किंतु यह भाषा का खेल है। वह भाषातीत है, केवल अनुमान का विषय है।"

"लेकिन तब भौतिकवाद का आधार क्या रहा?"

"भौतिकवाद का आधार अभी भी यह है कि सूक्ष्मातिसूक्ष्म होने पर भी वह जड़ है और उसी जड़ से जीवन (लाइफ) का जन्म होता है और जीवन या प्राणसत्ता से चेतना का। अध्यात्मवाद इसके विपरीत चिन्मय सत्ता की कल्पना करता है और चिन्मय सत्ता से जड़ जगत् का विवर्त या परिणाम या अभिव्यक्ति मानता है। यही विभेदक बिंदु है। तुलसीदास ने भी लिखा है, 'जड़ चेतनहिं ग्रन्थि परि गई' यानी जो मूल समस्या है, वह यह है कि जड़ और चेतन में प्रथम कौन है, यह प्रश्न है। भौतिकवादी कहते हैं कि जड़ से ही सब विकसित हुआ है। अतः मैं द्वंद्वात्मक भौतिकवादी हूं, जड़वादी जबकि अध्यात्मवादी चेतन सत्ता से जड़ जगत् का विकास मानते हैं। चक्कर यह है कि जड़ इतना सूक्ष्म है कि उसकी सूक्ष्मता बुद्धि को भंवर में डाल देती है। समाधान यह है कि विज्ञान ही इस उक्त ग्रंथि को कभी खोलेगा, संभव है कि वह कभी न खोल सके क्योंकि सूक्ष्म पदार्थ के निरीक्षण में वैज्ञानिक का जो निरीक्षण है, वही हस्तक्षेप बन जाता है तथापि विज्ञान इस मूल रहस्य के अनावरण में संलग्न है और प्रतीक्षा के सिवा, मात्र कल्पनाओं में भटकने से कोई बात बनती नहीं है।"

"किंतु आप यह भी कह रहे थे कि सूक्ष्म शक्तियों का अनुमान उनके चमत्कारों या परिणामों से करना अयुक्त नहीं है।"

"यह कशमकश है, बुद्धि और अनुभव के मध्य, यह द्वंद्व है जिसका निदान अभी तक तो नहीं मिला है। मसलन विश्वास या रहस्य का आयाम विचित्र है। मन कहता है कि माना जाए पर बुद्धि बरजती है। यही द्वंद्व है जो जारी है।—केशव कहि न जाए का कहिए, देखति तव रचना विचित्र अति समुझि मनहिं मन रहिए।—अतः

समझते–समझते ही रह जाना हमारी वर्तमान स्थिति है। कभी शायद यह रहस्य खुल जाए, कौन जाने?"

दादा बोले–"कोई शक्ति है अवश्य, वह भौतिक हो या दिव्य, यह तो आप भी मानते हैं। आप उसे दिव्य या ब्रह्म मान लें तो क्या हानि है, आप कहते ही हैं कि वह पदार्थ सूक्ष्मातिसूक्ष्म हैं और वह बोधातीत–सा है तब उसे ईश्वर या ब्रह्म मान लें तो क्या बिगड़ता है?"

"दादा, बुद्धि से समझें तो अध्यात्मवाद को मानने में कठिनाइयां हैं। मसलन, आप आत्मा या चैतन्य को अजर–अमर–अछेद्य–अभेद्य और सनातन मानते हैं पर 'आत्मा' का विकास होता है। वह प्रदत्त नहीं, विकास का परिणाम है। बच्चे को यदि समाज से पृथक कर दिया जाए तो उसकी 'आत्मा' का विकास ही नहीं होता। इसका अर्थ है कि जो यह हमारी स्वचेतना है, उसका विकास समाज में ही संभव है। इसी तरह इतिहास की दृष्टि से देखे बिना, मनुष्य की चेतना को नहीं समझा जा सकता, जिसे आप धर्म या सनातन धर्म कहते हैं, उसका भी विकास हुआ है। देवी–देवताओं के रूप सामाजिक इतिहास के परिणाम हैं। आदि आरण्यक अवस्था से अब तक धर्म, सामाजिक अवस्था, आवश्यकता के अनुरूप बदलता रहा है और जो दिव्य धर्मग्रंथ हैं, वेद, कुरान, बाइबिल उन सब पर दिक्काल, सामाजिक अवस्था के प्रभाव हैं अतः उनमें कई ऐसे विश्वास हैं जो विज्ञान ने अयुक्त सिद्ध कर दिए हैं, उनके कई आचार बदलने पड़े हैं अतः उनका त्याग और ग्रहण बुद्धि विवेक पर निर्भर है। प्रकृति के रहस्य उद्घाटित हो रहे हैं, रहस्य बढ़ रहे हैं और खुल रहे हैं अतः विवेक और विज्ञान ही एकमात्र आधार है तथापि यह जो मानव–मस्तिष्क है, उसका भी अभी तक अध्ययन अपूर्ण है, अतएव कल्पना की उड़ानों या धर्मों के स्थान पर विवेक और विज्ञान से ही युक्तियुक्त ज्ञान संभव है।"

दादा ने असहमति प्रकट की, कहा–"डा॰ उद्धव, अध्यात्म के पक्ष में ऋषि–मुनियों के प्रमाण हैं, उनकी अंतर्दृष्टियां अद्भुत हैं। कई बातों की कल्पनाएं जो उन्होंने की थीं, वे अब विज्ञान से सिद्ध हो रही हैं और यह कि आस्था से जो शक्ति मिलती है, विश्वास से जो बल प्राप्त होता है, स्थिरता और असंशय उपलब्ध होता है, वह क्या अमान्य हो सकता है?"

"मैंने कहा न कि धर्म एक मनोविज्ञान है, एक विश्वास, एक कविता, एक कल्पना, एक अनुभव पर उसे भी विवेक पर कसते रहना चाहिए, अन्यथा उससे जड़ता और सांप्रदायिकता पनपती है। आप देख ही रहे हैं कि इस समय आधुनिकता के विपरीत दूसरे ध्रुव पर पहुंचकर लोग धर्मों के नाम पर टकरा रहे हैं, देश विभाजित हो रहे हैं, लाखों लोग मर रहे हैं–इससे तो यही बेहतर है कि बुद्धि और विवेक खुले रहें और उसकी कसौटी पर जांच कर ही विश्वासों को माना या छोड़ा जाए।"

"भाई, मैं तो गांधीवादी हूं, मैं तो परम सत्ता में विश्वास करता हूं।"

"आपका धर्म व्यक्तिगत आस्था पर निर्भर है। व्यक्तिगत स्तर पर यदि किसी को धर्म या ईश्वर में श्रद्धा है, विश्वास है तो ऐसा व्यक्ति कभी क्रूर और हिंसक नहीं हो सकता किंतु जब इस आस्था के बल पर सम्प्रदाय या चर्च बनता है तो अपने–अपने धर्मों की बढ़त की होड़ में हिंसा होती है, बलात् धर्म–परिवर्तन होता

है या प्रचार से दूसरों पर धर्मारोपण किया जाता है, यही अनर्थ का मूल है। यानी, धर्म व्यक्तिगत अनुभव की वस्तु रहे तो कोई नुकसान नहीं है। किसी ऊंची आस्था से व्यक्ति ऊपर उठता है, श्रेष्ठ मनुष्य बनता है। सन्त–ऋषि–सूफी आदि कितने श्रेष्ठ पुरुष थे पर उनके नाम पर कितने पंथ बन गए और पंथ हत्यारे बन गए हैं, पाखंडी, निर्दयी....इनको विवेक और विज्ञान से ही परिसीमित किया जा सकता है। मार्क्सवाद इसमें मदद कर सकता है।"

बहस में कब रात बीत गई, यह पता ही नहीं चला। दादा चले गए। उन्होंने सवेरा होने पर कॉफी–चाय भिजवाई। कृष्णगोपाल सोचते रहे–"डा॰ उद्धव, मेरी थकावट, निराशा, डर सब न जाने कहां चले गए....आप क्या सोचते हैं, अब हमें क्या करना चाहिए ?"

"आपने अपनी भूमिका चुन ली है, जिसमें आपकी भावना और बुद्धि दोनों का हाथ रहा है....अब उस सामाजिक भूमिका को पूरा करना ही आपके हाथ में है, शेष तो सब वह आपमें समाया हुआ जाहरजोधा ही करेगा। मेरी राय यह है कि यह जो यहां राजस्थान में मुख्यमंत्री और गृहमंत्री कर रहा है, उसे केंद्रीय सरकार के प्रधानमंत्री और गृहमंत्री तक पहुंचाना चाहिए और इसके लिए दादा देशभक्त के नेतृत्व में एक प्रतिनिधिमंडल जाना चाहिए जिसमें आप भी हों, अन्य श्रेष्ठ नागरिक, बुद्धिजीवी भी।"

"राय तो बढ़िया है पर वह मुख्यमंत्री दादा देशभक्त से कसमें खा रहा है कि वह तस्करों के विरुद्ध है और यह जो मुझ पर हमला हुआ है, उसमें उसका नहीं तस्करों के किसी माफिया का हाथ है, जिसे वह अनावृत करेगा। पुलिस के अधिकारी और सिपाही शहीद हुए हैं, कारण पुलिस के अधिकारी बदला लेना चाहते हैं। वे दिन–रात एक कर बदमाशों को पकड़ेंगे। लेकिन आप कुत्सित राजनीति को नहीं जानते। ये तस्कर ही तो चुनाव के लिए धन देते हैं, मंत्रियों के घर भरते हैं सो उनके खिलाफ कार्यवाही, कानूनी जंजाल में उलझाकर लीपापोती हो सकती है और इस प्रक्रिया में मुझे मरवाया जा सकता है।"

"तथापि हमारे हाथ में सिर्फ प्रयत्न है। जनतंत्रीय व्यवस्था है। इसकी शक्ति लोकमत है और लोकमत शासन के विरुद्ध हो रहा है। आप दादा को तैयार कीजिए। दादा को मैं बुला लाता हूं।"

"पहले हम लोग नित्यकर्म से निबट लें, फिर वार्ता होगी।"

"जो हुकुम।"

नाश्ते पर वार्ता शुरू हुई। उद्धव ने अपना प्रस्ताव रखा।

दादा ने बताया, "वह घाघ मुख्यमंत्री मुझसे डरता है, वह दिल्ली जाने नहीं देता, कहता है कि मैं उस पर विश्वास करूं और उसने कृष्णजी की रक्षा के लिए पुलिस गार्ड भी दे दिए हैं पर मुझे विश्वास नहीं है। पुलिस किसी को बचा नहीं सकती। माफिया चालाक है, वह सशस्त्र है। उसके पास बढ़िया अस्त्र–शस्त्र हैं। वे कृष्णजी को मारकर मानेंगे। इसीलिए मैं कहता हूं कि कृष्णजी दिल्ली चले जाएं।"

"दिल्ली पहुंचना भी एक समस्या है। अतः यही ठीक है कि दादा, आप दिल्ली पधारें और प्रधानमंत्री, गृहमंत्री आदि से मिलकर वहीं कृष्णजी को छोड़कर लौट आएं।"

"हां, यह तो हो सकता है। कृष्णजी आप सामान बांध लें, मैं दिल्ली चलकर, आपको वहां छोड़कर लौट आऊंगा।"

डा॰ उद्धव को विश्वविद्यालय जाना था। उसने कहा कि यदि उसकी जरूरत हो तो वह छुट्टी की अर्जी देकर और अटैची में सामान भरकर लौट सकता है पर कृष्णजी ने कहा कि वह जयपुर में ही रहे ताकि यहां की स्थिति का पता चलता रहे और समर्थक, विरोधियों की गतिविधियां ज्ञात होती रहें, चतुरानन, पंकज और अन्य साथियों को डा॰ उद्धव मोर्चे पर जमाए रहें, यह जरूरी है।"

उद्धव को विदा करने कृष्णजी आश्रम के फाटक तक आए। आत्मनिग्रह के बावजूद उनकी आंखों में अश्रु उमड़े और कंठावरोध हुआ।

उद्धव हंसा—"आपमें अब मैं ही हूं जाहरजोधा के रूप में....आपके साथ हृदय संवाद जारी रहेगा....आप नरसिंह हैं, समाजविरोधियों के पेट फाड़िए और अट्टहास कीजिए....जीवन तो नश्वर है....कुत्तों शूकरों की तरह जीने से क्या लाभ? जाहरजोधा की तरह आप भूत–प्रेत–पिशाचों जैसे विकृत वर्ग–शत्रुओं को मारिए, विजय आपकी होगी, शुभास्ते पंथानः....लेकिन एक परिहास तो हो जाए चलते–चलते....आप उस उर्मिला को फोन कीजिए....वह यदि साथ जाने की जिद करे तो साथ ले जाइए....आपको उसकी जरूरत है....जो अनुभव आपको होगा, वह मेरा होगा बल्कि मैं आपके अंतःकरण में ही हूं।"

एक आकाशभंजक कहकहे के साथ उद्धव चला गया। कृष्णजी के नेत्र पुनः छलके किंतु वे अपने को कसकर लौट गए।

कृष्णजी ने उर्मिला को फोन किया। वह जैसे तैयार ही बैठी थी। दिल्ली यात्रा की बात सुनते ही वह चंडी सी चीखी—"आप यदि मुझे साथ लिए बिना चले गए तो आपके साथ अनर्थ होगा। मैं आ रही हूं। मैं फोन कर एक सप्ताह का अवकाश ले रही हूं और मेरा लाइसेंसी रिवाल्वर मेरे पास होगा, मैं आपके वधिकों को देख लूंगी।"

कोई विकल्प नहीं था। उर्मिला को साथ ले जाना ही था अन्यथा वह कोई कांड कर देती।

मारुति वैन में दादा, उर्मिला, कृष्णगोपाल बैठे। ड्राइवर भरोसे का था। उसके पास पुलिस गार्ड बैठा। यात्रा प्रारंभ हो गई। दिल्ली तक निर्विघ्न यात्रा हुई। राजधानी पहुंचकर दादा देशभक्त एक गांधीधाम में रुके किंतु उन्होंने उर्मिला के कारण पास के एक होटल में एक छद्म नाम से कृष्ण और उर्मिला को टिका दिया। गांधीधाम में परिचय देना पड़ता जो संकोचकारक हो सकता था और वहां कृष्ण और उर्मिला को आजादी न मिलती। व्यवस्थित हो जाने पर कृष्णजी ने कुछ फोन किए। प्रधानमंत्री के साथ भेंट दूसरे दिन सुनिश्चित हो गई अतः वह शाम खाली थी। दादा को सूचित कर कृष्णजी आकाशवाणी गए। वहां एक काव्यगोष्ठी का आयोजन हुआ। उर्मिला भी साथ गई। उसका परिचय भी एक कवयित्री के रूप में करवाया गया। कहा गया कि वह कृष्णजी की रिश्तेदारी की लड़की है। कविताओं में अधिकतर या तो प्रेम कविताएं थीं या व्यवस्थाविरोधी रचनाएं। उर्मिला ने उद्धव की एक लघु कविता पढ़ी—

'मैं रहस्य की आहट में खड़ी हूं
शून्य सांय–सांय तो करता है कि वह है

पर, पत्ता तक नहीं खड़कता
जीवन के शोर और शैतानी में, सब कुछ गया
अब क्या है
अदृष्ट वधिर है, काल अंधा
और दिक्?
वह नहीं है, सिर्फ किक् है।"

"वाह ! सिर्फ किक् है, सचमुच जीवन में ठोकर ही मिलती है, वाह एक और हो जाए।"

उर्मिला ने दूसरी लघु रचना पढ़ी—

"यहां नहीं, यहां तो सीमाएं हैं
मैं किसी असीम की तलब में तैर रही हूं
तुम यदि तट पर डटे रहकर शाबाशी दो
तो मैं अनन्त को पार कर लूंगी
हां, हां टिटकारो मुझे, चुटकी बजाओ।"

पुनः दाद मिली और पुनः कविता पाठ के लिए अनुरोध किया गया। उर्मिला ने पढ़ा—

"विह्वलता भंवर है
और नदी में बाढ़
ढीला छोड़ दो अपने को
जलावर्त स्वयं तुम्हें मुक्त कर देगा
प्रतिरोध सर्वत्र प्रासंगिक नहीं होता
यह बात हवा भरे ट्यूब की तरह
कमर में बांध लो
और तैरो।"

उर्मिला की तारीफ हुई। वहां आकाशवाणी पर एक खुशामदा मंचकवि था। वह प्रभावशाली राजनैतिक नेताओं की चरणचम्पी किया करता था। वैसे ऐसे कवि और कलाकार बहुत थे जिनमें कोई प्रतिरोध नहीं था। ऐसे सत्ता को समर्पित, चाटुकारों के विरुद्ध कृष्णजी ने कविता पढ़ी—

"मेरे दोस्त के धड़ पर सिर है
क्योंकि मैंने उसे झुकते देखा है
मेरे दोस्त के पैर भी हैं
क्योंकि चलने के समय मैंने उसे रुकते देखा है
मेरे दोस्त के आंखें भी हैं
क्योंकि वह दूसरों को देखती हैं, अपने को नहीं
मेरे दोस्त के नाक भी है
क्योंकि शर्म से आज तक वह कटी नहीं
मेरे दोस्त के मुंह भी है
क्योंकि वह वक्तव्यों को उससे उगलता रहता है
वाणी के सेतुबंध पर वह इस कान से उस कान तक
बिला इजाजत टहलता रहता है

मेरे दोस्त के कान भी हैं
क्योंकि वे सिर्फ खड़े होते हैं, सुनते नहीं
उसके हाथ भी हैं
क्योंकि वह हवा में मुद्राएं बनाता है
मेरे दोस्त के दिल भी है
क्योंकि रईस, महफिलों की ख्वाहिश
उसमें महकती रहती है
और जनाब उसके दिमाग भी है
क्योंकि कम्प्यूटर की तरह हिसाब करता है
उसमें चाहे जितने विचार डालो
उनको जोड़–बाकी बनाकर पेश करता है
मेरे दोस्त के चेहरा भी है
क्योंकि मुखौटे की तरह उसी पर टांगता है
नाम और नामे को, मेरा यार सबका यार है
रोज बासी पड़ने वाला जैसे अखबार है
जैसे शहर की छाती पर कसके चिपका हुआ
पुराना इश्तहार है।''

गोष्ठी में कृष्णजी के लक्ष्य कवि को देखते हुए एक ठोकरमारू ठहाका लगा। वह कवि सोहन अवस्थी, कृष्णगोपाल से ईर्ष्या में जलता–भुनता रहता था। गोष्ठी की समाप्ति पर वह भड़क उठा।

''गोपाल, तुमने यह कविता मेरे विरुद्ध लिखी है। मैं जानता हूं।''

''तो जानते रहिए, मैं भी आपको जानता हूं।''

''मैं आपको देख लूंगा।''

''अवश्य देखिए, मैं यहां हूं, देख लीजिए।''

''तुम व्यवस्था विरोधी बनते हो और तुम बड़े लोगों के अनुगामी नहीं हो?''

'किनके? मैं तुम जैसा नहीं, तुम तो प्रभावशाली नेताओं के तलवे चाटते हो, उनके पैर छूते हो, लानत है और ऊपर से तेवर दिखाते हो।''

''मैं तुम्हें देख लूंगा।''

''जरूर देख लेना, अब जाओ और अपने मालिकों से मेरी शिकायत करना, मैं तुम्हारी और उनकी परवाह नहीं करता, चाटुकार और चुगलखोर कहीं के।''

वह ऐंठता हुआ, पानी के सर्प की तरह मुंह फाड़ता चला गया। पुनः मित्रों ने ठहाका लगाया। कृष्णगोपाल उस अट्टहास में अपना प्रचंड क्रोध भूल गया। वह भी हंसने लगा। फिर बड़बड़ाया–''यह ईडियट सबसे सड़ी हुई मछली है, कविता करने चला है।''

उर्मिला और कृष्णगोपाल आकाशवाणी की कवितागोष्ठी से लौटे। मित्रों ने उन्हें मोटररिक्शे में सादर बिठाया। फिर वे सब लौट गए। उर्मिला मुस्कराई, कहा–''प्रतिरोध सर्वत्र प्रासंगिक नहीं होता।''

प्रज्ज्वलित अग्नि पर पानी पड़ा। कृष्ण के नेत्रों मे पीयूष उमड़ा। उसने स्नेह से उर्मिला को निहारा और मूड बदलने के लिए मतिराम का सवैया पढ़ा–''ज्यों–ज्यों निहारिए नियरे ह्वै नैननि त्यों त्यों खरी निकरै सी निकाई,'' जैसे–जैसे निकट होकर

देखिए, वैसे–वैसे उसका सौंदर्य निखरता है।

"तो आप निकट होकर मुझे निहार रहे हैं।"

"निस्संदेह।"

"नहीं, आप यहां नहीं हैं।"

"तो कहां हैं हम?"

"आप उस सोहन अवस्थी के साथ हैं, अभी भी, नहीं?"

"वह बहुत दुष्ट है, धूर्त वह सोहन अवस्थी। उसने मेरे विरुद्ध चुगली खाई लगातार और मुझे बड़ी हानि पहुंचाई थी। मैं आकाशवाणी में रह चुका हूं। अंतः में मैं निकाल दिया गया क्योंकि मैं यहां भी प्रतिरोध करता रहता था।"

"ऐसा? तो अब मैं आपको निकाल दूं तो? क्योंकि आप विगत अनुभव के कारण मुझे निकाल कर अपने से बाहर कर रहे हैं।"

उर्मिला ने रूठकर अपना मुख दूसरी ओर कर लिया। कृष्णजी ने उर्मिला को थपकी दी और 'सॉरी' कहा।

"अब कहां चलें।"

"रीगल सिनेमा पर रौनक रहती है। वहां कॉफी हाउस में कुछ खा–पीकर फिल्म देख सकते हैं। तब होटल चलेंगे।"

"किंतु मैं जाती हूं, कॉफी हाउस में निश्चय ही कोई लेखक मिल जाएगा और आप उसे रंजित करने में लग जाएंगे। आप बाद में आते रहें।"

"अरे? ठीक है, हम किसी अन्य रेस्त्रां में खाएंगे–पिएंगे, तब तो कोई आपत्ति नहीं?"

"यू आर अ गुड ब्वाय।"

दोनों एक रेस्त्रां में गए। कृष्ण ने उर्मिला के कान में कहा कि यहां बियर बढ़िया मिलती है। गोष्ठी से खीझ ही मिली। हो जाए एक दौर, क्यों? उर्मिला ने हामी भरी पर कहा कि बियर की एक बोतल ही काफी है।

दोनों ने एक–एक गिलास ठंडी बियर पी। मूड बदलने लगा। कुछ खाया–पिया और तब हलके नशे में वे दोनों पिक्चर हॉल में जा बैठे। 'मुगले आजम' लगी हुई थी जिसे देख लेने पर भी दोनों दोबारा देखना चाहते थे। अनारकली का अभिनय मधुबाला ने किया था। वह बहुत जंच रही थी। सौंदर्य के साथ एक विचित्र त्रासदी का स्पर्श मधुबाला को अप्सरा सा प्रभाव दे रहा था। इस पिक्चर में एक सामाजिक विषमता का भी सिलसिला था। उर्मिला ने एक साधारण वर्ग की सुंदरी अनारकली के प्रति शाहजादा सलीम की आसक्ति देखी, ट्रैजिडी होनी ही थी। भला, अनारकली को मुगले आजम अकबर कैसे स्वीकार कर सकता था? वह गरजा–"सलीम, तुम एक कनीज के लिए हिन्दोस्तान की हुकूमत खोने जा रहे हो, यह नहीं हो सकता।"

उर्मिला खिलखिला उठी, कहा–"कृष्ण, यह बादशाह अकबर कितना ओछा, प्रेमविरोधी और अहम्वादी लगता है, नहीं? प्रेम के आगे बादशाहत क्या चीज है, सलीम की इंसानियत पर हजार हुकूमत न्यौछावर की जा सकती हैं।"

कृष्ण ने कहा–"यह पुरुष अहंकार है और उस पर बादशाहत की शान का सवाल है। भला, एक नाचीज अनारकली, सलीम की बेगम बन जाती तो उसके सामने सामंत सिर कैसे झुकाते....सारी हुकूमत के लिए खतरा बन गई

थी एक सुंदरी....। सौंदर्य और राज्यप्रताप के द्वंद्व में सुन्दरता ही हारती है जबकि उसकी विजय होती तो मानवता की गरिमा बढ़ती, नारी की भी पर यह असंभव था अतएव त्रासदी हुई। यही होता है अनारकली, यही होता है पर मैं बादशाह नहीं हूं, यह कितनी बड़ी सुविधा है, स्वतंत्रता....मैं अपनी अनारकली का साथ निभाऊंगा।''

उर्मिला ने कृष्ण के कंधे पर सिर रख दिया और वह अनारकली की दुर्गति देख-देखकर सिसक उठी। कृष्ण ने उसे दिलासा दिया-''उर्मिले ! यह तो इतिहास है, हम वर्तमान में हैं और हमारे सामने कोई संकट नहीं है, हम सलीम से अधिक भाग्यवान हैं, हाय, वह बेचारी अनारकली, कितनी खूबसूरत और कलाकार पर मारी गई वह। उसे दीवार में चुनवा दिया गया और देखो, वह सलीम पत्थरों पर सिर टकरा रहा है, आह।''

दोनों उस रोमांटिक ट्रेजिडी से भारी मन लिए होटल लौटे।

दूसरे दिन प्रधानमंत्री से मिलने दादा के साथ दोनों चले। कई बार चैंकिग हुई पर अंततः उन्हें प्रधानमंत्री के कार्यालय की बैठक में जाने दिया गया। प्रधानमंत्री युवा थे, सुन्दर। उनकी मुस्कराहट भुवनमोहिनी थी पर उसका अर्थ समझना कठिन था गोया वह मोनालिसा की मुस्कान हो। दादा ने संक्षेप में सारा हाल बताया, कृष्णगोपाल और उर्मिला का परिचय कराया। प्रधानमंत्री ने उर्मिला को ध्यान से देखा-''आप क्या कर रही हैं?''

''मैं? सर, मैं एक फर्म में सर्विस करती हूं और समाजसेवा भी।''

''कोई संगठन है?''

''नारी विमुक्ति संगठन, जयपुर।''

''आपने विमुक्ति पा ली या अभी पानी है?''

''कुछ पा ली, कुछ पानी है।''

प्रधानमंत्री मुस्कराए, प्रसन्न हुए। उन्होंने एक आफर दिया-''उर्मिलाजी, आप चाहें तो केंद्रीय महिलामंडल में काम करें, उसमें पुराने ढंग की महिलाएं हैं। आप नेतृत्व दें। युवतियां ही कुछ कर सकती हैं।''

''सोचूंगी, आपका आदेश तो मानना ही पड़ेगा।''

''सोचिएगा और निर्णय अनुकूल हो तो हमारे कार्यालय को सूचित कीजिएगा।''

''थैंक्यू सर।''

''ठीक है....कृष्णगोपालजी आप तो पूरी व्यवस्था के ही विरोधी हैं। आपकी शिकायतें आई हैं। कोई सोहन अवस्थी हैं, कविराज। उन्होंने हमारे कांग्रेस के अध्यक्ष पंडित जगमोहन त्रिपाठी से आपकी बुराई की है कि आप खतरनाक हैं। आप लोगों का भंडा फोड़ते हैं क्यों?'' और प्रधानमंत्री हंसे।

कृष्णजी बोले-''श्रीमन् समूची व्यवस्था सड़ चुकी है, इसको बदला जाना चाहिए ....जनतंत्र की सफलता के लिए भ्रष्टाचार पर अंकुश लगना चाहिए। राजस्थान में तथाकथित बड़े-बड़े लोग पाकिस्तान की सीमा पर जो तस्करी होती है; उसमें शामिल हैं....मैंने कुछ नाम गुप्तचर पुलिस को दिए थे सो माफिया मुझे मार डालने पर उतारू है....मुझे जयपुर छोड़ कर राजधानी आना पड़ा और यहां भी कुशल नहीं है....बहुत भयंकर हो रहा है श्रीमन् !''

प्रधानमंत्री ने कहा-''भ्रष्टाचार का यह हाल है दादा देशभक्तजी कि यदि

सरकार सौ रुपये विकास में लगाती है तो मात्र दस रुपये जनहित में लगते हैं, शेष नौकरशाही, ठेकेदार और नेता खा जाते हैं....मेरी समझ में नहीं आता कि क्या करना चाहिए....सारा समाज रिश्वतें देकर काम कराता है और कानून इतना जटिल और उलझा हुआ है कि अपराधी छूट जाते हैं....कृष्णगोपाल जी, कहना आसान है लेकिन पूरा बदलाव तो नामुमकिन लगता है।"

कृष्ण ने कहा–"श्रीमन्, पुलिस, कानून, प्रशासन, चुनाव, सबके सुधार के लिए आयोगों की रपटें ठंडे बस्तों में बंधी पड़ी हैं। उन पर तुरंत अमल हो तो काफी सुधार हो सकता है। भ्रष्टाचार की सजा के कानून सरल बनाए जाएं, कठोर दंड दिया जाए जैसा चीन में होता है।"

"चीन में तो एक पार्टी का शासन है, वह सब कर सकते हैं, हमारे जनतंत्र में कानून का राज्य है और कानून पूरा गोरखधंधा है....आपने बुराई के विरुद्ध जंग छेड़ी, नतीजा सामने हैं। सरकार के समानांतर अपराधियों की सरकार है, बड़ा लंबा चक्कर है....पर, हम बदलाव लाएंगे....कानून का, दल–बदल का, चुनाव की प्रणाली का, प्रशासन में राजनैतिक हस्तक्षेप वगैरह के चलन में परिवर्तन लाया जाएगा....दादा देशभक्तजी, मैं राजस्थान के मुख्यमंत्री से वार्ता करूंगा....आप लोग बुराई से भिड़े रहें....आपको सुरक्षा मिलेगी और तस्करी में लिप्त लोगों को बख्शा नहीं जाएगा। लेकिन सरकार जो अच्छा काम करे, उसकी सराहना भी तो होनी चाहिए। जनतंत्र में कानूनन सब करना पड़ता है, उसमें देर होती है....आप सब सरकार की मदद कीजिए, हम संकल्प कर चुके हैं और बदलाव करके दिखाएंगे। पर आप लोग नेक काम की भी प्रशंसा नहीं करते, इससे जनता में अविश्वास और निराशा बढ़ती जा रही है।"

दादा देशभक्त ने कहा–"नहीं, हम जनतंत्र की सफलता चाहते हैं और जो प्रशंसनीय है, उसकी प्रशंसा भी करते हैं। हम इस अभियान में आपका पूरा साथ देंगे, आप आदर्शों, मूल्यों और विधि–व्यवस्था को आमूल–चूल बदलिए, सारी जनता आपके पक्ष में उठ खड़ी होगी....आप देखिए कि बुरे को कोई सजा ही नहीं मिलती, उल्टे जो नागरिक बुराई के खिलाफ लड़ता है, उसकी शामत आ जाती है, हमारे कृष्णजी इसके प्रमाण हैं।"

तब तक सचिव ने राजस्थान के मुख्यमंत्री से फोन मिलवा दिया था। प्रधानमंत्री ने कुछ अमर्ष के साथ कहा–"मुख्यमंत्री जी, यह क्या हो रहा है? एक भले आदमी ने तस्करों और अपराधियों के नाम बताए, माफिया उसके ऊपर प्राणघातक हमले कर रहा है। आपने पुलिस गार्ड दे दिया और छुट्टी पाई....वह जयपुर छोड़ने को मजबूर हो गया और बदमाशों के विरुद्ध आपकी पुलिस कुछ नहीं कर पा रही है....इससे तो जनता की आस्था को धक्का लगेगा, लोकमत हमें भ्रष्ट कहेगा। आप पंद्रह दिनों में बदमाशों को गिरफ्तार कीजिए और उन्हें जेल में बंद कर दीजिए, जमानत न हो, यह देखिए और हमें की गई कार्यवाही की रिपोर्ट भेजते चलिए वर्ना नेतृत्व बदलना पड़ेगा।"

इस धमकी से मुख्यमंत्री घबड़ा गया होगा। वह कोई माकूल जवाब नहीं दे सका होगा क्योंकि प्रधानमंत्री भड़क उठे, "आपसे जो कहा गया है, वह कीजिए। मैं सफाई नहीं सुनना चाहता, एक्शन चाहिए, स्पष्टीकरण नहीं, ओ॰ के॰?"

"ओ॰ के॰ सर।"

प्रधानमंत्री ने अपनी ओर से फोन काट दिया। वह देशभक्त की ओर मुखातिब हुए–"वह मुख्यमंत्री, कृष्णगोपाल की निंदा कर रहे थे कि वह राजस्थान की सरकार को बदनाम कर रहे हैं कि यह कम्युनिस्ट हैं और उस पर नक्सलपंथी रूझान के, तो भी वह कह रहे हैं कि कृष्णजी को सुरक्षा दी गई है। कृष्णजी, आपने मुख्यमंत्री को बहुत नाराज कर दिया है।"

प्रधानमंत्री हंसे। उनकी विश्वमोहिनी मुस्कान से कृष्णगोपाल वशीभूत होने लगा, किंतु उसका जाहरजोधा ऐन वक्त पर जग गया।

"सर, वह मुख्यमंत्री और उसके मंत्रिमंडल के साथी, कई कांग्रेसी नेता, जयपुर से अजमेर जाने वाली सड़क के समानांतर सैकड़ों कृषिफार्म बना चुके हैं। उन्होंने अकूत सम्पत्ति संग्रह की है। आप सिर्फ इसी एक मामले की जांच के आदेश दे दें तो आपको सच्चाई का पता चल जाएगा।"

प्रधानमंत्री ने सचिव को बुलाया और इस शिकायत की जांच के आदेश दिए। कृष्णगोपाल को प्रसन्नता हुई, वह प्रभावित हुआ।

"सर, इस एक अकेले आदेश से जनता आपकी जय–जयकार करेगी। यही कार्य सर्वत्र होना चाहिए....स्वतंत्रता के बाद जो सरकार में रहे हैं, वे समृद्ध हुए हैं, वे लुटेरे हैं और आम आदमी और भी अधिक गरीब हुआ है।"

"ठीक है, यह हो जाएगा। कृष्णजी, आपका घर कहां है?"

"साहिबाबाद में, वहां मेरा परिवार रहता है।"

"ठीक है, वहां सुरक्षा का प्रबंध किया जाएगा पर बेहतर है, आप दिल्ली में ही रहिए फिलहाल। दादा देशभक्तजी, आप गांधीधाम में इन्हें एक कक्ष दिलवा दीजिए।"

"बहुत अच्छा, पर यह रहें वहां तब है। यह गांधीवादी नहीं हैं.... मेरा एक यहां भी ठिकाना है, वहां इन्हें ठहरा दूंगा।"

"उस स्थान का पता कार्यालय में दे दीजिए। वहां सुरक्षा का विशेष प्रबंध हो जाएगा।"

"थैंक्यू सर !"

"कोई बात नहीं पर कृष्णजी आपके पास और कई भेद हैं?"

"सर, जो भेद दिए, उन्हीं के कारण मुझे भगोड़ा बनना पड़ा। अब और भेद बताए तो क्या होगा?"

"कुछ नहीं होगा, आप आश्वस्त रहें।"

"तो कृपया सुनें, राजस्थान में, विशेषकर जयपुर में ये–ये लोग पाकिस्तान को भेद दे रहे हैं जो देश की सुरक्षा से संबंधित हैं।"

"अच्छा?"

"जी श्रीमान्, यह सच है।"

कृष्णजी ने एक लिफाफा निकाला और प्रधानमंत्री को दे दिया। प्रधानमंत्री उन कागजात को देखते रहे। कागज टंकित थे और उनके नीचे किसी के हस्ताक्षर नहीं थे। प्रधानमंत्री ने कागजात सचिव को सौंपे और कहा कि रक्षामंत्री और गुप्तचर पुलिस को ये चुपचाप दिखा दिए जाएं और यह देश की सुरक्षा का गंभीर मामला है, जिनके इसमें नाम हैं, उनकी निगरानी शुरू कर दी जाए।"

आदेश हो गए। प्रधानमंत्री गंभीर हो गए। पुनः कुछ सोचकर मुस्कराए।

"देशभक्तजी, इस देश का क्या होगा?"

"प्रधानमंत्रीजी, मुझे तो आपकी सुरक्षा की चिंता लग गई है....आप जिस तरह तुरंत आदेश देते हैं और जिस त्वरा से बड़े और बुरे लोगों के खिलाफ कार्यवाही करते हैं आप, उससे तो आपकी सुरक्षा खतरे में है।"

प्रधानमंत्री ने कहकहा लगाया, "आप मेरी चिंता न करें, देश के लिए एक व्यक्ति का कोई मूल्य नहीं, मैं अपनी परवाह नहीं करता।"

प्रभावित तीनों जन, नमस्कार कर विदा हुए। उनके चेहरों पर प्रधानमंत्री की प्रशंसाएं बरस रही थीं और वे अभिभूत थे।

11

उर्मिला दादा और कृष्णगोपाल के जनपक्षीय संघर्ष अभियान से प्रभावित तो हुई, उसे लगा कि दादा देशभक्त में अहिंसक पर दृढ़ चैतन्य है जो सदा नैतिक और मानवीय पक्ष में महात्मा गांधी की तरह खड़ा हो जाता है, चाहे उसका परिणाम कोई भी हो। दादा सदा बुराइयों, मद्यपान, बालविवाह, मांसाहार, असत्यवादन, अहिंसा, भय, भ्रष्टाचार के विरुद्ध प्रचार करते रहते और संघर्षशीलों के वह सदा संरक्षक थे। वह सत्ता से दूर रहते और उसे नैतिक शक्ति से राह पर रखते थे। प्रधानमंत्री ने उन्हें सम्मान दिया पर यह कृष्णगोपाल तो हिंसा–अहिंसा की परवाह नहीं करता ...यह तो धूमकेतु की तरह जिस नक्षत्र से टकरा जाता है, वह नष्ट हो जाता है या तेज खो बैठता है। वह श्रीकृष्ण की तरह साध्य को पावन मानता है, साधन को नहीं क्योंकि वह जानता है कि जनतंत्र में ऊपर से कानूनी आवरण बनाए हुए जो यह उच्चवर्ग है, उसमें अधिकतर अनैतिक मार्ग अपनाकर ही प्रभाव और पैसा कमा सके हैं.... ये जो भद्रजन सुरक्षित हैं, वह उनकी मर्यादाप्रियता या सत्यनिष्ठा के कारण नहीं, बल्कि इस चतुराई के कारण कि वे कानून की गिरफ्त से बचे हुए हैं। वे दोषी हैं पर कानूनन उन्हें अपराधी साबित नहीं किया जा सकता। उद्धव कहता है कि समाज में अधिकतर दस्यु हैं, एक दस्यु वे हैं जो कानूनन डकैती करते हैं और दूसरे डाकू वे हैं जो नैतिक चोरी करते हैं, जैसे शिक्षा–धर्म–समाजसेवा आदि के क्षेत्र हैं, इनमें धर्म तो अधर्म को धोने–छिपाने–दबाने और उसका इस्तेमाल करने का सबसे बड़ा सेक्टर है.... जन–अज्ञान को धार्मिक लोग भुनाकर उसकी श्रद्धा का शोषण कर रहे हैं। इससे घृणित अनैतिक कार्य क्या हो सकता है? एक भोले–भाले व्यक्ति के अंधविश्वास का अपने लिए प्रयोग। यह संस्थागत स्तर पर अरबों का धंधा है। धर्मरक्षा, धर्मसंस्थान, मंदिर, मस्जिद धर्मप्रचार–प्रसार, तीर्थयात्रा, व्रत–उपवास आदि के नाम पर अमीर भी पैसा देता है, गरीब भी। धर्म से सब डरते हैं, सबके बाल–बच्चे हैं, अपना व्यवसाय है, स्वास्थ्य है, धन है, इनकी सुरक्षा का भय सबको दीमक की तरह लगा हुआ है। और धर्म का धंधा सबसे लाभप्रद है, धर्म की राजनीति सर्वाधिक सफल–सो ये ईसाई–मुसलमान–हिन्दू सब सिद्धांत की, विचारधाराओं की राजनीति छोड़कर धर्म, जाति, क्षेत्र, भाषा के प्रति जो जनमानस में भावुकता है, उसे भड़का कर वोट बटोर रहे हैं और यह कितने बड़े पैमाने पर हो रहा है...। यह प्रधानमंत्री मिस्टर

क्लीन, शुद्धात्मा कहा जाता है, गांधी–नेहरू की शुभ्र परंपरा ढो रहा है, वह इसकी धरोहर है....यह चाहता है कि लोग गांधी–नेहरू के मार्ग पर चलें पर उससे वोट नहीं मिलते, इसलिए जिससे वोट मिले, वही मार्ग सत्ताप्राप्ति के लिए लाभप्रद है, इसलिए इस बेचारे सुदर्शन, स्वच्छ प्रधानमंत्री का विरोध सभी फिरकापरस्त कर रहे हैं....कहीं यह भी न मारा जाए....चारों तरफ आतंकवाद है। आतंकवाद ने इसकी माता को मार डाला और अब इसकी बारी है....।

उर्मिला को भविष्य का नक्शा काला नजर आने लगा....देश में वर्गीय शासन है, शासक मजे में हैं, स्वर्ग भोग रहे हैं, जनता भेड़ की तरह भूखी किसी तरह सांसत में, अभाव में जी रही है। समता के लिए, शोषण की समाप्ति के लिए साम्यवादी लड़ रहे हैं पर वे विभाजित हैं फिर नक्सली बंदूक की नोंक से सत्ता प्राप्त कर, गरीबों का राज्य बनाना चाहते हैं। राजनैतिक दल, टिड्डीदल से बढ़ रहे हैं और प्रायः सभी धूर्तता, औद्धत्य, धींगामुश्ती, मिथ्याप्रचार और भड़काऊ नीति–रीति पर चल रहे हैं। समाज, संचार माध्यमों के विज्ञापनों से उपभोक्ता बन गया है और वह बेईमानी के लिए लाचार है क्योंकि वेतन से मंहगाई के जमाने में काम नहीं चलता। एक गृहस्थ, दो–चार बच्चों और माता–पितादि का भरण–पोषण कैसे करें? बच्चों को पढ़ाए–लिखाए कैसे? जीवनस्तर कैसे उचकाए....बड़े वेतन वालों को ठाठ–बाट के लिए धन चाहिए, कार बंगला के लिए, छुटभइयों को भी यही सब चाहिए। इस कारण सब बेईमानी कर रहे हैं। दूधवाला, दूध में पानी मिलाता है, दूकानदार मिलावट करता है, वेतनभोगी रिश्वत लेता है या कोई धंधा करता है, शिक्षक पढ़ाते नहीं, छात्र पढ़ते नहीं हैं। वे इम्तहान में नकल करते हैं, परीक्षकों को सुविधाशुल्क देकर नंबर बढ़वाते हैं। प्रकाशक किताबें बेचने के लिए कमीशन देते हैं। दिल्ली में सरकार है, अरबों रुपयों की खरीद होती है, कमशीन के बिना आर्डर मिलते नहीं हैं, ठेकों के लिए ठेकेदार रुपये देते हैं, साहब लोग लेते हैं, नेता लेते हैं....सर्वत्र लूट मची है....कृष्णजी कुछ महाभ्रष्टों को पकड़वा भी दें तो भी क्या होगा....उन्हें मार डाला जाएगा। समस्या का मूल लोभ में है और लोभ लाभ व्यापक है....महात्मा गांधी इसीलिए सादा जीवन, असंग्रह और उच्च विचार का उदाहरण पेश करते थे पर आज उन्हें कौन मानता है...दादा देशभक्त जैसे कुछ अपवाद मात्र हैं ....उनके बाद अंधकार है....मुझे लगता है कि देश में सांस्कृतिक आंदोलन चलना चाहिए पर आज संस्कृति का अर्थ तो नृत्य और गायन हो गया है, नग्नता और वासना का बोलबाला है, अजीब दृश्य है।

उर्मिला का दिमाग चक्कर खाने लगा। वह होटल में अकेली थी। कृष्णजी अभी तक नहीं आए....यह हमारे कृष्ण भी पागल हैं यानी पापी पाप के उन्माद में मनमानी कर रहे हैं और कृष्णगोपाल जैसे कायाकल्पक क्रांति के सपने बुनने वाले सुधार के उन्माद में जी जला रहे हैं, अपने सोच और संवेदना की शूली पर चढ़े हुए कृष्णजी जैसे विक्षिप्तों की कुशल नहीं है पर वे बलिदान का मार्ग चुन चुके हैं, वह मुझे प्यार करते हैं, मुग्ध हैं पर मेरे प्रति प्रेम के कारण वह सहज जीवन जी नहीं सकते। मैंने एक बार कहा था कि आप मुझे चाहते होते तो मेरे लिए यह अदूरदर्शी लड़ाई बंद क्यों नहीं करते तो बोले कि प्रेम में वह संकल्प को, संघर्ष को नहीं खो सकते। कहते हैं कि वह बुद्धिसंगत रोमांस कर सकते हैं, कहते हैं, 'आय लव यू रीजनेबिली,' और मैं कृष्णजी में जो यह रीजन का आवेश है, बुद्धि का, उसे उनसे भगा नहीं पाती। वह मुझे त्याग सकते हैं

पर अपने रीजन को नहीं छोड़ सकते....वह प्रेम और कर्तव्य के इस द्वंद्व में तड़पते हैं, छटपटाते हैं, मुग्ध होते हैं, दग्ध होते हैं, आसक्ति में बादलों से घुमड़ते हैं, बरसते हैं, निढाल होकर गिर जाते हैं किंतु होश आते ही पुनः प्रतिरोध में पराक्रम करने लगते हैं....वह कहते हैं कि मैं उनकी जीवन–नौका की लंगर हूं....क्या मैं एक नृसिंह को शहादत की राहें सौंपकर शान्ति और सुख पा सकती हूं? प्रिय नारी, ऐसे बीहड़ नर के लिए आत्मिक मनोवैज्ञानिक प्रेरणा है, यह कि मैं देखूं कि उसके दिए में मैं स्नेह भरे रहूं, उसकी बत्तियां बढ़ाती रहूं ताकि वह धधकता रह सके और मैं उसके आंतरिक दाह में उसके घावों पर मरहम लगाती चलूं ....मैं उसकी संजीवनी बन गई हूं, उस आहत लक्ष्मण की। मैं चली थी, अपने जीवन के अनुभव को समृद्ध करने के लिए, अपने को पूर्ण करने के लिए पर अपूर्णता ही मिली....मैं उसके गश में उसके गंतव्य के हवाले हो गई हूं, अब यह जो गति और स्थिति बन गई है, उसे मैं छोड़ दूं? अपने कोटर में लौट जाऊं, अपनी दिनचर्या में पुनः जीने लगूं तो अपने पूरक पुरुष को किसको सौंप दूं ....यदि यह व्यक्ति मात्र भोगी होता तब उसे त्यागने में कठिनाई क्या थी....मैं उसे चरका दे जाती....मैं अपना अस्तित्व ऐसे भंवरे के लिए क्यों नष्ट करती किंतु मैं जानती हूं, उसकी आत्मा में विशदता है....वह सारी दुःखी मानवता का दर्द झेल रहा है....उसके कोप और व्यंग्य की जड़ में जनकरूणा है....वह वाल्मीकि की तरह आश्रम में रहता है और परोपकार में संलग्न है, वह लिख रहा है, पढ़ रहा है, सोच रहा है, मित्रों का मित्र है, शत्रुओं का शत्रु ....मित्र उसे बचा रहे हैं, शत्रु उसे मार रहे हैं, मित्र कम हैं, कमजोर हैं, शत्रु प्रबल हैं, अनेक हैं। वह कब तक बच सकता है....मैं यही कर सकती हूं कि उसे यथासंभव संघर्ष के अंतरालों में कहीं भगा ले जाऊं, किसी निर्जन स्थल पर, पहाड़, समुद्र या किसी अरण्य में ताकि वह ताजादम होकर पुनः लड़ाई लड़ सके, मैं लड़ाई में भी एक हद तक साथ दे सकती हूं लेकिन युद्ध का मुख्य भार तो उसी को ढोना है। वह सिसीफस की तरह चट्टानों को ठेलकर शिखर की ओर ले जाता है, मैं उसके साथ चल कर उसकी तृष्णा दूर कर सकती हूं, उसके अकेलेपन को भगा सकती हूं, उसे प्रेम प्रवाह में डुबो सकती हूं और जब वह उतार पर चट्टान की ठेल से मुक्त होता है, तो उसके साथ क्रीड़ा–विनोद करती हुई नीचे गिरिपद में उसे ला सकती हूं और फिर वह जोर लगाकर भारी शिला को ऊपर की ओर ले जाता है। उसकी नसें खिंचती हैं, पसीना बहता है, सारी शक्ति लगाने से आंखों के आगे अंधेरा छा जाता है। वह दांत बांधकर, जबड़े कसकर बल स्मरण कर पूरी ताकता लगाता है, कोताही करे तो वह चट्टान उसी पर गिर पड़ेगी....मुझमें बल नहीं जो उसकी सहायता करूं और वह चाहता भी नहीं कि मैं असंभव श्रम करूं, वह तभी जीवित रहेगा जब मैं फूल–सी खिली रहूं, रूप–स्वरूप बचाए रहूं ....उसके आंतरिक अनुराग, लालसा और मुग्ध भाव की रक्षा के लिए मैं स्वस्थ और सुंदर बनी रहूं वर्ना वह रूक्ष और शुष्क होकर अकाल में वृक्ष की तरह सूख जाएगा....विचित्र भूमिका है मेरी पर अब क्या हो सकता है....मेरा मित्र असाधारण है, प्रतिभापुत्र....मैं उसे आफत समझकर परांगमुख हो जाऊं और किसी अन्य को ढूंढूं पर वे तब मात्र नर लगेंगे और मैं मात्र मादा....मानवप्रेम मात्र शारीरिकता तक सीमित नहीं रह सकता....वह आत्मीय है, भावनामय है और ऐसा तादात्म्य हर

एक से हो नहीं सकता....मैंने अपने को अर्पित कर उसे पाया है। संभव है कि उसके अन्य महिला मित्र हों, रहे भी हैं पर वह अंततः मुझमें अपना एंकर–लंगर पा गया है। मेरा नारी होना सार्थक हो गया है। पर वह गया कहां, मेरा जलयान, कहीं किसी ने उसका बेड़ागर्क तो नहीं कर दिया?

उर्मिला कई बार मनन के मध्य कक्ष के बाहर झांक आई पर कोई नहीं था। उसने घबरा कर दादा के गांधीधाम में फोन किया। पता चला कि दादा और कृष्णगोपाल किसी काम से कहीं गए हैं और वे कह गए हैं कि यदि कोई फोन आए तो सूचित कर दिया जाए कि कृष्णजी शाम तक वापस होंगे। कुछ ठीक नहीं है, काम हो गया तो वे दोपहर तक भी लौट सकते हैं।

दोपहर हो गई थी। उर्मिला को भूख लग आई थी। किंतु उसने तय किया कि वह बिना कृष्ण के खाएगी नहीं। वह भूख में एक उपन्यास पढ़ने लगी, पढ़ती रही, किंतु उस लोकप्रिय चटपटे उपन्यास में मात्र घटनाएं थीं। घटनाएं अपने आपमें सिर्फ उत्सुकता बढ़ाती हैं, उनका जो अर्थ होता है, मर्म, मनोविज्ञान यानी मनोघटना, वह न होने से, चिंतन न होने से घटना बहुलता ऊब पैदा करती है। घटनाएं पढ़कर लोग अखबार को फेंक देते हैं यही हाल ऐसे उपन्यासों का है....ये किसी चरित्र के भूगोल को पेश नहीं करते, और आकर्षक तो मानसिक भूगोल ही होता है....। तभी घंटी बजी। उर्मिला ने दौड़कर कक्ष का द्वार खोला। कृष्णगोपाल प्रसन्न–मन खड़े थे और मंद–मंद मुस्करा रहे थे, वही मोनालिसा मुस्कान। उर्मिला ने बाज कोप किया। वह मुंह फेरकर सोफे पर जा बैठी, बोली–"आपको मेरी चिंता नहीं, मैं भूख से, अकेलेपन से मरी जा रही हूं और आप भ्रमण कर रहे हैं, मटरगश्ती, जाइए आप, हूं !"

कृष्णजी पास आए। पर उर्मिला अपने को छुड़ाकर दौड़ी। कृष्ण ने पछियाया और उसे पकड़कर प्यार किया। वह प्रिय की बांहों में शिथिल हो गई। बोली–"आप क्रूर हैं, हैं न?"

"नहीं, मैं मन से यहीं था पर जरूरी काम था, दादा भी साथ थे, क्या करता?"

"कार्यसिद्धि हो गई?"

"यह तो एक सिलसिला है, चलें, भोजन कर लें, आप भूखी हैं।"

भोजन के समय उर्मिला ने कहा–"आपने अपना घर नहीं दिखाया?"

"वहां आपको ले जाना ठीक नहीं, मेरी पत्नी रूढ़िवादी हैं, पुराने रिवाजों की ...वह आपको, मुझे लांछित कर सकती हैं....जो परंपरा में जीते हैं, वे लकीर के फकीर होते हैं....वे स्वच्छंदता को अनैतिक मानते हैं–मेरी एक कविता है–

पति क्या है?

पतन का पुल्लिग पति है

पत्नी क्या है?

पतन का स्त्रीलिंग पत्नी है

फिर पतन क्या है?

अनचाहा दाम्पत्य जीवन !"

उर्मिला को लगा कि कृष्णजी रूढ़ि को नकार रहे हैं, पर कहीं कर्तव्य को भी तरह दे रहे हैं।

"आप अपनी पत्नी के प्रति कर्तव्य से विमुख हो रहे हैं, नहीं?"

"मेरी ट्रेजिडी यह है कि मैं कर्तव्यों से मुंह नहीं मोड़ सकता। मैंने पत्नी, पुत्री, पुत्र की देखभाल में कभी कोताही नहीं बरती पर पत्नी को मैंने चुना नहीं था। वह प्रदत्त थी, है, अतः मैंने उसके प्रति कर्तव्य तो पूरा किया पर अनचाहत का संग मैं निभा नहीं पाता, यह मेरी विवशता है।"

"किंतु जब वे जानेंगे कि आप संबंधों में स्वतंत्र हैं तो क्या उनका आप पर क्रोध नैतिक नहीं है?"

"संबंध तो वही है, जो मनचाहा हो वर्ना वह मात्र जिम्मेदारी है, उसे निभाता आ रहा हूं, बस।"

"मैं आपकी पत्नी से मिलना चाहती हूं, आपके बच्चों से भी।"

"वह सुखद अनुभव न होगा, आप रूढ़ि में ढले लोगों को जानती नहीं हैं और उनको न जानना ही अच्छा है.... आप उधर से ध्यान हटा लें, वह मेरा दायित्व है जैसे आपने अपने परिवार को पाला है, पाल रही हैं।"

"पर वे तो आपको पसंद करते हैं।"

"क्योंकि उनमें अधिकार की भावना नहीं है....पत्नी और संतान पति या पिता पर एकाधिकार चाहते हैं....वे स्वतंत्र संबंधों को विचलन मानते हैं....यह सामंती संस्कार है। सामंतकाल में सेठ और सामंत या समृद्ध लोग, बहुविवाह करते थे, पत्नियां और प्रेमिकाएं सौतिया डाह से नरक रचती थीं। तब स्वतंत्र मैत्री संबंध नहीं होते थे। स्वच्छंद संबंध आधुनिक युग की देन है अतएव हे मित्रा, आप इतिहास के पिछड़े काल में जाने की ज़िद न करें, वहां जड़ता और जिदें हैं, मॉनोपाली है मन पर....हम संक्रमण में जी रहे हैं जो विगत का भार भी ढो रहे हैं और वर्तमान में भी जी रहे हैं। आप अग्रगामी हैं, इसलिए, आप आगे को देखें, सामंती संस्कारों से ग्रस्त घरों में न झांकें तो बेहतर है। आप मेरी मित्र हैं और रहेंगी। दोनों दो लोक हैं, दो ध्रुव हैं जो मिल नहीं सकते....रूढ़िगत घरों में कर्तव्य वहीं तक सीमित है, बस घरभरो, घर के लिए मरो, जूझो, मन को मार डालो और जो प्रदत्त है, उसी में सड़ो–गलो। पर मैं मूलतः अनिकेत हूं, निकेत यदि कहीं हूं तो आपके साथ।"

"किंतु आपकी तो अन्य महिला मित्र भी हैं।"

"वे थीं, अब नहीं हैं...मैं अंततः आप में अपना लंगर पा गया हूं।"

दोनों विश्राम के लिए गए। शाम को जब वे चाय पी रहे थे, तब एक सुंदर–सी महिला, कृष्णजी से मिलने आई। उर्मिला उठकर जाने लगी। उस आगत महिला ने उर्मिला को जाने नहीं दिया, उसे पास बिठाया, परिचय पूछा। उसने अपना नाम आरती बताया। आरती, आकाशवाणी, दिल्ली में सर्विस करने लगी थी। वह बंबई के कर्मयुग के संपादक अधीर अनुपम की पत्नी थी। उसने उसे निकाल दिया था या उसने अधीर को छोड़ दिया था। वह अधीर अनुपम से क्रुद्ध थी और बदला लेना चाहती थी। कृष्णजी से उसका पुराना परिचय था। उसकी समझ में नहीं आ रहा था कि वह क्या करे? कृष्णजी ने पूछा–"अधीर अनुपम ने किसी अन्य नारी को रख लिया होगा, नहीं?"

"वह मरा तो मेरे सामने ही, मेरी परवाह न करता हुआ, उस अविवाहित बाला से रोमांस किया करता था। वह मुझसे संतान चाहता था किंतु मैं उसे

संतान नहीं दे सकी थी, इस कारण वह मुझे भगाने के उपाय किया करता था। जब मैंने उसका पल्ला नहीं छोड़ा, तब उसने उस बाला, शुभा देवी के साथ चक्कर चलाना शुरू कर दिया। मैं कब तक सहती, अपमान कब तक झेलती। 'कर्मयुग' के संपादक की पत्नी थी मैं, सो आकाशवाणी के परामर्शदाता महाकवि भृगुनाथ पांडेय प्रायः 'कर्मयुग' में छपते थे। वह बंबई आने पर हमारे ही घर ठहरते थे। वह अविवाहित थे। वह मुझे पुत्रीवत् स्नेह देने लगे। उन्होंने मुझे आकाशवाणी में सर्विस देने का वचन दिया था। मैंने उस क्रूर अधीर अनुपम के अत्याचारों से दुःखी होकर उसका घर छोड़ दिया और भृगुनाथ पांडेय के पास गई। उन्होंने अपना वचन पूरा किया और इस तरह मैं व्यवस्थित हो गई पर दिल्ली में न घर है, न गाड़ी.... मुझे अकेले रहना पड़ता है और आने-जाने में बड़ी परेशानी होती है तथापि दौड़ते-भागते किसी तरह आकाशवाणी में काम कर रही हूं। व्यवस्थित हो जाने पर मेरे मन में आया कि उस अधीर अनुपम को उसकी बेहूदगी का पाठ पढ़ाना चाहिए, उस शुभा को जिसने मेरा घर-वर छीन लिया। कानूनन कुछ हो नहीं सकता। क्योंकि मैं सर्विस में हूं सो निर्वाह के लिए अधीर के विरुद्ध केस भी नहीं किया जा सकता है। महाकवि पांडेय ने सब भूल जाने को कहा है पर मैं भूल नहीं पाती।''

और आरती सिसकने लगी। कृष्णगोपाल द्रवित हो गए। उन्होंने आरती को धीरज बंधाया, कहा-''आरतीजी, आप अपना पूर्व जीवन यथावत् बताएं, तो कुछ सोचूं।''

आरती ने बताया-''मैं तथाकथित लेखक नाम के दुष्ट प्राणियों की शिकार बन गई थी। वाराणसी में एक प्रसिद्ध लेखक हैं। वह प्रकाशक भी थे। मैं अपनी मां के साथ पंजाब से आई थी। सिर्फ बी॰ ए॰ पास थी। मुझे नौकरी चाहिए थी। लेखक की पत्नी भी पंजाब की थी। मैंने उन्हें अपना दुःख सुनाया। वह द्रवित हो गईं। उनकी संस्तुति पर उस लेखक कलानाथ 'बेताब' ने मुझे आश्रय दिया। मैं मां सहित उसी के मकान के एक कमरे में रहने लगी। उसका स्वभाव भी रंगीन और वाणी मधुर थी। वह मेरी कार्यकुशलता और सुंदरता से मुझ पर आशिक हो गया। उसने मुझे अन्य कार्यों के अलावा व्यक्तिगत सचिव भी बना लिया। धीरे-धीरे वह अपनी रोमानी कविताएं और गजलें सुनाने लगा। कहने लगा कि वह अकेला है, उसकी पत्नी बहुत बुरे स्वभाव की है। वह प्रकाशन कार्य तो संभालती हैं लेकिन मुझे मानसिक यंत्रणाएं देती हैं, डांटती-फटकारती हैं। मैं शायर और कवि हूं....मैं भटकता हूं, घंटों दशाश्वमेघ घाट पर बैठा गंगा की लहरें गिनता रहता हूं....मैं रात में सो नहीं पाता, दिनभर इस कार्य में खटना पड़ता है, लिखना-पढ़ना पड़ता है और फिर भी धनाभाव रहता है। हिन्दी की पुस्तकें बिकती नहीं हैं। अपनी किताबों को कोर्स में लगाने के लिए देशभर में जाना पड़ता है....मैं भंवर में फंस गया हूं, कोई सहानुभूति करनेवाला भी नहीं है।

''फिर वह 'बेताब' अपनी पत्नी को किसी तरह राजी कर मुझे अपने साथ किताबों को पाठ्यक्रम में लगवाने के लिए साथ ले जाने लगा। मां ने रोका, उसकी पत्नी ने भी लेकिन मुझे यात्रा का शौक था, सोचा नए दृश्य देखने को मिलेंगे, मौज रहेगी। मुझे 'बेताब' पर भरोसा था। तब मन निष्पाप था। 'बेताब' पर विश्वास कर लिया। मैं उसके साथ दिल्ली गई। मुझे वह बड़े प्यार-दुलार से ले गया।

आराम से रखा। एक–दो बार उसने मित्रों के घर टिकाया। पुनः एक बार उसने मुझे एक होटल में रखा। मैं किशोरावस्था और यौवन की संधि पर थी। सपने देखा करती थी। 'बेताब' हर एक यात्रा में मुझे रुपये देता, वस्त्र, अलंकार खरीद देता। मैं बहुत खुश थी, चिड़िया की तरह चहचहाती और उसकी फरमाइश पर गीत गाया करती। वह जमकर तारीफ करता और कभी उस झूम में मुझे कंठ से लगा लेता, पीठ पर थपकी देता और बड़े–बड़े वादे करता, कहता कि वह मुझे अपने व्यवसाय में भागीदार बना लेगा ताकि मुझे कभी निकाला न जा सके। जो लाभ होगा, उसका अंश उसे मिलता रहेगा, चाहे वह कार्य करे या न करे, बस, मेरा काम सिर्फ यह होगा कि मैं उसे नजदीकियां दूं, उसे अपना समझूं ....वह मोह–ममता का भूखा, अनाथ बालक–सा लगा था मुझे....उसने अपना वादा पूरा किया। पूरे व्यवसाय में मुझे दस प्रतिशत का भागीदार बना दिया। मेरी श्रद्धा बढ़ गई और मुझे पता नहीं चला कि कब मैं उसके साथ बह गई। वे दिन सुनहले बन गए थे, रातें रत्नमयी, मैं आकाश में उड़ रही थी। मेरे पास नए वस्त्रों, अलंकारों और साज–सामान के ढेर लग गए। उसने पास के एक किराए के मकान में मुझे स्वतंत्र रूप से व्यवस्थित कर दिया। वह पत्नी से छिपाकर मुझे तोहफे देता और इतना प्यार करता कि मुझे लगा कि वह अपनी आधी सम्पत्ति मुझे सौंप देगा। मेरी मां चिंतित थी और मैं मस्त.... एक अधूरी शिक्षाप्राप्त लड़की को इतना कुछ कहां मिलता....मैंने भविष्य के बारे में सोचना बंद कर दिया और उस नयी समृद्धि के प्रवाह में डूब गई।''

''फिर क्या हुआ।'' कृष्णजी ने पूछा।

''फिर हुआ यह कि मैं गर्भवती हो गई। पर किसी को कुछ पता नहीं था। जब मैंने 'बेताब' को बताया तो उसने मुझसे विवाह करने के लिए मना कर दिया क्योंकि वह पत्नी की कार्यकुशलता के कारण ही व्यवसाय चला रहा था। वह दबंग औरत थी। उसके बच्चे भी थे। वह उसे छोड़ नहीं सकता था। समाज में प्रतिष्ठा थी। वह गड़बड़ करता तो उसका खेल खराब हो जाता। मैं कहीं की भी तो नहीं रही।''

''फिर क्या हुआ?''

''फिर यह हुआ कि यह अधीर अनुपम संयोगवश मेरी तरफ खिंचा। उसे मेरी गर्भावस्था का कुछ पता नहीं था। मैंने तय कर लिया था कि कहीं बाहर जाकर, 'बेताब' की मदद से गर्भ गिरा दूंगी। वह अधीर अनुपम मेरे ऊपर कविताएं लिखता और मुझे नजर बचाकर देखता मगर पकड़ा जाता, यह सिलसिला चलता रहा। मैंने न बढ़ावा दिया, न उसे फटकारा....मैं सोचती थी कि वह यदि मुझसे विवाह कर ले तो मैं बेताब के नरक से मुक्ति पा सकूंगी किंतु उसके लिए गर्भपात जरूरी था और स्वास्थ्यलाभ भी सो मैं बेताब के सहयोग से पंजाब चली गई। वहां कुछ महीनों बाद ऑपरेशन कराया किंतु डाक्टर ने बताया कि वह बच तो जाएगी, स्वस्थ भी हो जाएगी किंतु दोबारा मां नहीं बन पाएगी....मैं हतप्रभ हो गई पर लाचारी थी। गर्भपात के बाद मैं तेजी से स्वस्थ होने लगी। स्वास्थ्य लाभ के लिए मैं शिमला चली गई और जब वहां से लौटी तो नरगिस–सी खिली हुई थी। वह अधीर अनुपम मेरी बड़ी बरौनियों वाली बड़ी अंखियों में सुध–बुध खो बैठा। उसने बहुत चाहा कि विवाह के पूर्व मैं समर्पण कर दूं पर मैं धोखा खा चुकी थी। मैंने साफ मना कर दिया। वह दीवाना अधीर अनुपम विवाह का

प्रस्ताव लाया। बेताब ने उसे स्वीकार कर लिया। मां क्या कहती, वह भी आखिरकार मान गई और कृष्णजी, अधीर अनुपम से मेरा गाजे–बाजे के साथ विवाह हो गया। मैं पुनः इस सुरक्षित और सामाजिक प्रेम में डूब गई और जब अधीर अनुपम 'कर्मयुग' का सम्पादक बन गया तो उसके साथ बंबई आ गई। कई वर्ष बीत गए परन्तु मैं मां नहीं बन सकी। अधीर के घर के लोगों में बड़बड़ाहट शुरू हो गई। तब दूसरा विवाह गैरकानूनी नहीं था सो उस अधीर ने शुभा से प्रेम की पेंगें बढ़ाना शुरू कर दिया। मैं सहती रही पर कब तक वह शुभा मेरी छाती पर मूंग दलती रहती। अंततः मैंने विद्रोह किया, रोज तनाव, विग्रह और वितंडा होता। वह चुड़ैल शुभा सरे–आम मेरे घर रहने लगी। वे अपने कक्ष में किलोलें करते और मैं अपने सूने कमरे में आहें भरती, रात–रात भर जागती, गालियां बकती। अंत में महाकवि पांडेय के आश्वासन पर मैं सब कुछ छोड़कर आकाशवाणी आ गई, उस दोजख से पिण्ड छूट गया। अब आप मेरे प्रतिशोध में सहायता कीजिए।"

"आप, जो आपके साथ गुजरा है, उस पर उपन्यास लिखिए और साफ लिखिए, बस नाम बदल दीजिए....किंतु लोग समझ ही लेंगे, उसका हुलिया बिगड़ जाएगा और वह साहित्य जगत् में अपयश का भागी होगा। वह समाजवादी बनता है। मानवता की बातें करता है, उसका राज फाश हो जाएगा। उसने आपके साथ अक्षम्य अपराध किया है, उसे सजा मिलनी ही चाहिए।"

किंतु उर्मिला के चेहरे पर क्रोध के लक्षण उभरे। वह बिफरती हुई कमरे के बाहर चली गई। कृष्ण ने आरती की ओर मर्म–दृष्टि से देखा। आरती जीवनरण में सब कुछ भुगत चुकी थी, मुंहफट हो गई थी। उसने कहा–"यह सुहाग दिखा रही है, यह उर्मिला मेरी कथा सुनकर उसे लगा कि मैं फायशा हूं और आप पर इसलिए वह खफा है कि आपसे मेरी बेतकुल्लफी देखकर उसे डर है कि मैं आपको भगा ले जाऊंगी।"

"क्या आप ऐसा करना चाहेंगी?"

"क्यों नहीं....मुझे तो पुरुष समाज ने बदनाम कर ही दिया है अब मैं भी तो बदला लूंगी। मैं लज्जा को औरत की सबसे बड़ी कमजोरी मानती हूं.... आप राम की तरह इस उर्मिला के शलभ बने हुए हैं....मैं इसका सुख सह सकती थी यदि वह मुझे बुरा न समझती पर स्पष्ट है कि वह मुझे एक बिगड़ी हुई बदचलन मादा मानती है....वह मेरी यातना की कल्पना नहीं कर सकती क्योंकि वह आपके पास स्वर्गसुख भोग रही है....आप जैसा प्रेम में प्रतिबद्ध नर उसे कहां मिलेगा.... वह समझ गई है कि मैं शूर्पणखा हूं और अधेड़ सुंदरी का रूप भर, एक कहानी गढ़कर उसके सुहाग पर डाका डालने आई हूं.... वह जिस तरह मुझे नीची नजर से देखती हुई भागी है, उससे मेरा मन कर रहा है कि आपका अपहरण कर लूं ताकि उसे इस धृष्टता का दंड मिले, आप चाहें तो यह खेल हो जाए लेकिन आपको मेरा उपन्यास, मेरी तरफ से लिखना होगा।"

कृष्णगोपाल ने अट्टहास किया।

आरती भी ठहाके मारने लगी। उसने कहा–"खेल ही सही, इस उर्मिला में सपत्नी भाव जग गए तो वह आपसे रूठेगी, तब उसे मनाने में आपको मजा आएगा। यह नारी–विमुक्ति मंच खोले हुए है पर यह विमुक्त नारी नहीं है। यह तो आपको पालतू बना रही है। आप क्या इसी के वशीभूत होकर अन्य

अवसरों से अपने को वंचित कर लेंगे....? आप अभी हमारे साथ मेरे घर चलिए.... फिर लौट आइएगा।''

''अरे नहीं, आप बैठिए, मैं उर्मिला को लाता हूं....यह भी तो संभव है कि आपके अनुमान गलत हों।''

''जाइए, मना लाइए पर मैं जानती हूं कि मेरा अनुमान सही है.... वह यदि नहीं मानती तो आप उसे मनाते रहिए, मैं चलती हूं। यह मेरे घर का पता है। वह मान जाए तो आज उसका रंजन कीजिए और कल शाम का भोजन मेरे साथ कीजिए। और चाहें तो वहीं रुक जाइए, उपन्यास का श्रीगणेश कर दीजिए।''

कृष्णजी बाहर जाकर उर्मिला को ढूंढ़ते रहे पर वह कहीं नहीं थी। वह परेशान हो गए। वह बहुत भावुक है, कहीं कुछ कर–करा न ले। उन्होंने पूछताछ की। एक बेयरा ने बताया कि मैडम सड़क पार उस रेस्त्रां की तरफ गई हैं। कृष्णजी उधर लपके, सचमुच वहां वह थी। कृष्णजी उस टेबिल पर जा बैठे।

''उर्मिला, आप इस तरह कुपित होकर भाग आईं, क्यों?''

''आप हरजाई हैं कृष्ण; पर मैं आपकी अनेक गोपियों में एक गोपी नहीं हूं। यह स्त्री, यह आरती, नारी के नाम पर कलंक है, ऐसी ही औरतों ने नारी जाति को अपयश दिया है। सत्य यह है कि इसका काम मर्दों को फंसाना है। यह निश्चय ही यौनअपील वाली है, अभी भी यह सौ–सौ चूहों को खाकर, आपमें करुणा जगाकर आपसे उपन्यास लिखाएगी और आप यदि चाहेंगे तो वह अपने को उपलब्ध करा देगी....लेकिन वह कथा गढ़ने में होशियार है....कृष्णजी, सच बताइएगा, तुम्हें मेरी शपथ, क्या इस अभिसारिका के साथ आप पहले भी कभी निमग्न हो चुके हैं?''

कृष्णजी हंसे, बोले–''मैं आपकी शपथ खाता हूं, मेरा इससे मात्र परिचय था। यह परामर्शदाता पांडेय के पास आती थी....यह आरती है, पर मैं उसका परवाना नहीं हूं।''

''आप हो तो सकते हैं?''

''नहीं हो सकते, नहीं होंगे क्योंकि इसका विवाह होने जा रहा है।''

'अरे, किसके साथ?''

''उसी कवि पांडेय के वंशज के साथ, वही बता रही थी।''

''किंतु यह तो बांझ है।''

''है किंतु वह तैयार है, वह भी संतान नहीं चाहता, विचित्र है न?''

''अति विचित्र, तो यही है।''

''यही, अब तो आपका समाधान हो गया या नहीं?''

''नहीं हुआ क्योंकि यह प्रेम या विवाह की क्या परवाह करती है? उसे तो आपसे नावेल लिखवाना है।''

''नावेल वह खुद लिख सकती है, कविता लिखती है, मैं पथप्रदर्शन कर दूंगा क्योंकि मैं उस अधीर अनुपम को मजा चखाना चाहता हूं। उसने इसके साथ ज्यादती तो की ही है।''

''यह फायशा है, छिनाल, इसके साथ जो हुआ है, ठीक ही हुआ है।''

''तो अब चलें?''

"नहीं, जब तक वह वहां है, मैं नहीं जाऊंगी। मैं उसे बर्दाश्त नहीं कर सकती।"

"ठीक है, मैं उसे फोन किए देता हूं।"

कृष्णगोपाल ने रेस्त्रां से आरती को फोन किया और हाल बताया। वह आरती बोली–"आप जैसा आदमी, काम से गया। उसने आपको बकरा बना लिया और अब आपको उसके खूंटे से बंधकर रहना पड़ेगा, च् च् च् बेचारा कृष्ण, राधा को पाल बैठा....अच्छा, मैं चलती हूं, कल या परसों या जब प्रांतीय नगर, जिसे कस्बा ही कहना चाहिए, जयपुर की इस नवेली से अवकाश मिले तो फोन कर तशरीफ ले आइएगा, फोन नंबर नोट कीजिए.... लानत है आप पर !"

कृष्ण ने नंबर नोट किया और कनैक्शन काट दिया। तब वह उर्मिला के टेबिल पर आए। कॉफी मंगाई, पी। तब चलने का प्रस्ताव किया। उर्मिला का कोप शांत नहीं हुआ। वह बोली–"क्या वार्ता हुई उस अभिसारिका से?"

"यही कि वह जा रही है।"

"बस?"

"बस।"

"झूठे, उसने आपको घर पर दावत दी है और फोन नंबर नोट कराया है।"

"वो तो है, पर मैं नहीं जा रहा हूं, मुझे उससे अधिक महत्वपूर्ण कार्य है....कल दादा जा रहे हैं।"

"लेकिन मैं आज ही जा रही हूं, टैक्सी मिल जाएगी या आप मुझे डीलक्स बस पर बिठा आइए।"

"लेकिन दादा की गाड़ी जा रही है, और उनका आदेश है कि आप उनके साथ ही जाएं.... आपको मेरे साथ माफिया के भेदियों ने अवश्य देखा होगा, इस कारण आपका अकेले जाना ठीक नहीं। वे मुझे दंडित करने के लिए आप पर हमला कर सकते हैं।"

"अच्छा?"

"सत्य यही है। अतएव, आप आज यहीं रुकें, कल दादा की वैन यहीं से आपको ले लेगी। अब गुस्सा छोड़िए और यह शाम खराब मत कीजिए। क्या पता, यह आपके साथ अंतिम संध्या हो। आप देख ही रही हैं कि जयपुर की माफिया के लिए दिल्ली दूर नहीं है और अब तो देशद्रोहियों के नाम भी मैं प्रधानमंत्री को दे आया हूं।"

उर्मिला उठ बैठी, साथ चली। खतरे की बात वह जानती थी। कृष्ण के प्राणभय से अवगत होकर उसका ईर्ष्याभाव थम गया। उसने कहा–"आपने वे नाम प्रधानमंत्री को दे दिए? शत्रुओं की संख्या बढ़ाने से क्या लाभ?"

"उर्मिला, अब तो ठन चुकी है, जो होना होगा, हो जाएगा....मैं कवि हूं, लेखक, रात–दिन जमाने भर के दर्द में उबलने से यह बेहतर है कि कुछ करके विदा ली जाए, नहीं?"

"वह तो है, लेकिन मैं आपको इस हालत में छोड़कर कैसे जाऊं? मेरा क्या होगा?"

"कुछ नहीं होगा....आप देख रही हैं कि प्रधानमंत्री से लेकर दादा देशभक्त तक, अनेक लोग आतंकवादियों, अपराधियों के निशाने पर हैं पर वे देशहित में अपनी

परवाह नहीं करते, तब मैं ही चिंता क्यों करूं और खतरनाक क्षेत्र–डैंजरस जोन, में रहने से प्रेम और रोमांस में जो तीव्रता आती है, वह सहज और सुरक्षित रहने से आ नहीं सकती। प्रत्येक अनुभव यदि अंतिम लगे कि यह पुनः नहीं मिलेगा तो उसका स्वाद अनंत हो जाता है जैसे आपका यह रूठना कितना आनंददायी प्रतीत हो रहा है।"

"तो मुझे यहीं रहने दीजिए न।"

"अवश्य रहिए, बल्कि चाहें तो जयपुर की सर्विस छोड़ दीजिए। प्रधानमंत्री ने आपको कहा ही है। आप प्रधानमंत्री के कार्यालय फोन कीजिए। सचिव को आपकी नियुक्ति के लिए कह दिया गया है। आपकी नियुक्ति कल हो जाएगी। दादा ने हमारे लिए रहने का प्रबंध कर ही दिया है। शौक से रहिए। चाहें तो छह महीनों की जयपुर की सर्विस से मेडीकल लीव ले लीजिए। इस अवधि में यहां महिलामंडल का काम देखिए। यदि यहां का कार्य भा जाए तो बाद में जयपुर की नौकरी से त्यागपत्र दे देना या मन यहां से उचटे तो जयपुर प्रस्थान कर जाना....प्रधानमंत्री आप की प्रतिभा पर मुग्ध हो गए हैं। उनका सचिव जब आपके जयपुर की फर्म के मालिक को फोन करेगा कि आपकी सेवाएं भारत सरकार ले रही है तो वह गौरव से उछल पड़ेगा। उसके मनमाने काम होंगे।"

"अच्छा, यह सब हो सकता है क्या?"

"आपको ऊंचे पद मिलेंगे और हम आपके माध्यम से जनहित के काम कराया करेंगे। संभव है, आप हमें भी कोई पद, बंगला, कार दिला सकें।"

उर्मिला खिल गई। उसे आश्चर्य हुआ। इतनी बड़ी संभावनाएं और सिर्फ इसलिए कि वह सर्वोच्च अधिकारी मुझसे प्रभावित हो गया है। वाह, लेकिन मैं यह कर नहीं सकती। मैं आरती नहीं हूं जो महत्वाकांक्षा की पूर्ति के लिए कुछ भी कर सकती है, नहीं, कभी नहीं और मैं यदि यहां रही तो कृष्णजी का परिवार उपेक्षित होगा और मुझे उस सती नारी, कृष्णजी की पत्नी, का श्राप मिलेगा। वह रात–दिन मुझे कोसेगी। बच्चों की हाय पड़ेगी मुझ पर। वह बोली–"कृष्णजी, मैं कल दादा के साथ जयपुर जाऊंगी। आपके सब्जबागों का मुझ पर कोई प्रभाव नहीं पड़ने वाला। मैं स्वतंत्र महिला हूं, मैं राजा की रक्षिता नहीं बन सकती। मैंने आपको वरा है, यह वरण मेरा अपना है। मैं आपके घर को बरबाद नहीं करना चाहती न महत्वाकांक्षावश, मैं अपनी आत्मा के साथ छल कर सकती हूं ....मैं कल जाऊंगी ....मुझे प्रधानमंत्री नहीं, मेरा कृष्ण चाहिए, कृष्णगोपाल। लेकिन आप उस लम्पट आरती से बचें।"

कृष्णगोपाल हो–हो कर हंसने लगा।

"तो ईर्ष्या अभी तक गई नहीं?"

वे दोनों होटल आए। दादा का फोन आया कि कल की यात्रा तय है। उर्मिला तैयार रहे। पुनः दादा ने बताया कि प्रधानमंत्री कार्यालय से फोन आया था कि उर्मिला यदि महिलामंडल का कार्य करें तो फोन करें ताकि उन्हें आज रात आठ बजे बुलवा लिया जाए। सचिव से प्रधानमंत्री ने कह दिया है और अब सचिव ही उर्मिला से वार्ता करेंगे। उर्मिला को फोन दिया गया। उर्मिला ने दादा से कहा–"दादाजी, आप मना कर दें, मैं जयपुर चलूंगी। मैं भारत सरकार की नौकरी नहीं करना चाहती, हां।"

"उर्मिला, यह मामूली ऑफर नहीं है, इससे हमारा भी हित सधेगा, सोचिए।"

"मैंने सोच लिया है, मैं प्रधानमंत्री की ऑफर को रिजेक्ट करती हूं।"

"रद्द क्यों करती हैं, मैं कहे देता हूं कि उर्मिला घर–परिवार से परामर्श कर तब जबाव देगी। फिर तुम्हारे हाथ है, आना या चुप्पी मार जाना, या मना कर देना, ठीक है?"

"जैसी आपकी आज्ञा, पर कल मैं आपके साथ चल रही हूं।"

"ठीक है, कल प्रातः आठ बजे तैयार रहना।"

"ओ॰ के॰ दादा जी।"

अब उर्मिला ताली बजाकर हंसी। हंसते–हंसते उसकी आंखों से आंसू निकल आए।

"यह खूब रही। मन कर रहा है कि प्रधानमंत्री को वश में कर मैं आपको आपके विचलन का मजा चखाऊं, आप पर अहसान करूं, आपको किसी बड़े पद पर बिठाऊं और तब आप पर हुक्म चलाऊं, मिस्टर कृष्णगोपाल को आदेश दिया जाता है कि वह हाजिर हों और मेरी कोर्निश करें, मेरे लिए सिनेमा के टिकट खरीदें, मेरा बैग लादें और मुझे एस्कोर्ट करें....हं–ह–ह–ह।"

कृष्णगोपाल भी इस हंसी में बह गए।

"उर्मिलाजी, यह प्रयोग बुरा नहीं है पर इसमें सावधानी जरूरी है।"

"जब आप मित्रबहुलता को बुरा नहीं मानते तो मुझसे एकनिष्ठता की आशा क्यों करते हैं?"

"मैं कहां करता हूं, प्रश्न सिर्फ आपके मन का है। अभी आप विरोध कर रही थीं, अब आपका मन बदल रहा है। मन बदल रहा हो तो मैं प्रधानमंत्री के कार्यालय फोन करूं क्या?"

"मैं तो विनोद कर रही थी। मैं पुरुषों को जानती हूं....वे चाहते हैं, स्त्री एकनिष्ठ रहे, वह स्वयं चाहे बहुनिष्ठ हों....आप बहुनिष्ठ हैं भी...मैं जानती हूं कि मेरा मन बदलते ही आप मुझसे कट जाएंगे। यह जो आपकी मुग्धता है, वह फिर नहीं रहेगी, दर्पण में दरार आ जाएगी और मेरा प्रतिबिम्ब विकृत हो जाएगा तथापि आप चाहें तो मैं प्रधानमंत्री को, आपकी सहयोग लिप्सा को समझने के लिए प्रयोग कर सकती हूं।"

"तो ठीक है, मैं फोन करता हूं।"

"नहीं, मैं फोन करूंगी।"

"आप करिए।"

उर्मिला ने कृष्णजी की ओर रहस्यमय मुद्रा में ताका और फोन मिलाया।

"हैलो, कौन साहब बोल रहे हैं, मैं उर्मिला बोल रही हूं, हम दादा देशभक्तजी के साथ प्रधानमंत्रीजी से मिले थे।"

सचिव को फोन दिया गया। उसने कहा–"हैलो, सैक्रेटरी, प्रधानमंत्री कार्यालय। क्या उर्मिलाजी बोल रही हैं।"

"जी हां, मैं उर्मिला।"

"आठ बजे हमारी कार आपके होटल पहुंच जाएगी। आप आ जाइएगा। प्रधानमंत्री का आदेश है। महिलामंडल की अध्यक्षा को भी बुलाया जाएगा। आज ही आपकी नियुक्ति हो जाएगी।"

"लेकिन जयपुर की नौकरी का क्या होगा?"

"डॉन्ट वरी, हम उसे देख लेंगे। आप उस फर्म का पता और फोन लिखाइए।"

उर्मिला ने फर्म का नाम, पता और फोन नंबर बता दिया।

"मिस उर्मिला, जब आप आएंगी, तब तक आपकी छुट्टी की स्वीकृति आ जाएगी, डान्ट बॉदर अबाउट एनीथिंग। एवरी थिंग विल बी सारटिड आउट, अण्डरस्टैंड?"

"क्या मैं अपने साथ किसी को ला सकती हूं, दादा देशभक्त और कृष्णगोपाल जी को?"

"देखिए, आपको स्वयं सब करना होगा, लेकिन अगर यह शर्त हो तो अवश्य उन्हें साथ लाइए।"

"यह शर्त नहीं, अनुरोध है, रिक्वैस्ट।"

"प्रीकंडीशन नहीं है तो आप किसी को साथ मत लाइए, यह गोपनीय है, मंजूर है?"

"मंजूर, "

"गुड, वैरी गुड, थैंक्स !"

और फोन बंद हो गया। उर्मिला विहंसी और, उसने कृष्णजी को बिठाया।

"कहता था, गोपनीय मामला है, खूब, मैं समझती हूं इस गोपनीयता को ऐसा मजा चखाऊंगी कि गोपनीयता जगजाहिर हो जाएगी। सत्ता गर्व में अंधी होती है, आज उसकी आंखें खुल जाएंगी। एक बात बताइए, आप कृष्णजी !"

"दो पूछिए।"

"वह मुझे यह आदेश दे सकता है कि गोपनीय को मैं किसी से न कहूं तो?"

"तो—तो....तोता होता तो क्या होता? आप अब स्नान करें, शृंगार और आज इन्द्रपरी से सजें....भविष्य आपका है।"

"आपको संकोच नहीं हो रहा कि आपका लंगर निकालकर वह प्रधानमंत्री अपने जीवन—जहाज में लगा लेगा?"

"मुझे तो खुशी हो रही है कि हमारी उर्मिला राज्य पद पाने जा रही है—मेरा क्या है, मैं तो आपकी प्रसन्नता में प्रसन्न रहूंगा।"

"अच्छा, दुष्टता पर उतर आए, मैं इसका स्वाद चखाती हूं।"

उर्मिला ने तकिया उठाया और कृष्णगोपाल पर धर मारा। वह भागा पर उर्मिला आवेश में थी। उसने तक—तक कर कई वार किए। कृष्णगोपाल त्राहि—त्राहि करने लगे। तब उर्मिला हंसी के निर्झर बहाने लगी।

"पुरुष, तू कितना पतित हो सकता है, तुम इसके नमूना हो....कोई और सामान्य व्यक्ति होता तो मुझ पर अधिकार दिखाता और रोक देता पर तुम मुझे ठेल रहे हो दुष्ट....मैं नहीं जा रही, आप फोन कर दें।"

"अब तो जाना ही पड़ेगा। तुमने प्रधानमंत्री से वादा किया है, किसी चपरकनाती से नहीं। वहां कोई तुम्हारी मर्जी के बिना खा नहीं जाएगा। जब सब आप पर निर्भर है तो चिंता और भय काहे का?"

"अच्छा बाबा जा रही हूं, आप जरा साज—शृंगार में मेरी मदद कीजिए न। कौन—सी साड़ी पहनूं, यह बताइए।"

जब उर्मिला नेलपॉलिश, लिपिस्टक, नए साड़ी–ब्लाउज और गहनों के हलके सैट में सजी तो कृष्णगोपाल के कलेजे पर आरी चलने लगी परन्तु वह उर्मिला का साज बिगाड़ना नहीं चाहता था। वह हंसता रहा और बातें बनाता रहा। तभी कार आ गई। कृष्णगोपाल उसे बिठाने चला। तब उर्मिला उससे लिपट गई और कहा–"मेरा चुम्बन लो प्रिय। वह मेरा रक्षाकवच बनेगा।"

दोनों आलिंगनबद्ध हुए। उर्मिला अपना साज–शृंगार एक बार पुनः संभाल कर कृष्णजी के साथ चली। कार में बैठने के बाद उर्मिला ने कहा–"आप यहीं रहें, पढ़ें–लिखें या दूरदर्शन देखें, मैं फोन करूंगी।"

"ओ॰ के॰ कांग्रेचुलेशन्स, बधाई।"

प्रधानमंत्री के ड्राइंगरूम में महिलामंडल की अध्यक्षा विराजी हुई थीं, अखिल भारतीय स्तर की नेता, प्रौढ़ वयस, गरिमामय, गंभीर और प्रधानमंत्री के रौब–दाब से अप्रभावित। उन्होंने उर्मिला को नख से शिख तक देखा। वह तौलती रहीं। पुनः कहा–"उर्मिलाजी, आपने सामाजिक सेवा की है कभी? महिला चेतना के जागरण के लिए आपने अध्ययन भी किया होगा।"

"मैं जयपुर में नारी विमुक्ति का मंच चलाती हूं और जहां भी नारी पर जुल्म होता है, वहां जाकर हम लोग हस्तक्षेप करती हैं, पूरे राजस्थान में पर जयपुर में विशेष....मैंने वीमैन लिबरेशन का लिट्रेचर पढ़ा है जैसे सिमोन द बुवा का सेकेण्ड सैक्स पढ़ा है अंग्रेजी संस्करण में यों उसका अनुवाद हिन्दी में भी हो गया है।"

"गुड, तब आपको कुछ सिखाना नहीं है, आपका विवाह हो गया क्या?"

"मैं विवाह में विश्वास नहीं करती, मैं मित्रता में विश्वास करती हूं। मैं मानती हूं कि नारी को अपनी प्रसन्नता का मौलिक अधिकार मिलना चाहिए जो संविधान में लिखा है, 'परस्यूट आफ द पीनैस' ।"

"जाहिर है, आपके मित्र होंगे ही?"

"एक मित्र है, अनेक मित्र नहीं हैं। मैं उससे विवाह भी कर सकती हूं, नहीं भी।"

"यदि उससे संतान हुई तो क्या करेंगी?"

"उसे पालूंगी। स्वीडन की तरह कुंआरी मां को यह अधिकार मिलना चाहिए और संतान की लैजिटीमेसी या औचित्य का जो भारत में नारीविरोधी कानून है, उसके विरुद्ध हमें लड़ना चाहिए। यानी संतान के पिता के स्थान पर मां का नाम लिखा जाए।"

"वैरी गुड, एक्सीलेंट। पर उर्मिला, इसे महिलाएं मानती नहीं हैं। इस संगठन में अधिकतर विवाहित स्त्रियां हैं और भारतीय संस्कृति के नाम पर वे स्वतंत्रता से डरती हैं।"

"तब इस संगठन का नाम महल या ताजमहल रख दिया जाए।"

और उर्मिला खिलखिलाकर हंस पड़ी। उसने कहा–"शाहजहां को बादशाहत, मुमताज महल के पिता के कारण मिली थी। वह उसके बच्चों की मां भी थी। उसने ताजमहल बनाया, उसमें कृतज्ञता की भावना अधिक थी, ताज बीबी के प्रति सच्चा प्रेम कम क्योंकि शाहजहां विलासी था, वह न जाने कितनी औरतों को खराब कर चुका था और ताज बीबी यह जानती थी.... पुरुषप्रधान समाज

को ही बदलना होगा आंटीजी, मांजी और इस व्यवस्था में मैट्रियार्थी या नारीप्रधान व्यवस्था का विनियोग करना होगा। अभी भी कुछ आदिम जातियों में मातृसत्तात्मक व्यवस्था है। वहां सम्पत्ति का अधिकार कन्याओं का होता है। बालकों का नहीं।''

''उर्मिला, तुम तो क्रांतिकारी हो, तुम हमारा साथ दोगी न?''

''मैडम, सब कुछ प्रधानमंत्री पर निर्भर है।''

तभी प्रधानमंत्री जी पधार गए, सचिव और एक–दो बाबू भी साथ थे। प्रधानमंत्री ने एक नजर से सर्वेक्षण किया। वही जगमोहन मुस्कान मारी और अध्यक्षा से पूछा–''मैडम क्या राय है उर्मिला के विषय में?''

''यह तो इंकलाबी है श्रीमन्, बहुत आगे का सोचती है, यह भारत की सिमोन द बुवा बनेगी, आप इसकी नियुक्ति कर दीजिए, इससे मुझे मदद मिलेगी।''

प्रधानमंत्री ने सचिव की ओर ताका। उसने नियुक्तिपत्र उन्हें दे दिया। उसे उन्होंने पढ़ा और अध्यक्षा को दे दिया। उन्होंने भी पढ़ा और उर्मिला को सौंप दिया। उसने भी उस कागज पर सरसरी नजर डाली। संतुष्ट हुई। उसे महिला मंडल का सचिव बनाया गया था और नारीचेतना के अभियान तथा कार्यक्रमों के आयोजन का काम सौंपा गया था। अच्छा–खासा वेतन, बंगला और कार का प्रबंध था, सुरक्षा गार्ड का भी। और क्या चाहिए, उर्मिला प्रसन्न थी। मैडम, सब ठीक हो जाने पर उठीं। उर्मिला को कल 11 बजे कार्यालय आकर कार्यभार संभालने का निर्देश दिया और प्रधानमंत्री को प्रणाम कर चली गईं। पुनः सचिव भी गए, बाबू वगैरह भी। अब सिर्फ प्रधानमंत्री थे। उन्होंने भरपूर नजर से उर्मिला को निहारा, कहा–''तो आप अब यहीं रहेंगी राजधानी में?''

''मैं जयपुर जाकर परिवार से पूछकर तब ज्वायन करूंगी।''

''आप दूसरों से पूछकर ही कुछ करती हैं या अपने मन से भी निर्णय लेती हैं?''

''ऐसे मामलों में पूछने से मन पुष्ट हो जाता है, कन्फर्म लेकिन व्यक्तिगत विषयों में मैं किसी से नहीं पूछती....मैं स्वतंत्र हूं अपने मामलात में।''

''गुड, आप दादा देशभक्त के निकट हैं, आप जानती हैं, देशभक्तजी मेरे नाना के जेल के साथी रहे हैं। मैं उनका बहुत आदर करता हूं....आप दादा के नाते घर की ही हैं, चाहें तो यहीं मेरे परिवार में रह जाइए। आपकी नियुक्ति हुई है, उसे सेलीब्रेट करना चाहिए न?''

''माफ कीजिए, फिर कभी, अभी तो मैंने कार्यभार संभाला नहीं है, ज्वायन करने के दिन जयपुर के घेवर लाऊंगी, आपके बच्चों के लिए और आपको राजस्थानी भोजन बनाकर खिलाऊंगी, दाल–बाटी चूरमा, बीकानेर की भुजिया लाऊंगी....मुझे आपने कहां से कहां पहुंचा दिया, इसलिए मैं कृतज्ञता के बोझ से मरी जा रही हूं किंतु मैं इतने महान व्यक्ति के निकट आने से आतंकित भी हूं....मैं इस लायक नहीं हूं। सर, आप मुझे अपने से दूर रहने दीजिएगा।''

''क्यों?''

''बस, यों ही, मैं–मैं–मैं....।''

वह गौरव और बड़प्पन से लदे हुए उठकर खड़े हो गए थे, बोले–''डांट बी सिली, उर्मिला मुझे आपसे बड़ी आशाएं हैं, बी ब्रेव और यह काम योग्यता से

करें, कोई चिंता, भय न करें अच्छा, जयपुर से लौटने पर फोन करें, आ जाएं, गुड नाइट !"

"गुड नाइट सर, आय एम ग्रेटफुल सर !"

"नो मैंशन।"

और वह एक सम्राट की शान के साथ चले गए। उर्मिला अपने व्यर्थ डरों पर लज्जित हुई और फिर उसे होटल पहुंचा दिया गया। वहां कृष्णजी नहीं थे। वह एक पत्र छोड़ गए थे कि उन्हें साहिबाबाद जाना पड़ रहा है और वहां से आज रात लौटा नहीं जा सकता तथापि वह फोन करेंगे। वहां साहिबाबाद में घर पर फोन नहीं है इसलिए वह ही फोन करेंगे और कल यदि आप जयपुर नहीं गईं तो भेंट होगी वर्ना वह जयपुर फोन कर लेंगे।

उन्नति और गौरव से लदी उर्मिला स्तब्ध थी। क्या हो गया अचानक जो कृष्णजी को जाना पड़ा। हे भगवान, यह जीवन समरस क्यों नहीं रहता? भोजन में कंकड़ की तरह कुछ न कुछ स्वाद बिगाड़ देता है। यह तो तय है कि कृष्णजी में इस घटना से दूरियां पनपी हैं लेकिन मैं पूर्ववत् हूं, कृष्णजी के प्रति और अधिक कृतज्ञ क्योंकि यह पद उन्हीं के कारण मुझे मिला है। मुझे लग रहा है कि मैं कृष्णजी को खो रही हूं। क्या करूं मैं? वह रोने लगी, सिसकती रही।

पुनः याद आने पर उसने दादा को फोन किया। दादा पुलकित हो गए, बोले—"उर्मिला, तुम्हारा भाग्योदय हुआ यों भाग्य के साथ दुर्भाग्य भी लगा रहता है पर तुम बहादुर बेटी हो, अनुकूल—प्रतिकूल दोनों को निबाह लोगी पर तुम कहती हो कि कृष्णजी, साहिबाबाद अपने घर चले गए, ऐसी क्या आफत आ गई जो उन्होंने तुम्हारे लौटने का भी इंतजार नहीं किया? मैं जानता था कि प्रधानमंत्री 'मि॰ क्लीन' यों ही नहीं कहलाते, वह सचमुच प्रधानमंत्री हैं, उस पद की गरिमा से वह नीचे उतर नहीं सकते, और तुमने देखा कि उन्होंने साबित कर दिया कि वह महान हैं।"

"सचमुच दादा, महान हैं, हमारे तो प्राण निकले जा रहे थे....अच्छा, आप बताइए कि कृष्णजी से भेंट कैसे हो? मैं बहुत व्याकुल हूं।"

"इसमें क्या कठिनाई है, पता उनका पास है ही....अभी नौ साढ़े नौ बजे हैं। साढ़े दस तक हम कृष्ण के पास होंगे। तुम तैयार हो जाओ, मैं आता हूं....साहिबाबाद चलते हैं और कृष्ण को ले आएंगे। वहां कुछ घटित हुआ होगा तो तुम यहां आ जाना। सुबह जयपुर चलना ही है।"

"दादा, आप जाकर उन्हें ले आइए। कुछ अनिष्ट की दशा हो वहां तो आप मुझे होटल से वापसी में ले लें, मैं यहां अकेली कैसे रहूंगी? कृष्णजी मुझे अपने घर नहीं ले जाना चाहते। उनकी पत्नी रूढ़िवादी हैं....अतएव, आप ही पधारिए, आश्चर्य यह है कि अभी तक साहिबाबाद से उनका फोन नहीं आया। मैं चिंतित हूं, कैसे अवसर पर वह मुझे छोड़कर चले गए।"

और उर्मिला फोन पर सिसकने लगी। दादा विहंसे—"अरे, तुम रो रही हो बेटी, रोओ मत, ऐसा होता है, यह जिंदगी है, पल—पल पर परिवर्तित, प्रत्याशित में अप्रत्याशित, अच्छा, मैं जाता हूं। तुम दूरदर्शन देखो, मैं साहिबाबाद से फोन करूंगा। ठीक है?"

"अच्छा, आप संभल कर जाइएगा, दिल्ली में बड़ी भीड़ रहती है। गार्ड साथ जाएगा न?"

"जाएगा, चिंता मत करो।"

दादा साहिबाबाद पहुंचे। वहां कृष्ण की पत्नी बीमार पड़ी थीं। बुखार में बर्रा रही थीं–"अब फिर एक नई–नवेली फांस ली तुमने, हांय, अब मेरा क्या होगा ....तुम दुनियाभर से भिड़ रहे हो, न मेरी चिंता, न बच्चों की...." वह कृष्ण को फटकार रही थीं और फफक रही थीं।

दादा ने देखा, कृष्णजी सिर झुकाए, पत्नी के पास बैठे थे, उदास, क्षुब्ध। उनकी पत्नी दादा के सामने ही उन्हें डांट रही थीं, रो रही थीं। दवा दी गई थी। उसका प्रभाव हो रहा था। फिर वह अचेत सी हो गई थीं। किंतु चिंता की कोई बात नहीं थी। दादा ने बाहर जाकर कहीं से उर्मिला को फोन मिलाया कि सब ठीक है। कृष्णजी की पत्नी बीमार हैं लेकिन ज्वर उतर जाएगा। ज्वर का समाचार कृष्णजी को किसी मित्र से मिल गया था, उन्हें आना पड़ा, यह बात थी।

उर्मिला कुछ निश्चिंत हुई। फिर पूछा, किस मित्र ने कृष्णजी को यह खबर दी थी। दादा ने बताया कि आरती ने फोन किया था।

आरती का नाम सुनते ही उर्मिला आग में जलने लगी। उसने मेरे रंग को भंग करने के लिए कृष्ण की पत्नी के मामूली ज्वर को बढ़ा–चढ़ाकर बताया होगा। तभी कृष्ण घबराकर भागे होंगे....आरती, मैं तुझे देख लूंगी, तुझे इस हरकत का मचा चखाऊंगी।

12

विमला, कृष्णजी की पत्नी का बुखार उतर गया था। कुछ दिनों में उनकी दुर्बलता भी दूर हो गई थी। वह अपनी नौकरी पर जाने लगी थी। वह कृष्णजी से क्षुब्ध थी। जब तक वह रुग्ण रहीं, कृष्णगोपाल कहीं नहीं गए और विमला के व्यंग्यबाण हंस–हंस कर झेलते रहे। विमला नीरांजना की तरह अपने में जलते–जलते तबीयत से बुझ चुकी थी। उनकी चीख–पुकार आप मद्धम हो गई थी। पर वह लगातार धीमे स्वर में बड़बड़ाती रहती थीं। इस कुर्र–कुर्र से कृष्णगोपाल की नसों–शिराओं में खिंचाव पैदा हो जाता था और उदर का फोड़ा फूटने लगता था। तब वह अस्वस्थ हो जाते थे। अस्वस्थता से विमला चिंतित हो जातीं और बड़बड़ाहट बंद कर वह कृष्णजी की सेवा में संलग्न हो जाती थीं। परिवार को वही पालती थीं। उनका पुत्र तो पढ़–लिखकर विदेश चला गया था जहां वह डाक्टर बन गया था। वह भी रुपये भेजता था और कृष्णगोपाल लगातार लेखन से जो कमाते थे, उसका अंश भी घर के व्यय के लिए मिल जाता था। इसके सिवा कुछ सम्पत्ति भी थी, एक–दो मकान थे जिनका किराया भी आता था। घर में लड़की थी, अन्नपूर्णा जो घर के लिए, मां के लिए समर्पित थी और पिता का आदर करती थी। जब विमलाजी बिगड़तीं तो वह पिता का पक्ष लेती और मां को चुप करा देती थी। तब विमला हंस पड़तीं, कहतीं कि कोई देखे कि ये सब उनका

पक्ष लेते हैं, मेरी कोई नहीं सुनता। तब वह अपनी पाली हुई बिल्लियों से अपनी फरियाद करती थीं। बिल्लियां जैसे उनका दुःख समझती थीं। वे प्यार भरी पुकार करतीं, आसपास चक्कर काटतीं और म्याऊं-म्याऊं कर उनकी गोद में आ जातीं और उनका चेहरा चाटने लगतीं, तब वह बिल्लियों को गरियातीं, भगातीं। तब घर वाले हंसते और विमला कुढ़तीं। विषाद विनोद में और विनोद विषाद में बदलता रहता था।

अन्नपूर्णा एक दिन बाजार खरीददारी के लिए गई हुई थी। तब विमला ने कृष्णजी से पूछा—"वह छैल-छबीली जयपुर गई या अभी दिल्ली में ही है?"

"वह तो दादा के साथ उसी दिन चली गई थी।"

"तभी तुम दिल्ली नहीं गए, मेरी देखभाल का बहाना करते रहे पर ननुआं (मन) तो उसी में अटका होगा ! धन्य हो तुम....बच्चे सयाने हो गए। लड़का जवान, लड़की भी। मैं जर्जर और तुम्हें रोमांस की सूझी है। क्या हमारा सबका ख्याल आता ही नहीं तुम्हें? कविता में कहां-कहां की तस्वीरें खींचते हो, कैसे ऊंचे विचार भरते हो और हम सब तुम्हारे ध्यान से बाहर। वाह रे कवी जी....सुनते हैं बाल्मीकि जी एक चिड़िया को मार देने पर बहेलिए को सराप देने लगे थे और तुम हो कि तुम्हें अपने जाए बच्चों की भी याद नहीं आती और मैं तो जैसे कहीं हूं ही नहीं....ये....कवी-फवी सब बदमाश होते हैं, हां !"

विमला के उलाहने पर कृष्णजी ने ठहाका लगाया। उन्होंने कहा—"याद क्यों नहीं आती.... पर करूं क्या, मैं घर का होकर रहूं, यह लोग नहीं चाहते। सामाजिक कार्य एक बार अपने में बांध लेते हैं, तो फिर छुटकारा नहीं मिलता और यहां रहूं तो तुम सदा अपने खरल में गरम मसाले की तरह कूटती रहती हो....वैसे तुम मुझसे पृथक कहां हो....तुम मेरे लिए बढ़िया पकी दाल हो, कढ़ी हो, पापड़ हो, चटनी और पकवान हो। तुम चूल्हा हो, चक्की हो। तुममें पकते दूध की, घी की सुगंध है, कढ़ाही में तुम पूड़ी-कचौड़ी की तरह तैरती हो, तुम तेल, घी, नमक, मिर्च-मसाला और सब्जी में तड़का हो, तुम मेरी गृहस्थी की गाड़ी का पहिया हो। मेरी नौका की खिवैया हो....। तुम नमकीन-मिठाई और भुजिया हो। तुम बिल्लियों की रोटी हो, ...पड़ोसियों की आदरणीय संरक्षिका हो...., सभी की खैर-खबर लेने वाली माता हो ....तुम न होतीं तो यह बसेरा उजड़ जाता....तुम मेरी थाली का अन्न हो, मेरी संतान के कल्याण की गारंटी हो, मैं तुम्हारे सहारे ही तो इतना कर पाता हूं लेकिन तुम समझती हो कि मैं तुम्हें कुछ नहीं समझता। अरे भाई, सब कुछ तुम्हारा ही तो है, मैं फालतू आदमी हूं, अनिकेत, कभी आ जाता हूं तो तुम मुझे पेठे की तरह छेदती हो फिर उन छेदों में चाशनी भरकर चखती हो....।"

विमला हंसने लगी—"अब बस करो, मैं तो चूल्हा हूं—उसे कभी जलते, छार-छार होते देखा है? अब रसोई में गैस है, उसकी जलन-बुझन पर कभी सोचा है? मैं हाड़-मांस की सजीव स्त्री हूं, कभी उसके मन को थाहा है तुमने....मुझे यही उपमाएं मिलने को थीं, वाह कवीजी !"

"नहीं, तुम गृहमंदिर में प्रज्ज्वलित हवन वेदी हो, सत्यनारायण की कथा हो तुम, तुम इस घर के कक्ष-कक्ष में जलती हुई दीपशिखा या विद्युतबल्ब हो, तुलसी का बिरवा, गमलों का पुष्पसमूह हो तुम....घर के नीम की निंबौली हो तुम

....संततिप्रवाह की गंगोतरी, तृषा में शीतल जल का पात्र, चिंतामणि हो तुम। मेरे लिए तुम्हीं तुम....हो तुम....।"

"बस, बहुत हो गया, यह मेरी महिमा नहीं, यह उपहास है क्योंकि यह तुम्हारे हृदय की बात नहीं, बनाई हुई गप्प है। मैं तुम्हारी पत्नी हूं और तुम पति हो, कभी पति का कर्तव्य पूरा करते हो? तुम्हारे मन में तो अनारकलियां हैं, कोयलें जो मीठा बोलती हैं, मोरें जो नाचती हैं, बिजलियां जो चमकती हैं। तुम्हारे लिए वे चन्द्रमा हैं, कमल हैं, लता हैं, चम्पा–चमेली हैं, नदी की लहरें हैं....वे ज्वार हैं, हम भाटा, वे जलेबी हैं, हम दाल–सब्जी, वे इत्र हैं, हम हींग–लहसुन–प्याज की छौंक, वे मृगनयनी हैं, हम अंधी, चश्मा तक नहीं बनवाया तुमने मेरे लिए. ...वह तो कहो अन्नपूर्णा है जिसने दौड़–भाग कर मुझे चश्मा दिया, आंख की रोशनी दी। वे तुम्हें बेल की फुनगी की तरह छू रही हैं, हम तुम्हें दाग रहे हैं....वे मेरी सौतें मरें, उनके कीड़ें पड़ें, भगवान, उनको टिटनेस हो जाए, लकवा मार जाए उन नासपीटियों को, उन्हें हैजा हो जाए, पर वे क्यों मरें, मरने को तो हम हैं, घिसटने को, रोज नयी आफत, हम हाड़ घिसें, जलें-फुंकें ईर्ष्या में और वे नकटी मजे करें, रास रचाएं कृष्णजी के साथ....यह ईश्वर भी जाने है कि नहीं, मेरी सुनता ही नहीं, मरा, वह भी तो लक्ष्मीजी के साथ सोया रहता है। हमारी विनती वह कब सुनें, आग लग जाए ऐसे बहरे बजरंगी देवताओं को।"

कृष्णगोपाल हंसते–हंसते कुर्सी पर ढेर हो गए। बोले–"मेरी राय है विमला, तुम भी रोमांस करो किसी से।"

"क्या कहा? मैं रोमांस करूं अब इस हालत में? जब रोमांस के लायक थी, तब भी तुमने कहां निहाल किया था। तब भी तुम इधर–उधर मुंह मारते रहे। तुमने तब भी तरसाया और अब तो घर ही छोड़ जाते हो....भगवान्, अगले जनम में तुम्हें पत्नी बनाए और मुझे तुम्हारा पति, तब मैं तुमसे खूब कसकर बदला लूंगी, हां !"

फिर अचानक विमला को याद आया–"अच्छा, यह बताओ कि वह आरती कहां है, बंबई से दिल्ली आ गई है, ऐसा समाचार है।"

"वही तो थी जिसने मुझे फोन किया था और तुम्हारे ज्वर का ऐसा बखान किया जैसे तुम स्वर्ग सिधार रही हो....मैं भागा आया।"

"तो वहां उस जयपुरवाली उर्मिला के साथ तुम उर नहीं मिला सके। तुमने उसको नौकरी दिला दी, वह भी इतनी बड़ी। अब तुम्हारे पौ–बारह हो गए, उसका बंगला, उसकी कार और वह....उसे कोढ़ हो जाए। हे राम, कोढ़। उसे तुम मुझे दिखा ही देते....वह आरती से अधिक सुंदर है न? सच कहना।"

कृष्णगोपाल हंसी से दोहरे होते हुए बोले–"आरती अभी भी मोहक है पर उर्मिला तो हूर है। परी–अप्सरा, तुम देखोगी तो तुम्हारा सौतिया डाह रफूचक्कर हो जाएगा।"

"अच्छा, नखरीली होगी?"

"तुम्हारी तो वह पूजा करेगी।"

"मेरी?"

"और किसकी? वह तो आने की जिद कर रही थी, मैंने कहा, वहां मेरे

घर मत चलो वर्ना मेरी पत्नी चबा जाएगी।''

''लो, मैं क्या डाइन हूं?''

''और क्या हो तुम, जब देखो तब ताना मारती रहती हो....एक वह है जो तुम्हारा आदर करती है, एक तुम हो जो उसको कोढ़िन बना रही हो....तुम वादा करो कि तुम उसको बुरा–भला नहीं कहोगी, तो वह अक्सर तुम्हारी सेवा के लिए आया करेगी। तुम्हें दिल्ली की सैर कराएगी। तुम्हारे बच्चों को अपना मानेगी।''

''क्यों नहीं, वह तो मेरे चरण धो–धोकर पिएगी, वह तो देवी है, मैं डाइन ....तो भी तुम उसे मुझे दिखाना जरूर....मैं वचन देती हूं कि उसे कुछ न कहूंगी ....मरा, मेरा मन भी बड़ा खराब है। मैं उसे देखना चाहती हूं, वह आरती भी भली है, मेरे पैर छूती है।''

''वह भी छुएगी पर तुम यह चंडीपन तो छोड़ो....आजकल स्त्री–पुरुष सामंती जमाने के नहीं हैं...तुम एक बार लड़के के साथ अमेरिका हो आओ। तब तुम्हारा ईर्ष्या–द्वेष दूर हो जाएगा।''

''तुम मेरा पासपोर्ट ही नहीं बनवाते, अब तुम बनवा दोगे ताकि मैं अमरीका चली जाऊं और तुम उर्मिला के हवाले हो जाओ।''

''अरे, तो तुम क्या वहीं रह जाओगी, लौटोगी नहीं?''

''यहां क्या रखा है, दिनभर नौकरी में खपो, घर आओ तो साजन अपनी सजनियों के साथ–हम यहां अकेले खीझें, झींकें, तुम्हारी बला से।''

''तुम समझती हो, मैं काम नहीं करता, व्यस्तताएं मुझे नहीं घेरतीं? ठीक है, मित्र हैं, कभी–कभार उनसे मिलना–जुलना हो जाता है पर अधिकतर तो हमें परोपकार में ही सिर खपाना पड़ता है।''

''क्यों खपाते हो अपना सिर, चैन से घर पर रहो, सेवा लो, बच्चों को प्यार करो। उनका प्यार पाओ और इस पेट के अल्सर को ठीक करो, बाहर उल्टा–सीधा खाना, पीना और अपने को हलाक करना, इसमें क्या मिलता है? ओस चाटने से कभी प्यास बुझती है? तुम प्यासे हिरन की तरह रेगिस्तान में मृगतृष्णा के पीछे भाग रहे हो ....तुम कभी सुखी और संतुष्ट नहीं हो सकते... .मरा, क्षण–भर का सुख और जीवनभर उनकी टहल करो, उनके नाज–नखरे सहो, उनकी चिंता में दुबले हो। उनके लिए जोड़–तोड़ करो और अपना शरीर गलाओ, क्यों कुरबान हुए जा रहे हो। वे सब तुम्हारा खून पी रही हैं, तुम्हें चबा रही हैं वे छमकछल्लो....तुम जादूगरनियों के बकरे बन गए हो, उनके पिंजड़े के तोते, उन्हीं की रट लगाए हुए हो, वे जैसा पढ़ातीं हैं, बोलते हो....अब सद्गृहस्थ बनो, मर्यादा पुरुषोत्तम राम की तरह रहो पर तुम कृष्ण–कन्हैया बने रमणरेती में रास रचा रहे हो....मरी, वे तुम्हारी कविता सुन–सुनकर पागल हो गईं हैं लेकिन मुझे तुम्हारी एक कविता भी पल्ले नहीं पड़ती....तुम बांसुरी बजाते होते तो हम भी सुना करते लेकिन तुम तो उनके साथ नाचने से ही फुरसत नहीं पाते....अच्छा, यह बताओ कि दादा यह सब जानते हैं?''

''वह तुम्हारी तरह दकियानूस, सड़े और संकीर्ण विचारों वाले नहीं हैं। वह साधु आदमी हैं पर वे जानते हैं कि स्त्री–पुरुष में मित्रता होना स्वाभाविक है, समाज तो पिछड़ा हुआ है, वह पाखंडी है, छिपकर करता है....इधर तुम्हारे मुहल्ले में क्या चल रहा है?''

"अरे क्या बताएं, सब घरों में यही हाल है, कोई किसी के बस में नहीं नासमारों में अब यह रिवाज चला है कि औरतों के नाक ही नहीं रही। शादी के पहले ही वे सब मजे लूट रही हैं...अब बोलो, जब औरतें ही मर्दों के पीछे भाग रही हैं, तब मरदुओं को दोष क्या दें?"

हास्य से कृष्णगोपाल के पेट में बल पड़ रहे थे, कहने लगे–"तब मुझे दोष क्यों दिया करती हो, मैंने किसी को सताया नहीं, लजाया नहीं। किसी ने दोस्ती चाही, कर ली, खत्म की तो अलग हो लिए...विमला, जमाना बदल गया है। वे मूल्य और आदर्श बदल गए हैं। लेकिन तुम नहीं बदलीं, आश्चर्य हैं।"

विमला का जहर काफी मर चुका था। अब विषाद प्रायः विनोद में बदलने लगा था और वह हंस पड़ती थीं। अन्नपूर्णा भी उन्हें कुछ न बकने के लिए कहा करती ताकि पिताश्री चैन से घर पर रुक सकें। अब शीतकाल उतार पर था। वसंतपंचमी के दिन दिल्ली में एक बड़ी गोष्ठी थी। उसमें कृष्णजी को बुलाया गया था। इसके सिवा प्रगतिशील लेखक संघ का अधिवेशन था। उसका भी निमंत्रण आया था। उर्मिला के कई पत्र आ चुके थे, उनका कृष्णजी ने जवाब दिया था, पर वह घर का हाल लिख चुके थे और पति–पत्नी में जो महासंवाद हुआ था, उसको भी। उर्मिला उस गृह–संवाद से खूब खुश हुई थी। वह आई तो नहीं पर बुला रही थी। उसने अपना काम संभाल लिया था और योग्यता का प्रदर्शन कर अपने वाक्चातुर्य और मोहक व्यवहार से वह लोकप्रिय हो रही थी। वह प्रधानमंत्री के घर में भी घुल–मिल गई थी। उस निकटता के कारण वह सब तरफ से सुरक्षित थी। बड़े अधिकारी उससे अदब से पेश आते और कभी सिफारिशें भी कराते थे। प्रधानमंत्री उसका कहा मान लेते पर सदा संभ्रम और दूरी बनाए रखते। वह प्रधानमंत्री की प्रशंसक बन गई थी और उनकी पत्नी की भी।

कृष्णगोपाल वसंतपंचमी के दिन सुबह दिल्ली को चले। पलाश फूल रहे थे और गुलमोहर भी। रंगों को प्रकृति जैसे सर्वत्र उछाल रही थी। पतझर के अगणित पत्तों की तरह भीड़ें भाग रही थीं, त्वरा में समूह ट्रेनों, बसों और कारों तथा दुपहियों से एक दूसरे पर चढ़ रहे थे, टकरा रहे थे। उनके पास प्रकृति के दृश्य देखने का समय नहीं था, हर एक को जल्दी थी। अजीब नजारा था। वनस्पतियों में जीवन का नया संचार हो रहा था, जैसे रस उमड़ रहा हो, किसलय निकल रहे थे। वे दग्ध दृष्टियों को मखमली स्पर्श देते थे और कान में कोयलें कूजती हुई कहती थीं, देखो, सुनो, वसन्त आ गया। किंतु कृष्णगोपाल के उदर में अल्सर की पीड़ा थी। कंठ में जैसे विष अटका था। उसकी जलन उन्हें फूंक रही थी। उनमें वसंत व्यंग्य में बदल रहा था। वह प्रकृति पर खीझ रहे थे, शीतकाल में तो वह कुदरत ठिठुरती रही, अब वसन्त में कैसी उमग रही है, बनन में बागन में बगरो वसन्त है, पद्माकर याद आए, निराला की कविताएं ध्यान में उभरीं, कैफी भोपाली का शेर स्मरण में आया कि तितली फूल से चिपकी हुई थी, तूफान आया, उसका कुछ नहीं बिगड़ा पर बड़े–बड़े पेड़ धराशायी हो गए। शेर ठीक से याद नहीं आ रही थी, कुछ इस तरह की थी–

'फूल से लिपटी हुई तितली का कुछ नहीं बिगड़ा
यूं तो तूफां में, हवा में कोई दरख्त गिरे।'

"वाह, क्या शेर कहा है। लेकिन वह रोमानी शायर है, उसने यह नहीं देखा कि तितली बनना पत्नियों के कारण कितना कठिन है। कृष्ण अपनी उक्ति पर मुस्कराए फिर सोचा, शायर सही है क्योंकि मन तो तितली है, वह फूलों का रस लेता है, कुछ भी होता रहे पर तबियत का तितलीपन कभी नहीं जाता और फूल भी वसन्त में कैसे उत्साह में हैं, खिल–खिल कर रहे हैं, हमें बुला रहे हैं कि सब दुख भूल जाएं। गुलाब जब चटख कर खिलता है तो वह मंदध्वनि विश्व की सर्वोत्तम ध्वनि होती है और फूलों की गंध से अस्तित्व तर–बतर होता है—वसन्त की महफिल में फूल–बच्चे इत्र लगा रहे हैं दर्शकों को। ए सुमन–शहजादे आ जा और मुझ प्रदूषण के शिकार इंसान को सुगंधित कर जा।....कृष्ण के नयन भर आए। मनुष्य–मनुष्य का शत्रु यदि नहीं होता तो प्रकृति में कितना सौंदर्य है पर वह सत्य की कटुता के आगे कितना निरीह और लाचार है।

कृष्णगोपाल ने एक उच्छ्वास छोड़ी। वह वसन्त–विहार कालोनी के एक अपार्टमेंट में पहुंचे। वहां वरिष्ठतम साहित्यचिंतक, आलोचक, स्वतंत्रता सेनानी श्री ज्ञानसिंह राठौर रहते थे। कृष्णगोपाल बस सिर्फ उन्हें ही मानते थे क्योंकि वह शालीनता के अवतार थे और भद्रता के नमूने थे। वह मार्क्सवादी और कम्यूनिस्ट होने पर भी विश्वसनीय, सहृदय और अभिमतों में एकदम स्वतंत्र मनीषी थे।

ज्ञानसिंहजी, कृष्णगोपाल को देखकर हुलसे और रभाकर ऐसे मिले जैसे दो सहोदर भरतमिलाप कर रहे हों। ज्ञानसिंह की पत्नी ने उपालंभ दिया– "गोपालजी, आप तो हमें भूल ही गए....आप अवश्य किसी नए रोमांस में रम रहे होंगे, क्यों?"

"नहीं भाभीजी, रोमांस तो गर्मी की तपन में ठंडी बयार के झोंके की तरह आते हैं, आए और चले गए, स्थायी तो दीर्घ अल्प ताप ही होता है...आप तो भाईजी के बौद्धिक वैभव में देवरों की भी याद नहीं करतीं?"

"गोपालजी, अब तो बूढ़े हो गए और कभी मन हो तो देवर दुर्लभ हो गए हैं अब। वे रोमांसों से अवकाश कहां पाते हैं, नयी के आगे पुरानियों को कौन पूछता है....? अच्छा, गोपालजी, आपको मालूम है कि राठौर इधर काफी समय से बीमार चल रहे हैं....आपका फोन तो आया था, महीने भर पूर्व, आप किसी होटल से बोल रहे थे, साथ में कौन था?"

कृष्णगोपाल हंसे पर भेद बताया नहीं, हंसते रहे।

ज्ञानसिंह बोले–"कृष्णजी, क्या–क्या गुजरा आप पर, हाल–चाल तो बताइए न।"

कृष्ण ने संक्षेप में बताने योग्य सारे प्रसंग दोहराए और कहा कि वे माफिया के निशाने पर हैं, ज्ञानसिंहजी सुनकर अचम्भे में डूब गए।

"यह तो गजब हो गया। आपने इतना खतरनाक काम क्यों किया?"

"क्योंकि ज्यां पॉल सार्त्र कहता है कि खतरनाक क्षेत्र में रहने से ही मानव मूल्य पनपते हैं, अस्तित्व का अहसास और इम्तहान साहसिक कार्य करने से ही होता है....जब मरना ही है तो वर्ग शत्रुओं का प्रतिरोध करते ही शान्त होना चाहिए।"

'पर अब क्या होगा?"

"जो होना होगा, हो जाएगा। आप तो यह बताइए कि यह जो प्रगतिशील

लेखक संघ का अधिवेशन होने जा रहा है, उसमें क्या लाइन लेनी चाहिए....वह महामंत्री, महामल्ल युद्धप्रिय वर्मा रिपोर्ट पेश करेंगे, आप जा रहे हैं क्या?''

''नहीं, मैं रुग्ण हूं पर आप अवश्य भाग लीजिए और युद्धप्रिय की कुत्सित समाजशास्त्रीय, संकीर्ण, बचकानी वामपंथी.... अतिवादी दृष्टि का विरोध कीजिए....आप यह कर सकते हैं, शेष तो आतंकित होकर मौन रह जाते हैं, मुझे आप से ही आशा है....आप लाइन यह लीजिए कि प्रगतिशील आंदोलन का उद्देश्य उसे बलात् ठेलकर अतिवादी, संकीर्ण रास्ते पर ले जाना नहीं है बल्कि व्यापक मानववाद का उसे प्रतीक बनाना है, हां जिन रचनाओं में जातिवाद या सम्प्रदायवाद हो, उनको अनावृत करना है और युद्धप्रिय वर्मा के मिथ्या, विघटनकारी अहम् का भी।''

''और वह उनका प्रतिरूप, आत्ममुग्ध बलरामसिंह?''

''उसमें एक चौथाई युद्धप्रिय वर्मा, एक चौथाई स॰ ही॰ वात्स्यायन और एक चौथाई एफ॰ आर॰ लीविस और शेख इलाहाबादी, परिमल–गुट का गड्मगड्ड है। उसने साम्राज्यवादी–पूंजीवादी देशों में, मार्क्सवाद के विरोध में पनपी नयी समीक्षा का आंतरिकीकरण कर लिया है, वह स्वजनवादी, पावरपालिटिक्स वाला दांवघाती आलोचक है, घमंडी और तिकड़मी।''

''किंतु वह आपके प्रधान संपादकत्व में समीक्षामणि का सह–संपादक रह चुका है, मैं भी आपका सह–संपादक था। तब तो वह मार्क्सवाद को मानता था।''

''वे दिन गए, जैसे युद्धप्रिय वर्मा ने नारा उछाला था कि साहित्य में ज्ञानसिंह राठौर का प्रभाव खत्म करो, उसी तरह वह बलरामसिंह करने लगा। वह अकेले में मिलने पर, 'आप तो बड़े भाई हैं', कहकर सम्मान देता है, पर साहित्य और सभाओं में मुझे उपेक्षित करता है, मेरे विरुद्ध उसने अपने चमचों से लेख लिखवाए हैं, गालियां दिलवाई हैं, उखाड़–पछाड़ की है। वह नए कहानीकारों, नए कवियों में नयी समीक्षा के प्रत्यय उगलता है और मार्क्सवादियों के बीच मार्क्स–एंगिल्स के। वह अद्भुत अवसरवादी और तिकड़मी भी है....युद्धप्रिय वर्मा में लागडांट है, वह भी मित्रवादी है किंतु उसमें छिपकर वार करने की आदत नहीं है। वह संकीर्ण, हठी पर दो टूक लिखता, बोलता है। ये दोनों प्रगतिशील लेखक संघ की जड़ें काटते रहे हैं। मगर सी॰ पी॰ आई॰ तटस्थ है, कमजोर भी है।''

कृष्णजी ने कहा–''आपको याद होगा राघवाचार्य ने मेरे पत्र 'नवजीवन' में इन युद्धप्रिय वर्मा के सैद्धांतिक अंतर्विरोधों को अनावृत कर दिया गया था। तब से वह उनके विरुद्ध लिखता–बोलता रहा है। राघवाचार्य इसी आक्रोश में खेत रहे, मर गए।''

ज्ञानसिंह कहने लगे–''आप देखें कि युद्धप्रिय वर्मा पहले से तय करते हैं कि किन्हें मारना और किन्हें उठाना है। निराला और सुमित्रानंदन पंत में प्रेम भी था और प्रतिभा द्वंद्व भी। पंतजी चूंकि निराला का परिहास किया करते थे अतः बदला लेने के लिए युद्धप्रिय वर्मा ने पंतजी के नए काव्य की विगर्हणा की। अंध पक्षपात देखना हो, अबौद्धिक–अशोभन उग्रता तो युद्धप्रिय वर्मा की आलोचना पढ़ें। उसकी शक्ति यह है कि वह विद्वान् है, बहुभाषाविद् भी है, उसने विभिन्न विषयों पर मार्क्सवादी दृष्टि से लिखा है, ग्रंथ पर ग्रंथ छपा लिए हैं किंतु उसकी दृष्टि में ही दोष है और उसमें

वस्तुगतता नहीं है और जब वस्तुगतता नहीं है तो फिर वह आलोचक नहीं, अभिभाषक बन गया है। इससे पाठकों में दिम्भ्रम फैल गया है और उसकी अंधाधुंध मार से उसने लेखकों को प्रलेस से परांगमुख कर दिया है। युद्धप्रिय वर्मा और बलराम सिंह में यथातथ्यता नहीं है। वे वकील हैं, अच्छे–खासे, पर वे नीर–क्षीर विवेकी विवेचक नहीं हैं....अच्छा, आपके डा॰ उद्धव के क्या हाल हैं?"

"एक वही ढंग का बौद्धिक है। उसने काफी लिखा है। इधर उसने भारतीय परंपरा और काव्यशास्त्र की द्वंद्वात्मक भौतिकवादी दृष्टि से व्याख्या की है। वह मानक ग्रंथ है। उस पर यहां दिल्ली में गोष्ठी करानी है। उसमें आपको आना होगा। जो राय आपकी हो, उसे ही व्यक्त करें, उठाना–गिराना हमारा, खासकर आपका काम नहीं है पर जो अच्छा है, सही है, उसे सभा और साहित्य में न कहना, गुणवत्ता की नाकद्री करना है। आप आएंगे न?"

"जरूर, उद्धव ने वह ग्रंथ मुझे भिजवा दिया है, छप गया है वह। उससे मुझे बड़ी आशाएं हैं। उसमें एक ही कमी है कि वह जनता से निकला है सो वह अतिवादी हो जाता है और नक्सलपंथी इंकलाब का, सशस्त्र क्रांति का, समर्थन करता है पर समग्रतः वह सही है, निस्संग और काफी वस्तुगत।"

"तो मैं अब चलता हूं। दोपहर हो गई है और मुझे शाम को वसन्त पर एक गोष्ठी में भाग लेना है।"

"आप सतर्क रहें, रात में बाहर न भटकें, माफिया पीछे लगा है, कुछ भी हो सकता है....दरअसल, आप प्रतिकूलों–पाखंडियों और पथभ्रष्टों की लैम्पूनिंग बहुत करते हैं, जैसे व्हेल मछलियों को भाले से वेधा जाता है पर लेखक लोग महामत्स्य नहीं होते और व्हेलों की शिकार बड़ी खतरनाक होती है।"

"लेकिन यदि उनकी धुनाई न हो तो वे देश, समाज और साहित्य के जहाज को डुबो देंगे, लोगों को निगल जाएंगे, वे महामत्स्य.... मुझे नराधमों और फ्राड लोगों की आखेट से, गुब्बारे से, झूठे अहंकार में फूले हुओं की हवा निकालने से बहुत संतोष मिलता है, काट–कपट कर्ताओं को उनके कुकृत्य का दंड तो मिलना ही चाहिए. ...आपकी भद्रता और सहनशीलता से आपकी अति क्षति हुई है....आप यदि लगातार लिखते–बोलते रहते तो केंद्र में रहते पर आपने किनाराकशी कर ली पर आप अभी हैं सो समझदार, न्यायप्रिय लेखक, विचारक अभी भी तो आपके यहां आते हैं, सराहते हैं, सराहते रहेंगे.... अच्छा, अब अनुमति दीजिए।"

....गोष्ठी में दिल्ली के कई प्रमुख कवि आए थे। वह सोहन अवस्थी चुगलखोर भी था जो झेंप रहा था क्योंकि उसकी काट के बावजूद कृष्णगोपाल के प्रति और उर्मिला के प्रति प्रधानमंत्री की अनुकूलता से आतंकित सा था। कृष्णगोपाल उसकी पराजय का मजा ले रहे थे। बहुत–सी कविताएं पढ़ीं गईं, जब कृष्णजी का नंबर आया तो उन्होंने अपना सबसे भिन्न बेधक व्यंग्य पढ़ा–

"वसन्त आया है
उस दिन कैलेण्डर देखकर पता चला
क्योंकि मेरे आसपास कोई फूल नहीं खिला
मेरे गुलदस्ते का पुष्पधन्वा भी उदासीन रहा
उसने मौसम की पाबंदी पर
खिलने से इनकार कर दिया

तब बसंत निराश होकर लौट गया
घूरे पर फूल खिला, बहार को बहाना मिला
पंख खोलकर नाचता रहा मोर
लेकिन बादल गरजे नहीं
वह तो था हवाई जहाज का शोर।''

''वाह कृष्णजी, क्या छुरीदार व्यंग्य है, कटारशाही सैटायर, एक और हो जाए।'' तब कृष्णजी ने दूसरी रचना सुनाई।

''माना यह रंगों का मौसम,
है पोशाक बदलने का क्रम।
सिर से बरफ उतार फेंकना,
चाह रही हर चोटी पुरनम।
लेकिन उनका क्या होगा
जो रंग बदल कर भी
दे पाते नहीं समय का साथ।
रह जाती बस काल–सर्प की केंचुल जिनके हाथ।
माना यह गीतों का मौसम।
अमराई की फुनगी पर जम।
कोकिल शुरू कर रही
अपने फागों के रागों का सरगम।
लेकिन भृंगों की शहनाई,
कोकिल के स्वर की मधुराई,
क्या कौओं के असंतोष का हाहाकार दबा सकती है?
नागफनी के कांटों में
फूलों का प्यार जगा सकती है?''

''क्या पारदर्शिता है, क्या जुमलों की सफाई है और कथ्य कितना सही और सामयिक है। कृष्णजी वसंत में कौओं और कांटों की चिंता आपने ही की, वाह।''

''लेकिन कृष्णजी स्वयं तो न काक हैं, न नागफनी, वह तो तबियत से वसंत हैं, रंग और रस से भरे, रास रचाते हैं, क्यों कृष्णजी?''

एक अन्य बोला–''परन्तु कृष्ण में जन–जन का हाहाकार भी है और नागफनी का नुकीलापन भी। जब वह छिदते हैं तो सिर्फ चुभन ही नहीं देते, वह मांस में छिदे कांटे से वहीं रह जाते हैं, और चिमटियों से भी नहीं निकलते, शत्रुओं में कसकते रहते हैं।''

लेखकों ने सोहन अवस्थी की ओर देखकर ठहाका लगाया। वह खिसिया गया पर कोई जवाब नहीं दे सका।

कृष्ण ने व्यंग्य किया–''नागफनी का कांटा उन्हें छिदता है जिनमें मांस हो लेकिन जो अपने आकाओं के चरणों में पड़े रहते हैं, वे तो बागों में गीत गाते हैं, वे नागफनी के पास क्यों जाएंगे?''

पुनः अट्टहास हुआ। सोहन अवस्थी उठकर चला गया। संयोजक ने मनाया भी पर वह नहीं माना। सब हंसे। कृष्ण से पूछा गया कि सोहन ने कोई अशोभन काम जरूर किया होगा।

कृष्ण ने सबको बताया कि सोहन अवस्थी ने किस तरह अपने स्वामी एक नेता के द्वारा, कृष्ण के खिलाफ प्रधानमंत्री से कहलवाया, लेकिन उसका असर नहीं हुआ। सोहन ने कहलवाया था कि मैं जयपुर को तेलंगाना बना रहा हूं।"

"अच्छा?"

"हां, यही कहलवाया था इस अशोभन अवस्थी ने।"

"तब तो उसके विरुद्ध निन्दा का प्रस्ताव पास करना चाहिए....साहित्यिक समाज में ऐसी घातक हरकत तो प्रशंसनीय नहीं हो सकती।"

"उसको निन्दा की क्या चिंता है? लज्जा न हो तो आप कुछ भी कहते रहिए, वह चिकना घड़ा है.... वह जानता है कि प्रभावशाली नेता का चरण–चुम्बन फलदायी होता है, साहित्यकारों की निन्दा–प्रशंसा से क्या बिगड़ता है?"

"तो हम सब उसकी दुष्टता के विरुद्ध निन्दा का प्रस्ताव करते हैं।"

सबने हाथ उठाए, प्रस्ताव पारित हो गया। कृष्णजी को संतोष हुआ कि अभी भी साहित्य में सब कुछ नष्ट नहीं हुआ है, उसमें बुरे और भले का विवेक बना हुआ है।

कृष्णजी वहां से उर्मिला के बंगले पर गए। वह मुंह फुलाए हुए कृष्ण की ओर पीठ कर बैठ गई। कृष्णजी हंसे–"कोपभवन से बाहर आओ उर्मिला.... मैं उत्सुकता से बेहाल हूं, सब समाचार सुनाओ। आप व्यवस्थित हो गईं, सुविधाएं मिल गईं और प्रधानमंत्री की अनुकूलता, अब बताओ और क्या प्रिय करूं आपका?"

उर्मिला कुछ भी नहीं बोली। वह वैसी ही अनमनी बनी रही। तब कृष्णजी विहंसते हुए उसके पास गए : "डांट टच मी, मुझे मत छुओ, आप तो पत्थर हैं, कितना समय बीत गया, साहिबाबाद पास है और आप वहां आराम से पड़े रहे, कमाल है क्या पत्नी ने आपको बांध रखा था? बांहर जाकर फोन ही कर लेते?"

"उर्मिला, मैं विमला की किच्–किच् से अस्वस्थ हो गया था। वह लगातार बड़बड़ाती रहती हैं, लगातार और लगता है कि मेरी शिराएं सुन्न हो गई हैं और पेट में जहरबाद हो गया है....मैंने सोचा कि फोन करेंगे तो आना ही पड़ेगा। विमला ने जब पूरा जहर उगल दिया, शांत हुईं और कहा कि मैं उर्मिला को साहिबाबाद लाऊं और वह आपसे कुछ न कहेंगी, यह उन्होंने वादा किया है....वह आपको देखना चाहती हैं, व्याकुल हैं, आपसे बहनापा जोड़ने के लिए....यह जो तनाव हैं, उसे भी आप ही दूर कर सकती हैं।"

उर्मिला प्रसन्न हो गई, बोली–"तो कल चलें, छुट्टी भी है या अभी चलें?"

"आज तो गोष्ठी के कारण दिलकश हो गया और वह घर आपके रहने लायक नहीं है, कल ही ठीक रहेगा।"

"ओ॰ के॰....आप अभी भी कुछ अस्वस्थ से हैं, हैं न?"

"ऐसा ही है, आप तो बताइए कि कैसा चल रहा है आपका नया काम।"

उर्मिला ने सारा हाल सुनाया। प्रधानमंत्री और उनकी मैडम की तारीफ की। कहा कि व्यस्तता बहुत रहती है।

"सबसे बड़ा संकट अकेलेपन का है....मैं आपके बिना इस भयंकर आपाधापी में अकेली पड़ गई हूं और आप में यह अन्यत्र डुबकी मार जाने की बुरी आदत है....आप मेरे पास रहें तो मैं सहज हो सकती हूं....मुझे ऐसा लगता है कि आप

तभी जीवन्त रहते हैं जब कोई चुनौती हो। यहां ठहराव सा आ गया है सो आप ढीले हो गए हैं, नहीं?"

"हो सकता है लेकिन उर्मिला, मैं निशाने पर हूं न सो मुझे लगता है कि प्राण बचाए मैं यहां राजधानी में थमे हुए जाल की तरह सड़ रहा हूं।"

"तो कहीं बाहर चलें क्या? नैनीताल, मसूरी, देहरादून या कहां? तब आपका उल्लास वापस आ जाएगा....मैं इधर कितनी बोर हुई हूं, मैं ही जानती हूं।"

"अभी नहीं, मैं एक किताब शुरू कर बैठा हूं। दादा ने कहा है कि 'प्रतिरोध' का संपादन मुझे ही करना है यहीं से। मुझे कई लेख भी लिखने हैं। हिन्दी में गजलियात का संपादन कर रहा हूं। तमाम काम है, सिर पर, क्या करूं?"

"तो आप यहीं अपना कार्यालय खोल लीजिए न, यहां सुविधाएं भीं हैं।"

"मेरा लगातार यहां रहना ठीक नहीं है आपके लिए।"

"ऐसा? लेकिन यह मेरा व्यक्तिगत जीवन है, इससे किसी का क्या बिगड़ता है? मुझे आपकी चिंता रहती है, मैं इस नौकरी और सुविधाओं की परवाह नहीं करती....मैं आपके बिना नहीं रह सकती....आरती का फोन आया था।"

"अच्छा, क्या कह रही थी?"

"उसने कहा है कि मैं आपको न छोड़ूं, यह कि आप जैसा कोई व्यक्तित्व दिल्ली में नहीं है, न किसी की चाहत में इतनी गहनता मिल सकती है। आपकी कविता 'नदी और समुद्र' का संदर्भ दे रही थी कि आपका खारापन मैं बढ़ने न दूं, उसे अपने मीठे जल से भरती रहूं....मैंने मजाक किया कि आप भी तो बहुत मधुर सरिता हैं, आप भी तो कृष्ण–समुद्र में अपने को उंड़ेलिए। तब वह हंसकर कहने लगी कि उसका जल तो उसके पूर्व पति ने प्रदूषित कर दिया है और उसकी निगाह में मैं अप्रदूषित हूं, इसलिए मेरा काम है आपकी क्षारता को दूर करना। वह आरती आपकी सच्ची मित्र है, वह मुझे चाहने लगी है जैसे वह मेरी आशिक हो और मैं उनकी माशूक....वह उसी तरह मुझे प्यार करती है, लिपटती है, चूमती है, कहीं वह लैसव्यां तो नहीं है? उसने बहुत दुख भोगा है, वह उपेक्षा और तिरस्कार में जीने की वेदना से व्यथित रही है ! उसे बुला लें क्या?"

"उसे फोन तो किया ही जा सकता है, वह हड़कम्प मचा देती है। बहुत मुंहफट है वह, पर मजेदार है।"

आरती घर पर ही थी। बोली–"कृष्णजी, आप अपनी राधा के यहां से बोल रहे हैं न? आखिर आपने उसकी सुधि ले ही ली? आप तो अब तक विमलाजी को पटाते रहे होंगे?"

"अरे नहीं, मैं तो आपके घर आना चाहता था पर रास्ता भूला गया, इधर आ लगे।"

"क्यों नहीं, क्यों नहीं....आप यहां मत आना। वह महाकवि पांडेय का वंशज किसी अन्य की उपस्थित नहीं सहता....वह मुझे घेरे रहता है। खासतौर से वह आपसे चिढ़ता है, वह आपका रकीब है, प्रतिद्वंद्वी....हां, मैं आ सकती हूं, पर आऊंगी नहीं क्योंकि मैं कृष्ण और राधा के कुंजविहार में बाधक नहीं बनना चाहती.... कृष्ण, तुम्हारी उर्मिला, बहुत मीठी है, उसमें आपके प्रति इतनी तन्मयता है कि मैं उससे ईर्ष्या

करने लगी हूं....मैं उससे कहती हूं कि वह निस्संगता सीखे....ये मर्द सब एक से होते हैं, और कृष्ण तो हरजाई है। घाट–घाट का पानी पीने वाला, उसे अधिक लिफ्ट देना हानिकर है।''

दोनों हंसे। कृष्ण ने कहा कि वह कुछ समय के लिए आ जाए पर उसने साफ मना कर दिया और फोन उर्मिला को देने के लिए कहा।

उर्मिला बोली–''हैलो, मैं उर्मिला, आरतीजी, आप यहां आइए न।''

''नहीं, आज कन्हैयाजी बहुत समय के बाद आए हैं, तुम उनके साथ तल्लीन हो, तन्मग....मैं फिर कभी आऊंगी, मैं इस समय तुम्हारे साथ ईर्ष्या कर रही हूं, तुम भाग्यशालिनी हो उर्मिला, सौभाग्य भोगो मगर याद रहे, मैं तुम्हारी आशिक हूं ....जब कृष्ण महाभारत में जाया करेगा तब मैं उसका स्थान गृहण कर लूंगी।''

''आप क्या नारी–प्रेमी हैं, लैसब्यां?''

''लैसब्यां तो नहीं हूं पर तुम इतनी मोहक हो कि मैं पुरुष की तरह तुम्हें प्यार करना चाहती हूं फिर मुझे कृष्ण का ख्याल आ जाता है, बेचारा समझेगा कि मैं तुम्हें उससे छीन रही हूं....इसलिए तुम्हें छोड़ देती हूं....तुमने अभी नारी का नारी के प्रति प्रेम देखा नहीं है, वह पुरुष के प्रेम से भी अद्‌भुत होता है।''

''अच्छा? ऐसा भी होता है क्या? मैं तो कुछ जानती ही नहीं।''

''इसी भोलेपन पर मैं तो फिदा हूं, मेरा मन करता है कि तुम्हें मैं जीम जाऊं।''

''तो रोकता कौन है, जीम जाइए।''

''उसमें एक भय है, तुम यदि लैसब्यां बन सकती हो–मेरा रोमांस तुमसे गाढ़ा हो गया तो फिर तुम्हें पुरुषों से चिढ़ हो जाएगी। नारी के नारी के साथ रोमांस की तुम आदी हो सकती हो और मुझमें इतनी प्यास है कि मैं तुम्हें फिर छोडूंगी नहीं....मेरी प्यास तो कभी बुझी ही नहीं। मुझे कृष्ण जैसा गंभीर, अथाह प्यार करने वाला मिला ही नहीं, तुम्हें मिला है, तुम उसको छोड़ना मत....इस दिल्ली में दूसरा कोई नहीं मिलेगा, सब औरत को वासना का माध्यम मानते हैं पर कृष्ण तो अपनी राधा को सर्वोच्च आयाम देते हैं, एक दिव्य धरातल पर रखते हैं, नारी को।''

''लेकिन वह तो आपको भी चाहते हैं, नहीं?''

''मैं जानती हूं पर मैं उन्हें ऊंचे आयामों से नीचे ले आती हूं, मैं तुम्हारी तरह उनका स्वप्न नहीं बन सकती, मैं तो तथ्य हूं, मियर फैक्ट, मैटर आफ फैक्ट, बस इसलिए वह मेरे लिए मात्र छेड़छाड़ हैं, मजाक, दिल्लगी, मेरा दिल तो उस मेरे अधीर अनुपम ने तोड़–फोड़ डाला, उसे कुचल दिया, उसके टुकड़े–टुकड़े कर डाले....अब मैं किसी को क्या दे सकती हूं....तुम स्वच्छ गंगा हो उर्मिला, मैं मलिन नदी....कृष्ण की मित्रता मिलती रहे, यही मेरे लिए पर्याप्त है। वह मेरी यातनाओं का साक्षी है, मेरी वेदना का गवाह–मैं उसे अपने पंक में कमल–सा नहीं खिला सकती, वह तुममें खिले और रमे, बस, यही मैं चाहती हूं।''

''आप कुछ भी कहें पर कृष्ण के गगन की आप एक नक्षत्र तो हैं ही और वह कभी आपको भूल नहीं पाते, बात–बात में आरती–आरती रटते रहते हैं....वह आपको अपने तल में बिठाए ऊपर से गरजते रहते हैं....मैं तो उनकी थाह नहीं ले पाती, उनकी

थाह तो आपने ही पाई है, बधाई।''

यकायक, आरती ने फोन काट दिया। उर्मिला विस्मित थी, उसने कृष्ण से पूछा कि उसने फोन क्यों काट दिया तो कृष्ण बोले–''स्पष्टता, मुंहफट उसका हथियार है, उससे वह अपनी गूढ़ गंभीर वेदना को छिपाती है, भूलना चाहती है....आज वह आत्म अभिव्यक्ति के मूड में थी सो उसका दुःखमय तार छू गया होगा। उसने कनैक्शन काट दिया अन्यथा वह रोने लगती या संभव है, वह उसका ईर्ष्यालु तथाकथित पति आ गया होगा।''

''मैं इसकी जांच करना चाहती हूं।''

रोकने पर भी उर्मिला ने फोन मिलाया। उधर से किसी पुरुष की 'हैलो' सुनाई पड़ी। उर्मिला ने फोन रख दिया। कहा–''आपका अनुमान सही निकला, किसी पुरुष की आवाज थी, लगता है, वही उसका पति होगा, बेचारी।''

उर्मिला भोजन की देखरेख के लिए गई और रसोई बनानेवाली महराजिन को निर्देश देने लगी। कृष्ण बंगले के बरामदे में जा बैठे और वसन्त की रात के दर्शन में डूब गए। बाग के पुष्प सुंगध छोड़ रहे थे और मंद हवा में फूल सिर हिला रहे थे। कृष्ण झूमते सुमनों के साथ तन्मय हो गए। उन्हें लगा कि वे कुछ कह रहे हैं। कृष्ण प्रकृति की प्रक्रिया का साक्षात्कार करने लगे। पुष्प–पौधों को वसंत की सूर्य की किरणों ने नयी ऊष्मा दी थी। वे उमंग में धरती से रस खींच रहे थे....यह प्रक्रिया कितने व्यापक पैमाने पर चल रही थी, कोटि–कोटि पादपों का अनवरत रसों–जलों का आकर्षण जारी था। कृष्ण कुदरत की इस विराट संरचना और जीवन–संचालन–पोषण और उसके फलस्वरूप हरियालियों, फूल–पत्तों की निरन्तर उपज और हवा में वृक्षों की झूम, पुष्पों के प्रस्फुटन का विशाल आयोजन देखते ही रह गए....उन्हें याद आया कि यह दृश्य सरहपा कवि को जीवन का प्रतीक लगा था, उसने कहा था कि यह जीवन हवा में झूमते हुए वृक्ष की तरह ही है जैसे कोई उन्मत्त नर्तक आनंद में नाच रहा हो और डालियों–हरियालियों का घाघरा घुमा रहा हो....तना तगड़ा हो, जड़ें गहरीं और वे निरंतर खुराक और पानी खींच रही हों, ऊपर सूरज की किरणों के प्रकाश से, हवा से पादप खाद्य का रसायन बना रहे हों, पुष्ट हो रहे हों और नृत्यरत हों....जीवन में प्रत्येक पदार्थ और दृश्य किसी अर्थ का प्रतीक है, सिद्ध सरहपा ने यही सत्य कमाया था। सत्य किसी कौंध से प्रकट होता है, और यह अर्थ ही, व्यक्ति की उपलब्धि है ...तभी उर्मिला का आगमन हुआ...

''अरे, आप यहां बरानदे में बैठे क्या सोच रहे हैं?''

''यहां यह पाया कि सत्य, सबमें हो रहा है और ठाउ से हो रहा है। जीवन अद्भुत है उर्मिला, देखो तो वसन्त में प्रकृति को, ये पादप और पौधे, किस तरह रुचि से धरती से खुराक खींच रहे हैं और किस तरह अपने को पुष्ट कर हरीतिमाएं ओढ़े खड़े हैं, पवन में झूम रहे हैं, खिल रहे हैं और मनुष्य जरा से झटके में मृत्युबोध से ग्रस्त होकर उदास हो जाता है, संन्यास ले लेता है और संसार को दुःख मान लेता है। अहा, वसन्त किसी ऋतु का नाम नहीं, वह तो जीवन का साक्षात्कार है।''

''अब भोजन के लिए चलें? भोजन ही जीवन है।''

''आप यहीं भोजन लगवा दें तो?''

"यही सही, मैं देखती हूं।"

उर्मिला भीतर गई। बरामदे में वह उजाला कर गई थी, तभी किसी बेआवाज बंदूक से, बायीं ओर से गोली निकली और कृष्ण जी की ओर बढ़ी। किसी आकस्मिक प्रेरणा से कृष्णजी ने अपने को नीचे झुका लिया, गोली ऊपर से निकलकर बरामदे की दीवाल में जा लगी। उधर मुख्य द्वार पर खड़े पुलिस गार्ड ने खट् की ध्वनि सुनकर तुरंत फायर कर दिया। एक चीख गूंजी और गोलीचालक अपराधी गिर गया। गार्ड भागा। उस घायल के साथी भाग छूटे। गार्ड ने ललकारा, घर का नौकर भीतर से बाहर आया। वह भी दौड़ा, सड़क और पड़ौस के लोग आ गए। हंगामा मंच गया। उधर उर्मिला ने थाने को फोन कर दिया। पुलिस आ गई। उस घायल घातक को पुलिस ले चली। उसने कृष्णगोपाल और गार्ड के बयान टीपे और पड़ोसियों से मौके के गवाह चुन लिए, उनके भी बयान लिए गए। उर्मिला ने कृष्णजी से पूछा कि क्या प्रधानमंत्री को खबर करनी चाहिए। कृष्ण ने मना कर दिया। जब सारी कार्यवाही हो गई तब उर्मिला एकांत में कृष्णजी से लिपट कर रोई। बोली, "आप पुनः बच गए, यह मेरा सौभाग्य था। मैंने रोका था कि बरामदे में, खुले में मत बैठिए पर आप तो जीवन का सत्य खोज रहे थे....।"

"उसी ने तो बचाया। गोली चलने की ध्वनि सुनकर मैं झुकाई दे गया था वरन....।"

"वे घातक आपके पीछे पड़े हुए हैं पर गार्ड सतर्क था, उसने कमाल कर दिया। वह घातक मरा नहीं है, अब माफिया का भेद खुल जाएगा। ओह, इतने समय बाद आप आए और यह कांड हो गया।"

"अब केस चलेगा, शत्रुओं की पोल खुलेगी लेकिन खतरा बढ़ेगा। वे मुझे छोड़ेंगे नहीं और मैं उन्हें नहीं छोडूंगा। अब तो ठन गई है....तुम चिंता मत करो। यही जीवन है।"

"मैंने, आपके आग्रह पर बिजली खोल दी वर्ना जब तक अंधेरा था, तब तक दुश्मन ने फायर नहीं किया था। यदि भोजन लग जाता तो हम सब मारे जाते, गजब हो गया।"

"इसमें किसी का क्या दोष, यह सब संयोगवश हुआ।"

"लेकिन अब तो सहजता असंभव हो गई है, पहले भी खुटका तो लगा ही हुआ था।"

"भय के बिना जीवन नहीं, चलिए अब आहार हो और इस घटना को भूला जाए।"

"भूलने की दवा लाऊं क्या? आपके अल्सर का क्या होगा?"

""वह ऐसे में बेचारा क्या करेगा, डर से दब जाएगा और दर्द भी।"

उर्मिला ने मादक पेय पेश किया, स्वयं बियर ली और वे भोजन के टेबिल पर जम गए। उर्मिला बोली—"हाय, भय में हृदय किस तरह कम्पित होता है, कैसा धड़धड़ाता है....मेरा तो हार्ट फेल हो गया होता और आप ऐसे हैं जैसे कुछ न हुआ हो। आप अब क्या सोच रहे हैं?"

"मैं यह सोच रहा हूं कि इस समय कोई फोटोग्राफर होता तो आपकी भयभीत मुद्रा को कैमरे में उतार लेता....आपकी वह छवि मेरे मन में तो उतर गई है पर

फोटो होती तो आप भी देख लेतीं, सचमुच कितनी आकर्षक छटा थी आपकी, अभी भी है।"

"विचित्र है, मेरे प्राण निकले जा रहे थे और आपका विडियो चल रहा है, ताज्जुब है न।"

"यही तो जीवन प्रेम है, सौंदर्य के प्रति आसक्ति ही इस जिंदगी को अर्थ देती है।"

उर्मिला मुस्कराई। कृष्ण उस मुस्कराहट में खो गया। इस स्मिति के लिए ही यह घटना घटी थी, ऐसा लगा। क्या मुस्कान है, भय के बाद की मुस्कराहट का वर्णन कहीं नहीं हुआ। कृष्णजी मुग्ध थे, भय नेपथ्य में जा विराजा था, उसका अब नशे की दशा में कहीं अस्तित्व ही नहीं रह गया था। उसने अचानक पूछा–"उर्मिला, इस घटना से सारी स्थिति ही बदल गई है। अब मेरा यहां आना आपके लिए भय–उत्पादक हो गया है।"

"नहीं, अब तो यह जरूरी हो गया है कि आप यहीं रहें, यहां गार्ड तो हैं। साहिबाबाद में तो अब असुरक्षा रहेगी, नहीं?"

"क्या पता, सोचता हूं, मैं ही भय का कारण हूं....मैं जहां रहूंगा, वहां आशंका रहेगी, सोचता हूं कहीं किसी अज्ञात स्थान को चला जाऊं?"

"नो, नैवर, यह मत करना, आप यहीं सुरक्षित हैं, मैं विमलाजी को समझा दूंगी।"

"आप उन्हें यह खबर क्यों करेंगी? उन्हें पता चल गया तो वह यहीं आ जाएंगी, वह अब पत्नी नहीं, माता बन गईं हैं, पत्नीमाता डांट इन्फ़ार्म हर....।"

"अजी, ऐसी बातें कहीं छुपती हैं, कल का अखबार देखिएगा।"

भोजन के बाद अकस्मात् कृष्णजी कहने लगे। वे कहीं गहरे में चले गए थे। "तो मैं अब चलूं, यहां यह महसूस हो रहा है कि चारों ओर से गनें तनी हुईं हैं, आप भी मेरे कारण खतरे में हैं, लगता है कि इन दीवारों से भी बंदूकों की नलियां निकल रही हैं....दरवाजों से लगता है कि अभी कोई गनधारी निकलेगा....मुझे तो आप भी एक चलती–फिरती रायफल सी लग रही हैं।"

कृष्ण के अट्टहास में उर्मिला भी प्रवाहित हो गई। दोनों जोर–जोर से हंसते रहे।

"आप भी अजीब हैं, इस क्षण में आप मुझे छोड़कर जाने की सोच रहे हैं। कहां जाएंगे आप?"

"कहीं भी, भीड़ में कौन मुझे जानता है? समूह सबसे सुरक्षित होता है....सोचता था कि रेलवे स्टेशन चला जाऊंगा और वहीं सो जाऊंगा।"

"वाह, क्या सोच है, आपका, जबाव नहीं, अब उठिए, चलें, सोने चलें, अतिकाल हो गया।"

"अच्छा, गुडनाइट मिस्टर माफिया, मिस्टर मर्डरर, गुडनाइट.... अब हम शयन के लिए जा रहे हैं।"

उर्मिला खिलखिलाई। वे फिर सोने के लिए चले गए।

13

प्रगतिशील लेखक संघ के अधिवेशन में देशभर के तमाम लेखक आए थे। अधिकतर पार्टी से जुड़े हुए, अनेक कार्यकर्ता, पत्रकार भी लेखक बने हुए थे। सी॰ पी॰ आई॰ के कुछ नेता भी थे। मंच पर कुछ प्रलेस के स्थापक सदस्य भी थे। बलरामसिंह कारगुजारी मुद्रा में अहम् भाव को लादे हुए प्रबंध में तत्पर था। वह यह प्रदर्शन कर रहा था जैसे वही सब कुछ हो। कृष्णगोपाल पीछे बैठा हुआ अपने में मग्न था। जिस तरह शेर आक्रमण के पूर्व ठंडी आंखों से सतर्क होकर अपने शिकार को देखता है, उसी तरह वह वातावरण को तौल रहा था। महामल्ल युद्धप्रिय वर्मा, औपचारिकताओं के बाद महासचिव की हैसियत से रिपोर्ट पेश करने के लिए खड़े हुए। उनके चेहरे पर मंद, गर्वभरी, समस्त विश्व को तुच्छ समझने वाली मुस्कराहट थी। वह बौद्धिक से अधिक पहलवान अधिक प्रतीत होते थे। रिपोर्ट में उन्होंने जगह–जगह की गतिविधियों का खाका खींचा। अपनी कारगुजारियों का विवरण दिया और कष्टपूर्ण यात्राओं का। पुनः लेखकों के अंतर्विरोधों का जिक्र विस्तार से किया। पुनः साम्राज्यवाद–पूंजीवाद के हथकंडों का भेद खोला। ध्वनि यह थी कि यह जो भारत को आजादी मिली है, वह थोथी है, यह कि देश के नेता जवाहरलाल नेहरू, पटेल आदि साम्राज्यवाद के एजेण्ट हैं, यह कि कम्युनिस्ट पार्टी की लाइन समर्पणवादी है और तद्नुसार साहित्य में पूर्व सचिव ज्ञानसिंह राठौर की लाइन भी पूंजीवादी जनतंत्र और सरकार के प्रति समर्पणवादी है। इसलिए शोषक व्यवस्था को समूल उखाड़ने, संघर्षशील, लड़ाकू साहित्य का समर्थन होना चाहिए।

बहस के लिए रिपोर्ट प्रस्तुत होने पर कई वक्ता बोले पर उसमें आलोचना कम, समर्थन अधिक था, ऐसा लगा जैसे वक्ता महामंत्री के ज्ञान और बौद्धिकता से आतंकित हों। अंत में कई लेखकों ने कृष्णगोपाल की ओर देखा। एक बोला, "का चुप साध रहा बलवाना, " उसके यह कहने पर हंसी हुई। सभा का रुख देखकर कृष्णगोपाल का नाम पुकारा गया। तब कृष्णजी खड़े हुए। वह रिपोर्ट के लिए महासचिव को धन्यवाद देते हुए बोले–"साथियो, यह देखा जाए कि आदरणीय महामंत्री के आलोचनात्मक रवैये के कारण अथवा अन्य किस कारण से बड़े–बड़े लेखक अधिवेशन में नहीं आए। पिछले वर्षों में महामंत्री ने रचनाकारों के प्रति जो उखाड़–पछाड़ू रवैया अपनाया है, उसी के कारण वरिष्ठ लेखक नहीं आए, ऐसा लगता है। महामंत्री ने अपनी युद्धप्रियता जरूरत से ज्यादा ही दिखाई है। उन्होंने यशपाल को सैक्सी लेखक सिद्ध किया, दादा कामरेड जैसे उपन्यास के सकारात्मक पक्षों की अवहेलना की। उपेन्द्रनाथ अश्क को अनावृत कर दिया। रांगेय राघव को प्रजातिवादी कहा जबकि वह तमिल प्रजाति के पक्षपाती नहीं हैं, यह सब जानते हैं। जैनेन्द के उपन्यासों में महामंत्री जी को सिर्फ 'साड़ी जम्पर उतारवाद' ही दिखाई पड़ा, वर्जना विरोध दिखाई नहीं दिया। इसी तरह अमृतराय को रगड़ा गया। मार्क्सवाद की संकीर्ण व्याख्या की गई। सबसे अधिक आपत्ति की बात यह कि महापंडित राहुल सांकृत्यायन की धुनाई की गई जैसे उनके सकारात्मक पक्ष उल्लेखनीय ही न हों। राहुलजी ने बुनियादी महत्व का योगदान किया है। दुर्लभ ग्रंथों को तिब्बत से लाकर राहुलजी ने हिन्दी साहित्य के इतिहास को आठवीं शताब्दी तक पहुंचाया। बौद्ध तर्कशास्त्र के ग्रंथों का संपादन और अनुवाद किया। लोकसाहित्य पर लिखा,

मार्क्सवाद की प्रशंसा की, सोवियत रूस की विचारधारा को लोकप्रिय बताया, 'भागो मत, दुनिया को बदलो' का नारा दिया। उन्होंने किसान–आंदोलन में भाग लिया, लाठियां ख़ाईं जबकि महामंत्री महोदय, आराम से एक ठाकुर के कालेज में मुखविलास करते रहे, कभी किसी आंदोलन में भाग नहीं लिया, कभी खतरनाक–क्षेत्र में नहीं गए, इसलिए यह रिपोर्ट अधूरी–एकांगी, संकीर्ण और स्वीकार न करने योग्य है। इसमें यह संकेत है कि और सब गलत हैं, यदि कोई सही है, प्रामाणिक है तो वह केवल महामंत्रीजी हैं और मैं यह भी जानना चाहूंगा कि पार्टी की जिस जनतांत्रिक लाइन को रद्द कर जिस क्रांतिकारी तेलंगाना वाली लाइन का रिपोर्ट में समर्थन किया गया है, उसके विषय में पार्टी के नेताओं की राय क्या है? मुझे लगता है कि रिपोर्ट वामपंथी दुस्साहसिकता और संकीर्णता की शिकार हो गई है।''

कोलाहल मच गया। महामंत्री के पक्षधर उठकर खड़े हो गए, चिल्लाने लगे कि कृष्णगोपाल की टिप्पणी महामंत्री के विरुद्ध द्वेषभाव से भरी हुई है। इसमें सैद्धांतिकता नहीं है। महामंत्री की रिपोर्ट खरी, दो टूक और प्रामाणिक है। कृष्णगोपाल को अपने औद्धत्य के लिए क्षमायाचना करनी चाहिए।

पार्टी के एक नेता खड़े हुए, बोले–''मैं रिपोर्ट में ली गई राजनैतिक लाइन का विरोध करता हूं। इसमें सचमुच वामपंथी बचकाना दुस्साहसिकतावाद है। क्या महामंत्रीजी, यह नहीं जानते कि तेलंगाना के दुस्साहसी सशस्त्र संघर्ष का क्या परिणाम हुआ था? वह कामरेड रणदिवे, तत्कालीन स्थिति, अपनी शक्ति, वर्गशत्रु सरकार की ताकत का सही आकलन नहीं कर सके थे, परिणाम यह हुआ कि हजारों तपे–तपाए कामरेड मारे गए। पटेल की पुलिस ने भयंकर दमन किया। उस आसामयिक और इसलिए असफल क्रांति से सबक लेकर हमारी पार्टी ने जनतांत्रिक कार्यनीति अपनाई। महामंत्रीजी, आप पार्टी लाइन के विषय में अपनी राय को निकाल दें और मैं यह नहीं मानता कि जवाहरलाल नेहरू चीन के चांकाई शेक से तुलनीय हैं। मैं यह भी नहीं मानता कि भारत को जो आजादी मिली है, वह आजादी नहीं है। आप राजनैतिक दबाव बनाइए, प्रचार कीजिए, लोकमत बदलिए तो बुर्ज्वा मगर जनतांत्रिक सरकार को कामनवैल्थ से स्वतंत्र होने के लिए विवश किया जा सकता है। क्रांति के लिए व्यापक तैयारी करनी पड़ती है, जनचेतना को धारदार बनाना पड़ता है। बिना लोकमत को अनुकूल किए क्रांतिकारी लाइन अपनाना आत्महत्या है और साथी कृष्णगोपाल का यह मत भी सही है कि महामंत्री ने लेखकों के प्रति तथाकथित क्रांतिकारी लाइन अपनाई है, उससे नकारात्मक आलोचना उपजी है जिससे रचनाकारों को अपमानित होना पड़ा है। विध्वंसकारी आलोचना से प्रगतिशील लेखक संघ बिखर रहा है, इसलिए रिपोर्ट में संशोधन कर पुनः पेश किया जाए, तभी सर्वस्वीकृति मिल सकती है।''

पांसा पलट गया। अब वक्ता पार्टी की शह पाकर रिपोर्ट पर पिल पड़े। उधर महामंत्री अड़ गए, बोले, वह रपट में कोई संशोधन नहीं करेंगे, यह कि वह बहस के लिए तैयार हैं। बहस होती रही। महामंत्री अपने तर्क देते रहे किंतु बहुमत आश्वस्त नहीं हुआ और अंततः यह कहा गया कि रिपोर्ट पेश नहीं हुई, यह मान लिया जाए ताकि अस्वीकृति के लांछन से बचा जा सके। पुनः रिपोर्ट पेश की जाए तो पार्टी की लाइन का समर्थन किया जाए, दुस्साहसिकता और विध्वंसवाद को सी॰ पी॰ आई॰ बढ़ावा नहीं दे सकती।

रिपोर्ट पर सत्र बिना निर्णय लिए समाप्त हो गया। महामंत्री तेजाबी मुस्कान बिखेरते खिसियाए से चले गए। कृष्णगोपाल को घेरकर लेखक, कार्यकर्ता, नेता आदि बधाई देने लगे किंतु कृष्णजी इससे भी संतुष्ट नहीं थे। उन्होंने कहा कि सवाल हार–जीत का नहीं है, सवाल प्रगतिशील लेखक संघ का है, उसे भटकावों से बचाना होगा और साम्राज्यवाद, सामंती अवशेषों तथा पूंजीवादी जीवन–पद्धति से उपजे मूल्यों का विरोध करना होगा। आलोचना ऐसी हो जिसमें शत्रु हो या मित्र रचनाकार, उसका अधिकाधिक वस्तुगतता के साथ दूध का दूध और पानी का पानी पृथक करना होगा। तब लोगों का विश्वास जमेगा।

कृष्णगोपाल अधिवेशन में अपनी भूमिका निभाकर फिर आगे के सत्रों में नहीं गए। बलरामसिंह गोलमोल बातें करता रहा। उसने अपना स्टैंड नहीं लिया क्योंकि वह परस्पर विरोधी उद्धरणों का शिकार था। वह दरअस्ल, मार्क्सवादी सिद्धांतों के विरुद्ध, कथ्य की बुनियादी शक्ति की जगह, कलावाद का समर्थक था, यथार्थवाद की जगह रूपवाद का।

कृष्णगोपाल अधिवेशन में जो हुआ, उससे कहीं दुःखी अधिक हुए। उन्हें अपनी प्रशंसा और प्रखरता पर कोई प्रसन्नता या गर्व नहीं था। मन का जहर निकल जाने से कुछ संतोष तो था पर यह चिंता भी थी कि जब अग्रगामी तथाकथित आत्मशिल्पी लेखकों और आलोचकों का यह हाल है तो भविष्य में बड़ा परिवर्तन कैसे हो सकता है? ये लोग नयी व्यवस्था के लिए लड़ते हैं पर इनमें कितनी अदूरदर्शिता और रागद्वेष है। यदि इन्हें राज्यसत्ता मिल जाए तो ये क्या न्याय कर सकेंगे? उन्हें सार्त्र के 'द एज आफ रीजनर' नाम के उपन्यास की याद आई जिसमें एक कम्युनिस्ट की जल्दबाजी देखकर विचारशील नायक सोचता है कि साम्यवादी मार्क्स का मत दुहराता है और रुककर यह नहीं सोचता कि उनमें भी कोई कमी हो सकती है। संशय, जिज्ञासा और निश्चय के पूर्व अनिश्चय के जो दौर आते हैं, वे कम्युनिस्टों में क्यों नहीं दीखते....यह खतरनाक है। किसी समय ये अपनी त्वरा के कारण ही पछताएंगे....। उन्होंने सोचा कि डा॰ उद्धव की किताब के बहाने सैद्धांतिक चर्चा का आयोजन दिल्ली में ही होना चाहिए। कृष्णगोपाल विचारों में लीन चले जा रहे थे कि उन्हें आभास हुआ कि उन्हें देखा जा रहा है। उन्होंने आसपास गौर से देखा तो कोई शंका का कारण नहीं पाया। उन्हें लगा कि उर्मिला के घर पर घटित घटना से वह भयभीत हो गए हैं और उन्हें सर्वत्र शत्रुओं का घिराव महसूस होता है। वह मुस्कराए और आगे बढ़ लिए।

उन्होंने एक जगह से उर्मिला को फोन किया। वह जैसे इसी की प्रतीक्षा में थी, बोली—"कृष्णजी, उस कांड का पता प्रधानमंत्री को चल गया था। मेरे निवास पर गार्ड बढ़ा दिए गए हैं और साहिबाबाद की पुलिस को आपके घर की गश्त करने तथा निगरानी रखने को कह दिया गया है। आप चाहें तो आपको भी गार्ड मिल सकता है, पर आप चाहते नहीं हैं....आप सोचते हैं कि इस झंझट भरे जीवन से मुक्ति मिल जाए तो बेहतर है, नहीं?"

"ऐसा तो नहीं है लेकिन आपकी अनुमान शक्ति पूर्णतः असंगत भी नहीं है ....कहां तक अपनी परवाह की जाए पर जब आपने इतनी चौकसी करा दी है तो अब वे साहस नहीं करेंगे। उस केस में उस घायल माफिया ने भेद उगला या नहीं?"

"उगल दिया। पुलिस ने उसे मारा–पीटा, उसके घरवालों को मार देने की धमकी दी तो वह खुल गया। जयपुर में एक सेठ है, भगवानदीन, उसी ने घातक लगवाए थे। भारत–पाकिस्तान की सीमा पर माफिया गिरोह का नायक पकड़ा गया है, और वह लाला भगवानदीन भी, अन्य कई गिरफ्तार हुए हैं। जयपुर में अपराधी आतंकित हो गए हैं। प्रधानमंत्री की प्रेरणा और आदेशों से आपकी सूची के कई अपराधी पकड़े गए हैं....आप कहां से बोल रहे हैं?"

कृष्ण ने वह स्थान बताया। तब उर्मिला चहकी–"आप वहीं रहें, मैं कार भेज रही हूं। वह आपको मेरे निवास पर छोड़ देगी, आप वहीं रुके। फिर मैं आ जाऊंगी।"

"नहीं, आपकी कार भी माफिया की निगाह में होगी ही, मैं आया तो स्वयं आ जाऊंगा। अभी एक कार्य से अन्यत्र जा रहा हूं।"

कृष्णजी मोटररिक्शे से राजस्थान भवन पहुंचे। वहां उद्धव की किताब पर गोष्ठी की तिथि तय की। सभाभवन मिल गया। वह संतुष्ट होकर लौटे। पुनः वह कुछ लेखकों से मिले, वक्ताओं से। पुनः वह एक प्रेस में निमंत्रण–पत्र छपाने के लिए गए। वहां डा॰ विनीत मिल गए। वह एक पत्रिका 'वीक्षा' के सम्पादक थे। रचनाएं लिखते थे और आलोचना भी। वह नाम के अनुरूप विनयशील थे पर विचारधारा से दक्षिणपंथी थे। कृष्णजी ने उसे सूंघा।

"यार, तुमसे दक्षिणपंथ की बू आ रही है, क्यों?"

"मैं तो क्रांतिकारी हूं जनाब, आप गलत सूंझ के शिकार हैं–आप यहां क्या कर रहे हैं?"

"बंधुवर, डा॰ उद्धव के ग्रंथ पर गोष्ठी करानी है। तुम्हारे पास मोटरसाइकिल है, तुम दौड़ सकते हो....यह निमंत्रण पत्र है, इसे छपाइए और राजस्थानभवन में गोष्ठी के आयोजन/संचालन में मदद कीजिए। इसके बदले मैं आपको एक सुंदर स्थल पर डिनर दूंगा।"

"सुंदरी के यहां?"

"बस, यही समझ लो, पर तुम लार मत टपकाने लगना, वहां कई सुंदरियां होंगी। तुम तो कामांध नरपिशाच ठहरे, कहीं किसी को पटाने न लगना। वे अपने घर की सन्नारियां हैं।"

"आप मुझे गलत समझते हैं, मैं क्या आपकी तरह औरतपटाऊ आदमी हूं।"

कृष्णगोपाल विहंसे, कहा–"जब कोई तुम्हारे अनुकूल नाजनीन मिलेगी तो तुम्हें बता देंगे।"

"पक्का?"

"पक्का।"

विनीत बोला–"तो ठीक है पर भूल मत जाइएगा....मजा आ गया। अब यह सब काम हम कर देंगे। आपको कहां छोड़ दूं?"

"तुम्हारी 'वीक्षा' यहीं छपती होगी....तुम मुझे एक जगह छोड़ दो पर मेरे साथ मत आना।"

"कमाल है, यार मुझसे खतरा है, मैं आपके पैर पर पैर रखनेवाला नहीं हूं पर परिचय तो करवाइएगा।"

"अच्छा चलो, यही सही।"

मोटर बाइक पर दोनों चले। वे आरती के यहां पहुंचे। वह घर पर ही थी।

खुश हो गई। डा॰ विनीत का परिचय करवाया कि डा॰ विनीत भरोसे का मित्र है। यह साहित्य के कार्य में चींटे-सा चिपटता है, परोपकार में भी इसकी नीयत अच्छी नहीं। यह किसी सुंदरी को देखकर दुर्विनीत हो जाता है। कृष्णगोपाल ने अट्टहास किया।

आरती बोली-"विनीतजी, लार टपक रही है क्या?"

"यह कृष्णजी तो लक्ष्मणरेखा खींचते रहते हैं, एकाधिकारी हैं, लार नहीं आ रही, पर राग मल्हार तो जग रहा है।"

सब हंसे। आरती ने जड़ा-"तो इसका मतलब है कि मैं सुंदरी नहीं हूं, चलो जान छूटी, क्यों?"

"पर आप आकर्षक अभी भी हैं। सुंदरियां तो कालिदास के समय में हुआ करती थीं, अब तो आकर्षण, यौनाकर्षण ढूंढ़ा जाता है, आप भाभीजी भव्य हैं, अभी भी।"

"धन्यवाद, विनीतजी, तो आपने अपने को देवर तो बना ही लिया। खैर, आपके लिए यह अच्छा है, आप हमारी सेवा कीजिए।"

"अवश्य करेंगे, मौका तो दीजिए।"

"अवश्य मिलेगा पर अभी तो आप बाजार से कुछ खाने को लाइए, कृष्णजी के लिए ठंडा दूध, इनके पेट में फोड़ा है और आपके पेट में दाढ़ी।"

विनीत हंसा और चला गया। कृष्ण ने साभिप्राय आरती को ताका। आरती समझ गई।

"आप भरतमिलाप कर लीजिए पर कोई और हरकत की तो मैं आपके फोड़े मसल दूंगी।"

कृष्ण हंसने लगे। उन्होंने आरती को दुलार किया, कहा-"आप बहुत दिलकश लग रही हैं, सच।"

"अच्छा, तो अब भले बालक की तरह दूर बैठिए, वह आपका लेफ्टीनेण्ट आता होगा।"

कृष्णजी ने बताया कि मेरे एक जयपुरिया मित्र उद्धवजी के ग्रंथ पर गोष्ठी करानी है। आपके पास कार है। तिथि और समय बता देंगे, आप वसन्तविहार से ज्ञानसिंह राठौर और यू॰ जी॰ सी॰ के अध्यक्ष डा॰ अविनाश चन्द्र को ले आना।"

"वह मैं कर दूंगी पर आप मेरे साथ चलें ताकि आपकी धुनाई करती चलूं, आप सबकी करते हैं, मैं आपकी.... पर, आप अपनी उस राधा की कार का कभी प्रयोग नहीं करते? वह आपकी स्पेशल है, हम एवरेज हैं, आपकी नजर में, नहीं?"

"बिल्कुल नहीं, आप तो उससे जेठी हैं, आपका चुलबुलापन, शरारत के लिए उकसाता है, सच, सचमुच....वह राधा तो आपकी नरम सचिव है, है न?"

"मैं उसके साथ बलात्कार करना चाहती हूं पर वह तो छुईमुई है, छूते ही सिकुड़ जाती है....क्या वह शिकायत कर रही थी? हमने उसके अंग-प्रत्यंग का सर्वेक्षण तो किया ही था?"

"वह लैसब्यां का अर्थ पूछ रही थी।"

"अच्छा? वह मुझे क्या लैसब्यां समझती है? शी इज सिली, वह सामान्य छीन-झपट और शरारत को भी लैसब्यां मानती है....वह इतनी सलोनी है कि उसे कलेजे से लगाकर सो जाने का मन करता है....आश्चर्य यह है कि वह आप जैसे ऊंट पर रीझ कैसे गई?"

"पता नहीं, नारी को तो उसके स्रष्टा ब्रह्मा भी नहीं समझ पाए....शायद उसे कोई मिला न होगा, अब पछता रही होगी?"

"अरे बाबा, मैं आपकी धुनाई करती हूं तो वह रूठ जाती है....आपने क्या उस पर कोई तांत्रिक अभिचार किया है? वह तो कृष्णजी की राधा बन गई है–मेरे तो गोविंदजी, दूसरा न कोई। तुम बड़े बदमाश हो जी, तुमने उसका लोक तो बना दिया पर उसका परलोक तो चौपट कर दिया न, विवाह क्यों नहीं करा देते उसका?"

"वह मुक्तमहिला है, विवाह की विरोधी।"

"और तुमसे उसको औलाद हो गई तो क्या होगा?"

"वह पालेगी उसे, वह यही कहती है, वह मरियम बनना चाहती है।"

"मरियम से तो ईसा मसीह ने जन्म प्रभु की प्रेरणा से लिया था। वह कुंआरी मां थी पर राधा तो कृष्ण को भोग रही है।"

"इसका प्रमाण क्या है?"

"अच्छा, अभी बताती हूं।"

और जब तक विनीत आया तब तक आरती ने खूब धमा–चौकड़ी मचाई, जो चीज हाथ में आ गई, उसे उठा–उठाकर कृष्ण को मारा। डा० विनीत ने बीच–बचाव कराया। सब हंसते–हंसते पागल हो गए।

आगामी गोष्ठी का विवरण विस्तार से तय किया गया। कृष्णगोपाल ने ज्ञानसिंह और डॉ. अविनाशचन्द्र को फोन कर दिए। वक्ताओं, श्रोताओं की सूची बना कर डॉ. विनीत को सौंप दी कि वह उनको निमंत्रण डाक से और व्यक्तिशः पहुंचा दे और जिन्हें फोन कर सकें, कर दें। डा० विनीत को संयोजक बना दिया गया।

फिर उन्होंने विदा ली और वे दोनों साहिबाबाद आए। वहां सब प्रबंध कर वे शाम तक उर्मिला के घर पहुंचे। वह तब तक कार्यालय से वापस आ गई थी। डा० विनीत ने कृष्णजी पर गोली चलाने का प्रकरण पूछा। उर्मिला ने बताया। तब कृष्ण ने पूछा–"और कोई डेवलैपमेंट, कोई नया समाचार?"

उर्मिला ने बताया–"पुलिस की कार्यवाही जारी है, हमें आपको गवाही देने जाना पड़ेगा, पुलिस केस बनाया गया है। मुकदमा खिंचेगा क्योंकि उस घायल अपराधी की पीठ पर माफिया है।"

कृष्ण पछताए–"क्या झंझट लग गया, आह !"

डा० विनीत ने दिल्लगी की–"उर्मिलाजी, आप तो उच्चतम सत्ता से जुड़ी हुई हैं, आप कृष्णजी को कोई पद क्यों नहीं दिला देतीं?"

"यह तो इंकलाबी हैं न, व्यवस्थाविरोधी–यह सारे निजाम को बदलना चाहते हैं, पूरा ढांचा बदले....क्या आपको नहीं लगता कि यह असंभव के लिए लड़ रहे हैं? भला आमूलचूल परिवर्तन कैसे हो सकता है? वामपंथियों को छोड़कर कोई पार्टी ढांचागत परिवर्तन नहीं चाहती।"

"उर्मिलाजी, इन कम्युनिस्टों या प्रगतिशीलों को आप अधिक मुंह मत लगाइए–ये तो अराजकता चाहते हैं, भला, कोई नागरिक या कृषक अपनी सम्पत्ति का समाजीकरण करने देगा? वे चाहते हैं कि सब सम्पत्तिहीन मात्र सरकारी नौकर बन जाएं और ये मजदूरों के राज्य के नाम पर निरंकुश शासन करें....सोवियत रूस में इन कामरेडों ने वही किया। कामरेडों के हाथ सारी सत्ता आ गई और उन्होंने एक पार्टी का तंत्र

बना दिया, आजादियां और मूल अधिकार नहीं रहे। रूस को कम्युनिस्ट शिंकजे में कस दिया गया....भारतीय संस्कृति जैसी वहां पुरानी ईसाई संस्कृति थी जिसमें ऊंचे आदर्श थे, गरीबी की प्रतिष्ठा थी.....इन कामरेडों ने उसकी जगह संग्रह और उपभोग पर बल दिया फलतः आपाधापी मची और अब सोवियत यूनियन का ढांचा चरमरा रहा है। इन नासमझों ने सारा रूबल रक्षा में लगा दिया, जीवन के उपयोग की चीजें नहीं बनाईं, खेती का सरकारीकरण कर दिया....अब आप ही बताइए, साझे की खेती और परदेसी की प्रीति, यह कभी सफल हो सकती है तो साझे के काम में सफलता हो या असफलता, मेरी बला से....बस, आठ घंटे की ड्यूटी दी और वोदका लेकर बैठ गए....मेरी राय है कि उर्मिलाजी आप कामरेड कृष्णगोपाल को छोड़िए और उनका स्थान डा॰ विनीत को दीजिए....मैं भी मुक्त पुरुष हूं।"

अट्टहास हुआ। कृष्णगोपाल ने कहा—"यह जो विनीत है, यह निश्चय ही मित्रों का मित्र है पर इसने एक लेखिका सुंदरी की इतनी चिलम भरी कि वह इसकी बातों में आ गई और यह उसके चक्कर में दिल्ली और बंबई के मध्य ट्रेन–सा दौड़ता रहता है और भारतीय संस्कृति की बातें करता है। यह कम्युनिज्म का विरोध करता है और शोषक वर्गों का समर्थक है। यह बहुधर्मी, बहुजातीय भारत में हिन्दूपादशाही की स्थापना कर अल्पसंख्यकों को हिटलर की तरह उच्छेदित करना चाहता है। यह गैरबराबरी को प्राकृतिक और नारी को पुरुष की गृहदासी बनाकर स्वयं भौंरा बना हुआ राजा ययाति की तरह विलास करता है। यह वर्णवादी, जातिवादी, विषमतावादी हिन्दू फासिस्ट है।"

कृष्णजी कहते गए—"उर्मिलाजी, यह डा॰ विनीत जो साहित्य लिख रहा है, उसमें पुराणों से ऐसे कथानक चुनता है, ऐसे पात्र जो इसकी प्रेमिका पर लागू होते हैं। इसकी अकल तो आप देख ही रही हैं, यह अकाल का मारा, दुबला–पतला, चबाया हुआ सा, ठठरी मात्र है। अब इसने विश्वामित्र और मेनका का प्रसंग चुना और उस रोमांस को महिमामंडित किया ताकि वह इसकी मोहिनी मेनका समझे कि उसने इस सूखटे को अपना कर अच्छा किया है। फिर इसने कुंती का प्रसंग चुना। वहां भी वर्जना का विरोध है। यह दुष्ट उस सन्नारी को आश्वस्त करने के लिए सरस्वती के मंदिर यानी साहित्य के आंगन में गड़बड़ मचा रहा है। इसे गरीबों–मजलूमों–शोषितों–पीड़ितों से कोई मतलब नहीं....यह साहित्य को आशनाई के लिए इस्तेमाल कर रहा है पट्ठा। यह विचारधाराशून्य, इतिहासबोध विहीन वासना का भिश्ती है, सींच रहा है काम के बिरवे को। यह नए सृजन के नाम पर वात्स्यायन के कामशास्त्र से प्रेरणा लेकर आधुनिक रीति काल रच रहा है....यह।"

डा॰ विनीत हाथ जोड़ने लगा। सब हंसते–हंसते बेहाल हो गए।

डा॰ विनीत ने कहा—"उर्मिलाजी, मैंने बहुत से उखाड़ू लोग देखे हैं लेकिन कृष्णगोपाल भाई साहब जैसा कोई नहीं। यह विरोधी के तर्कों को कौटिल्य की तरह कुशवत् उखाड़–उखाड़कर मट्ठा डालते हैं....लेकिन इनकी मार में भी सबको मजा आता है....अब आप मुझे धुनिए मत, सूर्यास्त हो गया है, अब कुछ रंजन भी कीजिए या मैं पिटे हुए कुत्ते–सा राह पकड़ूं अपने घर की?"

उर्मिला बोली—"नहीं डा॰ साहब, आपका भंजन तो कृष्णजी ने कर दिया, रंजन मैं करूंगी।"

उर्मिला ने मादक पेय लगवाया और कुरकुरी पकौड़ियां बनवाईं। दोनों पीते

रहे, उर्मिला ने मना कर दिया। मूड बन जाने पर कृष्णजी ने जाने का प्रस्ताव किया तो उर्मिला को अचरज हुआ। उसने डा॰ विनीत से फरियाद की—"भाई साहब, अभी इन पर माफिया का हमला हुआ था, यहीं, इसी बरामदे में और अब इस समय रात में यह जाने की जिद कर रहे हैं, आप कुछ कीजिए न।"

"मैं कृष्णजी को अपने साथ नहीं ले जा रहा हूं और मैं अभी इन्हें यहीं एक कक्ष में बंद कर ताला लगाकर चाबी आपको दूंगा, ओ॰ के॰?"

और हहराता हुआ विनीत चला गया। उसके जाने के बाद कृष्णजी ने कहा—"डा॰ उद्धव की किताब पर गोष्ठी की तिथि तय हो गई है। पंद्रह दिन बाद होगी, राजस्थान हाउस में। मैंने उद्धव को पत्र लिख दिया है। आप किन्हें बुलाना चाहेंगी?"

"क्यों इला को बुला लेना चाहिए। वह आज तक यहां नहीं आई, क्या सोचती होगी? उसको फोन किया था, कहती है कि डा॰ उद्धव ले चलें तो वह आ जाएगी। अब वह उद्धवजी आ ही रहे हैं....आप अब इला को फोन कर दीजिए।"

इला को फोन किया गया। वह कृष्णजी पर बरस पड़ी।

"मुझे दिनचर्या की चक्की में पिसने को यहां छोड़ दिया और उर्मिला वहां राज कर रही है। आपने उसका दिमाग खराब कर दिया....आपको पाकर उसने सबको त्याग दिया।"

"यह गलत है इला, तुम्हें जब तब यहां आते रहना चाहिए था पर तुम गर्वीली हो, हो तो उर्मिला की ही बहिन....पर अब अवसर आ गया है। डा॰ उद्धव की पुस्तक पर हमने गोष्ठी का आयोजन किया है, अब उसके साथ आ जाना। मैंने उद्धव को बोल दिया है, अब तो खुश हो?"

"मुझे तो आप पद दिलाइए, कार—बंगला—सुरक्षा गार्ड वरना मैं क्यों आऊं वहां। बड़ी ईर्ष्या हो रही है मुझे....मुझे छोटी समझ कर आपने मेरी उपेक्षा की। मैं सुलग रही हूं, मेरे लिए प्रधानमंत्री से कहकर व्यवस्था कराइए, फिर मैं आपको जयपुर के घेवर खिलाऊंगी।"

कृष्णजी हंसने लगे, बोले—"इला, तुम आओ तो सही....रही नौकरी की बात सो दादा के प्रभाव और उर्मिला के व्यक्तित्व के कारण उन्हें पद मिला है। तुम भी दांव लगाना यहां। पर यहां उर्मिला सुरक्षित नहीं है, हम पर एक बार गोली चल चुकी है सो वहीं जयपुर आना चाहती है....यह राजधानी है, यहां बड़े—बड़े मगरमच्छ हैं, वे तुम्हें खाने के लिए मुंह खोले बैठे हैं, तुम आओ और उर्मिला को मनाओ कि वह यहीं रहे, वह तो गोष्ठी के बाद जयपुर लौटने की सोच रही है।"

"अरे? यह तो भयंकर है, अब मेरी ईर्ष्या का क्या होगा? सब उलट—पुलट कर दिया, आपने....वह आपकी बात नहीं मानती क्या?"

"बिल्कुल नहीं, शायद तुम्हारी बात मान जाए, इसलिए भी आना जरूरी है और फिर तुम्हारे मित्र डा॰ उद्धव के लिए यह आयोजन है।"

"मुझे उनसे क्या लेना—देना है। वह ज्ञान की सृष्टि में लगे रहते हैं, किताबों पर किताबें लिखना और भारी—भरकम भाषण झाड़ना, मैं उनसे बोर हो गई हूं....पर जब आपका आदेश है तो मैं आपके अनुरोध पर उसको आब्लाइज कर दूंगी। वह भी क्या कहेगा कि किसी इला सुल्ताना ने उसे कृतज्ञ किया है, बेचारा। वह क़िताबों का कीड़ा, तोतारटंती विद्या का विद्याधर....विद्याधर तो भूत—प्रेत होते हैं न? हां, वह विद्याधर ही तो है....ठीक है मैं आती हूं, मुझे आप घुमाना, वादा !"

"पक्का प्रामिस, आना अवश्य।"

कृष्णगोपाल हो–हो कर हंसे–"यह इला आपसे भी ज्यादा मनमोहिनी है, वाह !"

कृष्णगोपाल ने कुछ सोचकर फिर कहा कि, "क्या यह शाम कनाट प्लेस में नहीं बिता सकते? पिक्चर देखें या योंही चलें, टहलें। गार्ड साथ ले लें।"

"नहीं, एकदम नहीं, कभी नहीं, नहीं...नहीं...नहीं। अब मैं दोबारा आपको माफिया का निशाना नहीं बनने दूंगी, आप यहीं रहिए और मुझे बताइए कि आपने अधिवेशन में क्या कहा?"

"वह तो साहित्यिक राजनीति है, आप बोर होंगी। आप कोई उद्धव की रचना सुनाइए, वह भीतरीपन से स्थिति का आभ्यंतरीकरण करते हुए कविता लिखता है. ...अब आप बियर तो ले लीजिए और शुरू हो जाइए....मेरे पास आत्मिक विश्लेषण सायकिक द्वंद्व की रचनाएं नहीं हैं, उनमें तो बर्हिद्वंद्व ही है, कटाक्ष और काट, उनमें आप क्या पाएंगी, इसलिए उद्धव को सुनें, आपके मुख से।"

उर्मिला ने बियर से अपना मूड बनाया और डायरी में लिखी उद्धव की रचना पढ़ने लगी।

"हम आपको सम्बोधित ही नहीं हैं,
न किसी अन्य को।
हम न स्थगित हैं, न गतिग्रस्त, न अतिक्रमित।
हम न परिभाषित हैं, न अवांगमन सगोचर।
जो अभी तक सुनते आए हैं,
मैं उसके परे प्रतिसृष्टि में हूं....
मुझे परिदृश्य, प्रतिदृश्य प्रतीत होते हैं,
मानव प्रतिमानव आप भी मेरे लिए प्रतिमनुष्य हैं,
प्रतिपदार्थ, एंटी मैटर, मैं वही हूं।
सृष्टि में न मेरा कोई उपमान है, न अप्रस्तुत।
मैं जहां हूं, वहां कालबेलाएं नहीं हैं,
भाषा की अवधारणाएं नहीं हैं।
वहां विसंरचनाएं हैं, बस,
ऐसा लगता है कि कुछ है अवश्य।
वह प्रतिरस, प्रतिरोध, प्रतिज्ञान और प्रतिसर्ग है।
आप इस विपरीत होनी में प्रवेश चाहें तो मेरी तरह सनकिए।
तब हम इस अवैश्विक विश्व में प्रतिच्छायाओं की तरह मिल सकते हैं।
आप परिचित और परिभाषित से अभी ऊबे नहीं क्या?
मैं तो आस्ति–नास्ति के ध्रुवों को ध्वस्त कर
अनाभास–सा अदृष्ट हूं।
सृष्टि में तो बहुत कष्ट है,
क्लेश, द्वंद्व और द्वेष और
उसका कोई समाधान नहीं, वरणीय विकल्प नहीं।
यहां तो प्रदत्त प्रणालियां हैं, सीमित स्वयंवर।
प्रतियथार्थ में मोक्ष है, प्रतिभुक्ति में मुक्ति।
प्रतिकामनाओं के निस्संग सत्संग में धूप–छांह के

सुखद–दुखद मिश्रण नहीं है यहां।
यहां तो अश्रुत–अपूर्व अनाकारों के अभूत विनियोग हैं
जो अगोचर होने पर भी इंद्रियों को उकसाते हैं।
यह शीर्षासन से भी नहीं सूझ सकता।
यह तो अपने में अनुपस्थित होने से झिलमिल
गैर झांकियों में भासता है।
मैं जाने हुए जगत से जलभुन गया था
और वास्तविकताओं से बहुत व्यथित था मैं।
उसके विरूपाक्ष इतिहास और विड़ूडभ वर्तमान से बधिया गया था मैं....
अब अनहद अनाद में हूं मैं।
आपमें अनाप्रता हो तो स्वागत है, इस अनागत में....
यहां दूर कहीं बजती घंटी सी तो सुनाई पड़ती है
पर यह संगीत भरे भविष्य की गारंटी नहीं है....
जो हुआ है, हो रहा है, उससे आपका जी नहीं मिचलाता?
मैं तो औंकते, औंकते, बकते–धिक्कारते
बौखलाहट में अनस्थित हो गया हूं....
मैं अस्थिति की अनिन्द्य तथागतता की मालाएं, बन्दनवारें
और पुष्पगुच्छ लिए उत्सुक हूं आपके स्वागत में,
समतुल्य गुरुत्वाकर्षणों से संचालित
खुशामदीद कहता हुआ। कोई तो ढर्रे के ढाबों से विक्षुब्ध व्यक्तित्व
मेरे आयाम में आए और ठीक कर जाए इस गैर ठीकपन में।"

कृष्णगोपाल स्तब्ध हो गया जैसे रचना ने उसकी अपनी मनोदशा को साकार कर दिया हो अद्भुत शब्दवैभव से, इतनी अपूर्व उद्भावनाएं और कैसे बांके अंदाजे बयां में और तह में इतनी वेदना और यथार्थ का दंश गोया कवि बिच्छू काटा व्यक्ति हो। कृष्णगोपाल को निशस्त्र, निढाल देखकर वह उर्मिला ऐसी हंसी गोया वह किसी प्रतिलोक में विहंस रही हो। उर्मिला ने ताली बजाई और कहा–"कृष्णजी, इस कविता के शीर्षक तो आप ही लगते हैं, नहीं।"

कृष्णजी बोले–"वह जो उद्धव है न, वह मेरा प्रतिरूप है और मैं उसका प्रतिरूप, गजब है, वह कितनी विचित्रता के साथ जो पकड़ से परे हैं, हमारे बोध और अनुभूतियां, उनको उसने रूपायित कर दिया है....उसका मस्तिष्क, नए शब्दों का कारखाना है, उसका हृदय पूरे युग का स्पन्दन–समुद्र, अद्भुत है....मैं स्पष्ट को सर्वज्ञात को शब्द देता हूं पर यह उद्धव प्रतिसृष्टि का स्रष्टा बन गया है। इस रचना के बाद, स्थूल अनुभव तो जी मिचलाऊ लगने लगे हैं किंतु वह उद्धव सबके नीचे रोमांस का अस्तर लगाता हुआ चलता है यानी जाने हुए, आदतन जिए गए संसार से वह परे भी जाता है, जोड़ता भी है.....मानवचेतना का ऐसा द्वंद्व और ऐसा विलक्षण विधान कहीं देखा है आपने?"

उर्मिला शरारतन बोली–"उस इला में होगा। उद्धव इला के साथ रहकर इस प्रतिसृष्टि, एंटी क्रियेशन–एंटी मैटर के संसार में पहुंचा होगा। इला धन्य है, जिसने उद्धव को यह प्रतिलोक दिया....आप तो मेरे प्रभाव से परिचित यथार्थ के प्रति विक्षोभ और प्रतिरोध में ही फंसे रह गए। आपकी उड़ानें और आरपार जाने की

उड्डयन शक्ति विषानुभूति में ही गलती–उबलती रह गई.... मुझे अक्सर लगता है कि आप कटुता के कढ़ाव हैं और आप उसमें पक रहे हैं और मैं करछुल चलाकर आपके अवयवों को निकाल कर अपने फ्रिज में जमा रही हूं और आप बार–बार उससे निकल–निकल कर उसी खौलते कढ़ाव में गिर पड़ते हैं और पुनः उबलने लगते हैं. ...अब आप ही बताइए, मैं आपका क्या करूं?"

उर्मिला में सादृश्य खोजने की शक्ति और अपने व्यक्तित्व की कशमकश की सही समझ देखकर कृष्णगोपाल भकुआए से रह गए। इस उर्मिला में इतनी गहरी अभिज्ञता है। फिर वह हो–हो कर हंसने लगे। हंसते रहे। फिर वह कहने लगे।

"मेरे अंतर्दहन तुम तक पहुंच जाते हैं। तादात्म्य में यही होता है। तुम कुछ दूरी बरतो उर्मिला, वर्ना तुम धीरे–धीरे मेरी तरह अग्निदीक्षा में फुंक जाओगी। तुम्हारी शबनमी तबियत तड़क जाएगी प्रिय उर्मिला, तुम्हारे इंद्रधनुष विलुप्त हो जाएंगे, तुम्हारे किसलय पतझर के आखेट बन जाएंगे और तुम्हारी बगिया में फिर पपीहे न बोलेंगे, न फूल खिलेंगे, न वसन्त आएंगे, तुम मेरी तरह कंकाली की तरह घोर ग्रीष्म में मरुस्थल में ववंडर उपजातों, कीकोगी बालू भरे पवन के प्रहारों में जैसे डायन बोलती है या भैरवी देवी डाकिनी। तुम त्रिपुर सुंदरी रह सकोगी, मुझे इसमें अब संदेह है, तुम्हारा लालित्य मेरी उपस्थिति में मुमूर्ष हो जाएगा....उर्मिला, तुम मुझसे बचो।"

उर्मिला खिलखिलाकर हंसी–"आप अपने स्वरूप का अतिशयीकरण कर रहे हैं। आपको मैं एक प्रौढ़ तिलिस्म मानती हूं, जितना भीतर उतरो, अनंत वैभव और विचित्रताएं मिलती हैं आपमें....आपमें जो है, वह सतही, औसतिए आदमियों में है ही नहीं....ऊपर से आप किसी विचित्रगृह की तरह रूखे, विकट और युयुत्स लगते हैं गोया आपको किसी अनचाहे व्यक्ति की गंध आते ही आप हिंस्र हो उठते हों और भृकुटि चढ़ाए दहाड़ मार कर उस पर झपटते हैं पर दूसरे ही क्षण कोमल प्रसंग में अपनी मांद में आप कृष्णगोपाल की तरह मनोहर, नटनागर बन जाते हैं ....कृष्ण में जो युगवेदना थी, उसे क्या राधा या रूक्मिणी नहीं समझती थीं? प्रेम के साथ द्वंद्व और दाह साथ चलता आया है। कृष्ण चाहते थे कि द्वापर सतयुग बन जाए। उस तड़प को, उस द्वंद्व को, चुनौती को क्या कृष्णप्रियाएं नहीं महसूसतीं होंगीं? क्या वे कृष्ण अनवरत युद्धों में मिट्टी, रक्त और गंदगी से लथपथ नहीं होते होंगे? उनका तो रोम–रोम, महाभारत में भीष्म पितामह ने सुई–बाणों से वेध दिया था। रक्त झर–झर बहा था। पीताम्बर भीग गया था और खून बह जाने से वह प्रतिज्ञा भूल गए थे। क्या धूल–धक्कड़ में पार्थ सारथी को राधा या रूक्मिणी आदि ने छोड़ दिया था? उनका वश चलता तो वे रण में साथ जातीं पर वे इसमें समर्थ नहीं थीं पर मैं तो आपके संग्राम में साथ दे सकती हूं.... आपने झाऊ की झाड़ियों से घिरी गंगा को देखा है? आप वही चैतन्य धारा हैं। क्या गंगा में गंदगी, कीचड़ नहीं होता? क्या उसमें अपावन वस्तुएं नहीं बहतीं पर क्या जनगण गंगा को त्याग देते हैं? शरीर तो गंदगी से ही बना है, मिट्टी, गैसें, मल का संघात ही तो शरीर है, पर उसके कारण कोई काया तो नहीं छोड़ देता। गंदगी है तो उसे दूर किया जाता है, स्नान, तैल, सुगंध, वस्त्रादि से वही शरीर कितना सुशोभन हो जाता है....नहीं कृष्णजी, मेरे लिए आप कढ़ाव नहीं, कानन है नंदन के.... आप मुझमें अपने प्रति विमुखता नहीं जगा सकते....आपमें जो दग्धता है, वह तो वेद की, यज्ञ की अग्नि है, मैं उसमें अपनी आहुति दूंगी और कहूंगी इदम् न मम् !"

कृष्ण ने चौंककर उर्मिला को पूजा के बाद प्रज्ज्वलित आरती की तरह देखा जो उनके आसपास घूम रही है और वह उसकी ऊष्मा को हाथों से समेट कर अपने वजूद को पावन कर रहे हैं। वह उर्मिला, प्रेमप्रवाह के निर्झर–सी उनकी तप्त ज्वाला को बुझा रही थी और उनके घावों में अमृतधारा सी लग रही थी। कृष्ण ने अनुभव किया कि उनके खंडहर का कायाकल्प हो गया है और जहां झंखड़ था, वहां फूलों की क्यारियां पौधों और फूलों को लिए उन्हें भेंट कर रही हैं और वह उर्मिला नहर की कुल्या–सी कल–कल ध्वनि करती बह रही हैं। उन्होंने उन्मत्त दृष्टि से उमिला को देखा, और कहा–"यदि स्थिति इतनी लुभावनी हो तो अस्थिति में, प्रतिसृष्टि में जाने की कोई उद्धव ही सोच सकता है। लेकिन जीवन में दुःख और दाह अधिक है, इस कारण स्थिति से परे जाने की इच्छा स्वाभाविक है, यह तत्वज्ञान की दशा भी हो सकती है और रोमान भी, "ले चल मुझे भुलावा देकर मेरे नाविक धीरे–धीरे।"

उर्मिला ने कहा–"लेकिन तन्मयता या तुरीयातीतता में भी चूंकि हमें पृथकता का बोध बना रहता है अतः एक विचित्र व्याकुलता कभी दूर नहीं होती, मन करता है कि अपने प्रिय मित्र को घोंट कर पी लिया जाए तो इस अलगाव से पिंड छूट जाए किंतु तब पुनः अकेलापन मारेगा....मुझे लगता है कि हमारी बुनियाद में ही द्वैत और द्वंद्व है और इसका कोई समाधान नहीं है।"

कृष्ण बोले–"एक्जैक्टली, बिल्कुल ऐसा ही है, हमारे मूल में ही अंतर्विरोध है, जीवन स्वयं असंगति का परिणाम है, लाइफ इज इन इटसैल्फ अ कन्ट्राडिक्शन ....अध्यात्मवादी जो ब्रह्म, आत्मा की एकता की बातें करते हैं या लाइफ को परम सत्ता का प्रतिबिंब मानते हैं, वह कोई बुद्धिसंगत व्याख्या नहीं है बल्कि आत्मगौरवीकरण है....इसका एक ही उपाय है, प्रेम–क्योंकि प्रेम सारे अंतर्विरोधों को नेपथ्य में पटक देता है पर वे अवचेतन में बने रहते हैं और स्वचेतना जगते ही सिर उठाते हैं ....प्राणियों का, विशेषकर मनुष्य की संरचना ही ऐसी है....प्रत्येक व्यक्ति अन्य से पृथक है अतः तन्मयता में भी वह द्वैत बना रहता है।"

उर्मिला बोली–"तो अब चलें, पृथकता की प्रतीति के विरुद्ध कार्यवाही की जाए?"

"अवश्य, वही करणीय है।"

कृष्णगोपाल ने पुनः जाहरजोधा को देखा था। वह उसी नीले, विराट अश्व पर मूंछों पर ताव देते हुए किसी विश्वविजेता से डटे थे। उन्होंने कृष्णगोपाल की ओर वरद मुद्रा में हाथ उठाया। उस हाथ में मणिबंध था और अंगुलियों में स्वर्णजटित मुद्रिकाएं थीं।

जाहरजोधा ने कहा–"कृष्णगोपाल, शत्रु विधिसम्मत दस्युता कर रहा है, उसके पास संविधान, कानून का संजाल, पुलिस, सेना और संचार माध्यम हैं। उसने जो दलतंत्र रचा है, उसमें ये जो विभिन्न दल हैं, उनमें कुछ मुझ जैसे सिरफिरों या इंकलाबियों को छोड़कर सब यथास्थिति के पक्षधर हैं....वे सब चाहते हैं कि जो चल रहा है, चलता रहे। वे जनेक्षा के बहाने जन–विपन्नता को बनाए रखना चाहते हैं। वे आश्वासनों का एक संसार रचते हैं, विकास के विशाल उपक्रमों से यह भ्रम रचते हैं कि वे आवश्यक निर्माण कर रहे हैं, बांध, विद्युतगृह, सेतु, कारखाने, व्यावसायिक प्रतिष्ठान, न्यायालय, शिक्षासंस्थान किंतु इन सबसे जनसाधारण को कम,

दस्युवर्ग को अधिक लाभ हो रहा है। शिक्षा, स्वास्थ्य, भोजन और मकानों को ही लें। बड़े लोगों के लिए बढ़िया स्कूल हैं, छोटों के लिए टाट–पट्टी वाले, अस्पतालों की भी यही दशा है, दवाइयां महंगी हैं, बिजली महंगी, अन्न महंगा, घर महंगे, सब महंगा....कम दामों पर जो वस्त्र, अन्नादि का वितरण होता है, वह दोषपूर्ण और अधूरा है....सरकारी तंत्र नहीं बदला, न्यायतंत्र नहीं बदला, पुलिस तंत्र नहीं बदला....और यह ढांचागत परिवर्तन बिना राजनैतिक शक्ति से सम्पन्न, परिवर्तन के पक्षधर, सत्यनिष्ठ संगठन के बिना नहीं हो सकता जो सत्ता पाते ही नए ढंग से व्यवस्था की पुनः रचना करें....तुमने अब तक सिर्फ बेईमान–ठगों की जमात को सिर्फ क्षुब्ध किया है। चूंकि तुम्हारे पास संगठित शक्ति नहीं है, इसलिए तुम विक्षुब्ध कवि बने भटक रहे हो। यह तो ठीक है कि संतुष्ट शूकर से असंतुष्ट सुकरात श्रेष्ठ होता है किंतु सुकरातों को जहर पीकर मरना पड़ता है और पापियों–लोभियों और लुटेरों की व्यवस्था जारी रहती है....सोचो कृष्णगोपाल, मैंने भूल क्या की थी? यह कि मैं अकेला ही प्रबलतर शत्रुओं से भिड़ गया था, मारा गया और अब भूत बना। तुम जैसों को ढूंढ़ता रहता हूं और उनमें समाकर उन्हें मनोबल और शक्ति देता हूं पर वे पृथक–पृथक पहाड़ से टकराकर मेरी तरह शहीद हो जाते हैं और तुम भी उसी राह पर हो। शहादत से जंग की परंपरा तो बनती है पर सफलता नहीं मिलती, रक्तनद एक आध इंच ऊपर उठ जाता है पर किनारे नहीं टूटते, इसलिए कृष्णजी, तुम आत्महनन के रोमान से बचो....यह लड़ाई लंबी है, संभव है, एक–दो शताब्दियां लग जाएं इसमें, विस्फोट हो जाए तो जल्दी भी हो सकती है....यह भी संभव है कि यह सब ऐसा ही चलता रहे, सब चलता है, चल रहा है क्योंकि बदलाव की तीक्ष्णता, जनोपयोगी शक्तियों की एकजुटता और कुशल संचालन से बुनियादें बदलती हैं, मात्र जहां–तहां नोंच–खोज से कुछ नहीं होता....जलकुम्भी ने सारा तालाब घेर लिया है। उस पर प्रहार कर कुछ क्षण के लिए जल को स्वच्छ किया जा सकता है पर फिर वही जलकुम्भी पानी पर छा जाती है....जहां दुःख अछोर है, वहां जो हो रहा है, वह प्रतिरोध है। वहां जाकर देखो और फिर जगह–जगह जनहित में लड़ाकू युवा दलों, गुटों को संगठित करो। अभी तो पृथकतावादियों, विच्छेद के समर्थकों, मजहबी कट्टर–कटखने गिरोहों का आतंकवाद फैला हुआ है। इनका इलाज सामाजिक–आतंकवाद या सशस्त्र क्रांति है....समाज में मजहबों में परिवर्तन के लिए नहीं, पहचान के लिए जंग हो रही है....हमारा धर्म, हमारी भाषा, हमारा क्षेत्र, यह जो पहचान या अस्मिता का मोह है, यह हमें विखंडित करेगा....सुभाषचन्द्र बोस–भगतसिंह–चन्द्रशेखर चटगांव शस्त्रागार पर आक्रामक क्रांतिकारियों को सफलता मिल जाती तो भारत क्रांति की अग्नि में स्नान कर पवित्र होकर निकलता और आदर्शों–मूल्यों की सभ्यता बनती....उस सिलसिले को पुनः शुरू कराना है, उसे प्रचारित–प्रसारित करना है और वह जहां हो रहा है, वहां जाकर देखना चाहिए और सारे मुल्क में वही होना चाहिए....तुमने साहस किया अतः वे तुम्हारी घात में हैं। तुम्हारे साथ जनपक्षधरों का गिरोह होता तो वे एक को मारते तो दस सामने आ जाते....तुममें आत्महनन की जो भावना पनपती है, वह इसी कारण कि तुम अकेले जूझ रहे हो, सोचो कृष्णगोपाल....तुम तनाव और तैश में अपने पेट का फोड़ा बढ़ा रहे हो। तानाबाना बुनो। संगठनों का या जो ऐसे दल हैं, उन्हें गरम लाइन पर लाओ, कोशिश तो करो, नारियों के भी लड़ाकू दस्ते तैयार करो, यह अंतहीन कार्य है पर जो कर सको करो, फिर अन्य करेंगे.... एक शृंखला बनाओ, कड़ी से कड़ी जोड़ो,

तब होगा अन्यथा मेरी तरह अंधेरों में शीत–ताप–वर्षा–उपलों और झझावात में भटकोगे ....मैं भटकते–भ्रमते थक गया हूं....कृष्णजी मुझे समझो.....मैंने भी प्रतिरोध किया था, एकाकी प्रतिरोध पर मैं असफल हो गया....तुम शुरू करो, मैं तो तुममें हूं ही....उस दिन तुम पर जो गोली चली थी, मेरी प्रेरणा पर ही तुम झुकाई दे गए थे वर्ना मारे जाते.. ..प्राण, पतले डोरे से बंधे हैं और ऊपर तलवार लटक रही है....जिन्हें जगतगति नहीं व्यापती, वे मस्त, सुखी हैं पर जो उन भूखे मगर भोले–भालों के लिए लड़ते हैं, आफत उनकी ही है पर यह मार्ग तुमने स्वयं चुना है....।''

कृष्णगोपाल ने उत्तर दिया–''किंतु बाबा, आप तो त्रिकालदर्शी हैं, आप क्या यह नहीं देखते कि जहां भूख और शोषण कम है, वहां के मजदूर और गरीब किसान क्रांति के लिए तैयार नहीं होते, हां वे आंदोलन, रैलियों और नारे के लिए तैयार हो जाते हैं, पर वे भी अपनी तनख्वाहों, भत्तों और ओवर टाइम के लिए ही लड़ते हैं या नौकरियों के लिए....मेरी समझ में नहीं आता कि यहां अपेक्षाकृत कुछ संतुष्ट समाज में जंगजू जवान और जन किस तरह लड़ सकते हैं?''

बाबा ने कहा–''तो तब तक कानूनी संघर्ष ही कराओ। यह जनतंत्र है, विधिसम्मत। यह ठीक है कि इसमें न्याय देर से मिलता है, कभी नहीं भी मिलता पर मुहल्ले–मुहल्ले में जनतांत्रिक सामाजिक चेतना सम्पन्न कानूनी लड़ाई लड़नेवालों का ही जाल बिछाओ। कितने अन्याय हो रहे हैं पर लोग व्यय और परेशानियों के कारण कोर्ट–कचहरी नहीं जाते, रिश्वतखोरों के खिलाफ कानून की पेचीदगी के कारण न्यायप्रतिष्ठान कुछ कर नहीं पाते तथापि कानून की जकड़ में आकर वे पापी कष्ट पाते हैं, नंगे हो जाते हैं....ऐसे न्याय दिलाने वाले संगठन, विधिसम्मत जाहरजोधाओं से समाज में प्रतिरोध की शक्ति बढ़ेगी।''

''ठीक है, बाबा, आप पथप्रदर्शन करते रहें, मुझमें शक्ति भरते चलें, मैं करूंगा।''

''अपने सब प्रियजनों को इस प्रतिरोध में पेल दो, इसमें खतरा कम है और जो ऐसे प्रतिरोध के संगठन और मंच हैं, उन्हें एक सूत्र में बांधो, उनका विचारकल्प कर दो, शुभास्ते पंथानाः, जय हो।''

और वह बाबा जाहरपीर कोहरे में अदृश्य हो गए। कृष्ण सपने में उन्हें बाबा, बाबा पुकारते रहे। उर्मिला ने घबराकर कहा–''बाबा, बाबा क्या चिल्ला रहे हैं? क्या दुःस्वप्न देखा था? आप दिनभर दूसरों से लड़ते हैं, और रात में अपने आपसे, कौन था बाबा?''

''वही जाहरजोधा गोगामेढ़ी के चौहान।''

''अच्छा?''

''हां, वही थे उर्मिला, वह प्रतिरोधी गुटों या दलों के संगठन के लिए कह गए हैं।''

''इसमें क्या करना पड़ेगा?''

''यही वधूदहन, रिश्वतखोरी, जमाखोरी, मिलावट, निकम्मापन या कामचोरी, भ्रष्टाचार और जनता के साथ ठगी को रोकना.... जन–शत्रुओं को अनावृत करना।''

''पर आप यही तो करते आ रहे थे न?''

''अभी मैं अकेला ही दुस्साहस किया करता था, अब जगह–जगह लड़ाकू दल बनाए जाने हैं जो फिलहाल विधिसम्मत संघर्ष करें....मसलन आरती और आप यहां का नेतृत्व करें, महिलामंडल तो सरकारी संस्था है, उसमें से जागरूक संघर्षशील नारियों

को प्रतिरोधी दल में शामिल करें, जहां गड़बड़ है, हस्तक्षेप करें....केवल बर्रों के छत्ते न छेड़ें, विधिवत जनहित याचिकाएं दायर करें, एजीटेशन करें....इसमें आपसे बड़ी मदद मिल सकती है, जब तक यह सुधार का काम होगा, आपको कोई भय नहीं, जब वह खतरनाक बिन्दु आ जाए तब सरकारी नौकरी पर लात मार कर मैदान में आ जाना, गुजर–बसर तो ही हो जाती है।"

"हां, यह तो संभव है, पर आपको साहसिक कार्य बिना खुजली लगी रहती है....उस मोहन ठाकुर की इंद्रिय ही कटवा दी आपने....और तस्कर भद्रजनों के विरुद्ध जासूसी की और अब आप उनके निशाने पर हैं। जाहरजोधा ने बचा लिया पर कब तक बचाएंगे....मैं जाहरजोधा की पूजा करूंगी, गोगामेढ़ी चलना चाहिए। वह आपकी शक्ति के स्रोत हैं।"

"जाहरजोधा एक चेतना का पर्याय हैं और वह हममें हैं, इस कारण वह हमीं में हैं, उद्धव में, तथापि गोगामेढ़ी चलने में कोई हानि नहीं है, जय बाबा जाहरजोधा।"

14

डा॰ उद्धव की किताब पर गोष्ठी में शताधिक लेखक और साहित्यविद् एवं विचारधाराधारक बौद्धिक आए थे। विवाद इस बिन्दु पर खड़ा हो गया कि समाज के विकास के साथ साहित्य और कला को, दर्शन और चिंतन को किस तरह देखा जाए। डा॰ अविनाशचन्द्र ने बताया कि इस विषय में सामान्यतः समाज के विकास की दृष्टि से उपरिआधार को सुपर–स्ट्रक्चर–दर्शन–चिंतन–धर्म–कला–साहित्य को देखा गया है किंतु चक्कर यह है कि मार्क्स प्राचीनों के कला और साहित्य की अपूर्वता, सौंदर्य और उसके स्थायी आकर्षण को विकास की कोटियों में पूरी तरह बांध नहीं सके। मसलन ग्रीक साहित्य और कलाएं आज तक क्यों सम्पूर्ण और अद्वितीय प्रतीत होती हैं? तब दास प्रथा थी, किंतु उस व्यवस्था से उपजा साहित्य और कला इतनी उन्नत है कि आश्चर्य होता है। जब मार्क्स इसे नहीं समझा सके, तब उन्होंने कहा कि शायद सभ्यता का वह आदिकाल था, और वैसा साहित्य सभ्यता–संस्कृति के आदिकाल में ही लिखा जा सकता था। इसका मतलब यह है कि साहित्य और कला में ऐसा कुछ अवश्य होता है जो तत्कालीन व्यवस्था के परे चला जाता है, यह कि उसमें मानवता के मूल स्वरूप का वर्णन होता है जो स्थायी तत्व है और इसलिए विकास की कोटियों से परे है। डा॰ उद्धव ने यह दिखाया है। अतएव मूलाधार (आर्थिक) और उस पर अवलम्बित जो अधिरचना कानून, राजनीति, दर्शन–चिंतन, साहित्य और कला है, उसकी व्याख्या में यह याद रहे कि मूलाधार और अधिरचना में द्वंद्वात्मक संगति होती है, सीधा संबंध नहीं होता। यह भी है कि जैसा अल्थूसर ने बताया है कि उत्पादन के साधनों, वितरण के स्वरूप का सीधा संबंध कानून और राजनीति से होता है, समाज–व्यवस्था रूपी–भवन की सर्वोच्च मंजिलों यानी दर्शन, कला, धर्म और साहित्य पर आर्थिक आधार का सीधा प्रभाव नहीं पड़ता, उनमें अधिक स्वायत्तता होती है। एक अन्य निर्धारक तत्व विज्ञान भी होता है। प्रारम्भिक सगाजों में ज्ञान–विज्ञान का विकास कम था अतएव दर्शन में अधिदर्शन या अध्यात्म और धर्म की प्रधानता अधिक है। तभी प्राचीनों ने कल्पना, जादू, विश्वासों और मिथके का अधिक आश्रय लिया है लेकिन इनके बावजूद उनमें मूल मानवीय तत्वों

का विनियोग होने से प्राचीन पारम्परिक साहित्य और कलाओं में स्थायी आकर्षण, सम्मोहन और शक्ति है। तथापि उन पर अपने समय का, सभ्यता का प्रभाव है। वेद प्रारम्भिक सभ्यता में ही साक्षात्कृत हो सकता था और ग्रीक साहित्य भी उस प्राचीन दास–व्यवस्था में ही पनप सकता था।

भारतीय परंपरा के सनातनधर्मी आचार्य भड़क उठे, डा॰ नरेन्द्र ने कहा–"मार्क्स की व्याख्या, द्वंद्वात्मक संबंध की जो कल्पना की गई है, वही असंगत, अपूर्ण और रहस्यमय है। मार्क्सवादियों ने भारतीय संस्कृति, साहित्य और कला, दर्शन और धर्म की जो व्याख्या की है, वह इसका प्रमाण है। संस्कृति, धर्म, दर्शन, कला और साहित्य की भौतिकवादी, स्थूल, कार्यकारणपरक व्याख्या नहीं हो सकती, यह मनुष्य की प्रज्ञा का परिणाम है और प्रज्ञा या स्वयं प्रकाश्यज्ञान किसी भी व्यवस्था का अतिक्रमण कर जाता है। वेद इसी प्रज्ञा का परिणाम था, वेदांत, योगदर्शन, वेदांतसूत्र, गीता आदि भी और वे प्रज्ञा, सृजन और आत्मिक साक्षात्कार की परंपराएं आज तक चली आ रही हैं अतः वे सनातन हैं। व्यवस्था के विकास की दृष्टि से स्थूल विकास, कानून, राजनीति, इतिहास आदि की व्याख्या तो हो सकती है किंतु गूढ़ ज्ञान, अध्यात्म, धर्म की व्याख्या नहीं हो सकती। मार्क्स इसलिए धर्मपुराण, अधिदर्शन को कल्पना या अज्ञान का फल मानता है, विज्ञान के अभाव का किंतु गूढ़ और आत्मानुभवों की व्याख्या बुद्धि से हो नहीं सकती, न विज्ञान से क्योंकि वह तो बाहरी प्रयोगों पर आधारित है। साहित्य, कला के रहस्य, उड़ानें और विन्यास प्रतिभा भी विभेदक बुद्धि से व्याख्यायित नहीं हो सकती, उसके लिए तादात्म्य चाहिए जो मार्क्सवादियों में नहीं है अतः डा॰ उद्धव का विशाल बौद्धिक प्रयत्न प्रभावक तो है पर स्वीकार्य नहीं हो सकता।"

गोष्ठी में द्वंद्व की स्थिति बन गई। तब ज्ञानसिंह राठौर खड़े हुए। बोले–"डा॰ नरेन्द्र का दृष्टिकोण इतिहासविरोधी और परंपरा में जो कुछ भी है, उसे समूचा यथावत् मान लेने वाला है। सवाल यह है कि यह जो रहस्यवादी नजर है कि वेद–वेदांत ईश्वरकृत है–कुरान–बाइबिल भी तो उनमें जो पौराणिकता या मिथकीयता या मिथ्या ज्ञान है, उसे बुद्धि और इतिहासबोध के बिना कैसे अलगाया जाएगा? तब तो भूत–प्रेत–शैतान–फरिश्तों–देवी–देवताओं के सारे पौराणिक वर्णनों को मानना पड़ेगा। तब परंपरा में जो है, उसका त्याग और ग्रहण कैसे होगा? मनुष्य ने आदिम सभ्यता में परिघटना को, विश्व को जादुई या यातु–दृष्टि से देखा है, प्रकृति में जो है, उसको दिव्यता दी है, उसका स्तवन किया है पर प्राकृतिक ज्ञान–विज्ञान के इस युग में, धर्म के नाम पर जो मिथकों का भंडार भरा गया है, वह दुःस्वप्न–सा मनुष्य पर लदा है और जो बुद्धि की दृष्टि से समर्थनीय नहीं हो सकता...एमुअल कांट ने भी सिद्ध किया है कि शुद्धिबुद्धि–मीमांसा से परालौकिक शक्तियों को सिद्ध नहीं किया जा सकता है, हां, व्यावहारिक स्तर पर विश्वासों को माना जा सकता है जैसा कांट ने 'प्रेक्टीकल रीजन' में दिखाया है। कार्ल मार्क्स ने विस्तार से यह सिद्ध किया है कि अधिदर्शन–धर्म–पुराणादि में देवताओं की कल्पना की गई है। उसके मानवीकरण से यह सिद्ध हो जाता है कि ईश्वर और देवी–देवताओं ने मनुष्य की रचना नहीं की है अपितु मनुष्य ने ही उनकी रचना की है। मनुष्य भय और असाधारण के प्रति आकर्षण के कारण चमत्कृत होकर सूर्य, चन्द्रमा, मेघ (मघवा) बिजली, सागर, आकाश–अंतरिक्ष, पृथ्वी, पवन, अग्नि आदि को वेदों में मानवरूप देकर उनकी कल्याणकारिता के कारण स्तवन करता है। ईश्वर या ब्रह्म में वह पूर्णता की कल्पना करता है, धर्म में अलौकिक

शक्तियों की अनुभूति और ईश्वरादेश मानकर परंपरागत आचार–विचार स्वीकार कर उसका पालन करता है, यह स्वतंत्र विवेक, बुद्धि या रीजन के विरुद्ध तर्कातीत आयाम है, पर उसका उस धर्म और पुराणपन का इतिहास है। तभी धर्म स्वयं मानवीय और सामाजिक प्रभाव से बदलता रहा है। मार्क्स ने इसीलिए, ऐतिहासिक भौतिकवाद को अपना सर्वोच्च योगदान कहा था। धर्म को धर्म से नहीं, अधिदर्शन या अध्यात्मवाद को अध्यात्म से नहीं, सामाजिक विकास के संदर्भ में धर्म, ईश्वर, देवतादि, पुरुषार्थ बोध, स्वर्ग, नरक, कर्मवाद, भाग्यवाद आदि को समझा जा सकता है। स्वयं 'आत्मा' के बोध के सामाजिक विकास को देखे बिना नहीं समझा जा सकता क्योंकि 'आत्मा' समाज में रह कर विकसित होती है, समाज के बाहर किसी शिशु को रख कर पालो तो उसमें आत्मा नहीं विकसित होती–भेड़ियों में पलकर बच्चा भेड़िया हो जाता है, यह स्वतः प्रमाणित है। जब तक श्रम से ज्ञान जुड़ा रहा, तब तक धर्म और देवता वास्तविक जीवन के प्रतिबिंब रहे, साहित्य और कला में यथार्थ जीवन का प्रतिबिंबन हुआ। श्रम से विच्छेद होने पर, जनश्रम पर आधारित धार्मिकों–दार्शनिकों और पुराणकारों ने, पुरोहितों ने जो साहित्य रचा, उसमें जो कल्पनाएं हैं, साधनाएं हैं, वे अपने समय के मनुष्य के बोध को दर्शाती हैं। आप उनके समय से, उनके दिक्काल और इतिहास से उन्हें पृथक नहीं कर सकते। अब यज्ञ नहीं होते तो शतपथ ब्राह्मण नहीं लिखा जा सकता। इसी तरह डा॰ उद्भव ने दिखाया है कि रस, अलंकार, रीति, ध्वनि, वक्रोक्ति के जो साहित्यशास्त्रीय सम्प्रदाय बने, जो नाटक और काव्य लिखे गए, उनमें तत्कालीनता है। तीव्र परिवर्तन के युग में यथार्थबोध प्रधान हो गया, रस नेपथ्य में चला गया। यह साहित्य पर युग का प्रभाव है। डा॰ उद्भव ने यह सही दिखाया है कि भारतीय परंपरा में, साहित्य और कलादि में परिवर्तन की चेतना ही नहीं है अतः उस समय की अवधारणाओं और सिद्धांतों को उनकी तत्कालीनता झाड़ कर उन्हें वर्तमान साहित्य पर इस तरह लागू किया जा सकता है, जिससे वे निकष आज के सृजन के नए पक्षों को प्रकाशित कर सकें। अब उल्टी गंगा नहीं बह सकती कि जो शास्त्रों में लिखा गया है, उनके अनुसार रचना होनी चाहिए।

परंपरा की यही प्रगतिशील व्याख्या है और डा॰ उद्भव ने यांत्रिक व्याख्याकारों से बचकर, परंपरा में जो मानववादी तत्व थे, उन्हें ग्रहण किया है और त्याज्य को त्याज्य कहा है। उन्होंने भारतीय काव्यशास्त्र के सर्वोच्च व्याख्याकार अभिनव गुप्त में जो अध्यात्मवादी पूर्व कल्पनाएं (एजम्पशन्स) हैं, उन्हें पृथक कर मानवीय और वास्तविक आधार पर अभिनव गुप्त जो सिर के बल खड़े थे, उन्हें पैरों के बल पर खड़ा कर दिया है। मार्क्स ने जिस तरह हीगल को उसका प्रत्ययवाद या अध्यात्मवाद (आइडिया) फटक कर उससे द्वंद्वात्मक भौतिकवाद निकाला है, उसी तरह डा॰ उद्भव ने अभिनव गुप्त को धुंध और कोहरे से निकाल कर उसकी रैशनल या विवेकगत तत्वों, तर्कों और मानवविवेक (रैशनल कर्नल) को निकालकर सामने रख दिया है। इस कारण कई कमियों के बावजूद डा॰ उद्भव को इस अभिनव और सही व्याख्या तथा परंपरा की बुद्धिगत, इतिहासगत मीमांसा के लिए मैं बधाई देता हूं।"

परंपरावादी सनातन धर्म वाले मौन हो गए। उसके बाद शमशेर बहादुर सिंह ने कहा कि यह विषय उनके लिए जिज्ञासा का विषय तो है पर वह कोई टिप्पणी करने में असमर्थ हैं। यह बहुत बुनियादी शोधकार्य हुआ है और वह डा॰ उद्भव की प्रतिभा से प्रभावित हैं। त्रिलोचन शास्त्री काव्यशास्त्र से संबंधित ब्यौरे में फंस गए,

मूल विषय से दूर चले गए पर उनकी काव्यशास्त्र पर पकड़ से लेखक प्रसन्न हुए। अन्य वक्ताओं ने भी कुछ कहा पर निर्णय हो चुका था और अब पिघष्टपेषण व्यर्थ लग रहा था।

कृष्णगोपाल ने बताया कि मेरे सामने उद्धवजी ने यह ग्रंथ लिखा है और जब इसकी मूल निष्पत्तियां कामरेड कार्नफोर्थ को इंग्लैंड में तब भेजी गईं थीं तो उन्होंने इसकी प्रशंसा की थी और यह लिखा था कि डा॰ उद्धव उन्हें ग्रंथ की एक प्रति भेजें ....किंतु कार्नफोर्थ का तब तक देहांत हो गया था। सोवियत रूस में शायद इस ग्रंथ को अनुवाद के लिए चुन लिया जाएगा और यह किताब, पी॰ पी॰ एच॰, पीपुल्स पब्लिशिंग हाउस ने इसलिए नहीं छापी क्योंकि इसके प्रारम्भ में माओ त्से तुंग का एक उद्धरण था और उद्धव उसे निकालने को प्रस्तुत नहीं थे।

जोरदार अट्टहास हुआ और सी॰ पी॰ आई॰ और चीनी साम्यवाद के मध्य जो कशमकश चल रही थी, उसके कारण जो संकीर्णता पनप गई थी, वह उजागर हो गई। कृष्णगोपाल बोले–"इस एक उदाहरण से स्पष्ट है कि लेखक और विचारविदों को वामपंथी संकीर्णताओं से भी ऊपर उठकर लिखना चाहिए।"

गोष्ठी समाप्त हो गई। सबने डा॰ उद्धव को बधाई दी। डा॰ नरेन्द्र तक ने कहा कि उद्धव ने परंपरा के भीतर जो उत्कर्ष है, उसे उन्होंने समझा है और परंपरा का ज्ञानगौरव रेखांकित हुआ है।

सबसे प्रसन्न तो इला थी। उसने गर्व से उद्धव को आसक्त दृष्टि से ताका। कृष्णगोपाल ने कटाक्ष किया–"इला, तुम इस दाईं भुजा की मालिश करो, जिससे कि उद्धव की लेखनी चलती रहे। इला, तुम्हारी प्रेरणा से ही उद्धव इतना बड़ा कार्य कर सके, तुम्हें भी बधाई।"

इला इठलाई और चहकी–"उद्धव तो एक कम्प्यूटर मात्र हैं, डाटा तो मैंने भरा है इसमें, संचालक तो मैं हूं, वाह मैं।"

सब विहंसे।

डा॰ विनीत ने भागीदारों को चाय पिलाई, खिलाया। विदा ली। तब वह बोला–"आरतीजी और उर्मिलाजी की कारों में कुछ चलें, एक कार मेरे पास भी है आज, उसमें कृष्णजी, हम और कुछ चुने हुए साथी चलेंगे, उर्मिलाजी के यहां–क्योंकि यहां प्रबंध नहीं हो सकता।"

सब उर्मिला के यहां पहुंचे।

पान–भोजन–गपशप–टांगखिंचाई, विदग्ध संवाद, विद्रूप–व्यंग्य और वितंडा से उत्पन्न अट्टहासों के झरनों में नहा–नहा कर वे सब साथी चले गए। तब डा॰ उद्धव ने गहरी नजर से इला की ओर ताका। इला के उत्साह से अधर फड़के, दृष्टि प्रमुदित होकर नत हो गई और हास्य से वह इला चांदनी के कुंज–सी खिल गई। उर्मिला ने यह देखकर कहा–"इला, इस बौद्धिक मारामारी से लोग थक गए हैं। अब विश्राम हो....डा॰ उद्धव, तुम्हारा कक्ष उधर है, आप पधारो....हम जरा कृष्णजी के साथ गप मारेंगे, गुड नाइट।"

"शुभ निशा।"

डा॰ उद्धव ने इला की ओर सतृष्ण होकर देखा। इला ने उन्हें अंगूठा दिखाया और शरारत से मुस्कराई। उद्धव चले गए। उसने वस्त्र उतारे, हलके कपड़े डाले और रजाई में घुस गया। थकावट के बाद भी वह जैसे आकाश में उड़ रहा था।

उसने अपने ग्रंथ की पूरी प्रक्रिया का साक्षात्कार किया....कहां–कहां से सामग्री एकत्र की गई थी, पढ़ते और नोट्स लेते, कितना दीर्घकाल बीत गया था, कितना ऊहापोह होता रहा जैसे वह ज्ञान की यात्रा में अनेक दलदलों, मरुस्थलों, चढ़ाइयों और घाटियों में से गुजर कर अंत में निश्चित निष्कर्षों पर पहुंचा हो। उसने सोचा कि गिरिशिखर पर चढ़ कर कैसा महसूस होता हो, समुद्रों के अवगाहन में क्या–क्या कष्टानुभूतियां अहसास में आती हैं....उसे लगा कि वह थार के रेगिस्तान में धूल बालू से अटा हुआ, प्यासा अंतहीन धधकते धोरों में भटक रहा है, पैर जल गए हैं, फफोले पड़ गए हैं, उन्हें कपड़ों से लपेटकर वह लंगड़ाता हुआ मार्ग काट रहा है, वह तीखी, तप्त हवा की डरावनी चीखें सुन रहा है, आंखों में रेत भरा हुआ है, उसका कंठ, तालू सूख गया है और जिधर सामने देखता है, मृगतृष्णा के कारण मिथ्यासरोवर लहरा रहे हैं पर पास जाने पर वही रेत का सूखा समुद्र....उसके शरीर में पसीना उभर आया, उसने वह हल्की रजाई फेंक दी और गहरी सांस ली।

....उसे लगा कि वह कोई चीनी यात्री है। कंधे पर झोला लटका है, जिसमें पांडुलिपियां भरी हुई हैं, हाथ में सहारे के लिए लाठी है और वह नद–नदी, दलदल, अगम्य पर्वत लांघता हुआ, बस चला जा रहा है। वह फाहियान बन गया है, इब्नबतूता, ह्वेनस्वांग। वह अगस्त्य की तरह पहाड़ों को नीचे हो जाने का आदेश दे रहा है ....वह ऋषि अगस्त्य के सम्मुख नीचे होते हुए विंध्याचल को देख रहा था और मुस्करा रहा था। अगस्त्य ऋषि ने आशीष दी थी, वत्स इसी तरह झुके रहना, ऊंचे मत उठना ताकि उत्तर के यात्री दक्षिणापथ जा सकें। कहते हैं कि विंध्याचल तब से प्रणम्य मुद्रा में नतशिर खड़ा है....क्या मनोहर कल्पना है....अपना भारत ज्ञान और कल्पना में अद्भुत है। मानव दशाओं, मन की तरंगों को पुराणकथा का रूप देने में अपने देश का कोई समकक्ष नहीं और उद्धव ने सोचा कि जब शिष्यों सहित अगस्त्य दक्षिणापथ में कन्याकुमारी के तट पर पहुंचे होंगे तो उनके हर्ष का, तृप्ति का कौन बखान कर सकता है?.....मैं भी उस ऋषि की तरह बहुत निष्पीड़ित हुआ हूं और कैसी तृप्ति मिल रही है....जेहि प्रबंध बुध नहिं आदरहीं, सो स्रम वादि बाल कवि कहीं.... श्रम आज सफल हुआ, मेधा निकष पर खरी साबित हो गई किंतु एक अजीब अवसाद भी सफलता के क्षण में घेरता है और अभी कृतार्थता कहां मिली.... अभी तो ज्ञान–यात्रा का मात्र शुभारम्भ हुआ है....यह अनंत है, आजीवन इसी में खपना है और एक दिन स्वर्गीय हो जाना है....कौन इस मुसाफिरी में उठे हुए हजारों–लाखों पगों को गिनेगा? कौन मेरी उलझनों, उड़ानों और आविष्कारों–सूझों और सारतत्वों की प्रतीत का मानसिक भूगोल रचेगा? किसी को क्या पड़ी है....लोग तो परिणाम देखते हैं और आगे बढ़ जाते हैं....मैं स्वयं अपने विगत का यह दर्शन क्यों कर रहा हूं, यात्रा, विश्राम और पुनः यात्रा, बस, इसी अंतहीन कर्तव्य ने मुझे चुन लिया है....।

....तभी सफलताजन्य उस विषादनुमा अवसाद के कोहरे से जाहरजोधा प्रकट हुए ....वही नीले घोड़े के सवार, दर्प बल और आत्मविश्वास की मूर्ति। उन्होंने उद्धव की ओर वरदहस्त उठाया और कहा–"उद्धव, अब मुंह क्यों लटका रहा है? तू समझता है कि उपलब्धि से प्रसन्नता होती है, नहीं, वह तो लक्ष्य निश्चित होने से होती है....तेरा जीवन लक्ष्य तय हो गया....मैं इसी कारण तुझमें आया कि तू सत्पथ पर चलता रहे, विपथ न हो....देख, अनिर्णय या संदेह मादक–द्रव्य की तरह होते हैं,

उनमें एक बार मजा लेने लगा तो उस अंधकूप से कोई नहीं निकल सकता.... तभी गीता में कहा गया है कि संशयात्मनः विनश्यति, पर इसका अर्थ यह नहीं कि बिना विचार किए किसी परोक्ष सत्ता में विश्वास करने लगो, नहीं। विश्वास इस लक्ष्य पर करना जो मैंने निश्चित करा दिया है....अब आनंद ही आनंद है....तुझे पथ सूझ गया है, तेरी भूमिका सुनिश्चित हो गई है, यह कर्मयोग है। कार्यभक्ति ही सच्ची भक्ति है, इसी को समर्पित रहो। अन्य धर्म अब आनुषंगिक हो गए हैं, प्रमुख धर्म ज्ञानी बनना है जो करणीय के सतत् ध्यान से फलता है....यह तेरे जीवन–इतिहास का वह स्थायी मोड़ है, मार्ग जिसे नहीं छोड़ना है, यही स्वधर्म है....अन्यों के लिए अन्य धर्म या कर्तव्य हैं.... स्वधर्मे निधनं श्रेयः पर धर्मो भयावहः। इसी स्वधर्म में निधन हो तो तू मेरे लोक में आ जाएगा यानी तू मुक्त हो जाएगा, मुक्ति वस्तुतः लक्ष्यनिर्धारण से मिलती है, फिर तो आजीवन निष्काम कर्मयोगी बनकर जीना है....कर्म ही कृष्ण है, उसी को समर्पित हो जा, सर्वधर्मान् परित्यज्य मामेकं शरणं व्रज यह वाणी किसी निकम्मे भगत के लिए नहीं है, यह तो अर्जुन जैसे साहसिक कर्मकर्ता के लिए है....तूने अपना पथ पा लिया है, अब जिज्ञासा जहां ले जाए, जा और कल्पना जहां तुझे घुमाए, घूर्णन कर वहां और देख, चुनौती स्वीकार कर, यह कि तू अधिकाधिक क्या कर सकता है....जो तेरे भीतर से उठे, उस पर चल पड़ और करके दिखा....शक्ति अक्षय है, पिण्ड में ब्रह्माण्ड है। चुनौती यह है कि ज्ञान और सृजन में तू अपना ब्रह्माण्ड रच, ऐसा जो तेरे समकालीन और तेरे बाद के लोग विस्मित हों और तेरे अन्वेषणों से, तेरी रचनाओं से वे नए–नए ब्रह्माण्डों की सृष्टि में लग जाएं।''

बांबा बोलते गए–''उद्धव, मैंने तुझे खूब रगड़ा है, तू मेंहदी की तरह पिसा है, तभी रंग आया है। अब मैं तुझे विश्राम के लिए छोड़कर जा रहा हूं। मैं रहूंगा तो तुझे निजी अनुभव में भी यह प्रतीति होगी कि मैं तुझे देख रहा हूं, मुझे भी संकोच होगा और तुझे भी। जा बालक, तू फिलहाल आजाद है, मस्त हो जा आमोद–प्रमोद में। मैं अब कृष्णगोपाल में प्रविष्ट होकर उसको अपना माध्यम बनाऊंगा। जा खेल, क्रीडा कर....कल्लोल कर। तेरा कल्याण हो, रीता मत रह, अपने को मधुरता से भर ले, उद्धवता स्थगित कर।''

उद्धव ने हाथ जोड़े, पुकारा–''बाबा, तुम्हारे बिना मेरा क्या होगा? मैं बहुत मौजी हूं मन से, बहक जाऊंगा। आप मुझी में रहिए प्लीज, बाबा।''

परंतु उस नीले अश्व के अश्वारोही ने शरारतन एक वत्सल अट्टहास किया जैसे मेघ मंद स्वर में गरजा हो और वह बिंब अदृश्य हो गया। तभी किसी की पायल की ध्वनि हुई, छम्म–छम्म, उद्धव डरा कि बाबा क्या कोई अप्सरा पीछे छोड़ गए हैं? जिस व्यक्ति ने पायल या नुपूर का आविष्कार किया है, वह धन्य है....ऐसी मादक ध्वनि छम्म....उद्धव उठा नहीं और पास आती ध्वनि में भोया रहा....वह बाबा की उदात्त वाणी और इस छम्म के विरोधी अनुभव की तुलना कर रहा था, छम्म...पर यह आकुलता क्यों होती है? मैं पगध्वनि से तटस्थ क्यों नहीं रह पाता? छम्म....मन यह क्यों चाहता है कि यह ध्वनिकर्मी मेरे निकट आ जाए....उसने इंद्रियों को ढाढ़स दिया, इंद्र की वाहन इंद्रियो ! धीरज रखो....संभव है कि यह बाबा का यातु हो या संभव है, इला आ रही हो....उधर कृष्णजी और उर्मिला की ओर सन्नाटा छाया हुआ है, क्या इला उनके साथ चली गई होगी, छम्म–छम्म....यदि इला को आना था तो वह यह सम्मोहन क्यों कर रही है?

पुनः एक मंद हास्य गूंजा। उद्धव उस अवर्णनीय हंसी को पहचान नहीं सका। इला हंसती तो वह जान जाता। यह हंसी तो उसकी नहीं है लेकिन वह मौन साधे रहा पर बाबा के कारण भय की एक लहर अस्तित्व को कंपा कर चली गई....कहीं सचमुच कोई दिव्यांगना तो नहीं आ गई....यह जाहरपीर भी विनोदी हैं....आखिर, वह क्षत्रिय थे, विलास, विनोद और वीरता में निपुण, छम्म–यह सुंदरी आगे नहीं बढ़ रही, एक घेरे में घूम रही है....कोई अभिचार तो नहीं कर रही है, छम्म–क्या मैं उठकर उस ओर देखूं पर तब उसका खेल खराब हो जाएगा, अतः पड़े रहो पर इस डर से पनपे रोमांच का क्या करूं....रोंगटे कैसे उत्कंठा में खड़े हो गए हैं, प्राण व्याकुल हैं, छम्म–छम्म....अब तो नहीं सहा जा रहा है....उद्धव ने एक आंख खोलकर अंधकार में देखा....एक छाया सी थी वह पर उसके सिर के पीछे मुकुट चमक रहा था जैसे वह उसका पारस हो पर उसमें प्रकाश वलय नहीं था, छम्म–छम्म....उद्धव से अब नहीं रहा गया। वह उठकर बैठ गया....उसने देखा कि एक सुंदरी कुछ दूर पायल बजा रही है....उसके दोनों हाथों में तलवारें हैं ....मुख पर एक विचित्र चमक है और मंद हास्य भी....उद्धव ने सोचा कि इला होती तो वह तलवारें लेकर क्यों आती? यह तो बाबा का ही विनोद है। उसने जाहरजोधा का स्मरण किया, उनका बिंब आया, वह मजाक में हंस रहे थे। वह बिंब लुप्त हो गया। तब उद्धव ने उस युवती को संबोधित किया।

"देवि, मैं उद्धव आपका स्वागत करता हूं....आप यदि बाबा जाहरजोधा द्वारा प्रेषित मुझ पर अनुग्रह करने आयी हैं या क्रीडक मूड में हैं तो निकट आइए वर्ना आपकी इस मनमोहक पगध्वनि को सुनकर, भय से कहीं मेरा हृदय ही न फेल हो जाए....मैं आकर्षित हूं पर भयभीत भी हूं, आप कौन हैं देवि?"

पुनः 'छम्म' का स्वर हुआ पर वह छाया बोली नहीं। छम्म.....छम्म....अब उद्धव निश्चय कर उठ बैठा और खड़ा होकर उस छाया की ओर बढ़ा। वह छम्म–छम्म करती हुई चली गई। फिर वह छम्म का नाद भी लुप्त हो गया। उद्धव ने सोचा कि बिजली जला दी जाए पर उससे जो रहस्य रचा जा रहा था, वही लुप्त हो जाता अतः वह लौटकर पुनः चारपाई पर आ गया और सिर खुजाने लगा कि यह क्या हो रहा है किंतु दो क्षण पश्चात् पुनः वही ध्वनि, छम्म–छम्म ! उद्धव अब धैर्य खोने लगा, कहा–"इला, यदि तुम हो तो मुझे क्यों परेशान कर रही हो? कब तक यह लीला करोगी? अब आ जाओ, मैं घबरा गया हूं, डर भी लग रहा है, प्लीज, इला अब और अधिक सम्मोहित मत करो।"

छाया निकट आई, पुनः छम्म हुई और उस छाया ने कहा–"वचन दें श्री उद्धव।"

"देता हूं, मांगिए।"

"प्रथम, यह कि आप मुझे छोड़कर अन्य किसी के प्रति आकर्षित नहीं होंगे।"

"नहीं हूंगा।"

"और अध्ययन–लेखन के बहाने लंबी डुबकियां नहीं लगाएंगे।"

"नहीं लगाऊंगा!"

"और यह कि आप कृष्णजी की तरह जमाने भर के लिए काजी की तरह चिंतित और प्रयत्नशील नहीं रहेंगे।"

"यथासंभव, यह करूंगा पर जाहरजोधा ने जोर मारा तो प्रयत्न करना ही होगा पर वह तो कभी-कभी होगा, आपको उस बहाने अवकाश मिलेगा, इसलिए तीसरा वचन माना जाएगा पर यथासंभव, विशेषण के साथ।"

"चलिए, यथासंभव ही सही, फिलहाल तो खुदाई खिदमतगारी का कोई प्रोजेक्ट तो नहीं है न?"

"नहीं है, जब होगा, तब बता देंगे।"

"यदि मैं वापस चली जाऊं तो आप क्या करेंगे?"

"चारपाई की पाटी पर सिर पटकेंगे या छत ताकेंगे....ताव आ जाए तो आपका रक्ताभिषेक भी कर सकते हैं।"

"झूठे, आप मुझे बना रहे हैं, मैं क्या यह चाहती हूं कि आप अपना खून बहाएं....मैं क्या छिन्नमस्ता हूं?"

"आप तो छुम्मसत्ता हैं, पर जो क्षण आपने इस लीला में मार डाले हैं, उन क्षणों का वास्ता है आपको....अब निकट पधार जाइए वर्ना मेरा दिल धड़क रहा है, वह यदि भट्टे-सा बैठ गया तो आपको दुःख होगा।"

"पर आपका हृदय तो मेरे पास है, आपके पास तो सिर्फ धड़कन है, धड़किए, मैं जाती हूं।"

उद्धव ने झपटकर इला को पकड़ा और उसे शैया पर ले आया। दोनों विहंस रहे थे। उद्धव ने पाया कि इला की तलवारें गत्ते की बनी हुई हैं और उन पर चिप्पी चिपकाई गई है और मुकुट भी बनावटी है। इला प्रसन्न थी और वह रह-रहकर खिलखिला रही थी।

उद्धव ने पूछा-"आज जैसा दिन और आप यह स्वांग कर रही थीं, कमाल है-दिनभर यही रूप भरने के लिए पट्ठे की तलवार बनाती रहीं थीं क्या?"

"मैं आपके क्षण को, इस मुहूर्त को दीर्घता दे रही थी....यह भाग्योदय है, आपके अद्भुत अभ्युदय में मैंने सोचा कि नाटकीयता लानी चाहिए, ऐसा मैं ही सोच सकी, आप थैंक्स कहिए।"

"धन्यवाद, मैं अनुग्रहीत हूं।"

इला ने कहा-"सचमुच?"

"सच के साथ मुच !"

इला ने कहा-"तो आप आज रातभर मुझसे बातें कीजिए....विश्राम से ऊब नहीं होती क्या? एक जरा से जीवन का एक तिहाई समय तो नींद में चला जाता है, एक चौथाई खानपान तथा स्नान-ध्यान में.... आज हो जाए इस नियम का विध्वंस, नहीं?"

उद्धव ने कहा-"पर आपके इस आग्रह से बातें करते-करते मेरा देहावसान हो जाए तो?"

"अच्छे बच्चे, ऐसी बातें नहीं करते, भला मेरे रहते, आपका अनिष्ट कैसे हो सकता है? मैं जो हूं आपके साथ....क्या, हम थोड़ी देर के लिए वसन्त की इस उन्मत्त रात्रि में बाहर जाकर नहीं बैठ सकते?"

"क्यों नहीं पर यह तो अब कल ही संभव होगा, आपकी लीला में बेचारी रात्रि ही व्यतीत हो गई, आपने मेरी चरमसीमा ही चौपट कर डाली।"

"च् च् च् च् बेचारा....समय पर गणित कर रहा है, एक क्षण बाद सब विलुप्त.

...उद्धव, तुम रहे उद्धव के उद्धव....तुम क्या यह भी नहीं जानते, महारास में कृष्ण और गोपियां रात भर नाची थीं और उस अनुभव में ही नटनागर ने चरम सीमा पाई थी....तुम्हें शीघ्रता है कि इस मुहूर्त का मारण हो जाए....यह मेरे जीवन का दुर्लभ क्षण है.... यह पुनः कभी न मिलेगा, फिर सब दिनचर्या में बदल जाएगा और ढर्रे से बचाने के लिए ही हम सब जल्दबाजी में आत्महनन कर रहे हैं....हम कोई रोजनामचे हैं क्या? हम काल से पराभूत न हों, काल पर हम आरूढ़ हों....आज मैं समय की गति को स्थिर कर दूंगी, बस, तुम मुझसे बतियाते रहो और मुझमें नैकट्य का स्पंदन चलने दो....मुझे बस अपने साथ होने दो....मैं साधारण की उपासिका हूं.... तुम मेरे दिए की बाती क्यों बुझाना चाहते हो, तुम जो हो रहा है, उसे चलने क्यों नहीं देते.... तीव्रता प्रिय लगती है, यह व्याकुलता पर वह एकमएकता तो हमारी आत्मचेतना को ही सुन्न कर देगी....हम क्या लवण और जल हैं जो एक हुए और घुल गए और तब मेरे अस्तित्व का क्या होगा?"

अब उद्धव में हास्य उभरा। वह ठठाकर हंसा। इला में वैचित्र्य तो है। इसमें तो बड़े–बड़े गुण छिपे हुए हैं। यह उत्सव की अवधि बढ़ाना चाहती है। उसने कौतुक से पूछा–"अच्छा, मैं तुम्हारी तरंग में साथ दूंगा किंतु आज तो चरमसीमा की वासन्ती निशा है, वह तुम्हारी सनक में तुम्हें कोसेगी और इला, कल क्या होगा, कौन जानता है....हम, शत्रुओं से घिरे हुए हैं। क्या पता, कल कोई त्रासदी हो जाए ....अच्छा, तुम करोगी क्या?"

इला इठलाई–"यह मेरे जीवन के उन्मीलन का मुहूर्त है, मैं यमुना से अनुमति लूंगी कल, पहाड़ियों से, वन से, पक्षियों से, आकाश, धरा और वनस्पतियों से, नक्षत्रों से.... जिन पंचभूतों ने मुझे और तुम्हें रचा है और प्रफुल्लता का यह परिवेश दिया है, उनसे पूछ तो लूं वर्ना वे मुझे घूरेंगे, उलाहने देंगे।"

"किंतु वे तो यहीं हैं, पिण्ड में ब्रह्माण्ड है इला, यह तुम जानती हो। तन और मन उन्हीं का बनाया हुआ है। वे सब मन में ही हैं, चेतना में, तुम उनसे पूछ लो और यह अलभ्य रजनी यदि तुम्हारी कल्पनाओं में बीत गई तो फिर यह नहीं मिलेगी।"

"ऐसा?"

"बिल्कुल।"

"किंतु मुझे मेरे नैसर्गिक उपकरण मेरी सनक को तरजीह दे रहे हैं तो मैं क्या करूं?"

"तुम अनुमति दो तो मैं तुम्हारी सनक से तुम्हें मुक्त करूं? तुम स्थगन से थ्रिल वसूल करना चाहती हो और जो काल ने हमें अवसर दिया है, उसको इतिहास में बदलना चाहती हो। और तुम्हें मेरे भूगोल और भूकम्प की चिंता नहीं है, सुनो।"

उद्धव बोला–"तुम रसनिधि हो और मेरे रस सूख रहे हैं। तुम अपने हित में हमें सरसाओ। मृदुल दृष्टि से चंद्रकिरणें निकालो और उन्हें हमारे वजूद के रोम–रोम में, मूल्यवान जोड़ों में, गरिमामय गिल्टियों, कमनीय कोशिकाओं में वेधो एक्यूपिंक्चर की सुइयों की तरह और एक–एक कर वे अमरती सुइयां निकाल लेना वर्ना यदि मैं सचमुच सूख गया और कंकाल–सा हिलता, खड़खड़ाता आपके सम्मुख आ गया तो आपकी घिग्घी बंध जाएगी अतएव हे ललिते, आप मुझे तरबतर करें, मैं आपमें कूदकर डूबने के लिए, धनवन्तरि भिषग के परामर्श से आया हूं। आप अपने ज्वारों

को जाग्रत करें और मथें—मैं आपके साथ आलोड़न में पुनः जीवित होकर निकल सकता हूं और विलुप्त शक्ति पा सकता हूं....आप रत्नाकर हैं, मेरे उपचार, मेरे एकमात्र विकल्प, मेरे कायाकल्प।''

इला बोली—''रचना तो उद्दीपक है किंतु मैंने जो अपने से कह रखा है, उसे मैं निभाऊंगी....कविता तो कवि द्वारा की गई दिमाग की सफाई या ब्रेनवाशिंग है और उसमें तुम दक्ष हो....मेरे ज्वार सोए हुए नहीं हैं और मेरा मन उद्वेलित होकर उत्ताल तरंगों में हाथी की सूंडों—सा तट पर जाता है और उन्हें पटककर लौट आता है... .किनारा देखता रह जाता है और पुनः गजशुण्डों—सी लहरें रेल—पेल करती हुईं 'अगाध जल का संभार समेटती हुईं' तट की ओर चल पड़ती हैं तथापि मैं चाहती हूं कि आनंद बेला के दीर्घीकरण में आप मेरा साथ दें। कल विधिवत हम तफरीह करेंगे और उसमें सब सहभागी बनेंगे....आपको अचरज होगा यह जानकर कि मुझे खुलकर खेलने की पूरी अनुमति उर्मिला से मिल गई है और उसने कहा है कि वह मेरे उन्माद में पूरा साथ देगी। पर मुझे लगता है कि आप अपने जलजलों से थरथरा रहे हैं और मैं यहां रही तो आप और अधिक विखंडित होते रहेंगे, इस कारण विद्वत्वर उद्धव मैं अपने कक्ष में जाती हूं।''

और वह इला सचमुच उठ बैठी और बाहर जाने लगी। उद्धव ने उसे बलात् पकड़ा, उठाया और शैया पर धीरे—से पटक दिया। उसने कौतुक में उसे भुजबंधन में बांधा और उस पर झुका, तब इला प्रतिरोध में चीखी—''मिस्टर उद्धव, आप मुझ पर बलात्कार कर रहे हैं और उसका दंड आप जानते हैं....रामदेई के साथ मोहन ठाकुर ने यही किया था.... कृष्णगोपाल ने उसकी इंद्रिय ही कटवा दी थी ....आप न माने तो यह पवित्र कार्य मैं स्वयं करूंगी....चलिए, आप मुझसे पृथक रह कर अपनी वाणी के चमत्कार ही दिखाइए पर मुझे आप छुएं नहीं वर्ना मैं कृष्णजी की चेली हूं....।''

और वह इला, हंसते—हंसते दोहरी हो गई। वह उद्धव को बिराती रही और फिर उद्धव को परास्त, हतप्रभ और आत्मनिमग्न पाकर एक झटके से उठी और भागती बाहर चली गई।

उद्धव उसकी छम—छम करती आवाज में ऐसा खो गया गोया वह कोई स्वप्न देख रहा हो। इला की विजायिनी हंसी उसे खिझा रही थी और वह छम—छम करती अपने कक्ष को जा रही थी।

तभी मुर्गे ने बांग दी और उद्धव चकित, विभ्रमित कक्ष में चक्कर लगाने लगा। उसकी समझ से यह परे था कि यह इला क्या कर रही है? पुनः वह कक्ष खोलकर प्रातःकाल की हवा की लहरों के हवाले हो गया। दिमाग पर चढ़ी गर्मी शांत होने लगी। फूलों की गंध और शीतल मंद समीरण ने उसकी आत्मा को विशद किया और वह इला के प्रति सदय हो गया। उसने सोचा कि यह बेचारी इला समर्पिता तो है पर वह असाधारणता की दीवानी है। वह जो करेगी, अपने वैचित्र्य के साथ ही करेगी। क्यों न उसके उन्माद में शामिल हो जाया जाए? उसकी सनक का स्वाद वह स्वयं तो नहीं लेती, हमें भी उसका भागीदार बनाएगी और अन्य सबको भी विस्मय का आनंद मिलेगा और फिर वह उद्धव अचानक अट्टहास करने लगा। कृष्णगोपाल ने उसे सुना तो वह भी प्रातःकाल के वातावरण को आत्मसात् करने के लिए आ गए। उद्धव हंसे जा रहा था। कृष्णजी कुछ कहे बिना उसके पास

आकर बैठ गए। उद्धव की संक्रामक हंसी में वह भी बह गए।

"क्या बात है डा॰ उद्धव, कल की सफलता से आप क्या पगला गए हैं?"

"अजी, सफलता, विफलता जैसी चीजें हमें क्या पागल करेंगी पर उस इला ने रातभर ऐसा नाटक किया कि हम सचमुच पगला गए हैं। उसने रात में गत्ते का मुकुट बांधा, हाथों में तलवारें लीं, पट्टे की बनी हुईं और पैरों में नुपूर बांधे पायल के साथ और वह बड़े नाटकीय अंदाज में छम्म–छम्म करती रही ....जब पहचाना तो मुझसे त्रिवाचा कराई। उन वचनों में एक यह था कि मैं कृष्णजी की तरह युगबोध से पृथक रहूं और किसी भी सामाजिक परिवर्तन के चक्कर में नहीं पड़ूं।"

"अच्छा?"

"जी, यही उसने किया। वह रातभर मुझको बुलवाती रही और विहंसती रही, जब मैंने जबरदस्ती करनी चाही तो उसने धमकाया कि वह कृष्णजी से कहकर मेरी जननेंद्रिय कटवा देगी और फिर वह भाग गई।"

अब कृष्ण के हंसने की बारी थी। वह उस दृश्य को सोच–सोचकर हहराते रहे। पुनः वेग थमने पर बोले–"यह जो इला है, यह तो वही निकली जो 'कामायनी' में है। मनु ने उसके लिए वर्षों तक उसकी बेगार की पर वह नहीं झुकी। अंततः मनु को बलात्कार करना पड़ा, आश्चर्य है।"

"पर मनु तो सफल हो गए थे। आपकी धमकी देकर, मुझे मूर्ख बना गई, वह।"

पुनः दोनों खिलखिलाए। पुनः कृष्ण ने पूछा–"वह कुछ विचित्र चाहना कर रही होगी, क्या चाहा उसने?"

"यही कि वह मिलन को पूरे ताम–झाम का रूप देगी। वह आज यमुना और प्रकृति से, पर्वत–वन–पक्षी, तृण–लता वीरुध के पास जा–जाकर उनसे अनुमति लेगी, नौकाविहार करेगी, पिकनिक में सबको ले चलेगी, यह कि आपको आश्वासन देना पड़ेगा कि आप मेरी इंद्रिय नहीं कटवाएंगे।"

हंसते–हंसते दोनों उन्मत्त हो गए। तब कृष्णजी गंभीर हो गए, बोले–"उद्धव, हम इन दोनों बहनों को मित्र बनाकर कितने आनंदित हुए हैं और इन दोनों ने हमें कितना अनुराग और सहयोग दिया, सुखद अचरज नहीं है क्या?"

"यह आश्चर्य नहीं, यह तो प्रकृति का कोई मधुर षड़यंत्र है, समझ से परे ....यह ऊपर से जड़ प्रतीत होने वाली प्रकृति वस्तुतः लीलामयी है....लोग समझते नहीं हैं....यह प्राणियों को यों ही नहीं जानती, उनके साथ मां की तरह खेलती भी है....यह कठोर परीक्षा लेती है तो आमोद–प्रमोद का आयोजन भी करती है, यह क्रीड़ाशीला है, यह कुदरत। कमाल है मुझे कभी–कभी जान पड़ता है कि रहस्यवादी इसे समझते थे, बुद्धिवाद तो तर्क की डोर ही सुलझाता रहता है, वह अदृष्ट और सूक्ष्मातिसूक्ष्म को नहीं महसूस पाता....मुझे तो लगता है कि हमारी नियति प्रकृति तय कर रही है और ये जो मीठे और सलोने अनुभव करा रही है कुदरत, वह इसलिए कि कोई त्रासदी होने जा रही है और बंधुवर, मुझे यह भी प्रतीति हो रही है कि आपने प्रतिरोध का मार्ग पकड़ कर जो व्यवस्थितों को विक्षुब्ध किया है, उससे आपको तो परमगति मिलेगी और मुझे आपके बाद भी आपका भार ढोना पड़ेगा, यह वेदना भी कि आप मुझे अकेला छोड़ गए है....क्या हम इस पुनः न मिलने वाले अद्‌भुत जीवन की रक्षा के लिए कहीं अन्यत्र चले जाएं? आपका क्या विचार है?"

अरबों रुपयों के विकास और वितरण के संजाल से प्रत्येक जमात और कम्युनिटी में इस आशा का संचार हो गया है कि उसकी तरक्की हो सकती है.... दबे–कुचलों में से कुछ अधिकारी हो गए हैं, शिक्षा का प्रसार हो रहा है, व्यापार–वाणिज्य–उद्योग के लिए बैंक उधार दे रही है....एक विराट भ्रम फैल गया है कि उन्नति संभव है और वह हो भी रही है.... जापान, जर्मनी, कोरिया आदि देशों ने जनतांत्रिक तरीके से ही सम्पन्नता पाई है। भारत भी इसी तरह गरीबी दूर कर सकता है, यह जो धारणा है, वह व्यापक हो गई है अब, अतएव जनता सशस्त्र संघर्ष के लिए प्रस्तुत नहीं हो सकती.... मुझे लगता है कि अंततः नक्सलपंथी भी सशस्त्र संग्राम छोड़कर मुख्यधारा में आकर बुलट से वोट की राजनीति को अपना लेंगे क्योंकि क्रांति बंदूक की नली से निकल तो सकती है पर उसमें जो बरबादी होती है, उसके लिए कोई तैयार नहीं है अतएव कई नक्सली दल जो भूमिगत थे, ऊपर आ गए हैं और चुनाव लड़–लड़ा रहे हैं। सोवियत रूस के पतन के बाद क्रांतिकारियों का मनोबल टूटा है और जहां साम्यवादी शासन हैं, वहां वे पूंजीवादी रीतियों को अपना रहे हैं। इस संक्रमण की हालत में आप भी फिलहाल दुस्साहस का रास्ता मत अपनाइए और जनतांत्रिक अभियान तक सीमित रहिए... हां, जो आपने वह दस्तावेज तैयार किया है, उसे उर्मिला के द्वारा, प्रधानमंत्री तक पहुंचवा दीजिए, अन्य जनतांत्रिक संगठनों तक भी।''

कृष्णजी सोचने लगे। नरमी और नमी देखकर उद्धव उत्साहित हुआ। उसने कहा–''तैयारी करना, क्रांति का प्रथम सोपान है और तैयारी के बिना क्रांतिकारी झड़पें कराना आत्महनन है, मूर्खतापूर्ण आत्मबलिदान.... आप सोच रहे हैं, यह अच्छा है.... आप अभी सोचते रहिए.... मैं चाय का प्रबंध करता हूं।''

उर्मिला को जगाया गया। उर्मिला ने विनोद में कहा–''वह जाहरजोधा जी, जनयुद्ध के लिए गए या अभी हैं?''

उद्धव हंसा, कहा–''अभी वह सोच रहे हैं।''

''भगवान उन्हें सद्‌बुद्धि दे.... उद्धव तुम्हारे बंधुश्रेष्ठ आपे में नहीं हैं, उनमें वह जाहरजोधा सचमुच समा गए हैं। वह न चैन पाते हैं, न चैन से हमें जीने देते हैं।''

''उर्मिला जी, जब आपने एक ज्वालामुखी से प्रेम किया है तो ताप तो महसूस होगा ही। वह रस के कवि नहीं, विषानुभूति के स्रष्टा हैं,। आप उन्हें चाय तो पिलवाइए न।''

''अवश्य,'' उर्मिला ने गृहसहायकों को चेताया। आदेश दे दिया पर उसने उद्धव को जाने नहीं दिया। पूछा–''कहिए, कल रात कैसी गुजरी, खुश हैं न?''

उद्धव ने हंसते–हंसते सारा वृतांत सुनाया तो वह भी ठहाके लगाने लगी। उद्धव बाहर आ गए। उर्मिला भी चाय लेकर कुछ समय बाद बाग में आ गई। वहां इला के हठ और सनक को लेकर बाग अट्टहासों से गूंजने लगा। योजना बनी कि इला के उठने पर उसे दुल्हिन की तरह सजाया जाए, उद्धव भी सजें–बजें। सब यमुना पर चलें, उसके बाद जहां इला कहे, जाया जाए, जब वह अपनी सनक पूरी कर ले, तब लौटा जाए, तब कृष्णजी और उर्मिला कन्यादान करें और तब उस सनकीली इला की सुहागरात की सेज सजाई जाए।

नींद टूटने पर इला को कार्यक्रम बताया गया। इला ने कहा कि वह विवाहप्रथा

"जाना तो है ही एक दिन यहां से पर पलायन के लिए नहीं, संग्राम के लिए जाना है। अफ़सोस यह है कि इन दोनों देवियों को यहीं छोड़ना पड़ेगा और उद्धव हमें आज ही जाना है।"

"आज तो आपको वह मनमोहिनी इला नहीं जाने देगी और वह मुझे आपके साथ जाने की अनुमति नहीं देगी। हां, मैं उसे बहलाकर, उसे जयपुर भेजकर तब वहां आ सकता हूं, जहां आप मुझे चाहते हैं....वह बाबा जाहरजोधा कह गए हैं कल रात में कि वह अब आपमें सक्रिय होंगे....जाहिर हैं, आप, इधर जनतांत्रिक चौखटे के भीतर बुनियादी तब्दीलियों का दस्तावेज तैयार कर रहे हैं मगर आप जानते हैं कि यह औपचारिक जनतत्र कोई मूल परिवर्तन करने वाला नहीं है, अतएव आप अब इसी व्यवस्था में क्रांतिकारी दलम् संगठित करेंगे, जो कानून के असफल हो जाने की दशाओं में सशस्त्र हस्तक्षेप करें, यही न?"

"वाह, क्या अंतर्दृष्टि है, लगता है, तुमने मेरा प्रलेख पढ़ लिया है।"

"यह उर्मिला आपसे प्यार करती है, उसी ने वे आपके दस्तावेज दिए थे कि मैं उन्हें पढ़ लूं और उनमें क्रांतिकारी जत्थे बनाने की योजना भी थी....लेकिन आपको कोई और नहीं मिला जो घर से ही शुरू कर दिया। आपने उर्मिला और इला को महिलादलम् का संयोजक प्रस्तावित किया है, मुझे पुरुषदलम् का किंतु मैं नौकरी छोड़ दूं और इंकलाबी हो जाऊं तो परिवार का क्या होगा? और ये बेचारी सन्नारियां तो पुलिस के बलात्कार की शिकार होंगी अंततः नहीं?"

"उद्धव, चैरिटी बिगिन्स एट होम....पहले हमीं को खतरे उठाने होंगे। हम अपने प्रति दया का भाव नहीं रख सकते....कमजकम, हम शुरुआत तो करें, पहले कानूनन काम करें, फिर देखा जाएगा....दरअसल, पहले क्रांति का जंजाल, नेटवर्क बनाना चाहिए...यहां से देशभर के बागियों के साथ सम्पर्क का जाल बिछना चाहिए, यह करना ही है।"

"आप दलदल में हैं बंधुश्रेष्ठ, और आप अपने साथ हमें भी ले डूबेंगे....देश में वैसी स्थिति है ही नहीं....अभी तो आप भ्रष्टाचार के सिवा जातिवादी राजनीति और सम्प्रदायवाद के विरुद्ध लोकमत बनाने का संजाल रचिए इस पेशकश से जो शक्तियां, मंच, संगठन और कार्यकर्ता तैयार होंगे, उनके बल पर आगे की सोचिए .... यह जनजंगल है जहां सब एक–दूसरे का शिकार कर रहे हैं, यह कोई बक्सर आंध्रप्रदेश के अगम्य देहात और गिरिजनों के दूरस्थ अंचल नहीं हैं जहां आप क्रांतिकारी दलम् की सेनाएं खड़ी कर लें....यहां उतनी गरीबी, बेकारी और उत्पीड़न भी नहीं है, यहां पुलिस है, सेना है, यहां आप जनतांत्रिक प्रतिरोध ही कर सकते हैं, क्रांतिकारी कार्यवाही वहीं हो सकती है जहां शोषण और अत्याचार चरम सीमा पर हो अतए आप शहादत का विकल्प अभी स्थगित रखें, और जनतांत्रिक संघर्ष करें जो अ कर भी रहे हैं....आपने उस मोहन ठाकुर का अंग–भंग करा दिया है, सुना है सी॰ आई॰ आई॰ जांच कर रही है।"

"सो तो है, पर मुझे अपनी कोई परवाह नहीं है....मुझे वह मुझमें समाया हु जाहरजोधा भड़का रहा है.... मैं अंगारों पर चल रहा हूं....मेरी समझ में नहीं अ कि लोग इतना सब क्यों सह रहे हैं?"

"इसलिए कि वे अबोध हैं, और हर कठिनाई का कोई विकल्प निकल अ है। मसलन, इस पूंजीवादी, सामंती जनतंत्र में लोगों की भागीदारी से, आरक्षणों

का विरोध करती है, शेष स्वीकार्य है। उर्मिला के मनाने पर इला ने बताया कि हम नए युग के लिए मैत्री संबंध बना रहे हैं, विवाह से तो वह संबंधों में स्वतंत्र वरण का सिद्धांत ही खंडित हो जाएगा। बहरहाल, इला की जिद ही मान्य हुई। वे सब कार से यमुना तट पर गए। वहां यमुना का जल हाथ में लेकर उद्धव के ऊपर छोड़ा और अनुमति मांगी। उसी समय संयोगवश वहां नदी में एक पक्षी युगल तैर रहा था। वह युगल चहक रहा था। इसे यमुना माई की अनुमति का संकेत समझा गया।

कृष्णजी मुदित थे, विहंसकर बोले--"जल में खड़े होकर इला और उद्धव मैत्री की प्रतिज्ञा करें।"

ऐसा ही किया गया किंतु इला ने उद्धव को धक्का दे दिया। वह गोता खा गया और तैर कर किनारे लगा। सबकी हंसी की फुहारों के मध्य इला का मन रखा गया। और फिर वे दोपहर तक घूमते रहे। इला वृक्षों, लताओं से पूछती फिरी। उसने पक्षियों से चिरौरी की, आकाश की ओर ताका पर सूर्य की उपस्थिति से वह लजा गई, बोली–"ये सूरज जी तो तप रहे हैं, रात में चंद्रमा से पूछूंगी.... हे पवनदेव, आप पीले पत्तों को उड़ाते हुए कहां जा रहे हैं, जरा रुकिए और हमारी भी सुनिए।"

और तब इला ने धरा से धूलि उठाई और उद्धव के मुख पर मली। उद्धव ने बदले में इला को बलात् पकड़कर मिट्टी उसकी मांग पर लगाई। करताली बजी और कौतुकमय अट्टहास हुआ। कृष्णजी विनोद में थे, बोले–"इला, तुमने कीचड़ से, कांटों से, गोबर और चिथड़ों से तो पूछा ही नहीं?"

"इनसे आप पूछते चलिए, आखिर आप मेरे अभिभावक हैं।"

"तो तुम संसदभवन, उच्च न्यायालय, कुतुबमीनार और पृथ्वीराज चौहान के स्तम्भ से भी अनुमति ले लो, ताकि इतिहास और जनतंत्र तथा न्याय–मंदिर तुम्हारे समर्थन में रहें। यदि इनमें से किसी ने दल–बदल लिया तो तुम्हारी सरकार का क्या होगा?"

"उद्धव पर मेरा शासन अखंडित रहेगा, मुझे राजनैतिक दलों के दलदल में मत घसीटिए।"

"जो हुक्म, अब चलें या अनुमति के लिए प्रधानमंत्री और राष्ट्रपति के यहां चला जाए?"

"अरे नहीं, वे तो अस्थायी लोग हैं, आते–जाते रहते हैं, अनुमति लेनी ही है तो अब आपसे लेंगे, उर्मिला बहन से लेंगे।"

हंसी–खुशी वे कनाट प्लेस में आए और एक भोजनालय में दावत हुई। इला अड़ गई।

"आप लोग बियर पीते हैं और मुझे मना कर देते हैं। मैं कोई बच्ची नहीं हूं....आज हमारा उद्धव से गठबंधन हुआ है, सो हमें भी मादक पदार्थ सेवन की अनुमति मिले।"

"अवश्य मिलेगी, लेकिन मात्रा थोड़ी रखना वर्ना साजन की सेज की जगह तुम कहीं अस्पताल न पहुंच जाओ।"

इला को बियर दी गई। उद्धव ने कहा–"इला तुम मेरे बियर के गिलास को जूठा कर दो।"

"यही रस्म है, अब तो आपका जूठा खाना–पीना ही है।"

भोजन के बाद बियर के नशे में इला से उठा नहीं गया। वह बैठी ही रही। उसका मस्तक घूम रहा था। कृष्णजी विहंसे–"उद्धव, तुम अब इला को कंधे पर लादो और कार तक पहुंचाओ.... इला ने पहली बार बियर पी है।"

उद्धव ने इला को कंधे पकड़कर उठाया। वह खड़ी तो हो गई पर उसे चक्कर आ रहे थे। उद्धव ने उसे साधा और उसके कान में कहा–"इला, चलो वर्ना मैं यहीं जबरदस्ती करूंगा। सब लोग देख रहे हैं, प्लीज इला, साहस करो, बढ़ो।"

सहारा देकर, उत्साहित कर उद्धव इला को कार तक ले आए। कृष्णजी आगे बैठे और उर्मिला ने कार चलाई। इला उद्धव के कंधे पर सिर रखकर लेट गई और गुनगुनाई–"अपने सैय्यां से नैना लड़एबे हमार कोई का करिहैं।"

हंसी की लहर में कार की गहरी ध्वनि दब गई पर इला हास्य के स्वरों से लापरवाह लोकगीत गाती रही। फिर हवा खाकर उसे होश आ गया, कहने लगी–"उर्मिला बहन, थाने ले चलो मुझे, प्रथम सूचना रिपोर्ट लिखवानी है।"

"क्या बकती है, एफ॰ आई॰ आर॰ किसके खिलाफ लिखाएगी?'

"क्यों, उद्धव के विरुद्ध। इसने मुझे भरमाया है, अब मेरा अपहरण कर मुझे पता नहीं, कहां ले जा रहा है और आप सब गवाह हैं कि आप इस बगुला भगत तथाकथित उद्धव से मिले हुए हैं, आपको भी जेल की हवा खानी पड़ेगी, हां।"

अब उर्मिला ने इला के औद्धत्य पर उसे डांटा–"इला, तू चुप नहीं रही तो मैं तुझे पीटूंगी, तू बहुत ढीठ हो गई है, शटअप !"

खिलखिलाते हुए इला ने उद्धव को झिड़का–"मिस्टर उद्धव, आप बुद्धू हैं, डरपोक जो अपनी जीवनमित्रा को फटकार लगवा रहे हैं, लानत है।"

इला ने जीभ निकालकर उद्धव को बिराया, सब ठहाके लगाने लगे। अंततः इला भी हंसने लगी।

15

कुछ समय बाद कृष्णगोपाल दिल्ली से हैदराबाद पहुंचे और कवि ज्वालामुखी के यहां ठहरे। शाम को वहीं रोहिताश्व, पुरुषोत्तम प्रशांत, ओमप्रकाश 'निर्मल', राजा दुबे आदि कवि मित्र आ गए। शेषेन्द्र शर्मा और उनकी पत्नी इन्दिरा धनराजगीर भी पधारे। शेषेन्द्र शर्मा ने अपनी 'गोरिल्ला' कविता का तेलुगू से हिन्दी में अनुवाद सुनाया। ओमप्रकाश 'निर्मल' ने अपनी प्रसिद्ध रचना, 'कुछ हो रहा है' पढ़ी जिसमें संसद सदस्यों तथा पेशेवर राजनीति के व्यवसायी नेताओं का नग्नीकरण था। ज्वालामुखी की कविता में क्रांति का, सशस्त्र युद्ध का सीधा आवाहन था। रोहिताश्व और प्रशांत की रचनाओं में भी कुछ कर गुजरने का आवेश था। उनके प्रकृति चित्रणों में भी जो बिंब आते, वे भी छापामार थे। उन्हें आम से लदे वृक्ष ऐसे लगते गोया कोई गुरिल्ला इंकलाबी हथगोलों से भारावनत खड़ा हो। लाल फूलों के पौधे उन्हें जख्मों से भरे जान पड़ते और कलियों पर गूंजते भौंरे उन्हें जन–जासूस से प्रतीत होते। कृष्णगोपाल को लगा कि इन युवकों के लिए क्रांति रोमांस का विषय हो गई है। वेणुगोपाल की कविताओं

में कुछ सच्चाई–सी लगी तथापि कुल मिलाकर ऐसा जान पड़ा जैसे आंध्रप्रदेश में जनयुद्धगुट की जो हवा बह रही है, उसने युवाजनों में यह जोश भर दिया है गोया क्रांति सरल है और वह आसपास ही है। कृष्णगोपाल की बारी आने पर उन्होंने कविता पढ़ी, शीर्षक, 'वह नहीं आती'–

"वे उसकी प्रतीक्षा कर रहे हैं,
कभी कॉफी के प्याले पर बहस करते हुए,
कभी चाय के प्याले पर।
भिनभिनाती मक्खियों की तरह,
कभी विदूषकों की मुद्रा में
अनुकूलित मौसम में आंखें मटकाते हुए
वे उसकी प्रताक्षा कर रहे हैं
लेकिन वह नहीं आती।
वे समझते हैं, वे कमसिन हैं,
इसलिए युवा हैं और युवा के पास वह
अपने आप बिना बुलाए आ जाएगी।
उनको हीरो समझ
उनके गले लग जाएगी, इसलिए आधुनिक पोशाक में वे
उसकी प्रतीक्षा कर रहे हैं
लेकिन वह नहीं आती।
वे अपने जवान रक्त की दुहाई देते हैं
और बहकी हुई लड़की समझ कर उसे बुलाते हैं
लेकिन वह नहीं आती।
वे समझते हैं कि
पुरानी पीढ़ी को गालियां देने से वह आएगी,
इसलिए वे गालियां देते हैं।
सिर्फ नारे लगाने से आएगी,
इसलिए वह नारे लगाते हैं,
गाने से आएगी, इसलिए वे गाते हैं।
विद्रोही काव्य के पैरों में नुपूर बांधकर महफिलों में नाचते हैं
लेकिन वह नहीं आती।
सहूलियत की सतहों पर कुलबुलाते वे मनचले
यह नहीं समझते कि सिर्फ शब्दों का झुनझुना सुन
वह नहीं आती है,
वह क्रांति है,
कोई बेवकूफ लड़की नहीं।"

गोष्ठी में सन्नाटा छा गया। वहां कार्यकर्ता भी थे, पाठक और श्रोता भी। सबने कृष्णजी की रचना का अभिनंदन किया पर इंकलाबी अलफाज उगलने वाले पेशेवर कविगण स्तब्ध रह गए। ज्वालामुखी बोले कि हमें क्रांति को एक दीर्घकालिक प्रक्रिया के रूप में देखना चाहिए और कामरेड कृष्णगोपाल ने इसी सत्य को व्यंजित किया है। लगातार त्याग और बलिदान से ही क्रांति आएगी। लोग कविताओं में

ललित काव्य का आडंबर रचते हैं और सुखी जीवन व्यतीत करते हैं, यह अंतर्विरोध है। क्रांति, कविता का कोई समकालीन मूड नहीं है बल्कि कविता, ऐतिहासिक बदलाव की प्रक्रिया को शीघ्रता देने का शब्द मात्र है। वह व्यक्तित्व के सम्पूर्ण जनवादी रूपांतरण से, संघर्षों में भाग लेने से, कष्ट सहने से आएगी। साथी कृष्णगोपाल ने हमारी आंखें खोल दी हैं, उन्हें क्रांतिकारी सलाम।''

राजकुमारी इन्दिरा धनराजगीर उन उजड़े हुए मध्यवर्गीय–निम्नमध्यवर्गीय कवियों के मध्य हैदराबाद के भूतपूर्व निजाम के अमात्य धनराजगीर की महिमामयी सुन्दर पुत्री थीं। शेषेन्द्र शर्मा आकर्षक, भव्य सूरत और सौम्य सीरत के धनी पर वह राजपरिवार के नहीं थे, साधारण हैसियत के पर कुलीन थे। इन्दिराजी भी कवयित्री थीं पर उनका मुख्य कार्य कविता के क्षेत्र में अपने पति शेषेन्द्र शर्मा को मूर्धन्य स्थान दिलाना था। वह सामंतपुत्री थीं, सम्पन्न और सभ्य सो वह किसी प्रमुख–प्रसिद्ध लेखक के आने पर उसका आतिथ्य करती थीं। उन्होंने ज्वालामुखी से कृष्णगोपाल जी को शाम के डिनर पर बुलाने की अनुमति चाही। ज्वालामुखी हंसा–''राजकुमारीजी, मैं तो गरीब आदमी हूं, आप कृष्णजी को ले जाइए लेकिन मैं साथ नहीं जा पाऊंगा। रात में पार्टी की बैठक है।''

राजकुमारी संतुष्ट हुईं। उन्होंने सभी कवियों को दावत दी पर ओमप्रकाश 'निर्मल' और रोहिताश्व ही साथ गए, शेष ने बहाना बनाकर पिंड छुड़ाया।

तय हुआ कि शेषेन्द्र और इन्दिराजी की कार में सब साथ चलें। कृष्णगोपाल संकोचवश मना नहीं कर सके यों वह अनमने से हो गए। सब राजकुमारी के प्रासाद में पहुंचे। वह सचमुच राजमहल था। एक विशाल बाग के मध्य वह प्रासाद, आसपास की दरिद्रता के मध्य हीरे–सा दमक रहा था। उससे लगे उपवन में लंबा संगमरमरी चबूतरा था जिस पर 'वीनस' की यूनानी कला की मूर्ति थी, एकदम निर्वसना पर सुन्दर....वहीं अतिथियों को बैठाया गया। शेषेन्द्र और इन्दिरा वस्त्रादि बदलने और अन्य तैयारियों के लिए प्रासाद में चले गए। कृष्णगोपाल प्रभावित तो थे पर अभिभूत नहीं थे। निर्मल ने पूछा–''यह क्या फ्राड है निर्मलजी..... कहां गोरिल्ला कविता, कहां यह राजसी रहनी?''

निर्मल ने ठहाका लगाया, कहा–''गुरु देखते जाइए। यही क्या कम है कि राजभवन का कवि शेषेन्द्र क्रांतिकारी कविता लिख रहा है। दरअसल शेषेन्द्र नगरपालिका में एक अधिकारी है। उसका परंपरागत विवाह हो चुका था। उससे शेषेन्द्र को संतानें हैं, उनका पालन–पोषण भी यह करता है, अपने वेतन से और स्वयं राजकुमारी का यह पालतू है, मजे कर रहा है गुरु, भाग्यशाली है जबकि हम सब फकीरी में जी हल्कान कर रहे हैं। यदि आप शेषेन्द्र की कवि–रूप में स्थापना में मदद कर सकते हैं तो आपकी कद्र इस राजमहल में सदा होगी वर्ना वह शहजादी तोताचश्मी में पूरी उस्ताद है और यह शेषेन्द्र जब कार से शहर में जाता है तो जनसाधारण को गाली देता है क्योंकि इसकी कविता इसके पास तब आती है जब यह उटकमंड की हवा खा रहा हो या इसकी कार के आगे कोई रिक्शा, कोई तांगा बाधा खड़ी न करे....गुरु, यह शेषेन्द्र राजवैभव में तैरता है और इंकलाब के सपने बुन रहा है। यह ययाति है और अपनी शर्मिष्ठा तथा इन्दिरा रूपी देवयानी के साथ मौज कर रहा है। काश, हमें भी कोई शहजादी मिल जाती पर हम चरकटों को हैदराबाद की नवाबजादियां और राजकुमारियां घास नहीं डालतीं। इसलिए हम कविता में अपना बदला लेते हैं और

शेषेन्द्र और इन्दिरा की कविताओं का हिन्दी में अनुवाद कर आतिथ्य लेते हैं, कभी–कभी दयनीय पारिश्रामिक भी मिल जाता है।''

''और !''

''और यह कि उनके पास विगत वैभव, अधिकार, शान, आन–बान के अजीमुश्शान किस्से हैं, हमारे पास अपमान के संस्मरण हैं कि कहां, किसने हमें नीचा दिखाया। वे अपने इतिहास से गर्व वसूल रहे हैं, हम अपने वर्तमान की मार से कुंठा गठिया रहे हैं, अपना–अपना भाग्य है....आप यहां अचानक कैसे गिरे, गुरु?''

''मैं यह समझने आया हूं कि यहां और अन्यत्र सशस्त्र क्रांति किस तरह हो रही है, पीपुल्स वार ग्रुप इधर बहुत सक्रिय है। आप मुझे नक्सलपंथियों के किसी बौद्धिक सिद्धांतकार से मिलवा सकते हैं?''

''क्यों नहीं, कई हैं यहां और वहां।''

''वहां से आपका क्या आशय है, कहीं जाना पड़ेगा क्या?''

''क्यों नहीं, हम आपको ले चलेंगे ज्वालामुखी और हम।''

रोहिताश्व भड़क उठा–''गुरु और मुझे छोड़ जाओगे, फिर आपका मनोरंजन कौन करेगा?''

निर्मल हंसा–''रोहिताश्व के बिना तो कहीं जाया ही नहीं जा सकता पर तेरा वह हीनयान, मेरा मतलब इसकी 'लूना' बाइक से है, वह काम नहीं देगा।''

रोहिताश्व भड़का–''हम कृष्णजी को कार से ले चलेंगे, आप मुझे समझते क्या हैं? हैदराबाद में क्या कार वाले मित्र नहीं रहते? उन्हें पेट्रोल के रुपये दे देंगे या टैक्सी कर लेंगे। महागुरु कृष्णजी, आप निर्मलजी की बातों पर ध्यान न दें, यह तो सबको धोकर साफ करते रहते हैं, जन्म से कवि, कर्म से धोबी। जो मिला, उसे भिगोया, धोया और पछाड़कर धूप में डाल दिया।''

घोर अट्टहास हुआ। निर्मल मंद–मंद मुस्कराते रहे। कृष्ण ने पूछा कि वेणुगोपाल क्यों नहीं आए तो निर्मल ने बताया कि वह भी क्रांतिकारी कवि है। उसे अपनी गरीबी का गरूर है, जैसे मुझे। पर मैं लाचार हूं और यहां बट्टे में शराब मिलती है.... वह वेणुगोपाल अकड़ का स्वाद लेता हुए भीगी रस्सी–सा ऐंठता रहता है।''

रोहिताश्व ने टिप्पणी जड़ी–''गुरु, यह जो मार्क्सवाद और क्रांति है, यह सामाजिक तब्दीली के लिए जरूरी हो या न हो पर यह फाकेमस्त अकिंचन या कह लीजिए फटेहालों के मनोविज्ञान के लिए उपयोगी है। इससे मन की हीनता दूर होती है और लगता है कि जो सम्पन्न हैं, वे पापी हैं, शोषक और हम एक दिन इन मनोहर सरमायेदारों को मजा चखा देंगे, इसलिए वेणुगोपाल अकड़ा रहता है। चूंकि मैं जानता हूं कि इस धर्म–जाति–जमात के देश में क्रांति असंभव है अतएव मैं तो हर एक की स्थिति और गति का मजा लेता हूं।''

निर्मल बोला–''कृष्णजी, यह बहुत बदमाश है, यह रोहिताश्व है, यह लम्पट या आपकी भाषा में लुम्पेन है, विदूषक मगर यह प्यारा रोहित नाम का घोड़ा है, हमें यह ढोता है और खूब हिनहिनाता है और किसी भी घोड़ी को देखकर यह पट्ठा इस पर लदे सवार को फेंक कर उसके पीछे लग जाता है, क्यों बे रोहिताश्व, इस वक्त कोई अश्विनी तेरे कब्जे में है या नहीं''

''गुरु वे तो मरी टूटी हैं, कोई बछेड़ी मिल जाए तो मजा आ जाता पर आप तो मेरी घोड़ियों को भी हांक ले जाते हैं।''

सब हंस पड़े। रोहिताश्व उत्साहित हो गया। बोला–"महागुरु कृष्णजी, गुरु निर्मल अद्वैतवादी हैं, इन्हें नारीमात्र में आसक्ति है, समाज में कोई नहीं मिली तो यह तवायफों के यहां जाकर क्षणिक बादशाहत का स्वाद लेते हैं और अब यह मुझे भी अपने आयाम में अभ्यास करा रहे हैं।"

ठहाकों से वातावरण गूंजने लगा। एक घंटा हो गया था। कृष्ण को यह बुरा लगा कि मेहमानों को बाहर बिठाकर ये शहजादी और नवाब साहब कहां चले गए। निर्मल भांप गया–"यहां गुरु इंतजार जानबूझ कराया जाता है ताकि आप अपनी हैसियत से वाकिफ हो जाएं। यह सामंती अहंकार के अंदाज हैं, प्रतीक्षा करते रहिए।"

कृष्णजी उठ बैठे, कहा–"मैं प्रतीक्षा नहीं कर सकता, ऐसे सामंतों का रौब मुझ पर नहीं पड़ सकता। बहुत देखे हैं, संकोच सिर्फ यह था, है कि यह शेषेन्द्र बुरा कवि नहीं है.... अच्छा निर्मल, मैं चलता हूं, उन नवाबों को कह देना कि मेरे लिए ज्वालामुखी अधिक प्रिय हैं.... वह मेरा इंतजार करेगा और रात में क्रांतिकारी पार्टी की उसके घर पर बैठक भी है। मैं यहां डिनरों के लिए नहीं सामंतवाद–पूंजीवाद विरोधी संग्राम की रीति–नीति समझने आया हूं, मैं चला, आदाब।"

रोहिताश्व ने हाथ जोड़कर कृष्णजी को बैठाया और वह भाग कर शेषेन्द्र के पास पहुंचा। उन्हें स्थिति बतायी। वह बेचारे भागे आए। क्षमायाचना की कि डिनर की तैयारियों में व्यस्तता के कारण हम साथ नहीं बैठ पाए। अब सब हो गया है, तशरीफ लाइएगा।

सब चले और इन्दिरा के ड्राइंगरूम में विराज गए। गर्मी आ गई थी सो बियर और जिन के दौर चले। शेषेन्द्र ने कहा कि कृष्णजी के पधारने से वे धन्य हुए हैं। वह संकोच न करें और सब कुछ भूल कर आनंद लें। कृष्णजी बोले–"मेरे पेट में अल्सर है, मैं पीता नहीं, बस, साथ दे पाऊंगा....शेषेन्द्रजी, राजकुमारीजी कहां है?"

"बस, आ रही हैं....नौकरों का हाल आप जानते ही हैं, हरामजादे काम नहीं करते। उनके साथ चाहे जैसी बराबरी बरतो, वे ऐन वक्त पर चकमा देकर रफूचक्कर हो जाते हैं। अब बाजार से सामान कौन लाए? देर इसी से हुई। अब सब ठीक हो गया। राजकुमारी जी अब स्नान कर वस्त्र पहन रही हैं।"

और तब इन्दिरा धनराजगीर तशरीफ ले आईं। बहुमूल्य साड़ी पर सच्चे मोतियों का हार, हल्का मेकअप, वह सचमुच राजरानी–सी जंच रही थीं जैसे प्रजा के बीच प्रजापरमेश्वरी अवतरित हुई हों। वह बियर का गिलास भरकर चुस्कियां लेने लगीं।

इन्दिरा बोली–"कृष्णजी, आपके मित्र और आलोचक, कवि और उपन्यासकार डा॰ उद्धव ने शेषेन्द्र की दीर्घ कविता, जिसे मैं महाकाव्य कहती हूं, 'मेरी धरती, मेरे लोग' की भूमिका लिखी थी, आपने पढ़ी होगी। उद्धवजी ने पढ़ाई होगी, नहीं?"

"मैंने शेषेन्द्र जी की वह दीर्घकविता पढ़ी है पर आप उसे महाकाव्य कैसे कहती हैं। हां, वह एक उत्कृष्ट लंबी कविता जरूर है और निर्मलजी का अनुवाद उम्दा है....उसे महाकाव्य कहना तो कल्पनागौरव कहलाएगा।"

"कृष्णजी, जिस कविता में महत्ता हो, ग्रेटनैस, उसे महाकाव्य कहा जा सकता है, महाकाव्य का टैक्निकल, शास्त्रीय अर्थ क्यों लिया जाए?"

"पर इस शब्द की महिमा कम होती है, 'महाकाव्य' शब्द का प्रयोग महाकाव्यों

के लिए ही करना चाहिए, उद्धवजी भी यही मानते हैं....खैर आप कवि–पत्नी हैं, आप गौरव देंगी ही और उस दृष्टि से कोई हानि नहीं।''

''अच्छा कृष्णजी, 'मेरी धरती, मेरे लोग' में आपको क्या वैशिष्ट्य लगा?''

''उसमें एक विजन है, शेषेन्द्र मेरी दृष्टि से 'विजनरी' कवि हैं–उनके अवधान में संपूर्ण इतिहास, परंपरा, जनता की दुरावस्था, दुर्गति और परिवर्तन की पगध्वनि, यह सब है, और यह उपलब्धि मामूली नहीं है मगर गड़बड़ यह है कि शेषेन्द्र की कविता में जन का जो दुःख है जो हालात और हादसे हैं, वे इतने अलंकृत, रंगबाज ढंग से बिम्बायित होते हैं कि जिस कविता को पढ़कर विषानुभूति होनी चाहिए, वहां रसानुभूति होने लगती है....वेदना और आक्रोश का कसैला, कटु, किसकीला स्वाद चमत्कार, चकाचौंध, कल्पना के कौतूहल में बदलकर मजा देने लगता है ....एक विराट जनत्रासदी, आनंददायक लगने लगती है। यह शेषेन्द्र की कविता की असंगति है।''

निर्मल ने पूछा–''कृष्णजी, ऐसा कोई नमूना है, कोई दृष्टांत जिसमें वेदना और आक्रोश मजेदारी में न बदलता हो, जहां कल्पनावैभव मूल और व्यापक जनकष्टानुभूति को बनाए रखा गया हो?''

''निराला और मुक्तिबोध की कविता में जनवेदना, जनकरूणा की गहनता है, निराला में सर्वाधिक और यह वेदना की गहनता कल्पनाजन्य स्फीति, फैलाव और अलंकरण से डायल्यूट हो जाती है जैसे शेषेन्द्र में हुआ है.... डा॰ उद्धव मित्रों का मित्र है, वह जनपक्षकार तो है पर वह आलोचना में मित्र पक्षधर भी हो जाता है, अतएव उसने शेषेन्द्र की उक्त असंगति पर जोर नहीं दिया....और राजकुमारी जी क्षमा करें....यह स्वाभाविक है। क्रांतिकारी कविता के लिए जन से दूरस्थता घातक है.... निराला और मुक्तिबोध यदि शेषेन्द्र जैसा सुखी जीवन व्यतीत करते या कर पाते तो उनमें अनुभूति की प्रामाणिकता या गहराई के स्थान पर क्रांति का आइडिया प्रफुल्लित रूप में आता, रंगदारी से गूढ़ आत्मा के गहन तल से उठी दग्धता, विदग्धता में बदलेगी ही। इसमें दोष शेषेन्द्र का नहीं, आपका है....आपने अपनी महिमा और मोहकता से शेषेन्द्र को क्रांति को रोमान में बदलने को विवश कर दिया है, यथार्थ की विषानुभूति इसी से दब गई है अतः गहनता की दृष्टि से 'मेरी धरती, मेरे लोग', महाकाव्य के गौरव के अनुकूल नहीं है पर उसमें क्रांति की महादृष्टि है और कवितात्मक चमत्कार है, अद्‌भुत और सौंदर्य से ओतप्रोत शेषेन्द्रजी, माफ करें, वह तेलुगू के केशवदास हैं, हिन्दी के अज्ञेय जैसे। उनमें भाषिक भव्यता है, कलागत कमाल तथापि उन्हें महाकवि अभी बनना है।''

शहजादी का चेहरा गिर गया। शेषेन्द्र ने हंसकर अपनी झेंप छिपाई.... वह पूर्वप्राप्त पहचान की चाशनी में अपने प्रशंसा के अभ्यस्त मन को गेर रहे थे और कृष्णगोपाल के खरे मूल्यांकन के आतंक से अपने को बचा रहे थे। राजकुमारीजी बुझ गईं थीं। यार लोगों का नशा हिरन हो रहा था। निर्मल के नेत्रों में कृष्णगोपाल के प्रति श्रद्धा उमड़ रही थी पर रोहिताश्व भयभीत था। उसने उस गंभीर माहौल को अपनी विदूषकता से हल्का करने की जुगत भिड़ाई, कहा–''जाहिर है कि महागुरु कृष्णगोपालजी, अंतिम निर्णय नहीं दे रहे हैं। उनका यह प्रथम इम्प्रेशन है और प्रथम प्रभाव, बाद में बदल जाता है....मुझे शेषेन्द्र का गूढ़ विषय ज्ञात है.... वेदना की गहन अनुभूति शेषेन्द्र में है, अवश्य है....मैं जानता हूं कि जिस द्वंद्व में शेषेन्द्रजी जिए हैं, भंवर में भंवर, वृत में वृत, चक्कर में चक्कर....यह शेषेन्द्र का ही दम है कि वह दो ध्रुवों में धावमान रहे

हैं और उन्होंने अलंकार से अलंकार्य को, जनानुभूति को कभी हल्के ढंग से दबाया नहीं है.... शेषेन्द्र महान हैं क्योंकि उन्होंने जिस अड़दब में, असमंजस में अपना कविधर्म निभाया है, वह वही कर सकते थे, महागुरु कृष्णगोपालजी से निवेदन है कि वह इस बिन्दु पर भी सोचें कि शेषेन्द्र की चुनौती बड़ी थी, है और चेतना भी....कोई और होता तो वह ययाति की तरह विलास में बंद हो जाता पर शेषेन्द्र की आत्मा, जनात्मा है अतः जो महागुरु ने कहा है, वह पुनः विचारणीय है।"

घोर अट्टहास हुआ। निर्मल ने कहा–"मैंने कहा था न, यह रोहिताश्व कितना फाश मानुस है, शाबाश, तुझे डिनर मिलेगा, शराब भी।"

रोहिताश्व बोला–"गुरु निर्मल, आप मेरा अवमूल्यन कर रहे हैं....मेरा अनुमान है कि महागुरु कृष्णजी अपने फोड़े की परवाह न कर बियर और विहस्की की काकटेल का एक गिलास पेट में ठेल दें तो उनका अभिमत बदल सकता है....लो महागुरु, पिओ....अभी तक तो आपका अल्सर बोल रहा है....अब पान के बाद आप बोलिएगा, चीयर्स।"

अट्टहास में सब बह गए। राजकुमारी भी हंसने लगीं। उनकी मुखछवि लौट आई, सोचा होगा कि एक व्यक्ति के अभिमत से क्या होता है, हिन्दी के बड़े–बूढ़े सभी शेषेन्द्र को महान मान चुके हैं....ये कृष्णगोपाल तो कवि हैं, कोई निस्संग आलोचक नहीं....राजकुमारीजी ने कृष्णजी के लिए काकटेल बनाई और अपने हाथों से उन्हें पिलाई। अब शराफत का सवाल था। वह पी गए मगर साफ कहा–"राजकुमारीजी पीने से मेरा मत बदलता नहीं, दृढ़ होता है लेकिन आपको क्या फर्क पड़ता है ....आपने तो अधिकतर अनुकूल अभिमतों को प्राप्त कर लिया है, एक मत कुछ प्रतिकूल भी हो तो क्या हानि होगी?"

शेषेन्द्र ने कहा–"प्रश्न जी बहलाने और रोहिताश्व की तरह, दोनों पक्षों को खुश करने का नहीं सत्यानुभूति का है....मैं स्वयं मानता हूं कि मेरी जीवनस्थिति ने मेरी कविता को प्रभावित किया है....मैं मूलतः रोमांटिक कवि हूं, उस रोमान का असर मेरी इंकलाबी कविता पर भी होगा ही....कृष्णगोपालजी, मैंने आप जैसा आज तक ऐसा साफगो व्यक्ति नहीं देखा....आपमें सही अंतर्दृष्टि है....मैं कोशिश करूंगा कि मैं आपके पैमाने पर खरा उतर सकूं।"

विचार का तनाव तो कम हो गया था पर राजकुमारीजी, पराजय की स्वीकृति से विषाद की छाया से बच नहीं सकी थीं। रात्रि के भोजन के समय शांति रही पर रोहिताश्व जब तब सबको हंसाता रहा–"महागुरु कृष्णजी, मैं आपको ऐसी चीजें चुन देता हूं जिससे आपका फोड़ा फड़के नहीं....आप तीखी चीजें मत खाइएगा, ठंडा दूध मिल सकता है क्या?"

"क्यों नहीं, " राजकुमारीजी ने कहा और नौकर को आदेश दिया। कृष्णजी थोड़ा बहुत चखते रहे और रोहिताश्व के विनोद भरे समझौता कराने वाले वाक्यों पर मुस्कराते रहे। तब इन्दिराजी ने पूछा–"कृष्णजी, आपकी यात्रा तो किसी गहन प्रयोजन के लिए होगी, नहीं?"

"गहन–वहन तो क्या, पर मैं जानना चाहता हूं कि आंध्रप्रदेश, बस्तर और अन्य क्षेत्रों में सशस्त्र आंदोलन की क्या गति है और क्या संभावनाएं हैं? क्यों शेषेन्द्रजी?"

"संभावनाएं तो हैं या हो सकती हैं पर मैं निश्चित रूप से नहीं कह सकता

....मैंने पहले युवावस्था में अतिवादी ग्रुपों और व्यक्तियों के साथ कुछ काम किया था किंतु समूचे देश के संदर्भ में नक्सलपंथी सशस्त्र क्रांति सफल होगी या असफल यह इस स्टेज में कहना संभव नहीं है.... यह एक प्रक्रिया है....पता नहीं क्या होगा किंतु आज के युग में, इतनी सेनाओं और पुलिस के सामने ये क्रांतिकारी कब तक, कैसे टिके रहेंगे, यह बताना मुश्किल है। कविता में क्रांति सरल है, वास्तविक क्रांति अत्यधिक जटिल, दीर्घ सूत्री क्रिया है....शायद असफलता की आशंका अधिक है।"

"आपका मूल्यांकन सही है।" कृष्ण ने कहा।

रोहिताश्व हंसा, कहा–"तो आप यहां क्या करने आए हैं....नक्सलपंथी विभाजित हैं....बिहार में तो छापामारी, जाति के आधार पर हो रही है.... जबकि क्रांति का आधार तो वर्ग होता है.... आदिवासी–गिरिजनों के क्षेत्रों में पनपने वाली जनक्रांति आतिशबाजी की तरह लगती है मुझे....कुछ देर तक चली, रोशनी हुई रंगारंग और फिर वही अंधकार और मुझे यह भी अजीब लगता है कि नक्सली सेठों–साहबों और दूसरे अपराधियों को नहीं मारते, सिपाहियों–कांस्टेबिलों को हनते हैं....इससे क्या होगा....हां, यह अवश्य है कि दबी–कुचली जनता में एक लड़ाकूपन आया है और संगठनप्रियता भी जगी है।"

कृष्णजी बोले–"यह संगठनप्रियता ही उपलब्धि है। यह यदि बढ़ती गई तो संगठित ग्राम–गिरिवनवासी लोग शहरों को घेर सकते हैं।"

और फिर वे रचनाकार धन्यवाद दाग कर रात में अपने घर चले गए थे। कृष्णजी को ज्वालामुखी के घर छोड़ दिया गया था। आधी रात बीत रही थी। ग्रीष्म ऋतु में हैदराबादी सड़ी गर्मी पड़ रही थी। जब हवा का ठंडा झोंका आता तो कुछ चैन मिलता और फिर वही ताप–संताप। कृष्णगोपाल ज्वालामुखी के घर पहुंचे। ऊपर छत पर बैठक चालू थी। वहीं कामरेडों को सादा खाना खिला दिया गया था। वे गंभीर चिंता और चिंतन में मग्न थे। क्षेत्र–क्षेत्रों के प्रतिनिधि रपटें पेश कर रहे थे। तब कृष्णगोपाल को छत पर ले जाया गया। उनके विषय में ज्वालामुखी सब बता चुके थे सो उनको कामरेडों ने सैल्यूट किया जैसा सेना में होता है। कृष्णजी ध्यान से कार्यवाही देखते–सुनते रहे। एक पेट्रोमैक्स बीच में जल रही थी, शेष छत पर अंधकार था। छोटे कद के मगर मजबूत देहवाले कार्यकर्ता वहां डटे थे और विचार–विमर्श कभी तेलुगू और कभी हिन्दी में हो रहा था।

बैठक के ब्यौरे जाने–पहचाने थे। कठिनाइयों पर कठिनाइयां और साधनों का अभाव किंतु उन लड़ाकों का मनोबल प्रबल था। वे आश्वस्त थे कि वे जो कर रहे हैं, वह सही है और उन्हें अंत में कामयाबी जरूर मिलेगी। उनमें हंसी–मजाक की शक्ति भी थी। वे सहज थे, स्वाभाविक और संघर्ष के एक–एक विवरण में रुचि लेते थे। कर्म और कविता में कितना अंतर था। कृष्णगोपाल को याद आया कि वह शेषेन्द्र है, जिसे अपनी स्थापना का रोग है, एक ये हैं जो अपनी इच्छा और संकल्प से शहीद होने जा रहे हैं, एक पूरे निजाम से टकरा रहे हैं।

दो बजे तक बैठक चली। फिर वे चले गए। उनमें न कोई दिखावा था, न औपचारिकता। ज्वालामुखी और पार्टी का एक हैदराबादी सिद्धांतकार रंगराजन राव रह गया। तब ज्वालामुखी ने कृष्णजी को कहा–"कृष्णजी ! यह कामरेड रंगराजन राव हैं, हमारे सिद्धांतकार बौद्धिक....आप इनसे वार्ता कर सकते हैं !"

कृष्णजी ने कहा—''किंतु हम तो एक सामंत के यहां डिनर लेकर आ रहे हैं, नींद लग रही है।''

रंगराजन राव हंसा। बोला—''साथी, यह नींद हमारे मध्य कहां से आ गई? नींद तो मध्यवर्ग और उच्चवर्ग के लिए है....हम तो साधारण जन हैं, हमें रात–दिन नहीं सूझता, बस काम सूझता है....आप दूर से आए हैं, हमें जानना चाहते हैं.... आप दिन में सो लेना, मुझे कल कार्यवश बाहर जाना है, बस में बैठे–बैठे औंघ लेंगे।''

कृष्ण ने पूछा—''राव जी, मेरे मन में नक्सली क्रांति के विषय में अनेक संदेह और प्रश्न हैं, आप मुझे यह बताइए कि आपको सशस्त्र क्रांति की सफलता का विश्वास है क्या?''

''सफलता क्या चीज होती है? देश को 1947 में आजादी मिली वह सफलता थी या असफलता? लगभग सौ वर्ष आंदोलन चला, नरम और गरम, दोनों प्रकार का, 1857 से 1947 तक। पर देश विखंडित हो गया। इसी तरह हमारा यह जो संघर्ष है, वह इसलिए है क्योंकि आजादी के बाद विपन्न वर्गों के लिए कुछ नहीं हुआ। नेता, अधिकारी और धूर्त लोगों ने अपने घर भरे.... शहर समृद्ध हुए, वहां भी साधारण लोग मंहगाई की मार से मर रहे हैं और गांव तो उजड़ गए....वहां गुरबत और लाचारी है....आजाद मुल्क में शासक वर्ग में जो एक जिम्मेदारी का भाव होता है, वह यहां कहां है.... क्रांति कोई शौक, व्यसन या मनोरंजन नहीं है ....जब कोई विकल्प नहीं बचता तब लोग मरने–मारने पर उतरते हैं....इसे नैचुरल या प्राकृतिक नियम की तरह देखना चाहिए.... गर्मी पड़ेगी, पानी भाप बनेगा तो वर्षा भी होगी। पानी आग को छुएगा तो भूकम्प आएगा ही, यही क्रांति है, यह स्वाभाविक प्रतिक्रिया है। इसे रोकना है तो उच्च वर्ग त्याग करे, नहीं करता तो हम लड़कर अपना भाग ले लेंगे।''

''लेकिन राव साहब, अभी तक जहां नक्सलपंथी संघर्ष हुआ है, वहां पिछड़े इलाकों में ही हुआ है। वहां वर्गशोषण अधिकतम है किंतु राज्यसत्ता प्रबल है.... आप क्या सोचते हैं, आप गांवों की जनता के बल पर शहरों को घेर सकेंगे?''

''क्यों नहीं, शहर कितने हैं, गांव तो लाखों की संख्या में हैं। करोड़ों ग्रामीण, गिरिजन, वनवासी, गरीब किसान, मजदूर बहुसंख्यक हैं। वे उठ खड़े हों तो क्रांति क्यों नहीं हो सकती?''

कृष्ण बोले—''लेकिन रावजी, जनता धर्म, क्षेत्र, प्रांत, जाति–जमात में विभाजित है और संचार माध्यम तथा बूर्ज्वा दल इन्हें हवा दे रहे हैं। जनता कैसे उठे?''

राव ने कहा—''यह अस्थायी है कामरेड, स्थायी भूख है, विपन्नता, रोग–शोक, अशिक्षा यह स्थायी है....विकास हो रहा है पर असमानता बाढ़ पर है, भ्रष्टाचार बाढ़ पर है। पूंजीवादी राजनैतिक दल, जन को लूटने के लिए जातिवाद और धर्म का प्रयोग कर रहे हैं पर यह सब कब तक चलेगा? लोग क्या अंधे हैं, वे समझेंगे नहीं क्या?''

कृष्णजी बोले—''लोग कब समझेंगे? लोग तो अंधविश्वासी हैं, कलहग्रस्त हैं, उनमें भेदभाव है। वे छोटे–छोटे समाजों या जातियों–जमातों के अभ्यस्त हैं....शहर उन्हें इनसे विलग करते हैं परंतु तब लोग वहां व्यक्ति बनकर अलगाव में जीने लगते हैं। विचारधारा उन्हें एक ओर सक्रिय नहीं कर पाती, विचारवाहक संचारमाध्यम

लोगा का खराब करते हैं, उन्हें धर्म, भोग, संग्रह, लोभ सिखाते हैं....कैसे होगा राव साहब....आप अति आशावाद में हैं, ऐसा लगता है।"

राव ने ठहाका लगाया, कहा–"आपकी चिंता मैं समझता हूं....हम यथार्थदर्शी हैं...हम यह सब जानते हैं पर क्रांति की कार्यवाहीं आप देखें तो जनता को जातिगत पृथकताएं, धर्म की दासताएं, भेदभाव वगैरह, ये सब बहकातीं नहीं हैं। वे बनी रहती हैं पर व्यक्तियों तक सीमित हो जाती हैं, क्रांति चाहे सफल न हो पर वह जनता के चैतन्य का स्तर उठाती हैं, उसको सामंती–पूंजीवादी संस्कारों से मुक्त करती है....आप खुद चल कर देख लें, जहां क्रांतिकारी काम हो रहा है, वहां जनता की मानसिकता बदल गई है....बूर्ज्वा शिक्षा बिगाड़ती है, क्रांतिकारी कार्यवाही सुधारती है, व्यक्ति को.... आप ज्वालामुखी के साथ गांवों का दौरा कीजिए....वहां आपका स्वागत होगा। गांव के लोग आपकी कविताएं सुनेंगे और समझेंगे।"

"मैं कल ही जाना चाहूंगा, इसी के लिए तो आया हूं.... मैं वहां की सामंती–पूंजीवादी जीवन–पद्धति, राजनीति और आपाधापी से ऊब गया हूं।"

"यहां आपकी ऊब–डूब खलास हो जाएगी। ऊबने के लिए साधन और समय चाहिए, जनता के पास ऊबने का समय नहीं होता। यह मूड बिगड़ना, यह नखरा है बड़े लोगों का। उदासी, दिमाग की अय्याशी है.... ऐसे सब लोगों को इधर भिजवाइएगा ....हम उनका इलाज कर देंगे।"

रंगराजन राव खुलकर हंसा और उठ खड़ा हुआ, बोला–"अब आप आराम करें, मुझे भी विश्राम करना है....आप हमारे क्षेत्र से जब लौटेंगे, तब सैद्धांतिक चर्चा होगी....जैसे कविता में प्रयोग होते हैं, वैसे ही हम समाज में प्रयोग कर रहे हैं। सफल हो सकते हैं, असफल हो सकते हैं पर प्रयोग की प्रक्रिया भी यदि चलती रहे तो उसमें पड़कर लोगों का कायाकल्प हो जाता है, बुरी आदतें, बिगाड़, नशा, निकम्मापन, कलह, अपराध, भेदभाव, कपट, सब खत्म पर इसके लिए जूझना पड़ता है, जूझ रहे हैं और मर रहे हैं, मार रहे हैं, सीख रहे हैं, सिखा रहे हैं....अंतिम लक्ष्य प्राप्त न भी हो तब भी यह जो प्रक्रिया है, जनशिक्षा की, उससे जन को यकीनन लाभ होता है....क्रांतिकारी कार्यवाही शुरू होते ही मनोवैज्ञानिक लाभ होने लगता है, और मनुष्य पशुता से ऊपर उठता है....कामरेड, आपका भी कायाकल्प हो जाएगा, अच्छा, लाल सलाम !"

रंगराजन राव ने सैल्यूट किया, मुक्का ताना और हंसता हुआ चला गया। ज्वालामुखी से कृष्णगोपाल ने बाद में कहा था–"यह तो जंगसाजन राव, जंग सजाने वाला या जंग का दूल्हा है, कमाल है।"

ज्वालामुखी विहंसा, कहा–"आपका यह विशेषण उसे बताने पर वह बहुत खुश होगा, जंगसाजन राव, वाह !"

एक–दो दिन बाद ज्वालामुखी और कृष्णगोपाल क्रांतिकारी क्षेत्र में पहुंचे। वे दोनों, एक गांव के पार्टी–सचिव के घर गए। उसने गांव के एक बड़े मकान में एक अपेक्षाकृत खाते–पीते परिवार में टिका दिया। वह व्यक्ति हैदराबाद में अच्छी–खासी नौकरी करता था और उसके पास जमीन भी थी। किंतु वह नक्सलियों से सहानुभूति रखता था और उनकी मदद भी करता रहता था। इस वजह से वे उससे प्रसन्न थे।

दूसरे दिन कृष्णगोपाल ज्वालामुखी के साथ ग्रामवासियों से मिले। पाया कि एक–एक व्यक्ति नक्सली आंदोलन में शामिल है। आंदोलन और संगठन जीवनव्यापी

है, कार्यकर्ता आलस्य और आमोद–प्रमोद छोड़ चुके हैं। वे प्रत्येक साथी के सुख–दुख के सहभागी हैं। वे बेकारों को काम दिलवाते हैं, इलाज करवाते हैं, शादी–विवाह में खर्च नहीं करने देते, नशे की लत प्रायः छूट चुकी है। गाहे–बगाहे मदिरापान चलता रहता है पर मतवालापन और मारपीट नहीं होती। सम्पति और आपसी लागडांट होने पर पंचायतें बैठती हैं। अपराध कभी होता है तो प्रायश्चित से लेकर ग्राम से निष्कासन तक दंड दिया जाता है, तब भी न मानने पर प्राणवध भी किया जाता है पर बहुत विरले केसों में यह होता है।

ग्रामवासियों ने बताया कि बच्चे–बच्चियां पढ़ने जाते हैं, शिक्षक, सरकारी कर्मचारी सब क्रांतिकारियों से डरते हैं, वे समय पर आते–जाते हैं। ठेकेदारों को एक निश्चित रकम पार्टी को देनी पड़ती है, वर्ना वे काम नहीं कर सकते।

कृष्णगोपाल ने एक जंगल के ठेकेदार से बातचीत की।

"ठेकेदारजी, आप इंकलाबियों से डरते नहीं क्या?"

"वे अपना काम करते हैं, हम अपना। पहले हम अधिकारियों और मंत्रियों को रिश्वत देते थे, तब ठेके मिलते थे। अब भी देते हैं पर मेरे व्यवहार से ये लाल झंडेवाले खुश हैं क्योंकि हमारे साथ जो तय हो जाता है, उसका हम पालन करते हैं। मजदूरों को पैसा मिलता है और वे काम करते हैं.... हमें तो चैन मिल गया है साहब, और आप जानें कि हमें ये लोग ठेका भी दिला देते हैं.... इनसे कौन नहीं डरता....मंत्रीगण, इनका कहा करते हैं, अन्यथा उनका अपहरण हो जाता है। सरकारी सेवक और अधिकारी अपना कार्य कर रहे हैं, सिंचाई के साधन हों, नलकूप का काम हो, बिजली का, विकास का कोई भी सरकारी कार्य हो, यहां उसे पूरा करना ही पड़ता है अन्यथा बंदूक से गोली निकलती है और टांय–टांय फिस्स....हजारों गांवों में, श्रीकाकुलम, तेलंगाना सर्वत्र जहां इनका प्रभाव है, वहां जनता को कोई छू नहीं सकता....यहां चुनाव नहीं होने देते ये लोग पर इनके संगठनों के चुनाव होते हैं।"

"आप तो ऐसे कह रहे हैं जैसे यहां रामराज्य बन गया हो, जैसे कोई छिद्र ही न हो।"

"रामराज्य ही है, इधर पर राजा कोई नहीं है और छिद्र बहुत हैं। नक्सलियों के ग्रुप हैं, वे आपस में भिड़ते हैं, खून बहता है। फिर अभी गांवों में भूमिपति हैं, उनकी फसलें ये काट लेते हैं, उनके लट्ठेबाजों और बंदूकधारियों से जंग होती रहती है, सरकारी कानून न मानने से पुलिस के हमले होते हैं, उनसे भी ये भिड़ जाते हैं....पुलिस पार्टी आने पर हजारों की संख्या में लोग उन्हें घेर लेते हैं। उनके हथियार छीन लेते हैं और मारपीट कर भगा देते हैं, फिर वे लारियों में भरकर आते हैं, तब ये सुरंगें बिछाकर उन्हें उड़ा देते हैं। इन पर तब पुलिसदमन भी होता है, पकड़े जाते हैं, जेल में सड़ते हैं पर ये मानते नहीं हैं। आपने सुना होगा कि कामरेड सत्यनारायणजी को जेल में डाल दिया गया था, पर वह असपताल से भाग छूटे क्योंकि उन्हें जनता अपना संरक्षक मानती है, श्रद्धा रखती है.... यह लंबा चक्कर है जो चल रहा है और लगता तो यह है कि यह चलता रहेगा। इनका आतंक है और इसको सेना भी नहीं खत्म कर सकती....जनता संगठित हो तो सेना जनसंहार करने से रही। वह कह देगी कि यह राजनैतिक राग है, नेता जनता को संभालें और सैनिक और पुलिस में भी जनता के ही लोग हैं। वे जानते

हैं कि नक्सलिए जनहित में जंग कर रहे हैं....सो वे भी तरह दे जाते हैं....यह सिलसिला चलता रहता है, चलता रहेगा जो कमजोर पड़ेगा, वह मिट जाएगा।''

''यानी, इनका राज्य हो जाएगा क्या?''

''चुनाव से सरकार बनती है साहब, और ये वोट से नहीं, बुलट से क्रांति करते हैं, किसी दिन इनके समर्थक यदि इसी तरह बढ़ते रहे तो ये बंदूक से या चुनाव का रास्ता पकड़कर सत्ता पर कब्जा कर सकते हैं।''

''लेकिन नागभूषण पटनायक और विनोद मिश्र जैसे कई लेनिनवादी नक्सली वोट का विकल्प चुन चुके हैं....इसी तरह ये भी कभी लगातार हिंसा से पराभूत होकर चुनाव का मार्ग अपना सकते हैं।''

''साहब, जब जहां जनता के लोग मारे जाते हैं तो इन पर खून सवार हो जाता है और तब ये हिंसक हो उठते हैं। मृत्यु का भय न रहे तो फिर काहे का डर?''

ज्वालामुखी ने बताया कि, ''अभी भी नक्सलियों का विरोध होता है। कई पार्टियों के नेता गांवों से आते हैं। उन्हें आतंकित करने में जहां नक्सली सफल नहीं हो पाते, वहां वे अत्याचार करते हैं और चुनाव में वोट बटोर लेते हैं लेकिन जहां इनका दबदबा है, वहां वे भीतरी तौर पर इनसे संधि कर लेते हैं और आतंक के मध्य एक विचित्र सामंजस्य स्थापित हो जाता है। बड़े किसान और भूमिपतियों, व्यापारियों से ये लोग अपनी चौथ लेते हैं और उन्हें काम करने देते हैं। पहले ब्याज पर रुपये उठाने वाले साहूकार होते थे, वे अब नहीं हैं, भगा दिए गए। बैंकें खुल गईं हैं, तथापि कुछ साहूकार हैं जो न्यूनतम ब्याज पर रुपया दे देते हैं और उनकी वसूली में ये मदद करते हैं। बैंक खुलते ही फिर साहूकार अन्यत्र चले जाते हैं....आपको जानकर आश्चर्य होगा कि इधर शराब के ठेके ही नहीं हैं...सबसे बड़ी बात यह है कि नारियों का यौन–शोषण बंद हो गया है। गरीबों की औरतों पर धनी लोगों का अधिकार होता था। वे साधन जुटाने के लिए जमींदारों को समर्पित थीं पर अब ऐसा नहीं है।''

''लेकिन ज्वालामुखीजी, क्या क्रांति ने रोमांस को भी बंद करा दिया है?''

''क्रांति स्वयं अपने में एक रोमांस है, शुभ परिवर्तन की कल्पना। सच्चे निस्वार्थ रोमांस तो क्रांतिकारी समाज में ही संभव हैं.... रोमांस हो रहे हैं, विवाह हो रहे हैं पर बलात् कुछ नहीं हो सकता और न विवश होकर कोई स्त्री अपनी अस्मिता बेच सकती है और यदि कोई ऐसी स्त्री है तो उसे सजा भी देती है, पंचायत !''

''ज्वालामुखीजी, नक्सलियों ने तो कमाल कर दिया है इधर और वे बढ़ रहे हैं। जनता में उनके प्रति श्रद्धा है जबकि देशभर में पेशेवर नेताओं के प्रति घृणा का भाव है।''

तभी एक कार्यकर्ता आया और ज्वालामुखी के कान में कुछ कह गया। वह जब चला गया तब ज्वालामुखी ने बताया कि आज रात में 'एक्शन' होगा।

''एक्शन क्या?''

''पुलिस रेड के लिए आ रही है। आप जान ही गए हैं कि यहां के लोग सरकारी कानून नहीं मानते और पुलिसवाले भी लुट जाते हैं इधर, इसलिए पुलिस सैंकड़ों की संख्या में हमला करती है और तब दमन होता है, गिरफ्तारियां, मारपीट और गोली चलाना....बहुत बरबादी होती है।''

"अब क्या होगा?"

"हमारा यहां रहना खतरनाक है, वह कह गया है कि या तो हम और आप वापस हो जाएं या जहां बताया जाए, वहां चले जाएं....यानी दूसरे किसी सुरक्षित गांव में....आपने सुधारों का सार तो समझ ही लिया है, अब पुलिस रेड में हमारे फंस जाने का भय है, चलिए चलें।"

कृष्णजी ने कहा—"अब आ गए हैं तो इनका 'एक्शन' भी देख लें....जाहिर है कि हमें पुलिस पकड़ लेगी, जेल होगी लेकिन जब ये नन्हें-नन्हें कद वाले श्यामवर्णी जनसाधारण दमन से नहीं डरते तो हम क्यों डरें....जो होगा, देखा जाएगा।"

"नहीं कामरेड, यह कमांडर का हुकुम है कि मैं आपको या तो शहर ले जाऊं या दूसरे गांव में गुप्त स्थान पर....जोर पहले विकल्प पर है क्योंकि यदि आप किसी भेदिए की खबर पर पकड़े गए तो हमारी नाक कट जाएगी। आप हमारे पथबंधु हैं, सहयात्री, आत्मशिल्पी....आप अभी प्रस्थान कीजिए, यह आदेश है, अनुरोध नहीं....यह जो ठेकेदार था न, वह हमें आपको अपनी वैन में ले जाएगा। आप चाहेंगे तो बाद में आ सकेंगे।"

"मुझे आप कमांडर के पास ले चलिए।"

ज्वालामुखी और कृष्णजी कामरेड कमांडर के पास गए जो भूमिगत था। एक खंडहर के तलघर में वह सशस्त्र साथियों के साथ था। कृष्णगोपाल ने उसे सैनिक सैल्यूट किया। वह प्रसन्न हो गया। ज्वालामुखी ने दुभाषिया का काम किया यों वह टूटी-फूटी हिन्दी बोल लेता था। वे सब पुलिस जैसी वर्दी में थे और सभी सशस्त्र थे। कमांडर ने कहा, "कृष्णगोपाल को आदेश दिया गया था कि वह यहां से प्रस्थान कर जाएं पर वे यहीं हैं क्यों?"

ज्वालामुखी बोला—"क्योंकि वह आपका 'एक्शन' देखना चाहते हैं, फिर उस पर कविता और उपन्यास लिखेंगे। वे स्वयं क्रांतिकारी हैं।"

कमांडर हंसा, कहा—"नहीं कामरेड, आपको एक्शन में नहीं ले जाया जा सकता। आप हमारे पक्षधर हैं, नो, नहीं, आप लौट जाएं।"

"लेकिन हम शहीद होने से डरते नहीं हैं, हमें साथ जाने दिया जाए, हम आपकी जंग का देशभर में प्रचार करेंगे।"

"आप अपनी जिम्मेदारी पर चलें तो चलिएगा पर मेरा आदेश न मानने पर आपको पंचायत दंड दे सकती है।"

"हम वह दंड भोग लेंगे, लेकिन एक्शन में साथ चलेंगे।"

कमांडर सोचने लगा। सवाल साथी बुद्धिजीवियों की सुरक्षा का था। नक्सली तो जंगलों में भाग सकते हैं पर कृष्णगोपाल और ज्वालामुखी कैसे भागेंगे? कमांडर ने सोचकर ज्वालामुखी से तेलुगू भाषा में कुछ कहा और मुलाकात खत्म कर दी।

शाम आठ बजे खा-पीकर ज्वालामुखी, कृष्णजी को लेकर चले। सड़क पर आकर एक वैन खड़ी मिली। उसमें ड्राइवर भी था। दोनों उसमें बैठ गए और एक्शन के स्थान की ओर बढ़े। वहां हरियालियों के कुंज में गाड़ी को छिपाकर वे दोनों एक्शन के स्थल के पास छुप गए।

ड्राइवर भी पास ही था। वह सशस्त्र था और उन दोनों को घेरे में लेकर कुछ नक्सली सैनिक चौकस थे। गर्मियों की रात, काली और डरावनी थी। जंगल में जानवरों की कभी बोली सुनाई पड़ जाती थी जैसे कोई वनराज शिकार पर

निकला हो। बंदर चीखे, हिरण की भयभीत आवाज उठी, मोरें बोलीं और फिर सब शांत हो गया।

एक घंटे बाद पुलिस के सिपाहियों से भरी लारी आई। उसकी प्रबल रोशनी से सड़क जगमगा गई। जैसे ही वह लारी निगाह में आई, कृष्ण ने देखा कि सिपाही बंदूकें ताने हुए हैं और लारी अंधाधुंध दौड़ी चली आ रही है। रोमांच हुआ, भय की लहर उठी और गई। लारी जैसे ही नक्सलियों द्वारा बिछाई गई सुरंगों पर आई, विस्फोट हो गया। वह इतना जबरदस्त था कि लारी पर ड्राइवर का कंट्रोल ढीला हो गया। लारी के परखच्चे उड़ गए और वह गाड़ी धू–धू जलने लगी। कई सिपाही जल मरे, कुछ घायल बचे जो पीछे खिसकने लगे, घिसटने लगे। कुछ गिर गए, कुछ आगे जाकर अदृश्य हो गए। उनका कमांडर डी॰ एस॰ पी॰ लारी के पीछे कार में था। उसने जब देखा कि सुरंग फटने से लारी तो जल मरी और सिपाही मारे गए, जो बचे वे भाग गए तो उसने भी वापस जाने में ही कुशल समझी। ड्राइवर गाड़ी को बैक करने लगा किंतु सड़क के दोनों ओर छिपे हुए क्रांतिकारियों ने हथगोले फेंके और वह अधिकारी घायल होकर गिर गया। जीप–कार में आग लग गई।

अब भय बचे–खुचे उन सिपाहियों से था जो इधर–उधर घायल दशा में पड़े हुए या छिपे हुए थे। वे यकीनन प्रतिशोध लेंगे, इस कारण नक्सली सड़क पर सामने नहीं गए, धीरे–धीरे पीछे जंगल में खिसकने लगे। ज्वालामुखी के इशारे पर कृष्णगोपाल ड्राइवर के पीछे, पहले लेटकर, फिर घुटनों के बल और फिर खड़े होकर भागे और अपनी गाड़ी में जा बैठे। ड्राइवर ने गाड़ी निकाली, स्टार्ट की और सड़क पर दौड़ शुरू हो गई।

अपने को सुरक्षित पाकर कृष्णगोपाल ने ज्वालामुखी से पूछा–"वहां वे क्रांतिकारी साथी अभी भी होंगे या वे चले गए?"

"दोनों बातें संभव हैं....क्या पता पुलिस की दूसरी लारी आती हो सो साथीगण सुरंगें बिछा रहे होंगे....वे तब तक वहां रहेंगे, जब तक आश्वस्त नहीं हो जाते.... आपने गौर किया होगा कि उस लारी में सिपाही ठसाठस भरे हुए नहीं थे क्योंकि उन्हें सुरंगों के विस्फोट का भय था इसलिए वे संख्या में काफी कम थे। निश्चय ही दूसरी ठसाठस भरी पुलिस की लारी आती होगी। कामरेड उसे उड़ाने के लिए सुरंगें बिछा रहे होंगे या वे जंगलों में भाग गए होंगे क्योंकि दिन में तो पुलिस को कोई रोक नहीं सकता....संभव है, पुलिस अब सुबह आए पर वह आएगी जरूर और गांवों को खाली करना पड़ेगा।"

"अच्छा? गांववाले कहां जाएंगे।"

"बच्चों, स्त्रियों को छोड़कर सयाने लोग जंगल में, पहाड़ों पर भाग जाएंगे, जो पकड़े जाएंगे, उनकी दुर्गति होगी, यह तय है.... फिर वे अवसर देखकर ढोलों की आवाज पर दिन में हजारों की संख्या में पुलिस पार्टी को घेरेंगे, नारे लगाएंगे और फिर कुछ भी हो सकता है....।"

"यह जो मंदध्वनि हो रही है, वह क्या ढोलों की ही है।"

"यह संकेत है कि भागो और जंगलों में जाकर छुप जाओ।"

"अब क्या होगा?"

"अब तो लौटना ही पड़ेगा पर चक्कर भर कर हमें यह कामरेड ड्राइवर शहर छोड़ेगा।"

ड्राइवर ने आगे जाकर मोड़ काटा, और हैदराबाद जाने वाली सड़क के लिए एक रोड पकड़ ली। उस रोड पर चलते हुए एक ढाबे पर ड्राइवर ने गाड़ी रोकी और विश्राम का परामर्श दिया।

सवेरा हो रहा था। कृष्णगोपाल और ज्वालामुखी ने चाय पी और नित्यक्रिया में व्यस्त हो गए। पुनः सबने वहां कुछ खाया–पिया। ढाबा लगभग खाली था, इससे किसी ने कोई पूछताछ नहीं की। वे निश्चिंत होकर पुनः चल पड़े। मुख्य सड़क पर आकर वे जैसे ही चले, पुलिस ने चैकिंग के लिए उस गाड़ी को रोका। पूछताछ हुई। ज्वालामुखी ने उन्हें आश्वस्त कर दिया कि वे रिश्तेदारी में एक विवाह में गए थे और यह गाड़ी एक मित्र की है, उसी का यह ड्राइवर है। पुलिस सौभाग्यवश मान गई वर्ना यदि वह जांच करती तो ड्राइवर के पास से गन बरामद कर सकती थी जो गाड़ी में ही कहीं छुपी हुई थी पर उसके लिए पुलिस को बहुत तरद्दुद करनी पड़ती क्योंकि वह गन गाड़ी में एक गुप्त स्थान में थी जो ऊपर से बंद था।

'जान बची, लाखों पाए' की मनःस्थिति में कृष्णगोपाल ने बाबा जाहरजोधा को धन्यवाद दिया। अब वे निश्चिंत थे लेकिन पुलिस का क्या ठीक, पुनः चैकिंग शुरू हो जाए। लेकिन हुई नहीं और वे सुरक्षित हैदराबाद लौट आए। ज्वालामुखी के घर से कुछ दूर ही वे उतर गए और वह गाड़ी लिए ड्राइवर सैल्यूट कर चला गया। उसको कहा गया कि वह कुछ खा–पीकर जाए पर वह नहीं माना, कहा कि ऐसा ही आर्डर है....यह कि उसे किसी के यहां कुछ कागजात पहुंचाने हैं और कुछ साथियों को कहीं ले जाना है।

कृष्णगोपाल और ज्वालामुखी घर आए जहां घरवाले चिंतित, उनकी प्रतीक्षा कर रहे थे।

खा–पीकर कुछ देर सोने के बाद कृष्णगोपाल शाम को ओमप्रकाश निर्मल के घर को चले, ज्वालामुखी गृहकार्य में व्यस्त हो गए।

कृष्णगोपाल रात्रि के दृश्य से अभी तक अभिभूत थे और वह पुनः मतिभ्रम में पड़ गए थे कि यह नक्सली क्रांति तो एक ट्रेजेडी सी है। वह कल्पना में देख रहे थे कि यह एक्शन गांववालों को कितना महंगा पड़ा होगा। दिन में पुलिस पहुंच गई होगी और गिन–गिनकर बदला लेगी। पुलिस बल की भारी हानि हुई है। जितने सिपाही मरे हैं, वह उसके दूने लोगों को मारेगी और कह देगी कि 'एनकाउंटर' में मारे गए हैं। गांववाले जंगल में सड़ेंगे और यदि उन्होंने हजारों की संख्या में पुलिस दल को घेरा तो नरसंहार होगा....कृष्णगोपाल को भय और जनकरूणा से रोमांच हो रहा था। वह उस ओर से ध्यान हटाने के लिए रिक्शेवाले से बतियाने लगे–"क्यों भाई, यह रिक्शा तुम्हारा है?"

"कहां मालिक, यह तो किराए का है।"

"कितना कमा लेते हो?"

"यही बीस–पच्ची रुपये, घर में सात–आठ खाने वाले हैं।"

"कहां के रहनेवाले हो?"

"बिहार के, जिला भोजपुर के।"

"उधर भी नक्सलपंथी होंगे?"

"वे कहां नहीं हैं, यहां भी हैं, गांवों में, जंगलों में, भोजपुर में तो खूब हैं, वहां रनवीर सेना से वे भिड़ते रहते हैं।"

"यह बताओ कि वे कभी वहां जीत सकते हैं?"

"क्या बताएं साब लेकिन वे सारी सरकार से, बड़े जमींदारों से लड़ रहे हैं, कैसे जीतेंगे?"

"मान लो वे जीत जाएं तो तुम खुश होगे या नहीं?"

"क्यों खुश नहीं होंगे, वे हमारे लिए ही तो लड़ रहे हैं मालिक ! वे पहले रिक्शावालों, चिथड़े बीनने वालों, बेघर लोगों की ही मदद करेंगे....मालिक, ये जो बड़े लोग हैं, इनके घरों में हमारा ही माल भरा हुआ है....हां, कानून से तो कुछ होता नहीं। अब आप देखें कि बड़े लोगों से केस लड़कर कोई जीतता ही नहीं तब यही हो कि इनको नक्सलिए मारें, तभी कुछ होगा।"

"लेकिन, तुम उनमें शामिल क्यों नहीं हुए?"

"अरी मालिक, हम तो पसु हैं, दूसरों को ढो रहे हैं, हमें तो रोजी कमानी है, घर–परिवार को कौन खिलाएगा साब, हममें दम नहीं है, हमें तो दूसरों की गुलामी ही करनी है।"

"ऐसा मत सोचो भाई, कोई हुनर सीख लेते तुम तो यह कठिन मेहनत नहीं करनी पड़ती।"

"इतनी अकिल होती साब तो ससुर हम लालू परसाद न बन जाते।"

और वह रिक्शेवाला हंसने लगा।

कृष्णगोपाल ने उसे दूने पैसे दिए, 'निर्मल' के यहां उसे पानी पिलवाया, चाय पिलवाई और प्रेम से विदा किया। वह जयजयकार करता हुआ गया, दुआ देते हुए।

'निर्मल' ने कृष्णजी से पूछा कि उनका भ्रमण कैसा रहा।

"भयंकर, मरते–मरते बचे....लेकिन जो देखा, उससे यह पाया कि जो रचनाकार हैं, विशेषकर शेषेन्द्र शर्मा जैसे 'गमे कौम है मगर आराम के साथ' वाले, उन्हें नक्सली–क्षेत्रों में ले जाया जाए और वहीं छोड़ दिया जाए तो साहित्य का कथ्य और कला बदल सकती है....ये जो शहरों में गोष्ठियां और सभाएं–सम्मेलन होते हैं, उनमें सिर्फ भ्रांति है, क्रांति तो वहां हो रही है। साहित्य का ढांचा, ढब और ढंग बदलने के लिए लेखकों को क्रांतिकारी सामाजिक प्रयोग से परिचित कराना जरूरी है...निर्मलजी, आप चाहें तो कल हमारे साथ श्रीकाकुलम और तेलंगाना चलें, वहां से महाराष्ट्र का नक्सल प्रभावित क्षेत्र, वहां से बक्सर, फिर बिहार और फिर वापसी, चलेंगे?"

"मैं तो इस यात्रा में भी साथ चलता, पर ज्वालामुखी नहीं चाहता था। उसे मुझ पर विश्वास नहीं, इसीलिए आप उसको पटा लें तो मैं चलूंगा और सीखूंगा ....अब दिमागी अय्याश बौद्धिकों और लेखकों से मुझे भी घिन आने लगी है।"

16

'निर्मल' ओमप्रकाश और कृष्णजी एक–दो दिन बाद नक्सली क्षेत्रों के निरीक्षण के लिए चले। ज्वालामुखी ने सुझाया कि वेंकटेश्वर के मंदिर पर, तिरुपति में भारी मेला लगेगा। आप दोनों ट्रेन से वहां पहुंच जाएं। ऐसा प्रबंध किया जाएगा कि वहां उधर के नक्सली नेता और कुछ कार्यकर्ता मिल जाएं, फिर आगे वे गाइड करेंगे।

आप अधिक समय कहीं न रुकें....वैसे आप न भी जाएं तो भी क्रांति का जो प्रतिरूप आपने देखा है, वही सर्वत्र है बस मात्रा, तीव्रता और संख्या का अंतर है। पैटर्न यही है कि जनता को जो सताते हैं, जो उसे लूटते हैं, मूर्ख बनाते हैं, उन्हें पहले समझाओ, सवाधान करो, न मानें तो मारो। एक एक्शन हजार प्रचारों के बराबर होता है, अतएव 'एक्शन' पर बल अधिक है पर एक्शन के पहले प्रतिपक्षी को सुधरने का पूरा अवसर दिया जाता है, आदतन अपराधी या अत्याचारी का वध किया जाता है, तब दहशत फैल जाती है और जनआतंक स्थापित हो जाता है। मूल मुद्दा आतंक का है कि वह किसका है और वह जनहित में है या जनविरोधी है?

निर्मल और कृष्णगोपाल ट्रेन से तिरुपति के बालाजी के मंदिर के लिए चले। कृष्ण ने पूछा कि निर्मलजी रोहिताश्व को क्यों नहीं साथ लाए तो वह बोला–"बंधुवर, वह सिद्धांतहीन है, क्या पता क्या करने लगे? वह स्वादिष्ट अवश्य है पर विश्वसनीय नहीं है।"

"मुझे वह प्रिय लगता है, आप उसे मौका तो देते। उसके बिना सब नीरस है, आप चाहें तो उसे तिरुपति से फोन कर सकते हैं।"

"ठीक है, आप कहते हैं तो कर दूंगा पर वह कहीं अपने हल्केपन से फंसवा न दे, सोच लीजिए।"

"नहीं, वह ऐसा नहीं करेगा, वह खुद भी तो फंसेगा न, आप उसे खबर कीजिएगा।"

दूसरे दिन वे तिरुपति रेलवे स्टेशन पर पहुंचे। वहां वे उतरकर पास के बाजार गए। वहां एक एस॰ टी॰ डी॰ की दुकान पर रोहिताश्व को फोन करने लगे। रोहिताश्व घर पर ही था, मिल गया। उसने कहा कि वह कल तिरुपति पहुंच जाएगा। वे उसे तिरुपति स्टेशन पर मिले। वह निर्मल से नाराज था कि उन्होंने उस पर विश्वास नहीं किया पर वह बाद में खुश हो गया था।

एक धर्मशाला में निर्मल ने प्रबंध कर दिया। वहीं कामरेडों को आना था। रात में वे आए, उनका एक नेता भी साथ था। वार्ता शुरू हुई।

कृष्णगोपाल ने पूछा–"कामरेड, मेरी समझ में नहीं आता कि जो जनतांत्रिक शांतिवादी रवय्या है, उसे न अपनाकर आप इस अनिश्चित भयंकर क्रांति के मार्ग को क्यों अपना रहे हैं....? आप अकारण हजारों लोगों को मरवा रहे हैं, स्वयं शहीद हो रहे हैं, क्यों? क्या आप जानते नहीं कि आप अहिंसक जनवादी राजनीति कर जनगण को जगा सकते हैं और चुनाव में जीत सकते हैं, फिर सत्ता पर कब्जा कर आप जनहित में कानून बना सकते हैं....उन्हें सरकारी मशीनरी से लागू करा सकते हैं.... मैं तो सोचता हूं कि मार्क्स और लेनिन यहां होते तो वे भी यही परामर्श देते, नहीं?"

कामरेड बोला–"जो चुनाव के चक्कर में पड़ता है, वह पथभ्रष्ट हो जाता है ....जनमानस में जाति–धर्म–सम्प्रदाय का कूड़ा इतना घनीभूत है कि उग्रकर्म से ही उसे उस दुःस्वप्न से मुक्त कराया जा सकता है....और प्रचार, विचार के संचार माध्यमों पर सरकार या सेठ का आधिपत्य है। वहां वे जनमानस को विकृत करवा रहे हैं। दूसरे इस व्यवस्था में बड़े अपराधियों को कानून से सजा नहीं मिलती, विधिप्रक्रिया अनजस्ट, दीर्घ और खर्चीली है....कानून ऐसा मकड़ी का जाला है जिसमें लघुमानव ही फंसते हैं, कोई बड़ा जानवर मकड़जाल पर गिर पड़े तो वह टूट जाता है....विषमता, विकास के साथ बढ़ रही है। गांवों में बड़े किसानों का प्रताप है शहरों में पूंजीपतियों का।

चुनाव के लिए पूंजी चाहिए, इसलिए मंत्री, नेता, सेठों से पैसा लेते हैं और जनता में जो पूर्वाग्रह हैं, भावनाएं हैं, उसका उपयोग कर वे चुनाव जीतते हैं और अपने दल और अपने घर भरते हैं। एक सार्वजनिक लूट–खसोट का राज्य चल रहा है, क्रांति के अलावा कोई विकल्प ही शेष नहीं है। नागभूषण पटनायक और विनोद मिश्र चुनाव का मार्ग अपना कर पछताएंगे। उनके एक–दो नेता जीत जाते हैं, इससे क्या होगा? इस कारण हमारा रास्ता सही है और हम जीतेंगे।''

''इस तिरुपति के मंदिर में अकूत सम्पति और पैसा है, इसको आप क्यों नहीं छीन लेते?''

''लोगों की धार्मिक भावनाएं हैं, हम उन्हें वैज्ञानिक शिक्षण से धीरे–धीरे अंधविश्वास से दूर करेंगे, अभी मंदिर लूटने से आम जनता हमारे विरुद्ध हो जाएगी।''

कृष्णजी ने कहा, ''पहले तेलंगाना में सशस्त्र क्रांति हुई थी, वह असफल हो गई थी, अब विजय का क्या आधार है?''

''तेलंगाना–विद्रोह में नेताओं की गलती यह थी कि यह चारों तरफ से घिरा हुआ प्रांत था, केवल समुद्र का मार्ग खुला था पर समुद्र के रास्ते विदेशों से कोई मदद नहीं मिली। वे कामरेड सरदार बल्लभ भाई की पुलिस और सेना से घिर गए थे, मारे गए....बिना पूरी तैयारी के, बिना साधन जुटाए जनयुद्ध, गुरिल्ला–युद्ध ही हो सकता है.... मारो और भागो, यही पद्धति ठीक है। आप पुलिस और सेना का मुकाबला नहीं कर सकते, गुरिल्ला लड़ाई दीर्घकालिक योजना है...., दूरदराज के गांवों, जंगलों, पहाड़ों में शत्रु का वश नहीं चलता और बड़ा नरसंहार, वे कर नहीं सकते....उन्हें वोट भी लेना है। हम उनकी इस कमजोरी का फायदा उठाते हैं और गुरिल्ला–जंग की लंबी प्रक्रिया में हम शनैः–शनैः जनशक्ति को संगठित कर लेंगे, तब हमारे ग्रामीण–गिरिजन–आदिवासी–जंगलवासी शहरों को घेर लेंगे ....हममें इतना धीरज है कि इतिहास को बदलने के लिए हम क्रांति के लिए एक–एक ईंट को जोड़ें, एक–एक जन को अपने पक्ष में लाएं, उनका डर निकालें और उन्हें शस्त्र चलाना सिखाएं तथा अत्याचारी निकम्मे नेताओं, अधिकारियों को मारें जो अच्छे हैं, उनसे विकास का काम कराएं... विकास और युद्ध, साथ न चला तो वे सब खा जाएंगे।''

कृष्णगोपाल सोचने लगे। कामरेड बोला–''आप तिरुपति दर्शन कर लें यानी यह देख लें कि जनमानस पर देवताओं का कितना जबरदस्त प्रभाव है, यह जांच लें कि यह प्रभाव इसलिए है कि अज्ञान है, भय है। जनजीवन में पग–पग पर बाधाएं हैं। इस व्यवस्था में जनता का कोई काम नहीं होता। ऐसे में जनता क्या करे? ईश्वर ही उसका सहायक है सो वह ईश्वर को, देवी–देवताओं को पकड़े हुए है। समय से पूर्व यदि उस जन से ईश्वर को भी छीन लें तो वह किसके सहारे जिएगी। ईश्वर मनोवैज्ञानिक अवलम्ब है, निर्बल का बल राम है.... जीवन ऐसा हो जाए कि जन को ईश्वर अपरिहार्य न लगे तो उसका ध्यान फिर प्रकृति के ज्ञान पर जमने लगेगा। पांच हजार वर्षों से धर्म का प्रचार हो रहा है सो उसका निर्मूल एकदम तो नहीं हो सकता।''

''आप लोगों ने हमारी यात्रा का कार्यक्रम बनाया होगा, नहीं?'' कृष्ण ने पूछा।

''बनाया है। आपकी सुरक्षा का प्रबंध भी किया है। हमारे साथी आपको गाइड करेंगे और सब दिखा देंगे....आप जो क्रांति के पक्ष में बयान दे रहे हैं, वे छप

रहे हैं। इससे क्रांतिकारी प्रसन्न हैं। आपने, ज्वालामुखी ने, निर्मलजी ने जो कविताएं और लेख छपाए हैं, 'प्रतिरोध' में जो आपका पक्षधर सम्पादन हो रहा है, उसको भी हमने देखा है। आप हमारे आत्मशिल्पी हैं, ओल्ड गार्डस हैं, मित्र–बंधु–पथप्रदर्शक और दार्शनिक हैं आप....हम आपको अपना हितैषी मानते हैं और हम आपसे कुछ छिपाएंगे नहीं। यह सब बता देंगे.... आप लिखे जाइए और जो हमें बदनाम कर रहे हैं, उनका खंडन कीजिए.... वे वर्गशत्रु हमें क्रूर, अपराधी, नृशंस और संकीर्ण बता रहे हैं जबकि आप देख रहे हैं कि हम व्यर्थ हिंसा के विरोधी हैं और हम जनशिक्षक हैं....हमारे प्रभाव–क्षेत्रों में न जातिगत तनाव है, न धार्मिक उन्माद है, सारी पीड़ित जनता धीरे–धीरे समझती जा रही है, यह एकजुटता, एकता ही हमारी पूंजी है।"

कृष्णगोपाल प्रभावित हुए। वे कामरेड चले गए। दूसरे दिन तिरुपति रेलवे स्टेशन पर दोनों ने रोहिताश्व को उतारा। वह गद्‌गद था। बोला–"महागुरु, निर्मलजी ने मुझ पर नाहक अविश्वास किया....मैं मसखरा हूं क्योंकि मैं मानता हूं कि लोगों को उदास होने देना मानवता के प्रति अपराध है पर इसका यह अर्थ नहीं कि मैं विदूषक हूं....मैं क्रांतिकारी अभिनेता हूं। उस्ताद निर्मलजी, कृष्णजी का तो पेट खराब रहता है, वह तो एक–दो घूंट पीते हैं, तुम्हारे लिए मैं बीस बोतलें ले आया हूं, पियो, हंसो, लिखो और क्रांति का दीदार करो–गुरो, इधर रोमांस की भी संभावनाएं हैं, हां, गुरु, वे हैं....आप किसी धर्मशाला में होंगे। वहां नहीं, मैं आपको एक मित्र पार्टी के गेस्ट हाउस में ठहराऊंगा, अभी। ए कुली कुलश्रेष्ठ भाई, सामान उठा और रास्ता दिखा, देखना बोतलें न फूट जाएं, फूट गईं तो मैं तुझे इंकलाबियों को सौंप दूंगा, अब चल जल्दी।"

ठहाके मारते हुए वे तीनों धर्मशाला आए, फिर वे तांगे पर लदे और गेस्ट–हाउस में जाकर जम गए।

रोहिताश्व ने शाम को महफिल जमाई। रोहिताश्व ने निर्मल को शराब पिलाई, खुद पी और कृष्णगोपाल को भी चखाई। सुरूर में आते ही रोहिताश्व ने अपनी एक कविता सुनाई जिसमें कविता तो कम थी पर उसका कथ्य सचमुच क्रांतिकारी था। निर्मल और कृष्णगोपाल चकित हो गए–"गुरु, इस रोहिताश्व का यह कायाकल्प कैसे हो गया? वाह, क्या रचना लिखी है, शाबाश !"

"महागुरु कृष्णजी, मैं रहस्य बता सकता हूं पर मुझे निर्मलजी आश्वस्त करें कि वह मेरा स्पष्टीकरण मान लेंगे।"

निर्मल बोले–"अच्छा, तू बता तो सही, मान लूंगा।"

"गुरु, मैं महागुरु कृष्णजी की गहनता से प्रभावित हुआ। उन्होंने उस सतही शेषेन्द्र को केशवदास सिद्ध कर दिया....मजा आ गया। वह अपने को कालिदास समझता था पर वह तो मात्र कथ्य को कलाबत्तू में बांधने वाला निकला। कृष्णजी के सिद्धांत से मुझे पहली बार अनुभूतिप्रधान महाकवियों की महत्ता मालूम हुई, यह कि सूर के सूरसागर, तुलसी के मानस और कबीर की गहन वाणी के सामने नन्ददासों–केशवदासों–अज्ञेयों की कीमत बहुत कम है, इसलिए मैं प्रेमानुभूति की गहराइयों के लिए हैदराबाद के बाहर चला गया। वहां एक जरायमपेशा वालों की बस्ती है। वहां स्त्रियां स्वतंत्र हैं, कम पैसों पर उपलब्ध हैं, बस उन्हें अंगरेजी शराब पिला दो, बढ़िया भोजन करा दो, कुछ रुपये दे दो और फिर मजा देखो.... सूरदास

ने नारी–सौंदर्य को देखकर, अपनी मुग्धता से मस्त होकर आंखें फोड़ ली थीं, नन्ददास वैराग्य के पूर्व एक खत्राणी पर मर मिटे और अब हम हैं निर्मलजी, आपने मुझे नहीं रोका तो मैं आपके चरणों में दीदे निकाल कर रख दूंगा और अंधा हो जाऊंगा।''

और रोहिताश्व ने एक तेज चाकू निकाल लिया। कृष्ण और निर्मलजी दोनों घबराए।

''अबे रोहिताश्व, यह क्या करने लगा?''

''क्यों, महाकवि बनने के लिए अंधता जरूरी है गुरु....जब तक नेत्र हैं, वे भटकेंगे, सुंदरता तलाशेंगे, तब गहनता कैसे आएगी? आप सचमुच रोक रहे हैं न? तो ठीक है, चाकू फेंक देता हूं और वैसे भी मैं नाटक ही कर रहा था।''

हंसते–हंसते कृष्ण और निर्मल लोटपोट हो गए।

''लेकिन रोहिताश्वजी, आप तो कह रहे थे कि आपने गहन–अनुभूति का पाठ उस आदिवासी प्रेमिका से पढ़ा?''

''हां गुरु, वह तो मैं भूल ही गया। वह मुझसे सचमुच प्रेम करने लगी है। कहने लगी कि मैं उसे साथ ले चला करूं। मैंने कहा कि मैं तिरुपति जाने को हूं तो वह साथ लग गई और मेरे साथ यहां आ गई। उसके यहां एक रिश्तेदार हैं, वहीं वह रुक गई होगी, उसका भाई भी साथ आया है। किराया–पानी मैंने उसे दे दिया था। वह आज निर्मलजी की थकान उतारेगी और महागुरु चाहें तो वह उनकी सर्वप्रथम सेवा करेगी।''

''तू सच कह रहा है या गप्प मार रहा है?'

''गुरु सत्य हरिश्चन्द्र पर शंका कर रहे हो....? मैं उसे लेने जाता हूं....फिर सब साथ खाना खाएंगे और फिर....हा, हा, ह ह आह !''

रोकते–रोकते वह चला गया और पौन घंटे में वह सचमुच एक श्यामा युवती को ले आया। उसका भाई भी साथ था। उस किशोरी का बदन कड़ी मेहनत से कसा हुआ था। घुंघराले केश थे, बदन उभरा हुआ और सख्त....उसके दांत स्वच्छ और मोतियों से चमक रहे थे। वह घाघरा और कुर्ती में थी, चुन्नी डाले हुए। वह आई। उसने कृष्णजी और निर्मल को प्रणाम किया, उसके भाई ने भी। वह उससे छोटा था पर कद–काठी से मजबूत। दोनों श्यामवर्णी थे, मगर चेहरों पर लावण्य था। वह बात–बात में निर्झर–सी हंसती और एकदम स्वतंत्र, लज्जा–संकोच का नामो–निशान भी नहीं।

''मालिक, मेरा नाम किशना है, मेरे भाई का नाम मोहना.... ये रोहित बाबू, मुझे ले आए....।''

निर्मल बोले–''अच्छा किया, स्वागत है पर तू तो रोहित की है, नहीं?''

''अरे, इसमें क्या है, मैं तो मालिकों की हूं....मालिक, कुछ सराब हमें भी मिले, मेरा भाई गाता है, मैं भी। हो जाए आज।''

''हां–हां, क्यों नहीं?''

वे दोनों आधी बोतल पी गए। हैदराबादी अर्क तेज था, चढ़ गया। वे दोनों आदिवासी गीत गाने लगे। मोहना एक तारों का बाजा लाया था, वह उसे बजाने लगा। आनन्द आ गया। रोहिताश्व का रौब छा गया। निर्मल उसे मान गए। बोले–''रोहित,

तेरे सातों खून माफ हो गए। वाकई, तूने कमाल कर दिया, जंगल में मंगल कर दिया, वाह !"

कृष्णजी ने सलाह दी कि नशे में बाहर जाकर भोजन करना ठीक नहीं अतएव मोहना को लेकर रोहिताश्व बाजार से खाना ले आया। सबने स्वाद से खाया। कृष्णजी तो कुछ खा–पीकर अपने कक्ष में चले गए। अब निर्मल और रोहिताश्व की बारी थी। मोहना सब समझता था। उसे रोहिताश्व ने कुछ रुपये दिये और कुछ शराब भी दी। वह खुश होकर चला गया। रोहिताश्व ने कहा कि वह मोहना को भेजने जा रहा है, तब तक निर्मलजी अपना कार्यक्रम चालू कर दें।

निर्मल ने किशना से पूछा–"क्या तेरे घरवालों को तुझे रोहित के साथ भेजने में डर नहीं लगा?"

"मेरा भाई साथ में जो है, डर काहे का और तिरुपति के बालाजी के दरसन होंगे, खूब खाने–पीने को मिलेगा और किराया–पानी भी, ऐसे मौके हम गरीबों को कहां मिलते हैं?"

"तू मेरे साथ है और तू कहती है कि तू रोहित से प्रेम करती है, तुझे एतराज तो नहीं?"

"मालिक, हम क्या बड़े लोगों की लुगाइयां हैं जो एक के खूंटे से बंध जाती हैं। हम तो आजाद पंछी हैं, जहां चाहा, जम गए। आइए, आपकी थकान उतार दूं, फिर वह रोहित बाबू आ जाएगा....।"

....कृष्णगोपाल सोच रहे थे कि यह जो किशना आदिवासिन है, उसमें कोई मर्यादा नहीं क्योंकि वह अकिंचन है। मर्यादा देखे तो खाए क्या, पिए क्या? मर्यादा भी स्पष्टतः वर्गधारणा है। यह खाते–पीते वर्गों में ही पनपती है, भूखे नंगे, कठोर काम करनेवालों की मर्यादा, एकनिष्ठता, यह सब बड़े लोगों के चोंचले लगते हैं ....किसी भी तरह साधन आएं, यह उनकी मंशा है। पिता जानता है कि बेटी परनरगमन कर रही है पर उसे कोई परवाह नहीं....बेड़ियों में पुत्री को वेश्या बनाया जाता है, किंतु पुत्रवधू को मर्यादा में रहना पड़ता है। आश्चर्य है ! शायद वे सोचते होंगे कि वधू से नाती पैदा होंगे, पुत्री तो परायी होती ही है सो वह वेश्या बन जाए तो घर में रुपये–पैसे आएंगे, सबको भोजन और शराब मिलेगी। खूब ! नैतिकता भी वर्ग प्रत्यय है, वह सभी में एक जैसी नहीं है। इस किशना को देख कर तो क्रांतिकारियों का सिद्धांत सही लगता है कि मूल्य, आदर्श, मर्यादा, ये सब अर्थ पर निर्भर हैं। अर्थ, धन हो तो सब है, वर्ना कुछ नहीं। भूखा व्यक्ति मर्यादा देखे या भूख को शांत करे?

तभी, कृष्ण के कमरे में किशना चुपचाप आई। कृष्ण ने पूछा–"कौन है?"

"मैं किशना हूं बड़े मालिक, पैर दबा दूं आपके? आप थके से लग रहे थे?"

कृष्ण ने कहा–"नहीं किशना, तुम जाओ, लो ये रुपये लो और यहां से चली जाओ....मुझे यह शौक नहीं है, कभी था पर अब नहीं?"

कृष्णजी के कड़े स्वर से किशना सहम गई। उसने रुपये ले लिए और लौट गई। कृष्णजी को निर्मल पर क्रोध आया कि यह अजीब आदमी है, यह समझता है कि सब एक से होते हैं। पुनः कृष्णजी मुस्कराए–

"नारी पुरुष की दुर्बलता है, यह सही है पर ऐसी भी क्या कमजोरी जो कभी वश में ही न आए.... यह किशना तो यह सब लाचारी में करती है और मैं

विवशता का लाभ उठाना अनैतिक मानता हूं....उर्मिला में अनुराग है.... नहीं, नहीं, यह गिरावट है और मैं नारी को वेश्या बनते देख नहीं सकता। जो समाज नारी को तवायफ बनते देखता रहता है, वह समाज सड़ा हुआ है, उसे बदला जाना चाहिए।''

दूसरे दिन कृष्ण गजरदम उठे। रोहिताश्व और निर्मल घोड़े बेचकर सो रहे थे। कृष्णजी प्रातः वायुसेवन के लिए बाहर निकल गए। वह घूमते रहे और सोचते रहे। उन्हें क्रांति बनाम जनतंत्र की समस्या का ओर–छोर नहीं मिल रहा था। जनतंत्र की अधिकतर धनी देशों की मान्य–व्यवस्था है किंतु वह जहां सफल हुआ है, वहां के साम्राज्यवाद और विश्व पूंजीवाद ने निर्बल और पिछड़े हुए देशों का शोषण किया है जो जारी है. ... ऐसा जनतंत्र कहीं नहीं है जो शोषण और विषमता से मुक्त हो। भारत बड़ा देश है, अनेक पिछड़े हुए देशों से अधिक समर्थ है, उन्नत है पर आबादी के आधिक्य से गरीब है....कहते हैं, मध्ययुग में आबादी दस–बारह करोड़ थी, अब सौ करोड़ होगी और उस पर पाकिस्तान और बांग्ला देश पृथक हो गए यानी इलाका सिकुड़ता गया है, जनसंख्या बढ़ती गई है....हे वेंकटेश्वर स्वामी, मेरे देश का क्या होगा?

दूसरे दिन तिरुपति के मंदिर के लिए वे तीनों बसों से चले, किशना और मोहना भी थे। रोहिताश्व सबको हंसा रहा था पर कृष्णजी गंभीर थे। रोहिताश्व ने निर्मल के कान में कहा कि यदि आप कृष्णजी को हंसा दें तो मैं आपको आज स्कॉच पिला सकता हूं और मैं हंसा दूं तो आप एक बोतल के पैसे देना, ठीक है?

निर्मल ने विनोद में सिर हिलाया। रोहित उठा और वह कृष्णजी के पास जाकर सुबकने–सा लगा।

''महागुरु गजब हो गया। हमारी प्रिया किशना को निर्मल दादा ने फोड़ लिया।''

''क्या? क्या कहा, यह कैसे संभव है? क्यों निर्मलजी?''

निर्मल ने अट्टहास किया, कृष्णजी भी उसमें बह गए।

रोहित ने कहा–''महागुरु यह निर्मल तो मुझे विदूषक समझते हैं, पर मैं वचन का पक्का हूं, आप मेरी कृष्णादेवी से पूछ लीजिए न?''

किशना को रोहित पहले ही पाठ पढ़ा चुका था, वह बोली–''बड़े साहब, रोहित बाबू सच कहते हैं। निरमल साहब ने मुझको रोहित से अलग होने के लिए रुपये दिए हैं और कहा है कि वह मुझे आज मेला में नकली मोतियों का हार खरीद देंगे।''

कृष्णजी इतनी जोर से हंसे कि ड्राइवर हाथ जोड़ने लगा पर उनका हास जारी रहा। तब रोहिताश्व ने निर्मल से बाजी जीतने का रुपया मांगा। निर्मल ने उसे सौ रुपये का एक नोट दे दिया। कृष्ण इस हरकत को देखकर बोले–''रोहिताश्वजी, आप शरारती तो हैं पर षड्यंत्रकारी भी हैं, क्या पक रहा है?''

''महागुरु, एक बाजी निर्मल गुरु से लग गई थी, मैं जीत गया।'' और तब उसने बताया कि कृष्णजी को हंसाने की चुनौती थी। हमने किशना से षड्यंत्र कर हंसा दिया, उसके सौ रुपये हमने निर्मलजी से घाड़ लिए।

तिरुपति तक बस में रोहिताश्व के विनोदों से ठहाके लगते रहे। कृष्णजी जो एक भारीपन महसूस कर रहे थे, वह दूर हो गया।

तिरुपति के मंदिर में विष्णु या वेंकटेश स्वामी की अति भव्य मूर्ति है, इसमें संदेह नहीं किंतु दर्शन के लिए जो पंक्ति थी, वह तो इतनी लंबी थी कि उनका नंबर शाम को आता यदि आता। कृष्णजी ने कहा कि वह तो नास्तिक है।

"मैं तो सांस्कृतिक कारणों से, परंपरा और इतिहास समझने के लिए देवगृह, तीर्थादि जाता हूं, पूजा के लिए नहीं। आप लोग लाइन में लगे रहिए, मैं कहीं बैठूंगा, ओफ, भयंकर गर्मी में, इतनी लंबी लाइनें....अंधविश्वास आदमी को कितना सहिष्णु बना देता है।"

रोहिताश्व कहीं खिसक गया। उसने एक पंडा को पटाया, कहा कि साक्षात् कृष्णजी के अवतार, महान भक्त, भागवतपुराण के विशेषज्ञ गुरु कृष्णगोपाल जी, ब्रजवासी पधारे हुए हैं और उनके प्रमुख शिष्य गुरु निर्मलाचार्य, वृन्दावनधाम के महन्त के भ्राता और मैं रोहिताश्व उनका भक्त, श्रीकृष्ण की एक गोपी और एक गोप भी हमारे साथ है। इतनी दीर्घ पंक्ति में कब तक खड़े रहेंगे.... आप दक्षिणा ले लो गुरु और हमें दर्शन करा दो....

"सौ रुपये लगेंगे और हम पीछे से जाकर पार्श्व से दर्शन करा देंगे....किंतु वह गोपी?"

"पंडाजी, आप उसे देखकर द्वापर युग में पहुंच जाएंगे.... वह भी साथ चलेगी पर आप उस पर कोई अभिचार मत करना।"

"अच्छा ! "

"जी हां, पंडाजी, वह भयंकर है, किसी तीर्थ में किसी पंडा ने उस पर बलात्कार करना चाहा था पर उसने चोली में छुरी छिपा रखी थी, उस पंडा को गोपी ने बधिया कर दिया।"

"अच्छा?"

"यह सच है, और उसका भाई भी उसके साथ है। वह कई कत्ल कर चुका है।"

"नारायण–नारायण....तो आप भक्तों को लाइए, मैं यहीं हूं।"

पंडा के साथ वे सब मंदिर के पार्श्व से पीछे गए। वह पंडा अपलक किशना के यौवन को पी रहा था, अधरों पर जीभ फेर रहा था। रोहिताश्व ने देखा कि वह किशना के दर्शन में रत था, कई बार पत्थरों से टकराया, गिरा।

मंदिर विराट था। पीछे से वे मंदिर के दाएं पार्श्व में बने एक द्वार की ओर गए और उस पंडा ने वहीं से मुख्य मूर्ति की झलक दिखा दी। विष्णु भगवान का वेंकटेश्वर रूप शानदार था, लक्ष्मीजी उनसे भी अधिक सुंदर, सौम्य, वरदानदायी ....मन पवित्र हो गए, एक पावनता की अनुभूति हुई। मोहना और किशना दंडवत् कर रहे थे। वे सचमुच श्रद्धालु थे, भक्त....आनंद से अश्रु प्रवाहित कर रहे थे किंतु वह पंडा आसक्ति भरी नजर से किशना के उत्तेजक शरीर की नापजोख कर रहा था। पूजा अर्चना, दान–दक्षिणा के बाद जब–सब चलने लगे तो उस पंडा ने किशना को, मोहना को एक तरफ बुलाया, कहा–"देख भगत, हम इस कृष्ण की गोपी पर कृपा करना चाहते हैं.... आज हमारे डेरे पर यह आ सकती है। हम किशना को मालामाल कर देंगे, वरदान तो मिलेगा ही।"

किशना तड़पी–"क्यों नहीं, क्यों नहीं....पंडा, तू समझता है कि मैं रंडी हूं और तू अपने को भगवान का सेवक कहता है, धिक्कार है.... मोहना, इस पंडा को दक्षिणा दे, अभी।"

मोहना ने एक आदिवासी प्रबल घूंसा जड़ दिया। वह पंडा डकरा कर गिर गया और हाय–हाय करने लगा। कुछ पंडे उसके पक्ष में दौड़े पर पुलिस सतर्क

थी। उसने किशना के बयान सुनकर मामले को रफा–दफा कराया और उत्सुक भीड़ को भगाया। पुलिस इंसपेक्टर जब चलने लगा तो उसने भी किशना से मजाक किया–"किशना, उस पंडा का कोई दोष नहीं। यदि मैं पुलिस की यह पिशवाज न पहने होता तो मैं स्वयं तुझे भगा ले जाता....अब भाग जा यहां से वर्ना हवालात में बंद कर दूंगा, चल बिहारी हो जा।"

"थानेदारजी, राम–राम। आप अच्छे हैं पर याद रखना, मैं किशना हूं। मोहना, साहब का पता नोट कर ले, कभी काम आएगा।"

किशना की बातचीत से सब हंसते–मुस्कराते रहे। वह पंडा, पिटे हुए कुत्ते–सा कांखता हुआ भीड़ में खो गया। रोहिताश्व ने उसे डांटा।

"किशना, तूने कांड करा ही दिया न, तू पंडा की बात सुनकर चल नहीं सकती थी।"

"नहीं टाल सकी, वह सड़े हुए कुत्ते–सा गंधा रहा था...फिर मैं जरा आपके सामने अपना जोर भी दिखाना चाहती थी।"

"अरे वाह ! तू तो चंडी बन गई, मुझे तो डर लग रहा है, अब तुझसे।"

"औरत से डरना रोहित बाबू आपकी सेहत के लिए अच्छा है, आप बचे रहेंगे, वर्ना, मैं दोनों हाथों से छुरी चलाती हूं....मैं आपकी खाल छीलकर उसके चीले बनाकर आपको खिला दूंगी और आपको लगेगा कि मैंने आप पर अहसान किया है।"

"अब चल परमेश्वरी, मैं तेरे चुटैलेपन से परिचित हूं।"

वे हंसते–मुस्कराते मंदिर से थोड़ी दूर चाय की दुकान पर बैठ गए। वहां कुछ खा–पीकर वे लौटने की सोच ही रहे थे कि एक कार्यकर्ता कृष्णजी के पास आया और उसने उन्हें एक तरफ ले जाकर वार्ता की। कृष्णजी गंभीर मुद्रा में लौटे कुछ कहा नहीं पर वे चुप रहे। डेरे पर आकर कृष्णजी ने निर्मल को बताया कि अब हमें नक्सली क्षेत्रों में जाना पड़ेगा और वहां सब जा नहीं सकते। निर्मलजी कृष्ण के साथ चलें और प्यारे रोहित, अपनी माया के साथ हैदराबाद लौट जाएं। निर्मल ने रोहित को आदेश बताया।

रोहिताश्व ने आपत्ति की–"मैं किशना और मोहना को विदा कर देता हूं लेकिन मुझे क्यों विदा किया जा रहा है।"

"यह तो वे ही जानें पर महागुरु का आदेश यही है।"

रोहिताश्व का चेहरा गिर गया। वह शाम को ही किशना और मोहना को साथ लेकर कहीं चला गया। कह गया कि वह उनकी व्यवस्था करने जा रहा है, फिर आएगा। कल वह वापस हो जाएगा, यह कि वह अपनी उपस्थिति किसी पर आरोपित नहीं करना चाहता। और फिर निर्मल और कृष्णजी, पूरे ध्यान से, जनता के साथ तन्मय होकर उसके संघर्ष के विभिन्न रूपों में रम गए और यात्रा के लिए चले।

वे दोनों अपने रिपोर्ताजों में क्रांतिकारिया के भेदों–रहस्यों की रक्षा करते हुए केवल जनदशाओं का खाका खींचते, क्रांति का तर्क पेश करते पर ठोस तथ्य, भिड़न्त या संघर्ष के ब्यौरे छुपा जाते अन्यथा पुलिस पीछे पड़ जाती। वे यह रेखांकित करते कि यह अतिवादी राजनैतिक कार्यवाही क्यों हो रही है और यह कि इसके पीछे के कारण सामाजिक–राजनैतिक हैं, यह भी कि इस अतिवादी क्रांति की समस्या

का समाधान—इसे कानून और व्यवस्था समझने से नहीं होगा। इसके लिए सरकार भूमिसुधार करे, जनशोषण बंद कराए, उनके विकास में त्वरा लाए, जनोपयोगी योजनाओं का जाल बिछे तो जनता शांति का, जनतंत्र का मार्ग पुनः अपना सकती है।

चूंकि निर्मल आंध्रप्रदेश की राजधानी हैदराबाद में बरसों रहा था अतएव कृष्णजी ने पूछा—"अजीब बात है, आंध्रप्रदेश की सरकार ने अब तक भूमि सुधार कर सरप्लस जमीन भूमिहीनों को क्यों नहीं बांटी.... विधायकों में कम्माज और रेड्डी लोगों, बड़े भूमिपतियों का ही प्रभुत्व क्यों है? गांवों—गांवों—कस्बों में हुनर सिखाने के केंद्र विरल क्यों हैं? कितना शिल्प था भारत में, कितने हस्तकौशल, उन्हें जीवित किया जा सकता था पर यह क्यों नहीं किया गया?"

निर्मल ने सनकीली मुस्कान बिखेरी। कहा—"बंधुवर, यही प्रश्न बिहार सरकार से किया जाए, म॰ प्र॰ की सरकार से, जन को हुनर सिखाओ और जो वे चीजें बनाएं उन्हें खरीद लो, स्वदेशी का आंदोलन खड़ा करो या जनता को छोटे—मोटे व्यवसाय खड़ा करने के लिए वित्त प्रबंधन करो या नौकरी दो, या जमीन दो... .ये साले समृद्ध किसानों के प्रतिनिधि, नवधनाढ्य सत्ता का खेल खेलते रहते हैं, उन्हें बुनिचादी काम करने का अवकाश कहां है, सत्ता की होड़ मं जनता तो उनके खेलों की गोट बन गई है....यह जो गैप आया है, इसी को नक्सलिए भर रहे हैं।"

"तो दोष उनका है जिन्होंने, जिन शासक समुदायों ने यह राजनैतिक गैप पैदा किया सत्ता की राजनीति से, क्रांतिकारियों ने तो गैप को भरा है, अपनी सैद्धान्तिक नीति से....टक्कर तो सत्ता की राजनीति और सिद्धांत की नीति के मध्य है। सत्ता साधन है, साध्य नहीं है।"

वे दोनों श्रीकाकुलम और अन्य गरमागरम स्थानों में घूमते रहे, जन से बतियाते रहे, और उनके साक्षात्कार लेते रहे। महीनों बीत गए, पर जो धुन, जो लौ लगी थी, वह बुझी नहीं। कृष्णगोपाल की रपटों—रिपोर्ताजों में इतनी समझदारी थी कि कस्बों और नगरों के प्रेस—क्लब उन्हें बुलाते, कुछ जागरूक अधिकारी भी उन्हें आमंत्रित कर विचार—विमर्श करते....यहां तक कि कुछ प्रबुद्ध मंत्रीगण भी इस विषय पर वार्तालाप करते।

वर्षाकाल आ गया। घमंडी घन गरजने लगे किंतु कृष्णगोपाल की यात्रा रुकी नहीं। वह आंध्रप्रदेश को कवर कर पुनः महाराष्ट्र के दक्षिण भाग में घुस गए और चन्द्रपुर, गढ़चिरौली के गरम इलाकों में चक्कर लगाते फिरे। नागपुर में रामनारायण दुबे कृष्णगोपाल के मित्र थे। वह क्रांति से सहानुभूति रखते थे और विदर्भ नाम के एक अंग्रेजी दैनिक के संपादक थे। उनके भाई दुबे श्यामनारायण ने निर्मल और कृष्णगोपाल के लेख, कविताएं, इंटरव्यू खूब छपवाए, छापे। नागपुर में क्रांति के पक्ष में हवा बनने लगी। श्यामनारायण दुबे ने कृष्णजी को नागपुर बुलवाया और वहां उनका कार्यक्रम रखवाया। शहर में जिज्ञासा यह थी कि किसके पक्ष में ये दो लेखक क्या कहते हैं। कृष्णगोपाल ने नक्सली क्रांति को, प्राकृतिक क्रिया की तरह एक अपरिहार्य स्थिति और गति के रूप में रखा किंतु तथाकथित जनतंत्रवादियों ने सख्त आपत्ति की।

"कामरेड कृष्णगोपाल और निर्मल ओमप्रकाश, हमारे वरिष्ठ कलमकार हैं पर वे अराजक तत्वों का समर्थन कर रहे हैं....नक्सलपंथी क्रांति के असंभव सपने देख रहे हैं और वे नृशंस और क्रूर हैं....नक्सलियों ने वर्गघृणा फैलाई और साम्यवादियों

में जो जनतांत्रिक रूख बना, सी॰ पी॰ आई॰ और सी॰ पी॰ आई॰ एम॰ आदि में, उसके विरुद्ध हत्या की राजनीति, विध्वंस विस्फोट की राजनीति कर ये नक्सली जनतांत्रिक प्रक्रिया को उसकी आवश्यक परिणति तक नहीं पहुंचने दे रहे हैं....अधिकतर भारत की जनता जनतंत्र में यकीन करने लगी है, विकास और शांति का मार्ग अपना लिया गया है किंतु ये अतिवादी, संकीर्ण वामपंथी, राजनीति का अपराधीकरण कर रहे हैं, आतंकीकरण।''

कृष्णगोपाल विहंसे—''किंतु अतिवाद तो मध्यपंथ की राजनैतिक असफलता से पनपता है....राजनीति में मध्यपंथ के नेताओं से जनता विमुक्ति चाहती है ....वे तो अपराधी हो गए हैं, सत्ता उनके लिए शतरंज है, सामाजिक परिवर्तन का पवित्र प्रकल्प नहीं अतः नक्सलियों के जनक अंध मध्यमार्गी और मंद साम्यवादी दल हैं। इसके सिवा अतिवादी नक्सली राजनीति की कोई और व्याख्या नहीं हो सकती।''

श्रोताओं ने हामी भरी और मध्यपंथी नेताओं के भ्रष्टाचार की दास्तानें चल पड़ीं, पापों के पुराण खुल गए....''कूड़ा अधिक इकट्ठा हो जाए तो आग लगानी ही पड़ती है, एक विकलांग, विकृत जन के साथ प्रवंचक नीति बरतने वाले राजनैतिक वन्य पशुओं का वध नहीं हुआ तो वे अवशिष्ट मनुष्यता को नष्ट कर देंगे जब कानूनन लुटेरों को सजा नहीं मिल रही तो क्रांति के सिवा क्या विकल्प है?''

'विदर्भ' तथा अन्य पत्रों में छपी रपटों से पता चल गया कि कृष्ण और निर्मल नागपुर में हैं। रोहिताश्व हैदराबाद में था। उससे रहा नहीं गया। उसे अविश्वसनीय, खींसे निकालने वाला और गैरजिम्मेदार मान लिया गया, इसका उसे अफसोस था। उसने मोहना और किशना को साथ लिया और महाराष्ट्र के चन्द्रपुर में जा पहुंचा। वहां वह अपने सम्पर्कों से मिला, पता चला कि कृष्णगोपाल और निर्मल की पत्रकारिता में 'जनयुद्ध ग्रुप' के प्रति पक्षपात है और सी॰ पी॰ आई॰ एम॰ एल॰ तथा अन्य ग्रुपों को गलत तरह से पेश किया जा रहा है। सम्पर्कों ने रोहिताश्व को बताया कि इसके परिणाम बुरे हो सकते हैं.... वे कृष्ण और निर्मल की हत्या कर सकते हैं। उन्होंने गढ़ा चिरौली के एक गुट के पास रोहिताश्व को भेजा। वहां किशना और मोहना के परिचित आदिवासी रहते थे जो कृष्ण–निर्मल के विरोधी क्रांतिकारियों के समर्थक थे। उनसे पता चला कि एक आक्रामक दस्ता तैयार किया जा रहा है जो नागपुर में ही कृष्ण–निर्मल को उनकी गलत पत्रकारिता की सजा देगा। रोहिताश्व डर गया। किशना के संबंधी आदिवासियों में जो कार्यकर्ता कृष्ण–निर्मल पर आक्रमण के लिए भेजे जाने थे, उन्होंने किशना–मोहना को सारा भेद बता दिया।

रोहिताश्व, किशना–मोहना के साथ नागपुर भागकर गया और श्यामनारायण दुबे से जानकारी लेकर वह कृष्ण–निर्मल के अड्डे पर जा धमका। उसे देखकर कृष्ण–निर्मल हंसे।

कृष्ण ने कहा—''तो रोहिताश्वजी, आपसे रहा नहीं गया। इससे हमारे प्रति आपकी गहरी प्रीति प्रमाणित हुई पर क्रांतिकारियों ने आपको मेरे साथ देख लिया और किशना तथा मोहना को तो वे हमसे बिगड़ेंगे। इसलिए जो कहना है, कहकर आप लोग वापस चले जाएं।''

''ठीक है, महागुरु, पर हम आपकी जीवनरक्षा के लिए आए हैं, दिल्लगी करने नहीं।''

रोहिताश्व ने सारा हाल बताया। कृष्ण और निर्मल सन्न रह गए। रोहिताश्व उत्साहित हुआ, बोला–''आप नागपुर छोड़कर बक्सर की तरफ बढ़ जाइए, वहां कोई भय नहीं क्योंकि आपके विरोधी आंध्र तक सीमित हैं और अब रिपोर्ताजों में अन्य गुटों की भी तारीफ कीजिएगा जैसे मार्क्सवादी–लेनिनवादी–कम्युनिस्ट पार्टी आफ इंडिया, माओवादी सेंटर की तथा अन्यों की....मैं आपको यही कहने आया हूं और मैं अब जाता हूं।''

''नहीं, अब आप जब आ ही गए हैं तो आज यहां हमारी बोरडम दूर करिए, विशेष कर निर्मल की और कल हैदराबाद लौट जाइए।''

''जो आज्ञा, क्यों निर्मलजी?''

''हां हां, तू रह जा आज, मजा आएगा, तपस्या करते थक गए....बच गए, लगातार लगता रहा कि हम निशाने पर हैं....शेरों की मांद में हम मेमनों की तरह थे पर अब तक तो जान की रक्षा होती रही....रोहित, तू साथ आता तो तू डर से सूख जाता।''

''हुकुम हो तो मैं अकेला या इनके साथ आपका अनुसरण कर सकता हूं, अभी भी?''

''तू रहने दे यार ! तू खिलंदड़ा है और तेरे लिखे रिपोर्ताज कोई छापेगा नहीं....फिर यह विषय गोपनीय है। जो हमें घुमा रहे हैं, वे नक्सलिए तय कर सकते हैं, वे ही जानें....तू आफत है, लौट जाना। लेकिन तूने यह जो हमारी जान बचाई है, इसके लिए हम तेरे कृतज्ञ हैं, इसके बदले तू आज यहां रहकर जितना चाहे, उधम मचा लें।''

''तो मेरी दौड़भाग का बस इतना ही इनाम मिलेगा?''

''इतना भी बहुत है वर्ना तुझे और तेरी प्रिया किशना को देखकर वे तुझे हलाक कर सकते हैं....क्रांति कोई कविता करना नहीं है, यह गंभीर गहन कार्य है।''

''तो मैं जाता हूं, उपकार भी करो और लांछित भी हो, वाह गुरु, क्या कहना है?''

तभी जनयुद्ध–ग्रुप का कमांडर आया जो अपने कुछ साथियों के साथ कृष्ण–निर्मल की यात्रा में सुरक्षा देता था। उसने रोहिताश्व को देखा, किशना और मोहना को। उसकी भृकुटि कमान सी चढ़ गई। उसने कृष्णगोपाल की ओर देखा। उन्होंने सारा हाल बताया तो वह खुश हो गया, बोला–''कामरेड रोहित, तुमने यह बढ़िया काम किया है लेकिन ये जरायमपेशा करने वालों को साथ क्यों लाए?''

''क्योंकि, इन्हीं के कारण आदिवासियों से उक्त जानकारी मिली, मुझे कौन इतना गुप्त रहस्य बताता?''

''अच्छा ? तब तो ये उपयोगी लोग हैं।''

किशना फुसफुसाई–''बड़े साहब और निरमलजी को मारने के लिए हमारा परिचित बेमन्ना आदिवासी और आपके दलम का दुश्मन कामरेड गजानन गढ़ाचिरौली करा तय किया गया है और वे नागपुर को चल पड़े होंगे।''

कमांडर ने कहा–''शाबाश, हम उन्हें जानते हैं। अब हम उन्हे देख लेंगे, तू बेमन्ना को पहचानती है?''

''क्यों नहीं, मैं चाहूंगी तो मैं उसे आपके दलम् में ला सकती हूं, वह मरा मुझ पर जान छिड़कता है।''

"तो तू यहीं रह और अपने जादू से बेमन्ना का मन बदल दे, रह गया, वह गजानन उसे मैं देख लूंगा।"

कृष्ण ने पूछा–"क्या उस गजानन से मेरी वार्ता नहीं हो सकती?"

"मैं करा सकती हूं उसी बेमन्ना में यह गुन है, वह मेरा पालतू है लेकिन वह आते ही फायर करने लगें तो?"

कमांडर ने बताया कि, "ऐसा नहीं होगा। वे भ्रम में हैं, शायद बातचीत से वह मान जाए। आपस में व्यर्थ खून–खराबी अच्छी नहीं।"

शाम को बेमन्ना किशना के पास आया। उसने हाल बताया और कहा कि, "वह गजानन हमारे किशनजी को गलत समझता है। वह आकर अपना मन साफ कर ले, बेकार में खून बहे, यह बुरा होगा। वह गजानन यहां से बच कर नहीं जा सकता। किशनजी और निरमल साहब की रच्छा के लिए कमांडर हैं।"

बेमन्ना चला गया और वह उस गजानन को ले आया। कमांडर ने उसे देखते ही गन तान ली और उसको कहा कि वह हथियार दरवाजे के बाहर रख दे, तब आए। गजानन ने यही किया और वह कृष्णजी के पास आकर बैठ गया। कृष्णजी ने अपना लिखा हुआ एक आलेख निर्मलजी को दिया, जिसे उन्होंने पढ़कर सुनाया। गजानन उसे सुन कर संतुष्ट हो गया। उसे एक प्रति दे दी गई। कृष्णजी बोले–"कामरेड गजानन, क्रांतिकारियों को आपस में लड़ना नहीं चाहिए। मैं और निर्मल, रोहिताश्व, सब क्रांति के समर्थक हैं, हमदर्द, हमराही। हम किसी एक दलम के पैरोकार नहीं, हमें जो जनहित में ठीक लगता है, उसका हम समर्थन करते हैं। आपको हमारे विवेक पर भरोसा करना चाहिए। विचार की आजादी देनी चाहिए....हम तो सभी इंकलाबियों के पक्षधर हैं....आपको गलतफहमी हुई है।"

"संभव है, ऐसा ही हो, बात यह है कि हमें लगा कि आप एक गुट के प्रचारक बन गए हैं और हमारी उपेक्षा कर रहे हैं....हमें आपको मारने के नहीं, आपको पहले जानने–समझने के आदेश हुए हैं और अब आपके विचार सुनकर, यह रपट पढ़कर हमें लगता है कि आप सही बुद्धिजीवी हैं....आप हमारे दलम् का भी तो निरीक्षण करें।"

"क्यों नहीं, हम तैयार हैं, हम भेदभाव से परे हैं।"

"तो ठीक है.... कमांडर यदि मान जाएं तो आप आज रात हमारे साथ चलें।"

"ठीक है, आप जीप का प्रबंध कर लेंगे या हम स्वयं करें?"

"कर लेंगे, हम जीप से ही तो आए हैं।"

"फिर ठीक है, हम चलेंगे पर हम अधिक समय नहीं रुक सकते। एक–दो दिन बाद हमें आप यहीं छोड़ जाएं। हम और निर्मल साथ चलेंगे, शेष सभी यहीं रहेंगे।"

"बहुत ठीक, अच्छा श्रीमान्, अब हम चलते हैं।"

वे चले गए। रोहिताश्व कुढ़ गया। बोला–"आप मुझे भी साथ ले जा सकते थे?"

"गजानन को आपत्ति न हो तो चलना, कमांडर से भी पूछ लेना।"

"जो हुक्म।"

गजानन के दलम की संरचना, कार्यविधि सब वैसी ही थी जैसी अन्य गुटों

की। कृष्णजी को सबसे मिलवाया गया। उन्होंने एक छोटा–सा व्याख्यान भी दिया। चर्चा हुई। कृष्णजी ने व्यवस्थाविरोधियों के बीच एकता पर बल दिया। कविता सुनाई, निर्मल ने भी।

दो दिन तक कृष्णजी उस गुट की कार्यशैली व कार्यनीति समझते रहे। उन्होंने क्या–क्या किया, यह सुनते रहे। वहां महिलाएं भी थीं। उनसे वह पूछते रहे कि दलम् में संबंध किस तरह बनते हैं। महिला कर्मांडर ने बताया कि जहां नर–नारी साथ रहते हैं, वहां सब होता ही है पर यहां प्रेम हो जाने पर विवाह करना पड़ता है। गर्भवती महिला कामरेड को गांव में उसके घर भेज दिया जाता है। फिर स्वस्थ होकर वे आ जाती हैं। आती–जाती रहती हैं। घेराव होने पर हम जंगल में छिप जाती हैं, जंग करती हैं। उन्होंने निशानेबाजी करके दिखाई। कृष्णजी प्रसन्न हुए। पूछा कि पुलिस रेड करती होगी, औरतों को पकड़ ले जाती होगी, तब उनके साथ दुर्व्यवहार होता होगा। उन्होंने बताया कि पुलिस तो बर्बर है, वह सब करती है पर हम बदला लेते हैं। वे हमें मारते हैं, हम उन्हें.... यह तो जंग है जो चलती रहती है। हम जब कमजोर पड़ते हैं या रेड की खबर लग जाती है तो अड्डे छोड़ देते हैं। वे चले जाते हैं, तब फिर आ जाते हैं। वे संख्या में थोड़े होते हैं तो हम उनके हथियार छीन लेते हैं। गांवों के लोग उनका घिराव करते हैं तो वे लाचार होकर लौट जाते हैं। जब कोई अधिकारी ज्यादती करता है तो हम शहर में जाकर उसे उड़ा देते हैं। मंत्री का अपहरण कर जेल में बंद साथियों को छुड़ा लेते हैं। वे हमसे डरते हैं, हम उनसे नहीं डरते।"

"विवाह के अलावा क्या यहां रोमांस नहीं होता?"

"होता है पर हम विवाह पर बल देते हैं। जो जिससे रोमांस करे, उससे वह विवाह कर ले.... नहीं माने तो उसे सजा मिलती है। हम व्यभिचार को बढ़ावा नहीं देते और हम सब एक दूसरे को जानते हैं कि कौन क्या कर रहा है तो भी हमारी गैर जानकारी में कुछ हो जाए तो हो जाए, क्या फर्क पड़ता है? कम्बख्त यह नर–नारी का नाता ही ऐसा है कि निगरानी के बावजूद कुछ न कुछ चलता ही है पर यहां जान की बाजी लगी रहती है सो ऐसे मामले कम ही होते हैं। सब अनुशासन को मानते हैं।"

कृष्णगोपाल संतुष्ट हुए और उनकी प्रशंसा करने लगे।

कृष्णजी और निर्मल वापस हो गए। अब कोई भय नहीं रहा। रोहिताश्व अपनी किशना और मोहना के साथ वापस हो लिए यों वह जिद करता रहा कि वह साथ चलेगा पर कमांडर दृढ़ था। उसने साफ कह दिया कि वह सिर्फ कृष्णजी और निर्मलजी को ले जाएगा।

मध्यप्रदेश और उड़ीसा के जंगलों में मुख्य रूप से आदिवासियों में नक्सली सक्रिय थे। वे वनसम्पति में ठेकेदारों और सरकारी अहलकारों से आदिवासियों को उनका हक दिलवाते और महाजनों को अधिक ब्याज न लेने देते। यदि कोई ऋण न लौटा पाता तो नक्सली उसे चुकाते या वसूली स्थगित कराते। आदिवासियों में शिक्षा, शराबबंदी, फिजूलखर्ची रोकने, बालविवाह बंद करने, चोरी–राहजनी से बचने जैसे सुधार के काम कराते। मध्यप्रदेश की सरकार का रवय्या औरों से अधिक अच्छा था। वहां जिलाधीश और दूसरे अधिकारी आदिवासियों के क्षेत्रों में विकास

के काम में दिलचस्पी लेते और क्रांतिकारी उसमें मदद करते–निकम्मे, रिश्वतखोर, बदमाश अफसरों को वे आतंकित करते और ऐसों को आदिवासी अपने विषैले तीरों का निशाना बनाते....।

वर्षा ऋतु वहीं बीत गई। आदिवासियों का विजय दशहरा देखकर वे शरद ऋतु में बिहार पहुंच गए। बिहार की भाषा समझ में आती थी और उधर कई परिचित लोग थे। धनबाद, हजारीबाग में नक्सलियों से मिलते हुए वे अंततः पटना पहुंचे, जहां कुमारेन्द्र पारसनाथ सिंह, मधुकर, धूमकेतु, हरिहरप्रसाद, हिमांशु श्रीवास्तव, राणा प्रताप, राजेन्द्रप्रसाद सिंह आदि ने 'व्यवस्था विरोध और साहित्य' विषय पर गोष्ठी का आयोजन किया था, कविता पाठ का भी। निर्मल और कृष्णगोपाल क्रांतिकारी यात्रा से लौटे थे सो उनके यात्रा–वृतांत भी सुनवाए गए जिनका समर्थन पारसनाथ सिंह ने किया किंतु कई साथी भुक्तभोगी थे। उन्होंने कहा कि कृष्णजी नक्सली क्रांति को रोमानी दृष्टि से देख रहे हैं।

डा॰ सुरेन्द्र चौधरी ने कहा–"बिहार में क्रांति जातिवाद का शिकार हो गई है। सी॰ पी॰ आई॰ ने एक राजनैतिक आधार बनाया था। उसे नक्सलियों ने तोड़–फोड़ दिया। और बिहार में नक्सलपंथी दलितों की पीठ पर हैं पर वे किसानों का भी उत्पीड़न करते हैं। इसलिए दलितों या हरिजनों में और यादवों–कुर्मियों–भूमिहारों के बीच जातियुद्ध हो रहा है। यह तो भ्रांति है, क्रांति नहीं।"

कुमारेन्द्र पारसनाथसिंह, राणा प्रताप, हरिहरप्रसाद और जनसंस्कृति मंच वाले तड़पे, कुमारेन्द्र ने कहा–"जाति की जंग तक क्रांति सीमित नहीं है। जंग ने सर्वाधिक दबे–कुचले दलितों को लामबंद किया है और यह भी सोचिए कि बिहार में 'जाति' की अवधारणा वर्ग में बदल गई है क्योंकि निम्न जातियां यहां सर्वहारा हैं....वे बराबरी चाहती हैं जो उच्च जाति के लोगों को मंजूर नहीं। वे चाहते हैं कि मुसहर चूहे खाते रहें, अधिकार न मांगें, जूते खाते रहें, समता न मांगे.... बिहार में भूमिहीनों को भूमि नहीं मिली। यहां भूमिसुधार हुए ही नहीं। बड़े भूमिपतियों का अधिकार है कि वे दलितों या भूमिहीन मजदूरों को न्यूनतम मजदूरी भी न दें और उनसे रातदिन काम लें, उन्हें मारें–पीटें, उन पर रौब पेलें....सरकार सम्पन्नों का साथ देती है इसलिए क्रांतिकारियों की टक्कर सत्ता से भी है और सम्पन्न उच्च भूमिधरों से भी....आप इसे जातियुद्ध नहीं कह सकते, जातियुद्ध भी इसका एक अंग है पर मूलतः यह वर्गसंघर्ष है और इसका प्रमाण यह है कि जनपक्षधर बुद्धिजीवी, लेखक, कवि, नाटककार उनके साथ हमदर्दी रखते हैं। डा॰ सुरेन्द्र चौधरी की कम्युनिस्ट पार्टी आफ इंडिया, सी॰ पी॰ आई॰ चुनाव के चक्कर में जनसंघर्ष से पृथक हो गई है। वह चुनाव जीतती है और असली वर्गसंघर्ष से अलग रहती है।"

निर्मल ओमप्रकाश ने कहा–"हमने जो देखा है, वह आंखें खोल देने वाला है। मुझे तो लगता है कि शोषित जनता यह पहचान गई है कि चुनाव का रास्ता अपनाने वाली साम्यवादी पार्टियां, समाजवादी और मध्यपंथी जनतंत्रवादी पार्टियां मूलतः व्यवस्था की रक्षक हैं, जनरक्षक नहीं। वे आंदोलन तो करती हैं, रैलियां लेकिन बिहार और उत्तर प्रदेश में जातिवादी राजनीतिबाजों से नहीं टकरातीं। दरअसल जो तथाकथित पिछड़ी जातियां हैं, अहीर या यादव, कुर्मी–गुर्जर ये तो गरीब नहीं हैं अतः सामाजिक न्याय या मंडलीकरण के नाम पर अपेक्षाकृत सम्पन्न जातियों को जो आरक्षण दिया गया है, वह न्यायसंगत नहीं है। ये लोग गुणवत्ता का नाश

करके, जड़ काट रहे हैं और ये जातिवादी नेता महाभ्रष्ट हैं, कांग्रेसियों से अधिक भ्रष्ट।''

इनमें शासक बन जाने पर भी शिष्टता या ग्रेस नहीं है और योग्य गुणवान लोगों को वंचित किया जा रहा है। लेखकों का दायित्व यह है कि पटरी से उतरे जनतंत्र को वापस्र लाइन पर लाएं और उसे जनोन्मुख बनाएं। यह तो है कि छोटी जातियां शोषित वर्ग सी प्रतीत होती हैं पर जाति के आधार पर क्रांतिकारी पार्टी चल नहीं सकती।''

मधुकर ने पूछा—''कृष्णजी, आप बताइए कि आरक्षण के बिना पिछड़ों को उन्नति के अवसर कैसे मिलेंगे?''

''देखिए उन्नति—प्रोन्नति का आधार कड़ी प्रतियोगिता में सफलता होनी चाहिए और उसके लिए पिछड़ों/दलितों या अब तक शिक्षा से वंचित वर्गों के छात्र—छात्राओं के लिए प्रति महाविद्यालय और विश्वविद्यालय में गहन शिक्षण का व्यापक प्रबंध होना चाहिए। प्राप्तांक का प्रतिशत कम करने की जगह गहन शिक्षा से उच्च अंक प्राप्ति की कोशिश होनी चाहिए, वर्ना अभियांत्रिकी, चिकित्सा, टकनालॉजी, विज्ञान में अयोग्यों की भरती करवा कर जो नयी पीढ़ी तैयार की जा रही है, उससे इन सेवाओं का सत्यानाश हो जाएगा। गुणवत्ता के स्तरसुधार के लिए वर्षों गंभीर अध्ययन प्रशिक्षण जरूरी होता है, उसका कोई विकल्प नहीं। हां, जहां योग्यता के लिए दीर्घ ट्रेनिंग जरूरी न हों, वहां आरक्षण चल सकता है पर वहां भी अल्पतम योग्यता बनी रहनी चाहिए। इसी को गुणवत्ता का जनतंत्र या मैरिटोक्रेसी कहते हैं। मैरिट और मनुष्यता, इनके बिना जनतंत्र चल नहीं सकता। जैसे साहित्य प्रतिभा की प्रतियोगिता का क्षेत्र है, उसमें आरक्षण नहीं चल सकता।''

''सवाल यह है कि प्रतियोगिता के लिए इतने गहन शिक्षण के लिए रुपया कहां से आएगा? यहां तो सरकार शिक्षकों को वेतन भी नहीं दे पाती?''

कृष्ण बोले—''लोहियाजी ने कहा था कि सरकारें उपभोग पर शुल्क लगाएं। जाहिर है, उपभोग, विलासिता, शान—शौकत की चीजें संपन्न वर्ग खरीदता है, आप उन पर टैक्स लगा दीजिए और वह अरबों रुपया बालकों की शिक्षा में प्रयुक्त कीजिए।''

हरिहरप्रसाद बोले—''पर वे उसे भी खा जाएंगे, नहीं?''

''तब तो इन्हें नक्सलपंथी ही ठीक करेंगे। भ्रष्टों और दुष्टों एवं निकृष्टों तथा नकटों का इलाज नक्सली ही करेंगे।''

कवितापाठ शुरू हुआ। कुमारेन्द्र पारसनाथ सिंह की कविता में कविता भी थी, कथ्य की क्रांतिकारिता भी। राणाप्रताप और अन्य जनसंस्कृति मंच वालों की रचनाओं में क्रांति का सीधा संदेश था, व्यवस्था—विरोधी आक्रोश। निर्मल ने 'कुछ हो रहा है' की उखाड़ू रचना सुनाई जो सराही गई। कृष्णजी ने 'शब्दों की मार' कविता पढ़ी—

''ऊपर शब्द, नीचे शब्द, इधर शब्द, उधर शब्द, बहलाव के शब्द, टकराव के शब्द, जोड़ने के शब्द, तोड़ने के शब्द, लगाव के शब्द, अलगाव के शब्द, हमदर्दी के शब्द, बेदर्दी के शब्द, पक्ष के शब्द, विपक्ष के शब्द, वाद के शब्द, प्रतिवाद के शब्द, मूल में शब्द, अनुवाद में शब्द....शब्द ही शब्द....शब्दों के महासागर में सत्य किसी सीपी में बंद उपेक्षित मोती—सा बंद है। शब्दों के विशाल पर्वत

के नीचे सत्य विस्फोटक परमाणु की तरह दबा पड़ा है। शब्दों से प्रदूषित वायुमंडल में सत्य एक ताजी हवा के झोंके–सा रास्ता तलाश रहा है। शब्दों के समुद्र में सत्य डूब रहा है। सत्य अकेला है। उसने अभी तक सिर्फ शब्दों की मार को झेला है।"

"यह हकीकत है, वाह कामरेड, यह सच्चाई है, शब्द नहीं अब कार्य की जरूरत है, एक्शन की।" मधुकर ने कहा।

मधुकर, धूमकेतु, हरिहरप्रसाद आदि ने कहानियां पढ़ीं। सबमें यथार्थ के रेखाचित्र थे, सही और प्रामाणिक किंतु धूमकेतु की कहानियों में सिर्फ दुःखग्रस्तों के दुःख थे, प्रतिकार नहीं था। कृष्णजी ने पूछा कि ऐसा क्यों है। धूमकेतु कभी प्रतिकार क्यों नहीं सुझाते?

मधुकर ने व्यंग्य किया–"यह मेरा मित्र धूमकेतु सरकारी हाकिम है, यह प्रतिक्रियावादी न होगा तो और कौन होगा?"

ठहाका लगा। धूमकेतु खिसिया गया–"यह मधुकर तो जातिवादी है। कहानीकार का काम असलियत को दर्पण दिखाना है, विकल्प राजनीतिवेत्ता पेश करें।"

गोष्ठी समाप्त हो गई। तब कुमारेन्द्र पारसनाथ सिंह कृष्णजी और निर्मल को अपने घर ले गए। वहां खा–पीकर यह सोचा गया कि नक्सलप्रभावित क्षेत्रों का भ्रमण कैसे कराया जाए? कुमारेन्द्र ने कहा कि वह स्वयं साथ चलेंगे या किसी कामरेड को भेज देंगे।

निर्मल और कृष्णगोपाल गया, जहानाबाद, भोजपुर आदि क्षेत्रों में घूमते रहे। गया में डा॰ सुरेन्द्र चौधरी ने वह भूमि दिखाई जो बौद्धमंदिर के महन्त की थी और जो बटाई पर किसान धान उपजाते थे, मजदूर काम करते थे, उनके पल्ले बहुत कम पड़ता था। तब सी॰ पी॰ आई॰ का दबदबा था। उसने यानी हम सबने आंदोलन किया। घेराव–अनशन और जब यह सब बेकार गया तब सी॰ पी॰ आई॰ ने लघु किसानों और मजदूरों का इस लंबी–चौड़ी जमीन पर बलात् कब्जा करा दिया जो अभी तक है। महंत ने मुकदमा चला दिया। पर जमीन पर कब्जा कृषकों का है जो कायम रहेगा। इस एक उदाहरण से यह स्पष्ट है कि सी॰ पी॰ आई॰ केवल नारे नहीं लगाती थी, एक्शन भी करती थी किंतु नक्सलियों ने गदर मचा दिया। अब वे कर्मियों, भूमिहारों से भिड़े हुए हैं। पर उन्होंने अपनी सेनाएं खड़ी कर ली हैं और खून बह रहा है। यह युद्ध सामंती दुर्गंध दे रहा है और इसका कोई अंत नहीं है। अराजकता फैल रही है।

कृष्णगोपाल बोले–"डा॰ सुरेन्द्र चौधरी, चुनौती तो यह है कि शासन, नेतावर्ग, नौकरशाही–न्यायालय–वकील–मुजरिम और वणिक यह परावलम्बी ढांचा है। पैरासाइट क्लास, यही मूलपरिवर्तन नहीं होने देता। इसे तोड़कर, नए सिरे से लोकसेवकों की संरचना करनी होगी। जवाहरलाल नेहरू नौकरशाही की जगह नयी रचना कर सकते थे, न्याय की नयी व्यवस्था कर सकते थे, पुलिस की, तब उनके प्रति जनश्रद्धा थी, वह तो जनता के तब माशूक थे पर उन्होंने यह नहीं किया, नहीं कर सके, सिर्फ समाजवादी भाषा बूंकते रहे। बिना चूल बदले, मूल संरचना बदले कायाकल्प संभव नहीं। आप सब प्रबुद्ध लोग हैं क्या बुद्धिजीवी, लेखक, पत्रकार आदि मिलकर आमूल परिवर्तन का आंदोलन खड़ा नहीं कर सकते?"

डा॰ चौधरी बोले–"कैसे होगा यह? सब विभाजित है, कलहग्रस्त, कलह क्रांति

का सबसे बड़ा शत्रु होता है। बुद्धिजीवी या तो तटस्थ पर्यवेक्षक हैं, हताश हैं या वे पार्टी के अनुसार विभाजित हैं और पार्टियों का विभाजन लगातार हो रहा है। लेखक भी इन दलों से नत्थी हैं। ऐसा नहीं है कि मूल ढांचे को बदलने के लिए आयोग न बने हों पर उन पर अमल नहीं हुआ। जो दल शासक बनता है, उसकी सारी शक्ति और शतरंज सत्ता को बचाने और अपना–अपना घर भरने में लगी रहती है.... मुझे तो लगता है कि भारत में जनतंत्र का कोई भविष्य नहीं है और यहां सैनिक तानाशाही का भय है जो और अधिक बुरा होगा।''

कृष्णगोपाल चिंतित हो गए, उनकी विषानुभूति बढ़ने लगी। उन्होंने कल्पना में देखा कि चारों तरह सैनिकशाही बूट की ठोकर से बात करती है। संचार माध्यमों की स्वतंत्रता छिन गई है। प्रतिपक्ष समाप्त हो गया है। चारों तरफ मुच्छड़–मुस्तंडे फौजियों का दबदबा कायम हो गया है। आंदोलन, प्रतिरोध और विरोध करने वालों की धुनाई होती है, रक्त बहता है और उन्हें जेल में सड़ाया जाता है। बुलट से वोट का अधिकार छीन लिया गया है और व्यक्तिगत आजादी पर पाबंदियां लग गई हैं। मानवाधिकार स्थगित कर दिए गए हैं। देश एक कारागार में बदल गया है....कृष्णजी बड़बड़ाए–''डा॰ चौधरी, भविष्य में मुझे सिर्फ मूंछें और बूट दीख रहे हैं। इससे तो वोट का राज्य अच्छा था। उसमें आजादी तो थी। पर लगता है कि तीसरा विकल्प ही कामयाब होगा, फौजी बूट का राज्य। वोट का राज्य असफल हो रहा है, क्रांतिकारी बुलट का राज्य अराजकता को बढ़ा रहा है और अराजकता में बूट का राज्य स्थापित होगा, नहीं?''

''मुझे तो यही लग रहा है, बंदूक की नली से क्रांति नहीं, गदर निकल रहा है और वोट से भ्रष्टाचार, अतएव फौजियों का बूट ही हमारा भविष्यफल है।''

निर्मल ने चिंता को भगाने के लिए अट्टहास किया–''कामरेड, मुझे किसी आविष्कारक वैज्ञानिक ने बताया था कि मूंछों को नष्ट करने के लिए एक विषाणु का प्रजनन हो सकता है। विषाणु लिया और फौजियों की मूंछों की ओर छोड़ दिया फिर वे मूंछें खा जाएंगे।''

और निर्मल हंस–हंसकर तिहरा हो गया। डा॰ चौधरी और कृष्णजी भी हहरा कर हंसने लगे।

17

पटना से निर्मल तो हैदराबाद चला गया और कृष्णगोपाल ने दिल्ली के लिए ट्रेन पकड़ी। गाड़ी की छुक्–छुक् ध्वनि में वह कभी 'चल–चल' सुनते, कभी 'चख–चख' कभी 'धक्–धक्', कभी 'फक्–फक्'.....कोई एक ध्वनि नहीं है, कोई एक स्पष्ट समाधान नहीं है। निर्मल ने पूरा साथ दिया, कितना कष्ट सहा और चलते समय उसकी आंखें भर आई थीं, जैसे यह मिलन अंतिम हो....कहीं यह ऐसा ही तो नहीं होगा? ओह, ये रिश्ते कितने विचित्र होते हैं। निर्मल को कहा तो था कि वह बदपरहेजी कम करे पर वह स्वयं भी परहेजगार कहां है? और परहेज करने से भी क्या फायदा? विभाजन बाहर ही नहीं है, भीतर भी है....कोई अज्ञात प्रेरणा है जो बुद्धि के परे है वरना मुझे क्या पड़ी थी? आखिर हासिल क्या हुआ? मनुष्य समाज की मुक्ति का

क्या ठिकाना....जो प्रत्यक्ष है, वह यह है कि लोग एक हों, पर एकता के लिए मनुष्य अपने अहम् को नहीं छोड़ पाता....क्रांतिकारी अपना सुख छोड़ देता है, प्रियजनों का साथ, उनका–भविष्य किंतु अहंकार नहीं त्याग पाता.... यह स्वभावगत अंतर्विरोध सबमें है फिर भविष्य की आशा का क्या आधार है?

कृष्णगोपाल का अल्सर कसकने लगा, जहर बढ़ने लगा। मुंह का स्वाद कड़वा हो गया। आजादी के पूर्व जिन्ना के अहंकार ने देश का विखंडन कराया और नेताओं के अहंकार के कारण दलों की बाढ़ आई और क्रांतिकारी कहलाने वाले सशस्त्र दृष्टि के इंकलाबी, अहम् के कारण एक नहीं हो रहे....कृष्णगोपाल को लगा कि उन्हें चक्कर आ जाएगा। उन्होंने अपना सिर ट्रेन की खिड़की पर रख दिया और तब उनको वमन हो गया। पेट में जो कुछ था, निकल गया। सहयात्रियों ने उन्हें पानी दिया, पीठ मली और उन्हें लिटा दिया।

अगले स्टेशन पर कृष्णजी ने ठंडा दूध मंगाया और पिया, दवा खाई। कुछ चैन मिला। उन्हें पेशाब की शिकायत भी महसूस हुई। यह नया विकार था। वह बार–बार लघुशंका के लिए जाते रहे। रुक–रुक कर पेशाब होता परंतु शंका दूर नहीं होती। उन्हें अचानक ज्ञानसिंह राठौर का किस्सा याद आया। ज्ञानसिंह जी सोवियत रूस गए थे। तब प्रधान खुश्चेव थे। ज्ञानसिंह को लघुशंका का रोग था। उन्होंने बताया था कि यदि यह फीलिंग सदा बनी रहे कि पेशाब की हाजत हो रही है तो न क्रेमलिन का रौब पड़ता है न खुश्चेव का, सब कुछ तकलीफदेह हो जाता है और मन करता है, काश, एकांत होता पर खुश्चेव में अद्‌भुत सामान्य ज्ञान और खुलापन था। ज्ञानसिंह बार–बार पहलू बदलते, उठ–उठ कर लघुशंका के लिए जाते तो खुश्चेव ने कहा कि क्या बात है। पता चलने पर उसने अपना निजी बाथरूम खुलवा दिया। तब ज्ञानसिंह को चैन आया। वह बीमारी मुझे भी लग गई है, ऐसा लगता है। यह यकीनन दीर्घ यात्रा–अवधि में असंयम से हुआ है। अब पेट के फोड़े के अलावा इसका इलाज भी कराना पड़ेगा....क्या काल मेरे भीतर तोड़–फोड़ करने लगा है? अभी तो बहुत कुछ करना था....अभी तो जो करना था, उसकी शुरुआत हुई थी पर शायद काल नहीं चाहता कि मैं रहूं या यथास्थिति को क्षुब्ध करूं....मनुष्य इसी बिन्दु पर लाचार होता है और जैसे ही व्याधियां घेरती हैं, प्रियजनों के बिंब आते हैं.... उर्मिला के बिंबों ने एक क्षण को भी मुझे नहीं छोड़ा ....जिस तरह चरखी घूमती है, लगातार उसी तरह उसका चलचित्र चलता रहा और मुझे व्यस्तता के कारण उस पर अनुचिंतन का अवकाश भी नहीं मिला। उसके साथ पत्र–व्यवहार का भी समय नहीं मिला। दो–चार पत्र ही लिखे जा सके। कृष्णजी को उर्मिला के कुपित मुख का स्मरण हो आया। वह कोप में कितनी मनमोहक हो जाती है और प्रसन्न होने पर ऐसा लगता है गोया प्रखर धूप के आतप–ताप में इंद्रधनुष खिंच गया हो, या सूखा में अकस्मात् फूलों की क्यारियां उदित हो गई हों, आह, नारी भी क्या अद्‌भुत रचना है और वह बेचारी क्या जाने कि हमने क्या देखा और भोगा है....तभी उस किशना का रूप, उसका नटखटपन, खुलापन चेतना में उभरा....उर्मिला और किशना, आरती और उर्मिला, विमला और इला....क्या आश्चर्यजनक विरोधी रंगों का मेला है, यह जीवन और उधर यह युगबोध, जटिल पहेली जैसा दुर्गम अव्याख्येय, इन दो पाटों में मैं कितना पिसा हूं और उसका कोई ओर–छोर नहीं। लगता है, मैं थक गया।

पुराना बल स्मरण कर मैं प्रत्येक स्थिति का निर्वाह तो कर लेता हूं पर निभाना तो आनंददायक अनुभव को भी आफत में बदल देता है....अब मुझे करना यह है कि दिल्ली, जयपुर, आगरा और अन्यत्र सामाजिक चेतना से सम्पन्न युवजनों के दस्ते तैयार करूं और वे पहले सामाजिक–राजनैतिक मुद्दों पर जनतांत्रिक संघर्ष करें। जहां यह लगे कि कानूनन अपराधी को सजा दिलाना संभव नहीं, वहां नक्सली तरीका आजमाया जा सकता है पर क्या वे मेरे द्वारा प्रेरित लोग यह कर सकेंगे?

लोगों में यह चेतना जगाना कितना कठिन है। चेतना तो हमजिन्सों तथा अन्य प्राणियों के प्रति संवेदनशीलता पर निर्भर है और यह संवेदन का प्रश्न बहुत कठिन है। मां अपने शिशु के प्रति संवेदनशील होती है। उसमें पराए बच्चों के प्रति एक अमूर्त स्नेह भी होता है किंतु वह केवल अपनी संतान के लिए सचेष्ट रहती है। मां की संवेदना का विस्तार करना मुश्किल है। इसी तरह लोग हैं, वे अपने–अपनों के प्रति हस्सास तबीयत के होते हैं, पर उनकी मोहब्बत सारे जमाने के लिए हो जाए, यह दुर्लभ भावना है। आप पहले तो चेतना से, विवेक–विज्ञान–मार्क्सवाद से प्रवृत्ति प्रवाहपतित व्यक्तियों की चेतना को विस्तार दो। फिर उनकी संवेदना को। फिर उनमें साहस पनपाओ....नहीं, यह मुझसे नहीं होगा, होगा तो अल्प मात्रा में, जहां–तहां किंतु गीता में कृष्ण ने कहा कि इस चैतन्य की, निष्काम कर्मयोग की अत्यल्प मात्रा भी वंदनीय होती है....एक बार शुभारंभ हो जाए तो फिर वह अपनी गति स्वयं पकड़ लेती है.... और वह डा॰ उद्धव क्या कर रहा होगा? किसी नए प्रोजेक्ट में अहर्निश जुटा होगा, बीच–बीच में निजी स्तर पर दग्ध–मुग्ध हो–होकर कविता लिख रहा होगा, उसका दिमाग ओवरचार्ज्ड (अतिसक्रिय) है सो वह उससे घबराकर इला की सोहबत खोजता होगा और वह इला उसके अतिदीप्त मस्तिष्क के कोष्ठकों को शांत कर देती होगी, उसका ध्यानांतरण कर देती होगी, वह सम्मोहिनी इला। वह कितनी मूडी है, सुहागरात को नाटक करके गुजार दिया, उद्धव को कितना छकाया उस जादूगरनी ने और दूसरे दिन हम सबको भगाती रही, तब उसने सहजता अपनाई....उद्धव सब तरह से सफल रहा। मैं अधिक लिख–पढ़ नहीं सका, लोकसेवा के भंवरजाल में गोते खाता रहा। अपने को अपने से रगड़–रगड़ कर कुछ रचनाएं निकाल सका, जिनकी चमक को सिर्फ उद्धव समझता है। मेरा सृजन तो विष के समुद्र को मथ–मथ कर निकला हुआ व्यंग्य है। उद्धव सही कहता है कि मैं व्यंग्यकार हूं, कवि नहीं.... कभी सकारात्मक भावनाओं को बांधने का अवसर ही नहीं पा सका, सर्वदा सबको सताता ही रहा, जिन्हें सहलाना चाहिए था, उन्हें भी मारता रहा और अभी भी मारण–योग साधने के लिए कृतसंकल्प हूं।

उद्धव मेरी व्याख्या करेगा कि मैंने अग्नि जलाई है, मैं अग्नि को लानेवाला हूं, मैं अंगिरा हूं, प्रोमीथियस, कविता के क्षेत्र में विक्षुब्ध कविता का सर्जक जो अग्नि की अनवरत धधक से उपजती है किंतु क्या मैं इसलिए जन्मा था कि लोगों के अंतःकरण की भट्टियां जलाता रहूं और उनका धुआं पीता रहूं? मुझसे तो छायावादी भले थे कि सौंदर्य का पान करते रहे....कनक किरणों के अंतराल में गतिशील सुंदरता को निरखते रहे और उसे चेतना का उज्ज्वल वरदान कहते रहे.... मैं उस वरदान से सर्वथा वंचित तो नहीं रहा, उर्मिला में वह मैंने पाया, एक हद तक आरती

में....उसकी झलक मैंने रामदेई में भी देखी थी, शुरू में वह विमला में भी थी पर मैं किसी के लिए अपने को अर्पित नहीं कर सका, सदा अपनी चेतना से व्यग्र और उग्र मैं उनको संतप्त या वंचित ही करता रहा....मैं अजीब चीज हूं, किंतु डा॰ उद्धव इसे मेरा गौरव मानेगा, कहेगा कि मुझमें सरहपा, कबीर, निराला, नजरूल इस्लाम करवटें बदल रहे हैं यह कि मैं विक्षुब्ध आत्मबलिदानी, हुतात्मा हूं....वह उद्धव शायद चाहता होगा कि वह मेरे जैसा फक्कड़ जीवन जीता पर वह विद्वान्, लेखक और कवि होकर रह गया। शायद इसीलिए जो मुझे मेरा वहम लगता है, वह उसे महिमामय जान पड़ता है। मैं चाहता था, मैं उद्धव जैसा बनता पर वह चाहता है कि वह मेरे जैसा हो जाता....ह, हः ह, ह, यह खूब रही....हम सब अधूरे मतीरे हैं, अधपके, मतीरे या तरबूज रेगिस्तान की तप्त बालू में पककर मीठे होते हैं और मरूस्थली लोगों की भूख और प्यास मिटाते हैं लेकिन मैं तो किसी की प्यास नहीं बुझा सका....लगता है कि मैं जंगली जानवर लक्कड़बग्घा हूं जो कुत्तों को नहीं, अपनों को खाता है। जो मिला, उसे तमचियाया, कइयों का नाश्ता कर गया, कइयों को डिनर में खा गया और वे मेरे द्वारा खाए गए मेरे भीतर पचे नहीं, फोड़े बन गए और अब वे पक रहे हैं, दर्द दे रहे हैं....यह अल्सर नहीं, मेरे परपीड़न का कर्मफल है। यह दवा से न फूटता है, न फटता है, बस बढ़ रहा है....मेरे एकमात्र पुत्र डा॰ पुरंदर ने अमरीका से दवा भेजी थी। उससे आराम मिला है, उसने यही एक अच्छा काम किया वरना वह घरवालों के किसी काम नहीं आया। इकलौते लड़कों को यह भान हो जाता है कि हर हालत में माता–पिता उस पर जान न्यौछावर करते रहेंगे इसलिए वे उनकी परवाह नहीं करते। वह जानते हैं कि उनका होना ही माता–पिता का सबसे बड़ा सुख है। इकलौता पुत्र सेवा क्यों करे जब वह अपनी विद्यमानता से जनक–जननी को उपकृत कर रहा है। वाह रे वात्सल्य, तूने मुझे और विमला को कितना दुःख दिया।

....पुरंदर का कैरियर बन गया। वह डिग्रीधारी होकर विदेश में पद पा गया। अब उसे क्या चिंता है। वह वहां मौज कर रहा है, सुंदर और स्वस्थ और हम उदर में फोड़ा पाले हुए यहां हूक रहे हैं–वह चाहता तो मुझे उत्तरी अमेरिका ले जाकर मेरा इलाज करा सकता था पर मैंने ही मना कर दिया। मेरी जान को इतने झंझट हैं कि स्वस्थ होकर मैं करूंगा भी तो क्या? और कहीं वह भी है कि मैं एकमात्र पुत्र को क्यों परेशान करूं....अभी–अभी तो वह बेचारा लगा है। वह चाहे जैसा हो पर पढ़ने में श्रेष्ठ निकला, मेरी शिक्षा–दीक्षा तो अधूरी रही पर वह पट्ठा हैरान तो करता रहा पर पढ़ने में दत्तचित्त रहा....वह इस मुल्क से चिढ़ता है। वह यहां आकर क्या करेगा? यहां न स्वच्छता है, न भविष्य के अवसर, गुण की यहां कद्र नहीं, बढ़िया वेतन नहीं, वैज्ञानिक कार्य करने की सुविधाएं नहीं, कुछ नहीं....वह कहता है कि यहां मंदमेधावी, मिडियाकर ही रह सकते हैं, ठीक कहता है। मुझ जैसों को वहां कौन पूछेगा? वे उन्नत देश हैं, वहा प्रतिभा की, प्रवीणता की खोज होती है और वे चुन–चुन कर युवा प्रतिभाओं को रखते हैं। नए–नए आविष्कार करते हैं, इसीलिए उनका विश्वभर पर प्रभुत्व है। वे न धर्मान्ध हैं, न परलोकवादी। वह इस लोक का जीवनस्तर उठाना चाहते हैं, भारतीय तो इस धराधाम पर रहते ही नहीं, झूठ बोलते हैं, रिश्वत खाते हैं, हरामखोर हैं, बेईमान, निकम्मे, बस धर्म की अफीम में स्वर्ग पाने के लिए तीर्थों–कुम्भ के मेलों मस्जिदों–मंदिरों–समाधियों में भटकते हैं। वे दक्ष नहीं बनना चाहते, विज्ञान और तकनीक

में स्पर्धा नहीं करते, स्पर्धा अंधविश्वास की है, साम्प्रदायिक कट्टरता की और उसे वे संस्कृति कहते हैं। पूर्वजों के ज्ञान–दर्शन–सृजन–कला–साहित्य स्थापत्य पर गर्वीले मगर स्वयं सिर्फ अनुकरणशील....बेवकूफ इस सदी में भी मध्ययुगों की तरह मजहब के लिए लड़ते रहते हैं, भूखे–नंगे–गंदे–झूठे–मक्कार और पाखंडी.... वाह री भारतीय संस्कृति जिसमें इतना भेदभाव, अस्पृश्यता, जातिवाद.... । धर्म एक अनुभूति है, आरपारी दृष्टि और अनुभव, पर धर्म के नाम पर कठमुल्ले और पंडित तथा अब वोटबटोरू राजनीतिबाज....गजब है. ...वह मेरा पुत्र पुरंदर सही कहता है कि इस देश का कोई भविष्य नहीं....यह सदा भिखारी होकर भूतकाल में रहेगा, कर्जदार, याचक, गरीब, स्वाभिमानविहीन, साले क्रांति भी करेंगे तो भी मिथ्या अहंकार नहीं छोड़ेंगे....कृष्णगोपाल को पुनः कै हुई। वह ओ–ओ कर ओकते रहे, पिया गया दूध निकल गया और वह बेदम होकर गिर गए।

अबकी बार अशक्तता के कारण वह सो गए और सौते रहे।

टूंडला में उनकी आंख खुली। वहां ठंडा दूध, डबलरोटी ली। कुछ अखबार खरीदे और उनमें रम गए। अंततः वह दिल्ली जा लगे। थकावट और दुर्बलता से, खड़े होने पर तारे से दीखे पर संभल गए और सामान लेकर प्लेटफार्म पर आए। पटना से उर्मिला को तार दे दिया था सो वह कार लेकर आई थी। वह गुस्से में तनी हुई वलभा की तरह बलात् मुस्कराई, स्वागत किया पर कृष्णजी को देखते ही उसका क्रोध दूर हो गया। वह तो बीमार हो गए थे। उसने पूछा–"क्या हो गया आपको, गनीमत है कि आप जैसे भी हैं, मुझे मिल तो गए....मैं तो आशंकित थी कि..... ।"

और वह उर्मिला फफक उठी, कृष्णजी स्तब्ध। किसी तरह भीड़ में आत्मनियंत्रण कर वे कार तक आए और उर्मिला के बंगले के लिए दौड़ शुरू हुई।

घर आकर उर्मिला ने कहा–"आप शेव कर लीजिए, स्नान और फिर हम अस्पताल चलेंगे.... यह बार–बार लघुशंका के लिए जाना किसी रोग का लक्षण है ....कहीं प्रोस्टेट ग्लेंड तो खराब नहीं हो गया? हे भगवान अब क्या होगा?"

"प्रोस्टेट ग्रंथि कोई ऐसी बड़ी व्याधि नहीं है, उसका आपरेशन हो जाता है, एक्सरे कराना पड़ेगा।"

"वहां सब हो जाएगा, चलें?"

कृष्णजी बोले–"पहले आरती को फोन कर दें, वह वहां अखिल भारतीय आयुर्विज्ञान अस्पताल के डाक्टरों में कुछ से परिचित है। पहले जांच हो जाए तब जो हो ....साहिबाबाद में विमला को खबर की जाए....वह बेचारी हमें तो मरा मान बैठी होगी यों हमने उसको पत्र लिख दिया था। डा॰ पुरंदर का फोन नंबर है, न्यूयार्क में रात को फोन कर देंगे। जयपुर भी फोन करना है, डा॰ उद्धव को, इला को।"

उर्मिला ने नौकरी से अवकाश ले लिया और फोन पर बैठ गई।

आरती कार लेकर आ गई। दोनों कारें अस्पताल को चलीं। वहां पहुंचकर, मूत्रविज्ञान–यूरोलॉजी विभाग में जाने को कहा गया। वहां जांच हुई। एक्सरे किया गया और उसका अध्ययन किया गया। पता चला कि प्रोस्टेट का आपरेशन होगा और वह भी तुरंत। डाक्टरों ने बताया कि कृष्णगोपाल को अविलम्ब भरती हो जाना चाहिए। तय पाया कि एक–दो दिन बाद एडमिशन ले लिया जाएगा। उन्हें दवा दी गई, कुछ लिख दी गई और प्रवेश की तिथि तय कर दी गई। सब घर लौट आए। न्यूयार्क फोन किया गया। डा॰ पुरंदर मिल गया। उसने कहा कि वह पेट के फोड़े

की अचूक दवा भिजवा रहा है लेकिन वह तुरंत भारत नहीं आ सकता। वह बाद में आएगा, तब तक आपरेशन करा लिया जाए। आपरेशन मामूली है, कोई चिंता करने की जरूरत नहीं है। कमजोरी दूर करने के लिए कुछ दिनों अस्पताल में रहना पड़ सकता है। डा॰ पुरंदर ने यह भी बताया कि वह डालर भी भिजवा रहा है ताकि इलाज में रुपये की कमी न आए।

दवा खाकर कृष्णगोपाल सो गए। उर्मिला भोजन आदि के कार्यों में व्यस्त हो गई। पुनः कृष्णजी को जगाकर समय पर उन्हें खाना खिलाया गया। शीतकाल की ऋतु थी। दवा और भोजन से कृष्णजी की हालत में कुछ सुधार आया।

वह कहने लगे–''उर्मिला, प्रधानमंत्री के क्या हाल हैं?''

''मुझे लगता है कि वे दुश्मनों से घिरे हुए हैं और उनके साथ कुछ भी हो सकता है....वे दक्षिण के दौरे पर जा रहे हैं....बात यह है कि उन्होंने श्रीलंका में लिट्टे, उन तमिल बागियों के विरुद्ध भारतीय सेना भेजी थी क्योंकि तमिलों का नेता प्रभाकरन अपने प्रधानमंत्री की कोई भी बात नहीं मानता था। वह मान जाता तो समझौता हो सकता था, पर वह अजीब जिद्दी और नृशंस व्यक्ति है। भारतीय सेना भेजनी पड़ी। इससे प्रभाकरन बदला लेना चाहता है, मुझे तो डर लग रहा है।''

''चिंता मत करो, जो होना होगा, वह अवश्य होगा। तुम्हारी जयपुरवाली नौकरी गई या वह अभी भी है?''

''वह है, अभी भी क्योंकि प्रधानमंत्री कार्यालय ने जयपुर की कम्पनी के मालिक को कह दिया था कि वह उर्मिला की सर्विस को सुरक्षित रखे और उसकी अनुपस्थिति को अवकाश मान लिया जाए सो वह जयपुर की नौकरी सुरक्षित है लेकिन आप यह क्यों पूछ रहे हैं?''

''ऐसे ही....यहां दिल्ली की जो राजनीति है, वह अस्थिर है, क्या पता क्या हो जाए? जयपुर जाना पड़ सकता है, मेरा कोई ठीक नहीं।''

''आप ऐसा क्यों सोचते हैं, प्रोस्टेंट के सैकड़ों आपरेशन रोज होते हैं। आपका भी हो जाएगा। न्यूयार्क से दवा आती होगी। पेट का अल्सर काबू में आ जाएगा, आप चिंता क्यों करते हैं?''

''तुम यहां मेरे पास आकर बैठो....मुझे बहुत दूर का दीखता है, बताऊंगा, आओ।''

उर्मिला शैया पर कृष्णजी के पास गई और कृष्णजा के साथ लेट गई। उन्होंने उसको अपने हृदय से लगा लिया और लगाए रहे। उर्मिला कृष्ण के हृदय की धड़क सुन रही थी और चुप थी। वह जानती थी कि कृष्णजी स्वयं वह कहेंगे जो वह कहना चाहते हैं पर कृष्णगोपाल उसी स्थिति में रहे। उर्मिला समझ गई कि कृष्णजी सोच रहे हैं।

कृष्णगोपाल बहुत देर तक मौन रहे। फिर वह अकस्मात् बोले–''उर्मिला, क्या अस्पताल के डाक्टर विश्वसनीय हैं?''

''क्यों भला, यह देश का सर्वोच्च हास्पिटल है, वहां अविश्वसनीयता का प्रश्न ही नहीं उत्पन्न होता...आपको अविश्वास की बात कैसे सूझी?''

''पता नहीं, अच्छा यह बताओ कि जयपुर के माफिया के अपराधियों ने तुम्हारा कभी पीछा तो नहीं किया?''

''नहीं, लेकिन मुझे यह लगता रहा कि हम उनकी निगरानी में अवश्य हैं.

...आप तो अचानक लुप्त हो गए थे.... फिर वे क्या करते? तथापि सर्वथा अपरिचित लोग जब–तब हमारी तांक–झांक करते रहे हैं पर उन्होंने कुछ किया नहीं, शायद प्रधानमंत्री का भय होगा और यहां प्रहरी भी थे ही।"

"इसका मतलब है कि मेरे यहां आ जाने पर वह अब कुछ कर सकते हैं।"

"क्या करेंगे, यहां सुरक्षा गार्ड हैं, और हम सावधानी बरतेंगे।"

"मान लो, वह उस डाक्टर से मिलें जो मेरा आपरेशन करेगा। निश्चित हो गया कि किस डाक्टर के अंतर्गत हम रहेंगे?"

"अभी तक तो नहीं, अस्पताल में एडमिट हो जाने के बाद ही तय होगा, क्यों आप क्या यह सोचते हैं कि वे शत्रु डाक्टर को रिश्वत देकर आपका आपरेशन खराब करा देंगे?"

"कुछ भी हो सकता है।"

उर्मिला कांप गई। किंतु आपरेशन में किसी षड्यंत्र की बात उसके गले नहीं उतर रही थी। वह बोली–"आप उस खतरनाक यात्रा में कष्ट झेलकर अधिक संवेदनशील हो गए हैं।"

"तुम्हें मालूम है कि मैं मरने से नहीं डरता। मैं तो क्रांतिकारियों के मध्य रहा हूं....वहां कुछ भी हो सकता था पर मैंने परवाह नहीं की लेकिन डाक्टर यदि उन अपराधियों से मिल गया तो बेमौत मरना पड़ेगा....।"

"कुछ नहीं होगा। यदि सर्वोच्च हास्पिटल में यह होने लगा तो आखिर नागरिक कहां जाएं?"

"कहां जाया जा सकता है....? साहिबाबाद में एक नर्सिंग होम है, यूरोलाजी का, वहां का डाक्टर मेरा मित्र है। उससे बात की जाए....मैं सोचता हूं वह अपराधियों के चक्कर में नहीं आ सकता....पर यह तो दिल्ली है। यहां किसी का भरोसा नहीं ....खैर छोड़ो, पहले यहां का राह–रंग देख लें....काश, विमला को खबर हो जाती।"

"मैं उन्हें यहां ले आऊं?"

"नहीं, यहां नहीं, पहले अस्पताल में मैं भरती हो लूं, तब।"

"ठीक है, यही सही, अब आप सो जाएं, इससे तबियत बहलेगी।"

कृष्णगोपाल चुप रह गए किंतु उन्होंने उर्मिला को उठने नहीं दिया। वह इस तरह उसे जकड़े हुए थे जैसे यह अंतिम आलिंगन हो। पुनः उनकी आंख लग गई। उन्हें सोता हुआ समझकर उर्मिला धीरे से उठी और कृष्ण की बांहें पृथक कर वह दूसरे कमरे में फोन करने चली गई। वह चिंतित थी कि माफिया के अपराधी डाक्टर से मिलकर कृष्ण का आपरेशन बिगड़वा सकते हैं। उसने एक आला अफसर को फोन कर सारा हाल बताया और षड्यंत्र की आशंका भी। वह प्रधानमंत्री कार्यालय का बड़ा अफसर हंसने लगा।

"उर्मिला जी, कृष्णजी की बीमारी से आपका दिमाग चल गया है, तथापि मैं हास्पिटल के इंचार्ज से यह बात कहे देता हूं, आप चिंता मत कीजिएगा।"

उर्मिला निश्चिंत हो गई। वह अन्य मित्रों–परिचितों को फोन करती रही। उधर कृष्णगोपाल स्वप्नस्थ हो गए। उन्होंने देखा कि वह एक मरूस्थल में हैं और अकेले हैं। कड़ी धूप, तेज बालू भरी हवाएं चल रही हैं। वे टनों रेतों को उठाती हैं, टीले बनाती हैं और फिर उन्हें उड़ा ले जाकर अन्यत्र टीले रचने लगती हैं। वह तीव्र वेगवाली हवाओं से बचने के लिए एक पर्वताकार टीले की बगल में बैठ जाते हैं। उन पर

लगातार रेत गिरती जाती है और गरदन तक कृष्णगोपाल बालू में बंद हो जाते हैं। वह उससे निकलना चाहते हैं किंतु निकल नहीं पाते। वह किसी तरह हाथ निकालकर अपने पर लदी बालू को हटाने लगते हैं, थक जाते हैं। किंतु तब तक उससे अधिक बालू का ढेर उन पर गिर जाता है। वह बालू उनके कंठ में, नेत्रों में, कानों पर सवार हो जाती है। और उनका दम घुटने लगता है। पुनः वह अचेत हो जाते हैं। उन्होंने देखा कि कोई काला–सा भयंकर आदमी उनके प्राण खींच कर कहीं लिए जा रहा है। वह उससे चिरौरी करते हैं कि वह उन्हें छोड़ दे। उन्हें बहुत–सा कार्य करना है, किंतु वह यमदूत उन्हें नहीं छोड़ता। वह ठहाका लगाता है और यमपाश से उन्हें कसता है। वह अंततः विवश हो जाते हैं। पुनः वह यमदूत उन्हें शायद यमराज के सामने लाता है। यमराज हंसता है–"तो तुम हो कृष्णगोपाल, सब उलटने–पलटने चले थे, तुम।"

कृष्णगोपाल ने जवाब दिया–"यमराज, मृत्युलोक में आपने दादागिरी मचा रखी है। मैं आपकी व्यवस्था का विरोधी हूं।"

"यानी, तुम मेरी व्यवस्था मिटा कर नई रचना करोगे, क्या करोगे भाई?"

"मैं यह करूंगा। मैं अकालमृत्यु नहीं होने दूंगा....बल्कि, मैं तो यह चाहूंगा कि मृत्यु हो ही नहीं, हां जो जीने से ऊब जाएं, उन्हें बेशक धरती से हटाया जा सकता है.... आप तो बच्चों को भी मार डालते हैं, युवकों को.... आप अन्यायी हैं, अत्याचारी हैं। मैं आपके विरुद्ध गदर करा दूंगा। यमदूतों का संगठन बनाकर विद्रोह मचा दूंगा....आप बुरों को नहीं मारते, भलों को ही खत्म कर देते हैं....मैं तो पृथ्वी को स्वर्ग बनाने के सपने देख रहा था, कुछ कर भी रहा था पर आपने तो मुझे ही समाप्त करने यमदूत भेज दिया।"

यमराज डरावनी हंसी हंसा और लाल–लाल आंखें निकालकर बोला–"कृष्णगोपाल, तुम्हारा नाम अच्छा है, तुम अच्छे मानव हो। तुम्हारे असामयिक वध का कारण यह है कि तुमने मृत्युलोक को अमरलोक बनाना चाहा, यह कि तुममें प्राणियों के प्रति अनावश्यक करूणा है जो ब्रह्मा ने ही विषम, विचित्र सृष्टि रची है तब तुम समता क्यों चाहते हो?"

"यमराज जी, ब्रह्मा की सृष्टि तो निरर्थक है, एब्सर्ड.... एक जीव बनाया और उसका शत्रु उसके पीछे लगा दिया, चूहे के पीछे बिल्ली, बिल्ली के पीछे कुत्ता, कुत्ते के पीछे चरख या लक्कड़बग्घा....हिरण जैसा सुंदर जानवर बनाया पर उसके भक्षक रच दिए, तेंदुए, चीते, बाघ, सिंह....यह क्या सृष्टि हुई....वह ब्रह्मा एक खराब रचनाकार है। आप उसका वध कीजिए।"

यमराज को मजा आ गया। सोचा, बहुत समय के बाद एक दिलचस्प मरणधर्मा मिला है। पूछा–"अच्छा, आप सुधार सुझाइए.... ब्रह्मा पर तो हमारा वश नहीं। उसने तो हमें भी रचा है। उसका वध हम नहीं कर सकते। हां, वह चाहें तो हमें अपदस्थ कर सकते हैं....खैर, मैं आपके सुझावों पर विचार तो कर ही सकता हूं।"

"श्रेष्ठ मस्तिष्क वालों को नहीं मारा जाए, सोचिए, वैदिक ऋषि, उपनिषदों के वेदांती, राम, कृष्ण, गांधी, आइन्सटीन, कालिदास, सूर, तुलसी, कबीर–इन सबको छोड़ दिया होता तो मृत्युलोक सुधर सकता था। आप सुधारविरोधी, यथास्थितिवादी, प्रतिक्रियावादी और लकीर के फकीर हैं....आप तो धर्मराज भी कहलाते हैं, यही है आपका धर्म?"

यमराज बोले—"मृत्यु न आती तो सृष्टि में कूड़ा एकत्र हो जाता और श्रेष्ठ न मरते तो उनका स्थान अन्य श्रेष्ठ कैसे लेते? एक ही ऋतु रहती, एक जैसे लोग तो आप जैसे कवि बोर न हो जाते.... नित्य नयी रचना, यही तो हमारा कार्य है। अच्छा, तुमने हमारा मनोरंजन किया है, तुम्हें थोड़ा समय और दिया जाता है पर मरने के लिए, जीने के लिए नहीं। अब जाओ और प्रिय जनों से विदा ले लो, दवादारू से संतोष प्राप्त कर लो पर याद रहे, तुम्हारा हिसाब तैयार हो गया और तुम्हें यहां आना ही है, शीघ्र अतिशीघ्र।"

कृष्णगोपाल, इस सपने से पसीने—पसीने हो गए। उन्होंने उसी भयकंपन में उर्मिला को पुकारा। वह भागती हुई आई।

"आप मेरा नाम सपने में पुकार रहे थे, क्या भयावह स्वप्न देखा था?"

"हां, वह सचमुच भयावह था।"

"मुझे सुनाइए !"

"नहीं, वह सुनाने योग्य नहीं पर उर्मिला, मैं बचूंगा नहीं, तुम क्यों यह दौड़—भाग कर रही हो?"

"आप विवेक खो रहे है, जिसे आपने कभी नहीं खोया। आप खुश हो जाइए, जयपुर से डा० उद्धव आ रहे हैं, इला भी। वे चल पड़े हैं।"

"वे व्यर्थ परेशान हो रहे हैं।"

"और विमला दीदी पहुंचने वाली ही हैं। आपने तो रोका था पर मैं अपने को रोक नहीं सकी।"

शाम तक विमला साहिबाबाद से आ गईं। उन्होंने उर्मिला को देखा, बोली—"उर्मिला, तुम तो इतनी सुन्दर हो कि कृष्णजी ने ठीक ही किया। भला, राधा के बिना कन्हैया कैसे रहते....बहिन, हां—हां, तुम मेरी बहिन ही हो.... जो सेवा मुझे करनी थी, वह तुम कर रही हो।"

"नहीं दीदी, मैं तो कुछ भी नहीं कर पा रही। मेरे तो हाथ—पैर फूल गए हैं।"

उर्मिला, विमला को कृष्णजी के पास ले गई। उन्हें देखते ही विमला बुक्क फाड़कर रोने लगी।

"हाय, क्या हो गया आपको? अब मेरा क्या होगा? और आपने इस देवकन्य सी उर्मिला को अपने में उलझाकर इसे कहीं का नहीं रखा....अब इसका क्य होगा? मेरा क्या है, मैं तो अभिशप्त जीवन जी रही थी, अब भी जी लूंगी किंतु तुमने इस बेचारी के साथ बहुत बुरा किया....अब यह किसके सहारे जिएगी।'

और विमला ने जो रुदन शुरू किया तो वह समाप्त ही न होगा, ऐसा लगा। कृष्णजी ने कष्ट के साथ कहा—"विमला, मैं शायद बच जाता पर मैं तुम्हारे इस चीत्कार से निश्चय ही मर जाऊंगा, प्लीज, चुप हो जाओ....अभी मैं जिंदा हूं।"

विमला उस डांट से चुप हो गईं, तथापि सिसकती रहीं। वह बिना बोले रह नहीं सकती थीं, पूछा कि कौन—सी बीमारी है। उर्मिला ने सारा समाचार दिया।

"हे भगवान, मैंने जीवनभर तपस्या की है, आराधना—पूजा की है, उसका यदि कोई पुण्य हो तो उसके बल पर आप ठीक हो जाएं, अच्छा, उर्मिला यह तो बताओ, ये क्या तुम्हें भी ऐसे ही डांटते हैं?"

उस संकटकाल में भी सभी हंसने लगे। विमला उत्साहित हुई। बोली—"हमें तो ये सदा काटने दौड़ते रहे, कभी मीठे मन से बात नहीं की, जब देखो, खौखिया रहे हैं, वाह री मेरी तकदीर।"

"बहिनजी, आप तो सौभाग्यशालिनी थीं कि एक महापुरुष से आपका विवाह हुआ। डांटना, डपटना तो प्यार की निशानी है।"

"लो, यह प्यार—व्यार क्या जानें.... तुमने प्यार इन्हें सिखाया लेकिन इनके स्वभाव में तो कोई परिवर्तन आया ही नहीं। मुझे देखा और यह शुरू हो गए....मैं इसी लायक हूं, कहनी—अनकहनी सुनती रही और अभी भी वही है।"

कृष्णगोपाल हो—हो कर हंसने लगे लेकिन तभी पेट में दर्द उभर आया। वह पलंग पर दोहरे हो गए। पेट के बल लेट गए और दांत भींचकर वह कष्ट सहन करने लगे तथापि चीख निकल ही गई। सन्नाटा छा गया। पुनः कृष्णजी कपड़े फेंक कर नीचे जमीन पर आ गए और फर्श पर ही पेट के बल हो गए। वह पुनः चीखने लगे, चीखते रहे। उर्मिला घबरा गई। उसने कृष्ण से पेट की दवा का नुस्खा मांगा। उसे लेकर वह बाहर भागी। एक नौकर को रुपये दिए और मेडिकल स्टोर से दवा मंगाई। औषधि आने तक कृष्णजी छटपटाते रहे और जमीन पर ही करवटें बदलते रहे। दवा आने पर शीतल दूध के साथ दवा ली और कुछ समय बाद दर्द कुछ कम हुआ। पुनः उन्हें पलंग पर लिटाया गया और विमला को लेकर उर्मिला किचन की ओर चली गई। उसने हाथ जोड़कर विमला से मौन धारण करने की विनती की।

"यह जो अभी इनकी उदर पीड़ा बढ़ी है, वह कलह के कारण। वह बहुत भावुक हैं, उनसे ऐसा कुछ न कहा जाए जो उन्हें नागवार लगे। आप तो सब समझती हैं।"

विमला चुपचाप आंसू बहाने लगीं, कहने लगीं—"अब तुम्हीं बोलो बहिन, मैंने ऐसा क्या कह दिया जो यह हालत हो गई...., मैं भी क्या करूं....मेरा हृदय छिल गया है। फफोले पड़ गए हैं मेरे कलेजे में....जिंदगी भर का दुःख है, उपेक्षा.... मुंह से कुछ न कुछ निकल जाता है। हाय, मैं क्या करूं...मरी यह मेरी जीभ ऐसी है जो चले बिना मानती ही नहीं, खैर अब मैं नहीं बोलूंगी, मुंह पर ताला लगा लूंगी, मुझे माफ करना बहिन।"

कुछ घंटों बाद तीव्रगामी बस से डा॰ उद्धव और इला आ गए। वातावरण नए सिरे से गंभीर हो गया। इला आते ही कृष्णगोपाल से लिपट गई, रोने लगी—"यह आपको क्या हो गया?"

डा॰ उद्धव ने इला को मौन हो जाने का संकेत किया। वह कृष्णजी के पार्श्व में एक कुर्सी पर बैठ गए। देर तक दोनों चुप रहे। पुनः डा॰ उद्धव ने कहा—"तो किसी विकल्प पर चित्त स्थिर नहीं हुआ, यही न?"

कृष्णजी बोले—"यही। मुझे लगता है, कोई सीधा और सरल विकल्प नहीं है, लक्ष्य स्थिर नहीं हो पाता तथापि मैं चाहता हूं कि प्रतिरोध जारी रहे और यह भार अब आप उठाएं।"

उद्धव ने कहा—"आप उधर से अपना ध्यान हटा लें पर यह अवश्य बताएं कि कैसे क्या कुछ करना है?"

"करणीय यह है कि जहां संभव हो वहां प्रतिरोध केंद्र स्थापित किए जाएं

और कोई ऐसा अवसर न गंवाया जाए....लड़ाकू दस्ते बाद में बनते चलेंगे....दादा देशभक्त कैसे हैं?"

"बीमार पड़े हैं। आपके जयपुर से आने के बाद वह अकेले पड़ गए सो धीरे–धीरे अपने में सिमट गए तथापि जब पुरानी आग भड़कती है तो शुरू हो जाते हैं और फिर वही तटस्थता.... मुझे लगता है कि आप दोनों में एक ही प्राणसत्ता विचरती है। शायद वह आपके रूग्ण होते ही सूखने लगे होंगे। मैंने उनको समाचार दिया था पर वह दिल्ली आने को उत्सुक नहीं दीखे.... वह अवश्यंभावी को जान गए क्या?"

"जरूर जान गए होंगे, उनका शीशा इतना साफ है कि उसमें घटनीय का प्रतिबिंब आ जाता है...और उस गिरिधर का क्या हाल है?"

"वह वैसा ही है, ठोस, ठस मगर विश्वसनीय। उसी के बल पर मैं वहां प्रतिरोध केंद्र विकसित करूंगा और आपका पत्र बंद नहीं होने दूंगा। आपकी अनुपस्थिति में हमने उसे बराबर निकाला है और उसमें आपकी सारी रपटें छपी हैं, ये रहीं।"

देर तक कृष्णगोपाल उन प्रकाशित आलेखों को लौटते–पलटते रहे।

"उस रामदेई और उसके चूहे का क्या हाल है?"

"उसको पुत्र हुआ है। उन्होंने स्वतंत्र दुकान खोल ली है और वह अब आश्रम में नहीं रहते पर आते–जाते रहते हैं।....उसने अपने पुत्र का नाम देसभगत रखा है।"

"और !"

"और वह करणीमाता का चूहा, रामदेई का पति, गिरिधर का शागिर्द बन गया है और वह इतना आज्ञाकारी है कि उसे कोई भी काम सौंपा जा सकता है।"

"अच्छा, और वह प्यारेलाल?"

"उसका तो कायाकल्प ही हो गया है। वह पुलिस का पेशेवर मुखबिर बन गया है और उसे पुलिस सेवा में भरती कर लिया गया है। उसने ऐसे–ऐसे भेद पुलिस को दिए हैं कि कई अपराधी गिरफ्तार हो गए हैं। उसी के कारण उस मोहन ठाकुर वाले केस में कोई प्रगति नहीं हुई वरना अब तक आपको पुलिस पकड़ लेती। सबसे चमत्कारक बात यह है कि रामदेई, मोहन ठाकुर के घर आने–जाने लगी है और मोहन ठाकुर उससे रक्षाबंधन के दिन राखी बंधवाता है। उसकी सद्प्रवृतियां जग गई हैं और उसने दृढ़ता से अपने अंगभंग हो जाने के बारे में जो जांच हो रही थी, उसमें सहयोग से इनकार कर दिया है।"

"यह तो आश्चर्य है। सुना है कि ऐसे अंग–भंग के केसों में प्लास्टिक सर्जरी हो जाती है, पर व्यय अधिक होता है, यह कहां तक सही है।"

"सुना तो मैंने भी है और यह भी कि मोहन ठाकुर इलाज के लिए विदेश जाएगा।"

कृष्ण ने कहा–"यदि वह ठीक हो जाए, तो मेरा अपराध भाव दूर हो जाएगा ....वह मेरी भूल थी।"

"नहीं, आपने उसे ठीक सजा दिलवाई थी तथापि उसका पुरुषत्व वापस आ जाए तो अच्छा ही है। उसने दंड भुगता, प्रायश्चित कर लिया। अब वह बेचारा लाइन पर आ गया है तो उसका आपरेशन कामयाब होना ही चाहिए।"

"और चतुरानन, पंकज और सुरेश के क्या हाल-चाल हैं?"

"सुरेश यूनीवर्सिटी में बदनाम हो गया है। वह पाठ्यक्रम पुस्तकों को कोर्स में लगवाता है, कमीशन लेता है, और मजे कर रहा है लेकिन चतुरानन और पंकज वगैरह के प्रयत्न से उसके विरुद्ध जांच बैठा दी गई है यों पंकज भी जब-तब किताबें कोर्स में लगवा कर हाथ मार लेता है पर वह अधिक नहीं करता या कर पाता। इसलिए वह सुरक्षित है। दूसरे वह हमारा अपना मानुस है, काम आता है।"

"बढ़िया, तो यह है।"

उद्धव ने कहा-"यही है, ठीक ही है।"

कृष्णजी मुस्कराए-"कुछ सुनाइए डा॰ उद्धव, कुछ सुना डालिए।"

डा० उद्धव ने पढ़ा। सब लोग आसपास आकर जम गए। उद्धव स्थितियों के विश्लेषण में अचूक है, इस कारण सब ध्यान से सुनने लगे।

"उसने सब ज़ान लिया,
चख लिया, सूंघ लिया, स्पर्श लिया, सुन लिया, देख लिया....
फिर उसकी इंद्रियां, जोंकों की तरह अनुभवों में
विन्यस्त खार के कारण विलग हो गईं....
आप वह ऐसे तजुर्बे तलाश कर रहा है, जिसमें नमक न हो।
उसे आश्चर्य है, नमकीनता की सर्वत्रता पर।
समुद्र जब प्रत्येक तटस्थ की ओर तरंगों को उठाकर पास आता है तो
वह कहता है कि खारापन छोड़ सको तो आओ।
पुनः वह खारखाए थार में जल की तरह विशुद्ध माधुर्य को खोजता है
पर वहां तो मृगतृष्णाएं हैं, गर्दगुब्बारी-किसकीली हवाएं....
दूर-दूर तक हारी-थकी दृष्टि के टिकाव के लिए रूख तक नहीं....
मरूस्थल, तुम उस बेचारे, प्यासे प्राणी के सामने
किसी पातालतोड़ कुएं से छलकने क्यों नहीं लगते?
जो कटु है, कसैला, किसकिसा, खट्टा, वही अधिक क्यों है?
सुना है, पीयूष में लवण नहीं होता पर वह कहां है....
ये जो प्राणी एक अनाम तृषा से त्रस्त हैं,
तृष्णा से वे वस्तुतः उस अमृत को ही खोज रहे हैं पर वह कहीं मिलता नहीं।
इसलिए वह रात-दिन अपने को मथता है।
वह अमिय घट कहां है? निकलो, पीयूष पात्र, बाहर आ जाओ अब।
मनुष्य के पास प्यासों के विशाल महाकाव्य हैं,
दूब पर पड़ी ओस चाटने के अनन्त गीत-संगीत।
अब रहम खाओ अमरतो !
और मृत्यु से आखेटितों को स्वयं मिल जाओ।"

कविता क्या थी, कृष्णगोपाल के जीवन की प्रतिलिपि थी। कृष्णगोपाल के नेत्रों [अ]श्रु छलके, कंठावरोध हुआ-"उद्धव, तुमने मेरी स्थिति, मनःस्थिति का सही बयान किया है.... हम भटकते ही रहे पर वह अमृत नहीं मिला.... वह शायद किसी को नहीं मिलता पर न मिलने की तीव्रता, तीक्ष्णता, सभी में ऐसी नहीं होती जैसी मुझमें है. ...यह इला ही तुम्हारी पीयूष देवी है....आप दोनों विमला और उर्मिला का ख्याल रखना।"

सब विषण्ण हो गए। उद्धव से सहन नहीं हुआ। वह आंसू पोंछता चला गया।

भारी वातावरण को हल्का करने के लिए इला आगे आयी। वह रुदन से लाल आंखों में हंसने लगी।

"कृष्णजी ! जेठ दशहरा पर मुझे गढ़मुक्तेश्वर ले चलेंगे और आप बीमारी का बहाना बनाकर लम्बलेट हो गए....और आपको उर्मिला से वचन निभाना है कि आप उसको एक बार पुनः सरिस्का के अभयारण्य ले जाएंगे....वहां वह बाघ जो उस रात, आपके रात्रिभ्रमण के समय, झाड़ियों के पीछे छुपा था, वह अभी भी आपको देखने रोज रात आता है, ऐसा सुना गया है.... वह आप दोनों से कुछ न कहेगा, उस बेचारे को आप दर्शन देने चलें और वे दृश्य जो आपने वहां देखे थे, वे तरस रहे होंगे आपसे पुनः मुलाकात के लिए....वह होटल के सामने जो कचनार का पेड़ है, वह गर्मी में जड़ से शिखर तक खिल जाता है और उस पर बैठ कर कोयल बोलती है, कू कू कुहू....मैं जब यहां आ रही थी बस से तो वह आमेर के किले के नीचे जो गहरी पोखर है, उसमें टिटहरी बोली थी कि कृष्णजी को वापस लाना। वह आपका अट्टहास एक बार पुनः सुनना चाहती है और हवामहल का चौराहा कह रहा था कि बड़ी चौपड़ कृष्णजी के बिना सूनी हो गई है.... अवसाद, शिलादेवी के सामने भैंसे–सा खड़ा है पर उसे काटने वाला कोई नहीं.... आमेर के किले तथा नाहरगढ़ में जैसा सन्नाटा छाया रहता है, वैसा ही सन्नाटा, देशभक्तजी के आश्रम में छाया हुआ है। मिर्जा इस्माइल रोड पर आपकी मंडली घूमती थी और नोंक–झोंक होती थी, अब खामोशी छा गई है... .आप चलेंगे तो जयपुर कनक–वृंदावन बन जाएगा। उठिए और यह उदासी छोड़िए. ...आप साहस के लिए प्रख्यात थे, इस जरा से झटके को नहीं झेल पा रहे, उठिए आप।"

और वह सर्वमनमोहिनी इला, कृष्णजी को ठुनकते स्वरों में बैठाने लगी। कृष्णजी के नेत्र ममता से छलके पर इला की दिलाई यादगारों ने उनमें जिजीविषा जाग्रत कर दी थी, बोले–"इला, आबू पर्वत पर, विलवाड़ा के मंदिर में एक यक्षिणी की मूरत है, वह हूबहू तुमसे मिलती–जुलती है, मैं तुम्हें उससे मिलवाऊंगा....तुम्हें रनकपुर का मंदिर, जैसलमेर की हवेलियां दिखानी हैं, वहां सुबह जब सूरज का गोला निकलता है तो ऐसा लगता है गोया लाल गोलाकार वस्त्र पर प्रकृति कसीदा काढ़ रही हो और वे तुम्हारी साड़ी में पड़े वर्तुल से उधर के अंतहीन बालू के धौंरे, धरती धौंरां री....वह अद्भुत दृश्य तुम्हें दिखाऊंगा....बस यह आपरेशन हो जाए तो मैं तुम्हें मांडव, म॰ प्र॰ में रूपमती और बाजबहादुर का वह भवन दिखाऊंगा जहां रात में रोज रागिनी सुनाई पड़ती है और नर्मदा में तुम्हारे घुंघराले केशों से भंवर उठते हैं....तुम चिंता मत करो, मैं स्वस्थ हो जाऊंगा–जब तुम मेरे साथ हो तो किस यमदूत की हिम्मत पड़ेगी कि वह मुझे ले जाए....।"

इला चहकी–"कृष्णजी, हां ऐसे ही कलरव करते रहें आप, आपका चेहरा गिरते ही मुझे लगता है कि मैं किसी सरकस में खड़ी हूं और एक अंधा नट मुझ पर छुरियां चला रहा है और वह प्रत्येक छुरी मुझमें गच्च की ध्वनि से, मेरे तन में घुस जाती है और रक्त के झरने झरते हैं....।"

"नहीं, इला नहीं, तुम सर्कस में नहीं हो, तुम तो आकाश में खिंचीं इंद्रधनुष हो और अंतरिक्ष तक रंगों को विकीर्ण कर रही हो, गोया रंगों की होली हो रही है.... तुम इंद्रकानन में खिली मधुमालती बेल हो, चम्पा–चमेली, मौलिश्री, शिरीष पादप हो इला, स्वप्न में देखी गई उर्वशी–सी लगती हो तुम। तुम्हारे रहते

व्याधियां मेरा बाल–बांका नहीं कर सकतीं....अब जाओ, विश्राम करो, कल अस्पताल चलना है ....तब तक मन के वृंदावन में पपीहरी से पी कहां, पी कहां बोलो, जाओ।"

सबके नेत्रों में अश्रु थे पर वे ऊपर से हंस रहे थे। उस रात कृष्णजी उर्मिला को रातभर लाड़ लड़ाते रहे। दूसरे दिन वे सब अस्पताल गए। वहां लंबी कार्यवाही हुई पर दोपहर तक कृष्णजी भरती कर लिए गए। आरती भी आ गई थी। जो डाक्टर भल्ला कृष्णजी के आपरेशन के लिए तय किए गए थे, उन्हें उर्मिला ने गहरी नजर से तौला पर ऊपर से वे सब उत्तरदायी और संदेह से परे थे।

प्रारंभिक जांच, टैस्ट शुरू हो गए। कृष्णजी के आग्रह से वहां अस्पताल में विमलाजी रह गईं, और साहिबाबाद का एक पड़ोसी युवक, शेष सब चले गए। शाम को वे पुनः मिलने गए। उन्हें बताया गया कि आपरेशन तो अभी नहीं होगा, दस दिन लगेंगे। तब कृष्णजी ने उद्धव और इला को जयपुर भेज दिया। आपरेशन के दिन वे पुनः दिल्ली आ सकते हैं। उर्मिला और आरती के पास कारें हैं। वे दौड़ती रहेंगी और यदि कोई नकारात्मक घटना घटी तो जयपुर खबर कर दी जाएगी। आपरेशन करने वाला डाक्टर भल्ला बार–बार आश्वासन देने लगा कि यह कोई मेजर आपरेशन नहीं है। आप लोग बिला बात घबरा रहे हैं। कुछ चैन मिला।

अब अस्पताल की नीरस, उबाऊ दिनचर्या पूरी करनी थी। विमलाजी तो सेवा और त्याग की मूर्ति ही थीं और वह अब संकटकाल में चुप रहकर कर्तव्य पूरा कर रही थीं। जब अकारण किसी असुविधा या किसी खराब मूड में कृष्णजी चिल्लाते ,बड़बड़ाते तो भी विमला बलात् मौन धारण किए रहतीं। एक रात में नींद न आने पर कृष्णजी ने विमला से कहा–"विमला, पुरंदर का भी फोन नहीं आया न्यूयार्क से.....वह समझता है कि उसने डालर भेज दिए और दवा, बस उसका कर्तव्य पूरा हो गया?"

विमला बोली–"वहां पुरंदर बहुत व्यस्त है, उसे इमरजेंसी में ही छुट्टी मिल सकती है।"

"इस हालत को इमरजेंसी नहीं माना जाएगा क्या?"

"यह हमारे लिए है, यह इमरजेंसी, उनके लिए तो यह मामूली बात है, वह पुरंदर जानता है कि आपरेशन सफल रहेगा....वह तो हमारी घबराहट पर हंसता है तो भी वह आने की कोशिश कर रहा होगा, आप अपना दिल छोटा न करें, वह आएगा।"

एक शाम को आपरेशन करने वाले डा॰ भल्ला से कुछ अनजान व्यक्ति उसके बंगले पर मिले। उनमें एक डाक्टर का रिश्तेदार भी था। उसे देखकर डाक्टर खुश हुआ, पूछा–"कहो, कैसे आए, घर पर सब ठीक है?"

"ठीक है लेकिन एक चक्कर है, मैं आपसे एकांत में कुछ कहना चाहता हूं।"

वे एकांत में गए। तब उस रिश्तेदार ने कहा–"देखिए, यह जो मरीज कृष्णगोपाल है न जिसके प्रोस्ट्रेट का आपरेशन आपको करना है, यह वही व्यक्ति है, जिसने आपके फूफा और मेरे पिता की तस्करी का पता राजस्थान सरकार को दिया है।

हम जैसलमेर से आपरेट करते हैं मगर रहते जयपुर में हैं....आपको इस कृष्णगोपाल के आपरेशन में करना यह है कि यह आदमी जिंदा न रहे.... इसके प्रोस्ट्रेट का आपरेशन सफल नहीं होना चाहिए.... ये जो लोग मेरे साथ आए हैं, ये दस लाख रुपये आपके लिए लाए हैं।''

''लेकिन, मैं एक जिम्मेदार डाक्टर हूं, मैं ऐसा कैसे कर सकता हूं? यह तो एक डाक्टर की नैतिकता के विरुद्ध है और मेरे साथ अन्य डाक्टर भी तो होगा, उससे कुछ छिपाना असंभव है और वह उसूलों का पक्का है।''

''तो उसे भी दस लाख दिलवा देंगे, हम मुंहमांगा धन देने को तैयार हैं। आप दोनों और ज्यादा ले लीजिए....आप पच्चीस लाख ले लीजिए और अपना नर्सिंग होम बना लीजिए। यहां की नौकरी में क्या रखा है?''

डाक्टर सोचने लगा। अंततः उसने कहा—''लेकिन आप इतनी बड़ी रकम कहां से लाएंगे? रुपयों पर कहीं नंबर नोट कर लिए गए हों तो हम फंस जाएंगे।''

''बिल्कुल नहीं हम विदेश में किसी बैंक में आप दोनों के नाम डालर जमा करा देंगे। बाद में उनका तबादला करा लीजिएगा। यह सुरक्षित रहेगा।''

''ठीक है फिर, यह कब होगा।''

''कल सब करा देंगे आपरेशन में अभी समय लगेगा।''

ब्यौरेवार सारी बातें तय हो गईं। जब वे दूसरे दिन आए तो डाक्टर भल्ला ने उस अपने रिश्तेदार से कहा—''मैंने सोचा है कि दूसरे डाक्टर को यह रहस्य खोलना खतरनाक है। आप लोग मेरे दिए एक विश्वसनीय व्यक्ति के नाम विदेश की बैंक में डालर जमा कराके रसीद मुझे दे जाएं, तब तक आपरेशन रुका रहेगा और मैं अकेले ही सब संभाल लूंगा।''

''बेहतर है, यह हो जाएगा। इससे राज खुलेगा नहीं क्योंकि डालर आपके नाम तो जमा होगा नहीं, वह तो आपके मित्र के नाम जमा होगा न....मगर वह बेईमानी कर जाए तो?''

''ऐसा नहीं होगा, उसकी अंगुली मेरे पत्थर से दबी है।''

''आल राइट, तो ठीक है।''

दस दिन के बाद होने वाला आपरेशन टाल दिया गया। कृष्णगोपाल को शक हुआ कि कुछ गड़बड़ हो रही है पर जानने का कोई उपाय नहीं है। उन्होंने डाक्टर से पूछा कि विलंब हो रहा है तो उसने बताया—''हमें शक है कि आपके प्रोस्ट्रेट में मैलिगनेंट ग्रोथ हो रही है, कैंसर का भय है, इसलिए उसकी गहन जांच होगी। अगर कैंसर हुआ तो आपरेशन जटिल, काम्प्लीकेटिड हो सकता है।''

कृष्णगोपाल और विमला को धक्का लगा पर लाचारी थी।

अंततः पंद्रह दिन बाद सारी जांच के उपरान्त आपरेशन का दिन निश्चित हुआ। जयपुर से डा॰ उद्धव, इला आ गए। विमला जी के भाई लखीमपुर खीरी से बुला लिए गए। कैंसर की आशंका के समाचार से सबके चेहरे सूख गए थे पर किया क्या जा सकता था। उर्मिला ने हास्पिटल के इंचार्ज से पुनः कहलवाया। उसने संबद्ध डाक्टर भल्ला को बुलवाया पर वह बोला कि इस तरह की शंका नहीं की जानी चाहिए। वह एक ईमानदार चिकित्सक है और आज तक उसके आपरेशन सफल रहे हैं। बात आई–गई हो गई।

आपरेशन के दिन, आरती, डा॰ उद्धव, इला, उर्मिला आदि सब आ गए। विचित्र तनाव और असमंजस था पर ऊपर से सब संतुलित थे, सक्रिय। कोई दवाएं ला रहा था, कोई अन्य वस्तुएं। ऐसे समय जो घटने वाला है, वह प्रतीक्षा करने वालों को अंदर ही अंदर जलाता है, जैसे व्यक्तित्व सुलग रहे हों। धधक को धैर्य से दबाते हुए प्रिय जन परस्पर विरोधी कल्पनाओं में नया लोक रचते हैं और मानवीय विवशता में किसी दिव्य सत्ता से प्रार्थना करते हैं यों यह बोध भी उभरता है कि प्रकृति आराधना से अप्रभावित रहती है....अंततः कृष्णगोपाल स्ट्रेचर पर आपरेशन के लिए ले जाए गए और स्वजनों को बाहर ही इंतजार के लिए सख्ती से कह दिया गया। वे एक–दूसरे का मुख ताकते बाहर बैठे रह गए।

विमलाजी आज एकदम मौन निर्वात स्थान में दीप–शिखा सी जल रही थीं, उनकी लौ स्थिर थी। भीतर से धुआं उठता पर वह उसे पी जातीं तथापि बलात् आंसू निकल आते। उन अश्रुओं को उनकी बेटी पोंछ देती और शांत रहने की हिदायत देती....।

आपरेशन टेबिल पर लिटा कर उस रिश्वतखोर डाक्टर भल्ला ने नर्सों और यूरोलॉजी में विशेषज्ञता की ट्रेनिंग ले रही एम॰ बी॰ बी॰ एस॰ की किशोरियों से कहा कि कृष्णगोपाल को इंजेक्शन दिया जाए ताकि कटिप्रदेश सुन्न हो जाए। इंजेक्शन दिया गया पर उसका कोई प्रभाव नहीं हुआ। किशोरियों और युवतियों ने पूछा क्या आपरेशन वाला भाग सुन्न हो गया है तो कृष्णजी ने विनोद किया।

"आप स्वयं टटोल कर देख लीजिए।"

किशोरियों और नर्स बालाओं में हंसी लहराई। उनमें से एक–दो ने अंगुलियां चुभाईं, पूछा—"कुछ महसूस होता है?"

"आपका स्पर्श महसूस हो रहा है जैसे मेरी कठोर खाल को कोई फूल छू रहा हो।"

पुनः हास्य उपजा। डाक्टर ने आज्ञा दी—"पुनः इंजेक्शन दीजिए, मिस्टर कृष्णगोपाल में काफी ताकत है।"

लड़कियां पुनः हंसीं। पुनः एक इंजेक्शन दिया गया।

तब कृष्णजी का कटिप्रदेश सुन्न हुआ। तब डाक्टर और उसके सहयोगी ने उनके लिंग के छेद में जापानी रबर की नली डाली परंतु मरीज को उसका कोई अहसास नहीं हुआ। तब दूरबीन से भीतर की स्थिति देखते हुए मशीन घुमायी गई, पेशाब के मार्ग में जो अवरोध था, मांस का, वह कट–कट कर नली के रास्ते, नीचे रखे पात्र में गिरने लगा। कृष्णगोपाल सब देख रहे थे कि उनके साथ क्या हो रहा है पर वह डाक्टर क्या करेगा, यह नहीं समझ सकते थे। आध–घंटे में पुरुषत्व ग्रंथि के बढ़ाव को काट दिया गया, मूत्रमार्ग को साफ कर दिया गया। उससे मवाद, रक्त बहता रहा। फिर वह बूंदों में टपकना शुरू हो गया। फिर वह टपक भी विरल होने लगी। तब डाक्टर ने उनकी कमर में एक थैली बांध दी ताकि लिंग से जो रक्त या मूत्र निकले वह उस थैली में जाए और फिर वह आपरेशन समाप्त हो गया। डाक्टर ने कृष्णगोपाल को बधाई दी। एक मरी मुस्कान कृष्णजी के मुख पर उभरी क्योंकि इंजेक्शन का प्रभाव जैसे–जैसे कम हो रहा था, वैसे–वैसे पीड़ा बढ़ रही थी। एक अजीब चिनिंग, एक कष्ट बाढ़ पर था जैसे कोई अभी भी भीतर मांस काट रहा हो। उस दर्द से कृष्णगोपाल अचेत से हो रहे थे।

उनको पुनः स्ट्रेचर पर लिटाया गया। घाव सुखाने के इंजेक्शन दिए गए, दवाएं पिलाई गईं और फिर स्ट्रेचर पर लादकर उन्हें एक हाल में अनेक मरीजों के मध्य एक लोहे की चारपाई पर लिटा दिया गया। वह अर्धचेतस थे, कृष्णगोपाल को लगता था कि अब जीवनांत का क्षण आ गया है। वहां एक नर्स ने घड़ी रख दी थी, यह देखने के लिए कि होश में आने के लिए कितना समय लगता है। कृष्णगोपाल अर्धचेतना में डूबे रहे। एक–डेढ़ घंटे बाद उनमें जीवनशक्ति पुनः आई और उनके नेत्र खुलने लगे। तब नर्स और एक हाउस सर्जन ने कृष्णजी को बधाई दी और कहा कि कई मरीजों की तुलना में आपमें प्रतिरोध शक्ति अधिक है और अब आपको निजी कक्ष में जाना है। यहां तो भीड़ है।

सब लोग प्राइवेट–वार्ड में उसी कक्ष में आ गए। कृष्णगोपाल होश में थे, दुर्बल मगर दुरुस्त पर कटि–प्रान्त में पीड़ा कम नहीं हो रही थी। शाम तक वह अर्धतंद्रा जैसी दशा में सोते रहे। शाम को वह डाक्टर देखने आया। उसने कहा कि सब ठीक है और दर्द कम करने की टैबलिट्स दीं। उसके बाद वह चला गया। उर्मिला को अभी तक कोई षड्यंत्र हुआ होगा, ऐसा नहीं लग रहा था। कृष्णजी को खतरे से बाहर देखकर विमलाजी ने आरती–उर्मिला–इला को अपने–अपने घर भेज दिया पर उद्धव को रोक लिया। चलते समय उर्मिला ने डा॰ उद्धव से कहा–"उद्धवजी, लगता है कि हमारी आशंकाएं गलत थीं, डाक्टर भल्ला जिम्मेदार निकला।"

"डाक्टरों की दुनियां हम नहीं जानते। संभव है, आप सही कह रही हों पर एक–दो दिन देख लें तब अभिमत बनाएं।".

उर्मिला पुनः आशंकित हो गई पर वह कहीं आश्वस्त सी थी कि आपरेशन सफल रहा। शाम को कुछ हल्का खाना देकर कृष्णजी को सुलाया गया पर एक–डेढ़ घंटे में उन्हें तीव्र ज्वर चढ़ आया, इतना कि उनका मगज फटने लगा.... एक सौ चार, साढ़े चार, एक सौ पांच डिग्री पर पहुंचता ज्वर....रात में डाक्टर से सम्पर्क नहीं हो सका पर वार्ड के इंजार्च डाक्टर ने कृष्णजी के माथे पर बर्फ रखवाई, दवा दी। आधी रात तक कृष्णजी जैसे सन्निपात में रहे, उनकी अतिकल्पना जाग्रत हो गई थी। उद्धव पास ही बैठा था, कृष्ण उससे संबोधित हुए, रोकते–रोकते भी वह बड़बड़ाने लगे।

"उद्धव, तुम जहाज हो, तुम्हीं पर सारा भार है.... वह पुरंदर नहीं आया.... अब आके क्या करेगा..... मैं बच नहीं सकता....डाक्टर ने आपरेशन ही ठीक किया पर यह ज्वर..... यह तो असाधारण है मुझे कोई संक्रामक दवा दे दी गई होगी, मुझमें इंफैक्शन फैल गया है। कमाल है, मैं आजीवन विषाणुओं के विरुद्ध लड़ता रहा और अंत में मैं स्वयं किसी विषाणु का शिकार हो गया।"

"यदि आश्वस्त हो लिया जाए कि यह ज्वर किसी षड्यंत्र का फल है तो मैं इस हास्पिटल में उधम मचवा दूंगा लेकिन किस आधार पर यह किया जाए।"

"यह ज्वर नहीं, साजिश है।"

"तो उस साहिबाबाद वाले आपके मित्र डाक्टर को बुला लिया जाए? वह देखते ही बता देगा।"

"पर इस समय नहीं प्रातः आप उसे बुलवा लें, फोन कर दें, वह आ जाएगा।"

रातभर उद्धव का हाथ पकड़े वह कृष्णगोपाल ज्वर से उत्पन्न सन्निपात में

बहकते रहे.... वह जो चरित्र उठाते या प्रसंग, उसी का बृहत साक्षात्कार करने लगते ....बोले–"उद्धव, मैं तिरुपति में था तो कवि रोहिताश्व एक आदिवासी किशोरी को ले आया था, किशना को....उसमें इतनी सैक्स अपील थी कि दर्शक सन्निपात में आ जाता था.... हां, वह किशना ऐसी ही थी.....किशना, तू कहां हैं, मैं अब जा रहा हूं और तू नहीं आ रही, आ जा किशना.... उद्धव, कल उस रोहिताश्व को तार कर देना....वह उसे लेकर आ जाएगा, उसे देखते ही व्याधियां दूर हो जाएंगी.... वह आदिम जमात की है.... वह जादू भी जानती है.... किशना मुझे बचा सकती है उद्धव, यह क्या बात है कि जो कभी मिले वे हमें अनुपस्थित होने पर भी उद्धारक लगते हैं, उन्हें हम हसरत से देखते हैं, काश, वे आ जाएं और बचा लें....आपरेशन के स्थान पर पुनः जोर का दर्द हो रहा है....इतनी तगड़ी डोजें दी गई हैं, फिर भी दर्द.... मैं कहता हूं कि उस डाक्टर ने मेरे भीतर कुछ ऐसा किया है कि दुश्मन भी नहीं कर सकता.... उसने क्या किया होगा उद्धव?"

"वह कुछ भी कर सकता है पर हम तो इस विषय में अनाड़ी हैं...आपकी हालत खराब हो रही है, मैं साहिबाबाद वाले डाक्टर को बुलाता हूं।"

रोकते–रोकते उद्धव चला गया और कहीं से साहिबाबाद के डाक्टर को फोन किया। वह अपने नर्सिंग होम में अभी भी था। उद्धव ने सारा हाल बताया तो उसने कहा। इस समय आना व्यर्थ है, वह दवा बताता है, उसे उद्धव खरीद कर कृष्णजी को दे दें, ज्वर उतर जाएगा। मैं कल दस बजे तक आ जाऊंगा।

उद्धव ने मैडिकल स्टोर से वह दवा खरीदी और कृष्णगोपाल को दी। जादुई प्रभाव हुआ और ज्वर तेजी से उतरने लगा। पसीने से कृष्णगोपाल का तन तर–बतर हो गया, उसे पौंछा गया और कुनकुना दूध दिया गया। ज्वरशांति होते ही कृष्णजी को नींद आ गई।

उद्धव ने विमला से कहा–"विमलाजी, खतरा टल गया, बधाई....अब आप भी थोड़ा सो लें.....आप निर्धूम दीपक की तरह जलती रही हैं और आपकी बेटी....आप सो लेंगी तो सेवा कर सकेंगी वर्ना स्वयं रूग्ण हो जाएंगी।"

उद्धव उसी वार्ड में पड़ी एक लोहे की चारपाई पर कुछ बिछाकर लेट गया। अल्स्सुबह कृष्णजी पुनः चीखे कि उनके आपरेटिड स्थान पर बहुत तकलीफ हो रही है। वह पुनः चीखने–चिल्लाने लगे। पीड़ा से दोहरे–तिहरे होते हुए वह लगातार कराहते, करुण ध्वनि में बहके।

"उद्धव, आपरेशन के बाद ऐसी पीड़ा क्यों हो रही है? जाहिर है, उस वधिक डाक्टर ने कहीं कोई अंश छोड़ दिया है और वह जो जांच के लिए मेरा कुछ हिस्सा भेजा गया था, उसकी रिपोर्ट नहीं आई? फिर यह आपरेशन क्यों कर दिया गया?"

दर्दनाशक दवा देने से कृष्णजी पुनः तंद्रालस हो गए। बस जाग गए। सवेरा हो गया था। विमला बोलीं कि वह आपरेशनकर्ता डाक्टर किस तरह सूचित हो? उद्धव ने बताया कि कुछ समय बाद ही उसे फोन करना ठीक होगा। लगभग आठ बजे उद्धव ने फोन किया तो वह बिगड़ उठा।

"आप कौन बोले रहे हैं?"

"मैं उद्धव, कृष्णगोपालजी का मित्र।"

''तो सुनिए, कृष्णगोपाल का आपरेशन सफल रहा है मगर जो रिपोर्ट आई है, उससे लगता है कि भीतर कैंसर की ग्रोथ है, दोबारा आपरेशन करना पड़ेगा।''

उद्धव को क्रोध आ गया।

''डा॰ साहब, रिपोर्ट आ जाने के बाद आपरेशन किया जा सकता था।''

''यह हमारा जजमेंट था, आपरेशन नहीं किया जाता तो जहरबाद फैल जाता। उस खतरे से तो बच गए। अब यह रिपोर्ट आई है, उसकी रोशनी में आपरेशन हो जाएगा और कामयाब रहेगा।''

''थैंक्यू सर, हम तो घबराए हुए हैं, माफ कीजिएगा।''

''कोई बात नहीं, मैं दस बजे आ रहा हूं, डांट वरी।''

''थैंक्स अगेन।''

दस बजे डाक्टर आया और वह सांत्वना देकर चला गया। उसने कहा कि दस–पंद्रह दिन में जब यह घाव सूख जाएगा, बदन में कुछ बल आ जाएगा, तब दोबारा आपरेशन होगा। सब चिंतित हो उठे। तब तक साहिबाबाद वाला डाक्टर आया। उसने दवाएं देखीं, ज्वर नापा और वह रिपोर्ट भी पढ़ी जिसमें यह लिखा था कि भीतर कैंसर से प्रभावित भागों को काट कर निकाला जाए। साहिबाबादी डाक्टर ने सारा हाल कृष्णगोपाल को समझाया।

कृष्णजी बोले–''डा॰ साहब, मेरे विरुद्ध यह षड्यंत्र हो रहा है। मुझे इस डाक्टर पर विश्वास नहीं है। आप मुझे अपने नर्सिंग होम में ले चलिए। यदि मरना ही है तो यह तो यकीन रहेगा कि हम आपके हाथों में सुरक्षित हैं। यहां यह डाक्टर मेरे घातकों से मिल गया है और मुझे मारकर मानेगा। कृष्णगोपाल ने सारा किस्सा बता दिया।

अब कोई विकल्प शेष नहीं था। अतएव उर्मिला और आरती को बुलाया गया और कृष्णगोपाल ने लिखकर दे दिया कि वह दोबारा आपरेशन नहीं कराएंगे अतएव उन्हें डिस्चार्ज कर दिया जाए।

कारों में भरकर, सामान सहित सब साहिबाबाद आए और मित्र डाक्टर के नर्सिंग होम में कृष्णजी को भरती करवा दिया गया। वहां बांहों में बड़ी नस खोजने में कृष्णजी को कई जगह इंजेक्शन की सुई चुभोनी पड़ी। अंततः सही नस में सुई चुभो कर ग्लूकोज की बोतल स्टेंड पर लटका दी गई। ग्लूकोज बूंद–बूंद शरीर में जाने लगा। कुछ राहत महसूस हुई। कृष्णगोपाल की आंख लग गई। किंतु कुछ समय बाद पुनः पीड़ा होने लगी और कृष्णगोपाल अचेत हो गए। एक ओर उर्मिला और दूसरी ओर उद्धव बैठकर कृष्णजी के शरीर पर हाथ फेरने लगे। उद्धव पैर दबाने लगा। कृष्णजी का होश लौटा तो वह दृश्य देखकर वह विहंसे–''उर्मिला, मेरे बाद डा॰ उद्धव हैं, तुम मुझे भूल जाना और उद्धव जहाज है, वह तुम्हें और इला, दोनों को पार लगा देगा....मैंने जो कहा-सुना हो, उसे माफ कर देना.... मैं जान गया हूं कि यदि मेरे भीतर कैंसर है तो कोई कुछ नहीं कर सकता पर डाक्टर मेरा मित्र है, उसे भी अपनी कारगुजारी दिखा लेने दो, क्या पता, चमत्कार हो जाए।''

''चमत्कार होते हैं कृष्णजी, आप अपना मनोबल दृढ़ करें, सब ठीक हो जाएगा।''

''ठीक तो क्या होगा, ठाक हो सकता है।'' और कृष्णजी मुस्कराने लगे।

18

दूसरे–तीसरे दिन न्यूयार्क से डा॰ पुरंदर, कृष्णजी का एकमात्र पुत्र आ गया। सारा वातावरण ही बदल गया। वह कैंसर का विशेषज्ञ था। उसने आकर डाक्टर से बात की, कहा कि पहले रेडियम से सिंकाई की जाए पर डाक्टर सहमत नहीं हुआ। उसने एक्स रे कराया और ध्यान से कैंसर से प्रभावित भाग को देखा। पुनः एक सप्ताह तक उसने ग्लूकोज, ताकत की दवाएं दीं और आपरेशन का दिन निश्चित किया। कठिनाई यह थी कि कृष्णजी बहुत दुर्बल हो गए थे। उद्धव ने देखा कि कृष्णगोपाल का चेहरा ही बदल गया है, लगता है, मृत्यु की छाया मुख पर आती है और चली जाती है। वह मन ही मन डर गया पर ऊपर से संतुलित रहा।

कृष्ण ने डा॰ पुरंदर से कहा–''पुरंदर, क्या आपरेशन टल नहीं सकता?''

''डा॰ साहब से मैंने कहा था कि वह पहले रेडियम से सेंक करके देखें, शायद कैंसर से प्रभावित अंग निर्विष हो जाए किंतु वह कहता है कि कैंसर से प्रभावित भाग निकालना ही पड़ेगा। रेडियम की सिंकाई से कुछ न होगा मगर कृष्णजी कमजोर हो गए हैं तथापि वह चांस लेगा।''

कृष्णजी के दोनों हाथ सुइयां चुभाने से घायल हो गए थे किंतु ग्लूकोज चढ़ना जरूरी था। जब नर्स कृष्णजी के हाथों में सुई चुभोने आती तो वह चीखते–''यह काली माई कहां से आ गई?''

वह नर्स नाराज होकर भी अपना काम करती रहती मगर कृष्णजी हाथ खींच लेते और चिल्लाते। नर्स चली गई और उसने डाक्टर से जाकर कहा कि मरीज सहयोग नहीं कर रहा है। आप स्वयं सुई लगाइए। ग्लूकोज नहीं चढ़ाया तो आपरेशन असंभव हो जाएगा। डा॰ साहब स्वयं आए और किसी तरह एक नस खोज कर सुई लगा दी, ग्लूकोज पुनः चढ़ने लगा।

कृष्णजी ने कहा–''डा॰ साहब, क्यों मेरे शरीर की दुर्गति करते हैं। आपरेशन हुआ तो भी मेरी मृत्यु निश्चित है और न हुआ तो भी। इससे अच्छा यही है कि शरीर की चीरफाड़ न हो।''

डा॰ हंसने लगा, बोला–''कृष्णजी, और आपरेशन कामयाब हो गया तो?''

सभी मुस्कराने लगे। कृष्ण ने ही हथियार डाल दिए–''तो मैं आजीवन आपके अस्पताल में सफाई–कर्मचारी का काम करूंगा।''

''जरूर कीजिएगा पर पहले स्वस्थ तो हो लीजिए। आप सफाई क्यों करेंगे? मैं आपको यहां का मैनेजर बना दूंगा। आपकी डांट–डपट से सारा स्टाफ लाइन पर रहेगा पर शर्त यह है कि आपरेशन होने तक आप मौन रहेंगे।''

''जो हुकुम....।''

सब विहंसे। डाक्टर चला गया।

डा॰ पुरंदर के आने से कृष्णगोपाल पुलकित थे। वह इकलौता उन्हें डांट भी देता था। तब सब मुस्कराते थे। वह रात–दिन वहीं अस्पताल में रहता था। किंतु अमरीकी आदतों का शिकार था सो शाम को वह खिसक जाता और यारबाशी कर रात में लौट आता था। उसकी इस आदत पर कृष्णजी बिगड़ते पर लाचारी

थी। पिता–पुत्र का विवाद कभी बहुत बढ़ जाता और खीझ कर डा॰ पुरंदर कहीं चला जाता और रात–रात भर नहीं आता। दूसरे दिन पुनः वही कलह। अंततः आपरेशन का दिन आ ही गया। फिर वही असमंजस, भय और आशा–निराशा के द्वंद्व तथा दाह.... डा॰ पुरंदर स्वयं आपरेशन के समय रहा और उसने पाया कि साहिबाबादी डाक्टर विदेशों में ट्रेनिंग लेकर आया था। उसने बड़ी कुशलता से पेट के नीचे का कैंसर से प्रभावित भाग काट कर निकाल दिया और लगा कि आपरेशन सफल रहा है। कृष्णगोपाल को लाकर उनकी चारपाई पर लिटा दिया गया और ग्लूकोज पुनः चढ़ने लगा। दवाइयों से कृष्णगोपाल उस आपरेशन को झेल गए किंतु बेहोशी की दवा का उनके दिमाग पर बुरा असर पड़ा। वह पहचान भूलने लगे। होश आने पर दूसरे दिन उन्होंने आसपास खड़े लोगों का संकेत से परिचय पूछा। उन्हें बताया गया। जब उर्मिला का नाम लिया गया तो कृष्णजी ने उसे ऐसे देखा जैसे वह कोई अजनबी हो, यही इला के साथ हुआ। वे दोनों यह दशा देखकर रोने लगीं।

डा॰ पुरंदर बिगड़ा–"आप याद कीजिए, मुझे पहचानते हैं?"

प्रथम अपरिचय उभरा। पुनः याद आया, तब कृष्णजी मुस्कराए। तब विमलाजी को सामने किया गया। उन्हें कृष्णजी ने पहचान लिया। इसका अर्थ यह था कि उनका मस्तिष्क प्रभावित होने पर भी काम कर रहा था। डा॰ पुरंदर ने सबको आश्वासन दिया।

"चिंता करने की जरूरत नहीं, ब्रेन काम कर रहा है। कुछ ताकत आते ही सब ठीक हो जाएगा।"

किंतु डा॰ उद्धव आश्वस्त नहीं हुआ।

डा॰ उद्धव, पुरंदर की बांह पकड़ कर बाहर आया। उसने पूछा कि यह कहां तक सही है कि वह न्यूयार्क वापस जा रहा है।

पुरंदर ने कहा–"आपरेशन सफल हो गया। अब तो रिकवरी होनी है। अब कोई खतरा नहीं है। मेरी नौकरी का सवाल है। छुट्टी बाकी नहीं है। यह भारत नहीं है, जहां सब चलता हो, सर्विस चली जाएगी यदि मैं नहीं गया। हां, बाद में मैं आ सकूंगा। अभी तो जाना ही है।"

"पुरंदर, आप मेरी मानें तो आप तार कर दीजिए कि आपके पिता डैथबैड पर हैं, छुट्टी मंजूर हो जाएगी....आप मत जाइए, मुझे ऐसा लगता है कि कृष्णजी बचेंगे नहीं।"

"आप जानते नहीं हैं। मैं जानता हूं कि अब इन्हें कुछ नहीं होगा....मैंने न्यूयार्क अपने बास को अर्जेण्ट तार दिया था कि मेरे फादर मरणासन्न हैं पर उसने मेरी प्रार्थना अस्वीकार कर दी है। मैं वहां जाकर, समझा–बुझाकर छुट्टी लेकर आ जाऊंगा लेकिन अभी तो जाना ही होगा।"

उद्धव का चेहरा गिर गया। उसने अंतिम कोशिश की–"पुरंदर, आप कृष्णजी के इकलौते बेटे हैं, कुछ हो गया तो मुखाग्नि कौन देगा? आप स्थिति की गंभीरता को समझिए और अभी मत जाइए, पुनः तार दीजिए।"

"यह नहीं हो सकता, मैं जानता हूं कि फादर को कुछ नहीं होगा और कुछ हो जाए तो आप सब हैं....मेरी बहिन का पुत्र है। वह संस्कार पूरे कर सकता है, जैसा पुत्र वैसा पुत्री का पुत्र, क्या फर्क है?"

डा॰ उद्धव मौन हो गया परंतु उसे लगा कि आधुनिक युग में रिश्तों का

महत्व नहीं रहा, नौकरी, जीविका का महत्व अधिक हो गया है। वह सिर खुजा कर रह गया।

और डा॰ पुरंदर दूसरे दिन चला गया। कृष्णगोपाल को उसका प्रस्थान बताया नहीं गया पर पुत्र तो आत्मज कहलाता है, वह समझ गए।

शाम को उन्होंने पूछा कि पुरंदर नहीं दीख रहा तो बहाना बना दिया गया कि वह दवाइयां लेने दिल्ली गया है, आ जाएगा।

कृष्णगोपाल के नेत्रों से आंसू ढुलकने लगे। विमला ने उन्हें डांटा—"अब वह पुरंदर तुम्हारी नब्ज पकड़ कर कब तक बैठा रहेगा? दवा—दारू लेने जाएगा या नहीं? तुम अपना जी छोटा मत करो, यह प्रभाकर है, तुम्हारी लाड़ली बेटी का बेटा....इसी को पुरंदर मान लो.... वह भी आ जाएगा, आता ही होगा।"

कृष्णगोपाल शांत हो गए पर आंसू लुढ़कते रहे जिन्हें विमला पोंछती रही। एक बेबसी कृष्णजी के चेहरे पर छा गई, एक प्रकार की दीनता, पर बोलना मना था, आह भर कर रह गए।

कृष्णजी कुछ खाते—पीते रहते तो कुछ जान आती शरीर में पर उन्होंने खाना—पीना बंद कर दिया। कुछ खिलाया—पिलाया जाता तो उन्हें वमन हो जाता। पेट का फोड़ा कोई चीज उदर में रहने नहीं देता था। सिर्फ ठंडा दूध थोड़ा—सा सहन होता था। दवाइयों से शरीर कब तक चलता और फिर एंटीबायटिक दवाओं के साथ कुछ खाना—पीना पड़ता है। शरीर में प्रतिरोध की शक्ति क्षीण होने लगी। वह केवल ग्लूकोज के बल पर चल रहे थे। अंततः वह कालरात्रि आ ही गई। मृत्यु के समय चेतना स्वच्छ हो गई, जैसे जाला हट गया हो। अंतिम भभक में कृष्णगोपाल मंद स्वरों में ही सही पर बोलने लगे—"उर्मिला यहां आओ और इला।"

वे पास बैठ गईं और रोने लगीं। कृष्णजी बोले—"अब तुम रोओ मत, उर्मिला तुम विमला का हाथ पकड़ो और वचन दो कि तुम जब तक दिल्ली में हो, विमला की देखभाल करती रहोगी?"

"करूंगी परंतु आप ठीक हो जाएंगे।"

फिर कृष्णजी ने अपनी बेटी को पास बुलाया।

"यदि उर्मिला जयपुर चली जाएं तब तुम अपनी मां को अपने पास ले जाना। यह मकान बेच डालना। पुरंदर का कोई ठिकाना नहीं। उसे अपनी मां से अमरीका की सर्विस अधिक प्यारी है।"

बेटी रोने लगी पर कृष्णजी ने उस पर ध्यान नहीं दिया। उन्होंने उद्धव को बुलाया, वह बोले—"उद्धव, तुम मेरे प्रतिरूप हो, तुम मेरे सामने उर्मिला और इला का हाथ पकड़ो, कहो कि तुम इन दोनों का ख्याल रखोगे?"

उद्धव ने अश्रु रोक कर प्रतिज्ञा की। कृष्णजी ने पुनः कहा—"मैं एक हादसे की तरह था, अब गुजर रहा हूं किंतु हादसे गुजर जाने के बाद भी अपनी लकीरें छोड़ जाते हैं.... तुम्हें वे लकीरें मिलानी हैं। वे मिटेंगी नहीं पर तुम उन्हें रगड़—रगड़ कर पोंछते रहना और उद्धव, तुम्हारी सामर्थ्य से मैं परिचित हूं, मैं तुम्हारे भरोसे मंझदार में इन सबको छोड़कर जा रहा हूं, कहा—सुना माफ कर देना यार।"

और उसके बाद कृष्णगोपाल स्वगत—कथन करने लगे।

"डा॰ उद्धव, तुम और पुरंदर मिल कर मेरा कविता—संग्रह प्रकाशित करा देना, मेरी एक रचना है—

ओ राख के ढेर
मेरे शब्दों का झोंका
तुझे उड़ाएगा
तू कहां तक चिंगारी को छिपाएगा?
ओ सूर्य !
मेरे शब्दों का उपग्रह–बाण
तुझे छेदेगा
कब तक तू धरती को ठंडा रहने देगा?
ओ धरती
मेरे शब्दों की बारूद विस्फोट करेगी
तू कब तक ऊंची–नीची बनी रहेगी?''

और फिर कृष्णगोपाल देर तक छतों, दीवालों को, शायद सारी प्रकृति को हाथ जोड़कर प्रणाम करते रहे और अंत में थककर निढाल होकर गिर गए। एक आखिरी चमक उनके चेहरे पर आई।

एक अजीब व्यंग्यमय मुस्कराहट उभरी। मुंह खुल गया और एक हिचकी के साथ कृष्णगोपाल की गरदन एक ओर लुढ़क गई।

हाहाकार मच गया। डाक्टर भागा आया, नर्सें आईं, कर्मचारी आए। स्टाफ के अन्य लोग एकत्र हो गए। विमला कृष्णजी के शरीर पर सिर पटक रही थी और उनकी बेटी, उर्मिला, आरती, इला सब जार–जार रो रही थीं। डा॰ उद्धव ने उन्हें वहां से हटाया और एक दुशाला कृष्णजी को उढ़ा दिया। वे सब रातभर वहीं वैसे ही बैठे रहे, न कुछ कहने को था, न सुनने को।

डा॰ साहब ने यह अवश्य कहा–''कृष्णगोपालजी ने आत्महत्या की है। यदि वह सहयोग करते तो वह निश्चय ही बच सकते थे। आपरेशन सफल हो गया था पर उन्होंने कुछ भी खाने–पीने से इंकार कर दिया था। वह तय कर चुके थे कि उन्हें अब जीना नहीं है। एक महापुरुष जो दूसरों के लिए जिया, शहीद हो गया। आइ एम वैरी सॉरी, मैं अपने घनिष्ठतम मित्र को बचा नहीं सका।''

और फिर आंखें पोंछता वह डाक्टर चला गया। उसके पीछे गमगीन, पालामारी हुई–सी नर्सें गईं, आघातित–पक्षाघातित से कर्मचारी चले गए।

सुबह के अखबारों में कृष्णगोपाल के देहावसान का समाचार छपते ही, साहिबाबाद के लोग उमड़ पड़े। किसी बड़े नेता की शवयात्रा में भी इतने लोग शामिल न हुए होंगे, इतने लोग आए, दिल्ली में जिसने सुना, अखबारों में पढ़ा, वे भागे आए। डा॰ ज्ञानसिंह राठौर रूग्ण होने के बावजूद आए और कृष्णगोपाल के सिर पर हाथ रखकर बोले–''गोपाल भाई, तुमने मुझे धोखा दिया, मैं तुम्हारा अग्रज बैठा हूं और तुम मुझे छोड़कर चले गए।'' और ज्ञानसिंह जैसा ज्ञानी, धीर–गंभीर व्यक्ति भी बिलख–बिलख कर रोने लगा, रोता रहा।

क्रियाकर्म के पश्चात् विमलाजी को धीरज बंधाकर और प्रभाकर की पीठ ठोंक कर उद्धव, आरती, इला और उर्मिला दिल्ली लौटे। आरती मुंहफट थी, उस शोक में वह काफी समय तक मौन रही थी....जैसे ही दृश्य बदला, उसने उर्मिला से कहा–''कृष्णजी, मेरे भी मित्र थे, आपके आने के पूर्व से ही....उन्होंने मेरे उस तथाकथित

दुराचारी पति से प्रतिशोध लेने के लिए मुझसे उपन्यास लिखवाया। उसे शुद्ध किया और जहां जरूरत समझी, वहां स्वयं लिखा भी.... वह मेरे मित्र, पथप्रदर्शक और दार्शनिक की तरह थे, सुख के साथी, दुःख में सदासहायक..... उनके बिना मैं अकेली रह गई, आप भी किंतु मेरे कहे का बुरा मत मानना। यह जो जिंदगी है, वह बस एक बार मिलती है, पुनर्जन्म बकवास है, मात्र कल्पना.... जन्म–जन्म का साथ इस नश्वर संसार में किसी को नहीं मिलता....मैं तो पति की ज्यादती का शिकार हो गई थी, यौवन उसी के साथ बरबाद हो गया अब वयस्कता आ गई पर मैं जानती हूं कि पुरुष के बिना स्त्री, इस पिछड़े हुए परपीड़क समाज में असुरक्षित हो जाती है और आपने अभी तक कुछ न देखा, न भोगा, केवल कृष्णजी के साथ जब–तब मैत्री का सुख लिया.... मेरी मानो तो तुम कृष्णजी की याद में ही सारा जीवन मत बिता देना, किसी मनोनुकूल पुरुष से या तो विवाह कर लेना या प्रगाढ़ मैत्री.....जो चला गया, वह तो लौटकर आ नहीं सकता तो उसके लिए यह सोने सी काया को बरबाद क्यों किया जाए?"

उर्मिला कुछ न बोली पर उसके नेत्रों में आसुंओं की छलक ने जैसे स्वयं उत्तर दे दिया। तब आरती सहम गई तथापि कहा–"अभी घाव ताजा है पर यह जो काल है, वह बड़ा निष्ठुर होता है.... वह बड़े–बड़े जख्म भर देता है, तब आप मेरे परामर्श पर सोचना और मैं तो यहीं हूं, जब मन उखड़े, तब मुझे फोन कर देना, मैं आ जाऊंगी या आप आ जाया करना....हम दोनों मिलकर इस झटके को झेल लेंगे।"

और आरती अपने घर चली गई। डा॰ उद्धव, इला और उर्मिला अपने निवास पर आए। वे तीनों अपने में खोए हुए थे न कुछ करने को था, न कुछ कहने को। वे चित्रलिखित से हो गए थे।

यंत्रवत् जीवन चलने लगा किंतु दो–तीन दिन बाद जब मन कुछ स्थिर होने लगा तो डा॰ उद्धव ने उर्मिला से जयपुर जाने का प्रस्ताव किया तो जैसे उसका रुका हुआ बांध टूट पड़ा। वह रोने लगी, रोती रही, फिर सिसकते हुए कहा–"वह मुझे आपको सौंप गए हैं, यह इतनी जल्दी भूल गए?"

डा॰ उद्धव का गला भर आया–"उर्मिलाजी, जयपुर दूर नहीं है। हम आप दूरभाष पर वार्तालाप करते रहेंगे आप जब बुलाएंगी, इला और हम, कभी साथ, कभी अकेले आ जाया करेंगे.... कृष्णजी के बाद, मेरा तो जीवन के प्रति परिप्रेक्ष्य ही बदल गया है। एक विचित्र उन्माद मुझमें भर गया है....मुझे वह सब करना है जो कृष्णजी कह गए हैं पर मैं अकेला रह गया हूं....आपने आल्हा पढ़ी–सुनी होगी। ऊदल के बिना आल्हा जैसी मेरी दशा हो गई है–बिना बेंदुला के चढ़वइया, रन में को झेलै तलवार–"

और यह कहकर उद्धव रुदनशील हो गया। उर्मिला अब समझी कि उद्धव के हृदय पर कृष्णजी का कितना गहन प्रभाव पड़ा था और इन दोनों में कितनी गंभीर मैत्री थी।

उर्मिला बोली–"ठीक है, आप जयपुर जाइए और कृष्णजी के बिना जो 'प्रतिरोध' के सूत्र बिखर गए हैं, उन्हें संभालिए.... लेकिन मैं उनके बिना इस भयानक नगरी में कैसे रहूंगी।"

"किंतु कृष्णजी गए कहां हैं....वह एक ब्रह्मांडीय–कास्मिक व्यक्तित्व था, वह शरीर

से चले गए पर वह सूक्ष्मतः यहीं हैं.... वह अपने प्रियजनों को छोड़ नहीं सकते....वह विक्षुब्ध आत्मा थी। वह किसी स्वर्ग या मोक्ष में लीन नहीं हो सकते....आप उन्हें सदा साथ पाएंगीं....पार्थिव न सही पर उनकी अपार्थिव उपस्थिति रहेगी और आप देखेंगी, वह हमेशा साथ देंगे, परामर्श, पथप्रदर्शन, सब पूर्ववत रहेगा....विशेषकर वह आपके आसपास रहेंगे क्योंकि आपने ही उन्हें पूर्णता दी थी।"

"इस इला पर निगाह रखना, मुझे इसकी चिंता रहती है।"

"इला में मनमानापन है पर वह आपकी सहोदरा है, उसमें वैसी ही संपृक्ति है। जहां वह रहती है, जिसमें रहती है, उसमें पूरी तरह रमती है....उसमें चंचलता मूडस की है, भावगत नहीं.... मैं भी इला के कारण ही पूर्ण हुआ हूं.... आप उसकी जरा भी चिंता न करें।"

और रोते–बिलखते वह उद्धव और इला जयपुर को चले। उर्मिला विषाद की मूरत की तरह अपने में स्थित हो गई थी, क्या कर सकती थी?

मार्ग में दीर्घ मौन रहा। इला से सहा नहीं गया। उसने पूछा–"उद्धवजी, सच बताना, आप क्या सोच रहे थे?"

"मेरा परिप्रेक्ष्य बदल गया है इला, अब मुझे प्रकृति के दृश्य रोमान में नहीं ले जाते.... देखो, वह दूर स्थित लैम्पपोस्ट है न, वह कृष्णवत् खड़ा है, दूर मगर वह चल रहा है....पीछे हट रहा है, आगे आ रहा है.... ये पदार्थ नहीं है मेरे लिए अब.... ये मुझे पुतले से लगने लगे हैं जिन्हें किसी अदृश्य डोर से बांधकर कोई नचा रहा है.... पदार्थ और व्यक्ति वस्तुतः यंत्र हैं, कठपुतले पहले मुझे सुमन, पादप, इंद्रधनुष, सरोवर, समुद्र, पर्वतशिखर मोहते थे.... उनमें एक स्वतंत्र व्यक्तित्व सूझता था। उनसे तादात्म्य की प्रेरणा जगती थी। उन्हें देखकर अपने प्रिय जन से मिलने की, उसमें लय हो जाने की इच्छा जगती थी अब एक अजीब निस्संगता पनप रही है जैसे मैं मात्र दर्शक और मननकर्ता रह गया हूं.... इला, तुम्हें यह नहीं लगता कि हमारे जो आसपास है, वह हमसे असंबद्ध है....तटस्थ है.... हम अपनी ममता, जीवनप्रियता और उमंग के कारण इस द्रव्यजगत से नाता जोड़कर अपना प्यार इन पर उंडेलते हैं पर मैं अब जान रहा हूं कि ये पशु, पक्षी, पदार्थ हमसे असंबद्ध हैं, हां, आप उनकी सेवा करें, खिलाएं–पिलाएं, उन्हें सींचें तो वे प्रत्युतर देते हैं, सहारा पकड़ लेते हैं परंतु मूलतः जो हमारे सामने है, वह सिर्फ अपने में ही रहा है, उसे हमसे कोई मतलब नहीं है। वह अपने को बनाए रखने में व्यस्त है और हम समझते हैं कि वे हमारे मनोरंजन के लिए हैं।"

इला ने पूछा–"इसका अर्थ यह है कि हम अकेले हैं, इस प्रसार में, विस्तार में एकदम एकाकी हैं और हम बने रहें, बढ़ें, फलें–फूलें, सिर्फ यही चिंता करें, यही न?"

"नहीं, हम अपने अस्तित्व के प्रति प्राकृतिक पदार्थों की तरह जागरूक रहते हुए भी, सबके अस्तित्व के प्रति संलग्नता बरतें क्योंकि हम मनुष्य हैं और मनुष्य को प्रकृति ने वाणी दी है, बोध, भाव सो इसीलिए कि हमारी भावनाएं कृष्णजी की तरह व्यापक हों, सबको हम हृदयस्थ कर लें और यह ज्ञान रहे कि यह सब हमारा ही विस्तार है।"

इला उलझन में आ गई–"उद्धवजी, आप ज्ञान की दशा में मुझे गौतम

बुद्ध से लगने लगते हैं जो सुजाता की खीर तो खा जाता है मगर यशोधरा को छोड़ देता है....मुझे लगता है कि आप सर्वनिष्ठ होकर मुझसे किसी दिन आराम हो लेंगे।"

उद्धव मुस्कराए। उस स्मिति में एक वेदना थी, बोले–"इला, गौतम बुद्ध ने निस्संग होकर जो महाभिनिष्क्रमण किया था, वह इस ज्ञान के कारण कि ये दो पदार्थ हैं, प्राणी....ये सब किसी परम सत्ता से नहीं, ठोस कार्यकारण से बंधे हैं अतः प्रकृति में सदा सृजन–संहार चलता रहता है और जब यह बोध जग जाता है तो फिर किसी के प्रति रति कैसे रह सकती है, हां, करूणा अवश्य रहती है जो गौतम बुद्ध में थी भी।"

"तो मेरे प्रति आप इस बोध के कारण अब करूणा किया करेंगे, आसक्ति समाप्त हो जाएगी?"

"मैं गौतम बुद्ध कहां हूं, मुझे वैराग्य की आवश्यकता नहीं है क्योंकि वह जीवनविरोधी है। ज्ञान हो जाना जरूरी है पर उसका फल वैराग्य नहीं, अनुराग होना चाहिए, ऐसा अनुराग जो विवेक से युक्त होता है। मैं तुम्हें प्यार करता हूं पूर्णतः इससे मेरे वस्तुगत ज्ञान में बाधा कहां आती है? और यह जो अनुराग है, उसका आधार हमारी प्रकृति है....हमारे शरीरों में जो कोटि–कोटि कण हैं, परमाणु हैं, वे गुरुत्वाकर्षित हैं....यह तुम्हारे साथ ही हुआ है, अन्य के साथ वे आकर्षित तो होते हैं पर पूरी तरह नहीं अतः आकर्षण आते–जाते रहते हैं।"

"गनीमत है, मैं तो डर गई थी कि उद्धव का क्या ठीक है। पता नहीं, कब उनका ज्ञान उन्हें मुझसे तटस्थ कर दे।"

उद्धव मुस्कराए–"मैंने कहा न कि जहां रूप होता है, उसके प्रति आकर्षण होता है, दीप जलता है तो शलभ आते ही हैं मगर मनुष्य में जो सोचने की शक्ति होती है, वह उसे उसकी शलभता के परे ले जाती है।"

"आपमें उर्मिला के प्रति आकर्षण नहीं जगा कभी?"

"अवश्य जगा है किंतु मेरी कृष्णमय मति में उर्मिला के प्रति वह भाव नहीं उभरा जो तुम्हारे प्रति है।"

"अच्छा, यह बताइए कि अब तो कृष्णजी नहीं हैं, नहीं हैं न? और उर्मिला कृष्णमय है.... आप कृष्ण के प्रतिरूप हैं, बल्कि समरूप तो....तो वह उर्मिला आपको कृष्ण का स्थानापन्न मान सकती है, मान लेगी यदि आप उसे भी मित्र मान सकें?"

"यह संभव नहीं क्योंकि मुझे उसमें कृष्णजी दीखते हैं वैसे ही जैसे कृष्णजी में मैं उर्मिला को देखा करता था।"

"किंतु वह स्वयं उर्मिला को सौंप गए हैं आपको....जब आप उर्मिला के साथ होंगे तो वह स्वयं अदृश्य हो जाया करेंगे....मुझे लगता है कि उर्मिला, आपके सिवा, अन्य किसी पुरुष को मित्र नहीं बना सकती।"

"यह सच हो सकता है पर मैं उर्मिला से भी अधिक कृष्णजी से जुड़ा हूं। मैं उनकी प्रिया का आदर कर सकता हूं, सामान्य मैत्री भी निभाता रहूंगा पर मैं उर्मिला को उस दृष्टि से देख ही नहीं सकता।"

"और मैं यदि कृष्णजी को कह दूं कि वह उर्मिला को मुक्त कर दें, तब तो आपको कोई आपत्ति न होगी? तब उर्मिला एक बार पुनः अपना लंगर पा

जाएगी।"

"यह मेरे लिए कल्पनातीत है इला और तुम भी सिर्फ कह रही हो, तुम इतनी मुक्त नहीं हो जो अपनी गौणता सह सको।"

"मैं अपनी बहिन के लिए सह लूंगी.... उसके दुखी रहते मैं सुखी नहीं रह सकती. ...मैं तुम्हारे साथ हूं और वह अकेली है, इससे मुझे हार्दिक ग्लानि हो रही है।"

"इला, मुझे लग रहा है कि उर्मिला, कुछ समय बाद अपना भेद खोलेगी, और वह रहस्य, इस रहस्य से भिन्न होगा जो तुम मुझसे कह रही हो।"

"अच्छा?"

"संभव है, चाहे यह अनुमान मात्र हो पर अपना आभास बता रहा हूं, अनुमान नहीं।"

"वह क्या हो सकता है।"

"पता नहीं, दो माह बाद मैं बता दूंगा।"

"आप तो उद्धव हैं, सदा पहेली बुझाते हैं.... आप अपना आभास या अनुमान बता दें तो क्या गजब हो जाएगा?"

"उर्मिला, मां बन सकती है।"

"क्या, क्या कहा आपने?"

"मैंने कहा कि उर्मिला जननी बन सकती है।"

"भला, आपने यह कैसे अनुमान लिया?"

"मेरे पास कोई आधार नहीं है पर मैंने उर्मिला में शोक के बावजूद एक ऐसी तृप्ति देखी है जो नारी के मां बनने की स्थिति में आभासित होती है।"

"किंतु जब कृष्णजी उर्मिला के पास रहते थे, तब तो कुछ हुआ नहीं, जब वह लौट कर आए, अभी कुछ दिनों पूर्व तो तब वह रूग्ण थे....अब ऐसा क्या हो गया जो आप यह सब सोच गए?"

"कोई आधार नहीं है मेरे पास पर मुझे ऐसा भान हो रहा है।"

"काश, यदि ऐसा हो जाए तो उसका जीवन सफल हो जाए।"

"तब तो तुम उर्मिला के साथ मेरे रोमांस का सुझाव वापस ले लोगी न?"

"पहले यह होने तो दो। तब देख लेंगे लेकिन मान लो, यह हो जाए तो तब उर्मिला को आपकी और अधिक आवश्यकता होगी।"

उद्धव ने इला की शरारत पर उसे क्रोध से घूरा। वह हंसने लगी। उद्धव गंभीर हो गए।

जयपुर आकर कृष्णगोपाल के निधन के बाद जो वहां शोकसभा आयोजित हुई, उसमें इला के साथ उद्धव गए और कृष्णगोपाल की महत्ता बखानने के अलावा उन्होंने वक्तव्य इस रचना के साथ समाप्त किया। उस रचना का शीर्षक था, 'काल–कवलन'।

"वहां कोई नहीं था
सृष्टि बस अपने में हो रही थी
पदार्थों में प्राणियों में,
भीतरी भिड़न्त थी सर्वत्र
शक्तियां गुत्थमगुत्था थीं सभी में

उसने काल को दिक् से खींचा
लेजम सा भांजा कुछ देर
फिर बंदर की तरह,
काल–सर्प की
मुंडी रगड़ने लगा
पुनः वह देखता कि
वह मर गया या जिंदा है
किसी ने पूछा किसे मार रहे हो?
मैंने कहा–कि काल–कवलन कर रहा हूं
इसकी यह हिम्मत
कि–कि इसने कृष्णगोपाल को ही हन डाला
अब मैं इसे जिंदा नहीं छोडूंगा
फिर वह अपने लहू–लुहान हाथों से
अपना माथा पीटने लगा
और हो–हो कर रोने लगा।''

उद्धव, सचमुच उस शोकसभा में सिसकने लगा। सबके नेत्र छलके और कंठ अवरुद्ध हो गए। पंकज, उद्धव को पकड़कर उसकी सीट पर ले गए, बोले–''उद्धवजी, कृष्णजी गए, पर अभी हम सब हैं, आप इस तरह दुःखदग्ध होंगे तो उनका प्रतिरोध–युद्ध कौन आगे बढ़ाएगा?''

.....डा॰ उद्धव ने प्रतिरोध केंद्र स्थापित करने के लिए बैठक बुलाई। सर्वसम्मति से पंकज को सचिव और चतुरानन को संयुक्त सचिव चुन लिया गया। उद्धव ने एक अन्य प्रस्ताव रखा।

''मित्रो ! कृष्णगोपालजी ने यह देख लिया था कि वामोन्मुख राजनैतिक दलों से जुड़े जो लेखकों और विचारकों के मंच हैं, संगठन, उनमें उसी पार्टी के लोग अधिक आते हैं, अन्य संगठनों या दलों के रचनाकार और बौद्धिक नहीं आते। यह स्थिति सर्वत्र है अतः इटली में ग्रामशी ने 'सयुक्त मंच' की अवधारणा पेश की थी कि हम सर्वत्र 'संयुक्त मंच' बनाएं और वामपंथी तथा स्वतंत्र, सभी सामाजिक चेतना से सम्पन्न विचारकों और लेखकों, पत्रकारों, प्रबुद्धों को बुलाएं और खुलकर चर्चा हो जिसमें आत्म आलोचना (सेल्फ क्रिटिसिज्म) की भी गुंजाइश हो। इसका संगठन भी आज हो जाना चाहिए यदि आप सब सहमत हों।''

कुछ विचार–विमर्श के बाद सहमति बन गई और उसके लिए डा॰ माधवप्रसाद को संयोजक बना दिया गया। फिर कई दिनों तक घोषणापत्र, सदस्यता–अभियान और पत्र–लेखन द्वारा सारे देश में सम्पर्क स्थापन का काम चला।

दो मास व्यतीत हो गए। 'प्रतिरोध केंद्र' और 'संयुक्त मंच' के सार्वजनिक कार्यक्रम भी हो गए। तब उद्धव ने इला को कहा कि वह अब दिल्ली हो आए। दो माह से अधिक हो गए हैं और मैं खुशखबरी सुनना चाहता हूं। इला अब तक विषाद से काफी मुक्त हो चुकी थी, इठलाकर बोली–''मैं अकेली दिल्ली तक क्यों दौडूं, आप साथ दें तो चलूंगी।''

''तुम चाहो तो फोन पर ही क्यों नहीं पूछ लेती? मान लो, कुछ न हुआ तो व्यर्थ दौड़–भाग होगी, निराशा भी।''

"आप बहुत व्यवहारवादी हो गए हैं क्या? इतनी बड़ी खुशी घर बैठे ही हथियाना चाहते हैं, आश्चर्य है।"

उर्मिला को फोन किया गया कि वे दोनों दिल्ली आ रहे हैं। डा॰ उद्धव और इला, आशा–निराशा में डूबते–उतराते उर्मिला के बंगले पर पहुंचे। उर्मिला कुछ दुर्बल–सी लगी किंतु उसके मुंह पर दीप्ति थी, एक विचित्र तृप्ति। उर्मिला का पेट देख पर ऊपर से कुछ पता नहीं चला। विश्राम, स्नान–भोजन के बाद जब सब बैठे तो इला ने एकांत में उर्मिला को ले जाकर प्रश्न किया–"दीदी, सच कहना, क्या आपमें कृष्णजी अवतार लेंगे?"

उर्मिला लजा गई। वह लज्जा और उसमें लिपटा लालित्य और गर्व अवर्णनीय था, काश, कोई छायाकार या चित्रकार होता ! उर्मिला की लज्जा से ही संकेत स्पष्ट हो गया था। तथापि इला ने बलात् उर्मिला के उदर पर हाथ फेरा। उसमें अभी उभार नहीं आया था। दो–ढाई महीने ही तो हुए थे। इला ने पूछा–"यह कृष्णजी के लौटने के पश्चात् ही हुआ होगा, नहीं?"

"वह यात्रा से लौटे, उस रात वह बहुत बेचैन थे उन्हें आभास हो गया था कि वह सांघातिक रोग के शिकार हो गए हैं....वह उनका अंतिम समर्पण था जैसे उन्होंने मुझमें अपने समूचे अस्तित्व की आहुति दे दी हो, जैसे वह मुझसे निःशेष हो गए हों....मैं सोच भी नहीं सकती थी कि ऐसा हो जाएगा पर यह हो गया। दो माह हो गए किंतु मुझे मासिक रक्तस्राव नहीं हुआ। मैं डाक्टर के पास गई थी, उसने साफ कह दिया कि आप गर्भवती हैं। ....इला, अब क्या होगा.....मैं कृष्णजी के साथ सरिस्का वनविहार के समय भर्तृहरि की समाधि को गई थी। वहां उसके पुजारी ने बलात् मुझसे पूजा कराई थी ....मैं कृष्णजी के साथ अपना संबंध छिपाना चाहती थी पर वह घाघ पंडित भांप गया और कहा कि भर्तृहरि गोरखनाथ के शिष्य थे, वे दोनों अमर गुरु और योगी हैं, कालविजयी, सो यदि मेरे पुत्र हो तो उसका नाम विक्रम रखा जाए। विक्रमादित्य, भर्तृहरि के सहोदर थे।"

इला आनंद में थिरक उठी। बोली–"तो वीर विक्रमादित्य जन्म लेंगे और जाहरजोधा ....उर्मिला बहिन, यह तो दुर्भाग्य में सौभाग्य उदित हुआ है.... अब तुम क्या करोगी? गर्भपात करना सामाजिक दृष्टि से जरूरी है किंतु कुंआरी माता बनना आधुनिक चुनौती है, तुम क्या करोगी?"

"मैं शिशु को नष्ट कैसे कर सकती हूं, ...वह कृष्णजी का प्रतिबिंब होगा ...समाज यानी प्रबुद्धसमाज में कुंआरी मां बनना अब कोई अजूबा नहीं माना जाता और अब तो विमलाजी ने भी मुझे स्वीकार कर लिया है.... वह सुनेंगी तो खुशी से पागल हो जाएंगी।"

"तो ठीक है, हम भी यही चाहते हैं। चलो उन डा॰ उद्धव को यह खुशखबरी सुनाएं....कृष्णजी के बाद वह आपे में नहीं हैं....उनमें विक्षिप्तता के लक्षण प्रतीत होते हैं, सच, दीदी, वह कृष्णजी के सचमुच उद्धव ही हैं, बेचारे।"

दोनों सहोदराएं उद्धव के पास आईं, रहस्यमय मुस्कानें मारती हुईं जैसे वे मंद हास की चांदनी में सराबोर हों। मातृत्व नारी को एक अलौकिक अस्मिता देता है, वह अभिमान उर्मिला में लहरें ले रहा था पर वह लज्जा से विमिश्रित था। डा॰ उद्धव आदर में खड़े हो गए, पूछा–"तो इला, मैं मान लूं कि मेरा आभास सच निकला?"

"आपका आभास, अनुमान, अंतर्दृष्टि मुझे यह सोचने को विवश करती है कि

आप सिद्ध हैं और आप सचमुच जाहरजोधा के अवतार हैं....आप चाहे विनोद में कहते रहे हों, मनोबल बढ़ाने के लिए कि आप जाहरजोधा हैं पर मैं आज मान गई कि आपमें कुछ ऐसा है अवश्य जो आपको असाधारण बनाता है....अक्सर पागलों को ऐसे आभास होते हैं....हाय, उर्मिला, यह पहले ही समझ गए थे कि तुम मां बननेवाली हो....विस्मय की बात है न?"

उद्धव किलक उठे। उन्होंने उर्मिला को बधाई दी और कहा कि "यदि सकुशल वीर विक्रम का जन्म हो गया तो हम तीनों, बल्कि विमलाजी सहित भर्तृहरि गुफा उज्जैन चलेंगे और अभी हमें आज या कल, सरिस्का में भर्तृहरि की समाधि पर चलना है, उसके पुजारी के प्रति कृतज्ञता व्यक्त करने के लिए और समाधि पर मत्था टेकने के लिए।"

गौरव और हर्ष से उर्मिला फलों से लदे आम्रवृक्ष–सी विनत हो गई। एक ज्योतिपुंज–सा उसके मुख पर चमका और चला गया।

दूसरे दिन कार से तीनों सरिस्का के अभयारण्य चले और उसी होटल में टिक गए। शाम को वे सब भर्तृहरि की समाधि पर गए। वह पुजारी उन्हें देखते ही पहचान गया, बोला–"बेटी, मैंने कहा था न कि योगीराज भर्तृहरिजी चमत्कार अवश्य करेंगे....किंतु आपके साथी नहीं आए।"

उर्मिला को आंखें छलकीं, कंठ कांपा। तब इला बोली–"महाराज, कहा नहीं जा रहा पर वह कृष्णजी, उर्मिला के जीवनसाथी गोलोक को चले गए।"

पुजारी उदास हो गया। सोचता रहा, वह कुछ गणना करता रहा, फिर वह कहने लगा।

"यह दैव इच्छा है बेटी, इसमें किसी का कोई वश नहीं है....आप इसको भूल जाएं, वर्ना जातक पर हानिकर प्रभाव पड़ेगा, जो विगत हो गया, उस पर शोक नहीं करना चाहिए, जो भविष्य है, वह आपमें है, उसकी रक्षा के लिए मैं भर्तृहरिजी की भभूत दूंगा, आप पूजा कर लें।"

विधिवत् पूजा की गई। वह उर्मिला भर्तृहरि की समाधि पर सिर रखकर सिसकने लगी। पुजारी ने आशीर्वाद दिया। उर्मिला को लगा कि किसी ने उसके सिर पर वरद हस्त रख दिया है और उसे सुनाई पड़ा–"उर्मिले, बेटी, तू निर्भय हो जा, वीर विक्रम तेरी कोख से अवतार लेगा और कृष्णगोपाल का शेष कार्य पूरा करेगा, जा तेरा कल्याण होगा जा,ऽऽ।"

वह 'जाऽऽ' की ध्वनि जैसे उर्मिला में समा गई। उसने चकित होकर देखा कि वहां कोई नहीं था। पुजारी दूर खड़ा स्वस्ति मंत्र बोल रहा था। तब उर्मिला के सिर पर हाथ किसने रखा था, आशीष किसने दी थी? उर्मिला, इस आभास से विस्मित थी, प्रमुदित थी। दान–दक्षिणा देकर जब वे पुजारी को नमन कर चलने लगे तो वह बोला–"बेटी, नवजातक का मुंडन कराने यहीं आना। विक्रम योगी भर्तृहरि का प्रसाद है, सो उसे महासाधक भर्तृहरि जी के चरणों में चढ़ाना, भूलना मत ....अब यह विभूति लो, इसे एक धजीर में बांधकर जातक के कंठ या भुजा में बांध देना और यह देखना कि वह उस शिशु से पृथक न हो, सदा बंधी रहे बाबा की भभूत, वह दिव्य है, वरदात्री है। और सुनो, वन में दूर जो बाघ गरज रहा है, वह शुभ का संकेतक है।"

सचमुच बाघ गरज रहा था, अन्य वन्य जीव बोल रहे थे। उर्मिला सानंद

थर–थर कांपी....कुछ समय उर्मिला के साथ गुजार कर और यह निर्देश बार–बार देकर कि उर्मिला, डाक्टर को लगातार अपने को दिखाती रहे, डा॰ उद्धव जयपुर वापस चले। पुनः कहा, "छः माह पूरे होते ही इला या तो यहां आकर रहेगी या उर्मिला जयपुर आकर रहे। आसन्न प्रसवा स्थिति में उर्मिला का अकेले रहना उपयुक्त नहीं और यदि उर्मिला चाहे तो वह विमलाजी को साहिबाबाद से बुला लाए। वह मां की तरह उर्मिला की चिंता करेंगी और वह अभिभाविका–सी बोलती रहेंगी किंतु उर्मिला ने कहा कि बाद में देखा जाएगा।

उद्धव और इला, प्रसन्न मन जयपुर लौट गए। उद्धव ने इला को कहा–"इला, देखा जीवन यदि आघात करता है तो सुख की नयी संरचना भी करता है.... अन्यथा, यदि एक–सी दशा रहे तो आदमी आत्महत्या कर ले। जिंदगी कदली के पादप का सादृश्य है, एक परत सूख गई तो दूसरी नई निकल आती है। तो भी मुझे भय लग रहा है। उर्मिला का सौभाग्य जगा है, इतना अप्रत्याशित इतना विस्मयजनक कि कहीं कोई त्रासद घटना न घट जाए.... आघात और क्षतिपूर्ति, प्रकृति का यही नियम है।"

इला झुंझला उठी–"आप बड़े विचित्र व्यक्ति हैं, सुखद समाचार का सिलसिला कुछ समय तो चलने देते, पुनः दुर्घटना की आशंका उत्पन्न कर दी, अब आपको कौन–सा प्रतिकूल आभास हो रहा है?"

"मैं ठीक से कह नहीं सकता पर कुछ होगा अवश्य.... मेरी भौं फड़क रही है और लग रहा है, कहीं कोई हादसा होने जा रहा है पर उर्मिला की ओर यह संकेत नहीं है, वह कहीं दूर है।"

इला ने उद्धव को कसकर चिकोटी काटी। वह दर्द से चिल्लाकर हंसने लगा। इला ने पुनः बकोटा भरा और मुंह बिराते हुए कहा–"आप साईंजी की तरह बोलते हैं, दिस इज सिली....आप सिड़ी हैं, भला यह भी कोई बात हुई कि एक आनंद अभी सिर्फ सूचित हुआ है, आया नहीं है और आप नए हादसे की सूंघें लेने लगे.... आपमें वह भूतों के नायक जाहरजोधा अशुभ आभास दे रहे होंगे?"

"मुझे क्यों दोष दे रही हैं आप, मैं तो मात्र माध्यम हूं प्रकृति का।"

"अच्छा, अच्छा, आप मुझे अपना दुःस्वप्न मत बताइए, उंह, सारा बना–बनाया मूड चौपट कर दिया।"

उद्धव हंसा, पुनः उदास हो गया।

मई का महीना आ गया। तेज आतपताप में जयपुर में जब–तब आंधियां आतीं और घर–द्वार को धूलधूसरित कर जातीं....पत्ते और कूड़ा–करकट उड़ता और लोगों पर गिरता गोया अपशकुन हो रहा हो। प्रधानमंत्री, अब तक भूतपूर्व हो चुके थे क्योंकि वे चुनाव हार गए थे। उन पर आरोप थे पर पराजित हो जाने पर भी वह देशभर में जनजागरण में व्यस्त थे। आश्चर्य यह था कि अभी तक उर्मिला को नहीं निकाला गया था जबकि उस पर पूर्व प्रधानमंत्री का ठप्पा लगा हुआ था। शायद उर्मिला की कार्यकुशलता, सुंदरता, संस्कृति और विनय से, जो नए कैबिनेट सचिव आए थे, प्रभावित हो गए थे और उसे काम करने दिया था। नए प्रधानमंत्री की स्पर्धा पूर्वप्रधानमंत्री से थी, उर्मिला तो महिला–मोर्चे पर थी, उस पर प्रहार करना उन्हें उपयुक्त न लगा होगा।

पूर्व प्रधानमंत्री, दक्षिण यात्रा को गए। सुरक्षाव्यवस्था ढीली हो गई थी। वह

एक जनसभा में भाषण देने पहुंचे। भूतपूर्व हो जाने पर भी वह भव्यता से अभिमंडित थे, जनता के नेत्रों की पुतली, दुलारे.... वह मंच के पूर्व फूलमालाओं से लादे जा रहे थे। जय–जयकारों से वह मुग्ध और मुदित थे। तभी एक औरत ने उन्हें माला पहनाई और अपने शरीर में बंधे बम का ट्रिगर दबा दिया, भयंकर विस्फोट हुआ। पूर्व प्रधानमंत्री के चिथड़े उड़ गए। हाहाकार मच गया। प्रलय हो गई, लोग–बाग भाग रहे थे और अंगभंग प्रधानमंत्री के अवयव बिखर गए थे। जले हुए हाथ कहीं गिरे, सिर कहीं, धड़ कहीं, पैर कहीं....अवयव क्षत–विक्षत हो गए थे, पहचान में न आते थे जैसे भारत के जनतंत्र का भविष्य भस्म हो गया हो....समूह शोक में अभिभूत था, लोग चीत्कार कर रहे थे, रो रहे थे, स्तब्ध थे, सभी सोच में थे कि यह क्या हो रहा है?

"यह अभागा देश है, आतंकवाद से, अराजकता से नष्ट हो गया, हे राम!"

"कितना सुंदर पुरुष था, मुस्कराता था, तो अमृत सा बहता था, बेचारे को दहशतपसंदों ने मार डाला, अब क्या होगा?"

उर्मिला को दूरदर्शन पर यह दुर्दांत समाचार मिला। उसे आघात लगा पर सब प्रियजन उसे निर्देश दे चुके थे कि वह किसी भी अवस्था में अपने को अप्रभावित, स्थितप्रज्ञ रखे तथापि वह रोती रही, व्याकुलता में उसे लगा कि कहीं गर्भपात न हो जाए पर भर्तृहरि और जाहरजोधा के चित्रों को देखकर उसने किसी तरह अपने को संभाला। उसने तुरंत जयपुर फोन किया। उद्धव और इला ने कहा कि होनी को कोई टाल नहीं सकता। उर्मिला को चाहिए कि वह अपना चित्त स्थिर करे और यह समझे कि यह उसके अस्तित्व की परीक्षा है।

उर्मिला ने ध्यानांतरण के लिए आरती से भी वार्ता की। उसने भी सान्त्वना दी और सुझाया कि वह साहिबाबाद से विमलाजी को बुला लें। एक गार्ड के साथ ड्राइवर साहिबाबाद गया और विमला तथा भास्कर को ले आया। इस बीच आरती आई और उसने उर्मिला को बातों में लगाकर उसका ध्यान बदल दिया। उसने पूर्वप्रधानमंत्री की हत्या का रहस्य भी बताया कि उन्हें, श्रीलंका के तमिल विद्रोही प्रभाकरन ने षड्यंत्र कर मरवाया है क्योंकि पूर्व प्रधानमंत्री ने 'लिबरेशन टाइगर्स आफ तमिल एलम' या लिट्टे के विरुद्ध भारतीय सेना भेजी थी और उस सेना ने तमिल बागियों को भारी हानि पहुंचाई थी। उसका बदला लिया गया है। अब प्रभाकरन की खैर नहीं है। अब श्रीलंका की सेना तमिल–विद्रोहियों पर भारी हमला करेगी।

"उर्मिला, हम कितने निरीह और विवश हैं, मुल्क लाचार है इन संगठित गिरोहों के सामने जो बढ़ते ही जा रहे हैं, कारण भिन्न–भिन्न हैं। पंजाब में उग्रवादी स्वतंत्र खालसा राज्य चाहते हैं। कश्मीर में उग्रवादी मुसलमान, स्वतंत्र कश्मीर की मांग कर रहे हैं या वे पाकिस्तान में मिलना चाहते हैं, असम में बागी, पृथक राज्य बनाना चाहते हैं, नागालैंड, त्रिपुरा, मणिपुर में जनजातियों, कबीलों के लोग भारत में नहीं रहना चाहते। वे ईसाई हैं जिन्हें साम्राज्यवादी ईसाई राज्य देश से पृथक होने के लिए मदद दे रहे हैं.... हम एक विघटन के कगार पर खड़े हैं और भारत को विखंडन से जूझते देख रहे हैं। ऐसे में बड़े धीरज, साहस और निर्भयता की जरूरत है....उर्मिला, तुम अपने अंश की रक्षा करो और जो हो रहा है, उसका दायित्व तुम पर नहीं है, उस तरफ से ध्यान हटा लो।"

उर्मिला क्या कहती। उसके नेत्रों में आंसू उमड़े और वह रोने लगी, पुनः वह अपने कलेजे पर पत्थर रखकर तस्वीर में बनी किसी कृति सी जड़ हो गई।

साहिबाबाद से विमला जी आ गईं। उन्होंने आते ही उर्मिला के सम्मुख बातों का अनंत पिटारा खोल दिया। उर्मिला उन्हीं में उलझ गई और पूर्व प्रधानमंत्री के हनन का व्रजपात हलका हो गया।

दिन गिन--गिनकर गुजरने लगे। उर्मिला सबके समझाने पर ऊपर से संतुलित रहती किंतु उसके मन में पूर्व प्रधानमंत्री की छवियों के बिम्ब चलते। एक हूक–सी उठती पर वह उसे अपने भविष्य के अवलंब पुत्र के लिए दबा लेती। स्वप्नों में कृष्णजी उसे दिलासा देते।

''उर्मिला, तुम हिम्मत रखो, मैं तुम्हारी कोख से पुनः जन्म लूंगा। तुम विक्रम में मेरा रूप देखोगी....मैं उसके रूप में वह सब करूंगा जो मैं करना चाहता था। मैं षड्यंत्र का शिकार हुआ पर तुम विक्रम को इन हादसों के प्रभाव से बचाओ ....मैं तुम्हारे साथ हूं।''

उधर उर्मिला की स्थिति अब उसकी सर्विस में अस्थिर होने लगी। वर्तमान प्रधानमंत्री से जुगली खाई गई कि यह जो उर्मिला है, वह पूर्व प्रधानमंत्री के परिवार के साथ संबद्ध है और वह गोपनीय निर्णयों की खबर पूर्व प्रधानमंत्री की पत्नी को देती है। उसे बनाए रखना खतरनाक है। वर्तमान प्रधानमंत्री ने एक दिन उर्मिला को बुलाया। सारा हाल पूछा। उर्मिला ने उन्हें सब बता दिया कि कृष्णगोपाल उसके प्रेमी मित्र थे और उन्हीं का गर्भ मुझमें पल रहा है। वर्तमान प्रधानमंत्री ने पूछा–''क्या तुमने कृष्णगोपालजी से विवाह कर लिया था?''

''मैं विवाह संस्था में विश्वास नहीं करती।''

''अरे, विवाह की रीति तो सर्वमान्य है, हमारी संस्कृति का आधार है....तुम एक नाजायज संतान को जन्म दोगी, लोक क्या कहेगा?''

''श्रीमन् मैं नारी की विमुक्ति के लिए संघर्षरत हूं पर मैं फ्लर्ट नहीं करती ....मुझे स्वर्गीय कृष्णगोपाल से प्रेम था और मुझे सर्विस जयपुर के देशभक्तजी की सिफारिश से मिली थी....वह अभी भी जीवित हैं यों बीमार हैं। आप उनसे पूछ लीजिए....मगर मैं अभी और यहीं त्यागपत्र देती हूं।''

''नहीं, तुम्हें त्यागपत्र देने की जरूरत नहीं लेकिन यह बताओ कि क्या तुम मेरी सरकारं के भेद अन्यत्र किसीको देती हो?''

''सर, यह आप क्या कह रहे हैं....नारी के व्यक्तित्व का हनन ही क्या पुरुषों का शगल है? यह मुझ पर घातक मगर असत्य आरोप है, मैं कहां–कहां किस–किसको अपनी निष्पापता का वृत्तांत सुनाती फिरूंगी? श्रीमन्, यह एक और प्रमाण है कि नारी, पुरुषों के मध्य निष्कलंक नहीं रह सकती। सर, मैं त्यागपत्र लिखती हूं, आप कृपया उसे स्वीकार कर लें....मैं एक क्षण अब सर्विस में नहीं रह सकती।''

अब नारी बनाम पुरुष का द्वंद्व उभर आया था। उर्मिला त्यागपत्र लिखने लगी पर प्रधानमंत्री ने जयपुर देशभक्तजी को फोन मिलाया और वह उर्मिला को वहीं छोड़कर दूसरे कक्ष में देशभक्तजी से वार्ता करने चले गए।

फोन मिल गया। प्रधानमंत्री भी देशभक्तजी का आदर करते थे। उन्होंने

कहा—"देशभक्तजी, मैं सिंह, प्रधानमंत्री बोल रहा हूं, आप कैसे हैं?"

देशभक्त ने कहा—"कृष्णगोपाल के देहावसान के बाद मेरे जीने का क्या प्रयोजन रह गया है? मैं मरणासन्न हूं पर प्राण निकलते नहीं, जीना कठिन है, मरना उससे भी कठिन....मेरे लिए सेवा बताइए।"

"मैं उर्मिला के विषय में जानना चाहता था?"

"उसे मैंने पूर्व प्रधानमंत्री से कहकर रखवाया था। वह असाधारण महिला है, वह कृष्णगोपाल से प्रेम करती थी, उसी की संतान की वह मां बनने वाली है, वह स्वतंत्र व्यक्तित्व है पर दुराचारिणी नहीं है। आप उसपर विश्वास कर सकते हैं, वह कभी किसीको धोखा नहीं दे सकती है, वह नारी जाति की मुकुटमणि है।"

प्रधानमंत्री प्रभावित हो गए, बोले—"यही आपसे पूछना था, आप स्वस्थ हो जाएंगे, मिलिएगा....या मैं उधर जयपुर आया तो आपसे भेंट करूंगा।"

प्रधानमंत्री वापस आए और उर्मिला से कहा—"उर्मिला, देशभक्तजी से बात हो गई है, तुम्हें त्यागपत्र देने की आवश्यकता नहीं है।"

"सर, मैं अब एक भी क्षण यहां दिल्ली में नहीं रह सकती, आप मुझे क्षमा कीजिए, यह त्यागपत्र है और मैं जाने की अनुमति चाहती हूं।"

और वह उर्मिला, पश्चाताप, अमर्ष, अपमान और कलंक से आतंकित मनोदशा में बिफरती हुई शेरनी—सी बाहर चली गई। प्रधानमंत्री उसका त्यागपत्र हाथ में लिए स्तब्ध से खड़े रह गए।

एक गश में, एक आवेश में आने पर अंतर्निहित शक्ति में ज्वार आ जाता है। उर्मिला समुद्र—सी उफन रही थी। उसने अपने को संयमित कर कार, बंगला आदि सरकारी सुविधाओं का संजाल वापस करके कार्यालय जाना बंद कर दिया तथा जयपुर जाने के लिए तैयार होने लगी। विमलाजी सिसकने लगीं।

"ओफ !, यह प्रधानमंत्री कैसा है जिसने चुगलखोरों की बात मानी और देशभक्तजी के परामर्श पर ध्यान नहीं दिया....इस कान के कच्चे और आंख के अंधे प्रधानमंत्री ने एक सती पर कलंक लगाया है, इसका पतन होगा, देख लेना. ...उर्मिला तुमने इस्तीफा उसके मुंह पर मारकर नारी जाति की शान रख ली है लेकिन तुम यहां का अपना राज्य समेटने में शीघ्रता मत करो....आराम से जयपुर लौटने का प्रबंध करो, चाहो तो साहिबाबाद का घर भी तुम्हारा ही है। यहीं रहो और विक्रम के जन्म के बाद जयपुर चली जाना।" विमलाजी ने उर्मिला को समझाते हुए कहा।

उर्मिला ने सारे बैंक—बैलेंस का ड्राफ्ट बनवाया। बाजार का लेनदेन साफ किया। सामान बंधवाया और मित्रों से विदा ली और वह बंगला, कार, गार्डस, सब सरकार को सौंपकर जयपुर के लिए तैयार हो गई। विमलाजी झींकतीं—रोतीं साहिबाबाद लौट गईं और उर्मिला टैक्सी कर जयपुर रवाना हो गई। आरती ने चलते—चलते कहा—"उर्मिला, बाहर की घटनाओं को तमाशा समझो और अपने मन को कृष्णजी पर दृढ़ करो, वह तुम्हारे साथ हैं और वहां डा॰ उद्धव हैं, इला है, परिवार है....तुम्हारा दायित्व विक्रम को धरती पर लाना है, शेष वह कर लेगा, जाओ, तुम्हारी जय हो।"

जयपुर आने पर उद्धव और इला आदि ने उर्मिला का स्वागत किया।

उद्धव ने कहा—"जो हुआ, शुभ हुआ है....देशभक्तजी अभी जीवित हैं....आप विश्राम कर लें, फिर उन्हें प्रणाम करने चलेंगे।"

संध्याकाल वे सब देशभक्तजी के आश्रम गए। ऋषिकल्प देशभक्तजी जर्जर हो गए थे पर उनके मुख पर दीप्ति पूर्ववत थी जैसे भीष्म पितामह शरशैया पर लेटे हों। उन्होंने सारा हाल सुना और तब वह किसी आकाशवाणी की तरह बोले—"उर्मिला, यह सारा आश्रम मैं कृष्णगोपाल को सौंपकर मरना चाहता था पर वह पहले ही प्रस्थान कर गए, पर अभी तुम हो, उनकी प्रीतिभाजन, मैं चाहता हूं कि तुम इस आश्रम को स्वीकार करो। कल मैं तुम्हारे नाम इसके स्वामित्व का पंजीयन करा दूंगा और यहीं तुम कृष्णगोपाल के आत्मज को जन्म दो। पुनः तुम विक्रम और उद्धव–इला के साथ कृष्णगोपाल ने जो बुराई के विरुद्ध प्रतिरोध की परंपरा शुरू की थी, उसका अग्रसारण करना....मैं चाहता हूं कि मैं तुम्हारे पुत्र का मुख देखकर मरूं पर यह मेरे हाथ में नहीं है...।"

"नहीं, आप मेरी सेवा से स्वस्थ हो जाएंगे। मैं कल यहीं आ जाऊंगी। मुझे आश्रम का स्वामित्व नहीं चाहिए, मैं तो आपका आशीर्वाद चाहती हूं, बस।"

"नहीं, तुमसे योग्य, विश्वसनीय और कोई व्यक्ति नहीं है और यह सम्पत्ति कृष्णगोपाल को देने का मैं संकल्प कर चुका था। इसे स्वीकारो और यहीं आकर रहो, तुम्हारा कल्याण हो।"

उर्मिला, दूसरे दिन आवश्यक सामान लेकर आश्रम में आ गई। उसने प्रतिरोध के कार्यालय और उससे लगे कक्ष में कृष्णगोपाल की पुस्तकें, डायरियां, पत्र–फाइलें और अन्य वस्तुएं पाईं। वह उन्हें पढ़ती रही। फिर उन्हें सहेजकर रखने लगी। उन्हें पढ़कर उसे कृष्णजी के बागी जीवन के कई रहस्य मिले....उन तस्करों और अन्य सामाजिक–अपराधियों के नामों की सूची भी मिल गई, जिनके विरुद्ध कृष्णजी ने कार्यवाही कराई थी। वह कृष्णजी के प्रतिरोध के विस्तार और गहराई से अत्यधिक प्रभावित हुई। उसने उद्धव को बुलवाकर उन्हें 'प्रतिरोध' पत्र की पंजिकाएं, पुस्तकें और अन्य सामग्री सौंप दी और वह 'प्रतिरोध' के नए अंक के संपादन में जुट गई।

'प्रतिरोध' के नए अंक में उद्धव ने अब तक जो घटा था, उसका विवरण दिया। उर्मिला के त्यागपत्र की व्यथा भी प्रकाशित की गई पर उसमें उर्मिला पर लगे आरोपों का जिक्र नहीं किया गया। 'प्रतिरोध' का नया अंक एक माह की मेहनत के बाद सजधज के साथ प्रकाशित हुआ। शहर में हलचल मच गई। अपराधियों–तस्करों, दुष्ट नेताओं का ध्यान देशभक्त के आश्रम पर पुनः केंद्रित हो गया। प्रतिरोध का परिणाम यही होना था। प्रतिशोधियों में नए षड्यंत्रों के बुनने की होड़ लगी किंतु उद्धव निश्चिंत होकर अपना कार्य कर रहा था। कृष्णगोपाल की मृत्यु के बाद जीवन का मूल्य क्या है, यह निश्चित हो चुका था। अब न उर्मिला को अपनी परवाह थी, न उद्धव को, न इला को....

उर्मिला, अपनी देखरेख में देशभक्त बाबा के लिए भोजन या पथ्य बनवाती और पास बैठकर उन्हें खिलाती। औषधि उनको नियमित रूप से देती....उनकी दशा संभलने लगी। उन्हें लगा कि अब वह विक्रम का मुख देखकर ही मरेंगे। वह उर्मिला का मन बहलाने के लिए अपने अंतहीन संस्मरण सुनाते। उन संस्मरणों में देशभक्ति और जननिष्ठा के अपूर्व उदाहरण थे, दिव्य दृष्टांत। उर्मिला के गर्भ में जैसे विक्रम,

अभिमन्यु की तरह बाबा की कथा सुन रहा था, त्याग और तपस्या के संस्कार सीख रहा था।

एक रात बाबा देशभक्त किस्से सुनाते–सुनाते औंघ गए थे। उर्मिला चुपचाप उठकर जिस कक्ष में कृष्णजी सोया करते थे, उसमें आकर सोने का उपक्रम कर रही थी....जेठ की गर्मी की रात थी, लगभग आधी रात बीत रही थी। उर्मिला ने कूलर चला दिया था और वह बाथरूम जाकर जैसे ही सोने के लिए शय्या की ओर चली, उसे आभास हुआ कि कोई व्यक्ति खिड़की से झांक रहा है। उर्मिला ने लाइट ऑफ कर दी और तकिए के नीचे जो उसका रिवाल्वर था, उसे हाथ में लेकर वह खिड़की के पार्श्व में जा खड़ी हुई। एक व्यक्ति खिड़की को पकड़कर ऊपर चढ़ने का प्रयत्न कर रहा था। उर्मिला ने अचानक उस पर फायर कर दिया। वह गोली खाकर नीचे गिर गया और भागने की कोशिश करने लगा था पर वह चोट खा चुका था और कराह रहा था....तभी दो–चार व्यक्तियों के पैरों की आहट हुई और वे लोग उस घायल अपराधी को लादकर ले गए। तब उर्मिला बाहर आकर चिल्लाई। आश्रम के लोग चिंतित होकर आए, बाबा भी जग गए। सबने देखा कि खिड़की के नीचे रक्त गिरा था और कोई उस रक्त बहाते व्यक्ति को ले गया है। बाबा ने पुलिस को फोन किया, सूखते रक्त को समेट कर जांच के लिए भेजा गया और उर्मिला तथा अन्य सबके बयान लिए। अंत में सब चले गए।

बाबा ने दूसरे दिन मुख्यमत्रो को फोन किया। अखबारों में समाचार छप ही चुके थे। मुख्यमंत्री ने तत्काल आश्रम में पुलिस–प्रहरी भिजवा दिए।

बाबा ने उर्मिला की हिम्मत की तारीफ की मगर उसको आदेश दिया कि पुत्र जन्म तक उर्मिला कभी आश्रम के बाहर नहीं जाए।

उर्मिला ने हामी भरी।

इला और उद्धव आए, अन्य मित्र भी। इला और उद्धव को वहीं रोक लिया गया। तय हुआ कि इला वहीं रहे और आश्रम की गाड़ी से वह नौकरी पर जाया करे। उद्धव स्कूटर पर था ही। दिनचर्या अब नियमित हो गई।

उद्धव 'प्रतिरोध' का संपादन करता और कभी आश्रम में ही रुक जाता। वह एक रात इला के सो जाने पर आश्रम के सामने वाले लॉन में टहल रहा था। फाटक के बाहर पुलिस के गार्ड्स थे। एक–दो आश्रम के आसपास घूम रहे थे, सतर्क थे।

उद्धव सोच रहा था....'प्रतिरोध' करना कितना कठिन है.... जो हो रहा है, उसे होने दिया जाए तो सुरक्षित रहा जा सकता है, शांति और सामरस्य के लिए लोग सब सहते रहते हैं, प्राणभय भी उन्हें तटस्थ बनाता है किंतु कितना अंधेर है सर्वत्र, जिसे देखो, दूसरे को दबा रहा है...निर्बल और असंगठित होना अपराध है। सबल को कोई नहीं सताता इसलिए सशक्त, समृद्ध और सत्ता–सम्पन्न व्यक्ति चैन से रहते हैं और मनमानी करते हैं और एक वह कृष्णगोपाल जी थे, सदा उद्विग्न, अशांत, चिंतातुर और खीझे हुए या फिर वह व्यंग्य और कटाक्ष का आयाम पकड़ कर जो मिलता, उसकी धुनाई करते रहते थे....उनकी जीभ गांडीव धनुष थी और वचन ब्रह्मास्त्र की तरह अचूक....उन्होंने कितनों को धोया, घायल किया....लोग उनसे घबराते थे, कट जाते थे, पीछे से चोट भी करते थे पर वह विकट कृष्णगोपाल प्रहारप्रिय थे। क्या

वह परपीड़क थे? नहीं, वह तो आत्मपीड़क थे....वह मित्रों को मार लगाते थे पर उन्हें 'प्यार' भी करते थे। वह मिथ्याभिमान तोड़ते थे, स्वाभिमान का आदर करते थे....वह वस्तुतः कबीर की तरह जगत के दुःख को झेलते थे, "सुखिया सब संसार है, खावे और सोवे, दुखिया दास कबीर है, जागे और रोवे" यही दशा उनकी थी। वह वाणी हो या व्यवहार उसमें सौंदर्य चाहते थे और कहते थे कि बुराई–ईविल, सबसे बदसूरत चीज होती है क्योंकि उससे दूसरों को कष्ट होता है....सत्य सुंदर, असत्य असुंदर, पोषण सुंदर होता है, शोषण असुंदर। वह सुंदरता वहां मानते थे जहां उपकार की भावना हो और नेकी कर, कुंए में डाल का रूख अपनाया जाए ....उन्होंने श्रेय लेने के लिए, काम करने को सदा धिक्कारा था, वह कहते थे, 'अज्ञेय हों या ज्ञेय, सब चाहते हैं श्रेय।' वह कबीर की पंक्ति दोहराते रहते थे, माया महाठगिनी हम जानी.... और वह स्वयं माया का प्रयोग सिर्फ मायावियों को पाठ पढ़ाने के लिए करते थे.... वह चाहते तो बहुत कुछ पा सकते थे पर वह हमेशा कहते थे कि अपनी 'आत्मा' को बचाना है, व्यक्तित्व को बचाना है तो 'नहीं' कहना सीखो, 'नो'। वह दूसरों की इच्छा पूरी करने के लिए दीर्घ कष्ट सहते थे लेकिन स्वयं अपने को नकारते रहते.... जिसने उनसे प्रीति पनपाई, उसके लिए सदा फिक्रमंद रहते कि किस तरह उसका हित किया जाए, किस तरह, उसका मन प्रसन्न किया जाए.... और उन्होंने यह व्रत लिया था कि जो कोई न कर सके, उसे किया जाए ....उन्होंने पापी किंतु शक्तिशालियों के विरुद्ध अभियान छेड़ा और उनके षड्यंत्र के शिकार हुए....।

अचानक उद्धव को उस डाक्टर भल्ला का ख्याल आया जिसने कृष्णजी का आपरेशन बिगाड़ा था। वही उनका हत्यारा है और वह आनंदित हो रहा होगा, यह सोच–सोचकर कि कृष्णगोपाल का वध कर वह लाखों रुपये खा जाने में सफल रहा और हम अपनी उलझनों में फंसे रहे.... वह बाबा देशभक्त के पास गए। बाबा जाग रहे थे और सन्नाटा बुन रहे थे....वह विगत का चलचित्र देख रहे थे, बहुत दुर्बल और रोगग्रस्त थे तो भी उनके मुख पर एक महात्मा जैसा प्रकाश छाया रहता। उद्धव निकट जाकर बोला।

"प्रणाम दादा, नींद नहीं आ रही क्या?"

"जब तुम्हें नहीं आ रही और तुम कृष्णलीला में रम रहे हो तो मुझे कैसे आएगी....? तुम चिंतित हो उद्धव.... ज्ञानी होकर भी चिंता....क्या बात है?"

"दादा, कृष्णगोपाल जी की स्वाभाविक मृत्यु नहीं हुई, उनको मारा गया है।"

बाबा चकित रह गए। वह कराहकर उठ बैठ गए। शून्य में घूरते रहे, कहने लगे–"तुमने यह बात अब तक क्यों नहीं बताई?"

"मुझे पक्का पता नहीं था, पर अब मैं जान गया हूं कि अखिल भारतीय आयुर्विज्ञान हास्पिटल के कृष्ण का आपरेशन करने वाले डाक्टर भल्ला ने अग्रज कृष्णजी को मारा है और उसे जयपुर–जैसलमेर के माफिया ने लाखों रुपये दिए हैं।"

"अच्छा?"

"आपको किसने यह विवरण दिया?"

"मेरे अपने सूत्र हैं, स्रोत...गुप्तचर पुलिस से जुड़ा वह जो प्यारेलाल है, उसने सब बताया है। उसे मैंने लगाया था भेद लेने के लिए....बात यह थी कि स्वयं कृष्णगोपाल

को उस डाक्टर पर शक था...सिर्फ शक था...उन्हें लगता था कि माफिया उन्हें मार तो नहीं सकी। उन्होंने उन पर गोली भी दागी थी पर वह बच गए थे...वह सोचते थे कि वे उनके विरुद्ध कोई षड्यंत्र अवश्य करेंगे और अब उनका शक, सही साबित हो गया है।"

बाबा बोले—"प्रधानमंत्री का फोन आया था। उसने उर्मिला के हठ का उलाहना दिया था कि वह जरा–सी बात में त्यागपत्र देकर चली गई। उसने कहा भी कि वह मात्र प्रवाद के कारण त्यागपत्र न दे पर वह मानी नहीं....उसने यह भी कहा कि उर्मिला जब चाहे, अपना पद प्राप्त कर ले। कह रहा था कि उसे चुगलखोरों ने उर्मिला के विषय में आरोपों से परिचित कराया था पर वे आरोप आधारहीन थे....उसने यह भी बताया कि मैं जब चाहूं, उसको फोन कर सकता हूं, वह काम कर देगा....वह खेद प्रकट कर रहा था।"

"दादा, कुछ भी कहे वह, उर्मिला अब वह सर्विस स्वीकार नहीं करेगी....वह अब कृष्णजी के रास्ते पर चलेगी....लेकिन आप प्रधानमंत्री से कहकर उस डाक्टर भल्ला के विरुद्ध जांच तो करवा ही दीजिए।"

"मैं प्रधानमंत्री को कल फोन कर दूंगा। यदि वह अपराधी है तो वह बच नहीं सकता, प्रधानमंत्री सी॰ बी॰ आई॰ से गोपनीय अन्वेषण करा सकेगा....कृष्णजी के हत्यारे को दंड मिलना ही चाहिए और इस बहाने माफिया का जाल भी छिन्न–भिन्न हो जाएगा. ...मुझे लगता है कि उर्मिला पर आक्रमण करने या उसका अपहरण करने वाले भी माफिया के उसी ग्रुप के लोग होंगे।"

"यह सत्य है, वे उसी गुट के लोग हैं।"

"मैं उर्मिला पर आक्रमण का समाचार भी प्रधानमंत्री को दे दूंगा। इस सारे मामले की जांच सी॰ बी॰ आई॰ से करानी होगी।"

"यही ठीक रहेगा।"

"कृष्णगोपाल के गुजर जाने से मैं तो पक्षाघातित हो गया हूं, उसने व्यवस्था का प्रतिरोध किया। सारे देश में क्रांति की संभावना को वह टटोलता फिरा...वह जीवित रहता तो असंभव को संभव कर दिखाता पर उसे मार दिया गया....शायद ईश्वर भी बुराई का निर्मूलन नहीं चाहता...बुराई भी तो ईश्वरीय विधान है न, उसे कम किया जा सकता है, पर उसका समूल नाश संभव नहीं, वाह रे विधाता, क्या सृष्टि रची है तूने।"

उद्धव दादा से आराम करने की प्रार्थना कर चला गया और बुराई–भलाई के सनातन द्वंद्व की गांठ सुलझाने लगा...बुराई मनुष्य के मन में ही तो उपजती है और वह बुराई ही प्रबल है, भलाई तो दबी रहती है। बुराई जब बहुत बढ़ जाती है, तब उसके प्रतिरोधक उपजते हैं। कृष्णजी ऐसे ही थे। उन्हें प्रकृति ने ही प्रतिरोध के लिए, पापनाश के लिए जगाया था, तब प्रकृति ने उन्हें नष्ट क्यों करवा दिया? क्या अभी तक पाप का घड़ा पूरी तरह भरा नहीं है?"

दूसरे दिन बाबा देशभक्त ने दिल्ली फोन किया और प्रधानमंत्री को सारा हाल कह सुनाया। उन्होंने उसे बताया कि वह भ्रष्टाचार के विरुद्ध लड़कर ही प्रधानमंत्री बने हैं। यदि उन्होंने डा॰ भल्ला को रिश्वत देकर कृष्णगोपाल का आपरेशन खराब करवाने वाले अपराधियों का भंडाफोड करवा दिया और

उर्मिला पर हमलावरों का, तो माफियाओं का फैला हुआ जाल कट जाएगा और उनको अपूर्व कीर्ति मिलेगी। तब उस प्रधानमंत्री ने वादा किया कि वह सब कुछ करेगा और शीघ्र।

उद्धव प्रसन्न हुआ और उसने प्यारेलाल को पुनः बुलवाया और उसे सुविधानुसार दिल्ली जाकर सरकारी कार्यवाही का पता लगाने के लिए निर्देशित किया।

उर्मिला को यह सब बताया गया। वह संतुष्ट हुई किंतु पुत्रजन्म के दिन जैसे–जैसे निकट आते जा रहे थे, वह गर्भभार के आलस्य में पड़ी रहती थी और कृष्णजी के ध्यान में तल्लीन रहती थी। वह जैसे–जैसे उनकी डायरियां पढ़ती, वैसे–वैसे उन पर उसकी श्रद्धा दृढ़ होती जाती थी....उर्मिला, कृष्णजी के कार्यव्यवहार से विस्मित थी, उनकी अप्रकाशित रचनाओं के ढेर के ढेर उसे मिले। वह घंटों उनमें खोई रहती और उनका मर्म समझने की कोशिश करती रहती, कभी उद्धव से उनका अर्थ पूछती, कभी इला से। उद्धव ने निर्मल ओमप्रकाश को हैदराबाद से बुलवाया और उनका यात्रा विवरण टेप कर लिया। निर्मल ने प्रारंभ से अंत तक नक्सलपंथियों के शिविरों, कंदराओं, औघटघाटों, भिड़ंतों और प्रशिक्षण के विशद ब्यौरे बताए और जो संवाद हुए थे क्रांतिकारियों के साथ, वे भी कह दिए। निर्मल ने कृष्णजी की कुछ रचनाएं भी उद्धव को सौंपीं और गैरछपी रपटें, टिप्पणियां, आलेख और लेख भी दिए। निर्मल घंटों उर्मिला को कृष्णजी के विषय में अपना मूल्यांकन बताते, उनकी अप्रतिहत प्रतिरोध–क्षमता, उनका गंभीर चिंतन–मनन, उनके विनोद, उनके द्वारा कहे गए किस्से...वह कृष्णलीला अनंत असीम थी। एक बार उर्मिला ने सलज्ज भाव से पूछा–"निर्मलजी, आप महीनों उनके साथ रहे, वह कभी किसी स्त्री के प्रति आकर्षित नहीं हुए।"

तब निर्मल ने किशना और रोहिताश्व का वृत्तांत बताया। उर्मिला हंसने लगी। निर्मल बोले–"उर्मिला जी, वह प्रणय संबंधों में रूढ़िवादी नहीं थे पर वह प्रेमी थे, विलासी नहीं। फिर, उन पर क्रांतिकारियों के अनुशासन का प्रभाव पड़ा था, गहरा और अथाह, उन्होंने एक बार भी पूरी यात्रा में आपके प्रति निष्ठा का उल्लंघन नहीं किया। वह आपकी प्रशंसा से अघाते नहीं थे। वह वस्तुतः आपमें अपना लंगर पा गए थे।"

"निर्मलजी, उन्हें यह शब्द बहुत प्रिय था, कहते थे कि तुम मेरे जलयान की लंगर हो।"

"सचमुच, वह आपको पाकर अचंचल हो गए थे। उसके पूर्व भले ही उन्होंने विचलन दिखाया हो पर आपके बाद तो वह आरतीजी से भी दूर रहने लगे थे।"

"आरती तो उन्हें लंपट कहती थी, बताती थी कि इनका नाम कृष्ण है, सो वह कृष्ण की तरह ही चंचल वृत्ति के थे।"

"आरतीजी तो गप्प मारती हैं मगर कृष्ण के प्रति उनकी प्रीति भी अद्‌भुत थी और है। आप कृष्णजी के जहाज की लंगर थीं और आरती के लंगर कृष्णगोपालजी थे।"

और फिर निर्मल ओमप्रकाश हैदराबाद यह कहकर चले गए थे कि वह बीमार रहते हैं और उनके पित्ताशय में फोड़ा है, उसका आपरेशन होना है। वह यदि बच

गए तो वीर विक्रम के जन्म का शुभ समाचार सुनना चाहेंगे। उर्मिला ने वचन दिया था कि उन्हें सर्वप्रथम खुशखबरी दी जाएगी।

आषाढ़ का महीना लगा। आकाश में घन घिरने लगे। जब वह गरजते तो उर्मिला को कालिदास का मेघदूत याद आता और वह उसे बार–बार पढ़ती रहती और तुलसी की अमर चौपाई गुनगुनाती–'घन घमंड नभ गरजत घोरा, प्रियाहीन डरपत मन मोरा।' वह विरहिणी यक्षिणी की तरह उस आश्रम में तड़पती थी। किंतु जननी का दायित्व उसे संतुलित रहने के लिए बाध्य करता था।

एक दिन उद्धव के नाम न्यूयार्क से डा॰ पुरंदर का फोन आया। पिता की मृत्यु के बाद वह पितृभक्त हो गया था और अपने पूर्व के लड़कपन पर लज्जित था। उसने बताया कि कृष्णजी का कविता–संग्रह उसने तैयार कर लिया है और उन्हें उसकी भूमिका लिखनी है।

डा॰ उद्धव को अति हर्ष हुआ। उन्होंने भूमिका लिखने का वचन दिया और कहा कि वह उस पर लेख–लिखाएंगे और गोष्ठियां कराएंगे। कृष्णजी के प्रज्ज्वलितं शब्द गूंजेंगे और प्रतिरोध पावक झर–झर जल उठेगा।

कृष्णजी की कविताओं की पांडुलिपि आ गई। भूमिका लिखकर, डा॰ पुरंदर के बताए प्रकाशक को पुस्तक भिजवा दी गई और इसे तुरंत छापने को कहा गया। उद्धव चाहते थे कि विक्रम के जन्म के आसपास कृष्णजी का संग्रह 'नदी और समुद्र' प्रकाशित हो जाए तो गौरव द्विगुणित हो जाएगा, एक चंद्रमा के स्थान पर दो चंद्रमा उदित होंगे, एक शिशुचंद्र, दूसरा यशश्चंद्र।

और अंत में उर्मिला के पुत्र प्रसव की बेला आ ही गई। उसके पूर्व उर्मिला ने स्वप्न में देखा कि गोलोक में श्रीकृष्ण लीलारत हैं। वहां बैकुंठ में अलौकिक शोभा है, मणिजटित प्रांगण हैं, भित्तियों में जवाहरात जड़े हुए हैं, छतों पर स्वर्णांकन हैं, अद्‌भुत चित्रावली है जिसमें मयूर, हंस, वन्यजीवों, आदि को अनंत तस्वीरें हैं और आश्चर्य यह है कि कक्षों में प्रवेश करते समय वे पशु–पक्षी बोलने लगते थे। कहीं गोपियों, राधा, विशाखा, चन्द्रावली की प्रतिमाएं थीं जो पास जाने पर संवाद करती थीं। पूरा बैकुंठ एक महाउपवन–सा था जो हरियालियों की होड़ लगाए हुआ था, जगह–जगह सघन कुंजों के प्रत्यूह थे जिनके भीतर श्रीकृष्ण मधुर क्रीड़ाएं करते थे। वहां सदा बांसुरी, मृदंग, मंजीर और अन्य वाद्य बजते रहते थे। कहीं कृष्णचरित बखाना जा रहा था, कहीं कीर्तन हो रहा था, कहीं ज्ञानी कृष्ण के दार्शनिक प्रवचन कर रहे थे, भाष्य रच रहे थे–कहीं भंडारे हो रहे थे और रात्रि में नित्य महारास रचाया जाता था। श्रीकृष्ण को घेरकर गोपियां नृत्य करती थीं और वे सुध–बुध भूल जाती थीं। उनके गोरे मुखड़े दमकते थे और अंग–अंग में थिरक उपजती थी। उस महारास में चंद्रमा और नक्षत्र झिलमिल आलोक बरसाते थे और देवता फूल बरसाते थे।

उसी झुरमुट में उर्मिला ने देखा कि कृष्णगोपाल उस रास के दर्शन में तल्लीन खड़े थे। उनके मुख पर सदा विराजमान विक्षोभ अब नहीं था। वह तृप्त और आनंदित थे। तभी एक देवदुर्लभ शिशु आया। उस बालक के पैरों में पेंजनी बंधी थी जिसके नुपूर बजते थे। उसने पीत वर्ण का स्वर्णिम वस्त्र धारण कर रखा था, कटि पर हीरों जड़ी मेखला बंधी हुई थी, हाथों में कंगन, भुजबंध,

अंगुलियों में अंगूठियां और कंठ में नौलखा हार था उसके सिर पर जगमगाता मुकुट था जिसमें मोरपंख बंधे हुए थे। वह बालक हुलसता हुआ आया और उसने कृष्णगोपाल का हाथ पकड़ा। कृष्णजी ने उसे देखा, हुलसे और उसे उठाकर छाती से लगा लिया। फिर उसे चूमकर, उसका मस्तक सूंघ कर उसे कंधे पर बिठा लिया और वे दोनों महारास देखने लगे। पुनः वह शिशु बलात् कृष्णगोपाल के कंधे से उतरा और डगमगाता हुआ रास करती गोपियों की पंक्ति तोड़ता हुआ मध्य में वंशीवादन करते, नृत्यरत वासुदेव कृष्ण के पास पहुंचा। वह उसे देखकर उल्लास में उछलने लगे और उसे रिझाने के लिए उसके आसपास झूमते हुए बांसुरी बजाने लगे। पुनः वह बालक वासुदेव कृष्ण में लीन हो गया। कृष्णगोपाल व्यथित हो गए। उन्होंने वासुदेव श्रीकृष्ण से प्रार्थना की कि उनका पुत्र वापस किया जाए। तब कृष्ण विहंसे। वह विश्वमोहन हास्य कृष्णगोपाल को मुग्ध कर गया। वासुदेव कृष्ण ने मेघमंद्र स्वर में कहा—"कृष्णगोपाल जी, वह बालक तो गया, देशभक्तजी के आश्रम में आपकी उर्मिला से वह आविर्भूत होगा....आप यहीं से उसकी लीला देखना। वह आपके सपने पूरा करेगा, वह मैं ही तो हूं.... आपने कलियुग के महाभारत में मेरी भूमिका पूरी की थी अब आप अपने आत्मज की कला देखना।"

कृष्णगोपाल ने प्रणाम किया और रास पुनः शुरू हो गया।

उर्मिला यह स्वप्न देखकर हर्षित हुई और उसको प्रसवपीड़ा की प्रथम लहर उठी। उसकी कराह सुनकर पास सोई इला पुलकित होकर उद्धव को पुकारने लगी। दर्द की दूसरी लहर ने उर्मिला को बेहाल कर दिया। उद्धव ने बाबा को जगाया। आश्रम उत्साह और आनंद में पागल हो उठा। तुरंत उर्मिला को उठाकर एक गाड़ी में पीछे लिटाया गया और इला तथा उद्धव उसे एक नर्सिंग होम में ले गए। पुलिस के प्रहरी सावधान मुद्रा में आसपास डट गए। नर्सों और दो महिला डाक्टरों ने उर्मिला को संभाल लिया। आवश्यक सामान की सूची उद्धव को सौंप दी गई। उद्धव भागे और कार से जाकर सब सामग्री, औषधि, रुई आदि ले आए। अर्धरात्रि को श्रावण की एक शुभ घड़ी में विक्रम का जन्म हुआ और उर्मिला भारी कष्ट के बावजूद बच गई।

शिशु सुंदर था, स्वस्थ। डा॰ उद्धव आनंद के उन्माद में आश्रम भागा और देशभक्तजी को शुभ समाचार दिया। वह पुनः मुख्य तारघर गया और उसने विमला जी, आरती और निर्मल ओमप्रकाश को तार दिए। कृष्णगोपाल का रिक्त स्थान विक्रम ने भर दिया था, इस कारण सभी एक आवेश में तैरने लगे थे। उद्धव ने देखा कि आकाश पर बादल छा गए हैं, मस्त पवन अपनी उमंग में झकोरे ले रहा था, वृक्ष अपने हरे घाघरे घुमा–घुमाकर झूम रहे थे। उसे आश्चर्य तब हुआ जब उसी समय कुछ पक्षी कलरव करने लगे गोया वह एक–दूसरे को बधाई दे रहे हों और बधावा गा रहे हों। जब उद्धव किसी वस्तु को देखते तो बधाई के स्वर उठते। उन्हें लगा कि डाक का विशाल डिब्बा उन्हें बुला रहा है, पास पहुंचे तो उन्हें सुनाई पड़ा, 'कांग्रेच्यूलेशंस', मुबारक हो। उद्धव को वस्तुएं बुलाती रहीं और वह पास जा–जाकर मंगलेच्छाएं वसूल करते रहे। पुनः उन्हें ख्याल आया कि वह प्रसन्नता से पागल हो गए हैं वर्ना जड़ पदार्थ भला बधाइयां कैसे दे सकते हैं ....सवेरा हो रहा था और प्रातःकाल की हवा तथा रिमझिम वर्षा ने उन्हें होश में

ला दिया था। वह आश्रम आए और बाबा देशभक्त के पास आकर बैठ गए। बाबा ने उन्हें देखा।

"उद्धव, कृष्णगोपाल का पुनर्जन्म हुआ है मगर तुममें विक्षिप्तता के लक्षण प्रकट हो रहे हैं। अब चित्त को संभालो और मुझे विक्रम के दर्शन कराओ।"

"लेकिन दादा, आप बहुत दुर्बल हैं, आप चल सकेंगे।"

"क्यों नहीं, तुम क्या समझते हो, मैं धराशायी हो गया हूं...मुझमें विक्रम के जन्म के शुभ समाचार से शक्ति का संचार हो रहा है, चलो, मुझे सहारा दो, गाड़ी में डालो और ले चलो।"

बाबा अस्पताल आ लगे। दिन निकल आया था। रिमझिम बंद हो गई थी जैसे मेघवा ने बाबा का अदब किया हो और सूर्य से कहा हो कि कुछ देर चमको ....बाबा उद्धव के सहारे गए और उन्हें वस्त्रों में लपेट कर विक्रम को दिखाया गया। वह अद्‌भुत बालक था और बाबा को देखकर उसके मुख पर एक मुस्कराहट आई थी। बाबा ने उसके सिर पर हाथ फेरा, उसका मस्तक सूंघा और फिर वह उर्मिला के पास ले जाए गए।

बाबा ने अपना वरदहस्त उर्मिला के शीश पर रखा और मंगलकारी स्वस्तिपाठ किया। पुनः जेब से उन्होंने एक स्वर्ण का आभूषण निकाला और उर्मिला को दिया। उसने प्रणाम किया और भरे गले से उच्छ्‌वसित दशा में कहा—

"बाबा, विक्रम की वर्षगांठ पर मैं आपसे चंद्रहार लूंगी।"

"अवश्य, मैं तुम्हें चंद्रहार दूंगा, बेटी, तुमने हम सबको नया जीवन दिया है... ।"

फिर उन्हें याद आया कि उर्मिला ने तो एक पूरे वर्ष जीवित रहने का वरदान मांग लिया सो वह मुस्कराए।

"उर्मिला, तू बड़ी चतुर है, मैं भला एक वर्ष कैसे चलूंगा लेकिन विक्रम मेरी गोद में होगा तो शायद यमराज के दूत लौट जाएं.... उनके भी बाल-बच्चे होते होंगे....यदि मैं बना रहा तो उर्मिला तेरा चंद्रहार पक्का....अच्छा, अब मैं चलता हूं, तू भी विश्राम कर।"

उसी दिन कृष्णगोपाल का कविता संग्रह, 'नदी और समुद्र' छपकर आ गया। उद्धव ने उसे ले जाकर उर्मिला को दिया तो वह हर्ष और गौरव से रोने लगी। उसने उस पुस्तक पर विक्रम का माथा झुकाया और बोली—"मेरे विक्रम, तू अपने जनक को नहीं देख सका परंतु उनकी कृति को तो तू देख सकता है। वह शब्दरूप में कृष्णजी तेरे सामने उपस्थित हैं।"

और उर्मिला ने अलौकिक स्मिति के साथ उस कृति को पीयूषवर्षिणी दृष्टि से देख, उसे छुआ और 'नदी और समुद्र' कविता पर दृष्टिपात कर कहा—"अब कृष्णजी के सामुद्रिक-व्यक्तित्व का खारापन मिट गया। डा॰ पुरंदर ने सही श्राद्धकर्म कर दिया। उन्हें धन्यवाद लिख दें उद्धवजी....उन्हें फोन नहीं किया आपने?"

"अब करूंगा, रात में मिला नहीं था। अति प्रसन्न होगा, पुरंदर, उसको भाई मिल गया, अकेला था वह।"

अस्पताल में सब प्रबंध कर और उर्मिला को विश्राम की हिदायतें देकर, वहां इला को छोड़ कर उद्धव आश्रम के लिए चला, तभी वहां उसने रामदेई को आते

देखा। वह हर्षोन्मत्त अपने पति के साथ उमड़ी नदी सी चली आ रही थी। उसने उद्धव का हाथ पकड़ा और सुबकने लगी।

"मैं किशनजी के पिता बनने की खुशी में साड़ी–ब्लाउज और एक सोने का सैट लूंगी, वर्ना मैं आपको जाने नहीं दूंगी।"

उद्धव ने वचन दिया, उलाहना भी दिया–"रामदेई, तू तो आश्रम छोड़कर ही चली गई।"

"तो क्या विलायत चली गई मैं....अब मैं उर्मिला के पुत्तर की सेवा में आ जाया करूंगी, आप जानो कि मैं कब तक बाबा पर अपने घर का भार डालती रहती? और आपका यह करणीमाता का चूहा, मेरा आदमी नहीं माना।"

उद्धव हंसता हुआ चला गया। उसने न्यूयार्क फोन मिलाया। डा॰ पुरंदर को समाचार दिया, वह खुशखबरी सुनकर अटलांटिक महासागर–सा हहराने लगा। उसने कहा कि उसे सहोदर तो नहीं मिला पर उसे भाई मिल गया। वह भारत आ रहा है। वह विक्रम को देखेगा और 'नदी और समुद्र' पर गोष्ठी में भी भाग लेगा।

"बढ़िया, आप आगमन की तिथि लिखिएगा, तब गोष्ठी का आयोजन करा देंगे। बधाई स्वीकार कीजिए।"

उद्धव एक सप्ताह तक दौड़भाग में रहा जैसे वह किसी नशे में चल रहा हो। जब विक्रम सहित उर्मिला आश्रम में लौट आई, तब वह संतुलित हुआ। सब कुछ था पर कृष्णगोपाल के बिना एक अजीब रिक्तता उद्धव को बेधती थी। वह सुख के भीतर दुखी था। वह कृष्णजी होते तो यह आनंद हजार गुना हो गया होता। वह कृष्णवियोग में आश्रम में चक्कर मारने लगा। उसे काल पर क्रोध आ रहा था। वह कालमात्र एक प्रकृति की सनक है...सभी का हनन करता हुआ, वह बस भागा जा रहा है। यह आवश्यक है कि वह नवीन की सृष्टि भी करता है परंतु वह कृष्णजी जैसे चमकीले नक्षत्रों का ध्वंस भी करता है....यह कितना व्यथादाता और क्रूरकर्म है....काल, मैं तुझे कभी क्षमा नहीं कर सकता.... तू अद्वितीय, विशिष्ट और अपूर्व प्राणियों को पूरी उम्र जीने क्यों नहीं देता, तू मुझे छोड़ गया, और कृष्णगोपालजी को चुन ले गया। तू कैसा माली है जो सर्वाधिक सुंदर पुष्प को तोड़ लिया, क्या मिला तुझे? उस अकेले एक व्यक्ति के न रहने से कितना अधूरापन लगता है। यह अपूर्णता कसकती है और मैं सांभर की झील की तरह पानी को क्षार में बदलने लगता हूं।

उद्धव काल को उपालंभ देता हुआ कविता लिखने लगा। जिसे बाद में उसने कृष्णजी के कवितासंग्रह पर आयोजित गोष्ठी में सुनाया था।

"उसके मस्तिष्क में डंडूरे उठ रहे हैं, चक्रवात....
उड़ रहे हैं, गिद्ध उसकी ओर,
कुत्ते सूंघ रहे हैं,
सियार कि कोई मरने को है....
कि आवाज बदल गई है, उसकी
लगता है कोई भूत बोल रहा है
उसकी लड़खड़ाती जीभ से....

कोशिका से कर्षित कट रहा है उसका प्राण,
विघटन हो रहा है
उस विकट व्यक्तित्व का....
कोई घुसपैठ कर उसमें
तोड़–फोड़ कर रहा है,
कोई विध्वंसक उसके अकले–बकले
अलग कर रहा है,
जोड़–तोड़ चटखा रहा है, हड़ीली काया के...
उसकी रक्त की नालियां फट–फूट गई हैं,
खून रिस रहा है,
वमन में उछल रहा है,
जीवनभर का वृत्तचित्र कौंध जाता है क्षणांश में
और चित्त की बत्ती पुनः गुल हो जाती है।
काल, तुम चैन से इस बेचैन को मरने भी नहीं देते,
वह तो आजीवन खौलता रहा है
नरक के भट्टे पर चढ़े कढ़ाव सा।
जिसने इसके तापक्रम को तीव्र करने के लिए
इसके पारे चढ़ाए थे,
उन्हें इसने दागा तो था
ताकि वे पहचाने जा सकें,
पाठ भी मिले उन्हें परपीड़न का,
किंतु उसके दग्धबोध की झाग ही थी
जो जी–मिचलाऊ थी।
वह तो मरणासन्न है किंतु
जिनकी त्वचाएं उसने जलाईं थीं,
वे खुश हैं कि अब कोई कहनेवाला नहीं रहा
और वे अब मजे से अपनी दृष्टि में
अपने को ऊंचा उचका कर
अपने कूड़े को अपने में ढंके रख सकते हैं....
अब कौन फटकेगा उन्हें
और कौन उनके अपराधों की सूचना इतिहास को देगा?
उसने अपने को इतना दरकाया था द्वंद्वमयता से
कि वह किरचों में बंटा शीश हो गया था।
वे दर्पण के नोंकदार टुकड़े छिपते भी थे
और प्रतिबिंबित भी करते थे पतितों को।
वह वस्तुतः एक भग्न शीशमहल था
जो दर्शकों को उनका असली चेहरा पकड़ा देता था।
अंतर्निहित कुरूपता का वह उजागरी आइना,
अंततः चकनाचूर हो ही गया....
उसके भीतर आत्माओं का भेदिया जो लाउड–स्पीकर था,

उसके तार जल्लाद समय ने समेट लिए
और विद्युतस्रोत में संलग्न
उसके प्लंक ही निकाल दिए वक्त ने।
यमराज, तुम्हें शिकार ही करनी थी तो सियारों,
लकड़बग्घों की क्या कमी थी,
तुमने एक नृसिंह को नष्ट कर दिया....
कंसों–जरासंधों–नरकासुरों के इस युग के दौर में
गोपाल कृष्ण के बिना अब कौन तमतमाएगा,
धुंधमारों की कौन करेगा, धुनाई
धर्मराज, दुहाई है, दुहाई !!

• • •